Der Engel des Bösen
Martin Krüger

EDITION M

Das Buch

»Er wird mich töten. Live im Internet. Alle werden zusehen. Könnt ihr ihn aufhalten?«

Die Worte einer jungen Frau, die gezwungen wird, ihren eigenen Tod anzukündigen, beenden jäh eine abendliche Feier der Frankfurter Mordkommission. Marie Winter und ihr Team setzen alles daran, einen Wahnsinnigen zu stoppen, der seine Opfer in Online-Videos vor der ganzen Welt zu seinen persönlichen Stars macht. Als die Zeit knapp wird, sucht Marie erneut die Hilfe des BKA-Hauptkommissars Daniel Parkov. Sie werden einander blind vertrauen müssen, denn der Entführer hat weitere Geiseln in seiner Gewalt und plant, die Stadt in Todesangst zu versetzen …

Der Autor

Martin Krüger, Jahrgang 1986, studierte die dunkle Kunst der Juristerei in Frankfurt am Main. Heute lebt, arbeitet und schreibt er als freier Autor und Musiker in Süddeutschland und der Schweiz. Mit seinem Thriller »Die Gaben des Todes« gelang ihm 2016 der Sprung in die Top 10 der Kindle- und der BILD-Bestseller-Liste. Weitere Informationen zum Autor finden sich unter www.kruegerthriller.de und www.facebook.com/kruegerthriller.

MARTIN
KRÜGER

DER ENGEL DES BÖSEN

EIN
WINTER-UND-PARKOV
THRILLER

EDITION M

Deutsche Erstveröffentlichung bei
Edition M, Amazon Media EU S.à r.l.
5 Rue Plaetis, L-2338 Luxembourg
Oktober 2017

Umschlaggestaltung: bürosüd° München, www.buerosued.de
Umschlagmotiv: ©autsawin uttisin /Shutterstock; ©Krasovski Dmitri / Shutterstock; ©dima shiper /Shutterstock; ©Miloje/Shutterstock ©STILLFX /Shutterstock; ©Kaidash /Shutterstock; ©Picsfive /Shutterstock
1. Lektorat: Joern Rauser
2. Lektorat & Korrektorat: Rotkel Textwerkstatt
Printed in Germany
By Amazon Distribution GmbH
Amazonstraße 1
04347 Leipzig, Germany

ISBN: 978-1-542-04976-4

www.edition-m-verlag.de

Einige Schauplätze der Geschichte wurden erfunden, andere teils so verändert, wie es der Handlung am dienlichsten ist.

Hinter jedem erlesenen Ding, das lebt,
lauert eine geheime Tragik. Oscar Wilde

1.

Mit einem Sturm begann, mit einem Sturm endete es – er brachte Regen, Hagel und Donner und kurze Zeit später auch den Tod.

»Balu!«

Ihre Stimme hallte von den hohen Wänden wider. »Lu, Lu, Lu«, ging das Echo, doch erhielt sie keine Antwort. Die Frau mit dem Rucksack und der zerrissenen Jeans seufzte. Inmitten der alten Halle, in der sie Schutz vor dem Unwetter gesucht hatte, drehte sie sich fieberhaft im Kreis. »Kleiner, süßer Blödmann, hast du dich versteckt?«

Glasscherben klirrten unter ihren Chucks, als sie ins Dunkel der schon lange verlassenen Lagerhalle trat, wo der Hund verschwunden war – mit eingekniffenem Schwanz und geduckter, furchtsamer Haltung, als könnte er so dem Donner und den Blitzen entgehen.

»Du bist so ein Angsthase. Das ist doch nur ein bisschen Regen.«

Aber freilich war es nicht nur ein bisschen Regen: Das Gewitter war über die Stadt gekommen wie eine Vorankündigung dessen, was in den folgenden Tagen geschehen sollte: urplötzlich und voll urtümlicher Gewalt. Ein Brausen in den Ahornalleen kündigte es an, ein Himmel, der die gelb-violette Farbe eines alternden Blutergusses angenommen hatte. Hagelkörner folgten auf Blitze, die mit Donnerschlägen einhergingen, welche die gesprungenen Scheiben der alten Industriehalle, in die sie sich mit ihrem treuen vierpfotigen Freund geflüchtet hatte, vibrieren und klirren ließen.

Als ein neuerlicher Blitz die Luft zerteilte, zuckte die Frau zusammen. Die Trageriemen des Rucksacks, in dem alle ihre Habseligkeiten verstaut waren, schnitten in ihre Schultern. Das T-Shirt klebte auf ihrer Haut. Die Luft war feucht und schwer, und noch versprach der Sturm keine Linderung. Allmählich wurde sie selbst nervös: Es sah Balu gar nicht ähnlich, so lange fortzubleiben, wenn sie nach ihm rief. Seine Gewitterangst war zwar tief in ihm verwurzelt – sie kannte ihn nicht anders, seit sie ihn aus dem Tierheim geholt hatte –, und doch überwogen seine Liebe zu ihr und die gemeinsamen Jahre auf der Straße, die sie zusammengeschweißt hatten, jede andere Furcht. Sie rief ihn noch einmal, doch er blieb verschwunden.

Irgendwo hinter ihr klirrte es. Vielleicht eine herabgestoßene Flasche, die am Boden zerschellt war. Sie fuhr herum. Im Dunkel zwischen den hohen Stützpfeilern bewegte sich ein Schemen.

»Balu?«

Wieder ein Blitz, viel näher dieses Mal – im selben Augenblick ein ohrenbetäubender Donner.

Sie näherte sich den Pfeilern. Wenn Balu tatsächlich so verängstigt war, dass er sich irgendwo in dieser Halle versteckte, würde er ohnehin erst wieder hervorkommen, sobald das Unwetter vorüber und die Blitze nur noch Wetterleuchten in der Ferne waren. Dennoch wollte sie ihn nicht dort im Finstern lassen, allein mit seiner Angst. Sie verdankte ihm zu viel; all die Male, in denen er sie beschützt hatte. Das Leben auf der Straße war für sie beide hart gewesen.

Sie schuldete ihm, ihn in dieser Lage nicht allein zu lassen.

Vorsichtig umrundete sie ein seltsames Gestell, das zwischen den Pfeilern stand. Es war eine hölzerne Konstruktion, die dort seltsam deplatziert wirkte – ein Anblick, der ihr einen Schauer über den Rücken jagte.

Irgendetwas stimmt hier nicht. Etwas an diesem Ort ist anders, seit ich ihn das letzte Mal aufgesucht habe.

Durch die gesprungenen Scheiben in den Oberlichtern konnte sie den Himmel sehen, an dem ein Wolkenblitz den nächsten jagte. Der Regen trommelte wie ein Gewehrfeuer auf eine umgekippte Wanne, so groß, dass sie einen Menschen aufnehmen konnte. Sie sah einen Haufen alter Reifen, die jemand dort abgeladen und liegen gelassen hatte, sie sah Zerfall und den nagenden Zahn der Zeit.

»Balu?« Nun hörte sie selbst, dass ihre Stimme längst nicht mehr so entspannt klang wie zuvor. Je länger sie darüber nachdachte, desto mehr erschien ihr das Fortbleiben des Hundes bedrohlich.

Und dann hörte sie etwas.

Ein Winseln.

Es war ein angstvolles Geräusch, das an ihrem Herzen riss. *Dort vorn,* dachte sie, *da ist er irgendwo!*

Sie näherte sich dieser Stelle, als das Winseln mit einem Schlag verstummte, als hätte jemand Balus Schnauze mit der Hand verschlossen.

Aber das war nicht möglich. Er würde beißen, von niemandem außer ihr ließ er sich berühren.

Jetzt rannte sie.

Hinter einem Pfeiler, der mächtig und monolithisch inmitten der Hallenfläche stand wie ein verwitterter, moosbewachsener Fels, machte sie eine Bewegung aus. Etwas schien sich am Boden zu rühren, doch erkannte sie die Gestalt – den mächtigen, fellbedeckten Körper – nicht wieder.

»Aber das kann nicht sein«, sagte sie leise. »Nein, nein, nein.«

Sie ging neben ihm auf die Knie. Ihre Fingerspitzen berührten die Flanke des Tiers, Feuchtigkeit, vielleicht Blut.

Im fahlen Licht eines Blitzes war ihr, als würde es sie aus seinen großen braunen Augen ansehen. Doch etwas irritierte sie: Das Fell, das ihre Finger ertasteten, erschien ihr ungewöhnlich rau und fremd. »Du bist doch gar nicht …«

Sie spürte einen Luftzug in ihrem Rücken, einen Hauch, für den es keinen Grund zu geben schien, doch diesen Hund so vor sich zu sehen raubte ihr einen Augenblick lang die Fähigkeit, klar zu denken.

Als sie sich dann doch bewegte, hatte sie zu lange gezögert.

Zu spät. Zu langsam.

Ein sehniger Arm schloss sich um ihren Hals. Etwas Weiches presste sich gegen ihren Mund, sie schmeckte Stoff und einen scharfen medizinischen Geruch, der ihr, als sie vor Schreck Luft holte, die Sinne raubte.

Dann kippte sie um.

TEIL EINS

Die Kunst des Bösen

2.

54 Stunden und siebzehn Minuten bis zum Ablauf des letzten Ultimatums

»Was bringt einen Menschen dazu, inmitten eines Gewitters sein Haus zu verlassen, hinaus auf die Straße zu gehen, an der Tür eines beliebigen Nachbars zu klopfen und dann, als man ihn eingelassen hat, wahllos zu töten? Ein plötzlicher Ausbruch von entsetzlicher Gewalt, jäh und ohne jede Ankündigung … vier Tote, eine ganze Familie ausgelöscht, ist das nicht unfassbar? Was treibt jemanden dazu?«

»Ich weiß es einfach nicht.«

»Er ist auch noch Familienvater, das ist ja das Entsetzliche.«

Die Männer hatten Schutz unter der Markise des Pubs in Alt-Sachsenhausen gesucht. Donner rollte über die Straße. Ein Kellner schob eilig Stühle zur Seite, um sie vor dem jäh einsetzenden Platzregen zu schützen. In den Gullys gluckerte und sprudelte das Abwasser, das in mächtigen braunen Strömen über die Straße floss.

»Mistwetter«, sagte einer der Männer und schnippte Zigarettenasche auf den Boden. Dann sah er sich um und bemerkte die attraktive Frau, die dem Kellner hinausgefolgt war. Sie trug Jeans und ein hellgraues T-Shirt mit der Aufschrift *Ich bin nicht klein, nur platzsparend*, ihr langes dunkelbraunes Haar war zum Pferdeschwanz zurückgebunden. Mit der Eleganz einer Tänzerin bewegte sie sich zwischen den umherstehenden Tischen und Stühlen hindurch.

»Sagt mal, könnt ihr euch nicht wenigstens heute Abend zwei Stunden über etwas anderes unterhalten?« Marie Winter nickte in Richtung des Pubs. »*Das* ist nichts für Kinderohren.«

»Deshalb stehen wir ja auch *hier* draußen. Haben wir uns gut ausgedacht, nicht wahr? Brauchst du Feuer, Marie?«

»Nur frische Luft. Du weißt doch, ich rauche nicht.«

Marie musterte die Kollegen der Mordkommission 2, während der Platzregen niederging und in schnellem Stakkato auf die Markise über ihnen trommelte. Natürlich hatte sie von der Sache gehört: Ein vierzigjähriger Mann war vor kaum einer Woche losgezogen, um ein entsetzliches Blutbad anzurichten – und das während eines Unwetters, das dem gegenwärtigen in nichts nachstand. Der Fall war unübersichtlich, und die Zwischenergebnisse der Ermittlung erschienen äußerst seltsam – kein klares Motiv und ein Täter, der sich am Ende mit der eigenen Waffe selbst getötet hatte.

Sie spähte die Straße hinab, wartete, konzentrierte sich auf den Abstand zwischen Blitz und Donner. Isabelle würde fluchen, das wusste sie schon jetzt – doch die Überraschung sollte in keinem Fall zu früh enthüllt werden, darauf hatte ihre Kollegin bestanden. *Isabelle Odinsdottir und ihr Hang zu Ordnung und präzisen Plänen.*

Die kleine Abschiedsfeier für Valentin Sanders – Kriminalhauptkommissar und Leiter der Mordkommission 1, der Marie und ihre Kollegen Isabelle Odinsdottir, Heinz Adler und Jörg Bodenfeld angehörten – war dabei, im wahren Wortsinn ins Wasser zu fallen. Statt in einem lauen Spätsommerabend zu sitzen – der September war ungewöhnlich warm in diesem

Jahr –, war das Pub, das Sanders in aller Eile organisiert hatte, nun von Polizisten überfüllt, die sich gegenseitig auf die Füße traten.

Marie holte tief Luft. Der frische Gewittergeruch nach Regen, der das Ozon aus den höheren Wolkenschichten wäscht, lag über der Stadt. Doch Sanders' Abschied war nicht der einzige Grund, weshalb sie hier war, und nicht derjenige, weshalb sie so nervös war.

»Darf man schon gratulieren?« Der Kollege der MK 2 warf ihr einen Blick zu. Die Spitze der Zigarette in seinem Mundwinkel glühte wie ein kleines rotes Auge im Halbdunkel zwischen Pub und Vordach. »Wer Sanders' Nachfolgerin wird, ist mittlerweile das am schlechtesten gehütete Geheimnis des Präsidiums.«

»Wirklich? Ich hab ja keine Ahnung.« Marie zwinkerte, aber es war nur ein schwacher Versuch, die Unruhe zu vertreiben, die sie ergriffen hatte. Da war noch etwas anderes, das in der Luft lag, als hätte es das Unwetter über das Land hereingetragen und in der Stadt freigelassen wie ein wildes Tier.

Eine Vorahnung.

Das letzte Mal, als sie dergleichen verspürt hatte, hatte ein junges Mädchen ermordet in einer Schaufensterauslage gelegen. Marie schloss die Augen. *Es ist niemals genug.* Die Worte des Mannes, den sie vor Monaten gejagt hatte, verfolgten sie noch immer.

»Meine Güte, ist das ein Unwetter.«

Sie blickte auf. Dr. Graubach, einer der Rechtsmediziner aus dem Institut in der Kennedyallee und guter Freund von Valentin Sanders, kam von der anderen Straßenseite herübergeeilt und schüttelte das Wasser von seinem Regenschirm. Dann sah er sich um und bemerkte Marie.

»Gute Neuigkeiten?«

»Ja, wirklich. Und auch gut, dass ich Sie treffe«, sagte er. »Sie haben ihn endlich. Danke.« Dr. Graubach machte ein niedergeschlagenes Gesicht. »Die Zustände werden schlimmer. Meine Kleine wird nicht mehr so unbeschwert durch die Straßen gehen wie früher.«

»Sie kommt wieder auf die Beine, das ist doch das Wichtigste.« *Das ist nicht die volle Wahrheit*, dachte sie, *und das weiß er.*

»Ich weiß nicht, wieso die in Berlin nicht gleich darauf gekommen sind. Meine Tochter hat nicht gesehen, wer es war, aber man sollte doch meinen, dass ein gebrochener Arm und eine Gehirnerschütterung Grund genug sind, um anständig zu ermitteln? Dass nicht erst die Einmischung von außen nötig ist, um dort etwas anzustoßen?«

»Ich kann nicht für jeden Kollegen sprechen«, erwiderte Marie, »aber die meisten machen ihre Arbeit so gewissenhaft, als ginge es um ihre eigenen Angehörigen.«

»Den Eindruck hatte ich … hm, eher weniger.«

Marie seufzte. »Ich weiß, dass es schwer ist. Manchmal wünschte ich mir auch, manche Dinge wären anders.«

Einer der Kollegen der MK 2 hatte seine Zigarette zu Ende geraucht. »Ich hätte ja eine Lösung.«

»Wir reden nicht über Politik. Nicht jetzt. Das soll ein fröhlicher Abend werden.«

»Und ich glaube, wir werden irgendwann nicht mehr drum herumkommen.« Er nickte ihnen zu und ging ins Pub zurück. Der zweite Kollege, den Marie nur vom Sehen kannte, zuckte die Schultern, als wollte er sich entschuldigen, und trat ebenfalls wieder ein.

Sie werden immer jünger, dachte Marie. Der da war vielleicht achtundzwanzig, gerade mal fünf Jahre jünger als sie selbst und sah bereits so erschöpft aus wie ein alter Mordermittler. *Wir sind an vielen Ecken und Enden unterbesetzt.* Und jetzt würden sie auch noch Sanders verlieren, der die von Tag zu Tag gewalttätiger werdende Großstadt mit all ihrer Klientel hinter sich ließ und zu einer kleinen Dienststelle wechselte – mit mehr Schreibtischarbeit –, die Sauberkeit und ruhige Arbeitszeiten versprach.

Manchmal wünschte sie sich, sie hätte sich an einem ähnlichen Ort beworben, und dachte an ihre fünfjährige Tochter Lucie.

Du warst nicht immer für sie da, als sie dich gebraucht hat. Sie ist mehr bei Elise aufgewachsen als bei dir. Deine Mutter hat an ihrem Bett gesessen, wenn sie krank war, hat ihr die Windeln gewechselt, weil du draußen unterwegs sein musstest, um Verbrecher zu jagen.

»Er kommt wieder zurück«, sagte Dr. Graubach.

Marie sah ihn irritiert an. Sie musste sich verhört haben. »Wie bitte?«

»Ich sagte, da kommt noch jemand.«

Im Licht zweier direkt aufeinanderfolgender Blitze sah Marie, wie ihre Kollegin Isabelle Odinsdottir zu ihnen herübereilte. Das leichte Sommerkleid, das sie trug, war nass, der Schirm in ihrer anderen Hand vom Sturm verbogen, doch das Paket, das sie unter dem anderen Arm trug, schien unversehrt.

Sie fluchte wie ein Seemann, als sie Marie und den Rechtsmediziner erreichte, und strich sich die strohblonde Mähne zurück.

»So ein …«

»… Schietwetter.« Marie nahm ihr das Paket ab und warf einen flüchtigen Blick hinein. Zwei Geschenkboxen lagen darin, beide verpackt und mit einer Schleife versehen. »Ist es das?«

»Klar. Du solltest es mir aber wieder zurückgeben, denn da ist auch was drin, das nicht Sanders bekommt, sondern …«, sie grinste, »jemand anders.«

Wieder verspürte Marie Nervosität: Es war nicht nur dieser Abend, Sanders' Abschied oder ihre Ernennung … nein, da war mehr.

»Alles klar, Marie?« Isabelle musterte sie nachdenklich. »Du bist den halben Tag schon so bedrückt.«

»Es ist nichts.«

»Glaub ich dir nicht.« Isabelle löste das Paket aus Maries Fingern. »Gehen wir rein?«

»Mhm.«

Marie betrat das Pub als Erste und bemerkte sofort, dass sich die Stimmung verändert hatte. Unruhe und Bestürzung lagen über allen Anwesenden. Sie sah Franz Leland, den vierundsechzigjährigen Leiter des Fachkommissariats 11, der ein schnurloses Telefon, das offenbar zu dem Festnetzanschluss des Pubs gehörte, in der Hand hielt. Als er die Tür bemerkte, drehten sich er und viele der anderen nach Marie und Isabelle um.

»Ist das ein Scherz?«, fragte Jörg Bodenfeld von der Bar her. Maries Kollege hielt ein Glas in der Hand, in dem leise Eis klirrte. Die Lederjacke, die er sonst immer trug, hing über einer Stuhllehne. »Das muss ein Scherz sein.«

Marie ging zu Lucie hinüber, die bei Bodenfelds Frau Sabine, deren kleinem Baby Valerie und Lelands Frau Helga ein wenig gelangweilt wartete. Ihre fünfjährige Tochter, die ihr wie aus dem Gesicht geschnitten war. *Mein tapferer kleiner Stern.* Auf den Mienen von Bine und Helga konnte Marie lesen, dass gerade etwas geschehen sein musste, das sie alle erschüttert hatte. Sie strich ihrer Tochter über den Kopf und das schulterlange Haar, das, nachdem sie die Krankheit nun endgültig überstanden hatte, wieder in Windeseile nachwuchs.

Draußen rumpelte der Donner wie das tiefe Dröhnen ferner Artillerie. Dann ließ Leland, der in der Raummitte stand, das Telefon sinken. Er warf einen Blick in die Runde. Von der Ausgelassenheit und der heiteren, wenn auch ein wenig wehmütigen Stimmung der Abschiedsfeier war nichts geblieben: Ein jäher, kalter Wind war über sie hinweggefegt, der Unheil ankündigte.

»Sanders, Winter, Jürgens – kommt mit nach draußen. *Sofort.*«

Die Angesprochenen folgten Leland aus dem Pub. Marie musterte die Kollegen, die beiden Leiter der Mordkommissionen, und Leland. Etwas war geschehen, das er in keinem Fall vor den Ehepartnern und Kindern erwähnen konnte. »Kann mir bitte jemand erklären, was gerade …«

Leland hob die Hand und unterbrach sie, als das schnurlose Telefon erneut läutete. Der Erste Kriminalhauptkommissar warf einen angewiderten Blick darauf. Marie las die auf dem Kopf stehende Anruferkennung – *Unbekannt.*

»Der Wirt dieses Lokals kam gerade völlig aufgeregt zu mir und erzählte, dass eine unbekannte Anruferin in der Leitung sei, die ankündigt hat, einen Mord zu begehen. Als wäre es ein Zufall, dass sie ausgerechnet jetzt hier anruft.«

Marie spürte, wie sich ihr Körper anspannte. »Ist sie … *überzeugend?*«

»Sie verlangt nach einem Kontakt zur Mordkommission – zu mir. Das Gespräch war kurz, nur zwei Sätze, in denen sie angab, sich in einer Minute wieder zu melden. Aber das ist nicht alles. Wer auch immer da gerade anruft«, er deutete auf das Schnurlostelefon, »diese Frau ist nicht unser Tatverdächtiger. Sie ist eine Geisel, und der Tatverdächtige *zwingt* sie, mit uns zu sprechen.«

3.

»Sie sind auf Lautsprecher geschaltet. Hören Sie mich? Sie sind wieder mit der Polizei verbunden, durchgestellt zur Mordkommission, so wie Sie es verlangt haben. Sprechen Sie mit uns. Ganz ruhig.«

Aus dem kleinen Lautsprecher des schnurlosen Telefons drang eine panische, verweinte Stimme. »Ich … ich muss sagen, was er will. Was er von mir verlangt. Er wird mich töten. Und alle werden zusehen. Könnt ihr mich retten?«

»Natürlich, ganz ruhig. Wir werden Sie da rausholen, hören Sie?«

Ein Schluchzen. »Das stimmt nicht, sagt er. Und jetzt … sag mir deinen Namen. Wer ist da?«

Sie hat Todesangst, dachte Marie. *Er will nicht, dass wir seine echte Stimme hören, und lässt die Geisel das Sprechen übernehmen. Womit droht er ihr so, dass sie nicht augenblicklich alles verrät, was sie über ihn weiß?*

Es musste entsetzlich sein. Und doch ahnte er nicht, dass er mit jedem Versuch, seine Identität zu verschleiern, gleichzeitig mehr von sich preisgab – und sei es nur ein winziges Detail, das seine Vorgehensweise betraf. Er wusste zum Beispiel nicht, dass sie die Aufnahmefunktion ihres eigenen Handys gestartet hatte, um das Gespräch aufzuzeichnen, und er wusste nicht, dass man in der Leitstelle, die Sanders gerade informierte, bereits in diesem Augenblick versuchte, die Herkunft des Anrufs zu identifizieren.

»Mein Name ist Franz Leland. Ich leite das Fachkommissariat für Kapitalverbrechen. Ich bin derjenige, den Sie verlangt haben, der Kontakt bei den Mordermittlern. Wer sind Sie?«

»Das ist gut«, kam die Antwort. »Dann wurde ich richtig verbunden. Entschuldigt meinen ersten Anruf, das war nicht geplant. Mein …«, sie schluchzte, »Opfer war ein wenig widerspenstig und musste zur Vernunft gebracht werden. Jetzt können wir sprechen.«

»Warum unterhalten wir uns nicht von Mann zu Mann? Warum lassen Sie Ihre Geisel sprechen?«

Marie schloss die Augen und konzentrierte sich ausschließlich auf die Stimme der Frau. Leland nahm an, dass der Geiselnehmer ein Mann war. Welche Hinweise gab es darauf? Die Frau am anderen Ende der Leitung war panisch, sie weinte, hatte gewiss Todesangst und hatte von *ihm* gesprochen – ein recht eindeutiger Beleg. Aber es war durchaus möglich, dass eine Täterin sie zwang, ihre Identität zu verschleiern, auch wenn alle Statistiken dagegensprachen.

»Sagen Sie mir, was Sie wollen.«

»Nein, nein.« Ein Geräusch folgte, das Marie selbst über die elektronische Distanz hinweg einen Schauer über den Rücken jagen ließ: ein fernes Lachen. »So funktioniert das G-Gespräch nicht. Wir werden einander kleine Informationen geben, Stück für Stück, ein fairer Austausch, Wissen für anderes Wissen. Nicht gleich mit den großen, wichtigen Fragen beginnen, d-das nimmt doch … den Spaß aus der Sache, o-oder?«

Marie sah, wie Sanders den Kopf schüttelte und eine kreisende Bewegung vor seiner Stirn andeutete: Der ist irre.

»Ich will zunächst sicherstellen, dass Sie der Geisel, die sich in Ihrer Gewalt befindet, keinen Schaden zufügen. Können Sie mir das versprechen? Wir werden, soweit uns das möglich ist, auf Ihre Forderungen eingehen, wenn Sie mir das zusagen können.«

»Fürs Erste. Oh b-bitte ... bitte nicht ...«

Leland deutete auf Marie und dann auf das Pub hinter ihr, gefolgt von einer Geste, die eindeutig war. *Holen Sie den Rest des Teams her. Das wird ein Extremfall.*

Marie steckte den Kopf durch die Tür und rief ihre Kollegen. Isabelle und Jörg folgten ihr mit angespannter und besorgter Miene.

Ihr Blick ruhte einen Augenblick lang auf ihrer Tochter. *Oh Lucie*, dachte sie. *Was wird das nun wieder werden?*

»Ihr werdet euch wundern, wieso ich mich an die Mordkommission wende«, sagte die Stimme der Frau mit den Worten ihres Entführers. »Die Antwort ist leicht. Möglicherweise wird ein Mord geschehen ... vielleicht, vielleicht auch nicht. D-Das hängt von euch ab.«

»Was wollen Sie?«

»Ich werde eine Frage stellen. Beantwortet sie richtig – und meine G-Geisel wird leben.« Sie stöhnte gepeinigt. »Antwortet ihr jedoch falsch, muss sie sterben. Auf die entsetzlichste Weise, die sich ein M-Mensch erdenken kann.«

Marie sah aus den Augenwinkeln, wie Isabelle die Arme vor der Brust verschränkte. Sie hatte die Augen geschlossen, lauschte jedem Wort.

»Das ist inakzeptabel«, sagte Leland mit rauer Stimme. »Wir werden nicht ...«

»Ihr werdet n-nicht? M-Moment.« Aus dem Lautsprecher folgten Schritte, dann der Schrei der Frau, der erstickt und dumpf klang. *Er bestraft sie*, dachte Marie. *Gott, er bestraft sie ...*

»Hören Sie auf!«

»Sie w-wird sterben, wenn ich noch einmal missachtet werde, verstanden? Wartet … wartet auf mich.« Das Gespräch brach ab.

Leland sah sich um. Sanders telefonierte – vermutlich noch immer mit der Zentrale, die sich bereits an die Rückverfolgung des Anrufs gemacht hatte –, und Jürgens von Mordkommission 2 spähte mit müden Augen auf das Schnurlostelefon in Lelands Fingern.

Dann blickte er auf und sah Marie direkt in die Augen. *Der mordende Familienvater in Griesheim ist mein Fall,* schien dieser Blick zu sagen.

Aber dieser hier, dachte sie, *ist meiner. Ich habe den ganzen Tag schon erwartet, dass etwas geschehen wird.*

»Bitte sehr«, sagte Jürgens. »Wir haben genug zu tun. Die MK 1 kann die Sache hier gern übernehmen, wenn es zum Äußersten kommt.«

»Nur zu«, sagte Leland.

Marie war ihrem Chef mehr als nur einen Gefallen schuldig, nachdem er sich gegenüber der Internen Ermittlung in der Aufarbeitung der Sache Dezembermann so für sie eingesetzt hatte. Sie streckte die Hand aus und nahm das Telefon.

Sanders kam zu ihnen herüber. »Die hängen sich dran«, sagte er, »aber zunächst wird es erst mal schwierig, die Spur des Anrufs mit unterdrückter Rufnummer auf die Schnelle zurückzuverfolgen. Er weiß das. Hätte er direkt den Notruf oder eine andere Nummer von uns angerufen, hätten wir ihn schon.«

»Ich übertrage Winter die Leitung des Falls.« Leland blickte vom Hauptkommissar zu Marie. »Das ist die hundsmiserable Wendung eines Abends, der eigentlich einen Abschied und eine Ernennung zugleich feiern sollte.«

Das Schnurlostelefon läutete und ließ sie alle zusammenfahren. Marie stellte abermals die Lautsprecherfunktion an. »Sie sprechen mit Kriminaloberkommissarin Winter von der Mordkommission.«

In der Leitung herrschte einige Sekunden lang Stille. »Bist du befugt, mit mir zu verhandeln?« Die Stimme der Geisel auf der anderen Seite der Verbindung bebte, sie klang fern, verängstigt und allein.

»Das ist sie«, warf Leland ein.

»Fein.« Die Stimme zögerte. »Ich habe eine kleine Sache konstruiert, die meiner Forderung Nachdruck verleihen wird. Hör m-mir zu.«

»Ja, ich höre. Ganz ruhig. Wir werden alles unternehmen, um Ihr Leben zu retten. Solange ich bei Ihnen bin, mit Ihnen spreche, wird Ihnen nichts geschehen.«

»Er sagt … d-das ist rührend.«

»Will er persönlich mit mir sprechen? Wer ist er?«

»Er sagt, er … er ist ein … ein Clown. Bitte …«

»Was will er von uns?«

»Es gibt da eine Website, versuch nicht, sie zurückzuverfolgen, das ist nicht möglich.« Sie verlas eine zusammenhanglose Folge von Buchstaben. Marie ahnte, noch ehe die Geisel hinzufügte, sie solle ein ›http‹ davorsetzen, dass sie ihnen die URL einer Seite im Netz nannte.

»Hast du das?«

»Ja.«

»G-Gut. Öffnen.«

»Ich kann keine unbekannte Seite öffnen. Was ist, wenn er vorhat, uns mit irgendetwas zu infizieren? Mit Trojanern? Oder Spyware?«

»Nein, nein, nein. Das ist nicht der Zweck dieser Übung.« Sie schluchzte erneut. »Darum geht es ihm nicht. Er will, dass du siehst, dass er nicht scherzt.«

Marie sah Leland an, der daraufhin nickte. Also tippte sie die URL in den Browser ihres Handys ein und wartete darauf, dass die Seite lud – was außergewöhnlich lange dauerte.

Die Website war schwarz, mit Ausnahme eines Videoplayers in ihrer Mitte. Nein, korrigierte sich Marie, nachdem sie einige Augenblicke besorgt auf das unscharfe, verpixelte Bild geblickt hatte: kein einfacher Videoplayer, ein Livestream.

Die Liveübertragung eines entsetzlichen Anblicks.

Eine Frau war dort zu sehen, so viel konnte Marie ausmachen, eine Frau, die an eine Art Betonpfeiler, der frei im Raum stand, gefesselt war. Aufrecht stand sie dort, ein Arm an ihrer Seite gefesselt, der andere, mit dem sie das Mobiltelefon hielt, frei. Sie trug zerrissene Jeans und ein T-Shirt und hatte lange blonde Haare, die ihr wirr über die Schultern fielen.

Ein Schatten schob sich ins Bild. Die Kamera fokussierte neu und stellte auf einen vermummten Mann scharf, der ins Objektiv spähte. Eine Clownsmaske bedeckte sein Gesicht.

»Er fragt, ob du ihn siehst? Das ist er.« Er winkte in die Kamera und streckte den Daumen in die Luft.

»Ja … ich kann Sie beide sehen.«

»Ich kann mich nicht selbstständig aus meiner Lage retten. Ich muss befreit werden. Diese Aufgabe fällt dir zu – und deinen Kollegen.«

»Ich verstehe.« Marie sah, wie Leland leise mit Sanders und Jürgens sprach und gestikulierte, Jörg telefonierte und Isabelle neben ihr die Augen nicht von der Übertragung nahm. Sie hatte ihr eigenes Smartphone in der Hand, die Website ebenfalls aufgerufen und nahm mit einer App den Bildschirminhalt auf.

»Der Ort ist geheim und wird d-das auch bleiben, bis jemand meine Frage, das Rätsel, korrekt beantwortet. Das sind die Regeln. Antwortet richtig, und ich lebe. Antwortet falsch …« Der Mann auf dem Display hob einen Kanister in die Höhe.

»Antwortet falsch, dann wird meine Antwort das hier sein. Der Tod.«

»Wie lautet die Frage?«

»*Warum muss d-diese Frau sterben?* Oh G-Gott, b-bitte …«

»Was?!«

»Das ist alles. Eine einzige Frage. D-Du hast eine Stunde. Jetzt ist es genau achtzehn Uhr. Ich melde mich wieder.«

Die Verbindung brach ab.

»Scheiße!« Auf der Website erschien ein Countdown, der Minute für Minute herunterzählte. 59:42. Marie betrachtete den Livestream noch einige Augenblicke, dann brach auch die Videoübertragung ab.

»Eine Stunde«, wiederholte Isabelle. Der Ausdruck ihrer Augen spiegelte wider, was Marie in diesem Augenblick empfand: Entsetzen und höchste Anspannung. »Wie in aller Welt sollen wir das schaffen?«

4.

54 Stunden bis zum Ablauf des letzten Ultimatums

»Haben wir eine Spur? Können die Kollegen den Anruf zurückverfolgen? Wir haben eine Stunde, mehr nicht.«

»Noch nicht«, sagte Sanders und fluchte. »Vielleicht schaffen sie es, aber wahrscheinlich wird es länger dauern. Die Funkzelle konnte noch nicht genau eingegrenzt werden, und eine Ferneinschaltung des GPS des Handys war natürlich auch nicht möglich. Wir brauchen die Experten vom LKA, um das zu erledigen, und die werden gerade erst hinzugezogen.«

»Verdammt. Ich hoffe wirklich, die drücken aufs Tempo.«

Während das Gewitter weiter tobte und der Platzregen prasselnd niederging, steckten sie die Köpfe zusammen. »Gehen wir überlegt und methodisch vor, wie immer, Countdown hin oder her. Verfallen wir nicht in Hektik. Wir sehen das Opfer dort auf der Website, der Livestream ist abgeschaltet, aber Isabelle hat aufgenommen, was zu sehen war. Die Website ist neben der Rückverfolgung des Anrufs die zweite wichtige Spur. Da muss sich sofort jemand dransetzen.«

Leland runzelte die Stirn. »Dieser Technikkram ist für mich ein böhmisches Dorf. Also kann mir vielleicht jemand sagen, ob es möglich ist, seine Spur im Internet zu verfolgen?«

»Ziemlich unwahrscheinlich«, sagte Jörg. »Weit unwahrscheinlicher als über den Anruf. Aber wir werden die Kollegen drauf ansetzen. Schick mir die Adresse rüber, Marie.«

Sie tat es, worauf Jörg mit der Abteilung für IT- und Netzkriminalität im Präsidium telefonierte.

»Als Nächstes«, sagte Marie und zwang sich, ihre doch etwas nervöse Stimme unter Kontrolle zu bringen, »Vermisstenanzeigen checken. Wenn wir herausfinden, wieso sie verschwunden ist, können wir vielleicht eine Antwort auf die Frage finden, die er uns gestellt hat: Warum muss sie sterben? Isa, das übernimmst du.«

»Du willst dieses Spiel mitspielen?« Sanders warf ihr einen nachdenklichen Blick zu. Der hochgewachsene, hagere Mittfünfziger, der sich nach all den Jahren in der Hauptstadt des Verbrechens nach ein wenig Ruhe sehnte und nun ausgerechnet am Abend seines Abschieds einem solchen Fall ausgesetzt wurde, blickte beunruhigt drein.

»Wir müssen uns alle Optionen offenhalten. Wenn wir sie aufspüren, ehe die Stunde um ist – gut. Wenn nicht, möchte ich eine Antwort haben.«

Leland nickte. »Was machen wir, wenn wir nicht herausfinden, wer sie ist? Ich frage mich, wieso sie nicht die Gelegenheit ergriffen und uns gesagt hat, wer …«

»Sie hat Todesangst. Sie wagt es nicht, sich ihm zu widersetzen.«

Marie warf einen Blick auf die Website. Mit entsetzlicher Gleichgültigkeit lief ihnen die Zeit davon: 56:32. 56:31. 56:30. »Wir haben doch das Video. Welche Informationen über das Versteck der Geisel liefert es uns?«

Isabelle kniff die Augen zusammen, strich sich den blonden Pony aus der Stirn und beugte sich vor. »Sieht aus wie eine

Lagerhalle. Da liegen jede Menge Abfall, Schutt und irgendwelche alten Verpackungen auf dem Boden.« Sie schnaubte. »Wieso benutzt er denn keine HD-Kamera?«

»Nicht der Zeitpunkt für Scherze«, sagte Sanders.

»Wenn ich mich nicht irre, höre ich das jedes Mal.«

Lelands Gesicht war sehr blass, als er sich Marie zuwandte: »Du solltest die offizielle Bestätigung erst in den nächsten Tagen bekommen, und ich wollte die Sache eigentlich heute Abend im Rahmen der Feier publik machen, aber jetzt ist der Abend gelaufen, wir müssen schnell sein, und ich nehme an, dass du schon weißt, worum es geht. Du wärst nicht die hervorragende Polizistin, die du bist, wenn du nicht längst dahintergekommen wärst.«

»Das schlecht gehütete Geheimnis«, sagte Isabelle. »Wurde aber auch Zeit.«

Leland schüttelte Maries Hand. »Glückwunsch, *Kriminalhauptkommissarin.*«

»Vielen Dank.« Sie lächelte nicht, dafür fand sie gerade nicht die Kraft. »Das bedeutet mir wirklich viel.«

»Genug der Gefühlsduselei«, sagte Isabelle. »Die Zeit tickt.«

»Ich verstehe, dass das überraschend kommt«, sagte der Erste Hauptkommissar, »besonders nach dieser Ermittlung der Internen, aber offenbar trafen meine Worte weiter oben doch auf Zustimmung. Und mit ein wenig Hilfe von einigen Freunden – einem speziellen Freund, um genau zu sein – war die Genehmigung der Beförderung nur noch eine Formsache. Ich dachte mir, du hast dir das nach dem Erfolg im Fall Dezembermann durchaus verdient.«

Marie sah, wie sich die Tür des Pubs öffnete und viele der Kollegen herauskamen. Sie sah Sanders, der sie in aller Kürze über die Entwicklung der Ereignisse informierte. *Hauptkommissarin,* dachte sie. *Mit der Hilfe eines speziellen Freundes.*

»Franz, wer genau …?«

»Nicht jetzt«, sagte Leland und warf einen Blick auf den Countdown. Zweiundfünfzig Minuten blieben ihnen. »Wir haben ein Menschenleben zu retten. Jörg, was macht die Rückverfolgung der Website?«

»Das klappt in keinem Fall innerhalb einer Stunde und ist mit hoher Wahrscheinlichkeit auch völlig sinnlos«, erwiderte Bodenfeld. »Die Technik konnte mir jetzt schon sagen, dass die Seite irgendwo im Ausland gehostet wird, vermutlich auf einer Südseeinsel oder Afrika oder irgendwo in dieser Richtung. Außerdem ist das Ganze durch das TOR-Netzwerk und einen sogenannten asymmetrischen 256-Bit-AES-Algorithmus verschlüsselt und deshalb nicht ganz einfach zurückverfolgbar. Das ist alles, was ich auf die Schnelle erfahren konnte.«

»Aber irgendjemand muss die Seite programmiert haben?«, warf Marie ein. »Ist doch keine einfache Sache, einen Livestream irgendwo einzubauen.«

»Programmiert? Der junge Kollege aus der Technik erklärte mir ganz zynisch, dass man heutzutage für ein paar Dollar jede Website in Asien programmieren lassen kann, die man sich wünscht«, sagte Jörg mit einem Schulterzucken. »Diesen Programmierer zu finden ist so wahrscheinlich wie die berühmte Nadel im Misthaufen, und wenn er anständig bezahlt wurde, hält er auch dicht. Oder – was wahrscheinlicher ist – er weiß gar nicht, welchem Zweck diese Seite dient, die er da aufsetzen sollte.«

»Heuhaufen«, berichtigte Isabelle. »Alles klar. Ich bin auf dem Weg. Die Vermisstenanzeigen warten.«

»Nimm dir zwei, drei Leute aus Jürgens' Team mit«, sagte Leland noch, ehe sie mit wehender Mähne verschwand. »Ich will, dass sich jeder Kollege hier und im Präsidium diese

Aufzeichnung des Livestreams ansieht. Vielleicht erkennt jemand den Ort.«

»Fangen wir doch hier an.« Marie reichte das Handy einem Kommissar der MK 2, der es betrachtete und danach weitergab. »Was ist mit den Experten für Geiselnahmen? Was ist mit den Jungs von der Netzkriminalität?«

»Schon informiert«, sagte Jörg. »Aber ohne den Ort, die Geisel und den Täter zu kennen, haben wir auch keine unmittelbare Geisellage. Und die Online-Kollegen suchen nach einer Spur auf den bekannten Seiten im Darknet, aber …«

»Aber was?« Marie bemerkte, dass Jörg ungehalten wirkte, was angesichts der Situation kaum überraschend war, auch wenn es sie verwunderte, da er sich sonst stets Mühe gab, Ruhe und kühle Gelassenheit auszustrahlen. *Einer im Team muss es ja tun*, dachte sie. *Wir ergänzen uns.*

»Die haben ohnehin im Blick, was es im Blick zu behalten gibt: Foren, Seiten, wo Waffenkäufe, Kinderpornografie, Drogenumschlag und Auftragsmorde abgewickelt werden; die übliche Scheiße. Wenn er sich da nicht auf irgendeine Weise Hilfe gesucht hat, ist er ein Phantom. So schnell nicht aufspürbar.«

»Das LKA ist dran«, sagte Leland. »Uns bleibt keine andere Wahl.«

Das Mobiltelefon hatte die Runde gemacht und war wieder bei Leland angekommen, der sofort einige Anrufe tätigte.

»Ideen?«, fragte Marie in die Runde. Sie wischte sich über die Stirn. Trotz des Unwetters hatte sie das Gefühl, die Temperatur sei weiter gestiegen und die Luftfeuchtigkeit hätte den Grad des Unerträglichen erreicht. Ihr T-Shirt klebte auf der Haut. Als sie aus der Reihe der umstehenden Kollegen nur Kopfschütteln und Verneinungen als Antwort erntete, sank ihre Hoffnung weiter.

Es ist niemals genug.

»Marie?«

»Ja?«

»Geben wir die Information ans gesamte Präsidium raus?«

»Ja.«

»Und darüber hinaus?« Jörg verschränkte die Arme. »Und damit meine ich nicht die Dienststellen im Land oder bundesweit. Ich meine Presse, *Öffentlichkeit.* Vielleicht erkennt jemand den Ort, an dem er sie gefangen hält.«

»Das kann ich nicht allein entscheiden.« Marie sah sich in der Menge der Kollegen nach Lucie um, konnte ihre Tochter allerdings nicht entdecken. »Das wird einen gewaltigen Aufruhr verursachen, aber wenn wir sie sonst nicht finden, wird uns wohl kaum etwas anderes übrig bleiben. Hoffen wir, dass es nicht so weit kommt.«

Leland kam zu ihnen zurück. »Das Landeskriminalamt ist informiert, wird sich der Rückverfolgung des Anrufs und der Website annehmen und jemanden zur Einsatzleitung schicken, der die Lage mit koordiniert.« Schließlich klatschte er in die Hände und blickte in die Runde. »Bewegung, Leute. Uns bleiben fünfundvierzig Minuten.«

Im Trubel entdeckte Marie ihre kleine Tochter. Lucie hielt Sabines Hand. Valerie, die neun Monate alte Tochter von Jörg, saß auf dem anderen Arm ihrer Mutter. Der Anblick versetzte Marie einen Stich.

»Ich nehme Lucie mit zu uns«, sagte Sabine, als Jörg und Marie zu ihnen traten. »Gar kein Problem.«

»Danke.« Marie schenkte Sabine ein dankbares Lächeln und wandte sich an ihre Tochter. »Einverstanden, meine Süße?«

»Schon gut«, sagte Lucie. »Du musst ihn dir schnappen, Mama. Das ist wichtig.«

Marie, die in letzter Zeit immer wieder über das plötzlich gereifte Verhalten ihrer Tochter staunte, lächelte und strich Lucie über das dunkle Haar. »Bis später, Schatz.«

Als sie und Bodenfeld im Laufschritt zu ihrem Wagen unterwegs waren, sah sich Marie noch einmal nach ihrer Tochter um, ehe die mit wehendem Braunschopf in der Menge verschwand.

»Komm«, sagte Jörg. »Allmählich wird sie ein großes Mädchen.«

»Ich hatte mir geschworen, dass so was nicht mehr vorkommt. Keine überstürzten Aufbrüche mehr mitten in der Nacht, keine Marie, die ihre Tochter nicht zum Kindergarten bringen oder abholen kann, weil ihr Job sie in Beschlag nimmt. Sie hat ihre Großmutter häufiger gesehen als mich, meine Mutter hat sie erzogen, weil ich nicht da war.« Sie seufzte. »Ausgerechnet heute. Lucie hat sich so gefreut. Wir hatten vor, ins Kino zu gehen und …«

Das Klingeln ihres Telefons unterbrach sie, als Jörg neben ihr einstieg und den Wagen in den Regen und den Abendverkehr steuerte. »Winter?«

»Bist du das?«

Sie erstarrte. Das war wieder sie, die Geisel, durch die der Entführer sprach.

»Ich bin dran, ja«, sagte sie vorsichtig.

»Geh auf die Website. Dort ist etwas, ein Download nur für dich, eine kleine Software für dein Handy, sagt er. Installiere sie.«

»Wieso sollte ich das tun?«

»So kann er dich kontaktieren, ohne dass du herausfindest, wo er steckt. Es ist wichtig. Wenn du dich weigerst, wird er …«, sie schluckte, »… mich töten und einfach verschwinden. Es ist deine Wahl.«

Dann war sie wieder fort, und der Anruf endete.

Marie öffnete die Website. Dort war ein kleiner Link erschienen, den sie anklickte, worauf sich die App installierte. Kaum war der Installationsprozess abgeschlossen, ging ein neuer Anruf ein, doch nicht über das herkömmliche Mobilfunknetz, sondern über ihre Internetverbindung direkt auf diese App. »Videotelefonie«, sagte die Geisel. »Über ein sicheres, geheimes, verschlüsseltes Netzwerk. Hör mir jetzt sehr, sehr g-gut zu.«

5.

Jörg registrierte augenblicklich, wie erschrocken sie war, und Marie wiederum sah, dass er es bemerkt hatte. All die kleinen Gesten, Andeutungen und Veränderungen in der Mimik waren leicht für den anderen zu lesen: Ihr Team, Jörg Bodenfeld und Isabelle Odinsdottir – mit ihnen verband Marie eine Geschichte, die bis zum Tod ihres Mannes Erik zurückreichte. Sie hatten in wenigen Jahren mehr Gefahren gemeinsam durchlebt als viele Menschen in ihrem ganzen Leben.

Für einen Augenblick dachte sie an Erik, Lucies Vater, den Mann, den sie geliebt hatte – und mit ihrer eigenen Dienstwaffe hatte stoppen müssen, um sich und ihre ungeborene Tochter zu schützen. Ein Schrecken, der sie nie mehr verlassen würde, ihr Leben lang nicht. Ein Schrecken, für den sie noch immer keine vollständige Erklärung gefunden hatte.

Sie rieb sich die Schläfen. Ein Frösteln durchlief ihren Körper.

»Marie?«

»Das war sie … aber in Wahrheit natürlich wieder er.«

»Der Unbekannte? Hat er die Geisel wieder sprechen lassen?«

»Genau.«

»Was wollte er? Die Stunde ist noch längst nicht um.«

Marie blickte in den Spätsommerregen. Die Tropfen bahnten sich in breiten Schlieren einen Weg über die Scheibe und trommelten rhythmisch aufs Dach. »Er wollte mir mitteilen, dass er mich kennt. Das war alles. Abgesehen von dieser verschlüsselten Software, die ich installieren musste.«

»Was soll das heißen?«

»Er sagte, er hätte von mir gehört. Von der Dezembermann-Sache.«

»Dann faselt er sich was zusammen. Die Presse weiß nicht, wer ihn am Ende verhaftet hat. Die wissen nicht, dass du es warst.«

»Dachte ich auch.« Marie seufzte. »Aber dann sagte sie etwas zu mir, das er sich kaum ausgedacht oder aus der Zeitung erfahren haben kann: *Es ist niemals genug.* Exakt die Worte, die der Dezembermann zu mir sagte, als ich ihn gestellt habe. Er und ich, allein auf der Lichtung. Den ganzen Tag schon bin ich nervös, als hätte ich geahnt, dass etwas geschehen würde. Was soll das? Lässt mich die Vergangenheit nie in Frieden?«

Jörg beschleunigte. Vor einer roten Ampel warf er Marie einen Blick zu, dann griff er nach dem Blaulicht, heftete es aufs Dach und raste über die Kreuzung.

»Du wirst das Leland sofort erzählen, wenn wir da sind.«

»Aber …«

»Nein. Wenn er diese Worte gewählt hat … Verdammt, woher kann er die kennen? Wir haben den Verrückten doch sofort auf der Lichtung einkassiert. Das waren Worte zwischen ihm und dir, und wenn du sie nicht unserem neuen Anrufer hier verraten hast – kleiner Scherz, Marie –, dann begreif ich das nicht.«

»Der Dezembermann …«

»Der Dezembermann sitzt ein, und soweit ich das mitbekommen habe, genießt er die Einzelhaft nicht besonders. Voll schuldfähig lautete das Urteil. Du solltest endlich anfangen loszulassen. Ich weiß, was er dir angetan hat, aber ist es nicht allmählich Zeit?«

»Ich habe losgelassen.« Marie betrachtete einen Blitz, der sich am Himmel wild in alle Richtungen verästelte. Der Donner folgte sogleich, ein bassstarkes, rollendes Dröhnen voller Zorn. »Ich versuche, jeden Tag ein Stückchen mehr Normalität einkehren zu lassen. So gut ich kann. Weil es das ist, was Lucie verdient. Und weil es notwendig ist.«

»Träumst du noch von ihm?«

»Von Erik?« Marie zögerte. Sie sah Jörg nicht an, als sie antwortete. »Nicht mehr.«

»Na also.«

Marie schüttelte den Kopf. »Nein. Es ist nicht so leicht. Ich kann nicht sagen, es reicht, und einfach weitermachen. Ich kann es einfach nicht. Als ich den Dezembermann stellte, sagte er etwas, das mir nicht aus dem Kopf will. Er behauptete, dass es da jemand anderen gebe, der hinter ihm stehe, der ihm all die Fertigkeiten, das Wissen, das er brauchte, um diese Verbrecher auf seine Seite zu ziehen und aufzuhetzen, beibrachte. Eine Art Lehrmeister, den er den *Professor* nannte.«

»Ja, das hast du uns schon erzählt. Und Parkov ebenfalls.« Jörg zuckte unverbindlich mit den Schultern. »Und wir haben die letzten Monate damit verbracht, das Leben des Dezembermannes zu durchforsten. Du weißt genauso gut wie ich, dass es weder eine Spur von einem Hintermann gab noch handfeste Beweise, die belegen, wie genau er seine Indoktrination umgesetzt hat. Dieses Wissen besitzt nur er, und er schweigt. Das wird er, wie es derzeit aussieht, auch weiter tun, bis er stirbt. Er war der Drahtzieher, der Anstifter, das hat er gestanden. Das ist alles. Jetzt ist er für immer weggesperrt und kann dir oder Lucie nichts mehr tun.«

Marie strich sich ihr dunkelbraunes Haar zurück und band den Pferdeschwanz neu. Sie fühlte sich seltsam leer und schwach, als hätte sie tagelang nichts gegessen. *Das ist nur die Nervosität, dieser neue Fall und die drückende Schwüle. Mehr nicht.*

»Richtig, er ist eingesperrt. Aber dass er alle Antworten mit ins Grab nehmen möchte, damit will ich mich nicht einfach so abfinden. Ich kann es nicht.«

»Weil es deine Obsession geworden ist.«

»Halt den Mund«, erwiderte sie schärfer als beabsichtigt. »Du verstehst es nicht. Du hast keine Ahnung, wovon du sprichst.«

»Vielleicht nicht. Aber vielleicht erkenne ich, wenn jemand dabei ist, angesichts einer unlösbaren Aufgabe zu verzweifeln. Du wirst ihm nichts entlocken können. Alles, was du erreichst, ist, ihm die Genugtuung zu verschaffen, dass er nach wie vor in der Lage ist, dir noch aus seiner Zelle heraus den Schlaf zu rauben.«

»Er war derjenige, der Erik manipulierte, ihn auf mich hetzte. Er ist der Grund für … alles.« Die Worte, die ganze Unterhaltung rissen alte Wunden in ihrem Inneren auf, die sie längst für verheilt gehalten hatte.

Sie hatten das Präsidium erreicht. In der Tiefgarage bedeutete ihr Jörg, einen Augenblick zu warten. »Du weißt, dass wir immer an deiner Seite stehen. Sabine, ich, Isabelle natürlich auch. An deiner und an Lucies Seite. Aber es gibt Dinge, Orte, an denen wir dir nicht helfen können.« Er legte eine Hand auf sein Herz. »Da wirst nur du dir selbst helfen können. Oder jemand, der dich heilen kann, wenn du es zulässt.«

»Und manchmal liegt es nicht bei einem selbst, dies zu entscheiden.« Sie warf einen Blick auf das Display ihres Smartphones. Noch vierzig Minuten. »Uns bleibt nicht mehr viel Zeit.«

»Hast du wieder von ihm gehört?«

Marie wusste augenblicklich, von wem er sprach. »Parkov und ich führen keine Brieffreundschaft, wenn es das ist, was du meinst.«

»Ich hatte den Eindruck …«

Sie drehte sich zu ihm um. Offenbar war ihr letzter Gedanke so unverhüllt auf ihrem Gesicht zu lesen, dass Jörg abwehrend die Hände hob. »Schon gut, Häschen.«

»Nenn mich nicht so.« Der Spitzname, den ihr Jörg freundschaftlich neckend für das hübscheste Lächeln im ganzen Polizeigeschäft, wie er es nannte, ihre Größe und ihre ein wenig zu langen Schneidezähne gegeben hatte, störte sie nicht. Doch dann hatte ein Mann, der sie bedroht hatte, ihn verwendet, und sie war sich nicht sicher, ob sie ihn noch hören wollte.

»Ja. Blöde Angewohnheit. Versprochen.«

Marie zwang sich dazu, ein Lächeln aufzusetzen. »Nein. Nein, ist schon gut.« Jörg hatte es nicht verdient, dass sie ihn so anging. Er war ihr Fels in der Brandung, ein Fels für das ganze Team, der große, gutmütige Riese gegenüber denen, die er liebte und in sein Herz geschlossen hatte, und gefährlich all jenen gegenüber, die ihnen Schaden zufügen wollten. Er hatte ihre Laune nicht verdient, und das wusste sie.

»Marie?«

»Mhm?«

»Wenn wir dort reingehen«, sagte er, »haben wir kaum mehr als eine gute halbe Stunde. Dann musst du funktionieren, ganz gleich, was er dir gesagt hat. Wenn wir dort reingehen, musst du allen zeigen, dass du Sanders' Position ausfüllen kannst. Du musst bereit sein.«

»Ich weiß.« Sie holte tief Luft. »Und das bin ich auch.«

6.

Das Großraumbüro, in dem die eilig einberufene Sonderkommission ›Anrufer‹ zusammenkam, war voll von summender Technik und angespannten Kollegen unter Reihen von kaltweißen Deckenleuchten.

Marie bat Jörg, Kontakt zur IT und der Abteilung Fahndungsmaßnahmen zu halten und sie zu informieren, sobald sich Neuigkeiten in Sachen Anruf- und Website-Rückverfolgung ergaben. Isabelle erwartete sie vor einer großen Leinwand, die die Website zeigte, den Countdown und den Livestream, der ihnen just in diesem Moment mitteilte, dass ihnen nur noch fünfunddreißig Minuten blieben.

»Die Vermisstendatenbanken?«

»Wir haben ein paar Frauen, etwa in ihrer Größe, blond, die als vermisst gemeldet wurden. Aber keine in Hessen, keine in der Nähe der City.«

»Er muss sich in der Stadt aufhalten oder zumindest in einem Umkreis von einigen Kilometern um Frankfurt herum«, ergänzte ein junger Kollege, der das Bild auf dem großen Schirm betrachtete. »So viel lässt die vorläufige Rückverfolgung des Handysignals zu.« Er streckte eine Hand aus. »Max Niemeier, IT und Telekommunikation.«

»Ist es möglich, dass er uns damit täuscht? Dass er das Signal auf irgendeine Weise umleitet und der Anruf gar nicht zwangsläufig in diesem Radius getätigt wurde?«

»Möglich ja, aber für unseren Täter nur sehr komplex zu bewerkstelligen. Es erfordert einiges an Know-how und Technik, die Sie nicht einfach mal so im Laden kaufen können. Jeder Anruf sendet eine Art Kennung, selbst wenn die Nummer unterdrückt wird. Die Leitstelle kann sie direkt einsehen, aber da er dort ohne Vorwarnung in dem Pub anrief, ist die Sache erheblich schwieriger, zumal er weiß, was er tut, und verhindert, dass wir aus der Ferne das Handy-GPS einschalten oder das Mobilgerät per stiller SMS orten.« Niemeier räusperte sich. »Ich habe mir dein Smartphone angesehen, das du dem Kollegen beim Reinkommen gegeben hast. Diese App dort, über die er kommuniziert hat, ist ziemlich clever. Läuft über TOR mit hohen Verschlüsselungsalgorithmen. So kann er anrufen und umgeht zugleich die Gefahr der herkömmlichen Rückverfolgung.«

Marie tauschte einen Blick mit Isabelle. »Also haben wir es mit einem Nerd zu tun, was?« Sie schenkte Niemeier ein knappes Lächeln. »Nichts gegen Nerds.«

»Er hat mit hoher Wahrscheinlichkeit das nötige Wissen; auch die Website, auf die er seine Videos streamt, beweist das.« Niemeier deutete mit einer knappen Handbewegung auf die Leinwand, auf der die Zeit runterzählte und das angekündigte Ereignis stetig näher rückte. »Wir haben es mit einer mehrfach asymmetrisch verschlüsselten, hinter Bouncer-, Cloud- und Proxy-Diensten versteckten Website zu tun, die tief im TOR-Netzwerk verborgen ist.« Niemeier schien auf vertrautem Boden an Sicherheit zu gewinnen und lächelte überheblich, was Marie unter diesen Umständen als nicht besonders angebracht empfand, doch schien der junge Kollege zweifellos Ahnung von seinem Fach zu haben.

»Ich verstehe kaum mehr als IT-Quark«, sagte Isabelle gereizt. »Kurz gefasst: Kriegen wir ihn über die Seite?«

»Kann schon sein, aber versprechen kann ich leider nichts. Er ist zwar clever, hält sich aber für zu gerissen. Wir haben einige wirklich gute Programmierer und Hacker im Team, die irgendwann hinter alle Mauern dringen und jede Firewall und angewandte Verschleierungstaktik umgehen können, die er benutzt … und dann, zack, haben wir ihn. Aber, das muss ich hinzufügen, es kann lange dauern. Wir müssen seine Spur von Server zu Server im TOR-Netzwerk aufspüren und zurückverfolgen.«

»Zack?« Marie runzelte die Stirn. »Einfach so? Der Server steht im Ausland, wie ich verstanden habe.« An Isabelle gerichtet, fügte sie hinzu: »Prüf bitte mal, ob mittlerweile irgendein Kollege, egal, wer – inzwischen müssten ja alle, die grad im Dienst sind, den Stream kennen –, eine Vermutung hat, was den Ort angeht. Diese Halle, in die der Anrufer seine Geisel verschleppt hat. Egal, was, ich will jeder kleinen Vermutung nachgehen.«

»Sofort.«

Marie trat näher an den Bildschirm. Der Countdown verstrich mit unerbittlicher Gleichgültigkeit. Einmal bewegte sich die Geisel auf dem Video, und Marie hatte den Eindruck, sie würde sie direkt ansehen. Doch die Augenbinde auf dem Kopf der Entführten verhinderte jeden Blickkontakt.

»Der Server steht im Ausland, das ist richtig«, erwiderte Niemeier. »Die Domain wurde vermutlich unter einem falschen Namen registriert, aber darum geht es …«

Marie sah auf. »Wo im Ausland?«

Niemeier sah auf sein Handy. »Vermutlich Zentralafrika, Republik Kongo oder irgendwo in der Nähe. Die Info kam vom BKA. Was die gerade diesbezüglich unternehmen, weiß ich nicht, aber die Kontaktaufnahme mit den dortigen Behörden wird länger dauern als der Countdown, den wir da vor uns sehen. Die müssen vermutlich das Konsulat miteinbeziehen.«

In Marie zog sich etwas zusammen. Diese Überheblichkeit der übergeordneten Behörden hatte sie bereits mehrmals erlebt – einmal hatte sie sie sogar die Leitung eines Mordfalls gekostet –, aber es war auch die Erwähnung des Wortes BKA, die sie ärgerte.

Reiß dich zusammen. Das ist nicht professionell.

Niemeier musterte sie. »Was ich noch sagen wollte ...«

»Nur zu.«

»Auch wenn der Server irgendwo in Afrika steht und die Website dort ihren Ursprung hat, so stammen die Bilder, die übertragen werden, doch von hier, sehr wahrscheinlich aus Deutschland ... Wir konnten unseren Täter ja auf dem Stream beobachten, und er hat direkt in die Kamera gewinkt, während er bestätigte, dass er es ist. Die Geisel spricht akzentfrei Deutsch, und der dazugehörige Anruf scheint in einem Umkreis von maximal siebzig Kilometern getätigt worden zu sein. Die Lichtverhältnisse auf dem Video passen. Deshalb müssen wir davon ausgehen, dass auch der Ursprung dieses Videolivestreams ganz in der Nähe liegt.«

»Fein, das ergibt Sinn.« Sie betrachtete das Bild. Eine Lagerhalle. *Wo steckst du bloß? Wohin hast du sie gebracht?*

Abermals wandte sie sich an Niemeier: »Können wir die Verbreitung dieser Seite im Netz irgendwie eindämmen?«

»Bislang weiß niemand von ihr. Wir prüfen soziale Netzwerke ganz routinemäßig, Facebook, Twitter und so weiter. Wenn sich dort verbreitet hätte, dass jemand über einen Livestream ein Spiel mit der Polizei spielt, dann hätte sich aus der Sache im Handumdrehen eine Lawine entwickelt, und wir würden sofort davon erfahren.«

»Gut, aber das beantwortet meine Frage nicht.«

»Die Antwort lautet: Kommt drauf an. Bestimmte Seiten lassen sich über DNS-Server oder per IP-Sperre blockieren, dies nutzen wir vor allem, um die Verbreitung von strafbarer Pornografie einzudämmen – bis zur Abschaltung der Seiten. Eine Seite wie diese da ließe sich auch blockieren, aber nicht abschalten. Und für jeden unter dreißig ist das Internet ohnehin die zweite Heimat. Die wissen, wie man einen neuen DNS-Server wählt und Proxy- und VPN-Dienste benutzt, die die Herkunft des eigenen Zugangs verschleiern. Das heißt, Tante Erna könnte die Seite wahrscheinlich nicht mehr sehen, die meisten anderen aber sehr wohl.«

»Und außerdem sollten wir berücksichtigen, dass der Täter mit hoher Wahrscheinlichkeit ein Publikum will«, sagte Marie leise. »Er wird reagieren, wenn er bemerkt, dass wir versuchen, seine Zuschauer auszusperren. Mist.«

»Stimmt.« Niemeier warf ihr einen respektvollen Blick zu. »Das habe ich noch nicht bedacht. Also ist es vielleicht besser, wir unternehmen gar nichts?«

Marie spürte, wie ein Schweißtropfen zwischen ihren Schulterblättern herabfloss. Das Büro war klimatisiert, und trotzdem war ihr entsetzlich heiß. »Bereite bitte die notwendigen Schritte für eine rasche Sperrung vor. Wir unternehmen zunächst noch nichts. Ich muss das mit dem LKA und meinen Vorgesetzten absprechen. Sag mir sofort Bescheid, wenn sich was Neues ergibt.«

»Natürlich.«

Marie trat in die Mitte des Raums, wo ein Projektor stand, der das Bild an die gegenüberliegende Wand warf.

Fünfzehn Minuten, mehr blieben ihr nicht. Es war *sie selbst*, die ihm die Antwort auf seine Frage geben musste, sie war es, mit der er sprechen wollte.

»Leute, eine Minute eurer Zeit!«, rief sie und wartete, bis sich die Aufmerksamkeit im Raum auf sie gerichtet hatte.

»Wir haben nur noch eine Viertelstunde.« Marie blickte in die Gesichter von Kollegen, von denen viele ihre Schicht längst beendet haben sollten. Müde und angespannte Mienen. »Haben wir eine Rückmeldung? Einen Hinweis auf den Ort, sein Versteck? Kommt schon, gebt mir was Handfestes!«

Es war Jörg, der antwortete. »Nichts, Marie, niemand hat es erkannt. Die Streifen sind in den Industriegebieten unterwegs, aber wir können nicht alle Örtlichkeiten, die infrage kommen, in der kurzen Zeit aufsuchen. Und es sind nicht gerade wenige. Bislang kein Treffer.«

»Können wir über leer stehenden Hallen ein Überwachungsnetz aufspannen, das uns informiert, sobald dort jemand telefoniert oder ins Internet geht?«

Niemeier meldete sich zu Wort. »Das können wir, aber einige Kollegen haben Bedenken wegen der Rechtmäßigkeit einer so weitreichenden Maßnahme, die die Privatsphäre einschränkt.«

»Ein Menschenleben ist in Gefahr.« Leland schüttelte den Kopf. »Los, fangt sofort an. Leer stehende Hallen hier in der Stadt zuerst.«

»Neuigkeiten von den Vermissten?«

»Noch keine«, antwortete Isabelle sofort.

Verdammt, dachte Marie. *Das sieht alles nicht gut aus.*

»Wie stellt er es an, dass seine Geisel exakt das sagt, was er von ihr will? Wie kann er sofort reagieren? Er muss sich dicht in ihrer Nähe aufhalten und …«

»Nicht zwangsläufig«, sagte Niemeier, »idealerweise hat er sie verkabelt und hört mit, was sie hört. Wir sehen auf dem Video nur ihre rechte Gesichtshälfte, in ihrem linken Ohr könnte sie einen In-Ear-Kopfhörer tragen, über den er mit ihr spricht. Er hört, was wir antworten, flüstert ihr ein, was sie sagen soll, und sie spricht mit uns über das Smartphone.«

Marie nickte dem jungen Kollegen zu. »Gut, das ist hilfreich. Danke.«

»Es ist nur eine Theorie, aber ich würde es auf diese Weise anstellen.«

»Hat das LKA etwas in Erfahrung gebracht? Was können wir zum Täter sagen, zur Vorgehensweise, dem Opferprofil, der Wahl des Tatorts?« Marie wandte sich an die drei Kollegen des LKA, die vor Kurzem eingetroffen waren, bei Leland standen und zuhörten: zwei Oberkommissare und ein Hauptkommissar. Sie kannte keinen von ihnen.

»Er ist ein Spieler«, sagte einer der Männer. »Marius Weigand, LKA Wiesbaden. Das ist relativ offensichtlich. Er nimmt sein Gegenüber, uns, die Polizei, nicht ernst. Er fordert uns auf, in sein Duell einzusteigen, was wir natürlich nicht tun werden. Das Falscheste wäre, seinen Forderungen nachzugeben. Das schließt auch ein, dass wir überhaupt nicht versuchen sollten, seine Frage zu beantworten.«

»Und wenn er Ernst macht und seine Geisel wie angekündigt tötet, gerade weil wir seine Frage nicht oder falsch beantworten?« Marie konnte kaum glauben, was sie da hörte. Sie fixierte den Anzugträger mit zornigem Blick, doch der hatte nur eine aalglatte Maske als Antwort für sie übrig.

»Lassen Sie mich mit ihm reden, Frau Winter. Wir sind dafür ausgebildet, in Extremlagen wie diesen die richtigen Entscheidungen zu treffen.«

»Es ist meine Operation.«

»Richtig. Ich wundere mich bloß, wie lange …«

Marie zwang sich, Ruhe zu bewahren. Anna Sörensen, die LKA-Hauptkommissarin, die sie während des Dezembermann-Falles ersetzt hatte, hatte sich später als souveräne, freundliche Kollegin herausgestellt. Dass Weigand eine solche Wendung durchmachen würde, war nicht auszuschließen, doch jetzt musste sie ihn erst einmal akzeptieren, wie er war. Leland beobachtete sie genau. Ein erster Bewährungstest.

»Das Leben der Geisel geht vor«, sagte sie, »darum wird derjenige mit dem Täter sprechen, der dafür am besten ausgebildet ist. Also Sie, Weigand, ganz wie Sie sagen. Sie wollen ihn, Sie kriegen ihn.«

Weigand nickte und hob den Daumen. »Bestens.«

»Haben Sie einen Plan?«

»Natürlich.«

»Ich würde es sehr schätzen, wenn Sie ihn mit uns teilen.«

»Es ist relativ einfach. Unser Gegenüber ist ein Spieler, also werde ich nach den Grundzügen der Spieltheorie mit ihm verfahren. Er wird seine Geisel aufgeben, wenn ich ihm dafür einen höheren Einsatz anbiete, und dafür muss ich nicht einmal in sein Frage-Antwort-Spiel einsteigen.«

»Ein höherer Einsatz? Welcher denn?«

»Das werde ich herausfinden. Wenn Sie, Frau Winter, sich mit ihm vernünftig unterhalten hätten, anstatt sich von Sekunde eins an die Regeln seines Spiels aufzwingen zu lassen, dann wüssten wir jetzt schon, was wir wissen müssen.«

»Ich habe getan, was getan werden musste«, gab sie zurück. »Wenn Sie auch nur den Hauch einer Ahnung von Ihrem Job haben, wissen Sie, dass er nicht so funktioniert, wie Sie gerade behaupten ...«

»Schluss mit dem Kompetenzgerangel!« Leland sah erbost von ihr zu Weigand. »Ein paar Worte unter vier Augen, Winter, sofort.«

Vor der versammelten Truppe zurechtgewiesen, folgte sie ihm auf den Flur hinaus.

»Was um alles in der Welt sollte das? Wenn er auch nur ›den Hauch einer Ahnung‹ von seinem Job hätte? Ist das dein Ernst?« Lelands Wangen waren rot, sein Blutdruck, der seit Jahren ohnehin nicht mehr im gesunden Bereich lag, stieg vermutlich gerade in gefährliche Höhen.

Marie hielt seinem Blick stand. »Ich bin es leid, auf diese Weise zurechtgewiesen zu werden. Wir haben alles getan, was wir in der Kürze der Zeit erledigen konnten. Wenn es keine Spur gibt und er sich viel zu geschickt verbirgt, dann müssen wir unsere Anstrengungen darauf fokussieren, seine Frage richtig zu beantworten. Da drin steht ein Mann, der gerade behauptet hat, wir sollten nicht einmal versuchen, eine Antwort zu finden.«

»Und wenn er recht hat?«

Marie sah Leland an, dass er nicht überzeugt war. »Kennst du ihn?«

»Flüchtig. Er ist ein Überflieger, wie ich hörte, ein Freund der kriminalistischen Theorie. Und ja, er ist nicht der Umgänglichste unter der Sonne. Wieso fragst du?«

»Weil du ihn nur flüchtig kennst, mich hingegen sehr gut, Franz. Du kennst meinen Instinkt. Weigand mag zwar in der Theorie recht haben – wahrscheinlich hat er seinen Plan durchdacht und berechnet –, aber ich glaube, hier werden wir uns nicht mit einer Theorie begnügen können. Wir müssen versuchen, die Frage zu beantworten, *warum sie sterben muss*, und zugleich, sein Spiel zu umgehen. Wie oft ist uns ein Täter begegnet, der mit simpler Theorie nicht zu erklären war? Jeden zweiten Tag.«

Leland warf einen Blick auf seine Uhr. »Zehn Minuten. Gehen wir wieder hinein.«

Als sie den Raum betrat, sah Marie, dass Weigand sie musterte. Ein Funkeln in seinen Augen, das ihr sagte: *Ich gewinne.*

Doch dann bemerkte sie etwas anderes. Weigands Hände klammerten sich um die Schreibtischkante. Sie zitterten.

Marie trat neben ihn an den mit Akten und blinkenden Monitoren überladenen Tisch. Weigands Kollegen vom LKA waren nicht in der Nähe – und auch sonst niemand, der sie hören konnte. »Ich weiß, dass Sie vor Ihren Kollegen das

Gesicht wahren wollen. Aber wenn Sie sich diesem Gespräch mit dem Geiselnehmer nicht gewachsen fühlen …«

Weigand sah sie an, als hätte sie sein Herz durchbohrt. Doch nur eine Sekunde lang, dann war die undurchdringliche Maske wieder da.

»Ich weiß nicht, wovon Sie sprechen.«

»Ihre Hände. Sie sind nervös. Sie atmen schneller als gewöhnlich. Sie schwitzen.« Marie deutete auf einen Notizblock, der mit blauem Kugelschreiber von oben bis unten vollgeschrieben war. »Sie fürchten die Konsequenzen, wenn Sie falschliegen.«

»Sie nicht?« Für einen Augenblick klang Weigands Stimme verändert, weniger überheblich. Menschlicher.

»Doch«, antwortete sie. »Ständig.«

»Ich bin sicher, dass es möglich ist. Dass wir ihn überzeugen können, seine Geisel nicht zu töten. Auch wenn wir die Antwort auf die Frage nicht kennen.«

»Also gut.« Marie betrachtete den Countdown, den der Projektor mit beständiger Schärfe auf die Wand projizierte, und spürte, wie sie mit jeder verstreichenden Sekunde nervöser wurde. »Wir werden es gleich hören. Es ist so weit.«

7.

Angespannt blickte Marie auf die Ergebnisse hinab, die ihr die Kollegen vorgelegt hatten. *Eher auf das Fehlen von Ergebnissen*, dachte sie.

Sie fühlte sich hilflos und unterlegen, und das allein aufgrund eines einzigen Anrufs. Zu wenig Zeit. Zu viele Möglichkeiten.

»Es gibt keine Antwort. Wir kennen ihren Namen nicht, wir wissen nichts über sie, nur das, was wir dem Bild an der Wand entnehmen können. Die Rückverfolgung läuft weiter, nach dem Ort wird nach wie vor gesucht.«

»Was zur Hölle ist das?«

Sie blickte auf. Auf der Website war erneut das Videobild über dem Countdown erschienen. Die Kameraposition hatte sich etwas verändert, doch der Ort war derselbe, die verlassene Halle, die an den Betonpfeiler gefesselte Geisel. Doch nun war die Kamera auf etwas anderes gerichtet, das dort stand: ein hölzernes, hoch aufragendes Gestell, einem Galgen nicht unähnlich. Ein Seil führte über den Querbalken, endete bei den Füßen der Geisel und war um ihre Beine geschlungen.

»Das ist neu.«

»Ist das ein verfluchter Galgen?«

Isabelle umrundete die Bürotische und deutete in die linke untere Ecke. »Seht mal hier. Eine große Plastikwanne.«

»Der Strick geht nicht zu ihrem Hals, sondern zu ihren Füßen. Ist euch klar, was das bedeutet?«

»Vierzig Sekunden«, rief jemand.

»Bereit, Weigand?«

»Bereit.«

Dreißig Sekunden. Marie, die neben Leland, Sanders und Weigand stand, sah sich ein letztes Mal nach ihren Kollegen um. Isabelle lehnte mit verschränkten Armen an der Tür, Jörg tippte noch immer an seinem Computer, als hätte er eine persönliche Abneigung gegen die Tastatur, vor der er saß. In allen Gesichtern sah sie Hoffnungslosigkeit und das Gefühl, versagt zu haben.

Das ist genau das, was er will. Er will uns scheitern sehen. Die Aufgabe, die er uns gestellt hat, war nicht zu lösen – in der Kürze der Zeit.

Zehn Sekunden.

Marie holte tief Luft. Für einen Augenblick stand sie wieder auf einer kalten, windumwehten Lichtung einem Mann gegenüber, der sie verhöhnte und aufforderte, ihn zu töten.

Es ist niemals genug.

War das ihr Schicksal? Wieder und wieder in Abgründe abzutauchen, hinein in die schwärzesten Untiefen der menschlichen Psyche, zu Tätern, die Unaussprechliches taten, zu Verbrechern, die ankündigten, ihre Opfer vor laufender Kamera und Publikum zu töten?

Drei, zwei, eins, zählte jemand.

Das Telefon in ihrer Hand läutete, als sich die App mit einem neuen Videocall meldete. *Unbekannt* stand dort.

Als sie Weigand das iPhone reichte, trafen sich ihre Blicke. *Hoffen wir*, so der stumme Gedankenaustausch, *dass es gut geht. Und rechnen wir mit dem Schlimmsten.*

»Weigand am Apparat«, sagte der Hauptkommissar, »ich bin vom LKA Wiesbaden.«

Aus dem auf Lautsprecher geschalteten Mobiltelefon drang das Geräusch heiseren Atmens. Dann fragte die Frauenstimme: »Wo ist Winter?«, während sie auf der Videoübertragung zusahen, wie sich die Geisel ein Mobiltelefon ans Ohr drückte.

»Sie werden mit mir sprechen.«

»Die Stunde ist um. I-Ich will die Antwort: Warum muss sie sterben? B-Bitte … bitte nicht.«

»Sie muss nicht sterben. Ich möchte Ihnen einen Vorschlag machen. Ein Angebot, um das Leben der Geisel zu retten.«

»Nein. Ich will dein Angebot nicht. Ich will auch nicht verhandeln. B-Bitte hören Sie auf.«

»Sie haben ein Ziel, sonst hätten Sie sich nicht bei uns gemeldet. Wenn es Ihnen allein um den Akt des Tötens ginge, hätten Sie dies auch ohne uns tun können. Ein Publikum hätten Sie finden können, ohne uns einzuschalten.«

Stille. Marie spürte, dass Weigand einen wichtigen Punkt getroffen hatte.

Dann antwortete der Unbekannte durch die Geisel: »Das ist falsch.«

Weigand zuckte zusammen. »Sie haben eine Geisel, die für Sie von keinem Wert ist. Ich biete Ihnen etwas Besseres. Eine Geisel mit einem wirklichen Wert, gerade angesichts des Publikums, das Sie zu beeindrucken versuchen. Jemanden, der Sie in eine bessere Verhandlungsposition bringt. Wir können das schaffen. Lassen Sie die Frau gehen, dann werde ich mich Ihnen ausliefern.«

Hinter Marie fluchte jemand. Sie sah, wie sich Lelands Finger mit weiß hervortretenden Knöcheln um die Tischkante schlossen. Niemand sagte ein Wort.

Auf dem projizierten Bild schob sich die schwarz gekleidete Gestalt ins Bild. Sie trug eine Maske, die einem Clownsgesicht glich, riss der Geisel das Mobiltelefon aus der Hand und stopfte ihr einen Fetzen Stoff in den Mund. Die Geisel an dem Betonpfeiler hinter ihm drehte den Kopf hin und her. Wenn sie schrie, gingen die Schreie in dem Knebel in ihrem Mund unter. Aus der Übertragung war ausschließlich die Stimme des Entführers zu hören.

Er sprach leise und beherrscht, seine Stimme war elektronisch verzerrt und verfremdet.

»Du willst dich mir ausliefern? Ein Polizist, offenbar ein wenig in Psychologie geschult, im Tausch gegen jemanden, den er nicht mal kennt? Das ist Heldentum, wie ich es mag. Oh, das ist wunderbar.«

»Dann haben wir einen Deal?«

»Wir haben einen …«

Es war zu einfach. Marie starrte auf die Liveübertragung und begriff, noch ehe sich der Anrufer in Bewegung setzte. Der Täter drehte sich zu seiner Geisel um, hob aus dem Nichts einen Kanister in die Höhe und goss in hohem Bogen eine Flüssigkeit auf die Gefesselte.

»… sehr guten Deal.«

»Was sagen Sie?«, schrie Weigand. Da war keine Panik in seiner Stimme, jedoch Überraschung, ein Gefühl der Unsicherheit, als ihm die Lage entglitt. »Was tun Sie da? Das ist nicht Teil unserer Vereinbarung!«

»Was macht er?«, rief Leland, »ist das Benzin?«

Ein Zippo tauchte in der Hand des Vermummten auf.

»Nein!« Marie hörte sich schreien. Sie riss Weigand das Telefon weg, was der perplexe Hauptkommissar geschehen ließ.

»Ich bitte Sie, tun Sie es nicht!«

»Bist du das wieder, Winter?«

»Ja, ich bin dran! Hören Sie mir zu, ich werde die Frage beantworten! Tun Sie es nicht!«

Die Gestalt auf der Übertragung hielt inne. Es war deutlich auszumachen, wie sie das Feuerzeug in die Luft warf und wieder auffing. »Zu spät. Ich sagte, dass wir einen Deal haben. Einen Deal nach meinen Vorstellungen. Sag deinem Kollegen, das hier ist seine Schuld.«

»Nein! Nein, warten Sie! Warten …«

Der Täter trat aus dem Bild, die Verbindung brach ab. Dann, nach einer gefühlten Ewigkeit – entsetzlich langsam mit anzusehen, als hätte sich die Zeit in eine zähe Masse verwandelt –, kam er zurück, schritt auf die Geisel zu, ließ das Feuerzeug aufschnappen und senkte es hinab auf die von der Flüssigkeit durchtränkte Kleidung.

Ein lähmender Augenblick folgte. Nichts geschah.

Der Täter drehte sich in Richtung Kamera. Marie glaubte zu erkennen, dass er hinter der Maske lächelte. Für alle deutlich auszumachen schüttelte er den Kopf und bewegte den Zeigefinger, als wolle er ein ungezogenes Kind ermahnen.

Das Feuerzeug verschwand in einer Tasche. Der Entführer löste die Fesseln der Geisel, die sie am Pfeiler festhielten, mit einem Taschenmesser, woraufhin diese entkräftet zu Boden sank. Die verängstigte Frau versuchte, von ihm fortzukrabbeln, doch er packte das Seil, das um ihre Unterschenkel geschlungen war, und zerrte sie hinter sich her. Dann ging er auf das Gestell zu, griff nach einer großen Kurbel und drehte. Der Strick spannte sich, und der Flaschenzug riss die Geisel nach oben. Ihr Kopf schwang hin und her, als er sie in die Höhe hievte.

Sie schrie, schlug um sich und schwang hin und her, außer sich vor Entsetzen und Panik. Doch der Galgen, diese entsetzliche Konstruktion, hielt stand.

Reiß ab, dachte Marie, *Strick, reiß einfach ab. Was immer der Wahnsinnige vorhat, lass es nicht geschehen … nicht jetzt, nicht hier vor laufender Kamera.*

Ein Keuchen ging durch den Raum, als der Täter eine große Wanne über den Boden zerrte und unter dem Kopf seiner Geisel ausrichtete.

»Was … was hat er da vor?«

Wieder und wieder schüttete er eine klare Flüssigkeit aus den Kanistern in die Plastikwanne, die leicht einem Menschen hätte Platz bieten können und bald bis zum Rand gefüllt war.

»Das ist überhaupt kein Benzin«, sagte Weigand leise. »Es ist Wasser.«

Der Entführer drehte die Kurbel. Entsetzlich langsam sank die gequälte Frau mit dem Kopf voran auf das Wasser zu. Als sie bemerkte, wie das Wasser ihre Stirn berührte, schlug sie in Panik um sich und spritzte es in alle Richtungen. Dann ließ er sie weiter runter. Das Wasser umschloss ihre Augen, die Nase, schließlich den Mund. Sie krümmte sich, versuchte angestrengt, den Kopf über der Wasseroberfläche zu halten, und kämpfte um ihr Leben, doch allmählich verließ sie die Kraft.

Sie gibt auf, dachte Marie. *Oh Gott. Sie zuckt, schlägt um sich, ist bei Bewusstsein und ertrinkt. Sie ertrinkt, und er zwingt uns zuzusehen.*

Dann wandte sie die Augen ab.

8.

Marie sah eine Kollegin aus dem Raum stürzen. Sie nahm wie durch einen Schleier wahr, wie Weigand beiseitetrat, die Hand gegen die Stirn gepresst, als würde er über ein besonders komplexes Problem nachdenken. Seine Wangen waren blass wie die Haut eines Toten.

Es war wirklich geschehen.

Er hatte es gewagt, sein Opfer vor den Augen seines Publikums zu ertränken.

Es war …

Eine sanfte Berührung an der Schulter ließ sie aufblicken. Isabelle, die ihr das Smartphone aus der Hand nahm.

»Er hat aufgelegt«, sagte sie langsam, als erklärte das die letzten Sekunden. Jemand musste Watte in Maries Ohren gesteckt haben, es konnte gar nicht anders sein, wieso sonst klangen alle Rufe und Flüche rings um sie herum so gedämpft und fern?

»Marie, sieh mich mal an.« Isabelle nahm sie bei den Schultern. »Bist du … in Ordnung?«

Marie blickte auf ihre Hände. Sie waren ruhig. Wie immer, wenn sie den schwärzesten Abgründen gegenüberstand.

»Geht schon«, murmelte sie. »Nein. Es geht nicht. Was rede ich da? Es ist entsetzlich.«

»Das war eines der größten Versagen, die mir jemals untergekommen sind«, sagte Leland. Er hatte sich vor Weigand aufgebaut, ohne seine Stimme zu erheben. Nie tat er das, nie hatte ihn Marie zornig erlebt, und doch waren der sanfte, seidige Tonfall und der zutiefst enttäuschte Blick eindringlicher als alle Schreie. »Erklären Sie mir, wieso wir hier versagt haben.«

Weigand suchte nach Worten. »Eigentlich hätte er darauf eingehen müssen ... er hat nicht so reagiert, wie ich dachte ...«

Marie zwang sich, den Blick abermals auf das projizierte Bild zu richten. Das Wasser war noch immer unruhig, und das blonde Haar der Toten umfloss ihren Kopf wie unzählige Spinnfäden.

Unter dem Übertragungsbild war ein neuer Countdown erschienen. Zwei Stunden und achtundfünfzig Minuten.

»Er macht weiter. Er macht tatsächlich einfach damit weiter. Das muss enden. Sofort.«

In diesem Augenblick erlosch das Bild. Marie fuhr herum ... Max Niemeier, der junge ITler, hatte den Projektor abgeschaltet.

»Schalt ihn wieder an«, fauchte sie und war überrascht, wie angeschlagen und erschöpft ihre Stimme klang. »Sofort.«

»Marie ...«

Sie schüttelte Isabelles Hand ab. »Gib mir das Handy zurück. Das hätte nicht passieren dürfen. Verflucht, wir haben uns wie ein Haufen Trottel benommen! Hör auf, mich zu bemitleiden und wie eine Idiotin zu behandeln. Und jetzt gib mir das Handy!«

»Es ist geschehen, du kannst nichts daran ändern. Du kannst nicht alle retten und gleichzeitig ...«

»Hört auf!« Jörg drängte sich zwischen sie. Marie und Isabelle tauschten einen letzten Blick, dann machte Isabelle auf dem Absatz kehrt und verließ das Büro. Marie ließ Jörg ihrerseits stehen, ohne ein einziges Wort zu sagen. Sie war zornig, allerdings mehr auf sich selbst als auf Weigand oder die LKA-Kollegen. Leland und Weigand sprachen noch immer, als sie hinzukam.

»Es gibt einen neuen Countdown.« Sie bemühte sich, ihre Stimme ruhig klingen zu lassen, doch vor ihr tauchten immer wieder die Bilder auf, das Aufbäumen des ertrinkenden Opfers, ausgeliefert, kopfüber hängend und ohne jede Möglichkeit zu entkommen. »Drei Stunden. Wir wissen nicht, was dann geschieht, aber wir werden sichergehen und die Überprüfung der Vermisstenmeldungen erweitern. Wenn er noch jemanden entführt und in seiner Gewalt hat, müssen wir das wissen.«

Leland sah erschöpft zu ihr. In diesem Moment war sein Alter, kurz vor der Pensionierung, deutlich auszumachen. Dann nickte er. »Ja. Das werden wir. Es darf sich nicht wiederholen. Wir sind am Ende, wenn es ihm ein zweites Mal gelingt.«

Niemeier erschien an Maries Seite. Aus den Augenwinkeln erkannte sie, dass der Projektor wieder eingeschaltet war und die Website anzeigte. Er wich ihrem Blick aus. Sie wollte sich entschuldigen, weil sie ihn so angefahren hatte, doch Niemeier kam ihr zuvor und erklärte: »Wir haben ihn.«

»Das heißt?«

»Die Rückverfolgung des ersten Anrufsignals, das auf dem Festnetzanschluss des Pubs einging, war erfolgreich. Die GSM-Ortung führt uns zu einer verlassenen Wohnung in einem leer stehenden Haus im Gallusviertel. Der Vermieter will es abreißen lassen, seit Mietnomaden dort alles heruntergewirtschaftet haben. Er sagte mir gerade, dass er schon seit Wochen nicht mehr dort war. Ich habe alles hier.«

»Das passt nicht zu dem Bild, das er auf diese Website übertragen hat«, sagte Marie irritiert. »Wie kann das sein? Wir haben doch beide Male gesehen, dass die Geisel mit dem Handy telefonierte, und beide Male war sie an einem völlig anderen Ort?«

»Die Rückverfolgung der Nummer weist ganz eindeutig zu dieser Adresse«, erwiderte Niemeier mit einem Schulterzucken. »Die Software irrt sich nicht.«

»Also haben wir das Mobiltelefon, aber nicht den Anrufer. Ziehen wir keine voreiligen Schlüsse. Wir müssen uns erst dort umsehen.« Marie betrachtete die Website, auf der unerbittlich Sekunde um Sekunde verrann. Sie spürte es wieder, das Fieber der Jagd nach dem Verbrechen, wie ein drängendes Kribbeln, ein Summen am Rand ihres Bewusstseins. »Weigand?«

»Ja?«

»Ich möchte, dass Sie hier- und mit mir in Verbindung bleiben. Sie werden die Suche nach potenziell entführten Vermissten leiten. Drei Stunden. Wir müssen ihm dieses Mal zuvorkommen. Wenn die Öffentlichkeit von diesem Livestream erfährt ...« Sie ließ den Satz unvollendet. Es war nicht nötig, dass sie erklärte, was dies bedeuten würde.

Weigand widersprach nicht. Marie sah ihm an, dass der Schock über das so jäh ins Entsetzliche gekippte Telefongespräch noch tief in den Knochen saß und vor allem im Kopf steckte.

Dann warf sie einen Blick auf die Adresse. »Fordern wir die Spezialkräfte an und machen wir uns auf den Weg.«

9.

»Bleiben Sie unten, bis wir Entwarnung geben. Bei einem Täter wie diesem wäre es kein Wunder, wenn er Überraschungen hinterlassen hätte.« Der SEK-Einsatzleiter Jens Dahler, ein hochgewachsener, athletischer Mittdreißiger mit Dreitagebart, reichte Marie ein Funkgerät und eine Schutzweste.

»Brauch ich die, wenn ich doch nur hier unten warte?«

»Die ist nur für den Fall, dass Sie sich anders entscheiden und mitkommen.« Er zwinkerte ihr zu. »Ich kenne Sie doch.«

»Scherzkeks.«

»Ich mach mir nur Sorgen um das hübscheste Gesicht der Kripo«, gab er zurück. »Eigentlich bin ich nicht hier, um die bösen Jungs festzunehmen, sondern um die hübschen Kommissarinnen zu bewachen.«

»Schon gut, ich werde aufpassen.« Sie lächelte und sah zu, wie Dahler Anweisungen in sein Headset sprach. Drüben auf der anderen Straßenseite setzte sich das Einsatzkommando in Bewegung und eilte ins Gebäudeinnere.

Marie wartete.

Wenn er dort war – *schlecht für ihn, umso besser für uns.* Wenn er aber nicht oben wartete, würde zumindest seine Vorgehensweise etwas mehr über ihn verraten.

Der Countdown auf der Website war ein klarer Hinweis. *Seht her, ich werde es wieder tun.*

Und wenn sie ihn beim zweiten Mal nicht stoppen konnten – worin auch immer dieses zweite Mal bestand –, würde seine Gewalt auf eine Weise eskalieren, die sich in immer schneller aufeinanderfolgenden, unberechenbaren Taten niederschlagen würde.

Weil er Gefallen daran fand, es genoss. Jedes Mal aufs Neue, bei jedem Mal ein wenig mehr.

Also galt es, ihn zuvor auszuschalten.

»Marie?« Isabelle, ebenfalls in einer Schutzweste, trat an ihre Seite. »Ich habe gerade mit den Kollegen von der Fahndung telefoniert. Eine Streife ist sich sicher, den Tatort entdeckt zu haben. Ein gewisser Geruch … unzweideutig. In Höchst, eine leer stehende Lagerhalle, die im Rahmen der Suche ganz routinemäßig überprüft wurde. Sie sind dabei, das Gelände abzusperren. Dann gehen sie rein.«

»Super. Halt mich auf dem Laufenden.«

Isabelle, die neben ihr im Regen stand, sah sie nicht an und hatte die Arme vor der Brust verschränkt.

»Ich hätte dich nicht so angehen sollen, Isa. Vorhin, vor allen Kollegen. Das war nicht professionell. Es war widerwärtig.«

»Nein.« Isabelle strich sich eine nasse blonde Strähne aus der Stirn. »Wir stehen doch alle unter großem Druck. Jörg hat mir erzählt, was der Entführer zu dir gesagt hat. Meinst du, all das hängt zusammen?«

»Er kann diese Worte nicht irgendwo aufgeschnappt haben«, erwiderte Marie. »Und an einen Zufall glaube ich nicht.« Sie betrachtete die grauen Regenwolken, Überbleibsel des Unwetters, das sich am Ende kraftlos verzogen hatte. »Es ist niemals genug.« Sie seufzte. »Wenn dahinter eine tiefere, verborgene Bedeutung steckt, werde ich sie finden. Und wenn ich zu ihm ins Gefängnis und mit ihm sprechen muss.«

»Mit …«

»Sag den Namen nicht. Ich will ihn nicht hören.«

»Nicht mal, wenn ich ihn Dezembermann nenne?«

»Das ist nicht sein richtiger Name, nur ein schwacher Versuch, mir Angst einzujagen. Nenn ihn meinetwegen so, aber nicht bei seinem richtigen Namen.«

»Und was versprichst du dir davon?«

»Wenn jemand mit ihm hinter den Gefängnismauern Kontakt aufgenommen hat, muss ich davon wissen.«

»Hast du Leland davon erzählt?«

»Ja. Aber er hält die Sache im Augenblick nicht für fallrelevant. Er glaubt tatsächlich an einen Zufall.«

»Winter?« Das Funkgerät piepte. »Das Haus ist gesichert, die Wohnungen sind alle überprüft. Keine Gefahr, aber auch kein Verdächtiger. Hier ist überhaupt niemand, der infrage kommt, außer … Kommen Sie hoch, Sie müssen sich das ansehen.«

»Schon unterwegs.«

Das Treppenhaus roch nach Schimmel und vielen Monaten ohne Frischluft. Wasserflecken zogen sich über die rissigen Wände. An den maskierten Polizisten der Spezialeinheit vorbei stiegen sie in den vierten Stock hinauf.

Die Tür war aufgebrochen und hing schräg in den Angeln.

Die Wohnung war winzig: zwei Zimmer und ein schmaler Flur, der mit stinkenden, schimmelnden Resten von Lebensmitteln, die aus Müllsäcken quollen, bedeckt war. Schaben und Asseln krochen über den Boden.

»Uh«, sagte Isabelle und blickte angewidert in den Flur.

Der SEK-Einsatzleiter kam heraus und deutete mit dem Daumen über seine Schulter. »Wir haben eine unbekannte hilflose Person. Männlich, sicher über siebzig, an einen Stuhl gefesselt. Das Handy lag neben ihm.«

Marie spürte, wie sich ihr Magen zusammenzog. »Ist er ansprechbar?«

»Kaum. Die Rettung ist unterwegs. Sie können reingehen. Ich kann mir nicht vorstellen, dass die Spurensicherung in diesem Chaos noch irgendwas Verwertbares findet.«

»Und ich bleibe hier und rufe den Erkennungsdienst. Nur zu.« Isabelle deutete auf den Müll und die Schaben. »Du weißt ja, ich habe eine kleine Insektenphobie.«

Auf Zehenspitzen bahnte sich Marie ihren Weg durch den Flur in das hintere Zimmer. Hier stank es fürchterlich. Ein SEK-Beamter, vermutlich zusätzlich als Notfallsanitäter ausgebildet, beugte sich über den zusammengesunkenen Körper eines alten Mannes auf einem Lehnstuhl, untersuchte ihn und gab ihm in kleinen Schlucken Wasser zu trinken.

Als er Marie bemerkte, trat er einen Schritt zurück und gab den Weg frei. Die Augen des Alten zuckten hin und her, sein Blick irrlichterte durch den Raum.

»Er ist stark dehydriert. Vermutlich war er hier mindestens einen ganzen Tag lang gefesselt.« Der Polizist deutete auf den Boden, auf dem die Reste eines zerschnittenen Klebebands lagen, das den Alten auf dem Lehnstuhl festgehalten hatte.

»Hat er was gesagt?«

»Nein. Er nimmt mich kaum wahr, steht unter Schock, trinkt nur mechanisch. Es wird dauern, bis Sie mit ihm sprechen können.«

»Und das Handy, das wir orten konnten, lag neben ihm auf diesem Tisch?«

»Ja. Aber er kann schlecht damit telefoniert haben, oder? Wenn ich mir die Rückstände des Klebstoffs des Paketbands auf seiner Haut ansehe, sollten wir durchaus davon ausgehen, dass er über viele, viele Stunden so gefesselt war. Und dann sein Alter …«

»So sieht es aus«, sagte Marie unverbindlich. Die Szenerie, die sich vor ihr ausbreitete, ergab einfach keinen Sinn: der Alte, gefesselt, der niedrige Tisch neben ihm, auf dem das Telefon lag, die verkommene Wohnung voller Unrat.

»Kennen wir seine Identität? Irgendetwas gefunden?«

»Nichts.«

Die Rettungssanitäter kamen und hoben den Alten vorsichtig auf die Trage, mit der sie ihn abtransportierten. »Wir sind hier fertig«, sagte der SEK-Einsatzleiter. »Unten in Höchst gibt es eine neue Entwicklung. Wir haben den Tatort.«

Marie spürte, wie sich ihr Puls beschleunigte. Der Tatort. Das bedeutete ein Opfer, Spuren und Schritte, die sie näher an den Wahnsinnigen heranführten.

»Der Erkennungsdienst ist unterwegs«, sagte Isabelle, als sie nach unten zu den Fahrzeugen gingen, »aber die Wohnung muss erst mal hinter dem Tatort zurückstehen.«

»Sehr wahrscheinlich war er hier. Der Anruf kam aus diesem Gebäude, und doch haben wir die Geisel in ein Handy sprechen sehen … und wenn er den Alten irgendwie benutzt hat, wieso geht er dann das Risiko ein und lässt ihn zurück? Und wie hat er es angestellt, diesen Anruf weiterzuleiten? Es ist so … unpassend.«

»Weil er eigentlich jemand ist, der eine Frau vor laufender Kamera ertränkt? Ein brutaler Spinner?«

»Genau das. Und einer der gefährlichsten Mörder, die diese Stadt seit langer Zeit heimgesucht haben.« Als sie im Wagen saßen, betrachtete Marie die Uhr am Armaturenbrett.

Nur noch zwei Stunden.

10.

51 Stunden und 49 Minuten bis zum Ablauf des letzten Ultimatums

Der Kollege an dem rot-weißen Absperrband, das das Gelände großzügig umspannte, warf einen kurzen Blick auf ihre Ausweise und winkte sie durch. Die im Industriegebiet in Höchst gelegene verlassene Lagerhalle mit blinden, zersprungenen Fenstern, Wänden voller Graffiti und Rissen in der wasserfleckigen Fassade, die wie schwarze, breite Wunden auseinanderklafften, erstreckte sich vor ihnen in der Dämmerung – schief, heruntergekommen, tief in die Schatten zurückgezogen. Ein blasser Mond stand am Himmel, sein schwaches Licht vermischte sich mit dem Blaulicht zahlloser Streifenwagen, Zivilfahrzeuge und der dunklen Einsatzwagen der Spezialeinheit, die vor dem Eingang parkten.

Die Halle besaß keine Türen mehr. Gras wucherte über den Pfad und aus langen Rissen zwischen den Gehwegplatten. In der Luft lag der Geruch von Regen. Leland und Jörg erwarteten sie: Das Blaulicht tauchte ihre Gesichter in ein tanzendes Wechselspiel aus Licht und Schatten.

»Die schlechte Nachricht vorweg: Wir haben ihn nicht gefunden. Er war zwar hier, aber als die Streife eintraf, war er schon längst fort.«

Marie erklärte den beiden, was sie in der Wohnung entdeckt hatten. »Er hat noch mehr vor, das beweist uns schon sein neuer Countdown. Wir haben nur das Handy und einen potenziellen Zeugen, der nicht ansprechbar ist.«

»Das Handy hat er also dort zurückgelassen? Einfach so?«

»Einfach so.«

»Sorgen wir dafür, dass der Zeuge sicher unterkommt. Wenn sich unser Mann entschließt, zurückzukehren und ihn auszuschalten, müssen wir ihn daran hindern.«

»Und was haben wir hier?« Isabelle musterte mit gerümpfter Nase die heruntergekommene Halle. »Das Ganze riecht förmlich nach einem Ort wie geschaffen für die kranken Ideen dieses Typen.«

Leland nickte stumm. Der Ausdruck seines Gesichts verriet alles, was es zu wissen gab. Ein Mörder war in der Stadt, ein besonders kranker und gefährlicher noch dazu.

»Es ist übel.« Jörg musste husten. »Die ganze Art, wie er es angestellt hat, meine ich. Eine Streife hat die Halle kontrolliert, die Wasserkanister entdeckt und Verstärkung gerufen. Dann hat das SEK die Halle gesichert, und jetzt sind die Kollegen bei der Arbeit.«

»Warst du schon drin?«

Jörg nickte erschöpft. »Ja. Kurz. Kein schöner Anblick.«

Marie legte ihm eine Hand auf den Arm. »Okay. Holen wir alle noch mal tief Luft, dann gehen wir rein.«

Die Kollegen der Spurensicherung hatten auf einem Tisch beim Eingang Schutzoveralls bereitgelegt. Ein Kriminaltechniker, der dort abseits des für die Ermittler abgesteckten Pfads nach Spuren suchte, warf Marie einen missmutigen Blick zu. »Ihr solltet das auf jeden Fall anziehen. Wir haben hier drinnen jede Menge Spuren. Ein paar Kommissare, die alles platt trampeln, fehlen mir gerade noch.«

»Schon klar.« Jörg zog sich eilig den Tyvek-Overall über. »Also dann, mir nach.«

Betonpfeiler ragten wie fahle Skelettfinger in die Höhe, hinauf zu gesprungenen Oberlichtern, denen die Scheiben fehlten. Überwuchert von grünen Rankengewächsen, gaben sie den Blick auf den Nachthimmel und winzige, ferne Sterne frei, die im Lichtsmog der Stadt größtenteils verschluckt wurden. Glassplitter knirschten unter den Schuhen.

»Hier ist es.«

Die Wasserflecken kündigten bereits an, was die eilig aufgestellten Scheinwerfer der Spurensicherung der Dunkelheit entrissen und in gleißende Helligkeit tauchten. Die seltsame Galgenkonstruktion stand mitten in der Halle, fremdartig wie ein Überbleibsel aus einem schlechten Traum. Die Tote hing noch immer dort, vollständig bekleidet, so, wie der Täter sie zurückgelassen hatte, drehte sie sich langsam um sich selbst, während der Strick knarzte und das Holz leise ächzte.

Der Anblick war entsetzlich. *Eine Maschine des Todes*, dachte Marie und nahm die Konstruktion von allen Seiten in Augenschein.

»Panische Aspiration von Wasser«, sagte der Rechtsmediziner Dr. Graubach, als er sich ihnen anschloss und etwas auf dem Klemmbrett notierte, das er mit sich herumtrug. »Infolgedessen Laryngospasmus und Hypoxie. Kurz: Tod durch Ertrinken. Wir sehen die typische Schaumbildung vor ihren Lippen. Sie hat sich gewehrt und versucht, sich immer wieder aufzubäumen und den Kopf über die Wasseroberfläche zu heben, ehe ihr die Kraft ausging und sie – insbesondere dadurch, dass sie sich so in ihrem Todeskampf anstrengte – sich letzten Endes dem Atemreflex nicht länger widersetzen konnte. Er hat es so eingerichtet, dass er sie langsam nach unten absenken konnte, mit dieser mechanischen Konstruktion dort, über diese Kurbel und die Rollen mithilfe des Seils. Ein großer, stabiler Flaschenzug, wenn man so will. Das Wasser, das er verwendet hat, stammt aus einer nicht abgestellten Zuleitung, die ein paar Räume weiter liegt. Er musste nur mit seinen Kanistern hinüberspazieren und sie füllen. Die große Plastikwanne hat er wahrscheinlich in all dem Müll hier gefunden, vielleicht auch mitgebracht, das kann ich noch nicht genau sagen.«

Marie zwang sich mit aller Kraft, ihre Aufmerksamkeit nicht ständig auf die hypnotisch hin und her baumelnde Tote zu richten, die ihren Blick anzog. In der Luft hing der Geruch menschlicher Fäkalien, der von dem Opfer ausging, der Geruch des Todeskampfes. »Was wissen wir über ihn? Und was über sie?«.

»Ich würde ja einen guten Abend wünschen, aber nichts an diesem Abend ist besonders gut.« Fischer von der Spurensicherung rückte sich die Brille auf der krummen Nase zurecht. »Wir haben Reifenspuren sichergestellt. Gewöhnlicher Pkw mit Sommerreifen, nur noch wenig Profil, etwa vier Millimeter. Die Tür war offen, er konnte also einfach hereinspazieren. Schuhabdrücke, wahrscheinlich von ihm, aber genau kann ich das noch nicht sagen. Dieser Ort ist wohl ein häufig genutzter Unterschlupf für Obdachlose, deshalb haben wir hier einiges an Spuren und Überbleibseln, die wir erst mal aussortieren müssen. Das gilt auch für Fingerabdrücke. Auf seiner Konstruktion sind jedenfalls keine, und ich schätze, dass er genau achtgegeben hat, nichts anderes anzufassen.«

»Er trug Handschuhe. Und natürlich diese Maske.« Marie dachte an die Gestalt, die in die Kamera geblickt hatte. Sie trat an die Position, wo der Täter ungefähr gestanden hatte, und blickte in die Richtung, aus der ihn die Kamera gefilmt hatte.

»Die Kamera ist verschwunden.«

»Natürlich, er hat sie wieder mitgenommen.«

»Was ist mit der Toten? Kennen wir ihre Identität?«

»Noch nicht. Wir haben ein paar Sachen gefunden, die vermutlich ihr gehören, aber das kann ich noch nicht genau sagen. Unser Täter hat einige Räume weiter ein hübsches Feuer entfacht. Wir sehen uns die Überreste derzeit an.« Das Seil knarrte und brachte sie alle dazu, sich nach dem Konstrukt umzusehen. »Wenn die Mediziner mit der Inaugenscheinnahme fertig sind, holen wir sie da runter. Dieser Anblick macht mich fertig.«

»Was ist mit dem Gestell, an das er sie gebunden hat?«

»Gute Frage. Wenn ich raten müsste, würde ich sagen, das hat der Täter mitgebracht und hier aufgestellt.«

»Und wenn wir das Raten beiseitelassen?«

»So passt es nicht in einen gewöhnlichen Pkw. Ich frage mich, wie er hier reinkommen konnte, ohne Aufsehen zu erregen. Die Halle steht zwar leer, wird aber wie viele andere in der Nachbarschaft von einem Wachdienst im Auge behalten. Nein, wahrscheinlich hat er die Konstruktion tatsächlich erst hier vor Ort zusammengebaut.«

»Dem gehen wir nach.« Marie machte sich eine gedankliche Notiz – möglicherweise würden die Männer dieses Wachdienstes brauchbare Zeugen abgeben. »Wie lange hat er wohl gebraucht, so was aufzubauen? Und wo hat er die Materialien her?«

»Komm mal mit.« Fischer winkte sie näher an den galgenähnlichen Aufbau heran. »Frische Kiefer. Das ist Baumarktware, die man sich beliebig auf Länge schneiden lassen kann. Seil, Rollen, Nägel, Schrauben, Zahnräder … alles unauffällig. Wenn er ein halbwegs versierter Handwerker ist – und damit meine ich einen begeisterten Hobbybastler und nicht jemanden vom Fach –, benötigt er hierfür vielleicht fünf, sechs Stunden. Akkuschrauber, Kappsäge, das sollte genügen.«

»Es hätte also jeder sein können. Aber ich schätze, um so etwas allein zu bauen, muss er groß und kräftig sein. Er hat es längs auf dem Boden liegend gebaut und dann aufgerichtet, dafür braucht er Kraft.«

»Checkt die Baumärkte, vielleicht erinnert sich jemand an ihn. Es war eine größere Holzbestellung, unauffällig schon, aber nicht so unauffällig, dass es nicht vielleicht doch wen gibt, der sich daran erinnert. Wir haben außerdem …« Fischer hielt inne. »Was ist?«

Einer der Kriminaltechniker deutete in die Richtung eines der grauen Betonpfeiler. »Wir haben einen Hund gefunden.«

»Einen Hund? Was soll das heißen?«

»Er ist tot.« Der Kriminaltechniker begleitete Fischer, Marie und ihre Kollegen von der großen Halle in einen kleineren Nebenraum. Dort, inmitten von Schutt und Abfall, lag ein großer Mischling, alle viere von sich gestreckt. Der Hund, noch im Tod mit gefletschten Zähnen, bot im Licht der Polizeischeinwerfer ein schauriges Bild. Ein Rechtsmediziner kniete vor ihm.

»Er hat sich verteidigt und wurde von einer Kugel genau ins Herz getroffen«, der Mediziner deutete auf eine Stelle, an der das Fell noch feucht von Blut war, »und verendete dann in kaum mehr als einer Minute.«

»Verteidigt? Bedeutet das, er hat den Täter gesehen und möglicherweise verletzt? Vielleicht gebissen?«

»Schwer zu sagen. Der Herztreffer hat zu starken Blutungen geführt, ein Schwall ist ihm bis ins Maul gestiegen und hat einen Großteil der Spuren vernichtet, wenn er den Mörder denn überhaupt verletzt hat. Ich muss den Hund erst auf den Tisch bekommen, dann kann ich mehr sagen.«

»Trug er eine Steuermarke?«

»Nein. Ich vermute, der Täter hat aufgeräumt. Das Tier hatte ein Halsband um, man kann die Abdrücke noch sehen, aber jetzt ist es verschwunden.«

»Er will nicht, dass wir seinen Besitzer identifizieren«, sagte Jörg. »Weil wir so …«

»… herausfänden, wen er da draußen ertränkt hat.« Marie nickte. »Ja, das ergibt Sinn. Dieser Hund gehört der Toten.«

»Also hat er seine Besitzerin verteidigt, wurde dann aber vom Täter erschossen.« Isabelle trat an den Rand des abgesperrten Wegs. »Vielleicht hat er den Hund auch zuvor schon erledigt, und sie hat ihn gesucht.« Isabelle zeigte auf den Boden. Im Staub waren deutliche Schuhabdrücke zu erkennen. »Zwei Personen, wenn ich mich nicht täusche.«

Fischer schnaubte. »Die sind hier überall. Ich sagte schon, es gibt jede Menge Obdachlose und …«

»Wie lange ist der Hund bereits tot?«

»Etwas mehr als drei Stunden.«

»Das passt doch.« Marie setzte die Puzzlestücke zusammen. »Es ist nur eine Hypothese, vergessen wir das nicht, aber sie ergibt durchaus Sinn: Vor drei Stunden, also kurz vor dem ersten Anruf, tobte hier das Gewitter. Der große Labrador meiner Schwester hat fürchterliche Angst vor Donner, nehmen wir also an, der Mischling hier hat sich ebenso gefürchtet. Er versteckt sich, seine Besitzerin sucht nach ihm. Der Täter tötet den Hund, seine Besitzerin findet ihn, und diesen Moment nutzt der Täter, um sie zu überwältigen.«

»Etwas stimmt nicht.« Jörg betrachtete die Pfotenabdrücke des Hundes im Staub. »Nämlich die Frage, die wir noch gar nicht beantworten können: Was hatte sie überhaupt hier verloren?«

»Das ist einfach.« Marie besah sich die Stelle, die Isabelle erwähnt hatte. »Sie war eine Obdachlose. Ihr Hund, ihre Kleidung, es passt. Ihre Habseligkeiten, die er verbrannt hat.

Und hier hat er sie erwischt und überwältigt, während sie inmitten des Gewitters ihren Hund entdeckte. Sie war geschockt, und er … na ja, versteckt sich dort hinter der Säule. Sie will sich umdrehen, da ist er bereits bei ihr. Er muss sie betäuben, um sie in aller Ruhe an den Pfeiler fesseln zu können.«

»Wir werden sie auf Spuren eines Betäubungsmittels untersuchen«, sagte der Rechtsmediziner. »Aber ich muss Sie warnen, dass sich das Ganze als etwas schwerer als üblich erweisen könnte. Wasser wäscht viele Spuren fort.«

»Natürlich. Geben Sie einfach Ihr Bestes.«

»Mein Bestes?« Er nickte knapp. »Das mach ich immer.«

11.

Fischer führte Marie, Isabelle, Leland und Jörg in einen anderen Raum, in dem zwei Kollegen der Spurensicherung eine Feuerstelle untersuchten, in der die schwarz verkohlten Reste verschiedener Gegenstände verblieben waren.

»Das sind ihre Sachen«, sagte Fischer und deutete auf die rußgeschwärzten Überbleibsel. »Was haben wir bis jetzt?«

»Einen Rucksack.« Einer der Techniker hob ein schwarzes Ding aus der Feuerstelle. Marie glaubte, einen Trageriemen ausmachen zu können, doch das Feuer hatte den Gegenstand fast bis zur Unkenntlichkeit verformt. »Im Inneren Kleidung, ein Pullover, eine Hose, Unterwäsche, eine Wasserflasche, das Plastik ist geschmolzen und hat auch einen Großteil der anderen Sachen überzogen.«

»Dokumente?«, fragte Isabelle. »Sagt mir, dass ihr einen Ausweis gefunden habt.«

»Nein, nichts, was einen Namen trägt, den wir noch erkennen könnten.«

Marie sog die Luft ein. Etwas hing in diesem Raum, ein Geruch, der sie stutzig machte. »Riecht ihr das auch? Er hat mit Sicherheit einen Brandbeschleuniger verwendet.«

»Davon gehen wir aus.« Der Kriminaltechniker erhob sich mit knackenden Knien. »Ich denke, er hat ganz normales Benzin benutzt, die passenden Kanister hatte er ja bereits.«

»Gründliche Arbeit also«, erwiderte sie. »Er hat sich bemüht, wirklich jede Spur zu vernichten, die uns helfen könnte, sie zu identifizieren.« Marie warf Jörg, Isabelle und ihrem Chef einen Blick zu. »Wenn die Tote wirklich obdachlos war, müssen wir ihre Identität mit ihresgleichen klären. Andere Obdachlose werden sie erkennen, sie und den Hund sicher auch.«

»*Wenn* es ihrer ist«, wandte Leland ein. »Wenn sie nicht zufällig hier war und bloß Schutz gesucht hat, weil das Unwetter sie bei einem Spaziergang überrascht hat.«

Marie wählte Weigands Nummer bei der Soko im Präsidium an. »Haben wir Neuigkeiten zu einer passenden vermissten Person?«

»Nein, niemand in Frankfurt.«

»Sie könnte eine Obdachlose sein. Das würde das Fehlen einer Vermisstenmeldung erklären«, sagte Marie und betrachtete nachdenklich die Feuerstelle. Der Rucksack war durch die Temperatur zusammengeschrumpft und wirkte nun wie der einer Puppe. »Schicken Sie die Info an die Kollegen raus. Genaue Personenbeschreibung und Bild kommen von uns. Lassen Sie die Obdachlosen der Stadt befragen, vielleicht vermissen sie jemanden, vielleicht fiel ihnen etwas Seltsames ins Auge. Vielleicht hat unser Mann die Frau auch schon länger beobachtet, sie und andere, um sein Opfer auszuwählen.«

»Das wird aufwendig.«

Marie dachte an die Unterführung, an der sie an so manchem Morgen beim Joggen vorüberkam. Dort lagen und hockten sie, eingewickelt in Decken, mit ihren Hunden und den wenigen Habseligkeiten. Müde, oft traurige Gesichter, Menschen, die eines Tages aus irgendeinem Grund, den sie nur den wenigsten verrieten, in ihren Leben falsch abgebogen waren.

Sei dankbar für das, was du hast, dachte sie dann. *Die da unten waren vielleicht einmal ebenso hart arbeitende Menschen wie all die anderen, die nun achtlos an ihnen vorübergehen.* Das würde sie nie vergessen.

»Wir scheuen hier keinen Aufwand«, erwiderte sie. »Wir haben weniger als zwei Stunden, bis sein neuer Countdown abläuft. Schicken Sie die Info an alle raus und holen Sie Verstärkung, egal, woher wir sie bekommen können.«

»Verstanden.«

Marie schob das Smartphone in ihre Jeans zurück. »Na gut. Jetzt hoffe ich, dass uns Dr. Graubach etwas mehr über die Tote erzählen kann.«

Sie machten sich auf den Weg zurück in die große Halle, in der das Holzkonstrukt im Licht der Polizeischeinwerfer lange, gespenstische Schatten über den schmutzigen Boden warf.

Der Rechtsmediziner und einer seiner Assistenten waren dabei, die Tote vorsichtig auf den Boden herabzulassen. Dann legten sie sie in einen der Plastiksärge, die zum Transport von Leichen in die Rechtsmedizin verwendet wurden.

»Wir brauchen ein gutes Foto.«

»Für die Fahndung?«

»Nein, für das Jahrbuch«, sagte Isabelle. »Natürlich für die Fahndung.«

»Der Fotograf hat alles schon erledigt«, sagte Fischer. »Er ist mit Sicherheit irgendwo im Gebäude mit den anderen.«

»Ich brauche ihn«, sagte Marie. »Da läuft ein Countdown ab.«

Fischer zog die Handschuhe aus und holte sein Handy aus der Tasche. »Ich melde mich bei ihm und …«

In diesem Augenblick hörten sie den Ruf eines der Spurensicherer, die die große Plastikwanne, in der der Täter sein Opfer ertränkt hatte, zur Seite geschoben hatten. »Da ist noch was anderes«, sagte er und deutete ins Innere der Wanne. »Oh Mist, das haben wir völlig übersehen.«

Sowohl Dr. Graubach als auch Fischer rannten hinüber. »Wir haben doch eine Wasserprobe genommen, ich sagte, Sie können das wegkippen …«, begann der Doktor, hielt dann jedoch bestürzt inne. Sein Assistent half ihm, die Wanne zur Seite zu kippen und vollständig zu leeren, dann beugten sie sich tief in das Behältnis hinab.

Marie sah, dass etwas innen auf den Boden der Wanne geklebt war – mit weißem Klebeband, sodass es für jemanden, der von oben hineinblickte, durch den lichtbrechenden Effekt des Wassers getäuscht, nicht sofort auszumachen war.

»Da klebt was darunter«, sagte Dr. Graubach, ganz offensichtlich irritiert von dem, was sie da gerade entdeckt hatten. »Ein Skalpell.« Vorsichtig löste er das Klebeband, schob es zur Seite und beförderte mit gekonnter ärztlicher Präzision zutage, was sich darunter verborgen hatte.

Jemand stöhnte entnervt auf. »Das ist ein Personalausweis. Und wir suchen die ganze Zeit …«

Marie nahm die Handschuhe entgegen, die ihr ein Kriminaltechniker reichte, und trat neben den Arzt, der den Ausweis vorsichtig von den Resten des Klebstoffs befreite.

»Linda Ilm«, las sie und war dankbar, dass die modernen Plastikkarten, zu denen Personalausweise geworden waren, dem Wasser so gut widerstanden. »Haarfarbe: brünett. Größe: ein Meter fünfundsechzig.«

»Ist sie das? Das Bild passt, würde ich sagen.«

Dr. Graubach und sie eilten zu dem blauen Plastiksarg zurück, in dem die Tote lag.

»Sie ist es«, sagte Dr. Graubach. »Sehr wahrscheinlich. Die Haare könnte sie gefärbt haben. Aber das Gesicht …«

Marie war nicht ganz so überzeugt wie der Rechtsmediziner. Die Leichenstarre setzte schon ein. Im Tod glichen die Gesichter von Verstorbenen kaum mehr dem, was ihnen Nahestehende kannten. Es kam immer wieder vor, dass ein zur Identifizierung einbestellter Angehöriger bestürzt darüber war, wie sehr sich das so vertraute Gesicht verändert hatte.

»Es gibt nur einen Weg, das herauszufinden. Einen schnellen.« Isabelle tippte auf ihr Smartphone. »Ihre Meldeadresse ist in Frankfurt, drüben im Ostend.«

»Fahrt hin«, sagte Leland knapp. »Und überprüft das. Sofort.«

12.

Das Ziel, zu dem sie die Adresse führte, war ein schmuckes Mehrfamilienhaus mit einer hellen Fassade, flachem Dach im Bauhausstil und großen gen Süden gehenden Fenstern, die wie dafür gemacht waren, die Sonne einzufangen. Ganz in der Nähe leuchtete das blaue U der nahen U-Bahn-Station in der Abenddämmerung. An einer Bushaltestelle warteten die letzten, späten Pendler, die Augen auf das Smartphone gerichtet, und irgendwo in der Ferne erklang leises Geläut.

Der Asphalt war regennass, als sie ausstiegen und die Straße überquerten. In den Pfützen schimmerte das Licht der Straßenlaternen. Der Wind trieb einen Werbeprospekt vor ihre Füße, riss ihn in die Luft und wirbelte das Papier wild herum, bis es außer Sichtweite verschwand. Isabelle und Jörg wandten sich dem Haus zu, während Marie einen letzten Blick auf die Nachbarschaft warf. Dort ein neues Mietshaus, da eine gerade eröffnete Szenebar. Das Ostend war im Begriff aufzublühen. Wo früher Stillstand geherrscht und alte, abbruchreife Buden vor sich hin gerottet hatten, strebten nun Neubauten in die Höhe. Aus der Richtung des Osthafens drang das lange, wehmütige Dröhnen eines Schiffshorns. Die Hanauer Landstraße, die wie eine pulsierende Ader durch das Viertel floss, mit Autohändlern und einigen angesagten Klubs und Bars, trug ihren Teil dazu bei, dieses Viertel bei Zugezogenen beliebt zu machen. Marie dachte an Jörg und Sabine, die ihre Wohnung ganz in der Nähe hatten, und natürlich an Lucie, die gerade dort bei ihrer Lieblingstante, wie sie Bine nannte, den Abend verbrachte.

Auf dem Schild über der Klingel, die Isabelle drückte, stand *Jahn & Ilm*. »Ja?« Eine verschnupfte weibliche Stimme meldete sich. Marie hörte einen Hauch Argwohn heraus und noch etwas anderes, das sie nicht gleich zu bestimmen vermochte.

»Frau Jahn?«, fragte Isabelle. »Sind Sie das?«

»Ja, die bin ich.«

»Polizei. Wir würden gern mit Ihnen sprechen.«

»Kommen Sie hoch. Zweiter Stock.« Der Summer brummte und ließ die Eingangstür aufspringen.

Oben erwartete sie eine Frau in den Dreißigern, schwarzer kecker Kurzhaarschnitt, T-Shirt mit dem Motiv einer Rockband, Jeans, ein Lederbändchen am Handgelenk und eine etwas zu wuchtige Uhr.

»Martina Jahn«, stellte sie sich vor, während Isabelle sich selbst und ihre Kollegen auswies. Marie folgte Jörg in die Wohnung. Geschmackvoll war es, modern, hell und geräumig, aber es sah nicht danach aus, als würde hier ein Mann leben. *Das bedeutet dann wohl …*

»Was kann ich für Sie alle tun?«

»Linda Ilm«, sagte Isabelle, »wir suchen nach ihr.«

Jahn schnaubte. »Dann wären wir schon zwei.«

»Wie meinen Sie das?«

»Linda ist meine Lebensgefährtin. Sie hätte eigentlich vor einer Stunde nach Hause kommen sollen, wie immer nach Feierabend. Sie geht nicht ans Handy, ich erreiche sie nicht, es ist alles ziemlich komisch.«

Marie, Jörg und Isabelle wechselten einen Blick. »Dürften wir ein Foto Ihrer Lebensgefährtin sehen?«

»Natürlich, aber …« Jahn wurde blass. Sie streckte eine Hand nach der Wand aus, um sich abzustützen. »Sagen Sie mir nicht, dass etwas passiert ist.«

»Das wissen wir noch nicht. Bitte, das Foto.«

»Haben Sie einen Hund? Oder Linda?«, fragte Jörg behutsam. »Einen großen?«

»Linda hat einen Mischling, Leroy. Sie nimmt ihn mit auf Arbeit, manchmal ist er auch bei mir oder ihren Eltern. Heute war er bei ihr. Was ist mit ihm?«

»Ich fürchte«, begann Marie, »wir müssen …« Sie hielt jedoch abrupt inne, als sie spürte, dass sich ihr iPhone meldete. »Einen Augenblick, bitte.«

Isabelle begleitete die unruhig gewordene Frau in die Küche, während Marie im Flur zurückblieb. »Graubach hier«, sagte der Anrufer. Marie war schlagartig erleichtert, denn für einen Moment war sie überzeugt gewesen, ihr Gegner würde sich aufs Neue bei ihr melden.

»Gibt es etwas Neues?«

»Ich stehe hier gerade bei der Autopsie. Die Todesursache war eindeutig, daher haben wir das Opfer nicht vor Ort ausgezogen wie üblich. Jetzt hingegen … hm, die Tote trägt ein Tattoo auf dem rechten Schulterblatt, eine Art großen blauen Schmetterling. Sie sollten danach fragen, wenn Sie sie identifizieren lassen.«

Marie spürte, wie sich ihr Puls beschleunigte. *Oh, verdammt.* »Das sind gute Neuigkeiten. Oder eben auch schlechte. Danke. Du hast was gut bei mir.«

»Noch etwas. Das Tattoo scheint recht neu zu sein, aber da unser Täter die Leiche bis über die Schultern ins Wasser gesenkt hat und sie dort gut eine Stunde hing, kann ich nicht genau sagen, wie neu. Vielleicht ist es tatsächlich nur ein paar Stunden alt, ich werde die verwendete Farbe analysieren müssen.«

»Soll das heißen …?«

»Unser Mann könnte das Opfer *persönlich* tätowiert haben, ja.«

»Ungewöhnlich. Besitzt sie noch ein anderes Merkmal, mit dem wir sie eindeutig identifizieren können?«

»Ein Muttermal auf dem rechten Oberschenkel, etwa drei Zentimeter groß.«

»Gut. Danke.«

Schnell war sie bei Jahn und den Kollegen in der Küche. Martina Jahn schnäuzte sich in ein Taschentuch. Als sie Marie bemerkte, blickte sie auf und musterte sie mit rot geränderten Augen. Draußen senkte sich die Nacht über die Stadt, nur der ferne Verkehr und ein Kind, das in einem der oberen Stockwerke weinte, waren zu hören.

»Linda Ilm«, sagte Marie ruhig, »bitte beschreiben Sie mir, welche besonderen Merkmale sie hat. Leberflecken, Muttermale, Tattoos und Ähnliches.«

Ilms Lebensgefährtin schüttelte den Kopf. »Wenn Sie schon so fragen, heißt das dann … heißt es, Sie ist tot?«

»Es besteht leider die Möglichkeit. Wir müssen sie identifizieren.«

Jahn stand auf und kam mit einem Bild von Linda zurück, das sie Marie reichte. »Sie trug Ohrringe, meistens solche wie diese da. Sie hat ein kleines Muttermal auf dem rechten Oberarm, das ein wenig aussieht wie ein Herz.«

»Und auf ihrem rechten Oberschenkel?«

Jahn sah auf. In diesem Augenblick keimte Hoffnung in ihren Augen auf, ein Ausdruck von so großer Kraft, dass er Marie über die Frau mehr verriet, als es ihre bisherigen Worte getan hatten. »Was? Nein. Dort …«

»Kein Muttermal auf dem rechten Oberschenkel? Sind Sie sich sicher?«

»Absolut.«

Marie sah zu Isabelle und Jörg hinüber und schüttelte den Kopf. »Sie ist es nicht.«

»Moment, was soll das heißen, sie ist es nicht? Wovon …«

»Frau Jahn, wir müssen Sie bitten, uns jetzt genau zuzuhören.« Marie reichte ihr ein Taschentuch und wartete, bis sie die volle Aufmerksamkeit der Frau hatte. »Vor etwa einer Stunde wurde eine junge Frau tot aufgefunden, die ein Schmetterlingstattoo auf dem Rücken und ein etwa drei Zentimeter großes Muttermal auf dem rechten Oberschenkel hat.«

»Linda ist nicht tätowiert, sie hat auch kein Muttermal an der Stelle. Sie verabscheut Tattoos!«

»Bitte hören Sie zu. Wenn das so ist, dann ist die Tote nicht Ihre Lebensgefährtin, davon gehe ich jetzt aus. Zugleich ist es jedoch möglich, dass sich Linda in Lebensgefahr befindet. Wir haben am Tatort ihren Personalausweis gefunden.« Marie sah, wie Jahn sie mit großen, entsetzten Augen musterte, und bedauerte, dass sie diese Neuigkeiten auf diese Weise erfahren musste. »Erzählen Sie uns bitte genau, was Frau Ilm beruflich macht, wie ihr Tagesablauf aussieht und wieso sie nicht nach Hause zurückgekommen sein könnte. Ganz ruhig. Setzen wir uns.«

»Linda ist Maklerin.« Martina Jahn hatte die Hände zu Fäusten geballt, so fest, dass ihre Knöchel sich weiß unter der Haut hervorhoben. »Früher war sie bei Fowitz und Lessing, das ist dieses große Maklerbüro drüben im Westend. Sie ist gut, ach was, ich sollte sagen, sie ist mit Sicherheit eine der Besten der Stadt. Linda ist der Typ Mensch, der, wenn er einen Raum betritt, alle Blicke auf sich zieht. Sie hat einfach Charisma, das Aussehen; sie ist einfach wie für den Job geschaffen. Später machte sie sich dann selbstständig, gründete ihre eigene kleine Agentur, mietete Räume an und stellte zwei Mitarbeiter ein. Dann kam die Immobilienkrise, und sie musste beide entlassen.

Das war ein harter Schlag, unsere Beziehung hat auch gelitten, aber ich hab ihr geholfen, alles durchzustehen. Heute führt sie das Maklerbüro allein.«

»Kennen Sie die Adresse der Agentur?«

»Natürlich.« Jahn riss ein Stück Zeitung heraus und notierte sie. »Ich hab ihr manchmal geholfen, wenn ich Zeit hatte. Heute … ähm, sie hat mir erzählt, es gebe da noch eine Kundin, die sie spät am Nachmittag zu einer hübschen Villa oben bei Königstein bringen wollte. Sie hat sich sehr für das Objekt interessiert, und wenn Linda den Deal hätte abschließen können, wären wir die Geldsorgen für eine ganze Zeit los.«

»Königstein im Taunus«, sagte Isabelle, »kennen Sie auch hier die genaue Adresse oder sogar den Namen der Interessentin?«

»Nein, das kann ich leider nicht sagen. Keine Ahnung.« Jahn zögerte. »Aber ich weiß ohnehin nicht, ob es stimmt.«

»Wie meinen Sie das?« Marie bemerkte winzige Veränderungen in der Mimik der jungen Frau, in ihrer Haltung. Das war ein Teil dessen, was sie unten an der Gegensprechanlage nicht hatte identifizieren können. Etwas, das die Beziehung zwischen den beiden Frauen betraf.

»Ich fürchte, dass Linda mich betrügt. Ich …«

Marie wartete, bis Jahn ihre Worte fand.

»Dass sie überhaupt keine Kundin hat und stattdessen, na ja, jemanden trifft.« Sie seufzte erschöpft. »Sie war nicht immer so, wissen Sie? Linda zu beschreiben … ich denke, sie ist gleichermaßen an Frauen wie auch an Männern interessiert. Experimentierfreudig, um es mal so zu nennen.«

»Warum glauben Sie, dass Ihre Lebensgefährtin Sie betrügt? Haben Sie Anhaltspunkte?«

»Husch, und der Funke erlosch«, sagte Jahn. »Ich hab es einfach gespürt. Es war nicht mehr wie früher. Sie ist immer weiter von mir weggedriftet. Wahrscheinlich wird sie mir bald sagen, was los ist, aber …« Sie wischte sich über die Wange. »Ich hab heute Mittag, gegen eins, zum letzten Mal mit ihr gesprochen. Da sagte sie mir das mit dem späten Besichtigungstermin und dass sie danach gleich nach Hause käme, aber in ihrer Stimme lag etwas anderes, ein Unterton. Sie war nicht ehrlich.«

»Sie könnten sich auch täuschen«, sagte Jörg von der anderen Seite der Küche. »Möglicherweise ist sie wirklich zu einem Besichtigungstermin gefahren.«

»Möglich, natürlich.«

»Hat Linda Feinde?«

»Was? Oh Gott, ich … das glaube ich nicht. Nein.«

»Sie hat doch gewiss ihre Termine im Büro notiert oder auch in einem Kalender eingetragen oder in den PC eingegeben? Haben Sie vielleicht einen Zweitschlüssel für diese Räume?«

»Den habe ich tatsächlich.«

»Dann ist das Maklerbüro unser nächstes Ziel.« Marie reichte der jungen Frau ihre Karte und wollte schon ihren Satz aufsagen – *rufen Sie mich an, wenn Ihnen noch etwas einfällt* –, als Jahn sich ebenfalls erhob.

»Ich möchte mitkommen«, sagte sie. »Ich muss wissen, was geschehen ist.«

Marie musterte sie. Für eine lange Diskussion blieb definitiv keine Zeit, entschied sie. »Na gut. Von mir aus. Aber beeilen wir uns.«

13.

Auch Ilms Maklerbüro lag, ganz wie das große, stadtbekannte Partnergeschäft, bei dem sie zuvor gearbeitet hatte, im Osten des Gutleutviertels. Sie fuhren mit Blaulicht den Main entlang und kamen schließlich mit quietschenden Reifen vor einer dreistöckigen Gewerbeimmobilie zum Stehen, in der schon die Werbung hinter den Schaufenstern im Erdgeschoss das Maklerbüro ankündigte.

»Niemand zu Hause«, sagte Jörg. Er warf Martina Jahn einen Blick zu und hob die Schlüssel, die sie ihnen gegeben hatte. »Bleiben Sie im Wagen. Wir wissen nicht, was uns im Büro erwartet.«

»Nicht immer so optimistisch«, sagte Isabelle mit leiser Ironie, als sie sich dem Eingang näherten. »Du solltest ihr nicht noch mehr Angst machen.«

»Ruhe jetzt.« Marie zog ihre Dienstwaffe, die Heckler & Koch P30, und entsicherte sie. Jörg schloss auf. Nacheinander betraten sie das Büro.

Ein Vorhang auf der linken Seite des Schaufensters schwang sanft im Luftzug, als sie hereinkamen. Licht flackerte auf. In der Luft hing der Geruch eines Ortes, der den interessierten Kunden vom ersten Moment an Eleganz, Stil und Wertigkeit vermitteln sollte – echtes Parkett, stilvolle Sitzmöbel und ein Hauch eines Parfüms. *Lindas Parfüm?*

Es gab eine Sitzgruppe mit grauen Designermöbeln, einen Schreibtisch aus elegant geschnittenem Corian mit einem iMac darauf, Hochglanzaufnahmen von teuren Immobilien an den Wänden – hauptsächlich Villen und größere Gewerbeimmobilien – und weiter hinten zwei Türen, die tiefer in die Räume hineinführten.

Bodenfeld umrundete den Tisch, sah sich um und öffnete vorsichtig eine Tür. Marie spähte in den zweiten Raum: eine kleine Abstellkammer, in der es nach Akten roch. Eine Leuchtstoffröhre summte über ihrem Kopf. An den Wänden Regale, in denen sich Ordner stapelten.

»Nichts«, sagte Jörg und klang enttäuscht. »Wir haben hier zwei Computer. Hoffentlich hat sie ihre Buchführung im Griff und den heutigen Termin eingetragen.«

»Das werden wir gleich sehen.« Marie wartete, bis das Gerät auf dem Schreibtisch hochgefahren war. Dann sah sie sich einem Eingabeformular gegenüber, das ein Passwort verlangte.

»Isa, frag ihre Freundin, ob sie zufällig das Passwort für die Computer kennt.«

»Okay.«

Marie sah sich auf dem Schreibtisch um. Linda Ilm war offenbar eine Ordnungsfanatikerin: Jeder Kugelschreiber, jede Akte lag in einem präzisen Winkel zur Tischkante, die Post-its waren an einem Whiteboard an der Wand exakt ausgerichtet. Ein teurer Dupont-Füller lag auf einem Notizblock, von dem die letzte Seite schräg abgerissen worden war – offenbar in Eile.

»Aber kein Passwort. Sie hat es nicht aufgeschrieben und einfach rumliegen lassen. Wär auch zu schön gewesen.«

»Vielleicht hat sie ja ein Notizbuch. Wenn da sonst nichts drinsteht, dann vielleicht zumindest ihre Termine.«

Doch sie fanden keins, und als Isabelle wieder hereinkam, brachte sie Jahn im Schlepptau mit. »Das Passwort lautet 89linda98«, sagte die. »Sie ist ’89 geboren und hat deshalb …«

»Verweigert«, sagte Marie. »Passwort verweigert, steht da. Sind Sie sich absolut sicher?«

»Ja. Wie gesagt, ich hab ihr manchmal hier geholfen, darum kannte ich es. Sie hat es nie geändert, wieso sollte sie auch?«

»Weil nicht sie es war. Jemand anders hat es geändert. Und vermutlich brauchen wir nicht lange zu raten, wer das getan hat.«

14.

Marie sah den Kollegen nach, die Martina Jahn ins Präsidium begleiteten. Die Männer des Erkennungsdienstes, die die PCs einpackten und mitnahmen, fuhren gleich danach ab, und schließlich verschloss Jörg das Büro und kam zu ihr herüber auf den Bürgersteig.

»Ist gleich so weit«, sagte er leise. »Wo sehen wir es uns an?«

»Das ist mir egal.« Einen Moment lang betrachtete sie die stetig kleiner werdenden Lichter der Autos, die an ihr vorüberfuhren. Dann herrschte Stille. Frankfurt gegen halb zehn Uhr nachts, ein völlig anderer Ort als das von Pendlern bevölkerte Monstrum, zu dem die Stadt und ihre Hauptverkehrsadern an jedem Morgen und an jedem frühen Abend anschwollen.

Doch die Stadt lebte, auch wenn es hier gerade nicht sichtbar war. Die Gescheiterten suchten ihre Nachtlager auf, irgendwo unter einer Brücke, an einem windgeschützten Ort, vielleicht in einer Obdachlosenunterkunft. Waren sie verängstigt? Wussten sie bereits, was mit einer von ihnen geschehen war? Hatte es der Täter noch auf andere von ihnen abgesehen?

In den Straßen um den Hauptbahnhof endete die Nacht nie, im Neonlicht gingen die Dealer, Huren und Zuhälter ihrem Geschäft nach; und irgendwo, versteckt zwischen den

Häuserschluchten, war jemand damit beschäftigt, seinen nächsten Mord zu inszenieren, in aller Stille und Dunkelheit … aber nicht hier. Hier war alles friedlich.

»Marie?«

Sie drehte sich zu Isabelle und Jörg um. »Gibt es Neuigkeiten?«

»Die Obduktion dauert noch an. Weigand hat einige Rückmeldungen von der Fahndung und den Kollegen, die sich an die Obdachlosenbefragung gemacht haben, doch bislang hat niemand die Tote erkannt.«

»Niemand? Kein Einziger? Verdammt.«

»Ein Kollege erklärte, dass es eine Unruhe gebe, auf deren Ursprung sie jedoch noch nicht gestoßen sind. Es ist, als versetze jemand die Obdachlosen in große Nervosität. Ich habe Weigand gesagt, dass wir dranbleiben müssen.«

»Gut.«

»Dann haben wir die Vermisstendatenbanken. Keine neuen Hinweise, aber wir haben Linda Ilm und ihren Wagen zur Fahndung ausgeschrieben. Sanders kümmert sich um ihre Lebensgefährtin, wenn sie im Präsidium eintrifft, und nimmt die Befragung vor. Wir haben einen Psychologen und Weigand zur Erstbefragung bei Ilms Eltern. Es gibt keine Anzeichen eines Erpressungsversuchs oder einer Lösegeldforderung.«

Marie trat noch einmal an das Schaufenster des Maklerbüros und spähte hinein. Das Innere war nun wieder dunkel, leer und verlassen. Die Spurensicherung hatte schnell und effizient gearbeitet – mit vier Mann. Das war alles, was angesichts des brutalen Mordes und der verkommenen Wohnung im Gallus derzeit an verfügbaren Kräften übrig war. »Er war hier. Ich kann ihn spüren. Mit ihrem Schlüssel, und er hat die Spuren beseitigt und das Passwort verändert.«

»Wenn ihre Lebensgefährtin die Wahrheit sagt, hat sie vielleicht tatsächlich niemanden getroffen und stattdessen …«

Jörg zuckte die Schultern. »Alles Mögliche kann geschehen sein.«

»Ihr Ausweis, in der Wanne am Tatort. Ist der rein zufällig dorthin gelangt?«

»Tja, das ist der Punkt, der mir überhaupt nicht gefällt.«

»Glaubt ihr ihr?«

»Sie klingt überzeugend. Das ist keine besonders perfide inszenierte Beziehungstat, ganz bestimmt nicht.«

»Er hinterlässt einen Hinweis am ersten Tatort und bringt uns auf die Spur seines nächsten Opfers.« Isabelle hielt die Arme vor der Brust verschränkt. »Das ist das, was ich sehe. Er baut eine Website mit Livestream und Countdown, er will, dass wir mitspielen, ihn jagen und in sein Duell einsteigen.«

»Wieso?« Marie warf ihr einen müden Blick zu. Isabelles Denkweise lieferte häufig neue Ansatzpunkte für einen verfahrenen Fall. »Wieso will er das? Wieso geht er das Risiko ein, dass wir ihm auf die Spur kommen?«

»Weil Weigand wahrscheinlich, wenigstens zum Teil, recht hat. Weil er ein Spieler ist. Der Reiz liegt genau darin: das Risiko zu scheitern auf der einen Seite, die Chance des Gewinns, in seinem Fall, *unerkannt* zu entkommen, auf der anderen.« Isabelle seufzte. »Wir brauchen einen Analytiker der Operativen Fallanalyse. Kannst du nicht Parkov anrufen?«

»Kann ich, ja. Er hat versprochen zurückzukommen, sollten wir ihn brauchen, aber …«

»Du klingst nicht besonders begeistert.«

»Darum geht es jetzt nicht.«

»Doch, Marie, darum geht es.« Isabelle schüttelte den Kopf. »Dass du seit Monaten jedes Mal das Thema wechselst, wenn dich jemand auf unseren BKA-Kollegen anspricht, klingt für mich sehr wohl danach, dass es genau darum geht.«

»Einen Moment, Mädels«, sagte Jörg. »Ehe ihr euch wieder in die Haare kriegt, denken wir mal über etwas anderes nach, das mir die ganze Zeit auf die Nerven geht. Dieser Anruf, der die Jungs von der Technik zu dem unbekannten Mann geführt hat, in eine Wohnung, die schon seit Monaten leer steht. Wir kennen die Identität des alten Mannes nicht und wissen auch nichts darüber, wie er dorthin gelangt ist, welche Rolle er in der ganzen Sache spielt, aber wir wissen, dass eine Sache nicht stimmen kann: der zeitliche Ablauf. Der Täter hätte nicht seine Geisel bei uns anrufen lassen, sie danach ertränken und dann in aller Eile das Telefon dort in dieser Bruchbude verstecken können. Das funktioniert schon allein deshalb nicht, weil mir Niemeier vorhin erklärt hat, dass sie feststellen konnten, dass das Handy, von dem der Anruf an uns ausging, überhaupt nicht in der Nähe des Tatorts im Netz eingeloggt war. Sie haben es sich genau angesehen – keine Rückschlüsse auf den Täter, nur der Anruf bei dem Pub in Sachsenhausen, wo der Wirt das Telefon dann an Leland weitergegeben hat.«

Die Neuigkeiten ließen Marie verblüfft innehalten. »Das ergibt keinen Sinn. Hat Niemeier eine Erklärung dafür? Er hätte doch eine Rufweiterleitung einschalten können?«

»Eine Rufweiterleitung, hat Niemeier gesagt, funktioniert nur, wenn du angerufen wirst. Er hätte mit dem Handy, mit dem er die Geisel telefonieren ließ, das Telefon in der Wohnung des Alten anrufen können, und dieses hätte dann den Anruf zu uns geleitet. Das wäre möglich, nur gibt es dabei ein Problem: Niemeier und sein Team haben das Handy genau unter die Lupe genommen, und sie können ausschließen, dass dort eine solche Weiterleitung eingerichtet war.«

»Er wusste, dass wir dort sein würden. Bei Sanders' Abschiedsfeier.«

»Das glaube ich auch«, erwiderte Jörg.

Isabelle blickte auf die Uhr. »Zwanzig Minuten bis zum Ablauf des nächsten Countdowns. Ich vermute ja, dass sein nächstes Opfer Linda Ilm sein wird und er sie uns präsentiert.

Wenn wir nur wüssten, wie es ihm gelungen ist, sie in die Finger zu bekommen.«

»Meinst du, er hat sich als Frau ausgegeben? Martina Jahn sprach doch von einer Kundin, mit der sich Linda noch am Ende des Arbeitstags treffen wollte.«

»Möglich. Ihr Handy ist abgeschaltet. Sie war zuletzt auf dem Weg aus Frankfurt Richtung Westen, möglichweise Richtung Königstein, aber dort endet die Spur, die wir anhand des Bewegungsprofils ihres Handys rückverfolgen können. Der Suchradius bleibt ziemlich groß. Sieh mal, da sind die Kollegen.«

Marie wandte sich um. Drei Beamte des KDD, des Kriminaldauerdienstes, die ihnen bei der Nachbarschaftsbefragung halfen, kamen zu ihnen herüber. »Also, wir haben mehrere übereinstimmende Beobachtungen von Rentnern und einer jungen Mutter, die besagen, dass Linda Ilm bis gegen sechzehn Uhr hier war und dann mit ihrem Wagen, einem Mini Cooper, so wie von ihrer Lebensgefährtin ausgesagt den Ort verließ. Und damit enden die Beobachtungen auch schon. Kein Kunde, kein anderer Besuch, die Maklerin ist genau zur erwarteten Zeit aufgebrochen.«

Marie nickte. »Dann nahm sie also entweder tatsächlich ihren Termin wahr und zeigte ihrer Kundin diese Villa … oder eben nicht. Danke.«

»Ich kann noch eine interessante Beobachtung beisteuern«, sagte ein älterer Kollege. »Parterre«, er deutete mit dem Daumen über die Schulter, »wohnt eine Rentnerin, die mit ihrem kleinen Cocker Spaniel regelmäßig spazieren geht. Sie hat mir überzeugend versichert, dass sie in den letzten Tagen einen Mann beobachtet hat, der das gegenüberliegende Maklerbüro genau beobachtete. Sie hat ihn sogar ziemlich genau beschrieben. Er war groß, eins neunzig, dunkle Haare und trug eine Art Trainingsanzug.«

»Hat sie sein Gesicht gesehen?«

»Sie ist sogar bereit, sich mit der Zeichnerin zu unterhalten.« Der Kollege lächelte. »Ich habe sie für morgen früh ins Präsidium gebeten.«

»Gute Arbeit. Wenn der Täter seinem Opfer hier zuvor nachspionierte, dann muss er auch die Obdachlose auf diese Weise ausgewählt haben. Jemand wird ihn gesehen haben.«

»Marie, hast du das bemerkt?« Jörg deutete auf einen dunklen Kasten etwas oberhalb des im Parterre liegenden Fensters des Gebäudes, das rechts an das Maklerbüro angrenzte.

»Ist das eine Überwachungskamera?«

Sie waren im Handumdrehen am Eingang. »Dr. Petersen, Sprachforschung und anthropologische Studien«, las Isabelle. »Er überwacht seine Hofeinfahrt und damit zufällig auch das danebenliegende Büro von Linda Ilm. Vielleicht hat er auch unseren Täter gefilmt, als er sich möglicherweise mal näher an sein Objekt der Begierde gewagt hat.«

»Zehn Minuten«, sagte Marie nach einem prüfenden Blick auf ihr iPhone. »Wir müssen uns beeilen.«

Sie läutete, und nach dem dritten Schellen der Klingel wurde die massive Eichenholztür geöffnet. Der Mann, der ihnen auf der Türschwelle gegenüberstand, sah mit leicht empörter Verwunderung auf sie herab.

»Dr. Petersen? Marie Winter, Mor…«

»Ich wäre ein schlechter Vertreter meine Zunft, wenn ich nicht erkennen würde, dass die Polizei vor meiner Tür steht. Ich habe Ihnen nichts zu sagen. Guten Abend.«

Die Tür flog ins Schloss und schepperte laut.

»Was zur …?«

Marie klingelte noch einmal, dann klopfte sie an die Tür. »Wir müssen mit Ihnen sprechen. Herr Dr. Petersen, kommen Sie, öffnen Sie.«

Diesmal dauerte es fast eine Minute, bis die Tür aufschwang. Der Mann war der Archetyp eines Forschers, runde

Brille, schütteres graues Haar, grüne Krawatte und ein nach Mottenkugeln riechender grünbeige gefärbter Anzug im Karomuster.

Er rümpfte die Nase. »Es ist eine Frechheit, zu dieser Stunde belästigt zu werden.«

»Winter, Kriminalpolizei Frankfurt. Wir müssen auf die Aufzeichnungen Ihrer Videokamera zugreifen, die Sie dort installiert haben. Es geht um eine Mordermittlung.«

»Wer ist ermordet worden? Von wem?«

»Das versuchen wir herauszufinden.« Marie setzte ein einnehmendes Lächeln auf. »Es dauert nicht lange.«

»Haben Sie einen Beschluss, sich diese Bänder anzusehen?«

»Aber sicher.« Die Worte gingen ihr leicht über die Lippen. Für einen Augenblick kam ihr Parkov in den Sinn: *Verzweifelte Zeiten erfordern besondere Maßnahmen – manchmal auch solche, die das geltende Recht ein wenig beugen.* »Ich hab ihn nicht bei mir, aber wir werden ihn morgen nachreichen. Wissen Sie, es geht in diesem Fall tatsächlich um Leben und Tod.«

15.

Vier Minuten später – und damit etwa drei Minuten vor Ablauf des Countdowns – waren sie wieder am Wagen. Der USB-Stick mit den Aufnahmen der Videoüberwachung, die die letzten zwei Wochen abdeckten, lag auf dem Armaturenbrett. Dr. Petersen hatte ihn ihnen bereitwillig überlassen, nachdem Marie ihm erklärt hatte, worum es ging.

»Ich kann diese Warterei nicht ausstehen«, sagte Jörg. Marie sah zu, wie er vor dem Wagen auf und ab ging.

»Eine Minute.«

»Stell das Radio an.« Isabelle seufzte erschöpft. »Etwas Ablenkung. Ich bin seit zwanzig Stunden auf den Beinen. Jetzt diese Sache, die letzten Stunden nonstop unterwegs und dann auch noch …« Sie verstummte, als eine kleine silbrige Träne ihr über die Wange lief. Energisch wischte Isabelle sie weg, schüttelte den Kopf und sah stur aus dem Fenster, als sei nichts geschehen.

Bei all dem Trubel, dachte Marie, *bei allem, was seit dem Anruf auf Sanders' Abschiedsfeier geschehen ist, hast du völlig übersehen, was direkt in deiner Nähe vor sich geht.*

Isabelle Odinsdottir, ihre zwei Jahre ältere isländische Kollegin, war das, was man gemeinhin als tough bezeichnete.

Marie hatte sie nicht ein Mal weinen sehen, nie hatte sie sich anmerken lassen, dass sie an der Grenze der Erschöpfung stand. *Und du*, dachte sie erschüttert, *bist sie nach dem ersten, live übertragenen Mord auch noch richtig gemein angegangen, ohne zu bemerken, was mit ihr los war.* Denn etwas belastete Isabelle, das sie, wie es nun mal ihre Art war, vor niemandem zugeben wollte, in ihrer ausgeprägten, unnahbaren Perfektion mit der undurchdringlichen Schale.

»Isa, sag mal …«

Isabelle schüttelte den Kopf. »Es ist nichts.« Der Ausdruck in ihren Augen war hart und unnachgiebig. »Davon abgesehen, dass uns die Zeit durch die Finger rinnt.«

Die letzten Sekunden verstrichen, während Marie überlegte, was sie tun, was sie sagen sollte. Dann verschwand der Countdown auf der Website, und an seiner Stelle erschien abermals der Videoplayer, der ein unscharfes Bild zeigte.

»Oh nein.«

»Hätten wir gewettet«, sagte Isabelle bitter, »hätte ich gewonnen.«

16.

Der Raum war finster, mit Ausnahme des grellen Lichtkegels einer Schreibtischlampe, die auf dem fleckigen Betonfußboden stand und eine Ecke erhellte. Dort saß eine Frau auf einem Stuhl: Ihre Beine waren an die Stuhlbeine gebunden, ihr rechter Arm hinter den Rücken gefesselt, aber ihr linker war frei – so hielt sie ein Mobiltelefon an ihr Ohr. Ihr Gesicht war tränenüberströmt, das Make-up verschmiert. Sie blickte in die Kamera, und Marie hatte einige Augenblicke lang das unangenehme Gefühl, dass sie wusste, wer ihr in diesem Moment zusah. Ihr Gesichtsausdruck war vorwurfsvoll: Ihr werdet auch mich nicht retten können, schien er zu sagen.

Die Frau sagte etwas und wartete dann ab, während sie weiter unentwegt in die Kamera starrte, die irgendwo außerhalb des Bildes stand – vielleicht hatte er ihr befohlen, das zu tun, und gehofft, dass sie sich weigerte, weil eine Geisel, die sich vor aller Augen wehrhaft, ja ungehorsam gab, ein noch besseres Bild abgab – doch wenn es so war, tat sie ihm nicht den Gefallen.

Dann meldete sich die Videotelefonie-App des Entführers auf Maries iPhone mit einem hohen Piepton, der sie, obwohl sie es erwartet hatte, zusammenzucken ließ.

»Ja?«

Auf der Website sah sie, wie die Geisel den Kopf bewegte. Ihre Stimme klang fern und verängstigt wie die eines Kindes, das bemerkt, dass es sich fernab von jeglicher Zivilisation verirrt hat. »Spreche ich mit der Polizistin, die daran scheiterte, einen Mord zu verhindern?«

Marie schloss für einen Augenblick die Augen. *Er verhöhnt dich. Wer auch immer dort im Hintergrund für all das verantwortlich ist, er verspottet und verletzt dich. Aber du wirst nicht zulassen, dass er abermals Erfolg hat, nicht wahr?*

»Nein, aber mit Hauptkommissarin Winter«, erwiderte sie. »Haben Sie keine Angst, Linda. Wir können Sie sehen und hören. Sprechen Sie mit uns, aber versuchen Sie nicht, irgendetwas zu verraten, was eine gewalttätige Reaktion bei dem Entführer auslösen könnte. Das müssen Sie nicht, hören Sie? Sie müssen nichts unternehmen, was Sie weiter in Gefahr bringt.«

»Er hat mir gesagt, dass Sie mir etwas Derartiges sagen würden. Er hat mir auch gedroht, dass er mich sehr langsam sterben lassen wird, wenn ich der Anweisung nicht nachkomme.« Sie schniefte. »Ich will nicht sterben. Helfen Sie mir.«

»Wir unternehmen alles, was in unserer Macht steht. Geben Sie die Hoffnung nicht auf.«

»Ich soll Ihnen eine Frage stellen. Er sagt«, sie holte tief und keuchend Luft, »dass Sie und Ihre Leute dieses Mal volle sechsundzwanzig Stunden Zeit haben, um das neue Rätsel zu lösen. Bis Mitternacht des nächsten Tages.«

»In Ordnung.« *Sechsundzwanzig Stunden. Wieso lässt er uns mehr Zeit? Warum verändert er die eigenen Regeln?*

»Die Frage lautet: Warum …«, sie zögerte und schniefte abermals, »warum muss eine junge Frau sterben, während ein alter Mann weiterleben darf? Oh bitte, ich will nicht … holen Sie mich hier raus!«

»Linda, hören Sie mir zu!« Marie bemühte sich, die Aufmerksamkeit der Frau zurückzugewinnen. »Ich werde alles unternehmen, das verspreche ich Ihnen, alles, um Sie dort rauszuholen.«

Sie sah, wie die junge Frau auf dem Übertragungsbild nickte. »Er sagt, dass er sich jetzt schon darauf freut, dir gegenüberzutreten.«

Marie ballte die Hand zur Faust. Ihre Nägel schnitten in ihre Handfläche, ein notwendiger Schmerz, der sie zwang, nicht die Fassung zu verlieren. »Sag ihm, er …«

»Tick, tack«, sagte Linda Ilm unter heftigen Schluchzern, die ihre Stimme fast zur Unkenntlichkeit verzerrten, »t-tick, tack.«

Die Handyverbindung war unterbrochen.

Marie blickte auf und sah, dass Jörg die Beifahrertür geöffnet hatte und ebenfalls auf das kleine Bild auf dem iPhone hinabspähte, obwohl sie nicht einmal bemerkt hatte, dass er zum Wagen zurückgekommen war. Sekunden später brach auch der Livestream ab und hinterließ auf der Website nichts als den Countdown, der von über fünfundzwanzig Stunden auf null herunterzählte.

»Marie?«

Sie holte tief Luft. »Die arme Frau. So eine Scheiße!«

»Zurück ins Präsidium?«

»Wir sichten die Aufnahmen der Überwachungskamera und vergraben uns in Linda Ilms Privatleben. In ihrs und das ihrer Lebensgefährtin.« Marie warf Isabelle einen nachdenklichen Blick zu, doch von dem vorherigen Gefühlsausbruch ihrer Freundin war nichts mehr zu sehen. Sie fragte sich, ob Jörg überhaupt bemerkt hatte, was mit Isabelle los war. »Fahren wir«, sagte sie schließlich. »Irgendwo muss etwas zu finden sein, das uns ein Motiv des Entführers liefert. Er hat uns eine neue Frage und mehr als einen Tag Zeit gegeben – und ich ihr ein Versprechen. Ich möchte es halten.«

17.

46 Stunden und 2 Minuten bis zum Ablauf des letzten Ultimatums

Die Liste der Vermisstenmeldungen, die unzähligen Buchstaben, die Kolonne für Kolonne über den Computermonitor flimmerten, ermüdeten ihre Augen. Vor der Fensterfront, durch die sie die Skyline Frankfurts betrachten konnte, lag eine späte, unruhige Nacht. Regen fiel, vom Wind gegen die Scheibe getrieben, und fernes Wetterleuchten illuminierte den wolkenverhangenen Himmel mit weiß-blauen Farbklecksen.

Marie trat zum Fenster, öffnete es und ließ sich den Wind um die Nase wehen. Der Geruch, den er herantrug, war der des Umbruchs: nicht mehr Spätsommer, doch auch noch nicht der frühe Herbst. Die Stille zwischen den Jahreszeiten, ein Innehalten, das Luftholen kurz vor dem Sprung. Die Schwüle, die den Tag und den Abend beherrscht hatte, war von einem starken, unerbittlichen Westwind fortgeblasen worden, der das nachdrückliche Versprechen gegeben hatte, dass die Hitze für Monate nicht mehr zurückkäme.

Marie lauschte den nächtlichen Lauten der Stadt. Ein Hund, der irgendwo den Mond anbellte. Fernes Gelächter und das Schlagen einer Kirchturmuhr: Es war zwei. Der sanfte Regen, den der Wind in ihr Gesicht trieb und ihre Wangen besprenkelte, belebte ihren erschöpften Körper.

Hinter ihr ging die Tür. Leise knarrend, unheilvoll kam das Geräusch von lange nicht geölten Türangeln. Blutgeruch wehte in den Raum. Marie bemerkte überrascht, dass das Fenster vor ihr wieder verschlossen war. Heiß war es mit einem Mal, entsetzlich heiß, und als sie die Hand ausstreckte, stellte sie fest, dass das Fenster keinen Griff besaß. Er war verschwunden, zurückgeblieben war nur eine seltsam fremdartige Oberfläche, die das Glas umrandete – sie wagte nicht, sie zu berühren.

»Marie«, sagte eine Stimme in ihrem Rücken. Eine, die sie kannte und niemals vergessen würde. Eine, die ihr einen Schauer über den Rücken jagte, so sehr erschrak sie darüber, dass er nach all der Zeit wieder zurückgekehrt war.

»Du kannst nicht hier sein.« In der Reflexion im Glas sah sie, wer da zur Tür hereingekommen war, und doch wagte sie es nicht, sich umzudrehen. Wenn sie ihn ansah, gab sie ihm Macht. Macht über sie, weil er nach Monaten zurückgekehrt war.

»Du hast auf mich geschossen«, sagte Erik. Ihr Mann, den sie geliebt hatte, der auf sie gehetzt worden war, nur weil sie ihren Job erledigt hatte. »Dreh dich um und sieh mich an.«

Mit heftig schlagendem Herzen tat sie es, sie wandte sich um. Marie wusste genau, dass sie an ihrem Schreibtisch eingeschlafen war und träumte – genau wie sie wusste, dass sie den Albtraum bis zu seinem Ende durchleben musste, denn anders würde er nicht enden.

Da war er, Erik, doch nicht, wie sie ihn in Erinnerung zu behalten versuchte, sondern so, wie er in ihren Albträumen auftrat.

»Du bist nicht wirklich. Du warst anders, nicht das, wozu er dich gemacht hat. Verschwinde!«

Seine Finger hinterließen eine blutige Spur auf der Tür. Er kam näher. Mit jedem Schritt malten seine Schuhe dunkelrote Abdrücke auf den Fußboden. »Nein. Du irrst dich. Sieh dir an, was *du* aus mir gemacht hast.«

Marie schüttelte den Kopf. Die Bewegung fiel ihr schwer, als sei ihr Nacken auf einmal mit Blei gefüllt. »Das war *er*. Die ganze Zeit schon war er es. Ich habe mich nur verteidigt, Lucie und mich. Du weißt, dass das wahr ist. Ich weiß, dass du nie wolltest, was du getan hast. Und nun lass mich allein.«

»Er ist noch nicht fertig mit dir. Er nicht und auch nicht der, der hinter ihm steht. Du warst feige. Du hast dich geweigert, ihn zu töten, und riskiert, dass er weitermacht, begreifst du das nicht?«

»Er ist eingesperrt!«, schrie Marie nun. Sie stieß an einen Aktenordner; die Ordner schlugen geräuschvoll auf dem Boden auf, und doch kam niemand, um nachzusehen, was hier vor sich ging, niemand kam und bemerkte, wer sie da heimsuchte …

»Alles Böse kehrt eines Tages zurück. Die Zeit ist nicht mehr fern. Ich sehe Häuser brennen und Menschen aus der Höhe fallen, fallen und fallen, bis sie auf hartem Grund aufschlagen. Ich weiß, dass ein kalter Wind kommen wird, ein Sturmwind, der alles hinwegfegt, was sich ihm entgegenstellt.«

Erik beugte sich vor. Seine Finger berührten ihre Hand; Marie erschauderte, als sie die Berührung spürte. Seine Haut war nicht kalt, wie sie erwartet hatte, sondern brennend heiß wie die eines Fiebernden und hinterließ blutrote, kreisrunde Abdrücke auf ihrem Handrücken.

»Bist du bereit?«

Marie wollte antworten, spürte aber, wie ihr Mund stumm blieb. Sie konnte ihre Lippen nicht öffnen, und ihre Zunge schien mit einem Mal ein Eigenleben zu führen und wie eine große haarige Raupe die Luftröhre hinabzuwandern. Mit einem magenumstülpenden Gefühl der Abscheu stieß sich Marie vom Schreibtisch ab, kippte mit dem Stuhl nach hinten …

… und wachte auf. Orientierungslos an ihrem Schreibtisch, schwer atmend, mit Schweiß auf ihrer Stirn.

Nichts davon ist geschehen. Nichts, es war nur ein schlechter Traum. Das musst du dir klarmachen, nichts davon war real.

Entsetzt atmete sie ein, während ihre Finger zu ihrem Mund flogen – in der panischen Erwartung, der Albtraum könnte Realität geworden sein –, und ließ sie erleichtert sinken, als sie bemerkte, dass sie den Mund öffnen und normal Luft holen konnte.

Nur ein schlechter Traum, dachte sie. *Anders als früher hat er dich besonders heftig erwischt, weil es schon Monate her ist, seit du ihn zum letzten Mal geträumt hast.*

Weil Erinnerungen mit der Zeit an Schärfe verlieren und umso stärker zurückkehren können.

Marie rappelte sich auf. Ihr Kopf schmerzte, als litte sie an einer hartnäckigen Migräne. Mit nervösen Fingern goss sie sich ein Glas Wasser ein, warf zwei Aspirin hinein und trank in kleinen Schlucken. Dann stützte sie das Kinn auf die Hände und schaute auf den Monitor, auf dem noch immer die Vermisstendatenbanken flimmerten, ohne wirklich etwas wahrzunehmen.

»Was machst du denn da?« Jörg stand in der Tür.

»Ich glaube, ich bin grad kurz eingenickt.« Sie zwang sich, ein unschuldiges Lächeln aufzusetzen, bemerkte aber gleich, dass Jörg ihr das nicht abkaufte. Sie sah ihm an, dass er wissen wollte, was los war, genau wie sie wusste, dass sie ihm nichts davon erzählen würde.

Nicht jetzt. Vielleicht nie.

Hastig sah sie sich nach ihrem Schreibtisch um. Die Akten lagen auf dem Boden, doch als sie sich hinabbeugte und die

Tischplatte und ihren Handrücken musterte – halb im Glauben, dort wirklich Blutspuren zu entdecken –, war dort nichts.

Es ist entsetzlich, dass du ausgerechnet jetzt wieder anfängst, von ihm zu träumen, und die Trugbilder in einer so erschreckenden Klarheit zurückkehren – doch du wirst nicht zulassen, dass er dich aufs Neue ängstigt, nicht wahr?

»Marie?«

»Ach, nichts. Nur die Arbeit.« Das Fenster stand noch immer offen, der Boden davor war feucht vom Regen, doch sie machte keine Anstalten, es zu schließen. Die laue Brise, die über ihre Schulter strich, beruhigte sie. »Hast du was Neues für mich? Ich bin die letzten Stunden die Datenbanken durchgegangen und muss wohl, du weißt schon, eingenickt sein. Konnte jedenfalls nichts finden.«

»Wonach hast du gesucht?«

»Nach Querverbindungen zwischen Linda Ilm und unserer Unbekannten, potenziellen Hinweisen und Spuren im Obdachlosenmilieu, wie auch nach anderen Frauen, die für ihn infrage kämen. Und dann habe ich begonnen, die Videoaufzeichnungen des Anthropologen zu sichten. Bislang nichts.«

»Leland hat einen Kollegen der Operativen Fallanalyse angefordert.«

»Gut. Das ist sicherlich sinnvoll.«

»Valentin hat Martina Jahn selbst nach Hause gebracht. Man hat ihr Polizeischutz genehmigt, wir haben einen Kollegen vor ihrer Wohnung, nur für den Fall, dass der Entführer sich entschließen sollte, sie aus dem Weg zu räumen. Außerdem hat er im Gespräch mit ihr einiges über Linda Ilms Vergangenheit herausgefunden. Wir haben einige Ansatzpunkte, denen wir morgen nachgehen sollten. Ihre alten Maklerkollegen, mit denen sie wohl nicht ganz ohne Streit auseinandergegangen ist, und ein Exfreund, der ihr einige Zeit nachstellte. Stalking. Jahn zufolge ist er aber nicht der Typ, der später einfach losgeht und aus Eifersucht tötet. Aber wir sollten uns mit ihm unterhalten.«

»Du klingst nicht überzeugt.«

»Ich glaube, sie kannte ihren Entführer nicht. Der Grund für die Entführung ist wahrscheinlich nicht in ihrem Umfeld zu suchen.«

»Und die unbekannte Tote? Die Website? Unser nicht identifizierter Mann aus der Wohnung? Eine Erklärung, wieso das Signal des ersten Anrufs dort herkam?« Marie nahm den letzten Schluck aus ihrem Wasserglas und überlegte, ob sie nicht sofort ein zweites Glas mit einer dritten Aspirin-Tablette folgen lassen sollte.

»Website nach wie vor negativ«, erwiderte Jörg, trat zum Fenster und sah hinaus. »Die IT ist mittlerweile nicht mal mehr überzeugt davon, dass das Ding wirklich irgendwo in Afrika programmiert wurde. Sie haben Teile eines Codefragments gefunden, versteckt im Quellcode, der Programmieranweisung der Seite, die sie noch nicht vollständig einordnen und entschlüsseln können. Vielleicht eine weitere Botschaft des Entführers, eingebettet und unsichtbar für unsere Augen. Zu den Komplikationen bei der Rückverfolgung noch keine neuen Ergebnisse.«

»Er macht sich über uns lustig. Das würde bestens zu seiner Spielfreude und der ganzen Herangehensweise passen. Wie nennen es die Analytiker? Zu *seiner Handschrift.*«

»Der alte Mann aus der Wohnung ist noch immer nicht ansprechbar«, sagte Jörg, »aber – gute Neuigkeiten, wenigstens hier – der Arzt, mit dem ich vor zehn Minuten sprechen konnte, ist zuversichtlich, dass es morgen möglich sein wird, ihn behutsam und kurz zu vernehmen.«

»Immerhin«, sagte Marie. Das zweite Glas Wasser mit Aspirin schmeckte metallisch und sauer.

»Bine hat mich angerufen. Lucie schläft ganz friedlich.«

»Gut.« Marie wusste, dass sie wohl noch etwas hinzufügen sollte, doch die Nachwirkungen, die Bilder des Albtraums, die ihr vor den Augen herumtanzten, ließen sie nicht die richtigen Worte finden. Stattdessen wiederholte sie noch einmal abwesend: »Das ist wirklich gut.«

»Mach dir keinen Kopf. Das Wichtigste ist, dass es ihr wieder besser geht, der Krebs vollständig zurückgegangen und sie gesund ist … und wenn wir diesen Fall abgeschlossen haben, wirst du sehen, dass du auch wieder mehr Zeit für sie findest.«

»Das habe ich mir auch gedacht, als wir den Dezembermann und seine Schüler gejagt haben. Und was kam dann? Okay, kein verrückter Serienmörder mehr, aber zu tun gab es genug.« Sie blickte zum offenen Fenster und den hellen Lichtern der Stadt. »Und alles, was wir schaffen, ist kaum mehr als ein Kampf darum, die Zustände so zu bewahren, wie sie sind. Wir verbessern nichts, denn für jeden Verbrecher, den wir fassen und vor Gericht bringen, stehen schon am nächsten Morgen zwei neue da. Es ist ein Kampf gegen Windmühlen, endlos, nutzlos.« Sie schüttelte den Kopf. Der Albtraum hatte bewirkt, das sie sich leer und erschöpft fühlte. »Bevor du mir vorwirfst, ich sei nicht mehr die Idealistin, die ich noch vor Jahren war, kann ich dir gleich sagen, du hast verdammt recht. Mach diesen Job mehr als fünf Jahre und du wirst zwangsläufig zur Zynikerin.«

»Und?«

»Nichts und. Du weißt, dass ich gar nicht anders kann. Und damit … Ende der Diskussion.«

»Ende der Diskussion. Genau so machen wir es, Schluss, fertig und aus.« Jörg zwinkerte ihr spöttisch lächelnd zu. »So geht sie dahin, unsere Gesprächskultur.«

»Willst du mich aufziehen?« Marie warf ein Papierknäuel nach ihm. »Dann hast du gerade sämtliche existierenden roten Linien überschritten, Großer.«

Als würde er sich ergeben, hob Jörg entschuldigend die Hände. »Sieh an, du kannst ja doch noch lächeln. Na gut. Dann mach ich mich jetzt mal auf die Socken. Kurz nach zwei, genug Überstunden für heute. Hast du noch viel zu tun?«

Marie blickte auf den Monitor mit den zahllosen Vermisstenmeldungen. »Ich fürchte, dass die Suche zu nichts führt, jedenfalls nicht mehr heute. Wieso fragst du?«

»Weil deine Tochter in unserem Gästezimmer schläft. Und weil du ehrlich gesagt hundemüde aussiehst. Ich weiß, dass wir eine Entführte haben und einen Countdown, der uns nur noch zweiundzwanzig Stunden Zeit lässt, aber irgendwann ist es genug. Es nützt niemandem, wenn du morgen nicht erholt bist, wo wir dich hellwach brauchen.«

»Ich habe Linda versprochen, dass ich sie da raushole. Ich will dieses Versprechen halten.«

»Und das wirst du, indem du ein zweites Mal hier am Schreibtisch einschläfst?« Jörg warf ihr ihre Jacke zu. »Los. Du kannst bei uns auf der Couch schlafen. Lucie wird sich freuen, wenn sie dich morgen früh sieht.«

Marie seufzte. Er hatte recht: Wenn sie hierblieb, wäre das Ergebnis höchstwahrscheinlich nur ein weiterer Albtraum, und das war nichts, worauf sie besonders scharf war. »Sehr überzeugend, Kollege. Du hast recht. Bring das Mädchen nach Hause.«

»Wenn das meine Frau hören könnte. Machen wir Feierabend.«

18.

41 Stunden und zehn Minuten bis zum Ablauf des letzten Ultimatums

Nur ein paar Stunden mit wenig Schlaf später ließ die Morgensonne des nächsten Tages die Pfützen am Straßenrand gleißend hell funkeln wie riesige Glassplitter. Schräg fiel das rotgoldene Licht des Spätsommertags durch das Blattwerk der Kastanien und malte ein gefächertes Schattenmuster auf den Asphalt, der noch immer regenfeucht glänzte.

Sie waren auf dem Weg zurück ins Präsidium, Marie neben Jörg im Wagen, und mit ihr fuhren auch ihre Kopfschmerzen, als hätten sie besonderen Gefallen daran gefunden, sie heimzusuchen. »Was machen die alle hier? Das gefällt mir nicht.«

Schon von Weitem war die Menschenmenge vor dem Eingang des Präsidiums auszumachen, und noch während Marie hinüberspähte und das Fenster ein wenig herabließ, um einige Wortfetzen mitzubekommen, klingelte ihr iPhone.

»Es ist Isabelle«, sagte sie zu Jörg. »Ich fürchte, wir bekommen gleich eine Erklärung dafür«, sie deutete in Richtung des Eingangs und des Menschenauflaufs, »die uns nicht schmecken wird.«

»Da sind Fotografen dabei. Presse.« Er machte ein finsteres Gesicht. Die Lederjacke, die sich um seine breiten Schultern spannte, knirschte leise, als er den ersten Gang einlegte. »Ich fahre in die Tiefgarage.«

»Isa? Hast du mal einen Blick aus dem Fenster geworfen?«

»Deswegen ruf ich an. Du solltest mal ins Netz schauen. Na los. Ich warte so lange.« Die Stimme ihrer Kollegin klang gereizt.

»Isa, was ist los?«

»Hm, ich weiß nicht. Es ist möglich, dass jemand, während du friedlich geschlummert hast, die Website entdeckt und überall verbreitet hat. Vielleicht hat jemand sie auf Twitter oder Facebook erwähnt, andere haben sie angeklickt, und jetzt geht die Nachricht wie ein Lauffeuer durch alle Redaktionen und newsgierigen Onlineportale?«

»Ach, du«, Marie umfasste ihr Handy fester, »wir sind gleich da. Seit wann wissen wir es?«

»Fünf Minuten. Einer der ITler kam völlig außer sich reingestürmt. Das Ganze steht seit etwa einer halben Stunde im Netz und verbreitet sich weiter. Außerdem haben wir noch ein anderes Problem: Er hat den Livestream wieder angeschaltet. Jeder kann jetzt zusehen, was sich dort tut.«

»Verfluchte …«

»Keine Kommentare. Die Pressestelle wird ein Statement abgeben, und Leland will dich sprechen. Seht zu, dass ihr eure Hintern hier hochschwingt.«

Marie legte auf und bemerkte zu ihrem Entsetzen, dass auch am Hintereingang des Präsidiums, der zu Untergeschoss und Tiefgarage führte, Reporter, Fotografen und Schaulustige warteten, die sich neugierig um den Wagen versammelten und Fotos machten, bis die Schranke aufgeschwungen war und das Tor die Zufahrt freigegeben hatte.

»Das war nur eine Frage der Zeit.« Jörg parkte den Wagen. Als sie ausstiegen und zu den Aufzügen gingen, entdeckte Marie eine Gruppe von Kollegen, die sich zum Rauchen versammelt hatte. Einer applaudierte spöttisch.

»Glückwunsch«, rief er, »wieder ein Volltreffer, Winter. Uns die ganze Presse auf den Hals zu hetzen, noch ein bisschen Ruhm einheimsen, fühlt sich doch gut an. Oder vielleicht das nächste Mal lieber gleich noch einen Kollegen verdächtigen, das macht die Sache leichter, nicht wahr?«

»Was?« Aus den Augenwinkeln sah sie, wie ihr Jörg am Aufzug die Tür aufhielt. »Was soll das heißen?«

»Du weißt ganz genau, was das heißt.« Der Mann schnippte die Zigarette in den Aschenbecher. »Willst du eine Möhre, oder wieso guckst du so?« Er und ein, zwei andere gingen zu einem Zivilwagen und lachten weiter, während sie einstiegen.

»Kennst du die?«, fragte Jörg. Die Aufzugstüren schlossen sich.

»Nein, ich hab keine Ahnung.«

»Bin mir nicht ganz sicher, aber ich glaube, das war einer von den Operativen Einsatzeinheiten.«

»Und jetzt sind die sauer auf mich? Wegen des OEE-Kollegen, der angeklagt wurde? Wegen Charwitz? Ist doch Irrsinn.« Marie schnaubte. Ein Täter, der sie verhöhnte, verfluchte, ihr Drohungen ins Gesicht schleuderte, das war eine Sache. Aber ein Kollege, der sie ansah, als sei sie ein Stück Dreck, das man am besten beseitigen sollte …

»War das das erste Mal?« Jörg musterte sie. »Charwitz hat einige Wellen geschlagen. Du weißt, wie die Interne auf die Operativen Einsatzeinheiten losgegangen ist, nachdem bekannt wurde, dass einer von ihnen in die Dezembermann-Sache verwickelt war. Du kannst dir sicherlich vorstellen, dass es dem einen oder anderen von ihnen gegen den Strich geht, nicht mehr so auf der Straße agieren zu können, wie sie es nun mal gewöhnt waren. Etwas abseits der offiziellen Leitlinien, um es diplomatisch auszudrücken.«

»Du weißt, dass ich das nicht wollte. Was Charwitz getan hat, ging ganz allein auf seine Kappe.«

»Parkov ist mittlerweile noch unbeliebter geworden. Du hättest mal hören sollen, wie ein paar Leute in der Kantine über ihn hergezogen sind.«

»Parkov ... würde das nicht kümmern.«

»Ach ja?«

Der Aufzug gab ein leises Geräusch von sich, als er die Etage erreichte. Auf dem Flur, der zum Großraumbüro der Sonderkommission führte, herrschte reger Betrieb. Leland erwartete sie gemeinsam mit Niemeier und Weigand vom LKA. Die Uhr an der Wand zeigte kurz nach sieben: noch siebzehn Stunden bis zum Ablauf des Countdowns um Mitternacht.

Kaum vier Stunden Schlaf, mehr hatte Marie in dieser Nacht nicht bekommen. Lucie hatte sich gegen fünf zu ihr unter die Decke gekuschelt, und später, als Jörg und sie längst auf dem Weg waren, würde Elise Lucie in den Kindergarten bringen.

»Die Lage hat sich erheblich verändert«, sagte Leland. Er schien müde, und die dunklen Augenringe verliehen ihm ein gestresstes Aussehen. »Die Öffentlichkeit wurde involviert. Jemand hat die Website verbreitet, und bald weiß das ganze Land davon.«

»Wir können den Ursprungstweet zu einem ausländischen Account zurückverfolgen«, erklärte Niemeier. »Der wurde zwar gesperrt, aber da war der Schaden bereits angerichtet. Wir müssen davon ausgehen, dass es der Täter selbst war, der die Gerüchte in die Welt gesetzt hat. Wir können den Account nicht zurückverfolgen, dafür aber einige der größten sekundären Verbreiter des Links zur Website, die wir ebenfalls abschalten konnten.«

»Wir müssen die Menschen bitten, sich nicht an der Verbreitung der Seite zu beteiligen«, sagte Leland. »Wir geben eine Pressekonferenz in zwanzig Minuten. Jäger müsste gleich hier sein. Wir gehen die Lage mit ihm noch mal durch, und dann möchte ich, dass Sie gemeinsam mit ihm und mir vor die Presse treten.«

Marie nickte. Das kam nicht überraschend. »Wenn es sein muss. Sie wissen, dass ich lieber jede freie Minute damit verbringen würde, nach Linda Ilm zu suchen. Jetzt, wo sich die äußeren Umstände verändert haben, müssen wir reagieren.«

»Wir halten das Statement so knapp wie möglich.« Leland seufzte. »Wenn es nach mir ginge, würde ich die Sache auch verschieben, aber … nun, weiter oben will man, dass wir sofort reagieren.«

Vom Flur hinter ihnen rauschte Oberstaatsanwalt Jäger herein. Er trug einen Mantel, den Marie als etwas unpassend für diesen noch recht milden Morgen zwischen den Jahreszeiten empfand, seine Augen blitzten hinter den kantigen Brillengläsern, und ein scharfer Ausdruck umspielte seine Lippen. Unter dem Arm eine Akte, in der anderen Hand das Smartphone, auf dem Marie die Website bemerkte – mit dem Countdown.

»So«, sagte er, »Franz, guten Morgen. Winter, Weigand, hallo. Ich fürchte, wir haben viel zu tun, und ich bin nicht überzeugt, ob wir die Vorgaben umsetzen können, die man uns stellt. Wir werden sehen.«

»Vorgaben?«

»Ich durfte ein längeres Gespräch mit einigen wichtigen Personen führen. Bürgermeister Jakobs betonte, wie wichtig er es findet, dass die Website sofort und rigoros abgeschaltet wird. Er hat von mir verlangt, dass wir weiteres Aufsehen oder sogar eine Panik in der Stadt um jeden Preis vermeiden – nachvollziehbar natürlich. Aber ich habe ihm bereits jetzt angekündigt, dass wir das Leben der Geisel über alles andere stellen. Wir werden mit dem Täter auf eine Weise umspringen, die das bedrohte Leben auf die bestmögliche Weise schützt, auch wenn das bedeuten sollte, dass wir riskieren, nicht ganz dem Bild zu entsprechen, das die Stadtoberen von ihrer Polizei erwarten.«

»Er glaubt, eine Panik bricht aus?« Leland runzelte die Stirn. »Wie kommt er darauf? Ja, ein Täter, der Menschen entführt und einen Mord live im Netz überträgt, ist entsetzlich, aber inwiefern sollte dies Panik auslösen?«

»Seine Worte. Wir werden eine Panik vermeiden, so gut wir das können, aber das Leben der Geisel jederzeit über die Gefühlslage der Öffentlichkeit stellen.« Jäger öffnete die Akte, die er mitgebracht hatte. »Schauen wir mal: Linda Ilm, achtundzwanzig, entführt und mit dem Tode bedroht bei Ablauf des Countdowns um Punkt null Uhr in der kommenden Nacht. Dazu eine Frage, von der die Öffentlichkeit nichts weiß: Warum muss eine junge Frau sterben, während ein alter Mann weiterleben darf?« Jäger rückte seine Brille zurecht. »Dann eine tote Geisel, ertränkt, Identität unbekannt. Eine unbekannte hilflose Person, der bewusstlose ältere Mann, möglicherweise in das Tatgeschehen verstrickt, derzeit noch nicht ansprechbar. Erkennungsdienstliche Behandlung des Unbekannten wurde durchgeführt und blieb ergebnislos. Das sind die Fakten.«

Isabelle hielt ihr Handy noch in der Hand, als sie zu ihnen trat. »Die Videoaufzeichnungen des Anthropologen sind geprüft. Wir haben da schon was, einen Mann, der sich in der Nähe des Büros herumtrieb, ein paar Stunden, bevor sie verschwand … ich glaube, das könnte er gewesen sein.«

»Und sein Gesicht?«, fragte Marie. »Oh nein, sag mir nicht, dass es so ist, wie ich denke.«

»Doch. Er hat kein einziges Mal hinauf in die Kamera gesehen.«

»Wir müssen«, fuhr Jäger fort, »die Personen zur Öffentlichkeitsfahndung ausschreiben. Die unbekannte Tote Nummer eins, Linda Ilm selbst und den alten Mann. Zweitens, gemäß der Weisung müssen wir die Möglichkeiten prüfen, die Abschaltung der Seite vorzubereiten. Die Öffentlichkeit muss davor bewahrt werden, weitere Tötungen des Entführers im schlimmsten Falle live mitzuerleben. Einwände?«

Leland schüttelte den Kopf. »Ich nicht, aber ich glaube, unsere Leiterin der Sonderkommission hat welche.« Er sah Marie an, woraufhin sich Jäger ihr nun direkt zuwandte.

»Welche Einwände sind das?«

Marie warf Weigand einen Blick zu. Der LKA-Hauptkommissar war seit seinem Scheitern ungewöhnlich zurückhaltend. »Wenn der Täter bemerkt, dass wir versuchen, ihm sein Publikum zu entziehen, wird er sehr wahrscheinlich reagieren. Schlimmer noch, er könnte seine Geisel sofort umbringen, sich von den selbst aufgestellten Spielregeln abwenden und beginnen, wahllos zu töten.«

Jäger hustete und hielt sich die Hand vor den Mund. Für einen Augenblick war ihm anzusehen, wie unwohl er sich dabei fühlte, der Puffer zwischen politischen, judikativen und exekutiven Interessen zu sein. »Ist der Kollege der OFA bereits hier?«

Es war wieder Isabelle, die antwortete. Marie bemerkte, dass sie sich heute nicht geschminkt hatte. »Der Kollege musste vorerst absagen, weil sich in Gießen heute Morgen ein Doppelmord auf offener Straße ereignete. Täter flüchtig und unbekannt.«

»Das ist unschön.« Jäger blätterte durch seine Akte. »Dann werden wir eben zunächst mit dem zurechtkommen müssen, was wir haben. Gute, alte kriminalistische Schule.« Er wandte sich an Marie. »Was planen Sie und Ihr Team?«

»Wir werden weiter im Umfeld der Geisel und in ihrer Vergangenheit forschen und das Schmetterlingstattoo überprüfen, das das Opfer auf dem Rücken trägt. Was die Videoaufzeichnung angeht, die einen möglichen Verdächtigen zeigt, der das Büro ausgespäht hat, wie meine Kollegin sagte, verbirgt die infrage kommende Person darauf leider ihr Gesicht. Außerdem setzen wir die Ermittlungen im Obdachlosenmilieu fort, um der ersten, noch immer unbekannten Toten endlich einen Namen zu geben.«

»Gut.« Jäger schien zufrieden. »Bringen wir die Pressekonferenz hinter uns, tun wir, was sich nicht vermeiden lässt, und treffen uns dann zur Dienstbesprechung. Ich möchte, dass wir uns ein klares Bild von unserem Entführer machen. Ich möchte, dass wir vordergründig sein Spiel weiter mitspielen und ihn zugleich jagen, mit allen Mitteln, die uns zur Verfügung stehen.«

19.

Vor ihr ergoss sich ein Meer aus Reportern, Fotografen und Journalisten, eine grelle Masse aus Blitzlichtern, lauten Rufen und drängenden Fragen. Marie spürte, wie ihre Kopfschmerzen zurückkehrten. Am Morgen, bevor sie mit Jörg in Richtung Präsidium aufgebrochen war, hatte sie Sabine um zwei Schmerztabletten gebeten, doch nun bemerkte sie zu ihrem Bedauern, wie die Wirkung allmählich wieder nachließ.

Leland bat um Ruhe. »Wir werden ein kurzes Statement abgeben, danach jedoch nur wenige Fragen beantworten.«

»Wenige?«, rief ein hochgewachsener, dürrer Journalist eines großen Boulevardblatts. »Sie müssen den Menschen versichern, dass sie noch in Sicherheit in dieser Stadt leben können. Ein simples Statement genügt da nicht.«

Einige murrten, ein paar andere, darunter ein junger Kollege, der sich kurz darauf als Journalist bei der *Frankfurter Rundschau* vorstellte, forderten den Reporter jedoch auf, sich hinzusetzen.

»Neben mir sitzen Staatsanwalt Alfons Jäger sowie Kriminalhauptkommissarin Marie Winter, zuständig für die Ermittlungen der Sonderkommission ›Anrufer‹.« Leland räusperte sich. »Wir haben eine große Bitte, die ich nicht nur an Sie alle als verantwortungsvolle Medien- und Nachrichtenschaffende richten möchte, sondern auch an alle anderen Bürgerinnen und Bürger da draußen.« Leland blickte ruhig in die Kamera und ließ sich mit der geschickt gewählten Pause Zeit, um die darauffolgenden Worte umso eindringlicher wirken zu lassen. In dem Wissen, dass ihm in diesem Moment viele Menschen zusahen, sagte er: »Ich möchte Sie alle bitten, die schrecklichen Bilder, die derzeit zu sehen sind und sich in rasanter Geschwindigkeit in den sozialen Netzwerken verbreiten, nicht weiter zu teilen. Ich möchte Sie alle bitten, der Gier eines öffentlichkeitssüchtigen Täters nicht weiter Nahrung zu liefern. Unterstützen Sie ihn nicht, verbreiten Sie die Website, Bilder und das Videomaterial nicht weiter.«

Leland setzte sein von der Pressestelle vorbereitetes Statement fort, blieb dabei so präzise wie möglich und gab zugleich keine Versprechungen, die er nicht würde halten können. Als er geendet hatte, schossen die Hände der anwesenden Journalisten in die Höhe.

»Was ist an dem Gerücht dran, dass wir es mit einem Serientäter zu tun haben?«, fragte ein blonder Journalist aus der ersten Reihe. »Und was machen Sie, um die Verbreitung dieser Bilder des Clowns einzudämmen?«

»Wir unternehmen ausnahmslos alles, was uns der Gesetzgeber erlaubt«, erwiderte Jäger. »Wir unterbinden die Weiterverbreitung im deutschen Raum; auf die Website und Quelle selbst, die sich mutmaßlich in Übersee befindet, haben wir derzeit leider noch keinen Zugriff. Darüber hinaus arbeiten wir eng mit Twitter und den anderen sozialen Medien zusammen, um die sekundäre Verbreitung möglichst zu minimieren und die Persönlichkeitsrechte zu wahren.«

»Hauptkommissarin Winter, können Sie sich dazu äußern, dass ein Großteil der Ermittlungen sich im Augenblick auf das Obdachlosenmilieu konzentriert?«

Wo er das wohl aufgeschnappt hat? »Wir ermitteln auch in diese Richtung«, erwiderte sie. »Wir ermitteln in *alle* Richtungen.«

»Hat man das BKA zur Unterstützung angefordert?«

»Derzeit nicht.« Sie musterte den blonden Journalisten, der eifrig mitschrieb.

Die nächsten Fragen betrafen den Staatsanwalt, dann wieder sie und schlussendlich Leland, der sich kurz darauf erhob, als sich aus den Reihen der versammelten Journalisten niemand mehr meldete. »Das wäre geschafft«, sagte er leise.

Marie folgte Jäger und Leland hinaus. Aus dem Augenwinkel bemerkte sie eine Bewegung im hinteren Teil des Raums. Als sie sich umdrehte, machte sich ein Mann eilig davon, der nahe beim Ausgang hinter allen anderen gewartet hatte. Alles, was sie sah, war eine tief ins Gesicht gezogene Kappe und eine Regenjacke mit hochgeklapptem Kragen.

Eine Regenjacke bei schönstem Sonnenschein.

»Kommen Sie, Winter«, sagte Jäger. »Zur Besprechung. Jetzt.«

Marie spähte noch einmal quer durch den Raum. War es möglich, dass er so dreist war, während einer offiziellen Presseerklärung herzukommen, um alles live mitzuerleben? Wagte er das? Und wenn die Antwort Ja lautete, was versprach er sich davon?

Marie rief die Haussicherheit an. Sie spürte, wie ihr Herz schneller schlug und die Nervosität, die sie seit dem Albtraum ergriffen hatte, mit voller Wucht zurückkehrte. »Die Journalisten, die das Haus verlassen …«

»Ja? Die ersten kommen gerade auf den Hauptausgang zu.«

»Einer von ihnen trägt eine dunkelgraue Baseballkappe und eine Regenjacke mit hochgeklapptem Kragen. Sehen Sie ihn?«

»Moment, dunkelgraue Kappe, Regenjacke … ja, ich kann ihn tatsächlich sehen.«

»Habt ihr ihn überprüft?«

»Bei diesem Andrang? Nein. Konnten wir nicht. Keine Akkreditierungsprüfung, von niemandem.«

»Halten Sie ihn bitte auf. Stellen Sie die Personalien fest.«

Marie entschloss sich, Jäger und Leland nicht zur Besprechung zu folgen, ohne zuvor zu überprüfen, ob ihr Verdacht zutraf. Eilig ging sie den Korridor hinab in Richtung des Pförtners und des Haupteingangs.

Einige der Journalisten drehten sich nach ihr um. Am Haupteingang hatte sich eine kleine Menschenmenge gebildet, und die Kollegen der Haussicherheit, die dort alarmiert die Menge beobachteten, kamen ihr schon entgegen.

Von einem Mann mit Baseballkappe und Regenjacke war jedoch nichts zu sehen. »Wo ist er?«

»Hat kehrtgemacht und ist zurück in die Halle gelaufen, genau in dem Augenblick, als er uns entdeckt hat. Ich glaube, er wusste, dass wir ihn bemerkt haben.«

»Wo ist er hin?«

Der Kollege deutete in die Richtung, aus der sie gerade gekommen war.

»Verflucht …«

»Sollen wir den Alarm auslösen?«

Wenn sie sich irrte – ausgerechnet jetzt –, würde ein gewaltiges Chaos ausbrechen. »Nein. Noch nicht. Aber wir müssen ihn suchen. Helfen Sie mir, gehen Sie hier lang und ich dort, dann treffen wir uns wieder hier. Sorgen Sie dafür, dass alle anderen Kollegen an den Ausgängen Bescheid wissen. Geben Sie die Beschreibung durch.«

Marie machte sich auf den Weg zurück den Korridor entlang. Wenn er noch hier war, konnte er sich nur in dem öffentlich zugänglichen Bereich des Gebäudes aufhalten, der nicht durch das Keycard-Sicherheitssystem gesperrt war – möglicherweise suchte er nun nach einem anderen Ausgang. Wenn er bemerkte, dass er nirgendwo hinauskam, was würde er dann machen?

Nach einem Versteck suchen.

Vor einer öffentlich zugänglichen Toilette im Erdgeschoss des Präsidiums hielt sie inne. Es war die erste Toilette, auf die er gestoßen wäre, wenn er diesen Korridor gewählt hatte. Suchte er ein Versteck, so hatte er eines gefunden: etwa hier. Es war möglich …

Marie zog ihre Waffe und öffnete die Tür.

Erwischt, dachte sie. Das Fenster an der Rückseite des Raums stand offen. Auf dem gefliesten Boden davor lag eine dunkelgraue Kappe.

Also war er dort hinausgeflüchtet und hatte sie dabei verloren.

Vorsichtig trat sie in den Raum. Hier gingen die Toiletten für die Männer ab, dort war die Toilettentür nur angelehnt.

Marie trat vor und hob die Kappe auf. Dann spähte sie aus dem Fenster. War das eine Fußspur? Möglich. Die regenfeuchte schwarze Erde war klebrig, die langen Regenfälle der letzten Tage hatten den Boden aufweichen lassen.

Möglich, dass er dort hinausgestiegen und verschwunden war.

Es sei denn …

Er war noch hier.

Er war gar nicht geflohen.

Marie drehte sich um, mehr ihrem Instinkt denn einer bewussten Überlegung folgend.

Aus der Kabine zu ihrer Linken brach eine Gestalt hervor. Die Tür prallte heftig gegen die Rückwand und schlug wieder zu, der Mann warf sich ihr entgegen. Marie, die gerade noch rechtzeitig in seine Richtung herumfuhr, gelang es, sich seinem Schwung entgegenzustellen, den Angriff wenigstens geringfügig abzumildern und zu verhindern, dass er Gewalt über ihre Waffe erlangte.

Sie prallten zusammen gegen die Rückwand – ein heftiger Aufprall, der ihr alle Luft aus der Lunge trieb.

»Du bist es«, flüsterte der Angreifer. Sie spürte seinen heißen Atem auf ihren Wangen, sah ein Paar weit aufgerissener Augen mit irren Pupillen, die sich auf sie fokussierten wie die Augen einer Schlange auf ihre Beute. »Ich habe furchtbare Kopfschmerzen. Er hat mir gesagt, du willst mir wehtun, aber ich werde das nicht zulassen!«

Sie kämpften miteinander, der Mann senkte den Kopf, bekam Maries Hand zu fassen und zerrte sie an seinen Mund. Sie sträubte sich dagegen, doch gelang es ihr nicht, ihm zu entkommen. Sie trat nach ihm, schlug zu und kämpfte, aber selbst ihre Ausbildung und ihr Training halfen ihr nicht: Ihre alte Schulterverletzung, dort, wo man ihr vor Monaten das Gelenk ausgekugelt hatte, machte sich bemerkbar. Seine Zähne senkten sich in ihren Handrücken.

Marie hörte sich schreien, dann holte sie aus und schlug dem Angreifer die Waffe mit Wucht ins Gesicht. Er taumelte nach hinten. Blut spritzte aus seiner Nase.

Es gelang ihr, sich aus der Umklammerung zu befreien und einige Schritte zurückzutreten. Sie ignorierte den pochenden Schmerz in der Hand und riss die Waffe hoch, doch er war ebenso schnell wieder bei ihr, packte die Pistole und drückte sie nach oben, weiter auf sein Kinn zu.

Sein Finger legte sich über ihren Zeigefinger auf den Abzug.

»Das wirst du nicht«, stieß Marie hervor. »Wag es … wag es ja nicht.«

»Ich soll dich grüßen«, sagte er, »von einem *besonderen Bewunderer*. Und ich soll dir sagen, dass du ihn nicht stoppen wirst. Du nicht und Parkov ebenso wenig.«

Der Angreifer brachte den Lauf der P30 unter sein Kinn. Dann sah er Marie in die Augen. Seine Lippen verzogen sich zu einem Grinsen. Seine andere Hand hatte ihre Linke wie eine Schraubzwinge umfasst, so drängte er sie abermals rückwärts gegen die Wand.

»Ich gehe jetzt weit fort«, sagte er, »und alles verwandelt sich in helles Licht, so, wie er es versprochen hat. Die Schatten, sie werden mich dort nicht finden …« Dann drückte er auf ihren Zeigefinger, mit aller Kraft und roher, brutaler Gewalt. Der Schuss löste sich und riss seinen Kopf nach hinten. Marie taumelte zurück, Blut hatte ihre Wangen wie feiner roter Staub bespritzt.

Mit einem Poltern schlug der Tote auf dem Boden auf. Draußen schrie jemand. Pulvergestank lag in der Luft, der Geruch von Stahl, Hitze und verbrannter Haut. Ihr Kopfschmerz verwandelte sich in eine stechende Qual, die jede andere Wahrnehmung zurückdrängte.

Dann spürte Marie, während sie sich wie mechanisch von dem entsetzlichen Anblick entfernte und ihr Blick den zusammengesunkenen Leichnam fixierte, dass alle Kraft ihre Beine verließ. In ihren Ohren klingelte der Nachhall des Pistolenknalls. Sie taumelte gegen die Tür, riss sie auf und machte einige Schritte hinaus. Ihre Finger tasteten wie mechanisch nach ihrem Handy. Die erste Nummer auf ihrem iPhone war Isabelles. »Wir haben«, sagte sie heiser, lehnte sich gegen die Wand und rutschte zu Boden, »ein Problem. Ich bin hier unten im … Erdgeschoss bei den … Besuchertoiletten.«

Die Schmerzen in ihrer Schulter und ihrem Kopf vermischten sich mit dem Pochen und Brennen ihrer Hand. Marie schloss die Augen. Schritte im Flur, eine Sirene, Stimmen. Sie spürte, dass sie ihre Waffe noch in den Händen hielt, hörte, wie jemand sie ansprach, dann jedoch drängten die Schatten weiter auf sie zu, krochen näher und näher, rissen sie fort und verwandelten schließlich alles in die wohltuende Gleichgültigkeit der Bewusstlosigkeit.

Dunkelheit.

20.

Das kleine Mädchen, das mit wehendem Haar über den sanft zur Straße hin abfallenden Rasen rannte, ein strahlendes Lächeln auf den Lippen, war Lucie.

Der Mann, der vor ihr in die Hocke gegangen war, die Arme weit ausgebreitet, mit den strahlend blauen Augen und dem verwegen grinsenden Blick – dieser Mann, der ihr Herz schneller schlagen ließ und sie glücklich machte: Erik.

Marie trat aus der Tür auf die Veranda. Sie sah lächelnd auf Lucie, die in die Arme ihres Vaters flog, um direkt hochgeworfen und im Kreis herumgewirbelt zu werden, was Lucie mit einem fröhlichen Quietschen quittierte.

Marie spürte den Tau im morgendlichen Gras unter ihren nackten Füßen, als sie zu Erik und Lucie hinüberging. Erik setzte Lucie ab, dann sah er Marie an.

»Hallo, meine Schöne.« In seinen Augen stand eine Idee, eine Ahnung dessen, was hätte sein können.

Was *hätte* sein können, aber niemals war.

»Marie? Kommen Sie zu sich. Ja, genau so. Vorsichtig. Langsam.«

Der Traum schwand, und das Bild, das sich allmählich aus dem Schleier der Bewusstlosigkeit löste, der ihr Gesichtsfeld vollständig umhüllt hatte, war das einer besorgten, ihr wohlbekannten Miene, ein Gesicht, das sich über sie beugte.

Oh nein. Nicht er.

Sie blinzelte, hustete, tastete nach ihrem Kopf, der nach dem albtraumhaften Kampf schmerzte und unangenehm pochte, blinzelte abermals und begriff schließlich, wo sie war und wer ihr da gegenüberstand.

Die Erinnerung an den Traum erlosch. Was blieb, war der kalte, verblichene Nachhall einer Möglichkeit, die niemals Wirklichkeit geworden war, eine Erinnerung, die von ihr wegtrieb wie Herbstlaub im kalten Ostwind.

»Ganz ruhig«, wiederholte Professor Lorenz. Der Rechtsmediziner, Leiter des Instituts in der Kennedyallee, musterte sie sorgenvoll aus tief liegenden Augen. Er sah aus, als hätte er in der vergangenen Nacht keine einzige Stunde Schlaf gefunden – und vermutlich war das auch der Fall gewesen. »Sie können froh sein, dass ich gerade zufällig im Präsidium war.«

»Meine …«, Marie sah auf ihre rechte Hand, die nun in einem frischen Verband steckte, »meine Hand, was ist mit ihr?«

»Nun, Sie wurden gebissen und waren kurzzeitig bewusstlos, wir haben Sie mit der Notfalltrage in dieses Büro geholt, und ich habe die Wunde natürlich sofort versorgt.«

»Und? Was hat das zu bedeuten?« Allein die Vorstellung, die diese Worte auslösten – *Sie wurden gebissen* –, ließ heftige Übelkeit in ihr aufsteigen.

»Der Angreifer war kein Unbekannter.« Erst jetzt bemerkte Marie, dass sie nicht mit Lorenz allein war, neben der Tür lehnte Isabelle, eine Decke im Arm, ein mitfühlender Ausdruck auf dem Gesicht. »Aber mach dir keine Sorgen.«

»Keine Sorgen?« Marie versuchte aufzustehen, schwankte ein wenig, bemerkte dann jedoch, dass sie stehen konnte. Professor Lorenz' ausgestreckten Arm ignorierte sie.

»Es geht schon.« Ihre Hand pochte unangenehm schmerzhaft und strahlte eine seltsame Wärme aus. »Wer war er?«

»Filipo Terrano, genannt Fite«, sagte Isabelle, »ein Kollege von der Drogenfahndung erkannte ihn. Ein kleiner Fisch, Junkie und Dealer aus der Szene, aber einer, der schon immer für Gewalt zu begeistern war. Der Kollege war fassungslos, als er hörte, was Fite getan hat und wie er abgetreten ist. Es passt so überhaupt nicht zu ihm, sagte er.«

Marie dachte an den schraubstockfesten Griff des Mannes, die fast übermenschliche Kraft, mit der er den Lauf der Pistole in seinen Mund gerichtet und sie gezwungen hatte abzudrücken.

Der Knall der Neun-Millimeter-Pistole ließ ihre Ohren immer noch klingeln, und der Gestank – eine Mischung aus heißer Mündungsenergie, Blut und versengtem Fleisch – hing ihr in der Nase.

»Ein Junkie? Gott, nein.« Sie blickte argwöhnisch auf ihre bandagierte Hand. »Und wenn er mir irgendwas verpasst hat?«

»Das werden wir sehen.« Professor Lorenz hantierte mit dem Notfallkoffer herum und klappte ihn schließlich zu. Das Geräusch war laut und ließ Marie zusammenzucken, während sie gleichzeitig bemerkte, dass Isabelle ihre Reaktion keineswegs entging. »Sie sollten sich Blut abnehmen lassen, nur um sicherzugehen. Ich kümmere mich um den Toten. Wenn er irgendwas Ansteckendes hatte, finde ich es raus.« Professor Lorenz hob den Koffer vom Tisch und trat zur Tür. »Machen Sie sich keine Sorgen. Das ist nichts, mit dem die Kollegen der Streife nicht auch tagtäglich zu tun haben.«

Ohne ein weiteres Wort verließ er das Büro. Isabelle und Marie blieben allein zurück. »Das war wirklich aufbauend und mitfühlend«, sagte Marie in Richtung der geschlossenen Tür. »Ich glaube, wir sollten uns glücklich schätzen, dass Lorenz sonst nur mit Leichen zu tun hat. Mir ist schlecht.«

»Sagst du mir, was geschehen ist?« Isabelle kam herüber und hockte sich auf die Tischkante neben sie. »Leland will wissen, was los war, aber er möchte auch, dass du so schnell wie möglich zurückkommst. Wir brauchen jeden Mann und jede Frau, sagt er.«

»Er hat die Waffe genommen …« Marie senkte den Blick. Dann verbarg sie ihr Gesicht in den Händen. Eine Welle des Entsetzens brach jäh über sie herein: die Waffe, das angestrengte, verzerrte Gesicht des Angreifers, seine ausdruckslosen, kalten Augen, die auf keine Gefühlsregung schließen ließen, weder auf Hass oder Mordlust noch auf etwas anderes, das die Tat erklären könnte. Und trotzdem war alles so vertraut, als hätte sie es bereits einmal durchleben müssen.

Und auf eine gewisse Weise, begriff sie, war dies auch tatsächlich der Fall.

»Sein Blick«, sagte sie leise, »er hat mich erinnert an … Genau in dem Augenblick, als er mich angegriffen hat, da …«

»Hey, Süße.« Isabelle zog ihre Hände weg und nahm sie fest in die Arme. »Das hat überhaupt nichts damit zu tun. Es hatte keine Bedeutung. Den Zusammenhang bildest du dir nur ein.«

»Das weißt du überhaupt nicht«, sagte Marie an ihrer Schulter.

»Schsch.«

»Was wisst ihr bis jetzt über ihn?« Marie spürte, dass sie kurz davorstand, in Tränen auszubrechen. Der Angriff, so plötzlich und ohne jede erkennbare Vorankündigung, war ihr viel näher gegangen, als sie es sich selbst eingestehen wollte. »Ich hätte es verhindern müssen. Aber er war zu schnell – oder ich zu langsam. Meine Schulter, die alte Verletzung … Er kam auf mich zu, mit einer Zielstrebigkeit, als würde er es geradezu darauf anlegen zu sterben. Als wär's von vornherein sein Ziel gewesen.«

»Nein, das war es nicht.« Isabelle schüttelte den Kopf. »Er war hier, bereit zu sterben, aber das war nicht sein Ziel. Der Grund, warum er herkam, war ein anderer.«

»Er hat etwas zu mir gesagt.« Marie tastete ihre bandagierte Rechte ab, bis Isabelle ihre Linke in die Hände nahm und sie unterbrach. »Er hat mir Grüße von einem *besonderen Bewunderer* überbracht und die Botschaft, dass es mir nicht gelingen würde, ihn zu stoppen.«

»Das waren seine Worte?«

Marie nickte. »Er hatte Angst, er … ich glaube, er war verwirrt. Er erwähnte irgendeinen Schatten. Und dann packt er meine Hand, drückt sich die Pistole an den Kopf und schießt. In welchen Zeiten leben wir denn?«

»In den allerschlimmsten, fürchte ich.«

Marie zwang sich, sich zu konzentrieren, ihre Gedanken zu sortieren und den Angriff wenigstens fürs Erste zu verdrängen. »Dieser Fite, sagtest du …«

»Ja, Fite. Sein Spitzname.«

»Er war nicht nur Junkie, sondern Dealer. Wir wissen jetzt also, dass der Entführer Kontakte ins Milieu hat.«

»Und nicht nur das, wir wissen auch, dass er jemanden wie Fite – selbst ein gewalttätiger kleiner Verbrecher – dazu bringen konnte, ins Präsidium auf eine Pressekonferenz zu marschieren, sich mit einem gefälschten Presseausweis Zutritt zu verschaffen und dich anzugreifen. Du hättest die Standpauke hören sollen, die Leland den Jungs von der Haussicherheit gehalten hat.« Isabelle strich Marie über die Wange. »Das ist alles entsetzlich, ich weiß, aber wenn wir es nüchtern betrachten, haben wir gerade einiges über unseren Entführer erfahren.«

Marie ließ sich von ihrer Kollegin eine Decke geben und hängte sie sich über die Schultern. »Lass mich noch ein paar Minuten einfach hier sitzen. Ich muss mich ein bisschen sammeln, ehe ich da rausgehe und mich den Fragen stelle.« Die Wärme der Wolldecke war beruhigend. »Oh Mann, wie ich das hasse, jetzt schon wieder im Mittelpunkt zu stehen. Lass mich raten, der ganze Laden weiß schon von der Sache?«

»Davon kannst du ausgehen.«

Für einige Momente entstand eine unangenehme Stille zwischen ihnen. In der Ferne vermochte Marie Stimmengewirr auszumachen, undeutlich und gedämpft durch viele geschlossene Türen und Wände.

»Erzählst du mir jetzt endlich, was mit dir los ist? Du kannst vielleicht Jörg täuschen oder die anderen Kollegen glauben lassen, dass alles völlig super bei dir läuft, aber mich überzeugst du nicht.«

Isabelle schüttelte den Kopf. Ihre blonde Mähne hüpfte hin und her. »Dafür haben wir jetzt keine Zeit.«

Marie erhob sich, bewegte die Finger der bandagierten Hand und stellte fest, dass die Bewegung ohne Schmerzen nicht möglich war. »Wenn ich bemerke, dass eine meiner Kolleginnen nicht mehr mit dem üblichen klaren Blick, für den sie bekannt ist, und darüber hinaus nicht mehr unter vollem Einsatz all ihrer Kräfte arbeitet, weil sie irgendwas bekümmert, dann muss ich dem nachgehen.« Marie ließ ihre Freundin nicht aus den Augen. »Aber das ist eigentlich nicht der Grund, warum ich dich frage. Wenn ich bemerke, dass meine beste Freundin ihre Tränen vor mir versteckt, muss ich wissen, was mit ihr ist.«

»Deine beste Freundin?«

»Ach komm schon, natürlich bist du das.« Marie schnaubte. »Zwing mich nicht, hier überemotional zu werden, du weißt, das ist nicht mein Ding. Isa, natürlich, niemand sonst.«

»Gut zu hören.«

Als es klopfte, drehten sich beide nach der Tür um. Leland streckte den Kopf herein. Marie bemerkte, dass er mitgenommen wirkte.

»Störe ich? Marie, geht's dir gut?«

»Wird wieder«, entgegnete sie und hob die bandagierte Hand, wie um zu demonstrieren, dass sie schon wieder auf dem besten Weg zur Genesung war, und zwang sich, ein Lächeln aufzusetzen.

»Einen Moment noch.« Isabelle ließ Marie nicht aus den Augen. Leland runzelte etwas brüskiert die Stirn, schloss die Tür jedoch wieder.

»Du weißt schon, dass er immer noch auch dein Chef ist?«

»Ja, ja. Wir müssen uns mit vollem Einsatz hinter diese Sache klemmen, ist dir das klar?«

»Völlig klar.«

»Und du wirst ihn anrufen.« Isabelle deutete auf Maries iPhone, das neben ihr lag. »Parkov. Wir brauchen ihn.«

»Vermutlich hast du recht.«

»Gut. Ich verspreche dir, dass ich dir alles erzähle, wenn wir den Entführer haben, aber ich verspreche dir ebenso, dass meine persönlichen Geschichten nicht unsere Ermittlungen beeinflussen werden.«

»Also *ist* es was Persönliches?«

»Nicht jetzt.«

Isabelle war seit jenem Tag, als Erik aus Maries Leben getreten war, an ihrer Seite gewesen. Zunächst als die Ermittlerin, die die ganze Sache untersucht hatte, und dann als Freundin. Sie hatte ihr den tiefen dunklen Pfad entlanggeholfen, den die Tage, Wochen und Monate danach bildeten. Marie schuldete ihr mehr, als sie mit bloßen Worten ausdrücken konnte.

»Okay. Ich vertrau dir ohne Rückfrage. Das weißt du.« Marie umarmte sie. »Und du kannst jederzeit zu mir kommen.«

Wieder ging die Tür. Dieses Mal sagte Leland nichts, sondern trat ein und kam zu ihnen herüber. Der Erste Hauptkommissar betrachtete sorgenvoll ihren Verband, dann schüttelte er den Kopf und seufzte. »Es ist kaum zu fassen. Das halbe Präsidium spricht von nichts anderem mehr.«

Marie berichtete ihm knapp, was geschehen war, wie der Mann sie attackiert, was er gesagt hatte. »Er schien … sehr verwirrt. Und ängstlich zugleich, als wollte er sich gegen mich verteidigen. Ich konnte nichts tun. Ich wünschte, es wäre anders und ich hätte ihn aufhalten und davon abbringen können … ich meine, wir hätten ihn befragen können, er hätte nicht sterben dürfen. Aber alles ging so schnell. Es ist entsetzlich.«

»Man wird die Sache untersuchen, das weißt du ja.« Leland zögerte, ein Schatten huschte über seine Wangen, worauf er für einen Augenblick das Gesicht verzog, als verspürte er Schmerzen, doch war sich Marie nicht sicher, ob er nur bedauerte, was ihr zugestoßen war, oder ob es noch einen anderen Grund dafür gab. »Aber ich weiß auch«, fuhr er fort, »dass ich dich im Team haben will, weil wir dich brauchen. Wenn du mir sagst, dass du es schaffst, dann wird das in Ordnung gehen, darum kümmre ich mich. Andererseits bin ich der Erste, der es versteht, wenn du dich lieber krankschreiben lässt. Der Polizeipsychologe …«

»Nein.« Marie sah, wie Leland eine Hand hob und sie auf seinen Bauch legte, während er sich von ihnen abwandte, als wollte er nicht, dass sie mit ansahen, wie er sich für einen Moment krümmte. »Franz, ist alles in Ordnung?«

»Ach was, nur eine Magenverstimmung«, wehrte er energisch ab. »Die ganze Aufregung hier, dieser Verrückte da draußen. Aber es geht hier doch nicht um mich. Also, was sagst du?«

»Es wird gehen. Es *muss*. Ich weiß, dass ich es kann. Wir müssen weitermachen.«

»Der Kollege vom polizeiärztlichen Dienst wartet draußen. Er will mit dir sprechen, und dann auch die Ballistiker der KTU zum Abgleich der Waffe und ein halbes Dutzend anderer wichtiger Menschen, darunter auch einige mit vielen Sternen auf den Paradeuniformen.«

»Ist gut. Das schaffe ich schon.«

»Ich bleibe hier, wenn du nichts dagegen hast«, sagte Isabelle.

Leland trat zur Tür. »Es wird eine Dienstbesprechung geben, um uns auf die, äh, veränderten Umstände einzustellen. Komm rüber, wenn du fertig bist.«

»Natürlich, Franz.«

»Marie?«

»Ja?«

»Du konntest nichts tun. Ich weiß das. Er hatte es auf dich abgesehen, nur auf dich, und er wollte es so.«

Sie seufzte, fuhr sich durchs Haar und versuchte, das nervöse Zittern, das in jedem ihrer Muskeln steckte, zu verdrängen. *Atmen, Marie, atmen. Es ist doch ganz einfach.* »Er wollte sterben. Genau das ist es ja«, erwiderte sie, »was mir Angst bereitet.«

Leland lächelte sein väterliches Lächeln, doch mischte sich auch große Sorge hinein. »Ihr werdet staunen. Professor Lorenz und Dr. Graubach haben in der Zwischenzeit die Autopsie abgeschlossen. Was sie gefunden haben, ändert einiges.«

21.

Als Marie etwa eine Dreiviertelstunde später zur Dienstbesprechung der Sonderkommission kam, fand sie Konferenzraum zwei bis in die hinterste Reihe besetzt vor. Die Neuigkeiten hatten die Runde gemacht, und so drehten sich alle nach ihr um, als sie die Tür öffnete. Blicke folgten ihr durch den Raum. Dann erhoben sich einige Kollegen und schüttelten ihr vorsichtig die Hand, Jörg vorneweg, bis schließlich alle, sogar Weigand, seinem Vorbild folgten. Jemand klopfte ihr auf die Schultern. »Mutig, hier gleich wieder anzutreten«, sagte ein Kollege des Fahndungsabschnittes. »Das hat mit Mut nichts zu tun«, erwiderte sie etwas heiser, »vergessen wir nicht, dass dort draußen immer noch eine junge Frau in Lebensgefahr schwebt. Zurück an die Arbeit, würde ich vorschlagen.«

»Das war ein Angriff auf unsere Mitte«, sagte Weigand mit ernstem, gewichtigem Ton. »Damit wird er nicht durchkommen.«

Sie setzte sich neben Jörg in die erste Reihe, nahe des Ausgangs. Er schenkte ihr ein mitfühlendes, warmherziges Lächeln. »Du solltest uns das machen lassen«, sagte er leise zu ihr, während vorne die Besprechung fortgesetzt wurde. »Nimm dir frei.«

Marie erwiderte das Lächeln, doch spürte sie, wie ihr die Geste schwerfiel. *Schöne Grüße von einem Bewunderer*, hörte sie Terranos Worte in ihren Gedanken. »Ich fürchte, du musst mich noch ein bisschen länger ertragen. Mein Platz ist hier. Zu Hause würde ich nicht eine Sekunde aushalten.«

»Ich weiß«, gab Jörg zurück. »War kein guter Versuch, was?«

»Doch. Ich weiß ja, wie du es meinst.«

Vorne ergriff Niemeier das Wort. »Die Akkreditierung habe ich überprüft. Sie war falsch, aber so gut gemacht, dass man ihn vermutlich nicht einmal dann aufgehalten hätte, wenn es besondere Einlasskontrollen gegeben hätte. So ist er hier hereingekommen.«

»War die Zeugin da und hat der Zeichnerin das Aussehen des Verdächtigen beschrieben?«

»Das war sie. Die Phantomzeichnung ist hier.« Jörg hielt die Akte hoch. »Wir geben das zur Fahndung raus.«

»Tun Sie das«, sagte Leland knapp. »Fischer, bringen Sie uns jetzt über die Erkenntnisse der Spurensicherung auf den neuesten Stand.«

Herbert Fischer, nun wieder in seinem üblichen Tweed-Jackett, räusperte sich und sagte: »Den Hund können wir nicht zuordnen. Er trägt weder einen Chip, noch ist er tätowiert, noch haben wir sein Halsband mit der Steuernummer gefunden. Die Kugel, die ihn getötet hat, stammt aus einer Neun-Millimeter-Pistole nicht registrierter Herkunft. In dem ganzen Durcheinander in den alten Hallen konnten wir jede Menge Spuren entdecken, größtenteils Fingerabdrücke von einem Dutzend Personen. Ein kürzlich von einer Streife befragter Obdachloser, ein gewisser Willi, der nicht im Besitz von Ausweisdokumenten war, konnte uns bestätigen, dass die Halle tatsächlich als Unterschlupf genutzt wird. Außerdem kannte er die Tote vom Sehen, konnte uns zwar nicht ihren Namen nennen, aber den Hund identifizieren. Wir dürfen annehmen, dass er ihr gehörte. Das war Punkt eins. Punkt zwei, das Büro von Linda Ilm, der verschwundenen Maklerin: keine Spuren, die auf ein Gewaltverbrechen hindeuten. Sie wurde nicht in ihrem Büro entführt. Die PCs werden von der Technik überprüft, das Passwort ist uns nach wie vor unbekannt und muss durch Brute-Force-Methoden geknackt werden.«

»Wie lange wird das dauern?«

»Das hängt von dem wichtigsten Element in diesem Rätsel ab – dem Zufall. Das heißt, wir finden das Passwort in fünf Minuten oder vielleicht auch erst in drei Tagen. Die Verschlüsselung ist nicht besonders komplex, benötigt aber trotzdem einiges an Rechenpower.«

»Und das bedeutet«, ergänzte Weigand, »dass wir wahrscheinlich Tage auf die Information warten müssen, mit wem sich Linda Ilm kurz vor ihrer Entführung getroffen hat. Es sei denn, jemand erkennt diesen Unbekannten auf dem Phantombild wieder.«

»Die Rechtsmedizin«, hob Professor Lorenz an, »ist nach vollständiger Autopsie zu einem Abschlussergebnis gekommen, das Sie alle in dem Bericht nachlesen können, den Sie vor sich liegen haben.«

Darauf wären wir nie gekommen, dachte Marie. Unbewusst berührte sie ihre bandagierte Hand und probierte, einen Kugelschreiber zu halten. Es klappte ganz gut, die Schrift, die sie so hinterließ, erinnerte an Lucies erste Versuche. Für einen Augenblick dachte sie an ihre Tochter. Wenn der Entführer jemanden auf sie hetzen konnte, würde er dann vor ihrer Tochter haltmachen?

Der Gedanke jagte ihr einen Schauer über den Rücken.

Professor Lorenz fuhr in gelangweiltem Vortragsduktus fort: »Da ich weiß, wie beschäftigt Sie alle sind, werde ich das Wichtigste zusammenfassen. Der Täter hat sein Opfer etwa eine Stunde vor dessen Tod eigenhändig tätowiert. Das Tattoo«,

Professor Lorenz gab seinem Assistenten ein Zeichen, worauf der Projektor ein leinwandgroßes Bild des Schmetterlingstattoos auf die Wand warf, »ist hier zu sehen. Ein Tier, das ein befreundeter Insektenforscher für mich analysieren und identifizieren konnte. Es handelt sich um den Blauen Morphofalter oder auch Himmelsfalter, ein gewiss recht beliebtes Motiv, eine der größten lebenden Schmetterlingsarten. Sie fragen sich, woher wir wissen, dass das Tattoo nur wenige Stunden alt war? Ganz einfach: Die Toxikologie konnte die Tinte separieren und analysieren. Die Hautreizungen, die das Werk umgeben, sind eindeutig und treten nur kurz nach dem Einsatz eines handelsüblichen Tätowierwerkzeugs auf.« Das Bild auf der Leinwand wechselte und zeigte einige der Arbeitsgeräte.

»Gibt es Strom in der Halle?« Marie warf Fischer einen Blick zu.

»Nein. Kein Strom.«

»Sie wurde also nicht dort tätowiert, wo sie starb.« Jörg sprach aus, was alle dachten.

»Ich würde es gerne noch mal sehen«, sagte Isabelle. Der Assistent aus dem rechtsmedizinischen Institut schaltete das Bild um, woraufhin der Schmetterling wieder in Übergröße auf der Leinwand erschien.

Marie bemühte sich, alle ihre Sinne auf die Leinwand zu konzentrieren, wenn auch der Anblick von Fite, der sich auf sie stürzte, mit beharrlicher Gewalt an die Oberfläche drängte. »Mir kommt das so vor, als hätten wir es hier nicht mit einem geübten Tätowierer zu tun. All diese unsauberen Striche, dort bei den Flügeln und den Fühlern. Er hat vielleicht eine Schablone benutzt, aber dennoch …« Marie sah sich um. Jedes Augenpaar im Raum folgte ihr. »Haben wir einen Kollegen hier, der sich damit auskennt?«

Zu ihrem Erstaunen war es Weigand, der sich meldete.

»Ich. Entschuldigen Sie, dass ich es jetzt nicht vorzeige, aber ja, ich besitze selbst eins. Und ja, Sie haben recht. Anhand kleinerer Fehler in der Arbeit ist klar auszumachen, dass der Täter dieses Motiv noch nicht zuvor ausprobieren konnte. Ich gehe sogar davon aus, dass die unbekannte Tote die erste Person überhaupt war, die er tätowierte.«

»Wieso dieses Motiv?«

»Darüber können wir nur mutmaßen.«

»Esoteriker halten den Schmetterling für das Zeichen des Wandels, die Verkörperung der Veränderung«, sagte Isabelle. »Google.«

»Das war leider noch nicht alles.« Professor Lorenz warf einen bedeutungsschweren Blick in die Runde, als wollte er damit verdeutlichen, wie unangebracht es gewesen war, dass man ihn unterbrochen hatte. »Die Streifenbeamten, die als Erste am Tatort eintrafen, wie auch die Kollegen der Spezialeinheit, die die Halle sicherten, haben mir versichert, dass niemand die Tote berührt hat. Keiner von ihnen und auch keiner der Kriminaltechniker, die sich dort vor dem Eintreffen der Kollegen des rechtsmedizinischen Instituts aufhielten, haben die Tote angefasst. Und das lässt nur einen Schluss zu, wenn ich den Auffindungszustand der Toten betrachte. Sie alle haben die Aufnahmen vorliegen und erkennen deutlich, dass der Täter seinem Opfer kurz nach dessen Tod – nachdem er die Übertragung des Livestreams beendet hat – die Lider geschlossen haben muss.«

Diese Bemerkung verursachte einige Unruhe. Marie ahnte, was vielen von ihren Kollegen in diesem Augenblick durch den Kopf ging: Die Art und Weise, auf die ein Täter sein Opfer nach dem Tod behandelte, verriet für gewöhnlich mehr über sein Persönlichkeitsprofil als viele andere Spuren, die man am Tatort fand.

»Die Handlung ist Teil seiner persönlichen Täterhandschrift«, sagte sie. »Er baut einen Galgen, tätowiert und ertränkt sie und schließt ihr die Augen. Das ist kein Teil des Modus Operandi, nichts davon war für die Tatbegehung notwendig.«

»Womit wir endlich zum wichtigsten Teil der Besprechung kommen. Dem Täterprofil.« Weigand schien ein Stück seiner früheren Selbstsicherheit wiederzufinden. »Ich habe mir in der vergangenen Nacht etwas Zeit genommen und …«

»Einen Moment noch«, bat Marie. Für einen Augenblick drehte sich der Raum vor ihren Augen. *Verflucht, wieso ist es hier nur so heiß?* »Wer von den Kollegen«, sagte sie und hoffte, dass man ihr nichts anmerkte, »hat die Ergebnisse der Nachbarschaftsbefragungen vorliegen?« Sie blickte in die Runde. Das war der Reiz der Jagd, die Arbeit, die sie so sehr mochte und die sie jeden Schmerz in ihrer bandagierten Hand vergessen ließ.

»Das war ich.« Einer der Kollegen des Abschnitts Fahndungsmaßnahmen hatte das Wort ergriffen. »Die Zeugensuche hat sich als schwierig herausgestellt. Aufmerksame Nachbarn sind Fehlanzeige. Die Baumärkte erinnern sich zwar an verschiedene passende Holzbestellungen, die für eine derartige Konstruktion verwendet werden könnten, protokolliert werden solche Bestellungen und Käufe jedoch nicht.«

»Videoaufzeichnungen?«

»Wir sind noch dran.«

»Zu Ilms weiterem Background, den ehemaligen Maklerkollegen und diesem Stalker-Freund«, sagte ein anderer, »gibt es bislang keine fallrelevanten Informationen.«

»Eine andere Frage«, rief ein Kollege aus einer der hinteren Reihen. »Nichts für ungut, Hauptkommissarin Winter, aber Sie wurden gerade von einem offenbar halluzinierenden und psychisch kranken Täter attackiert. Sollten Sie die Leitung der Sonderkommission nicht in die Hände von jemand anders legen, der etwas weniger *durcheinander* ist?«

Der Raum drehte sich vor ihren Augen, und sie musste sie schließen, um sich zu sammeln. »Und Sie sind?«

»Erik Winter, OEE.«

»Bitte?« Sie *musste* sich verhört haben.

Nun runzelten einige Kollegen in den vorderen Reihen, die ihr zu Beginn die Hand geschüttelt und ihr Genesungswünsche mit auf den Weg gegeben hatten, ebenfalls die Stirn. Marie schluckte. »Würden Sie das bitte wiederholen. Ich habe Sie nicht richtig verstanden. Akustisch.«

»Frederik Weiler«, sagte der Kollege. »OEE Mitte.«

OEE Mitte, dachte Marie. Die Operative Einsatzeinheit, die sich mit der Rauschgift- und Bandenkriminalität im Bahnhofsviertel beschäftigte. Die Einheit, gegen die sie vor Monaten hatte ermitteln müssen, da einer der Kollegen in den komplexen Mordfall des Dezembermannes verwickelt gewesen war.

»Kannst du mir sagen, wie sich die OEE in diesem Fall beteiligt?«

»Wir waren an Fite dran«, sagte Weiler. »Oder vielleicht sollte ich besser sagen, Fite war ein Informant, der uns demnächst einen der harten Jungs ans Messer geliefert hätte. Und dann dreht er plötzlich durch, der kleine Junkie, latscht hier rein und greift eine Mordermittlerin an, nur um sich dann den Kopf wegzupusten. Leider, leider war niemand, aber auch wirklich niemand dabei, als es passierte.«

Marie sah, wie Jörg sich nach dem OEE-Beamten umdrehte. »Was soll das heißen?«

Weiler zuckte mit den Schultern. »Ich wollte nur der Soko die Bedeutung dieses Zwischenfalls verdeutlichen. Und ich möchte darauf hinweisen, dass es womöglich eine Verbindung zwischen den Taten des Entführers und Fites Tätigkeit gibt und dass der Entführer womöglich in etwas verstrickt ist, was in unseren Tätigkeitsbereich fällt.«

»Oder in unseren«, sagte jemand von der Tür her. Marie sah sich um und bemerkte, dass sie einen weiteren Zuhörer gewonnen hatten. Der Mann erinnerte sie ein wenig an einen irischen Dockarbeiter, recht klein, kaum größer als sie selbst, eine gedrungene, massige Schlägergestalt. »Michael Rizzario. Abteilung Organisierte Kriminalität.«

»Hallo«, erwiderte Marie. »Nehmen Sie Platz oder …?«

»Nein. Nein, ich wollte nur mal vorbeischauen. Wenn wir helfen können, helfen wir, Kollegin. Fite war uns bekannt, aber wir haben ihn in den letzten Wochen aus den Augen verloren.« Er warf dem OEE-Kollegen einen vielsagenden Blick zu. »Vielleicht sollten wir uns mal unter vier Augen besprechen.«

»Klar. Ich rufe dich an, einverstanden?«

»Natürlich.«

Marie wartete, bis er die Tür hinter sich geschlossen hatte, und drehte sich zu Weiler um. »Niemand war dabei? Also, was soll das heißen?«

»Nichts. Überhaupt nichts.«

»Dann verschwende nicht meine Zeit.« Sie sah sich um, versuchte, den Faden wiederzufinden, der ihr entglitten war, doch war Weilers süffisantes Lächeln mehr, als sie in diesem Augenblick ertragen konnte. Eine Schwäche wie die, die sie gerade vor den Kollegen erlebt und die Weiler eiskalt ausgenutzt hatte, konnte sie sich nicht noch einmal leisten. »Chef, ich muss mich entschuldigen. Ich brauche einen Augenblick für mich.«

Draußen im Flur stürzte sie ins WC und schloss hinter sich die Tür. Aus dem Spiegel, der über den Waschbecken angebracht war, blickte ihr ein blasses, erschöpftes Gesicht entgegen. Auf ihrer Stirn sah sie die letzten Überbleibsel einer winzigen Blutspur.

Marie streckte ihre unversehrte Hand unter das kalte Wasser und benetzte ihre Wangen und ihre Stirn. Das Gefühl der Kälte half ihr einen Augenblick lang dabei, ihre Gedanken und das Bild, wie Fite sich auf sie warf, zu verdrängen.

Jemand klopfte.

»Eine Minute, ja?« Sie schloss die Augen, verdrängte jedes Geräusch, jede Überlegung zum Fall und fokussierte sich nur auf sich selbst. *Bist du in der Lage weiterzumachen? Bist du in der Lage, diese Ermittlung zu einem guten Ende zu führen? Bist du in der Lage, dein Versprechen, das du Linda gegeben hast, einzuhalten?*

Oder wirst du scheitern, weil er dir jemanden geschickt hat, der dich um den Verstand bringen wird? Der dein Denken beherrscht, weil er sich jede Minute in deiner Erinnerung vor dir erschießt. Wirst du scheitern, oder wirst du zulassen, dass er dich scheitern lässt?

»Marie?«

Das Schimmern ihrer haselnussbraunen Augen im Spiegel verriet ihr alles, was sie wissen musste. Sie würde sich nicht von einem Feind ins Abseits drängen lassen.

»Komm schon, mach auf.«

Sie schob den Riegel zurück. Isabelle musterte sie besorgt. »Bist du okay?«

Marie sah, dass Jörg neben ihr stand. »Wir haben uns Sorgen gemacht. Du rennst da raus und …«

»Und nichts. Ich brauche ein bisschen Zeit. Jetzt hab ich sie mir genommen.«

»Leland lässt sich nicht davon abbringen, dass die Leitung in deiner Hand bleibt. Wenn du sie abgeben willst, dann geh hin und sprich persönlich mit ihm.«

»Nein. Jetzt werde ich etwas ganz anderes tun.« Marie traf eine Entscheidung, die sich gut und richtig anfühlte. *Du bist durcheinander, aber auf deine Intuition kannst du dich noch immer verlassen.* »Zurück zum Tatort«, erklärte sie. »Zurück in diese Halle. Ich werde das Gefühl nicht los, dass es dort mehr zu erfahren gibt, als wir bislang herausfinden konnten. Ich fahre also hin und lasse alles noch einmal auf mich wirken.«

»Okay. Dann kümmern wir uns weiter um die Aufzeichnungen der Videoüberwachung, auch wenn ich da keine große Hoffnung mehr habe … er wusste, dass dort eine Kamera installiert ist. Und natürlich um Linda Ilms Freund. Diesen potenziellen Stalker.«

»Versucht auch herauszufinden, welche Objekte Ilm als Maklerin betreut hat.«

Bodenfeld und Isabelle tauschten einen Blick. »Ist gut.«

»Eine junge Frau muss sterben, während ein alter Mann weiterleben darf.« Marie berührte die Heckler & Koch an ihrer Hüfte. Man hatte ihr die Pistole nach der ballistischen Überprüfung zurückgegeben, auch wenn der Kollege gezögert und sie nachdenklich gemustert hatte, bevor er sie ihr aushändigte. »Nirgendwo sonst ist die Präsenz des Täters so stark wie dort am Tatort. Wenn wir ihn verstehen wollen, müssen wir uns überlegen, wie es für ihn war, dort zu stehen und zu töten.«

22.

36 Stunden und 40 Minuten bis zum Ablauf des letzten Ultimatums

Ein kühler Wind blies von Osten und trieb dicke Nebelschwaden vom Main über den Industriekomplex, der Höchst im Süden begrenzte. Der Verkehr auf der Mainzer Landstraße floss zäh dahin, in den Pfützen der unebenen Straßen spiegelte sich die tief stehende Septembersonne. Ein trüber, kühler Morgen lag über der Stadt, ein Morgen im schroffen Widerspruch zu dem Klima des vergangenen Tages.

Marie parkte den Dienstwagen und drehte eine Runde zu Fuß um das Gelände. Das hohe Gras strich um ihre Knöchel und wisperte im Wind. Sieh hin, schien es zu rufen, du hast etwas übersehen. Spuren entdeckte sie dort, Fußspuren, wo die Halme platt gedrückt waren und sich noch nicht wieder aufgerichtet hatten, ganz so, als sei in der Zwischenzeit jemand hier gewesen, der die polizeiliche Absperrung überwunden hatte und vielleicht sogar im Gebäudeinneren gewesen war.

Bald war sie bei der Eingangstür, die die Kollegen der Kriminaltechnik mit einem Absperrgitter versiegelt hatten.

Ihr Instinkt hatte sie nicht getrogen: Das polizeiliche Siegel war mit einem sauberen, geraden Schnitt durchtrennt worden. Jemand war ins Innere gelangt – möglicherweise der Täter selbst, der zurückkehrte, um Spuren zu beseitigen, die von ihren Kollegen übersehen worden waren.

Marie schob das Gitter ein Stück zur Seite und trat hinein. Durch den in staubiges Zwielicht gehüllten Korridor mit den graffitibemalten Wänden gelangte sie in die große Halle.

Hier war es zwar heller, doch der Anblick wirkte nicht angenehmer.

Der hölzerne Galgen ragte im Morgenlicht wie ein dürrer grauer Skelettknochen empor. Der Strick schwang gemächlich in einem schwachen Luftzug hin und her, als sei der geheimnisvolle Eindringling gerade erst vorübergegangen.

Ein unvorhergesehener Gast.

Vielleicht war es der Täter, der zum Ort seines ersten Verbrechens zurückgekehrt war. Einige zog es zurück, weil der Rausch der Tat sie nicht schlafen ließ. Weil es ihnen nicht genügte, die Tat in Gedanken ein zweites Mal zu durchleben, während sie sich selbst befriedigten. Weil sie ihr Werk noch einmal mit eigenen Augen sehen wollten.

Marie spürte, dass sie nicht länger allein war. Ihr Instinkt, das jedem Ermittler eigene, aus Erinnerungen, Erfahrungen und Erkenntnissen gewachsene Netz, das ihr Bewusstsein wie ein schützender Kokon umhüllte, warnte sie. Ein Schauer, der wie ein kalter Lufthauch über ihren Nacken strich, ließ sie nach ihrer Waffe greifen.

Für einen Augenblick lockerte sich die graue Wolkendecke am Himmel vor den gesprungenen Fenstern. Die Septembersonne schob sich hervor. Der Galgen warf einen langen Schatten über den von Verfall und Rissen gezeichneten Fließbetonboden.

Es war halb zwölf.

Marie trat einen Schritt zur Seite, sodass der Galgen und die Sonne exakt eine Linie bildeten. In der staubigen Luft malte der Schatten, den das Konstrukt warf, einen Pfeil auf den Boden und die dahinterliegende Wand, lang wie der Zeiger einer Sonnenuhr. Sie begriff: Erst der richtige Sonnenstand ließ das obere, seltsam geformte Ende der Konstruktion wie die Spitze eines Zeigers wirken; und wie der Zeiger einer Uhr wies der Schatten nun auf eine Wand, an die hochkant eine Europalette gelehnt war, bedeckt mit einer löchrigen Plane aus schmutzigem Kunststoff.

Er ist ein Spieler, dachte sie. *Dieser Schatten, der dem Zeiger einer Uhr gar nicht unähnlich sieht, ist er ein weiterer Teil seines Spiels? Was, wenn er will, dass wir ihn sehen und unsere Schlüsse daraus ziehen? Oder sollst nur du selbst ihn sehen, nur du allein? Weiß er, dass es deine Art ist, ein zweites Mal zum Ort des Verbrechens zurückzukehren?*

Dass es ihre Art war, die Gedanken des Täters nachzuvollziehen. Weil es das war, was sie tun musste, um in seinen Kopf zu gelangen, ihn wirklich und wahrhaftig zu begreifen.

Der Schattenwurf war Teil seiner Herausforderung.

Marie packte die Palette mit ihrer unverletzten Hand, stemmte sich mit der Schulter dagegen und schob sie zur Seite. Das feuchte Holz bewegte sich so erstaunlich leicht und geschmeidig über den Boden, als sei es vor Kurzem schon einmal verschoben worden.

Dann kippte die Palette und donnerte mit einem Knall zu Boden. *Wenn er sich hier versteckt,* dachte Marie, *weiß er spätestens jetzt, dass er nicht länger allein ist.*

Auf der Wand, dort, wo der pfeilgleiche Schatten des Konstrukts hindeutete, hatte jemand mit signalgelber Farbe eine Reihe von Worten hinterlassen. Hastig waren sie auf die fleckige Betonwand gepinselt worden, mit großen, ungelenken

Buchstaben, die Marie an die Handschrift eines Kindes erinnerten, eines Jungen, der gerade schreiben lernt.

SIE IST NICHT DAS, WAS ICH SUCHE, SIE KANN MIR NICHT HELFEN, SIE IST NICHT DER BÖSE ENGEL

Marie trat einen Schritt zurück. Die zu Boden geschlagene Palette hatte Staub aufgewirbelt, der sich nur langsam legte. Der Geruch erinnerte sie an einen alten, lange nicht mehr gelüfteten Kellerraum, und die feinen Partikel ließen sie niesen.

Dann holte Marie ihr iPhone hervor und machte verschiedene Fotos von der Schrift – von Weitem und aus der Nähe, um die ungelenke Malkunst besser einzufangen.

Sie beugte sich hinab, auch auf dem Boden schimmerten einige gelbe Farbkleckse.

Der Täter hatte eine Nachricht hinterlassen und trotzdem den Versuch unternommen, die Botschaft zu verbergen. Die Europalette und den Kunststoffbehang hatte er davorgeschoben und so seine Botschaft vor den neugierigen Blicken der Spurensicherung geschützt. Noch einmal las sie den Satz, der ihr ein Kribbeln über die Haut jagte.

Aus dem Korridor, der tiefer in das Gebäude hineinführte, drangen leise, gedämpfte Stimmen. Zwei Männer, die sich unterhielten und auf sie zukamen, hierher, geradewegs in die große Halle.

Marie zog ihre Dienstwaffe, eilte um das Holzkonstrukt herum und drückte sich gegen die Wand links von dem Durchgang, der in den Korridor hineinführte. Die Morgensonne brach sich im Glas der hohen Fenster und sprenkelte den rissigen Gussbeton mit bunten Lichtflecken. Staubflocken schwebten durch die schräg hereinfallenden Strahlen.

»Ich weiß, dass sie manchmal hier reinkam«, sagte eine Stimme, »und dass sie diesen Ort zum Schlafen benutzte. Hier kamen zwar auch ein paar Typen her, die nicht Nein zu ihr gesagt hätten, aber der Köter hat sie bewacht. Keine Chance. Er war wie ein Teufel, der aus dem Schlaf hochschreckte und sofort hellwach war. Und dann – zack! – hat er dir ein großes Stück Fleisch aus dem Bein gerissen.« Die Stimme gab ein heiseres Husten von sich, das nach einer ungesunden Lebensweise und mindestens einer nicht auskurierten Erkältung klang. »Nicht, dass ich selbst jemals versucht hätte, ihr irgendwas … nee, ich mochte sie. Aber sie war gern für sich. Dieser Hund – Balu hat sie ihn genannt – war ihr bester Freund. Meine Güte, dieses Mädel, ich kapier nicht, wieso sie so draufgehen musste. Das hat sie nicht verdient, nee. Das hat niemand verdient. Sie war 'ne Gute. Ne wirklich Gute.«

Zwei Männer bogen um die Ecke und traten aus dem Korridor in die große Halle. Zwei Obdachlose, erkannte Marie, denn die Kleidung – abgetragene, fleckige Jacken und verwaschene Jeans – sprach eine gewisse unübersehbare Sprache.

Einer der beiden trug die Einkaufstasche eines Discounters in der Hand, der andere einen Rucksack locker über der Schulter.

»Und hier, na ja, das ist es. Hier hat er sie in einer großen Wanne ertränkt wie ein Bündel nasser Wäsche. Abartig, ich kann es gar nicht anders beschreiben. Und ich kann's nicht glauben, dass so einer noch frei rumrennt.«

Der Rucksackträger schwieg und betrachtete eine Spur auf dem Boden. Dann hielt er eine Hand hoch und gebot seinem Kompagnon, leise zu sein. Marie hob die Waffe, den Lauf ruhig auf den Boden gerichtet und doch jederzeit bereit.

Älteste Freundin, dachte sie bei sich, *du hast heute etwas getan, das ich nicht von dir verlangt habe, aber hilf mir wenigstens, wenn ich dich brauche.*

Wieder stiegen die Bilder des verzerrten Gesichts von Fite vor ihrem inneren Auge auf. Wieder hörte sie den Nachhall des Schusses und spürte, wie sein Blut ihre Wangen benetzte.

Du wirst mich nicht beherrschen, dachte sie. *Und wenn du mir noch zwei andere schickst, die mich angreifen.*

»Wir sind nicht allein«, sagte der Rucksackträger. Seine Stimme klang ganz anders als die seines Begleiters. Marie erinnerte sie an das sanfte, kühle Rauschen eines Sommerbachs, der um runde Kiesel in seinem Bachbett floss und niemals seinen Weg änderte. In der Stimme vernahm sie einen leicht fremdländischen Einschlag, etwas, das sie schon einmal gehört hatte.

Schließlich machte sie einen Schritt nach vorn. »Halt.« Ihre Stimme war ruhig und autoritär. Ihre Polizistinnenstimme. »Polizei. Drehen Sie sich um. Hände so, dass ich sie jederzeit sehen kann.«

»Tu, was sie sagt«, erklärte der Rucksackträger ruhig. Zu ihr sagte er: »Alles klar, wir wollen keinen Ärger.«

Die Männer drehten sich zu ihr um. Marie blickte in ein bärtiges Gesicht, das von einer großen Nase beherrscht wurde – das war der Kleine mit der Penny-Tüte –, und dann blickte sie in das zweite Gesicht, das des Rucksackträgers.

Etwas an ihm war ihr vertraut, so sehr vertraut, dass ihr der Anblick einen Schauer über den Rücken jagte und sie einen Schritt zurücktreten ließ.

Der zweite Mann lächelte.

Unmöglich. Er konnte nicht hier sein.

Aber er war es. Er hatte etwas mit seinem Gesicht gemacht, sodass man ihn nicht sofort erkannte, seine Wangen waren verändert, seine Nase etwas länger und die Augenfarbe eine andere, aber Marie erkannte ihn. Sie hätte ihn überall erkannt, begriff sie in diesem Moment, denn sie hoffte so sehr, dass er wiederkam.

»Du.« Das Wort sprang von ihren Lippen, noch ehe sie sich wirklich entschieden hatte, es auszusprechen. »Das ist ein versiegelter Tatort.«

»Ich weiß«, erwiderte er. »Du weißt doch, dass mich dergleichen nicht aufhält.« Er ließ Marie nicht aus den Augen. »Du kannst gehen«, sagte er zu seinem Begleiter. »Vielen Dank für die Hilfe. Ich glaube nicht, dass du in Gefahr bist, dennoch, bleib wachsam.«

Der kleinere Mann mit der Plastiktüte blickte von Marie zu seinem hochgewachsenen Begleiter. »Hab ich grad was verpasst?«

Keiner der beiden reagierte. »Geh einfach«, sagte der andere dann.

»Ist es wirklich eine gute Idee, ihn gehen zu lassen?« Marie hatte die P30 noch immer in der Hand, den Lauf auf den Boden gerichtet, den Finger ausgestreckt.

»Er hat mir alles erzählt, was er weiß.« Er warf seinem Begleiter noch einen Blick zu, ehe dieser mit schnellen Schritten aus der Halle verschwand, als könne er es gar nicht erwarten, diesen Ort hinter sich zu lassen. »Ich glaube, ich sollte die Ermittlungen offiziell in die Hand nehmen.«

Marie öffnete den Mund und schloss ihn wieder. Verschiedenes lag ihr auf der Zunge, das sie ihm sagen wollte und auch wieder nicht.

»Parkov«, flüsterte sie schließlich. »Ich hätte es wissen müssen.«

»Das ist der Name«, erwiderte er heiter und lächelte. »Hallo, meine Liebe. Da bin ich wieder.«

23.

Marie musterte ihn lange und nachdenklich. »Ich müsste mich sehr täuschen, wenn du mit einem Mal dunkelbraune Augen hättest«, stellte sie fest. »Sind das Kontaktlinsen, die du da trägst?«

Parkov nickte. »Nicht nur das. Eine Nasen- und Wangenknochenprothese, die mein Aussehen modifiziert. Ich musste vermeiden, erkannt zu werden.« Er zupfte an seinen Wangen und seiner Nase herum und entfernte die Stücke der Latexmaske, die täuschend echt wirkte. Damit einher ging eine vollkommene Veränderung seiner Körper- und Kopfhaltung: Jetzt wirkte er wieder so, wie sie ihn in Erinnerung hatte, achtunddreißig, fünf Jahre älter als sie selbst, groß, athletisch, auf raue, verwegene Art attraktiv und mit honigblondem kurzem Haar. Der Milliardenerbe und Sohn russischer Einwanderer, der sich entschieden hatte, für das BKA Verbrecher zu jagen, während er die Leitung des familieneigenen Konzerns den Händen seines Bruders überließ. Seine zerrissene, heruntergekommene Kleidung erschien mit einem Mal fremdartig an ihm, wie sie Minuten zuvor wie eine zweite, perfekt passende Haut gesessen hatte. Schließlich trafen sich ihre Blicke. Marie konnte sich nicht zurückhalten, sie musste lachen. Es war ein gutes Gefühl. »Tut mir leid«, sagte sie – *und ja*, dachte sie, *du kicherst gerade wie ein junges Mädchen* –, »aber das ist einfach zu verrückt. Du bist wirklich mit diesem Zeug im Gesicht herumgelaufen?«

Parkov zog die Jacke aus und faltete sie sorgfältig zusammen. »Ich habe getan, was notwendig war. Vier Wochen habe ich mich unter den Ärmsten der Armen aufgehalten, den Obdachlosen, den Ausgestoßenen der Straße. Vielleicht nicht der geeignetste Grund zum Lachen, falls ich dies hinzufügen darf.«

»Ich lache ja auch nicht *über* dich. Ich lache, weil ich schon eine kleine Ewigkeit nicht mehr richtig lachen konnte.«

»Du bist verletzt«, sagte er mit besorgtem Unterton.

Sie betrachtete ihre bandagierte Hand. *Schöne Grüße von einem Bewunderer. Ihr werdet ihn nicht stoppen.* »Nur eine ... Kleinigkeit.«

»Bist du sicher?«

Sie tauschten einen langen Blick. Schließlich zuckte sie schwach mit den Schultern. »Nein. Bin ich nicht.«

»Marie, wenn ich mir diesen Kommentar erlauben darf, du wirkst angeschlagen. Bitte berichte mir, was geschehen ist. Ich muss darauf bestehen.«

Marie steckte die Waffe weg. Ohne sie in der Hand zu haben, ohne die Bedrohung, auf die sie sich eingestellt hatte, ohne den zum Tatort zurückgekehrten Täter war sie für einen Augenblick irritiert. Dann jedoch trat sie in den Sonnenschein, ließ sich von den Strahlen wärmen, die durch die hohen Fenster hereinfielen, und schloss die Augen. Ruhig erzählte sie ihm alles, vom Abend, als der erste Anruf einging, bis hin zur Pressekonferenz und dem Mann, den sie in der Menge entdeckt hatte. Während sie das tat, während sie den Angriff von Terrano noch einmal durchlebte, spürte sie, wie sie sich allmählich entspannte und es ihr leichterfiel, durchzuatmen. Vielleicht war es auch Parkovs Anwesenheit, die sie beruhigte. »Und jetzt«, fügte sie hinzu, als sie geendet hatte, »wirst du mir wohl sagen, dass ich nicht hier sein sollte.«

Parkov sah sie mitfühlend an, dann lächelte er jenes warme und herzliche Lächeln, das sie so gut in Erinnerung behalten hatte. »Nein«, erwiderte er. »*Ich* hätte dort sein müssen.«

»Ja. Das hättest du wohl. Ich glaube, ich brauche dich. Ich meine … *beruflich*, natürlich.« Marie betrachtete einen Augenblick lang die Staubflocken, die im Licht zwischen ihnen schwebten, während sie sich über ihre letzten Worte ärgerte. »Es ist einiges geschehen. Wir haben einen gefährlichen Mörder, der draußen frei herumläuft, und die Zeit drängt.«

»Du hast nicht angerufen«, sagte Parkov.

»Du auch nicht, *mein Lieber*.«

»Es gab leider Vorfälle, die aufzuhalten meine Aufmerksamkeit forderten, Dinge, die keinen Aufschub erlaubten.« Er hielt inne. »Marie, wie geht es Lucie?«

»Viel besser. Sie ist wieder gesund, blüht richtig auf. Und was dein Angebot angeht: Es war nicht notwendig. Zum Glück nicht.«

»Das ist sehr erfreulich.« Parkov nickte. »Es erleichtert mich, dies zu hören.«

»Ich hätte das Geld für Lucies Behandlung natürlich angenommen, wenn sich ihr Zustand nicht gebessert hätte.« Marie war es, als müsste sie sich erklären. Parkovs unerwartetes Auftauchen hatte sie überrascht und ließ zugleich ihr Herz schneller schlagen.

»Schon gut. Es ist alles in Ordnung.« Parkov drehte sich zu der gelb hervorstechenden Schrift an der Wand um. »Du sagtest, die Zeit dränge. Was hältst du davon?«

Aber das war nicht der alleinige Grund, dachte sie. *Ich hätte alles getan, um Lucie zu heilen, auch wenn das bedeutet hätte, Geld von einem Mann anzunehmen, der mich als Köder zu einem gefährlichen Haufen Mörder schickt und mich danach allein lässt.*

Aber hast du ihm nicht alles verziehen? So ist es doch. Weil du tief in deinem Inneren längst begriffen hast, dass manchmal Dinge getan werden müssen, die notwendig sind.

Du hättest selbst nicht anders gehandelt.

»Eine Botschaft des Täters«, sagte sie. Parkov war an die Wand herangetreten und betrachtete die Schrift aus der Nähe. »Was weißt du über den Fall?«

»Alles.«

Marie verschränkte die Arme. »Hör auf damit.«

»Womit?«

»Mit dieser Art.«

Parkov runzelte die Stirn. »Das verstehe ich nicht.«

»Natürlich verstehst du das. Du bist immer schneller als wir anderen. Aber wir haben eine Geisel, die in etwa zwölf Stunden um Mitternacht sterben wird, und es kann gar nicht sein, dass du wirklich alles über diesen Fall weißt. Es sei denn, Sörensen gibt wieder Interna raus. Da sie dieses Mal aber nicht beteiligt ist, kann ich mir das kaum vorstellen.«

Parkov wandte sich zu ihr um. »Nun, ich habe davon gehört. Die Pressekonferenz mit Leland, Jäger und dir. *Kriminalhauptkommissarin*. Meine Glückwünsche.«

Sie winkte ab. »Beglückwünschen wir uns einfach, sobald wir ihn haben und keine Minute zuvor. Also, auf welchem Stand bist du?«

»Während ich unerkannt bei Willi und seinen Freunden auf der Straße unterwegs war, konnte ich natürlich auf das interne Netzwerk des BKA zugreifen. Auch wenn es zuweilen schwierig war, die Tarnung aufrechtzuerhalten.« Parkov tippte etwas auf seinem Handy. »Ich kontaktiere die Kollegen. Die Fläche um die Botschaft muss auf Fingerabdrücke untersucht werden, auch der Boden und die Palette, die er benutzt hat, um seine Nachricht zu verbergen.«

»Schon erledigt.« Marie deutete auf die galgenähnliche Konstruktion. »Er hinterlässt eine Nachricht und schiebt letztlich etwas davor, um sie vor uns zu verstecken. Dann richtet er seine Konstruktion exakt so aus, dass der Schatten uns doch wieder auf die Spur seiner Botschaft führt. Er hinterlässt uns einen Hinweis, damit wir seine Nachricht entdecken, obwohl er sich zuvor einige Mühe gab, sie zu verbergen. Ergibt das irgendeinen Sinn?«

»Für ihn gewiss.« Er trat zum Galgen und berührte den Strick an der Stelle, an der die Rechtsmediziner die Tote abgeschnitten hatten. »Hast du Fortschritte gemacht, was die Identifizierung der Toten angeht?«

»Wir sind noch dran.«

»Dafür besteht ab sofort keine Notwendigkeit mehr. Ich kenne ihren Namen.« Parkov drückte sich das Handy ans Ohr, ein Gerät, das entsprechend seiner Tarnung aussah, als stamme es aus einem Museum für antike Telekommunikationstechnik. Es gab ein leises Piepen von sich. »Johann?«, sagte er, »es ist vorbei. Meine Legende muss nicht länger aufrechterhalten werden. Bringen Sie mir den Wagen und den Anzug. Ja? Danke.«

»Johann Münz? Dein Assistent? Schön, dass er es noch immer mit dir aushält.«

Parkov zwinkerte. »Du weißt doch, er ist viel mehr als das«, erwiderte er in heiterem, unbeschwertem Ton, als wären sie sich zufällig auf der Straße begegnet.

Marie trat einen Schritt zurück. Wenn sie sich nicht beherrschen könnte, würde sie Parkov entweder eine Ohrfeige verpassen oder ihn auf der Stelle umarmen. »Übernimmst du den Fall für das BKA?«, fragte sie und gab sich alle Mühe, ihrer Stimme einen offiziellen Ton zu verleihen.

»Liegt ein Ersuchen vor?«

»Wir haben einen Fallanalytiker der OFA angefragt, aber offenbar hat man in Wiesbaden genug zu tun. Er kann erst in einem Tag hier sein, und bis dahin …«

»… ist einiges Unheil angerichtet.« Parkov musterte sie eindringlich mit seinen blassblauen Augen. »Ich werde helfen, wo ich kann.«

»Du kennst sie also? Wann hattest du vor, uns dieses unwichtige Detail mitzuteilen?«

»Jemand ist in der Stadt unterwegs und sucht sich leichte Opfer. Obdachlose, Prostituierte, Stricher, Rentner, die ohne Familie und Freunde ihren Lebensabend in einer Einzimmerwohnung fristen. Meine Undercover-Operation diente ausschließlich dem Zweck, ihm auf die Spur zu kommen.«

»Und?« Marie warf ihm einen skeptischen Blick zu. »Leichte Opfer? Es gab keine besonderen Todesfälle in den genannten Gruppen, das habe ich geprüft. Uns wäre es aufgefallen, wenn er sich seine Opfer bevorzugt in diesen Kreisen ausgesucht hätte. Wir haben eine Obdachlose und eine Maklerin. Gut, die Obdachlose passt, aber die Maklerin? Linda Ilm war überhaupt nicht Teil dieses Personenkreises.«

»Wie gut hat die Polizei im Blick, was hinter verschlossenen Türen geschieht?«, fragte er sie ernst. »Oder in den Tiefen des Internets? Und was passiert mit den Ausgestoßenen, die sich nachts in ihren Schlafsäcken in einer windgeschützten Ecke zusammenrollen, von denen manche am Morgen nicht mehr dort liegen, wo sie am Abend zuvor Platz genommen haben? Du kennst die Antwort ebenso gut wie ich, meine Liebe.«

»Hast du eine Spur?«

Parkov nickte. »Komm, ich will dir etwas zeigen.«

»Wir sollten auf die Kollegen vom Erkennungsdienst warten.«

»So?« Parkov blickte an sich herab. »In diesem Aufzug? Nein, ich würde es vorziehen, es auf meine Weise zu tun. Dabei bin ich mir sicher, dass die Herren die Schrift auch gut ohne uns finden, schließlich haben sie den schönen Zeiger einer übergroßen Sonnenuhr, der sie genau mit der Nase daraufstößt.«

24.

Der Bentley Continental GT, den Parkov in seine mobile Einsatzzentrale verwandelt hatte, wartete bereits am Haupteingang, als sie die Fabrikhalle verließen. Die Silhouette des Wagens schimmerte im Licht der niedrig stehenden Sonne wie das seidig glänzende Fell eines Panthers.

Johann Münz, Parkovs Assistent, Butler und engster Vertrauter, streckte Marie die Hand hin und schüttelte ihre bandagierte Rechte mit größter Behutsamkeit. »Frau Winter. Wie schön, Sie wiederzusehen. Es ist nun doch schon etwas her, muss ich sagen.« Seine Haltung war ganz die des ehemaligen Elitesoldaten: Münz hatte etwas zugelegt, schien jedoch zugleich frischer und vitaler als je zuvor, und sein graues Haar war wie immer akkurat frisiert.

»Das kommt alles überraschend«, sagte sie. »Und erfordert ein wenig Eingewöhnungszeit. Wieder einmal.«

»Ja, nichts geht über einen spektakulären Auftritt, nicht wahr?«

Parkov steckte den Kopf aus dem Fond. »Wenn ihr beide dann ausreichend Neuigkeiten über mich ausgetauscht habt, würde ich dich bitten, mir einige Minuten Zeit zu schenken, Marie.«

Sie stieg ein. Das Wageninnere roch nach teurem Leder und noch teureren Interieur-Hölzern, ganz so, wie sie es in Erinnerung hatte. Parkov balancierte ein Notebook auf den Knien und warf ihr einen Blick aus seinen durchdringend blauen Augen zu. »Ich muss gestehen, dass ich mir unser Wiedersehen etwas anders vorgestellt hatte.«

»Ist das so?«

»Du schienst nicht besonders froh zu sein, mich zu sehen.«

»Kümmert dich das?«

»Natürlich tut es das.«

Marie wich seinem Blick aus. »Was ist das hier?«

»Ich habe Zugriff auf die Datenbank des BKA-Großrechners. Der Name der Toten, die der Entführer vor laufender Kamera ertrinken ließ, war Larissa Rothenberger.«

Marie runzelte die Stirn.

»Rothenberger? War sie mit einem der Kuratoren im Museum verwandt? Du weißt schon, mit Eriks ehemaligem Chef?«

»Nein, das war sie nicht. Das ist nur ein Zufall. Oder vielleicht auch nicht. Vielleicht hat der Täter die Namensgleichheit erkannt, womöglich, um dich zu schockieren. Larissa war siebenundzwanzig. Vollwaise, keine lebenden Verwandten. Ihre Eltern starben bei einem Raubüberfall auf eine Sparkasse – da war sie zwölf. Sie wuchs in einem Heim auf, lief fort, wurde zurückgebracht und lief wieder fort. Das Spiel wiederholte sich noch einige Male, bis sie volljährig war«, erklärte Parkov. »Dann hat sie sich dazu entschieden, dieses Leben zu führen, sie und dieser Hund, ihr bester und wahrscheinlich einziger enger, vertrauter Freund. Sie reiste umher, trampte, nicht nur durch Deutschland. Die wenigen Leute, die sie kannten, berichteten mir, dass sie kaum ein Vierteljahr hier war und bald weiterziehen wollte. Sie besaß auch kein Mobiltelefon, mit dessen Hilfe wir ihre letzten Bewegungsdaten und Aufenthaltsorte auslesen könnten.«

Marie betrachtete das Foto, das auf Parkovs Notebook zu sehen war. »Ist das nicht furchtbar? Wie kann sich so ein Mädel für dieses Leben entscheiden? Sie war hübsch, aber ihre Augen … Meine Güte, das sind die Augen eines alten Menschen, der schon zu viel gesehen hat.«

»Das Leben auf der Straße ist keineswegs leicht, das musste ich selbst feststellen.«

»Wie hast du das angestellt? Wir haben Kollegen, die immer ein Ohr bei den Straßenkindern und Obdachlosen haben, aber keiner von ihnen konnte herausfinden, wer sie war.«

Parkov sah an ihr vorbei in die Ferne. »Ich habe mir schon vor Jahren das Vertrauen dieser Menschen von Grund auf aufgebaut. Es hat mich viel Zeit gekostet, aber ich bin überzeugt, dass es von Wert ist. Wenn es uns gelingt, den Mann zu stellen, der Larissa getötet und Linda Ilm entführt hat, war es ein annehmbarer Preis.«

Marie warf Parkov einen langen Blick zu. Was er sagte, waren keineswegs leere Worte. Sie fühlte sich mit einem Mal mies, ihn zuvor so behandelt zu haben.

Du schienst nicht besonders froh zu sein, mich zu sehen.

Kümmert dich das?

Natürlich tut es das.

Aus den Augenwinkeln nahm sie eine Bewegung wahr, das Flimmern einer Reflexion der Sonne auf einer Motorhaube – die VW-Busse des Erkennungsdienstes kehrten zurück.

»Ehe die Kollegen hier sind«, sagte sie leise, »wollte ich dich wissen lassen, dass ich durchaus erfreut bin, dich wieder hier zu haben. Auch wenn es zuerst nicht so klang.« Sie zögerte. »Aus rein professionellen Gründen natürlich.«

Parkov nickte. »Um der Wahrheit die Ehre zu geben, ich bin auch glücklich darüber, aus diesen Sachen rauszukommen und wieder ein …«

»Das meinte ich nicht. Nach dem, was wir vor Monaten erlebt haben, gab es einige Turbulenzen im Präsidium. Ein Kollege, der in die Sache verstrickt war und dessen Machenschaften wir aufgeklärt haben. Das verursachte Aufruhr. Deinen Namen, na ja, ich fürchte, in gewissen Abteilungen hört man ihn mittlerweile noch weniger gern als vorher.«

»Ach, das kümmert mich nicht weiter.«

Sie sah ihn an und war sich nicht sicher, ob er dieses Mal die Wahrheit sagte. »Wieso bist du an diesem Abend einfach gegangen?« Im nächsten Augenblick ärgerte sich Marie, dass sie die Frage ausgesprochen hatte.

»Es gab diese kleine Komplikation in Italien, ein Kollege, der dringend meine Hilfe suchte, sicher erinnerst du dich.«

»Auch das meine ich nicht. Ich wollte sagen …«

Jemand klopfte gegen die Scheibe. Marie zuckte zusammen, jäh aus ihren Gedanken gerissen. *Jetzt*, wurde ihr klar, *ist nicht der Augenblick.*

»Das werden sie sein. Moment.«

Sie stieg aus und sah sich Herbert Fischer gegenüber, der einen Koffer in der Hand trug und schon im Tyvek-Schutzanzug steckte. »Ist das ein Bentley? Schönes Teil. Ich glaube, den habe ich schon mal gesehen.« Er musterte den Wagen mit neugierigem Blick. »Also ist er zurück?«

Marie holte tief Luft. »Ja«, sagte sie. »Er ist wieder da.«

25.

»Sieh dir das an«, sagte Parkov und warf einen Blick aus dem verspiegelten Fenster. »All die Menschen.«

Marie bemerkte, dass die Menge, die sich vor dem Präsidium versammelt hatte, weiter angewachsen war. Es waren sicher hundert Demonstranten. Auf ihrem Handy hatte sie mitverfolgen können, dass noch weitere kleine Gruppen zusammengekommen waren – vor dem Rathaus und anderen Polizeiwachen.

Viele der Protestler hielten Schilder in die Höhe. »Wer sorgt für die Sicherheit unserer Töchter?«, las sie. »Befreit Linda Ilm – jetzt!«, »Wer sitzt ruhig hinter dicken Mauern, während unsere Kinder sterben müssen?« Auf einem anderen Schild stand: »Konsequenzen – heute, nicht morgen!«

»Wie sagte Hegel? Man tut gut daran, die öffentliche Meinung zu verachten. Hier heißt es: Heul mit den Wölfen oder halt den Mund. Ich fürchte, dass der Versuch, diesen Leuten ganz rational zu verdeutlichen, dass die Arbeit der Polizei leichter vonstattenginge, würden sie nicht mit Schildern und Bannern vor der Tür stehen, von vornherein zum Scheitern verurteilt wäre. Die meisten würden es auch nicht wagen wollen; vermutlich ist die kritische Schwelle bereits erreicht.«

»Sie haben Angst«, sagte Marie leise. »Ist doch verständlich.«

Parkov lächelte ein kaltes Lächeln, eine Haltung, die Marie nicht unbedingt an ihm vermisst hatte. »Ja«, sagte er, »aber wovor haben sie Angst? Vor einem Täter, der in ihre Mitte greift, ihre Töchter entführt und sie vor laufender Kamera tötet? Oder auch davor, dass man ihnen ihr Spielzeug wegnehmen würde, den gewaltigen Monolithen, den Götzen, zu dem das weltweite Netz mit all seinen Spielwiesen geworden ist?«

»Wegnehmen?« Marie sah zu, wie sich das Rolltor und die Schranke öffneten und den Weg in die Tiefgarage des Präsidiums freigaben. Mehrere Kollegen der Bereitschaftspolizei bewachten die Ausgänge. In voller Einsatzmontur beobachteten sie die Schaulustigen und Demonstranten. »Wer will den Leuten was genau wegnehmen?«

»Hätten wir die Möglichkeit, Websites wie die unseres Täters in Sekundenschnelle konsequent abzuschalten, dann hätten wir keine Hysterie in dieser Stadt. Wir hätten ihm die Handhabe genommen, Angst und Panik zu verbreiten.« Parkov warf ihr einen Blick zu, ein gefährliches Glitzern in den Augen. »Was wir gerade erleben, ist nicht nur ein Machtspiel um Menschenleben, nicht nur ein simples Rätsel, bei dem Fragen gelöst werden müssen, um Geiseln vor dem Tod zu bewahren. Es ist eine Metapher auf das moderne Leben, die moderne westliche Zivilisation. Die brutale Demonstration der Macht des Chaos über ein System, das wir zu lange kritiklos als sicher und unabänderlich betrachtet haben. Der Beweis, dass das Chaos eines Einzelnen ausreicht, um die Leben vieler zu verändern. Das ist die *Zukunft*.«

Parkov stieg aus und trat zum Heck des Bentleys. Marie folgte ihm. Seine letzten Worte ließen sie frösteln, dennoch musste sie sich eingestehen, dass er nicht unrecht hatte.

»Was du da sagst, klingt nach nichts anderem als den üblichen Auswirkungen von Terror. Ein einzelner Terrorist ist in der Lage, die Leben vieler Menschen zu beeinflussen, denn er kann – selbst wenn er allein handelt – ein ganzes gesellschaftliches Klima vergiften.«

Im Kofferraum lag eine große Kiste. Parkov ließ sie aufschnappen: Da lagen ein Anzug und ein frisches Hemd, eine Seidenkrawatte und ein Paar maßgefertigter Lederschuhe. Daneben eine Reihe von Pistolen nebst Munition. »Das habe ich vermisst.« Er zog sich den verwaschenen Pullover über den Kopf. Marie sah die Stellen auf seinem Brustkorb, wo Manics Messer Narben hinterlassen hatte, sie sah die Stelle, an der sie ihn zusammengeflickt hatte. Monate war es her, doch ihr schien es, als sei das alles erst gestern gewesen.

»Unser Täter ist kein gewöhnlicher Terrorist.« Parkov schlüpfte in das Jackett und band sich die Krawatte. »Ich bin überzeugt, er ist sich darüber im Klaren, was er da gerade unternimmt – und was er noch unternehmen muss, um die richtigen Knöpfe zu drücken, die die öffentliche Meinung steuern. Aber er handelt nicht im Auftrag einer Religion oder einer politischen Überzeugung, er ist nicht islamisch, links oder rechts motiviert, er erhebt sich über derlei Albernheiten. Das unterscheidet ihn von den anderen.«

»Und was motiviert ihn stattdessen?« Marie warf einen Blick auf die Website. Der Countdown stand nun bei zwölf Stunden. Es war Mittag, High Noon, doch das tödliche Duell würde erst mit großer Verspätung beginnen, exakt zum vorher bestimmten Zeitpunkt. Der Livestream war offenbar nicht besonders stabil, die Videoübertragung verwischte und verwandelte sich hin und wieder in grobe Klötzchen, und einmal brach die Website vollständig zusammen. »Der Server braucht zu lange, um eine Antwort zu senden. Was machen die da?«

»DDoS-Attacken, denen der billige, überseebasierte Server nicht standhalten kann«, erwiderte Parkov. »Das ist einfach, jeder Jugendliche mit einem Laptop kann das, aber ich fürchte, es wird unseren Mann zu einer Reaktion veranlassen.«

»Das habe ich dem Staatsanwalt auch gesagt, als er verlangt hat, den Zugriff auf die Seite zu blockieren. Wir sollten ihn nicht weiter provozieren.«

»Ja, und das ist noch etwas anderes.« Parkov schnürte die Schuhe und erhob sich. »Also, wie sehe ich aus?«

»Gut. Gut siehst du aus.«

»Und du auch, das muss ich hinzufügen«, erwiderte er augenzwinkernd. »Gehen wir.«

Oben auf dem Flur der Mordkommission, der sie bis zum Büro der Sonderkommission führte, wurde Parkovs Erscheinen augenblicklich bemerkt. Nicht wenige blieben stehen, ein Kollege aus der IT kam herüber, um Parkov die Hand zu schütteln. »Ich bin ein Fan Ihrer Arbeit«, sagte er begeistert und mit roten Wangen. »Ich habe gerade vor Kurzem mal wieder alle ihre Artikel gelesen. Toll, dass Sie wieder da sind.«

»Alle Artikel?«, fragte Marie leise, als sie für einen Augenblick wieder allein waren. »Welche Artikel denn?«

»Meine Beiträge im *Journal für Kriminaltechnik*. Allesamt um die sechs, sieben Jahre alt.« Parkov schmunzelte. »Das ist wirklich eine Überraschung.«

»Du hast also doch Fans«, erwiderte Marie. »Gib es zu, du magst das.«

Schließlich erschien Leland auf dem Flur. Er wirkte nicht überrascht, als er Parkov entdeckte, doch war er unübersehbar erfreut. »Ich dachte mir schon, dass diese Sache Sie zur Rückkehr bewegen wird. Aber es hat gedauert. Wo in aller Welt waren Sie?«

»Franz.« Parkov schüttelte ihm die Hand. »Wo ich war? Ich bin mir selbst nicht völlig sicher. Aber denke, ich bin gerade zur rechten Zeit eingetroffen. Gehen wir und legen uns einen Plan zurecht.«

Eine halbe Stunde später hatte Parkov berichtet, wie er Larissa Rothenbergers Namen in Erfahrung gebracht hatte, und Leland informierte ihn mit Maries Hilfe und den Aufzeichnungen der Telefongespräche und Videoaufzeichnungen über den Stand der Ermittlungen. Die Kamera, die Dr. Petersen installiert hatte, zeigte zweifelsohne einen Mann, auf den die Beschreibung der Zeugin passte – nur half ihnen das nicht weiter.

»Er ließ sich filmen«, erklärte Parkov. »Er wusste, dass dort eine Kamera angebracht ist. Also achtet er genau darauf, sein Gesicht zu verbergen.«

»Wir kennen seine Größe. Seine Statur.«

»Nutzlos. Zwei Anhaltspunkte, die auf seine Durchschnittlichkeit hinweisen und auf neunzig Prozent aller Männer zutreffen.«

»Verstehe ich das richtig«, hakte Bodenfeld ein, während er Parkov etwas misstrauisch musterte, »dass die Information eines Obdachlosen – eines vertrauensvollen Informanten, wie Sie ihn nennen – Sie dazu brachte, sich für vier Wochen wie einer von ihnen zu geben und zu leben?«

»Larissa Rothenberger wurde beobachtet. Wer auch immer sie im Auge behielt, war nicht nur an ihr interessiert, er sucht leichte, einfach zugängliche Opfer.« Parkov widmete dem Bild des unbekannten Alten, den sie in der Wohnung bei dem Mobiltelefon gefunden hatten, viel Zeit. »Wie dieser Mann dort. Wie eine Obdachlose, die nichts und niemandem traut außer ihrem Hund. Eine Tatsache, die sie selbst für effektiv hielt, um sich zu schützen, die sie zugleich jedoch auch sehr anfällig machte, weil eben niemand da war, der auf sie achtgab.« Dann nahm er einen Stift und schrieb auf das Whiteboard, das bei den Tatortfotos und der Übersicht über Verknüpfungen zwischen den Opfern hing: WIESO MUSS EINE JUNGE FRAU STERBEN, WÄHREND EIN ALTER MANN WEITERLEBT?

Darunter: SIE IST NICHT DAS, WAS ICH SUCHE, SIE KANN MIR NICHT HELFEN, SIE IST NICHT DER BÖSE ENGEL.

»Wiederhole bitte noch einmal, was du vorhin sagtest, als ihr mich über den derzeitigen Stand informiert habt«, forderte er Marie auf.

»Es ist niemals genug.« Marie spürte, wie die Blicke aller Anwesenden auf ihr ruhten. »Dies waren die Worte, die er an mich richtete, als er mich über diese verschlüsselte App anrief, und zwar außerhalb seiner üblichen Vorgehensweise: Kontaktaufnahme nur bei Countdown-Ablauf.«

»Es ist niemals genug«, sagte Parkov. Dann nickte er, als hätte er in diesem Augenblick etwas begriffen, das ihnen noch verborgen geblieben war. »Was wir hier erleben, könnte die Fortsetzung einer lang geplanten Serie sein, die ihren Beginn mit dem Mann nahm, der sich Dezembermann nannte. Was wir hier erleben, könnte der zweite Schritt sein – und ich fürchte, es bleibt nicht der letzte.«

»Das wissen Sie nicht.« Weigand schüttelte den Kopf. »Schön, vielleicht hat er diese Worte tatsächlich von ihm, aber wir haben überprüft, ob er in der JVA Besuche hatte … da gab es keinen einzigen.«

Parkov warf Marie einen Blick zu. »Ist das wahr?«

»Wieso sehen Sie sie an?«

»Weil ich den Mann, der sich Dezembermann nannte, im Auge behalten und die Nachforschungen mit größtem Interesse verfolgt habe, jedoch nicht in den letzten vier Wochen. Ich kenne allerdings jemanden, der das sicher getan hat: dich, Marie.«

Sie fühlte sich ertappt. »Es stimmt. Ich musste einfach wissen, was er macht. Sein Tagesablauf, sein Leben in der Isolationszelle, ganz gleich, was es ist, es interessiert mich. Es ist niemals genug, das sagte er zu mir, ehe er festgenommen wurde. Und ich bin noch immer davon überzeugt, dass er sich uns nicht einfach so ergeben hat.« Sie schloss die Augen. Sie konnte ihn sehen, in dem Moment auf jener kalten, windgepeitschten

Waldlichtung, auf der sie ihn gestellt hatte. Das Lächeln des Dezembermannes, als wolle er ihr sagen, ganz gleich, was du tust, es wird immer ein Geheimnis mehr geben, das es zu lüften gilt, und dahinter wird sich ein weiteres verbergen – und noch eines und noch eines. Töte mich, hatte er gerufen, töte mich, wenn du die Wahrheit wissen willst.

»Aber das ist ein Hochsicherheitsgefängnis für außergewöhnliche Kriminelle. Wie haben Sie es angestellt …«

»… dort Informationen zu erhalten?« Marie zuckte die Achseln. »Das war leicht. Ich habe mich lediglich mit einem der Angestellten getroffen und ihm meine Geschichte erzählt.«

Parkov regte sich nicht. Marie bemerkte, wie sein Blick schwer auf ihr lag. »Mehr nicht«, fügte sie nachdrücklich hinzu. »Er verstand, dass mir sehr viel daran liegt, über alles informiert zu werden, was Straftäter X1133 unternimmt. Also versorgt er mich seitdem wöchentlich mit einem Bericht. Das ist alles.«

Weigand starrte sie an, als hätte man ihm ins Gesicht geschlagen. »Das ist …«

»Nichts«, sagte Parkov. »Nur die vollkommen verständliche Reaktion einer Frau, die versucht, ein für alle Mal mit der Vergangenheit abzuschließen.«

»Und die für sich selbst sprechen kann.« Marie schenkte Parkov ein Lächeln, um ihren Worten die Schärfe zu nehmen. »Ich konnte aber nichts in Erfahrung bringen. Er sitzt in einem gesonderten Trakt in Einzelhaft, geht zweimal täglich auf den Hofgang, strikt getrennt von allen anderen Häftlingen, weil man befürchtet, er könnte einen von ihnen aufstacheln. Er stellt seit seiner Einlieferung jeden Monat eine Anfrage und bittet um Hafterleichterung und kleinere Zugeständnisse. Alles wurde abgelehnt, selbst der Wunsch nach einem Buch.« Marie warf Weigand einen kalten Blick zu. »Und das ist auch gut so. Er soll für den Rest seines erbärmlichen Lebens in dieser Hölle schmoren und nicht mehr sehen als die Wärter, die ihm sein Essen bringen – ohne Ablenkung, ohne Zerstreuung.«

Parkov deutete auf die Tafel. »Vielleicht irre ich mich, doch besteht die Möglichkeit, dass er hiermit nichts zu tun hat. Der Satz soll uns überzeugen, dass mehr dahinterstecken muss, als wir bisher vermuten – trotz des Umstands, dass niemand außer den Justizbeamten nach der Inhaftierung mit dem Dezembermann Kontakt hatte. Er ist ein Narzisst, der unbedingt und um jeden Preis Aufmerksamkeit erheischen will.« Er blätterte durch den Abschlussbericht der Autopsie und wandte sich an Weigand. »Sagen Sie mir, was Sie von ihm halten und wie Sie ihn einschätzen. Wieso tut er, was er tut? Was treibt ihn an?«

»Ich? Ich denke, dafür sind Sie hier.« Marie bemerkte, wie Weigand sich aufrichtete, um größer zu wirken. »Wir haben die Unterstützung eines Fallanalytikers angefordert, doch die Umstände halten den Mann gerade in Gießen auf. Also, spielen Sie hier nicht den Angeber, sondern machen Sie Ihre Arbeit.«

»Mich hätte die Einschätzung eines Kollegen interessiert«, erwiderte Parkov mit einem hintersinnigen Lächeln.

»Dann fragen Sie jemand anders.«

»Ich frage aber Sie, mein Lieber.« Parkov ließ ihn nicht aus den Augen. »Ich hörte, Sie sind daran gescheitert, dem Entführer ein Angebot zu unterbreiten. Und Larissa Rothenberger musste sterben, weil Sie ihn falsch eingeschätzt haben.«

»Das denken Sie? *Ich* sei der auslösende Faktor für die Tat?«

Parkov hob eine Hand. »Sein Spiel nicht mitzuspielen ist ein großer Fehler. Wir müssen seine Rätsel lösen und gleichzeitig versuchen, sein Vorhaben zu umgehen und seine Pläne vorauszusehen. Provozieren sollten wir ihn jedoch nicht.«

»Das ist nicht das, was ich …«

»Mir ist gleich, was Sie getan haben. Sie haben sich als inkompetent erwiesen.« Parkov deutete mit einer knappen Handbewegung zur Tür. »In einem Zweikampf gegen einen so gerissenen wie reizbaren Täter – und dass er in höchstem Maße reizbar ist, beweist schon die Reaktion auf Ihren Vorschlag – kann ich solche Fehler nicht dulden. Wir haben gelernt, dass dieses Spiel nach seinen Regeln ablaufen wird, ausschließlich nach seinen.« Er trat auf Weigand zu. Die Stimmung im Raum war gespannt wie ein Stahlseil zwischen zwei unaufhaltsamen Kräften, von denen die eine Richtung Norden und die andere nach Süden strebt. »Akzeptieren Sie, dass wir von nun an nach meinen Regeln agieren. Oder gehen Sie.«

Weigand sah sich um, doch als niemand ihm beisprang, nickte er knapp.

Parkov schien jeden Einzelnen zugleich ins Auge zu fassen. »Und diese Ansprache gilt für alle Anwesenden. Keine Fehler, keine Überheblichkeit. Dieser Entführer ist uns voraus.«

»Und was sollen wir dann machen?«, warf ein Kollege aus der Abteilung Netzkriminalität ein und fixierte Parkov mit einem herausfordernden Blick. »Im Netz, auf seinem Spielfeld, das er sich gewählt hat, ist er im Augenblick nicht zu schlagen. Wir können ihn nicht aufspüren. Nicht in der Kürze der Zeit. Die Anrufrückverfolgung lief ins Leere, wir haben einen Bewusstlosen und eine Entführte.«

»Keine Sorge.« Parkov legte den Kopf schief und sah ihn undurchdringlich an, ehe er den Untersuchungsbericht schloss. Etwas darin hatte ihn außergewöhnlich lange beschäftigt. »Keine Sorge, ich habe nicht vor, ihn auf *seinem* Feld zu schlagen.«

26.

Linda Ilm spürte, wie ihr die Verzweiflung jeden Lebenswillen nahm.

Das dunkle Gefängnis, in das er sie gesperrt hatte, stank. Es war ein Geruch, der sie an Verwesung erinnerte, ein süßlicher Geruch, der direkt in die Nase stieg und sie von Zeit zu Zeit heftig würgen ließ.

Er hatte sie an Händen und Füßen an diesen Stuhl gefesselt und bewegungsunfähig zurückgelassen, einzig den Kopf konnte sie drehen. Doch außer dem hellen Licht, das er in einiger Entfernung von ihr aufgestellt hatte, das direkt auf sie gerichtet war und sie zum Schwitzen brachte, war nichts in dem Raum auszumachen, was ihr weiterhelfen konnte – kein Anhaltspunkt, der ihr verriet, wo sie war.

Sie hatte jedes Zeitgefühl verloren, vielleicht saß sie bereits Tage hier, vielleicht auch kaum mehr als eine Stunde, sie wusste es nicht. Zu Beginn hatte sie noch versucht, um Hilfe zu rufen, doch dann war er zurückgekommen und hatte sie verspottet. *Es ist nutzlos. Du verschwendest deine Kraft. Und ich verspreche dir*, fügte er hinzu und beugte sich vor, sodass sie mitten in sein Gesicht sehen konnte, *dass du noch alle Kraft brauchen wirst.*

Sie hatte ihn gesehen. Sein Gesicht, so dicht vor ihrem eigenen, dass sie sich an jedes Detail erinnern konnte: die Nase, die leicht schräg in seinem runden Gesicht saß, als sei sie bereits mehrmals gebrochen; der schmale Mund, der einen kalten Zug um die Mundwinkel aufwies; die Augen, in denen kein Mitgefühl stand, nur kalt brennende Wut.

Eine Wut, die die meiste Zeit auf sie gerichtet war, doch nicht immer. Von Zeit zu Zeit – vor allem kurz vor dem Ablauf des Zeitpunkts, wie er es nannte, kurz vor dem Gespräch mit der Polizistin – hatte sie sich des Eindrucks nicht erwehren können, dass die Wut in diesem Mann noch auf etwas anderes fokussiert war.

Das machte ihr Hoffnung. Wenn sie nicht der Mittelpunkt seines Zornes und Hasses war, bestand vielleicht – und auch wenn es nur ein winziger Funke war, der am Rand ihres Verstandes glimmte – immer noch ein wenig Hoffnung.

Du wirst ihnen exakt sagen, was ich dir vorgebe, hatte ihr Entführer befohlen. Weichst du ab, werde ich dir Dinge antun, verglichen mit denen dir das Schlimmste, das dir in den Sinn kommt, wie eine Umarmung erscheinen wird. Und dann werde ich losgehen und dasselbe mit deiner Familie tun, mit jedem Einzelnen von ihnen und schließlich mit deiner Freundin.

Als er Martina erwähnte, war jeder Verteidigungswille in ihrem Inneren erloschen. Natürlich hatte sie mit dem Gedanken gespielt, der Polizistin, von der er ihr erzählt hatte, Dinge zu verraten, die es den Behörden leichter machen könnten, sie und ihren Entführer aufzuspüren, doch nach dieser Drohung verwarf sie jeden Gedanken an Ungehorsam.

Sie liebte Martina. Sicher war es in ihrer Beziehung nicht immer leicht gewesen, besonders in den letzten Tagen und Wochen; sie spürte in eiskalten Wellen die Schuld über ihren Rücken rinnen, Schuld, die sie sich selbst aufgeladen hatte.

Das hättest du nicht tun dürfen. So hat er dich gefunden. Wenn sie vor Wochen gewusst hätte, was sie nun wusste: Er hatte sie manipuliert, mit ihr gespielt wie ein Marionettenspieler mit seinen Puppen. *Und du kleines Dummchen hast bereitwillig mitgemacht. All die Komplimente, die er dir über Facebook und das Online-Dating-Portal sandte, und das nur, weil du so versessen darauf warst, mal wieder etwas Neues auszuprobieren, den Nervenkitzel zu spüren.*

Linda leckte sich über die Lippen. Ihre Unterlippe war von den Hilfeschreien rissig und ihr Mund staubtrocken. Ihr Nacken schmerzte, ihre Beine sehnten sich nach Bewegung, doch sie konnte sich nicht gegen die unnachgiebigen Stricke wehren, die er verwendet hatte.

Nun hörte sie ihn durch die verschlossene Tür und die Wände an etwas hämmern, sägen und werken. Was immer er dort vorbereitete, sie hoffte innig, dass es nicht für sie bestimmt war. *Bitte nicht*, dachte sie. *Bitte lass mich weiterleben. Ich bin viel zu jung.*

Das Geräusch der Säge verstummte. Dann hörte sie Schritte.

Er kehrte zurück.

Vielleicht wollte er nur nach ihr sehen. Vielleicht auch nicht.

Vielleicht war es so weit, sie wusste es nicht. Sie hatte jedes Zeitgefühl verloren.

Die Tür knarrte, dann flog sie auf. Er blieb stehen und musterte sie. Irritiert erkannte Linda, was er da in der Hand hielt. Die Angst wollte jeden ihrer Muskeln lähmen, doch spürte sie, dass ihr Verstand noch nicht bereit war, kampflos aufzugeben. »Was soll das?«, rief sie mit rauer Stimme. »Eine Tätowiermaschine? Bleib weg von mir!«

»Der Abend kommt näher. Aber zuvor werden wir«, er machte einen Schritt auf sie zu, »ein kleines Kunstwerk auf deiner Haut hinterlassen müssen. Er mag, das erzählte er mir, diesen Schmetterling.«

27.

»Ein Blauer Morphofalter.« Während Parkov die Akten durchging, ließ er den Kugelschreiber zwischen den Fingern seiner rechten Hand hindurchwandern wie ein geschickter Pokerspieler seine Chips. *»Morpho peleides.«* Der Kugelschreiber blieb im selben Augenblick in der Luft stehen, als Parkov aufblickte und bemerkte, dass Jörg ihn musterte. »Haben Sie eine Frage, Bodenfeld?«

»Ja. Wieso ausgerechnet dieses Motiv? Hat es einen tieferen Sinn oder …«

»… ist es nur ein Teil seines Spiels«, ergänzte Isabelle den Satz. »Wir haben die Kollegen draußen auf der Straße, die versuchen, eine passende Spur zu finden, vielleicht einen Tätowierer in der Stadt, der so etwas schon einmal gemacht hat, aber dennoch … wieso wählt er ausgerechnet das?«

Parkov legte den Kopf schief. »Erwarten Sie von mir, dass ich hellsehe? Dieses Motiv ist zweifellos wichtig für ihn. So bedeutend, dass der Täter sich Mühe bei seiner Arbeit gibt, während das Ergebnis doch nur äußerst unterdurchschnittlich ausfällt.«

»Es ist schlecht«, sagte Marie. »Sagen wir, wie es ist. Wir haben schon vermutet, dass es sein erster Versuch war.«

»Oder er täuscht uns auch hier.«

»Das denke ich nicht. Für ihn ist keineswegs die detaillierte Ausarbeitung wichtig, sondern das Motiv an sich. Es verwandelt das Opfer in seiner Vorstellung in etwas anderes, zu *jemand* anderem.« Parkov sah auf. »Fokussieren wir uns im Augenblick nicht zu sehr auf den *Morpho peleides*. Wenn Lorenz und Graubach sauber gearbeitet haben – wovon ich ausgehen darf, da Graubach ein hervorragender Rechtsmediziner ist –, wurde Larissa Rothenberger nicht nur nicht vergewaltigt, sie wurde auch nicht einmal verletzt. Von den üblichen Kampfspuren einmal abgesehen, die dadurch entstanden sind, dass er sie unter seine Kontrolle bringen musste.« Parkov schob den Bericht sorgfältig neben die übrigen Akten. »Ein Anästhetikum auf Ätherbasis, sehr wahrscheinlich Chloroform. So hat er es gemacht. Simpel, geradezu primitiv. Es passt.«

»Sagten Sie nicht, er sei besonders raffiniert und clever?«, fragte Isabelle. »Chloroform könnte er sich im Netz bestellt haben, ja, aber es ist doch, wie Sie selbst sagten, so simpel. Wie passt das zusammen? Hätte er sich nicht eine ausgefallenere Methode überlegen können?«

»Manchmal sind die einfachen Lösungen die naheliegendsten. Für ihn war es nicht relevant, welche Hinweise zurückbleiben und welches Bild sie uns von ihm liefern, solange es keine beweiserheblichen Spuren sind, die uns zu ihm führen könnten. Er musste sicherstellen, dass er die Kontrolle über sein Opfer erlangt, denn alles Tatrelevante kam erst danach: das hölzerne Konstrukt, die Vorrichtung, um sie zu töten.« Parkov blickte sich um. »Isabelle, würden Sie mal kurz herkommen?«

»Was gibt's?« Isabelle schritt etwas irritiert zu Parkov hinüber und stemmte die Hände in die Hüften. Er musterte sie interessiert, als hätte er sie noch nie zuvor gesehen. »Wie geht es Ihnen?«

»Äh, ich bin ganz okay, nehme ich an. Wie es einem während eines Falls wie diesem eben geht.«

»Sie haben die Nachforschungen zu den übrigen Maklerobjekten und der Villa in Königstein koordiniert, nicht wahr?«

»Genau, das war ich.«

»Und die Ergebnisse liegen uns vor?«

»Die Villa war verschlossen. Keine Spuren. Er muss sie in seine Gewalt gebracht haben, bevor sie das Objekt erreichten.«

»Wie hat er es getan, was denken Sie?«

»Sie haben sich getroffen und sind gemeinsam zu dem Objekt gefahren«, erwiderte sie, ohne zu zögern. »Er hat sie in ihrem Wagen überwältigt, vermute ich, möglicherweise abermals mit Chloroform. Wenn wir den Wagen finden, wissen wir mehr. Wir weiten den Suchradius aus, aber bis jetzt gibt es nichts.«

»Ich verstehe. Danke, das war alles, was ich wissen wollte.« Was Parkov weiter darüber dachte, behielt er für sich, doch war Marie überzeugt, dass er keineswegs ohne Grund so neugierig nachgeforscht hatte.

»Wir müssen dringend in die Klinik.« Sie las abermals die SMS, die vor einer Minute hereingekommen war. »Der alte Mann ist zu sich gekommen.«

»Konnte er identifiziert werden?«

»Nein, nicht über die üblichen erkennungsdienstlichen Methoden«, antwortete Marie. »Er ist nicht polizeibekannt.«

Parkov nickte, als hätte er auch dies bereits erwartet. »Dann werden wir mit ihm sprechen. Weiten wir in der Zwischenzeit die Suche im Umfeld von Linda Ilm weiter aus. Sie müssen jeden Tag ihres Lebens kennen, wissen, was sie dachte, von dem

Zeitpunkt an, als sie am Morgen aus dem Bett stieg, bis dahin, als sie sich am Abend mit ihrem Entführer traf.«

Im hinteren Teil des Großraumbüros räusperte sich Niemeier. Der IT-Techniker brütete seit einiger Zeit über komplizierten Datensätzen, die sich über mehrere Monitore verteilten, und schien von Minute zu Minute gereizter zu werden. »Wir arbeiten bereits an verschiedenen Spuren im Netz«, warf er ein. »Die Passwörter ihrer PCs sind noch nicht entschlüsselt, aber wir konnten Einsicht in ihr Facebook-Konto und ihre E-Mails seitens des Dienstanbieters bekommen. Sieht leider ganz danach aus, als hätte der Täter, als er Ilm entführte, auch ihre Onlinespuren beseitigt. Auf ihrem Facebook-Account ist alles gelöscht, und die Daten lassen sich nicht rekonstruieren. Ihre Lebensgefährtin konnte uns da auch nicht weiterhelfen, Ilms Handy bleibt verschwunden. Der Suchradius um die Funkzelle herum, in die es zuletzt eingeloggt war, wird ausgeweitet.«

»Wären Sie so freundlich und senden Sie mir diese Daten zu?«

»Klar. Parkov, vielleicht sollte ich mitkommen. Einige Details aus der Rückverfolgung sind mir noch immer nicht klar. Wie konnte der Anruf aus dieser unbewohnten Wohnung kommen? Wie konnten wir das anrufende Mobiltelefon dort finden, während das Opfer von einem anderen Ort aus kommunizierte? Sollte der alte Mann etwas damit zu tun haben, ist es wahrscheinlich am besten, dass ich ihn selbst nach den Details frage.«

»Das wird nicht nötig sein.« Parkov war schon bei der Tür und drehte sich noch einmal um. »Denken Sie ernsthaft, das ist ein Komplize des Täters? Nein. Es handelt sich hier auch nicht um eine technisch hochkomplexe Methode, die Herkunft des wahren Signalstandorts zu verschleiern.«

»Sondern?«

»Um einen Trick. Einen raffinierten Trick, auf den bislang niemand kam. Aber ein Trick, den jeder benutzen könnte. Haben Sie alle zum Zeitpunkt des Anrufs vor Ort in das Telefonnetz eingeloggten Mobilgeräte überprüft? Alle innerhalb des Hauses, in dem der Alte und das Handy gefunden wurden?«

Niemeier schüttelte den Kopf. »Wieso sollten wir, wir haben doch schließlich nur ein Gerät dort gefunden und …« Er erstarrte. »Verdammt.«

»Prüfen Sie das.« Parkov schlüpfte in seinen Mantel. »Wir fahren derweil ins Krankenhaus und führen eine kleine, vermutlich höchst interessante Unterhaltung mit dem Zeugen. Höchst interessant, wie der ganze Fall. Ich muss zugeben, es ist gut, wieder zurück zu sein.«

Mit diesen Worten ging er hinaus.

28.

»Du machst das schon wieder«, sagte Marie ungeduldig, als sie neben Parkov im Wagen saß und sie auf direktem Weg zur Klinik im Nordwesten der Stadt unterwegs waren. Der Zwölfzylindermotor des Bentley Continental GT war unhörbar im Innenraum, trieb den Wagen mit kraftvoller Leichtigkeit voran und vollführte jede Beschleunigung, mit der Parkov an den anderen Autos vorüberzog, ohne die geringste Mühe.

»Was mache ich wieder?«

»Du weißt genau, was ich meine. Es ist nicht der Zeitpunkt, um – sei mir nicht böse, wenn ich es so nenne – anzugeben. Da ist eine junge Frau in Lebensgefahr, und ich bin mir sicher, dass du Niemeier auch sagen könntest, dass der Entführer die wahre Herkunft des Signals auf eine ganz bestimmte Art verschleiert hat. Du hast selbst eine Theorie.«

»Angeben?«, wiederholte Parkov. Wenn er belustigt oder empört war, ließ er sich nichts anmerken. »Meine Liebe, du täuschst dich in zweierlei Hinsicht. Ich gebe nicht an, und ich habe ungefähr *elf* Theorien. Und doch kann eine falsche Hypothese die Ermittlungsarbeit in eine gefährliche, weil abseitige Richtung lenken. Um sicherzustellen, ob ich richtigliege, muss ich mit dem Zeugen sprechen. Bis dahin werden die

Kollegen der IT alles unternehmen, was sie für richtig halten. So verhindern wir falsche und voreilige Schlussfolgerungen. Ich fürchte, es geht hier um mehr als ein einfaches Duell zwischen dem Entführer und der Polizei. Der alte Mann passt nicht ins Bild.«

»Wir brauchen ein Täterprofil. Besser gestern als heute.«

»Ich weiß. Doch ein falsches Profil ist im Zweifel leider wie geschaffen dafür, noch mehr Schaden als eine falsche Hypothese zu verursachen. Mehr Informationen, weitere Ergebnisse werden helfen. Und etwas mehr Zeit.«

Marie schüttelte den Kopf. »Und ich habe ihr versprochen, sie nicht alleinzulassen. Ich hab Linda gesagt, dass ich alles unternehme, um sie dort rauszuholen. Er ist verrückt, er ist ein Bastler und Spieler. Damit muss doch etwas anzufangen sein. Mehr Zeit? Wir haben aber keine.«

Parkov bremste weitaus heftiger, als es notwendig war. »Du verlangst viel.«

»Entschuldige«, sagte sie leise. »Wir alle stehen unter Druck. Wir alle geben alles, um diese Sache zu einem guten Ende zu bringen. Das war kein Vorwurf, aber … sag mir die Wahrheit. Werden wir sie rechtzeitig finden?«

»Das kann ich nicht beantworten.«

»Manchmal nehmen Worte einer Sache den Schrecken. Ich würde nur gerne hören, was du denkst.«

»Wir werden sie finden. Natürlich werden wir das. Aber rechtzeitig? Nun, das kommt darauf an. Ich fürchte, es besteht die unangenehme Möglichkeit, dass wir zu spät kommen werden.«

»Das habe ich befürchtet. Geht mir nicht anders.«

»Dennoch bleibt uns noch Zeit, auch wenn es nur wenige Stunden sind.« Parkov warf ihr einen Blick zu. Sie entdeckte Müdigkeit und Entbehrungen in seinem Gesicht. Jetzt, im trüben Licht des Septembertags, schienen diese Spuren deutlicher hervorzutreten als im grellen Sonnenlicht der alten Fabrikhalle, die Wochen auf der Straße, unter den Ärmsten der Armen. »Wir werden sie nicht ungenutzt verstreichen lassen.«

In die Stille hinein meldete sich Maries Magen mit einem deutlichen Grummeln.

»Das hast du überhört, hoffe ich.«

Parkov nickte, lächelte dann jedoch jenes verwegene und zugleich warmherzige Lächeln, das Marie so gefiel. »Wenn wir vorher nicht verhungern, sollte ich wohl hinzufügen. Ein Besuch bei dem Herrn dort oben«, sagte er, »und dann gehen wir essen?«

29.

Vor der Tür des Patientenzimmers wartete ein Polizeibeamter, der den Korridor aufmerksam im Auge behielt. Marie zeigte ihm ihren Ausweis. »Wie geht es ihm?«

»Er ist ansprechbar. Aber die Ärzte fürchten um sein Leben. Er war lange gefesselt und hat viel Flüssigkeit verloren, der Entführer hat ihn bedroht und völlig verstört. Geht rein und redet mit ihm, wenn es sein muss, ehe einer der Ärzte euch rauswirft, aber fasst ihn mit Samthandschuhen an.« Der Polizist warf Marie einen nachdenklichen Blick zu. »Du hast viele Freunde unter den Kollegen. Die wenigsten sind auf *deren* Seite. Die meisten wissen, dass du das Richtige getan hast.«

Marie wusste natürlich, wovon er sprach. Der OEE-Beamte, der sie in der Tiefgarage angemacht hatte, war nicht besonders erfreut darüber gewesen, was Parkov und sie in den Dezembermann-Ermittlungen vor Monaten aufgedeckt hatten.

»Danke. Das ist gut zu hören.« Sie folgte Parkov ins Zimmer. Der Raum war in einem nüchternen Krankenhausstil gehalten, vor dem Fenster schwangen lange, beige gefärbte Jalousien sanft im Lufthauch. Die Geräte an der Wand piepsten leise.

Der Mann im Bett war viel kleiner, als sie ihn in Erinnerung hatte. Es war, als hätten ihn die Strapazen zusammenschrumpfen lassen. In seinem Nasenloch steckte ein Schlauch, der ihn mit Sauerstoff versorgte, und von seinem Arm schlängelte sich eine klare Leitung zu einem Beutel mit Kochsalzlösung, aus dem unablässig Tropfen für Tropfen fiel.

»Mein Name ist Daniel Parkov«, sagte Parkov mit leiser Stimme, »und das ist meine Kollegin Marie Winter.«

Marie sah, wie sich die Augen des Alten von Parkov zu ihr bewegten und dann wieder zurück zu ihm. »Du … du …« Er versuchte, den Arm zu heben, und bewegte den ausgestreckten Zeigefinger in seine Richtung, um schließlich auf Parkov zu deuten. »*Böse.*«

Und dann begann der Alte, mit einer schwachen, erschöpften Stimme zu wimmern. Parkov sah auf ihn hinab, als begriffe er nicht, was geschah. Marie packte ihn am Arm und schob ihn zur Tür. »Warte draußen«, sagte sie.

»Er ist nur verwirrt.«

»Tu mir einfach den Gefallen.« Die Reaktion des Alten wühlte sie auf und irritierte sie.

Kaum hatte Parkov das Zimmer verlassen, beruhigte sich der Herzschlag auf dem Überwachungsmonitor. Der Alte lag still, doch folgten seine Augen Marie bei jedem Schritt, den sie durch den Raum zurück an sein Bett machte. »Sie täuschen sich. Sie müssen ihn mit jemand anders verwechseln.«

Der Alte öffnete den Mund. Ein dicker Speichelfaden hing aus seinem Mundwinkel. »Nein.«

»Wer sind Sie?« Marie senkte die Stimme und versuchte, ihr einen behutsamen, mitfühlenden Klang zu geben, um den offenbar verwirrten Mann nicht weiter aufzuregen. »Verraten Sie mir Ihren Namen?«

»Name …« Er schüttelte den Kopf. »Kein Name.«

Kein Name. Das Flüstern, mit dem der Mann diese Worte aussprach, war beunruhigend. Litt er an Amnesie? Hatte er sein Gedächtnis verloren, sodass er sich nicht einmal an seinen eigenen Namen erinnern konnte?

»Wissen Sie, welches Jahr wir haben?«

»Neunzehn … sieben … und neunzig.« Er hustete.

1997? Marie schüttelte den Kopf. Was tat sie hier? Verschwendete sie hier gerade ihre Zeit, während draußen ein Countdown ablief und eine junge Frau vor den Augen der Öffentlichkeit um ihr Leben fürchten musste? War dies nur ein Teil des Spiels? Hatte der Entführer ihnen eine falsche Spur gelegt, die sie ins Nichts führte und nur ihre Zeit vergeudete?

Der Arm des Alten kam unter der Bettdecke hervor und packte sie am Handgelenk. Wieder öffnete er den Mund. Marie sah zwei Zähne, die in braunem Fleisch steckten – mehr hatte er nicht mehr. »Er … ist … böse«, knurrte er. Seine Aussprache war dunkel gefärbt und kehlig.

»Er? Wovon reden Sie?«

Der Druck auf ihr Handgelenk verstärkte sich. Mit der anderen Hand deutete er auf die Tür, die Parkov gerade hinter sich geschlossen hatte.

»Da.«

Marie schüttelte die Hand ab. Das war unmöglich. »Sie haben in einer Wohnung telefoniert. Wir haben ein Handy in Ihrer Nähe gefunden. Können Sie sich erinnern?«

Der Alte schien nachzudenken, dann nickte er. »Ja«, hauchte er und dehnte den Vokal. »Es … es war dunkel …«

»Wer hat Sie dort gefesselt?«

Als Reaktion auf die Frage schüttelte er heftig den Kopf. »Nein.« Sein Blick ging immer wieder zur Tür. Marie wurde mit jeder Sekunde, die verstrich, unruhiger. Etwas ging hier vor sich, dessen Zusammenhänge sie noch nicht begriff und das doch von höchster Bedeutung war. Das spürte sie.

»Ich würde wirklich gerne Ihren Namen erfahren.«

Hinter ihr flog die Tür auf. Ein großer, breit gebauter Mann kam herein, wehender weißer Kittel, blaue OP-Hosen und Gesundheitsschuhe. »Wer sind Sie? Was soll das?«

»Winter, Kriminalpolizei«, erwiderte sie. Marie fühlte sich erschöpft. Das seltsame Gespräch, der Blick in diese tief liegenden, düsteren Augen hatte sie mehr belastet als erwartet.

»Gehen Sie. Sofort. Die Gesprächszeit ist um, der Patient braucht seine Ruhe.«

Draußen auf dem Korridor herrschte er sie an: »Wenn sich sein Zustand wegen dieser zusätzlichen Belastung verschlechtert, mache ich Sie verantwortlich. Zeigen Sie mir Ihren Ausweis.«

Marie spähte den Flur hinab, konnte Parkov jedoch nirgends entdecken. Der Arzt warf ihr einen durchdringenden Blick zu, schien sich dann jedoch zu beruhigen. »Jürgens ist mein Name, ich bin der Oberarzt der Station. Sie müssen verstehen, dass ich so reagiere. Der Mann dort drin ist knapp am Tod vorbeigeschrammt. Er hatte Glück, sehr viel Glück. Ich weiß, wie man ihn gefunden hat, man hat mir grobe Details genannt. In seinem Alter sind die Panik und der Stress, den ein plötzlicher Überfall und dann auch noch eine stundenlange Fesselung auslösen, äußerst gefährlich. Sein Herz ist stark mitgenommen.«

»Hat er Ihnen etwas gesagt? Etwas Relevantes, das seinen Entführer betrifft?«

»Es hat mit diesem Fall zu tun, nicht wahr?« Der Arzt schüttelte den Kopf, als könne er nicht glauben, in etwas Derartiges involviert zu sein. »Der Fall mit dem armen, gefangen gehaltenen Mädchen, von dem man überall in den Nachrichten und im Internet hört. Ein paar Kollegen munkeln, dass der Mann irgendwie darin verwickelt ist.«

»Das kann ich nicht sagen. Aber«, Marie nahm ihren Ausweis wieder entgegen, »Sie würden mir wirklich sehr weiterhelfen, wenn ich eine Antwort auf meine Fragen bekäme. Tut mir leid, dass ich Sie nicht zuvor informiert habe. Wir stehen unter großem Druck.«

»Ob er etwas Sinnvolles gesagt hat? Nein. Irgendein Kauderwelsch, mehr nicht.«

»Kauderwelsch?«

»Vielleicht eine Sprache, ich weiß nicht. Klang seltsam.«

»Wie würden Sie sie beschreiben?«

»Das war nichts, was ich je gehört habe. Definitiv nichts Europäisches.«

Marie überlegte. »Es ist wichtig, dass wir ihn identifizieren. Wenn wir diese Sprache zuordnen könnten ...«

»Ich könnte sie aufnehmen«, schlug Dr. Jürgens vor. »Mit einem Diktafon oder dem Handy, wenn er mal wieder etwas sagt. Wenn das hilft.«

»Oh ja. Gute Idee.«

»Es ist seltsam. Wir haben ihn untersucht, Blutbild und die übliche Prozedur. Seine Zähne und seine Fingernägel sind in einem schlechten Zustand. Sein Körper ist zäh, aber zugleich ausgemergelt. Er wirkt so ... Ich weiß nicht, wie ich es beschreiben soll.«

»Woran denken Sie?«

»Nicht wie ein Mann seines Alters. Nicht wie jemand, der seine letzten Jahre im Westen in der Zivilisation verbracht hat. Er ist ein Weißer, klar, ich würde sogar sagen, er ist Europäer, vielleicht Deutscher, aber der Akzent und sein Zustand ...« Dr. Jürgens schüttelte den Kopf. »Eine der Schwestern, die letzte Nacht nach ihm gesehen haben, erzählte mir, dass er einmal völlig klar wirkte und etwas zu ihr sagte. Aber das war wahrscheinlich nichts.« Der Arzt senkte die Stimme. Marie bemerkte, wie das Licht, das den schmalen Korridor erhellte, dunkel und trüb wurde, als gäbe es eine Störung im elektrischen Netz.

Eine Wolke schob sich vor die Sonne. Dicke Regentropfen prasselten gegen das einzige Fenster, während das Licht grau und kalt wurde.

»Was hat er gesagt?«

»Nur vier Worte.« Der Arzt seufzte. »Aber sie reichten aus, um nach all den Gerüchten und Neuigkeiten die Schwester zu beunruhigen. Er sagte: *Sie wird nicht überleben.*«

30.

Marie eilte durch den Herbstregen, als Parkovs Wagen vor dem Klinikeingang bremste: mit hellem Xenonlicht, das sich in das Grau des Tages bohrte und in den Pfützen und auf dem Asphalt spiegelte, und einer dunklen Silhouette wie das nass glänzende Fell einer Raubkatze.

»Steig ein«, rief er und öffnete die Beifahrertür, »komm raus aus dem Regen.«

Sie schlüpfte auf den Beifahrersitz, wischte sich das Wasser von den Wangen und schenkte ihm ein dankbares Lächeln. »Ich wäre nass bis auf die Knochen gewesen, bis ich den Parkplatz erreicht hätte.«

Parkov nickte. »Ohne Zweifel. Nass wie ein Pudel, so sagt man doch, wenn ich mich nicht irre.« Ein Schmunzeln huschte über seinen Mund. »Oder nass wie ein Häschen?«

Marie schnippte ihm spielerisch einige Regentropfen ins Gesicht. »Sicher.«

»Ich kann mir leider nicht erklären, wieso die Reaktion des Patienten so heftig ausfiel. Hast du etwas Näheres erfahren?«

»Er scheint zwischen verschiedenen Bewusstseinszuständen hin und her zu schwanken, sagt der Arzt. Mal ist er relativ klar, spricht jedoch in irgendeiner zusammenhanglosen Sprache, mal ist er völlig weggetreten und nimmt nichts und niemanden in seiner Umgebung wahr. Dem Arzt zufolge hielt er sich in den letzten Jahren in einer körperlich fordernden Umgebung auf, definitiv nicht in Europa. Die Öffentlichkeitsfahndung läuft, wir schreiben ihn am besten zusätzlich im Bundeskriminalblatt aus, informieren das Auswärtige Amt und die Konsulate und geben sicherheitshalber den Zahnstatus zur Identifikation raus. Ach ja, eine Schwester glaubt, dass er gegen Mitternacht zu ihr sagte: *Sie wird nicht überleben.*« Marie rieb sich die Arme. »Das ist ganz schön gruselig.«

Parkov stellte die Klimaanlage des Bentleys auf eine höhere Temperatur. »Unheimlich? Für Schauergeschichten war ich noch nie besonders empfänglich. Alles ist rational erklärbar. Der menschliche Verstand …«

»… spielt einem manchmal Streiche.« Marie nieste. »Fahr mich an meiner Wohnung vorbei, ich muss mich umziehen. So kann ich nicht ins Präsidium zurück.«

»Wir fahren nicht zum Präsidium.« Parkov steuerte den Wagen in den Nachmittagsverkehr. »Niemeier hat mich gerade informiert, dass ihm neue Informationen der Telefongesellschaft vorliegen. Zum Zeitpunkt der Kontaktaufnahme waren tatsächlich mehrere Mobiltelefone im Haus aktiv. Eins davon wurde verwendet, um mit Leland Kontakt herzustellen. Das haben sie zurückverfolgt und aufgespürt. Die anderen hingegen – fünf weitere, vermutlich vier falsche Fährten und eines, mit dem der eigentliche Anruf der Geisel weitergeleitet wurde – sind allesamt Prepaidgeräte. Die Rückverfolgung läuft. Die Techniker des BKA haben die Sache auf meinen Hinweis hin zur Priorität erklärt, wir sollten also bald erfahren, was mit den anderen Mobilgeräten geschehen ist.«

»Fünf weitere? Er hat wohl an alles gedacht.«

»Nein. Bei *Weitem* nicht. Er wird Fehler machen. Kein Mord bleibt ohne Spuren. Jeder kann überführt werden.«

»Aber wieso hat der Mann so entsetzt reagiert?«, fragte sie. »Das hat mich nicht gerade beruhigt.«

Parkov zögerte. »Wenn der Entführer den Alten misshandelt und verängstigt hat, würde sich sein Anblick bei dem Mann einprägen. In seinem jetzigen Zustand könnte er seinen Peiniger durchaus mit mir verwechseln. Er ist verwirrt, erleidet Panik. Da klingt dergleichen recht wahrscheinlich, meinst du nicht?«

»Er wurde tatsächlich misshandelt. Aber das ist schon Jahre her, so die Aussage des Oberarztes der Klinik.« Marie sah, dass Parkov in ihre Straße einbog.

»Vergessen wir nicht: Bei seinem derzeitigen Geisteszustand ist vieles möglich. Vielleicht war es nur, weil ich ein Mann bin, wir etwa dieselbe Größe haben und beide ähnliche Kleidung tragen.«

Marie rieb sich die Schläfen und seufzte. »Mir macht die ganze Sache große Sorgen. Lose Enden, lose Anfänge und keine Spur zu Linda Ilm.« Sie öffnete die Tür. »Warte auf mich, ja? Bin gleich zurück.«

Ihre Vierzimmerwohnung war still und verlassen. Auf dem Teppich im Wohnzimmer lag noch immer das Bild, an dem Lucie mit Begeisterung mit ihren Wachsmalstiften malte. Marie hielt für einen Augenblick inne und betrachtete es.

Lucie war wieder auf den Beinen, sie war gesund – das war alles, was zählte. Und wenn sich die Welt dort draußen auch weiter verdunkelte, sie würde ihre Kleine immer lieben und beschützen wie eine Löwenmutter ihr Junges.

Sie hatte nach Eriks Tod ein tiefes Tal durchwandert und zurückgefunden. Sie war nicht vollends geheilt, denn durch ein solches Tal streifte niemand, ohne dass der Pfad Spuren hinterließ. Aber sie trug ihre Wunden mit Würde.

Und dann war Lucies Krebserkrankung über sie beide gekommen, wie eine Finsternis über einen hellichten Tag hereinbricht, aus der es niemals ein Erwachen geben kann, und doch hatten sie auch diese Krankheit besiegt.

Und wer den Krebs besiegen kann, kann alles durchstehen.

Marie trat in ihre Küche und warf einen Blick auf die großen Buchstaben, die Lucie mit Magneten an die Kühlschranktür geheftet hatte.

LUCIE stand dort und gleich daneben MARIE. Darüber hatte ihre Kleine ein Smiley platziert, das die ganze Küche mit seinem Lächeln erhellte.

Unten stand ein drittes Wort, MIAU, denn Lucie wünschte sich von Herzen ein Haustier.

»Kleiner Stern«, sagte Marie. Sie zog sich um, warf die nassen Sachen in den Wäschekorb und war schon wieder an der Tür, als ihr Festnetzanschluss läutete.

Sie drehte sich um.

Auf dem Display stand UNBEKANNT.

Marie erstarrte. Ihre Hand verharrte nur Zentimeter vom Hörer entfernt. Sie wollte nicht abheben, wollte gar nicht wissen, wer auf der anderen Seite wartete, und zugleich gab es keinen Zweifel für sie, wer da mit ihr sprechen wollte.

Gerade als sie die Hand doch ausstrecken wollte, brach das Klingeln ab, und der Anrufbeantworter schaltete sich ein.

»Sie haben Marie und Lucie Winter erreicht. Wir sind gerade nicht zu Hause«, hörte sie ihre eigene Stimme und dann Lucie, die laut und kichernd »Piep!« sagte.

Danach nur Stille, die von einem schwachen Atemgeräusch unterbrochen wurde. »Winter, Winter, Winter«, sagte dann eine Männerstimme. »Wieso nimmst du nicht ab? Ich kann dich dort stehen sehen.«

Marie erschrak. Für einen Augenblick war das Brennen ihrer Hand unter dem Verband wieder da, so heftig, dass es sie schwanken und vor Schmerz aufstöhnen ließ. Sie griff nach dem Tischchen, auf dem das Telefon stand, um sich festzuhalten, und schloss einen Moment lang die Augen.

»Bist du noch da?«

Er benutzt wieder einen Verzerrer, dachte sie.

»Ich kann dich immer noch sehen. Als du dich umgezogen hast, habe ich auch zugesehen. Mir gefällt, was du anhast, aber noch besser gefällst du mir ohne all das.«

Marie packte das Telefon. »Hör mir zu, du Arschloch. Wir werden dich erwischen. Es ist mir ganz gleich, was du tust, ich werde dich finden und dein wahnsinniges Hirn auf der Wand verteilen, wenn du mir auch nur einen Grund dafür lieferst.«

»Wieso so zornig? Ist es Frustration, weil du mir keinen Millimeter näher kommst? Oder etwa die Sorge um dein kleines Mädchen?« Die letzten Worte sprach er mit einem genussvollen Unterton aus, als wären sie Schokolade, die auf seiner Zunge schmolz.

»Woher hast du diese Nummer?«

»Du denkst aber nicht, dass ich dir das jetzt verrate? Na gut, ein Hinweis, der dir nichts bringen wird: Es gibt Menschen, die dich hassen. Leute, die nichts lieber sähen als deinen Fall.« Die letzten beiden Worte waren durch eine statische Störung in der Übertragung nur undeutlich zu hören.

»Meinen?«

»Oder *seinen*. Was spielt das für eine Rolle? Hör zu. Hör mir zu, denn ich weiß, dass du nicht willst, dass Linda um Mitternacht sterben wird.«

»Lass sie gehen.«

»Was bietest du mir?«

»Ich dachte, so läuft das Spiel nicht. Warum muss eine junge Frau sterben, während ein alter Mann weiterleben darf? Ich dachte, das ist die Frage, die wir beantworten müssen und um die sich alles dreht.«

»Dieser Idiot, der mit meiner ersten Auserwählten, der kleinen Larissa, gesprochen hat, ist die Sache falsch angegangen. Dieser Wichtigtuer, der sich für überlegen hält, nur weil er in Büchern gelesen hat, wie es angeblich funktioniert. Nein, das mag ich nicht. Das langweilt mich. Du aber, du bist ganz so, wie ich dich haben will.«

Marie umfasste den Hörer fester. »Rede.«

»Wenn du Linda Ilm retten willst, wirst du eine Aufgabe erledigen müssen. Eine zusätzliche. Löst du sie, wirst du eine Belohnung erhalten. Die wird es dir leichter machen, sie zu retten. Darauf hast du mein Wort.«

»Dein Wort.« Marie atmete durch. »Das bedeutet gar nichts.«

»Doch. Mach nicht den gleichen Fehler wie dieser Wichtigtuer, werd nicht überheblich. Ich bin derjenige, der alle Fäden in der Hand hält. Verstanden?«

»Verstanden«, erwiderte Marie tonlos.

»Gut. Dann können wir reden.«

»Worin soll die Aufgabe bestehen?« Marie holte ihr iPhone aus der Tasche und entsperrte es. Über der Kurzwahl – Isabelle, Parkov, Jörg – hielt sie inne.

»Leg es weg«, sagte der Anrufer.

Marie schüttelte den Kopf. Abscheu rollte in Wellen über ihren Körper, als sie begriff, dass er nicht bluffte. »Du siehst mich.«

»Hör mir zu. Du kannst deine Wohnung nach Mikrofonen und Kameras durchsuchen, aber wenn du auch nur eines davon entfernst, werde ich Linda Ilm sofort töten.«

»Okay.« *Dir bleibt nichts anderes übrig*, dachte sie. Nicht in diesem Augenblick, doch sobald sie ihre Wohnung verlassen hatte, würden sich die Dinge ändern. Demonstrativ legte sie das iPhone auf den Boden neben sich. »Da liegt es. Ich mache nichts anderes, als mit dir zu sprechen.«

»Deine Aufgabe – deine *zusätzliche* Aufgabe, denn die Frage, die ich bereits gestellt habe, muss nach wie vor beantwortet werden – besteht darin, dass du etwas erledigen musst, das nur du kannst.«

»Das wäre?«

»Parkovs Mobiltelefon. Bring es mir.«

»Was?«

»Nimm es an dich. Wenn du es hast, komm hierher zurück, und ich rufe wieder an.«

Er ist verrückt, dachte sie. *Oder vielleicht auch nicht. Was hat er damit vor?*

»Ich kann ihm nicht einfach sein Handy abnehmen.« Maries Blick schweifte durch den Flur. Sie entdeckte einige Stellen, an denen der Täter eine winzige Kamera hätte verstecken können, sah jedoch nicht allzu lange hin, um ihn nicht misstrauisch zu machen.

»Du kannst es. Wenn nicht, wirst du scheitern und Linda Ilm nicht retten. Es liegt an dir.«

»Also habe ich dein Wort? Ich spiele mit, und im Gegenzug wird Linda nicht sterben?«

Er kicherte. »Nein, das kann ich nicht versprechen. Aber ich kann dir versichern, dass der Hinweis, den ich dir gebe, wenn du mir sein Handy verschaffst, dich näher an ihren Aufenthaltsort heranführen wird.«

»Wieso das alles?« Marie holte tief Luft. Die Wände ihrer Wohnung wollten auf sie stürzen. »Wieso dieser Wahnsinn?«

»Das solltest du besser einen anderen fragen, nicht mich.« Er zögerte. »Du weißt, was zu tun ist. Eins noch: Versuch nicht, mich hereinzulegen. Ich werde es merken. Und dann werden die Konsequenzen furchtbar sein. Denk an deine Tochter. Und an die Menschen, die dir etwas bedeuten.«

Dann war die Leitung tot.

31.

33 Stunden bis zum Ablauf des letzten Ultimatums

Parkov musterte sie mit seinem durchdringenden Blick aus blassblauen Augen, als sie zurück in den Wagen stieg. »Du hast dir Zeit gelassen. Ist alles in Ordnung?«

»Fahr los«, sagte sie leise. Marie hatte ihre Entscheidung getroffen, noch ehe sie die Wohnungstür hinter sich geschlossen hatte. »Alles okay.«

Während sich Parkov in den dichten Nachmittagsverkehr einfädelte, ließ Marie die Straße nicht aus den Augen: Wenn der Entführer sie im Blick behalten wollte, musste er ihnen folgen.

So ist es doch, oder etwa nicht? Will er nur, dass du denkst, er würde dich beobachten?

»Was ist passiert?«

Marie berührte die Regler des Soundsystems und stellte die Lautstärke hoch. Aus den Lautsprechern des Bentleys erklang eine von Parkovs geliebten klassischen Klaviersonaten. Dann nahm sie die SIM-Karte aus ihrem Handy, schaltete es ab und beugte sich zu Parkov hinüber, sodass sie ihm etwas zuflüstern konnte.

»Ist der Wagen, ähm, sicher?«

Parkov nickte und begriff sofort. »Ja.«

»Er hat mich ein zweites Mal kontaktiert.«

Sie bemerkte, wie ein Ruck durch seinen Körper ging, doch weiter ließ er sich nichts anmerken. Marie drehte ihm den Kopf zu, damit er ihr ins Ohr flüstern konnte. Sie spürte seinen warmen Atem auf der Wange.

»Und er wollte, dass es eine Sache zwischen dir und ihm bleibt?«

Marie nickte knapp.

»Richtige Entscheidung. Keine Angst.« Parkov drückte das Gaspedal durch und überholte auf der linken Spur. Die Beschleunigung des Zwölfzylindermotors presste Marie in den Sitz.

»Wir müssen vorsichtig sein. Er war in meiner Wohnung. Er konnte sehen, was ich mache. Er wusste, dass ich genau in diesem Moment dort war. Vielleicht überwacht er mich auch jetzt.«

»Verstanden.«

Parkov drückte einen Knopf an der Mittelkonsole. Die Musik verstummte. »Elvis?«

»Sir?« Die androgyne Stimme des elektronischen Lage-, Verwaltungs- und Informationssystems, kurz E.L.V.I.S., erfüllte den Wagen. Marie wusste, dass Parkov dieses System, das aus einer Entwicklung des familieneigenen, milliardenschweren Großkonzerns *Parkov Industries* stammte, den sein Bruder leitete, dafür einsetzte, die Hausautomation seines Landhauses oben im Taunus zu steuern.

»Das funktioniert nun auch hier?«, fragte sie neugierig. »Du kannst von hier aus zugreifen? Ist er nicht mehr an einen Ort gebunden?«

»Es gab ein Update«, erwiderte Parkov knapp. »Statusbericht des Wagens.«

»Bentley Continental GT«, sagte die Stimme, »Zustand einwandfrei, alle Systeme aktiv.«

»Kannst du eine ungewöhnliche Übertragung aus dem Wagen heraus feststellen?«

»Einen Augenblick. Folgende Übertragungen aus dem Wagen laufen in diesem Augenblick: die satellitengestützte Schnittstelle, über die ich mit Ihnen kommuniziere, und ein in das Mobilfunknetz eingeloggtes Smartphone, das ich als Ihr eigenes identifizieren konnte, Sir.«

»Das ist alles?«

»Ja.«

»Gut. Verbindung mit Johann Münz herstellen.«

»Sehr wohl, Sir.«

Auf dem Bildschirm der Mittelkonsole öffnete sich ein Fenster, in dem Münz erschien, der offenbar gerade durch den Grüneburgpark ging und auf sein Smartphone schaute, während er den Videocall entgegennahm.

»Haben wir ein Problem?«

»Jemand hat Maries Wohnung verwanzt. Kameras, Mikrofone, ich tippe auf beides, vermutlich Importware, die auf speziellen Frequenzen sendet und per Verschlüsslung über TOR zu ihm ins Internet überträgt. Auf diese Weise kommen wir nicht an ihn heran. Wir sollten die Geräte auch nicht entfernen, mögliche Beobachter jedoch genau im Auge behalten.«

»Ich mache mich gleich auf den Weg. Was ist mit Marie?«

»Sie ist hier bei mir.«

Münz nickte. »Gut. Noch etwas?«

»Er darf nicht merken, dass Sie dort sind«, sagte Marie. »Seine Drohungen waren klar: Wenn ich jemandem erzähle, dass ich Bescheid weiß, hätte das furchtbare Konsequenzen.«

»Lucie?«

Sie holte tief Luft. Parkovs blassblaue Augen schienen sie bis aufs Innerste durchdringen zu wollen. »Ja, natürlich. Und alle Menschen, die mir etwas bedeuten. Lucie ist bei meiner Mutter Elise. Und heute Abend bei Sabine, Bodenfelds Frau.« Mit einem traurigen, zynischen Lächeln fügte sie hinzu: »Also das Übliche.«

»Das ist wichtiger als die Überwachung der Wohnung«, sagte Münz.

»Nein. Die Observation muss von jemandem ausgeführt werden, der es versteht, in jedem Fall unsichtbar zu bleiben«, erwiderte Parkov. »Ich kümmere mich um die anderen.«

»Verstanden. Also gut. Bis später.« Münz' Bild verschwand, und Parkov wandte sich Marie zu. »Was wollte er? Drohungen waren gewiss nicht der alleinige Grund seines Anrufs.«

»Er will, dass ich ihm ein Handy besorge.«

»Welches?« Parkov war höchst interessiert. »Warte, ich kann es mir denken. Mein eigenes.«

»Genau so ist es.«

»Dann werden wir mitspielen. Ihn in eine Falle locken. Uns hätte gar nichts Besseres zustoßen können.«

»Und was, wenn er das vorhersieht?«

»Das kann er nicht. Er kann nicht alles wissen. Er will uns glauben lassen, es wäre so, aber das ist nur ein Taschenspielertrick.«

»Das beruhigt mich nicht.«

»Elvis, Verbindung zu Franz Leland, Präsidium.«

»Sofort.«

Lelands Stimme erklang im Wageninneren. »Ja?«

»Sind Sie allein?«

»Ja, in meinem Büro. Die Tür ist geschlossen. Wo sind Sie?«

»Auf der Straße. Es gab Komplikationen, die nicht vorherzusehen waren.« Parkov erklärte knapp, was in der Zwischenzeit passiert war. Als er geendet hatte, blieb Leland für einige Momente sehr still. Er blickte besorgt in die Kamera des zur

Videotelefonie eingerichteten Festnetzgeräts, das vor ihm auf dem Schreibtisch stand.

»Eine üble Geschichte. Sowohl der Zeuge als auch der zweite Anruf.«

»Organisieren Sie Polizeischutz für Lucie Winter und Elise Westerkamp. Auch die Partnerin von Jörg Bodenfeld müssen wir berücksichtigen, zumal sich Lucie häufig bei ihr aufhält.«

»Das ist kein Problem.«

»Als Zweites, Franz, informieren Sie bitte die Sonderkommission. Weisen Sie darauf hin, dass nichts davon nach außen dringen darf. Lassen Sie zuvor jedoch sämtliche Räume und Mobiltelefone durch die interne Sicherheit und die IT prüfen.«

»Das werde ich, Parkov, muss aber hinzufügen, dass ich jeden der Kollegen für vertrauenswürdig halte.«

»Auch die ITler? Die Herren vom LKA?«, fragte Parkov mit unverhohlener Skepsis.

»Auch die.«

»Gut. Dann vertraue ich Ihnen, Franz, Ihnen und Ihrer Einschätzung. Aber wir müssen sehr vorsichtig sein.«

»Das sind wir. Kommen Sie rein?«

»Ja. Aber zuvor möchte ich noch etwas überprüfen, eine Sache, die mir nicht aus dem Kopf will: die Verbindung zwischen dem alten unbekannten Mann und unserer Entführten, Linda Ilm.«

»Sie haben doch keinen Namen, oder? Der Mann ist nach wie vor nicht identifiziert, und eine Vermisstenmeldung liegt ebenso wenig vor?«

»Korrekt. Nennen wir es Instinkt.«

Als Parkov das Gespräch beendet hatte, war aus dem Regen, der auf das Dach des Bentley Continental GT trommelte, ein wahrer Sturzbach geworden. Er lenkte den Wagen auf die A5, die sie Richtung Norden führte.

»Und wo soll's nun hingehen?« Marie musste sich zwingen, ruhig zu atmen. Sie wollte handeln, die Dinge selbst in die Hand nehmen, bei ihrer Tochter sein und sie beschützen und dem Mann, der sie beide bedrohte, eigenhändig den Hals umdrehen – nur nicht untätig auf dem Beifahrersitz herumsitzen.

Sie blickte auf ihr iPhone, aus dem sie die SIM-Karte entfernt hatte. »Ich muss Lucie und meine Mutter informieren. Aber wenn er irgendwie Zugriff auf mein Handy hat, würde er sofort wissen, dass ich seiner Forderung nicht nachkomme.«

»Nimm meines.« Parkov reichte es ihr, und sie wählte die Nummer ihrer Mutter. »Mama?«

»Hallo, Marie.« Elises Stimme klang seltsam fern, dabei war ihre Wohnung kaum mehr als ein paar Kilometer entfernt. Dem Klang ihrer Stimme nach hätte sie sich aber auch auf dem Mond befinden können. »Was ist da draußen wieder los? Den ganzen Tag höre ich Sirenen und in den Nachrichten diese schlimmen Meldungen.«

Marie erklärte, was in der Zwischenzeit geschehen war. »Es geht um die entführte junge Frau. Wir sind dem Mann auf den Fersen. In solchen Fällen müssen wir immer davon ausgehen, dass sich ein Täter an den Ermittlungsbeamten rächen will. Das ist eine Vorsichtsmaßnahme, es gibt keine …«, sie warf Parkov einen kurzen Blick zu, »konkreten Drohungen.«

Ihre Mutter seufzte. »Du willst nur, dass ich mir keine Sorgen mache. Ich habe dich aufgezogen, junge Frau, ich höre, wenn du mir nicht die ganze Wahrheit erzählst.«

»Mama …«

»Schon gut. Lucie malt gerade. Willst du mit ihr sprechen?«

»Klar.«

Nach einem kurzen Moment der Stille war Lucie am Telefon. Marie lauschte ihrer begeisterten Erzählung der Kindergartenerlebnisse vom Morgen und wie sie sich am

Nachmittag im Zoo die Elefanten und Giraffen mit ihrer Großmutter angesehen hatte.

»Erinnerst du dich an Daniel, kleiner Stern?«

»Klar«, erwiderte Lucie und klang dabei einen Augenblick beinahe wie Marie selbst. »Frag ihn, ob er noch mein Bild hat.«

Marie zwinkerte Parkov zu. »Du hast die feine Dame und Künstlerin gehört.«

»Gerahmt und in besonders ehrwürdiger Verwahrung«, sagte Parkov munter. »Eine schöne Arbeit.«

Lucie kicherte und ließ ihr glockenhelles Lachen hören. »Spiel schön«, sagte Marie. »Und hör auf Oma.«

Schließlich war Elise wieder dran. »Du solltest mal wieder vorbeikommen.«

»Ja. Sobald ich kann, bin ich da. Heute Abend.«

»Sollen wir mit dem Essen auf dich warten?«

Marie schloss die Augen. »Nein. Nein, ich glaube nicht, dass ich es rechtzeitig schaffe.«

»Na schön.«

Schließlich legte sie auf und drehte Parkovs Smartphone in den Händen. »Wieso lässt er mich nicht einfach in Ruhe? Wieso all das?«

»Wir sprechen in Kürze über Täter- und Opferprofil. Ich muss nur noch eine Kleinigkeit überprüfen.«

»Wohin sind wir unterwegs?«

»Zu Ilms Eltern.«

Marie ballte die Hände. »Wir haben nichts. Nichts, aber auch gar nichts, was ihn identifizieren könnte.«

»Im Augenblick können wir tatsächlich nichts tun, als abzuwarten.«

»Abwarten liegt mir überhaupt nicht«, stieß Marie ausgesprochen frustriert hervor.

»Ich weiß«, gab Parkov mit einem ebenso ernsten Ton zurück. »Ich *verabscheue* es.«

»Ach ja?«

»Doch. Hin und wieder zumindest«, sagte er ironisch, »genau genommen allerdings wohl eher selten, sollte ich hinzufügen. Eigentlich nie, um präzise zu sein. Das Abwarten ist eine meiner heimlichen Leidenschaften.«

Marie schüttelte mit einem schwachen Lächeln den Kopf. »Du nimmst mich nicht ernst.«

»Das, meine Liebe, ist nun wirklich nicht wahr.« Parkov tippte auf den Bildschirm in der Mittelkonsole. »Neuigkeiten in der Stadt?«

»Ausschreitungen auf dem Römerberg. Acht Demonstranten festgenommen. Einige Unruhen in der Innenstadt. Ein zertrümmertes Schaufenster, drei brennende Pkw.«

»Reaktionen?«

Die elektronische Stimme des Computersystems erfüllte das Wageninnere. »Soweit ich es überblicke, zieht der Lagedienst Verstärkung hinzu. Hundertschaften, Anti-Riot-Maßnahmen.«

»Dann behalte im Auge, was sich dort entwickelt.«

Draußen nahm der Regen weiter zu. Parkov ließ den Bentley langsamer fahren und spähte durch das regengraue Dickicht auf die Fahrbahn, die sich wie ein graues Band unablässig vor ihnen abspulte. Er schien auf etwas zu warten. Dann bemerkte Marie, wie der Lkw vor ihnen allmählich langsamer wurde. Sie sah, wie sich ein zweiter Vierzigtonner zu ihrer Linken heranschob und erstaunlicherweise auf die Überholspur wechselte.

»Sir, darf ich anmerken, dass Sie gerade von zwei Lkw eingekesselt werden, obwohl die Autobahn weitgehend frei von Stau ist? Ich vermute, dass die Fahrer diese Manöver nicht zufällig einleiten.«

»Versuch bitte, den Bürgermeister ans Telefon zu bekommen.«

»Jetzt, Sir?«

»Jetzt.«

Der Lkw vor ihnen bremste weiter ab. Die Schatten der hoch aufragenden Fahrzeuge vor und neben ihnen schoben sich wie Wolken vor die Sonne und ließen das Licht des Tages noch dunkler wirken. Marie drehte sich um und bemerkte durch den Regenschleier hindurch, dass sich hinter ihnen ein schwerer Geländewagen dicht an das Heck des Bentleys heranschlich.

»Die wollen uns einkesseln«, sagte sie. »Parkov?«

»Festhalten.« Er scherte mit einer knappen Lenkbewegung nach rechts aus und bremste auf dem Seitenstreifen ab. Der Geländewagen schoss an ihnen vorbei, und der Lkw auf der Überholspur schwankte bedenklich, als er nach rechts auf die Spur herüberzog, auf der sie Sekunden zuvor noch gewesen waren.

Doch hinter ihnen war ein zweiter Wagen, der mit hoher Geschwindigkeit über den Standstreifen auf sie zugeschossen kam.

»Was wollen die?« Marie sah in den Seitenspiegel.

»Nicht hinsehen. Hinsetzen.«

Der Tonfall seiner Stimme ließ keinen Widerspruch zu. Parkov trat das Pedal durch. Der Wagen beschleunigte urplötzlich mit einer brachialen Kraft, die Maries Rücken tief in den Sitz presste.

»Wo ist die Ausfahrt?« Seine Stimme verriet nicht den Hauch einer Anspannung.

»Etwa dreihundert Meter voraus.«

Vor ihnen war der zweite Geländewagen ebenfalls auf den Seitenstreifen ausgeschert. Daneben blockierten die Lkw, die nebeneinanderfuhren, die Fahrbahnen.

»Sieht nicht so aus, als gäbe es da ein Durchkommen.« Parkov nahm etwas Geschwindigkeit zurück. »Die letzte zurückliegende Ausfahrt?«

»Etwa ein Kilometer.«

»Marie?«

»Sitze immer noch neben dir.«

»Gut festhalten.«

Jäh trat er auf die Bremse und drehte das Lenkrad. Irgendwo am Armaturenbrett blinkte eine Kontrollleuchte, als die mächtige Bremsanlage den Bentley blockierte und in einem scharfen Wendekreis herumwarf. Jetzt ragte das Heck in Fahrtrichtung und die Schnauze des Bentleys zur falschen Seite.

Dann beschleunigte Parkov schon wieder. Sie rasten die Autobahn in die entgegengesetzte Richtung hinunter. Das Manöver war so schnell und ohne Vorwarnung ausgeführt worden, dass Marie mit heftig schlagendem Herz nur die stetig kleiner werdenden Flecken im Rückspiegel betrachten konnte, die ihre Verfolger waren.

Gegenverkehr kam auf sie zu, ein Lkw und ein Mercedes, der hupte und wie wild die Lichthupe betätigte. Parkov wechselte auf den Standstreifen.

»Da ist die Ausfahrt«, sagte er, »sorgen wir dafür, dass wir hier wegkommen.«

Parkov drehte den Wagen und nahm die Autobahnausfahrt weitaus schneller, als es das leuchtend rote Begrenzungsschild erlaubte. Auch als er den Bentley scharf um die lang gezogene Kurve steuerte, vollzog der Wagen das Manöver mit enormer Präzision. Marie wollte sich gar nicht ausmalen, was geschehen wäre, hätte sie Derartiges mit ihrem alten Dienstwagen versucht.

Sie sah sich um, doch von ihren Verfolgern war nichts mehr zu sehen.

»Elvis, hat der Wagen die Kennzeichen der M-Klassen und der Lkw aufgezeichnet? Ich konnte sie mir nicht merken.« Parkov klang etwas verschnupft, so als sei er von sich selbst enttäuscht.

»Sir, ich muss Sie leider enttäuschen, die Kennzeichen der Angreifer liegen mir nicht vor. Es besteht die Möglichkeit, diese …«

»Nicht nötig. Ich habe sie mir gemerkt«, ging Marie dazwischen, »dafür brauche ich kein ausgefallenes Computersystem.«

Parkov schaute sie anerkennend an. »Hervorragend.«

»Ausgefallenes Computersystem?«, fragte Elvis mit empörter Stimme. »Ich möchte doch darauf hinweisen …«

»Nicht wichtig«, warf Parkov ein. »Ich hoffe nur, das hat niemand bemerkt.« Er sah in den Rückspiegel, zuckte dann jedoch die Schultern, als wäre gerade nichts geschehen. »Strafzettel waren mir schon immer ausgesprochen unangenehm.«

32.

»Sie wohnen gleich dort vorn«, erklärte Parkov einige Minuten später und steuerte den Wagen in eine schmale, ruhige Nebenstraße, die zu beiden Seiten von kleinen, aber gepflegten Einfamilienhäusern mit Weißtannen in den Vorgärten gesäumt wurde. »Sprechen wir mit ihnen«, sagte er und klang nun sehr ernst. »Sie fürchten um das Leben ihrer Tochter. Versichern wir ihnen also, dass noch immer Hoffnung bleibt.«

»Daniel. Stopp.« Marie legte eine Hand auf seinen Arm. Sie spürte ihr Herz heftig gegen die Rippen schlagen. Was gerade geschehen war, kam in Filmen vor, aber nicht *hier*, nicht in der *Wirklichkeit*. »Wer war das? Die wollten uns umbringen.«

»Viele Menschen wollen jeden Tag andere töten.« Er stellte den Motor ab. »Ich will mich nicht zu Spekulationen darüber herablassen, wer das war. Aber wir werden es herausfinden und sie zur Rechenschaft ziehen.«

»Das stimmt doch nicht.« Marie spürte, dass er sich ihr entziehen wollte. »Du weißt, wer das getan hat.«

Parkov nickte knapp und musterte sie mit seinen blassblauen Augen, die ihr stets das Gefühl gaben, geröntgt zu werden. Dieses Mal lag ein Bedauern in ihnen. »Organisiertes Verbrechen, gewiss, da habe ich keine Zweifel. Nach der

Verhaftung, die wir in den russischen Kreisen im Rahmen der Dezembermann-Ermittlung vornehmen mussten, spricht man dort kaum mehr gut über mich. Ivanovs Festnahme war ein Schlag für sie alle, und jetzt, da sie wissen, dass ich zurückgekehrt bin, werden sie sich rächen wollen. Aber vergiss nicht, die Rachepläne, die sie entwerfen, werden sich nicht durch ein hohes Maß an Kreativität auszeichnen. Sie sind erwartbar, vorhersehbar, man kann sich auf sie einstellen. Es sind einfache Dinge, wie ein Autounfall oder ein Gasleck. Ein junger Mann, der sich beweisen soll, mit wenig Verstand und einem zu schnellen Finger am Abzug.«

»Aber … das war ein Anschlag.« Marie wollte die Kennzeichen gerade zur Fahndung herausgeben, als ihr wieder einfiel, dass sie ihr iPhone abgeschaltet hatte. Sie ärgerte sich über sich selbst, als sie den dunklen Bildschirm sah, dunkel wie der herbstliche Himmel, aus dem ein schier endloser Regen fiel. Dunkel wie ihr Gemütszustand in diesem Moment.

Versuch nicht, mich hereinzulegen. Denk an deine Tochter. Und an die Menschen, die dir etwas bedeuten.

»Na schön, dann gib mir eben deines.« Sie streckte die Hand aus, um das Gerät entgegenzunehmen, doch Parkov zog es zurück, und ihre Finger griffen ins Leere.

»Langsam«, sagte er leise. »Es ist nichts Neues, dass sich einige Herren an dem stören, was wir tun. Das weißt du ebenso gut wie ich. Aber wir werden uns davon nicht beeinflussen lassen. Das werden wir nie, das haben wir nie. Schon allein deswegen haben wir diesen Beruf gewählt. Gehen wir die Sache ruhig und überlegt an und überstürzen nichts.«

»Wenn wir diese Typen einfach davonkommen lassen, werden sie es wieder und wieder versuchen. Bis es ihnen gelingt. Bis sie sich rächen.«

»Wir werden sie nicht davonkommen lassen. Aber ich muss darüber nachdenken, wie am besten mit ihnen umzugehen ist.«

»Das ist doch Unsinn.« Marie versuchte abermals, nach seinem Handy zu greifen, und wieder wich er ihr aus. Dieses Mal musste sie gegen ihren Willen lachen.

»Du bist blöd.«

»Ich weiß.«

Sie wechselten einen Blick, der etwas zu lange andauerte.

Marie blinzelte. Was tat sie hier? Da draußen war eine Geisel in Lebensgefahr und sie … Das Geräusch des prasselnden Regens auf dem Dach, das des Windes, der in den Zweigen der Tannen, die die Straße säumten, spielte – für einen Augenblick genoss sie tatsächlich das irrationale Gefühl, hier zu sein, mit Parkov in diesem Wagen, nach diesem Abenteuer einen Moment scheinbar fern von allem Übel, das die Welt in Bewegung hielt.

»Wir müssen uns mit Linda Ilms Eltern unterhalten«, sagte er, und seine Worte beendeten den kurzen Moment abrupt. »Ich will herausfinden, ob es eine Verbindung zwischen den Opfern gibt, die bislang übersehen wurde.«

»Es gibt keine.« Marie blinzelte erneut. »Es gibt keine Verbindung. Larissa Rothenberger und Linda Ilm kannten sich nicht. Sie sind sich nie begegnet, besaßen keine gemeinsamen Freunde, keine Bekannten, keine Vergangenheit, die sich auch nur an irgendeinem winzigen Punkt überschnitten hätte. Da ist nichts. Alles wurde geprüft.«

»Nicht alles.« Parkov öffnete die Tür. Das Rauschen des Regens wurde stärker, schien die ganze Welt zu erfüllen. Darunter hörte Marie das dunkle Gurgeln von Wasser in einem Abflussschacht. Wasser, das klang wie der Laut einer Ertrinkenden. Ein kalter Schauer kroch ihren Rücken hinab.

»Was meinst du damit?«

»Es gibt den alten Mann, der behauptet, ich sei böse.« Parkov zögerte, ehe er fortfuhr. »Der Zeuge, der unter Umständen mit dem Anruf in Verbindung steht, zu dem unser Täter Larissa Rothenberger gezwungen hat. Ein Zeuge, über dessen Verbindungen zum zweiten Opfer noch niemand etwas in Erfahrung bringen konnte.«

»Dann tun wir es jetzt.«

»Das werden wir.«

Mit einem Schirm, unter den sie beide passten, überquerten sie die Straße, vorbei an dem Streifenwagen der Kollegen, die das Haus der Eltern im Auge behielten – nur für den Fall, dass der Täter oder vom Aufruhr im Netz angezogene Schaulustige sich hier blicken ließen. *ILM* stand auf dem Schild an der Klingel, die Parkov drückte. Als die Haustür aufging, sahen sie sich einer kleinen, schlanken Frau mit allmählich ergrauendem Haar gegenüber, der Linda Ilm wie aus dem Gesicht geschnitten war. »Bitte?«

»Barbara Ilm?«

»Ja. Wer …« Es schien ihr schwerzufallen, die richtigen Worte zu finden und sich zu konzentrieren. Ihre Augen schweiften fahrig umher, hafteten nie lange an ein und demselben Fleck.

»Daniel Parkov, Bundeskriminalamt, Abteilung Serienverbrechen.« Er hielt seinen Ausweis hoch.

»Marie Winter«, sagte Marie laut, um den Regen zu übertönen, »Kripo Frankfurt.«

Das Gesicht der Frau war deutlich gezeichnet: dunkle Schatten unter den Augen, die Haut blass und voller tiefer Sorgenfalten. In dem Bericht in der Akte über ihre Tochter, den Marie zuvor gelesen hatte, wurde ihr Alter mit einundfünfzig angegeben, nun jedoch wirkte sie, als sei sie in den letzten Stunden um mindestens fünfzehn Jahre gealtert. Die Nägel der Hand, mit der sie sich übers Haar fuhr, waren bis aufs Fleisch abgekaut. Marie hatte es viele Male miterlebt, bei Angehörigen, Ehepartnern oder Geschwistern, die nach dem Verlust eines vertrauten Menschen kaum mehr ins Leben zurückfanden und umso schneller alterten. Marie konnte sich kaum ausmalen, um wie viel entsetzlicher es da sein musste, die eigene Tochter auf einer Website beobachten zu müssen, während deren Leben von einem unerbittlichen Countdown abhing.

»Es war schon jemand hier. Wir haben alles gesagt, was wir wissen, bitte, lassen Sie uns in Ruhe. Fangen Sie diese Bestie! Retten Sie meine … meine Tochter.« Die Stimme von Lindas Mutter brach. Sie senkte den Blick, während ihre Finger rastlos umherwanderten.

Sie steht kurz vor einem Nervenzusammenbruch, dachte Marie und hasste den namenlosen Entführer mit jeder Sekunde mehr.

»Wir haben nur ein paar kurze Fragen«, sagte Parkov behutsam.

Barbara Ilm trat zur Seite und gab den Eingang frei. Sie war erschöpft, verwirrt und bewegte sich unsicher wie eine Marionette, deren Fäden verknotet waren und von einem verrückten Puppenspieler geführt wurden.

In einem halbdunklen Hausflur, der von einer trüben Sparlampe nur spärlich erhellt wurde, entdeckte Marie eine Reihe von aus dunklem Holz geschnitzten Masken, die von den Wänden auf sie herabgrinsten. Die leeren Augenhöhlen verliehen den fratzenhaften Gesichtern etwas Widernatürliches.

Wieso nur würde man sich so etwas ins Haus hängen? Sie schob sich nachdenklich eine Strähne hinters Ohr, als ein kühler Luftzug aus einem offen stehenden Durchgang, der in ein pechschwarzes Zimmer führte, über sie hinwegstrich. Der Geruch war seltsam, ein Hauch von ätherischen Ölen, der wohl etwas überdecken sollte, das sie nicht erkannte. Etwas an diesem Ort wirkte so unangenehm, dass sich die feinen Härchen auf ihren Armen und im Nacken aufrichteten.

Es ist die Verzweiflung, dachte sie. *Der Gedanke, dass Linda nie wieder zurückkommt.*

Sie folgten der Frau in ein kleines Wohnzimmer. Auf dem Tisch lag ein großer Haufen Taschentücher.

»Frau Ilm, wann haben Sie Ihre Tochter das letzte Mal gesehen?«

»Das … das ist nur ein paar Tage her.« Sie deutete auf einen der Sessel. »Setzen Sie sich doch.«

»Hatte Ihre Tochter Feinde?«

»Ich glaube nicht. Aber sie hatte ihr eigenes Leben.«

»Wie gut kennen Sie Martina Jahn?«

»Sie war ein paarmal hier. Weihnachten, Geburtstage. Nicht besonders gut, nein.«

Parkov holte ein Foto des unbekannten Alten hervor. »Wenn es Ihnen nichts ausmacht, dann würde ich mich freuen, wenn Sie sich dieses Bild einmal genau ansehen. Lassen Sie sich Zeit.« Parkov beobachtete jede Regung der Mutter. Marie sah zu, wie Ilm das Foto in die Hand nahm und teilnahmslos betrachtete.

»Nun?«

Barbara Ilm schüttelte den Kopf. Als sie aufsah und Parkov das Bild zurückgab, war ihr Blick wie zuvor, leer, ausgebrannt und seltsam unbeteiligt. Eine Mutter, die sich auf das Schlimmste gefasst machte, mehr noch, die sich bereits damit abgefunden hatte, in Kürze dem Schlimmsten gegenübertreten zu müssen.

»Kenn ich nicht. Hab den Mann nie zuvor gesehen.« Das war alles, keine weiteren Einlassungen, keine andere Reaktion. Sie saß nur da und sah auf einen Punkt an der Wand irgendwo hinter ihnen, während ihre Finger unablässig am Saum ihres Pullovers nestelten.

Aus den Augenwinkeln bemerkte Marie, wie Ilms Ehemann in das Wohnzimmer trat. Er trug eine fleckige Jeans und eine Strickweste, ging schwerfällig und gebeugt.

»Walter Ilm«, sagte er, »ich bin der Vater.« Er betrachtete das Bild zunächst teilnahmslos, dann jedoch voller Intensität.

»Wissen Sie, wer dieser Mann sein könnte?«

»Ist er das?« Der Vater sah Marie direkt in die Augen. Seine Pupillen waren geweitet und schienen alles Licht verschlucken zu wollen. »Der Mann, der Linda entführt hat?«

»Nein. Nur ein Zeuge, der leider kaum ansprechbar ist. Wir versuchen, seine Identität festzustellen, weil wir hoffen, dass er uns wichtige Anhaltspunkte zum Entführer liefern kann.«

»Dann kann ich nicht helfen. Ich kenne ihn nicht.«

»In Ordnung.« Marie streckte die Hand aus, um das Foto wieder entgegenzunehmen, doch Parkov schob ihren Arm sanft nach unten.

»Wir lassen Ihnen das Foto da«, sagte er. »Und außerdem meine Karte. Sollte Ihnen noch etwas einfallen, zögern Sie bitte nicht, mich direkt zu kontaktieren.« Dann jedoch griff er ein zweites Mal in seine Manteltasche. Nun zeigte er das Foto eines Tattoos vor, das einen Morphofalter darstellte.

»Ich hätte es fast vergessen«, sagte Parkov in einem Ton, der Marie überzeugte, dass er es keineswegs vergessen hatte. »Sehen Sie genau hin. Haben Sie dieses Motiv schon einmal bemerkt? Irgendwo?«

Walter Ilm verneinte. Seine Frau hingegen ... Marie war sich nicht sicher, doch glaubte sie, in den Augen der verunsicherten Frau eine Ahnung auszumachen, als sie das Foto betrachtete. »Das ... das sagt mir überhaupt nichts«, flüsterte sie mit erstickter Stimme.

»War es das dann?« Der Vater schien sie plötzlich hinauszuscheuchen zu wollen.

»Frau Ilm?«, fragte Marie laut. »Erkennen Sie den Schmetterling? Sie erkennen ihn, nicht wahr?«

»Nein.« Sie schüttelte heftig den Kopf. »Ich ... ich muss mich hinlegen.« Sie eilte davon und ließ Marie mit dem Bild in der Hand stehen.

»Gehen wir, Kollegin«, sagte Parkov tonlos.

Der Mann brachte sie zur Tür. Beim Hauseingang wandte sich Parkov noch einmal um. »Eine Frage hätte ich noch. Es ist etwas, das mich in höchstem Maße interessiert.«

»Was?« Walter Ilm hielt die Türklinke in der Hand, als sei er bereit, ihnen die Tür jederzeit vor der Nase zuzuschlagen.

»Ich kam nicht umhin, die Masken zu bemerken.« Parkov deutete über die Schulter des Mannes in den Flur. »Südamerikanische Ritualmasken, wenn ich mich nicht irre.«

»Afrikanische.« Der Vater legte den Kopf schief, eine unheimliche Bewegung, die Marie irritierte. Sie trat einen Schritt näher an Parkov heran, der sich jedoch völlig entspannt verhielt, bis Marie bemerkte, wie er hinter seinem Rücken eine Geste machte, die nur sie sehen konnte, die nur für sie bestimmt war.

Abstand. Halte Abstand.

Sie griff instinktiv nach ihrem Holster und der Dienstwaffe, die unter ihrer Jacke hing. Der Vater hatte ihre Bewegung bemerkt – ein wachsartiges Lächeln wie das einer Maske auf dem Gesicht. Ein falsches Lächeln, so widernatürlich, dass es sie regelrecht körperlich abstieß.

»Afrika also«, sagte Parkov. »Wirklich interessant. Sind Sie Sammler?«

»Das habe ich den Polizisten schon gesagt, die zuerst hier erschienen sind. Es sind viele Kopien darunter. Und ja, ich bin Sammler.« Der Vater machte einen Schritt auf sie zu und betrachtete Marie mit einer Intensität, die sie irritierte.

Was geschah hier? Was tat dieser Mann gerade, das ihr ein so unangenehmes Gefühl einjagte?

»Würden Sie es für mich noch einmal wiederholen?« Parkovs Tonfall war kälter geworden.

»Ich kenne Sie«, sagte Ilm nun, wandte den Blick dabei jedoch nicht von Marie ab. »Sie waren im Fernsehen. Sie sind diejenige, die die Suche nach meiner Tochter leitet.«

»Das«, Marie räusperte sich – verflucht, was in aller Welt war nur mit ihrer Stimme los? –, »ist korrekt.«

»Wenn du sie nicht findest, bring ich dich um.«

»Bitte?«

Der Vater lächelte. »Hören Sie schlecht? Ich sagte, wenn sie nicht gefunden wird, weiß ich ja, wer dafür verantwortlich ist.«

»Wir tun alles, was in unserer Kraft steht. Wenn Ihnen noch etwas einfällt …«

»Ja, ja.«

Parkov musterte ihn noch einige Augenblicke länger. »Das war alles. Ihre Frau hat meine Karte.«

Mit einem heftigen Knallen schlug die Tür zu.

»Gehen wir. Los.« Sie machten sich durch den strömenden Regen auf den Rückweg zum Wagen. Parkov fuhr, hielt jedoch einen halben Kilometer entfernt vor einem Café an, stieg aus und kehrte mit zwei Bechern dampfend heißem Kaffee und einer Tüte wieder zurück, aus der es nach frischen Croissants duftete.

Marie nahm den Becher dankbar entgegen. Der Kaffee verbrannte ihre Zunge, doch war ihr das in diesem Augenblick gleich. Sie bemerkte, wie Parkov sie beobachtete, und zwang sich, ruhig und gleichmäßig zu atmen. »Ich weiß nicht, was mit mir los war«, sagte sie leise. »Mir war gerade richtig schlecht. Vielleicht habe ich einfach zu wenig gegessen. Tut mir leid, das war nicht sehr professionell.«

»Ich sagte schon, du musst dich nicht rechtfertigen. Was dir heute geschehen ist, ist nicht einfach zu verarbeiten … und nun die Atmosphäre dieses Hauses.« Parkov nahm ebenfalls einen Schluck. »Eine Stimmung der Hoffnungslosigkeit. Sie haben ihre Tochter schon aufgegeben.«

»Gott, die beiden tun mir so leid. Aber dann sein Grinsen, seine Andeutungen und diese Masken. Und ihre Reaktion auf das Bild des Morphofalter-Tattoos, ich weiß nicht …«

Parkov sagte nichts.

»Was ist? Liege ich falsch?«

»Manch einer würde sagen, die äußeren Umstände haben deine Fähigkeit zur exakten Beobachtung getrübt«, sagte Parkov.

Er trank noch einen Schluck und packte den Becher dann in die Halterung. »Aber ich denke nicht, dass du völlig falschliegst. Es besteht die Möglichkeit, dass hier eine tiefere Wahrheit verborgen liegt, als es zunächst den Anschein hat.«

»Die Erstbefragung haben Weigand und ein Kollege übernommen. Das war alles einwandfrei.« Marie genoss jetzt das Gefühl, wie der heiße Kaffee sie wärmte, und knabberte ein wenig an ihrem Croissant. »Als sie gerade den Schmetterling betrachtete, da dachte ich wirklich, jetzt würde sie etwas sagen, das plötzlich alles aufklärt. Ich hatte den Eindruck, als läge es ihr schon auf der Zunge. Nenn es Intuition oder eine Schwingung, die wir Kriminalisten mehr als andere wahrnehmen, oder von mir aus auch Bauchgefühl. Da war etwas.«

»Sie verspürt große Angst. Aber nicht nur vor dem Tod ihrer Tochter. Da war noch etwas anderes, etwas Gefährliches. Etwas sehr Dunkles.«

»Und ich dachte, du glaubst nicht an all das, stellst rationales Denken über alles andere.«

»Etwas war da. Für einen Moment hatte ich den Eindruck, als würde die Hoffnungslosigkeit der Eltern, die ihre Tochter möglicherweise verlieren, auch mich … *ergreifen*. Aber das kann nicht sein. Das ergibt überhaupt keinen Sinn. Das ist Esoterik.« Er schüttelte den Kopf. Sein Atem ließ die Scheibe beschlagen.

Marie begriff, was gerade mit ihm geschah. Wenn ihr auch die unangenehme Atmosphäre in dem maskenbehängten Haus der Ilms auf den Magen geschlagen war, so hatte sie sich doch wieder im Griff. Parkov hingegen schienen die Eindrücke umso stärker zu belasten, je mehr Zeit verstrich.

Er blinzelte ins Zwielicht des hereinbrechenden Abends. Die versinkende Septembersonne kratzte an den Dachfirsten und tauchte sie in rotgoldene Flammen. Auf einer Stromleitung saß ein Dutzend großer Raben. Nach dem Wolkenbruch roch die Luft nach Herbst.

»Wenn du«, sagte sie leise, »mehr als nur den Hauch einer Vermutung hast, wenn du wirklich überzeugt bist, dass dort eine Information zu finden ist, dann sollten wir dorthin zurück und das Haus von oben bis unten unter die Lupe nehmen. Mit Unterstützung, Beschluss und allem. Ich weiß, dass es schwer wird, den Richter und den Staatsanwalt zu überzeugen. Wenn wir das machen, müssen wir uns absolut sicher sein. Die Presse wird es nicht gern sehen, wenn wir gegen die Eltern eines Entführungsopfers ermitteln, das weißt du. Sie wird uns in der Luft zerreißen.«

Als er nicht antwortete, beugte sie sich zu ihm hinüber und berührte seinen Arm. Erst jetzt wandte er sich zu ihr um. Parkov hatte das letzte Licht des Tages betrachtet, als versuchte er, es um alles in der Welt festzuhalten. Weil das Licht dieses Tages alles war, was Linda Ilm noch blieb, vielleicht das letzte Licht war, das sie je erblicken würde.

»Ich bin mir nicht sicher. Vielleicht ist es nur Zeitverschwendung. Zeit, die uns am Ende fehlt.« Er zuckte die Schultern. »Seit jeher war ich überzeugt, dass ich mich darauf verlassen kann, was mir meine Augen zeigen, auf das, was mein Verstand in all seiner Rationalität aus diesen Eindrücken macht. In diesem Haus war es anders.«

»Hast du eine Erklärung?«

»Viele. Und eine ist ungewöhnlicher als die andere, wenn ich daran denke, dass sich die Ilms nur als Buchhalter und Hausfrau betätigen.«

Der Bildschirm auf der Mittelkonsole des Bentleys schaltete sich ein. »Gute Nachrichten, Sir. Wie gewünscht habe ich BKA-Präsident Silberbach kontaktiert, nachdem eine Verbindung ins Frankfurter Rathaus nicht möglich war.«

Parkov seufzte, doch klang er dabei weniger erschöpft als ungehalten. »Dann stell ihn durch.«

33.

Dann war der BKA-Präsident im Videocall zu sehen: ein hochgewachsener Mittvierziger – definitiv nicht der übliche Büromensch, das war auf den ersten Blick auszumachen – mit scharfen, analytischen Gesichtszügen, die einem Falken glichen.

»Einen guten Abend«, sagte Parkov. »Bei mir ist Marie Winter, Leiterin der Sonderkommission.«

»Frau Winter.« Silberbach nickte in die Kamera. Auf seiner Nase saß eine Brille mit dünnem Stahlrahmen, die seinen durchdringenden Blick nur weiter verstärkte. »Was gibt es, Parkov?«

»Es gäbe da einige Anmerkungen, die ich gerne vortragen würde«, sagte er in unbeschwertem Ton. »Zunächst möchte ich eine Empfehlung aussprechen.«

»Eine Empfehlung?«

»Ich würde anregen, dass alle politischen Einmischungen in die laufenden Ermittlungsarbeiten in dieser Sache entweder weitgehend ignoriert oder wenigstens über das BKA abgewickelt werden. Ich fürchte, der zuständige Staatsanwalt in dieser Sache ist nicht in der Lage, dem Bürgermeister einen Wunsch abzuschlagen, insbesondere wenn dieser ungewöhnlicherweise mehr als Anweisung denn als Wunsch ausgesprochen wird. Die Stadt …«

»… hat Angst«, sagte Silberbach. »Ich kann die Erschütterungen bis hier nach Wiesbaden spüren. Und die Anfrage ist längst raus. Bürgermeister Jakobs sitzt in diesem Augenblick mit der Staatsanwaltschaft zusammen. Ich wurde von Jäger informiert, aber das war viel zu spät. Das Kind ist gerade tief, sehr tief vom Brunnenrand gestürzt und längst reingefallen. Ich fürchte, wir werden die Ergebnisse gleich präsentiert bekommen.«

»Inwiefern?«

»Ich denke, das Rathaus will, dass die Sache ab sofort von uns in die Hand genommen wird und nicht von Ihnen allein. Das heißt, Sie bekommen ein paar Kollegen, Parkov. Und ich weiß, wie sehr Sie Kollegen schätzen.«

»Manche mehr, manche weniger. Viele gar nicht. Einige wenige sehr. Aber Sie wissen doch, ich kann mich einordnen, wenn es der Lösung des Falls dient.«

»Ach, weiß ich das? Der Bürgermeister ist ein guter Freund von diesem Weigand vom LKA, hörte ich, und von *Professor Tod* persönlich.«

»Ich hörte davon. Ist er bereits eingetroffen?«

»Unterwegs. Ein BKA-Helikopter kommt aus München.« Marie bemerkte, wie Silberbachs Blick zu ihr herüberwanderte und sie taxierte, ehe er sie direkt ansprach. »Ist es wahr, dass der Anrufer Sie persönlich kennt?«

»Das stimmt«, erwiderte sie. »Er hat mir gegenüber einige Dinge erwähnt, die er nur von *ihm* wissen kann. Dem Dezembermann.« Fast wäre ihr der echte Name des Mannes über die Lippen gekommen. Sie wusste nicht, ob sie es überhaupt ertragen hätte, ihn sich sagen zu hören. »Derzeit gehen wir jedoch davon aus, dass niemand ihn im Gefängnis besucht hat, also muss der Satz, den er mir gegenüber aussprach, eine ältere, tiefere Bedeutung haben.«

»Oder keine«, sagte Parkov lakonisch. »Möglicherweise kennen sie sich, doch wohnt dem Ausdruck oder der exakten Formulierung keine tiefere Bedeutung inne.«

»Haben Sie den Hintergrund dieses Dezembermannes durchforstet? Noch einmal, unter Berücksichtigung dieser neuen Entwicklungen?«

Parkov nickte. »Wo nichts ist als Schweigen und der Unwille, mit uns zu kooperieren, stoßen wir zwangsläufig auf eine Sackgasse, ein totes Ende, ganz gleich, wie tief und lange wir in seiner Vergangenheit graben. Wir werden nicht erfahren, welche Bedeutung dahintersteckt, nicht mit *legalen* Mitteln zumindest.«

»Soll heißen?« Silberbach ließ sich nicht anmerken, was er dachte.

»Es gibt Wege, einem Mann seine letzten Geheimnisse zu entlocken. Wege, die vielleicht angewandt werden müssen, wenn wir Linda Ilm rechtzeitig finden wollen.«

»Also sehen Sie eine Verbindung zu ihm? Wenn wir abermals mit dem Dezembermann sprechen, erhöht das die Chance, die Entführte zu finden?«

»Nun, da wir keine anderen Spuren haben ...«

Marie konnte kaum glauben, was sie da hörte. Sie starrte in die Abenddämmerung, die sich über das Land senkte. Es war nicht möglich, dass dieser Wahnsinnige in den Fall involviert würde. Das durfte nicht sein. Er war fort, weggesperrt für immer.

Für immer.

Doch dann fielen ihr seine letzten Worte ein: *Genug? Es ist niemals genug.*

Sie hörte sein Lachen, fern und doch jederzeit bei ihr.

»… müssen wir die Option in Betracht ziehen. Ich fände es angebracht, wenn mein Kollege diese Befragung übernimmt«, hörte Marie Parkov gerade sagen.

»Der Holländer? Oder der Schweizer?«

»Professor Tod. Mein Schweizer Kollege.«

»Nun, ich kann ihn anrufen und informieren. Vielleicht wird er zustimmen, vielleicht auch nicht. Parkov, wenn Sie das nur vorschlagen, um ihn einige Stunden länger aus dem Weg zu haben, kann ich es in keinem Fall gutheißen.«

»Mir liegt nichts daran, ihn aus dem Weg zu haben. Ich will wie immer nur die Wahrheit, mehr nicht.«

»Andere Optionen?«, hakte Silberbach nach.

»Ich selbst suche ihn auf.«

Der BKA-Präsident ließ sich die Erwiderung durch den Kopf gehen. »Oder niemand. Wir vergessen ihn. Wir finden den Entführer auf die althergebrachte Weise, indem wir Spuren und Motiven folgen. Haben Sie ein Täter- und ein Opferprofil?«

Parkov tippte sich gegen die Schläfe. »Hier oben ist es. Aber es ist noch nicht hinreichend präzisiert.«

»Fahren Sie ins Präsidium zurück. Ich möchte, dass Sie die Sache von dort aus koordinieren und das Profil fertigstellen.« Silberbach beugte sich vor, um der Kamera, die sein Bild übertrug, näher zu kommen. »Das ist eine Anweisung. Haben Sie mich verstanden? Kein Herumirren um mögliche Querverbindungen, die am Ende zu nichts führen. Bleiben Sie an dem Täter dran. Wir müssen ihn fassen, ehe dieser Countdown abläuft.«

»Eine ehrliche Einschätzung?«

»Nur zu.«

»Wir werden sie nicht rechtzeitig erreichen.«

»Dann laufen Sie schneller.« Silberbachs Blick ging wieder zu Marie. »Haben Sie noch etwas hinzuzufügen, Hauptkommissarin?«

Marie hielt seinem Blick stand. In den Augen des Mannes lag ein silbriger, bedrohlicher Glanz. »Mein Team und ich geben unser Bestes. Wir sind seit gestern früh auf den Beinen, wir arbeiten am Rand unserer Leistungsfähigkeit.«

»Dann gibt es nichts mehr zu sagen.« Silberbach wandte sich Parkov zu. »Erstellen Sie das Profil und bereiten Sie die Sonderkommission auf das Eintreffen Ihrer Kollegen vor.«

Nach diesen Worten stoppte die Übertragung, und der Bildschirm wurde schwarz.

»Professor Tod?«, fragte Marie.

»Ein Kollege der Operativen Fallanalyse des BKA.« Parkov lenkte den Wagen in den abendlichen Verkehr. »Es ist genau so, wie ich befürchtet habe. Wir erleben die politische Einmischung in all ihrer Pracht und mit all ihren Fehlern und werden am Ende eine tote junge Frau als Ergebnis bekommen. Zu viele Köche versalzen jede Suppe – und das, wo ich doch diese Aphorismen gar nicht mag.«

»Das ist mir zu pessimistisch.«

Parkov warf ihr einen Blick zu. »Du gibst dich nicht geschlagen, nicht wahr?«

Marie schüttelte den Kopf. »Nicht, solange mir noch Zeit bleibt. Nicht, solange ich noch stehen kann und die Kraft habe, um weiterzumachen.«

34.

Zurück im Großraumbüro der Sonderkommission, nahm sich Parkov einen Stift für das Whiteboard und blickte ernst in die Runde. »Fokus auf mich«, sagte er und wirkte dabei vor den projizierten Bildern des Tatortes wie ein düsterer Dozent des Schreckens. »Die Zeit drängt, daher zöge ich es vor, Sie alle lauschten meiner Ausführung und übten sich im Schweigen. Ja? Vielen Dank. Kommen wir zum Täterprofil: Wir suchen einen Mann zwischen Anfang dreißig und Ende vierzig, Rechtshänder, etwa eins achtzig groß. Kräftig, vermutlich Handwerker oder in einem Beruf tätig, der ihn körperlich fordert. Geringe soziale Kontrolle, vermutlich alleinstehend. Er lebt in einem Umkreis von etwa vierzig Kilometern zu den Tatorten. Aufzeichnungen seiner verfremdeten Stimme liegen der Technik vor und wurden durch die BKA-Stimmanalyse geprüft. Treffer: bislang keine. Er ist nicht vorbestraft. Als Spieler mit psychopathischer Wesensausprägung kennt er keine Skrupel und genießt die Vorstellung, uns von Tatort zu Tatort eilen zu sehen. Zuletzt existieren keine Spuren im Darknet, die uns auf ein anderes Motiv schließen lassen. Kein Erpressungsversuch gegen die Eltern oder die Lebensgefährtin, keine Hinweise auf Menschenhandel, keine Profitabsichten.«

Marie musterte Isabelle, die hinter ihr mit verschränkten Armen an der Wand lehnte. Sie hatte kurz mit ihr gesprochen, seit sie mit Parkov ins Präsidium zurückgekehrt war, und doch hatte sie sich des Eindrucks nicht erwehren können, dass ihre Kollegin von etwas betroffen war, das sie mehr beschäftigte, als sie zugeben wollte.

Trotz ihres Versprechens.

Wieso mache ich mir solche Sorgen um dich? Was versuchst du, vor mir und allen anderen Kollegen zu verstecken, so gut, dass es den meisten gar nicht auffällt? Was ist es? Wird es den Fall beeinflussen?

Parkov tippte mit dem Stift gegen die Tafel und riss sie aus ihren Gedanken. »Er ist so durchschnittlich, dass eine Überprüfung mit den Großrechnern des BKA zu keinem Ergebnis führte. Natürlich liegt uns kein Bildmaterial zu seinem Gesicht vor, doch besitzt er ebenso wenig körperliche Eigenarten, keine eigentümlichen Abläufe im Bewegungsapparat, die uns einen Rückschluss ermöglichen. Wir kennen jedoch seine Denkweise. Es sind seine eigenen Worte, die er beiden Geiseln in den Mund legte. Wir wissen, dass er handwerklich begabt ist. Wir wissen, dass er ein außergewöhnliches technisches Verständnis besitzt, das es ihm ermöglicht, seine Spuren im Internet zu verwischen. Niemeier, das war Ihr Stichwort.«

Niemeier räusperte sich, während seine Wangen einen Hauch Rot annahmen. »Ja, also … seit wenigen Minuten liegen mir die Ergebnisse der Rückverfolgungen vor. Die anderen fünf Mobiltelefone, die zum Zeitpunkt des ersten Anrufs innerhalb der nächstgelegenen Funkzelle eingeloggt waren: Zwei konnten wir lokalisieren, eines auf einem Feld bei Nied, ein anderes in einem Müllcontainer im Gallus. Von einem davon ging auch der jüngste Anruf an dich, in deine Wohnung, Marie.« Niemeier gab einem Kollegen ein Zeichen, worauf dieser eine Karte von Frankfurt und Umland einblendete. Die Orte, an denen sie Aktivitäten des Entführers aufgezeichnet hatten, waren rot markiert. »Er folgt keinem Muster«, erklärte er. »Die Orte sind willkürlich gewählt. Die Prepaidhandys enthalten nichts, womit wir ihn besser verstehen könnten.«

»Das ist falsch. Die Orte sind nur *scheinbar* willkürlich gewählt«, korrigierte Parkov. Marie merkte ihm an, dass die seltsame Atmosphäre im Haus der Ilms und die Beschuldigungen des alten Mannes auch ihn berührt hatten, auch wenn er sich alle Mühe gab, sich nichts anmerken zu lassen.

»Ich weiß jetzt auch, wie er es macht«, fügte Niemeier hinzu. »Wie er verhindert, dass wir das Handysignal zurückverfolgen. Als er dort im Pub auf dem Festnetzanschluss anrief, meine ich.«

»Dürfen wir auch erleuchtet werden?«, fragte Isabelle genervt.

»Er nimmt ein Handy«, Niemeier hielt sein eigenes hoch, »und ruft uns damit an. Nennen wir es Alpha. Dann nimmt er ein zweites, ihm geben wir den Namen Beta, und ruft damit ein drittes, Gamma, an. Dieses hält die Geisel in der Hand, so wie wir es beide Male auf der Videoaufzeichnung gesehen haben. Alpha und Beta hingegen …« Er streckte die Hand aus, und ein Kollege reichte ihm ein zweites Mobiltelefon, das er umdrehte, sodass Lautsprecher an Mikrofon und Mikrofon an Lautsprecher zu liegen kamen. »Alpha und Beta werden so zusammengeführt, dass alles, was die Geisel sagt, zu uns weitergeleitet wird, ohne dass das Anrufsignal tatsächlich vom Handy in der Hand der Geisel stammt. Wir haben Plastikabrieb vom einen Gerät auf dem anderen gefunden.«

»Es ist nicht besonders ausgeklügelt«, sagte Parkov mit einem kühlen Lächeln. »Und erklärt vorzüglich, wieso wir weitere Telefone im Haus bei dem hilflosen alten Mann gefunden haben.«

»Also war er deshalb dort? Hat der Mörder ihn gezwungen, die Geräte so zu benutzen? Hat er ihn einfach gezwungen, den Anruf weiterzuleiten?«

»Solange er sich nicht einlässt, werden wir es nicht erfahren. Aber seine Fingerabdrücke auf den Mobilgeräten sind eindeutig.« Parkov zitierte aus den Akten. »Die KTU konnte Plastikabrieb von einem der gefundenen Prepaidhandys auf der Kleidung des unbekannten Mannes ausfindig machen.«

»Und wir haben die Bestätigung des Netzbetreibers.« Niemeier schien mit einem Mal recht zufrieden. »Eines der Prepaidhandys war zum Zeitpunkt des Gesprächs mit dem Opfer mit einem dritten Handy in der Lagerhalle verbunden.«

»Wissen wir, wo er die Dinger gekauft hat?«

»Das ist Importware vom Schwarzmarkt. Er hat sich beim Kauf nicht ausweisen müssen.«

»Schade. Wenigstens wissen wir jetzt, dass er sich nicht zu fein ist, einen einfachen Taschenspielertrick zu verwenden. Er ist erstaunlich selbstsicher. Er lacht uns ins Gesicht«, sagte Marie, »und er ist sich sicher, dass er damit durchkommt.«

»Weiß jemand im Raum, wer an diesem Galgen hängt?«, fragte Parkov, während er einen großen Galgen in Schwarz auf das Whiteboard malte. »In der Vorstellung des Täters, versteht sich.«

»Versteht sich. Bitte, Parkov, ersparen Sie uns das Raten«, warf Leland ein. Er hatte zwei Tassen Kaffee vor sich stehen – schwarz, wie Marie erkannte – und schien sich sehnlichst nach Nummer drei umzusehen. Er wirkte seltsam nervös. Sie dachte an sein schmerzverzerrtes Gesicht, als er früher am Tag nach ihr gesehen hatte, und an seine ausweichende Erklärung: *nur eine Magenverstimmung, mehr nicht.* »Wir haben kaum noch Zeit.«

»*Wir* hängen dort«, sagte Jörg lakonisch. »Er hat uns mit dem Strick am Hals aufgehängt und lacht gerade über uns, während wir zappeln und ihm doch keinen Meter näher kommen.«

»Schöne Idee, Bodenfeld«, erwiderte Parkov, »aber leider falsch, vielen Dank fürs Mitspielen. In der Vorstellung des Entführers hängt an diesem Galgen eine ganz bestimmte

Person. Jemand, den nur er kennt. Sie hängt dort, weil es in der Vorstellungswelt des Täters so ablaufen muss oder vielleicht bereits so abgelaufen ist. Rothenberger war nur ein stellvertretendes Opfer. Er schafft die Verbindung durch seine Tat und durch das zentrale Motiv, das er auf dem Opfer hinterlässt: den *Morpho peleides.*« Parkov deutete auf den obersten Satz. »Sehen wir uns einmal an, was er uns übermittelt hat, wie er kommuniziert.« Sein Blick verweilte bei Isabelle, als er fortfuhr. »Ein Täter, der mordet, um seine Fantasien auszuleben, in welcher Form diese auch immer existieren mögen – sadistisch, fetischistisch, sexuell motiviert –, benötigt dafür kein Publikum. Er versucht vielmehr, die Aufmerksamkeit der Öffentlichkeit zu vermeiden, indem er sich verbirgt, seine Präsenz verschleiert, seine Opfer an möglichst unzugänglichen Orten tötet und ablegt.«

»Unser Mann jedoch nicht«, sagte Bodenfeld. »Er ist genau das Gegenteil.«

»Exakt. Der Täter sucht geradezu das Rampenlicht, die große Bühne, die Gegenwart eines Publikums. Das ist zwar ungewöhnlich, aber zugleich nicht neu. Er ist von dem Verlangen getrieben, sich direkt mit der Polizei zu duellieren, sich einen Wettstreit zu liefern, den er nur verlieren kann. Würde er seine Taten in aller Heimlichkeit ausführen, stünden seine Chancen zu entkommen weitaus höher.«

»Warum macht er es dann? Will er gefasst werden?« Jörg deutete auf die Tafel. »Immerhin gibt er uns die Chance, seine Geisel zu retten.«

»Ja. Es ist Teil seiner Fantasie. Wie verschafft er sich ein Überlegenheitsgefühl, das durch nichts zu übertreffen ist? Er liefert sich ein Duell mit seinem gefährlichsten Feind – und versucht, es zu gewinnen. Wir führen einen Krieg gegen ihn, und mit jeder errungenen Schlacht wird er selbstsicherer.«

»Na toll«, erwiderte Jörg sarkastisch. »Vielleicht ist er ja auf dem besten Weg, vor lauter Arroganz einen Fehler zu machen.«

»Darauf dürfen wir nicht hoffen«, sagte Marie. »Wir müssen seine Fehler provozieren, nicht auf sie warten.«

»Ein wichtiger Teil seiner Persönlichkeit, den wir nicht außer Acht lassen dürfen, spiegelt sich in seiner Reaktion auf das Unvorhergesehene wider, wie beispielsweise Weigand, der mit ihm anstelle von Marie telefonierte und ihm ein Angebot unterbreitete.«

»Er ist gefährlich und jähzornig«, sagte Weigand. »Das ist sicher. Er ist ein Psychopath, einer vernünftigen Argumentation nicht zugänglich, im Gegensatz zu einem gewöhnlichen Geiselnehmer, der darauf aus ist, seine Forderungen erfüllt zu bekommen.«

»Vergessen wir besser die andere Botschaft nicht, die er uns hinterlassen hat.« Marie deutete auf die zweite Zeile, die Parkov an die Tafel geschrieben hatte. »Es klingt fast, als wolle er sich bei seinem Opfer entschuldigen. Das passt auch dazu, dass er ihr die Augen geschlossen hat. Ungewöhnlich für jemanden, der seine Geisel nur Minuten zuvor qualvoll ertränkte.«

Parkov nickte. »Ein relevanter Hinweis, hinterlassen am Tatort, doch nicht auf eine Weise versteckt, dass ihn niemand hätte finden können. Fragen wir uns zuerst, wieso er ihn überhaupt hinterlassen hat. *Sie ist nicht das, was ich suche, sie kann mir nicht helfen, sie ist nicht der böse Engel*«, zitierte er.

»Düster«, sagte Marie. »Sehr düster. Es ist ein Teil seiner Entschuldigung. Er schließt ihr die Augen und hinterlässt diese Botschaft. Unser Täter sucht jemanden, von dem er sich Hilfe verspricht und den er zugleich den bösen Engel nennt.«

»Und sein Motiv?«

»Möglicherweise … Rache?« Marie überlegte und suchte nach dem richtigen Anknüpfungspunkt. »Eine Frau, die ihn verletzt hat, vielleicht so tief, dass er sie von jenem Zeitpunkt an hasste. Doch zugleich hat er sie einmal geliebt, weshalb er sie nach wie vor als Engel bezeichnet. Er empfindet ihr gegenüber ein zwiespältiges Gefühl, Hass und Zuneigung zugleich. Vielleicht ist es das, was ihn antreibt.« Marie seufzte. »Wir wissen zu wenig über seine Motivation und seine Fantasien. Diese Überlegungen helfen uns nicht weiter.«

»Was«, warf Isabelle ein, »wenn er diese Botschaft nur hinterlässt, um uns in die Irre zu führen? Und wenn er sie ertränken wollte, weil er es genießt, dabei zuzusehen? Was, wenn der Rest nur Täuschung ist?«

»Wenn es eine Täuschung ist, wieso gibt er sich dann überhaupt die Mühe, die zweite Botschaft zu verstecken?«, erwiderte Marie. »Wieso präsentiert er sie uns nicht an prominenter Stelle, um uns so gezielt aufs Glatteis zu führen?«

»Genau deshalb, damit wir nicht wissen, ob er uns nur täuscht oder ob sich hinter seinen Entschuldigungshandlungen tatsächlich eine notwendige Vorstellung des Täters verbirgt«, sagte Leland und sah zu Parkov hinüber, als erwarte er eine Bestätigung von ihm.

Parkov nickte. »In der Forensik nennen wir es das Undoing. Der Täter versucht, durch bestimmte Handlungen seine Tat oder bestimmte Elemente derselben ungeschehen zu machen. Natürlich kann er keine Tote zurückholen, doch genügt es für einen psychisch labilen Täter häufig, dass die Undoing-Handlung in seiner Vorstellungswelt das Opfer ›weniger tot‹, weniger geschädigt, zurücklässt. Sie ermöglicht es dem Täter in seiner Fantasie und in dem für ihn notwendigen Handlungsablauf, sich bei seinem Opfer zu entschuldigen.« Parkov legte die Fingerspitzen aneinander. »Wir wissen tatsächlich nicht, ob er uns bewusst täuscht oder ob er versucht, die Tat rückgängig zu machen. Aber das spielt auch keine Rolle.«

Marie warf einen Blick auf die Website. Die Unruhe und unterschwellige Panik, die sie verspürte, seit Fite sie attackiert hatte, war zumindest für den Moment in den Hintergrund getreten und ließ sie ruhig atmen. »Daniel«, sagte sie leise,

»du hast beim Lesen des Autopsieberichts angemerkt, dass Larissa Rothenberger nicht vergewaltigt wurde. Wir haben also kein sexuelles Motiv. Er sucht und tötet aus einem anderen Grund, der sich auf eine Frau bezieht, vermutlich aus der Vergangenheit, einen vermeintlich bösen Engel. Und nichts in der Vergangenheit der Opfer deutet darauf hin, dass sie es verdient hätten, dass man sie mit diesem Namen betitelt.«

»Es ist definitiv kein Sexualstraftäter. Der primäre Trieb eines solchen Täters«, fügte Parkov hinzu, »ist zu stark, als dass er ihn über die gesamte Zeit hätte unterdrücken können. Er hatte ausreichend Zeit, und dennoch kam es zu keiner Triebbefriedigung.«

»Sehr ungewöhnlich.« Leland erhob sich und ging zur Kaffeemaschine, deren lautes Pumpgeräusch kurz darauf durch den Raum hallte. »Wieder einmal äußerst ungewöhnlich, Parkov.«

»Sie wissen doch: Ich bin ein Freund des Ungewöhnlichen.«

»Was steckt dahinter?«, fragte Jörg. »Was treibt ihn dazu an? Stimmen in seinem Kopf? Ist es kalkulierte Absicht? Will er, dass wir ihn verstehen?«

»Er ist ein Planer«, erwiderte Parkov. »Er kommuniziert, er organisiert. Keine Tat des Chaos, kein Kontrollverlust, es ist Absicht – und zugleich auch wieder nicht. Die Entschuldigungen sagen mir, dass er sich auch fürchtet. Vor sich selbst oder vor etwas anderem. Serientäter töten häufig geschlechtsspezifisch, nach ihrer eigenen sexuellen Präferenz. Sie töten ihre eigene Furcht – ein heterosexueller, sexuell gestörter Mann tötet heterosexuelle Frauen. Er tötet, was er nicht erreichen kann und was ihn in Wut versetzt.«

»Ilm ist nicht heterosexuell.«

»Korrekt. Abweichung Nummer drei.«

»Nummer drei?«

»Wie ich schon sagte: Er entschuldigt sich. Er sucht die Öffentlichkeit und die Nähe zu uns. Und er tötet nicht zwanghaft nach sexuellen Gesichtspunkten. Es würde mich nicht verblüffen, wenn er auch einen Mann als Opfer auswählt.«

»Im Ernst?«

»Ja, Kollege, im Ernst. Etwas treibt ihn an, eine Suche, ein Verlangen. Vermutlich sind Frauen seine bevorzugte Wahl. Wir sehen nur geringe Übereinstimmungen, es gibt kein sauberes Opferprofil, eine ist blond, die andere brünett, sie entstammen nicht demselben Milieu, sind aber ähnlich alt. Wenn der Druck zu groß wird, würde er sich vermutlich auch an einen Mann wagen.«

»Was ist mit dem Hund?«, warf Niemeier ein. »Rothenbergers Hund Balu wurde getötet. Was ist mit Ilms Leroy geschehen?«

»Das wissen wir nicht. Aber er war bei ihr, darin stimmen die Zeugenaussagen überein. Entweder hat ihn der Täter mitgenommen, oder er musste sterben, weil er ihm im Weg stand.« Parkov deutete auf die erste Zeile. »Was lesen wir daraus? Warum muss eine junge Frau sterben, während ein alter Mann weiterleben darf?«

»Ein Rätsel mit so vielen Antwortmöglichkeiten, dass wir die richtige wohl kaum beizeiten finden werden.« Isabelle nahm Leland eine Kaffeetasse ab und schob sie weiter. »Außerdem passt es nicht zu seiner anderen Botschaft, finde ich. Der Ton klingt anders.«

Marie bemerkte, wie etwas in Parkovs Augen aufleuchtete. Mit einem Mal schien er hellauf begeistert. »So ist es. Und deshalb stehen sie hier direkt untereinander. Ich hatte gehofft, jemand würde meine Vermutung bestätigen. Seine Frage passt stilistisch nicht zu den Worten, die er für seine Entschuldigungsbotschaft gewählt hat.«

»Und was sagt uns das?« Jörg schien noch immer nicht vollends überzeugt. »Vielleicht täuscht er uns auch mit seinem Sprachstil.«

»Jeder Täter agiert innerhalb von Grenzen. Meist sind das Grenzen, die er sich selbst auferlegt, die seine Vorstellungswelt betreffen. Grenzen, die sich – auch wenn sie für uns nicht unbedingt logisch sind – für ihn daraus ergeben, dass er gewisse Dinge auf eine ganz bestimmte Weise ausführen muss, weil seine Fantasie es ihm so vorgibt. Der Stil weicht ab, wie Kollegin Odinsdottir korrekt erkannte, und die Wortwahl.«

»Also ist er was? In der Persönlichkeit gespalten? Erklärt das, wieso er es sogar wagt, jemanden zu schicken, um eine Kollegin anzugreifen?«

»Möglich, Bodenfeld, möglich. Nichts ist so komplex und schwer zu durchschauen wie der menschliche Verstand. Der erste Mord und der Angriff auf Marie kurz danach folgen einem Muster. Er könnte durchaus noch einmal jemanden aus unserer Mitte als Ziel auswählen.« Parkov deutete abermals auf die oberste Zeile. »Betrachten wir noch einmal die Frage, die er an uns richtet. Wie Odinsdottir korrekt anmerkte, ist es ein Rätsel mit einer Vielzahl von Lösungsmöglichkeiten.«

»Ja, und?«, fragte Niemeier und sah einen Moment von seinem Monitor auf.

»Das ist alles. Die Frage wurde bewusst gewählt. Er erwartet nicht, dass wir sie beantworten. Er will nicht, dass wir sie beantworten. Er erwartet, dass wir scheitern. Er hält seine Frage für unlösbar.«

Parkovs Worten folgte Schweigen. »Und was machen wir dann?«

»Wir spielen weiter mit«, erwiderte Parkov mit einem wissenden Lächeln, »und lösen sie trotz seiner Erwartung. Ein Spieler, der seinen Gegner für unterlegen hält, erlaubt sich Fehler. Er ist zum Scheitern verdammt.«

Der Kollege der Operativen Einheit, dem Marie bereits früher am Tag begegnet war, schnäuzte sich weiter hinten im Raum geräuschvoll die Nase. »Wir konnten nichts weiter zu Fite herausfinden. Unser kleiner Dealer war allerdings auch ziemlich gut im Verstecken. Damit sind wir raus. Fite ist tot, um ihn werden wohl die wenigsten weinen. Und Sie, Hauptkommissarin, geben in Zukunft besser darauf acht, wer sich in Ihrem Rücken anschleicht.«

Er erhob sich. Marie öffnete den Mund, sah aber Parkovs Kopfschütteln – kaum mehr als eine Andeutung, doch sie begriff.

Nicht hier. Nicht jetzt.

Auch wenn seine Worte wie eine versteckte Drohung klangen.

»Das Zeitfenster schließt sich um Mitternacht«, sagte Leland und sah sich zu Niemeier um. »Haben wir eine Rückmeldung von Interpol, was die Verfolgung seiner Spur im Netz und im Ausland betrifft?«

»Ja. Aber die Zusammenarbeit mit den kongolesischen Behörden gestaltet sich im Augenblick schwierig. Sie bestreiten, dass der Server auf ihrem Staatsgebiet steht. Vermutlich haben sie sogar recht, die Verschlüsselung von TOR lässt uns seine Spur nur sehr langsam zurückverfolgen.«

»Kann die Regierung dort nicht einfach die Website abschalten?«, hakte Leland nach.

»Wenn sie wirklich von daher stammt, werden uns die Behörden mit voller Unterstützung zur Seite stehen.«

»Dann verfolgen Sie sie weiter.«

»Allerdings können wir nur Server nach Server im TOR-Netzwerk aufspüren, und da diese sich jederzeit ändern können …« Niemeier zuckte unschlüssig mit den Schultern.

»Ich verstehe nur Bahnhof«, sagte Leland hilflos. »Leute, ich weiß, wie ich einen Browser öffne und eine Mail versende, aber damit hat sich die Sache auch schon. Wovon in aller Welt reden Sie, Niemeier?«

»Es ist eigentlich ganz leicht«, sagte Parkov. »Senden Sie eine Botschaft über das Internet von Athen nach Berlin, weiß der Empfänger in Berlin, dass die Nachricht von Athen abgeschickt wurde. Das können wir nutzen und ihn aufspüren.«

»Und was ist dieses TOR?«

»Niemeier, jetzt sind Sie dran.«

»The Onion Router, kurz TOR, ist ein Proxydienst, der sich mit TOR-Servern verbinden kann. Eine Art Verschlüsselungssoftware für deinen Internetzugang, vereinfacht gesprochen. Mit TOR kann man verhindern, dass die eigene IP-Adresse zurückverfolgt wird. Die Spur wird – wie eine Zwiebel, daher der Name – hinter vielen verschiedenen Schichten verborgen. Anstatt eine Botschaft direkt von Athen nach Berlin zu senden, von A nach B, verstehen Sie, wird eine über TOR geleitete Nachricht von Athen über Chicago über Dresden über Eindhoven über Florenz über Greenville, über was auch immer Sie sich ausdenken mögen, geleitet, bis sie schließlich von einem letzten Server, nennen wir ihn Y, zum eigentlichen Ziel in Berlin durchgestellt wird.«

Leland schnaubte. »Und?«

»Die Rückverfolgung ist erheblich schwieriger. Denn in Berlin weiß man nun, dass die Botschaft von Y kam, aber nicht von welchem Ursprung, ja nicht einmal von welchem Server Y die Botschaft zuvor erhalten hat.«

»Aber Y weiß das?«

»Y kennt auch nur den Server, von dem er die Nachricht bekommen hat. Wir müssen Server um Server zurückverfolgen. Und je nach Verschlüsselung und Standort der Server – denken Sie mal an Staaten, die mit europäischem Recht aber auch gar nichts gemein haben – dauert die Sache sehr lange. Wir können zwar die TOR-Knotenpunkte in Deutschland überwachen, aber weil er genau weiß, dass wir das tun, wechselt er laufend die Verbindung und damit auch die TOR-Server, und wir fangen wieder von vorne an. Mit diesem Prinzip funktioniert auch die Videotelefonie-App, die Marie auf seinen Befehl installieren musste. Wir haben den Programmcode geprüft, er hat uns keine Hinweise hinterlassen.«

»Na hervorragend.« Leland schüttelte den Kopf. »Schöne neue Welt. Ein Irrer lädt Videos hoch, und wir können ihn nur mit Mühe daran hindern. Ich kann nicht behaupten, dass mir das keine Sorgen bereitet.«

»So ist es leider.«

»Was wurde bei Ilms Eltern in Erfahrung gebracht?«, wandte sich Leland an Marie. »Etwas Neues über den Zeugen im Krankenhaus?«

»Einiges.« Marie erklärte, was ihr der Arzt berichtet und wie sich Linda Ilms Eltern geäußert hatten. »Bei ihren Eltern sehe ich keinen Anknüpfungspunkt.« Die seltsame Stimmung, die sie wahrgenommen hatte, und Barbara Ilms merkwürdiger Blick, als sie den Morphofalter entdeckt hatte, erwähnte sie nicht. »Was den alten Mann angeht, müssen wir uns derzeit darauf beschränken, dass ihn ein Dritter hoffentlich bald identifizieren kann. Wir bleiben dran.«

»Können wir seine Frage beantworten? Können wir Linda Ilm auf diese Weise retten?«

Parkov warf Leland einen Blick zu. »Es gibt eine Vielzahl von Antwortmöglichkeiten. Aber in der Vorstellungswelt des Täters existiert nur eine einzige, eine richtige, die wir finden müssen. Ich werde die Frage lösen, das versichere ich Ihnen.«

Einen Augenblick hingen sie alle ihren Gedanken nach. Von draußen drangen das Geräusch des Abendverkehrs auf der Adickesallee und das leise Rauschen des Regens herein.

Eine einzige Lösung, dachte Marie. *Sie ist nicht der böse Engel.*

Unvermittelt hustete Leland so heftig, dass sie alle aufblickten. »Kann mir mal jemand sagen, wieso es hier so heiß ist? Können wir nicht …«

Marie, die neben ihm saß, bemerkte als Erste, dass etwas mit ihm nicht stimmte. Er griff sich an den Kragen seines

Hemds, wollte ihn weiten, während seine Finger nervös an seinem Hals herumtasteten. Sie sprang auf und hielt ihn fest, ehe er vom Stuhl kippen und zu Boden sinken konnte. Sein Atem ging schnell und stoßweise. »Franz, was … was ist denn?« Sie öffnete die oberen Hemdknöpfe, verschaffte ihm mehr Luft, legte zwei Finger an seinen Hals und prüfte den Puls.

Wieder hustete er. Sein Herzschlag ging schnell, Schweiß trat auf seine Stirn.

»Er braucht einen Arzt«, rief sie. »Sofort!«

Parkov half Leland, sich aufrecht zu halten, und drückte ihn sanft, aber bestimmt zurück auf den Stuhl, als er aufstehen wollte. Die Männer tauschten einen langen Blick.

»Ganz ruhig«, sagte Marie. »Alles wird gut.«

Leland hustete abermals. Als Marie aufsah, blickte sie in bestürzte Gesichter. Niemand rührte sich. Eine Sekunde lang schien der Moment wie ein Stillleben für alle Zeiten festgehalten.

»Steht nicht da rum, ruft doch endlich jemanden!«

Ihre Worte brachen den Bann.

»Rettung ist unterwegs«, rief ihr Jörg zu, trat an ihre Seite und musterte Leland mit Sorge. Marie sah, dass er seine Hände geballt hatte, als wollte er einen unsichtbaren Gegner angreifen, einen Feind, der unsichtbar in ihre Mitte getreten war. »Wir haben gerade einen Krankenwagen unten. Die Sanitäter kommen.«

Isabelle reichte Marie eine kleine Wasserflasche, aber Leland schüttelte den Kopf. »Nicht jetzt. Kein Wasser.«

Marie hielt seine Hand. »Sie sind gleich da. Keine Angst.«

»Es ist nicht nötig … nicht wichtig …«

»Doch«, sagte sie. »Das ist es.«

Es schien eine kleine Ewigkeit zu dauern, bis zwei Sanitäter mit einer Trage zur Tür hereinkamen. Einer von ihnen schob Marie beiseite.

»Er ist plötzlich umgekippt. Der Puls ist ziemlich hoch.«

»Wir übernehmen.«

Sie hoben Leland behutsam auf die Liege, dann schoben sie ihn hinaus. Marie sah noch, wie die Männer ihren Schritt beschleunigten, dann schlugen sie die Tür zu und ließen einen Saal voller geschockter Kollegen zurück. Ohne Lelands schweren, um Luft ringenden Atem war der Raum mit einem Mal sehr still.

Und dann die Stimmen ihrer Kollegen, bestürzt, überrumpelt und für Marie in diesem Augenblick doch wie aus großer Ferne: »Wie kann das sein?«

»Aber er war doch immer …«

»War das ein Herzinfarkt?«

»Meine Güte, das sah ganz danach aus.«

Vorn bei der Tafel machte Parkov kehrt und verließ den Raum.

35.

Durch einen Schleier aus Regen sah Marie, wie Parkov vor ihr stand. »Wir müssen weitermachen. Hörst du? Das ist gerade jetzt wichtiger als alles andere.«

Regen? Nein. Sie wischte sich über die Augen. Das war kein Regen.

Leland, der um Luft ringend zusammenbrach. Der Mann, der so unerschütterlich wie ein Fels inmitten des Kommissariats gestanden hatte, ungebeugt, ungebrochen und bereit, jeden Kampf aufzunehmen. Niedergeworfen von einer Kraft, die niemand vorhergesehen hatte.

»Wird er …?«

»Das weiß niemand. Wir müssen die Ergebnisse abwarten. Es gab Vorzeichen, das wissen wir beide. Sein Gesundheitszustand war nicht der beste.« Parkov streckte ihr die Hand hin, um ihr aufzuhelfen. »Komm schon. Wir dürfen trotz allem sein Angebot nicht vergessen. Uns bleibt nicht mehr viel Zeit.«

Marie griff nach seiner Hand. »Du meinst das Smartphone. Dein Smartphone, das er in seine Finger bekommen will.«

»Exakt. Wir spielen mit.« Parkov warf das Mobiltelefon in die Luft und fing es wieder auf. »Er bekommt, was er will. Und wir … wir folgen dem Plan. Meinem Plan.«

»Also gehe ich zurück in meine Wohnung«, sagte Marie und legte eine Hand auf Parkovs Arm, ehe er das Handy ein drittes Mal werfen und fangen konnte. »Und warte dort auf seinen Anruf.«

»Gewiss. Du wirst nicht allein sein. Die Technik wird sich für den Fall, dass er sich abermals auf diese Weise melden sollte, in deinen Festnetzanschluss schalten, die TKÜ läuft. Und wir werden dich verkabeln, für den Fall, dass er die App benutzt. So hören wir mit, was er sagt.«

Marie sah Parkov an. Er schenkte ihr ein beruhigendes Lächeln, das ihr ein wenig Halt gab. »Ein Glück, dass die Sanitäter unten waren. Franz wird es schaffen.«

»Hoffen wir es.«

»Du bist überzeugt, dass uns der Mörder nicht bloß reinlegen will?«

»Er sucht den Reiz des Duells. Er ist ein Raubtier. Wie eine Hyäne wird er die Beute riechen und kommen.« Parkov streckte ihr das Handy hin. »Bist du bereit?«

Marie holte tief Luft. Leland, ihre lädierte Hand, der Anruf in ihrer Wohnung. Sie dachte an Lucie und schließlich an Linda Ilm, die irgendwo um ihr Leben bangte und niemanden mehr hatte. »Es ist gefährlich. Verflucht gefährlich. Also tun wir es.«

Das Kabel unter ihrem T-Shirt, verbunden mit einem flachen Mikrofon, das jedes ihrer Worte aufzeichnen und in die Zentrale übertragen würde, bemerkte sie kaum, als sie sich der Eingangstür näherte. Adrenalin flutete ihren Körper, ihr Verstand war hellwach und geschärft wie eine Klinge, selbst das Pochen ihrer verletzten Rechten, das sie immer wieder daran erinnerte, was geschehen war, trat in den Hintergrund.

Nervös war sie nicht mehr. Das Warten war das Schlimmste, aber sobald sie einem Täter gegenübertrat, war sie wie ausgewechselt. So war es immer.

Du benimmst dich wie gewöhnlich, dachte sie, *unauffällig und unaufgeregt: Du weißt nicht, dass die Kollegen irgendwo in der Nähe die Straße im Auge behalten. Du weißt nichts davon, dass du verkabelt wurdest, jedenfalls muss für ihn genau dieser Eindruck entstehen. Das ist wichtig. Essenziell.*

Wenn er dir nicht glauben sollte – wenn er bemerkt, dass du ihn verarschen willst, das waren Jörgs Worte gewesen –, wird er im besten Fall einfach nicht auf den Deal eingehen. Im schlimmsten Fall wird er Rache üben wollen und seine Drohungen wahrmachen. Aber keine Sorge, Lucie, Elise, Bine und alle anderen sind in Sicherheit. Er kann ihnen nichts anhaben.

Marie stieg die Treppenstufen hinauf und öffnete die Wohnungstür.

Es wird gelingen, dachte sie. *Alles geht gut.*

Als sie das Licht anschaltete, war sie einen Moment lang überzeugt davon, dass er vor ihr hier war, im Flur auf sie wartete, eine hoch aufragende Gestalt aus einem Albtraum, die über sie herfallen würde.

Aber ihre Wohnung war leer und genau so, wie sie sie verlassen hatte – bis auf einen braunen Umschlag, der neben dem Telefon lag.

Und die Kameras, dachte sie, legte Schlüssel und Parkovs Handy demonstrativ neben das Festnetztelefon, auf dem der Entführer sie zuletzt angerufen hatte. *Wo hast du sie versteckt?*

Ihr Blick schweifte durch den Flur und blieb an einem Bücherregal hängen. Täuschte sie sich, oder war einer der dicken Romane in der oberen Reihe ein Stück zur Seite geschoben? Stand einer von ihnen auf dem Kopf? War dort etwas installiert, womit er sie beobachten konnte? Oder hatte er ein winziges Loch in die Holzdecke gebohrt, und eine millimetergroße Kamera blickte von dort auf sie herab?

Marie war angewidert. Das Gefühl, in ihrer eigenen Wohnung beobachtet zu werden, kroch wie eine Berührung von schmutzigen Fingern über ihre Haut.

Dass er hier gewesen war, schien offenkundig. Seine Präsenz lag wie ein übler Geruch in der Luft, ein Hauch des Bösen, der bis in die Wände eingedrungen war. Und natürlich lag da auch dieser Umschlag. Marie zögerte. Die Technik überwachte ihren Festnetzanschluss, doch da würde er nicht anrufen, nicht wie beim letzten Mal. Stattdessen hatte er ihr etwas mitgebracht: Umständlich öffnete sie das handelsübliche braune Kuvert mit einer Hand und sah hinein. *Leer.* Das Papier war rau unter ihren Fingern.

Dann meldete sich die Videotelefonie-App, die zu installieren er sie aufgefordert hatte, auf ihrem Handy.

Also wie immer, dachte sie. *So umgeht er die Überwachung der Kollegen. Jetzt gib dein Bestes. Spiel das Schauspiel deines Lebens.*

»Marie Winter.«

»Du bist zurück«, sagte er mit seiner elektronisch verzerrten Stimme. »Früher, als ich dachte, später als erhofft.«

»Ich konnte nicht schneller. Ich musste mich davonstehlen und eine Entschuldigung dafür finden, wieso ich mitten in der laufenden Ermittlung aus dem Präsidium verschwinde.«

»Und?«

»Und was?«

»Welche Entschuldigung hast du dir einfallen lassen?«

Oh ja, dachte sie, *schlau ist er. Er testet deine Spontaneität, weiß, dass du spätestens jetzt ins Stolpern gerätst, wenn du dir alles nur ausgedacht hast. Aber darauf hast du dich vorbereitet.*

»Ich musste nach meiner Tochter sehen. Das geht immer. Die Kollegen wissen das.«

»Na, da kann ich dich beruhigen, Marie. Ihr geht es gut.«

Sie holte scharf Luft. *Das kann er nicht wissen. Er kann Lucie nicht beobachtet haben, sie ist sicher. Er spielt nur mit dir, verhöhnt dich. Es gefällt ihm, dich leiden zu sehen.*

»Ich habe, was du willst. Parkov hat nichts bemerkt. Er steckt bis zum Hals in Arbeit, es war leicht, das Mobiltelefon einzustecken, als er mal kurz nicht hinsah. Jetzt denkt er wahrscheinlich, dass er es irgendwo hat liegen lassen. Er wird es nicht mit mir in Verbindung bringen«, sagte sie kühl.

»Ich bin zufrieden. Du kannst mich zwar nicht sehen, aber gerade lächle ich vor Glück.«

»Das ist schön für dich.«

»Ja«, antwortete er gedehnt. Der Verzerrer ließ den Laut wie das Schaben von langen Nägeln auf rauem Metall klingen. »Steck es in den Umschlag. Lass ihn liegen. Ich werde alles abholen.«

»Ich soll es in der Wohnung lassen?«, wiederholte sie so deutlich, dass es jeder Kollege, der zuhörte, auch sicher mitbekam. »Okay.« Das war unerwartet. Sie legte das Handy in den braunen Umschlag.

»Sag mir noch eins, Marie. Wirst du heute Nacht hier schlafen?«

»Ich fürchte, es wird für mich nicht viel Schlaf geben.« *Ganz bestimmt nicht.*

»Du musst mir auch nicht antworten. Ich weiß, dass du vor mir Angst hast. Vor dem Gefühl, das ich bei dir wecke. Erinnere ich dich an jemanden? An etwas? Wie zum Beispiel an eine knarrende Tür, die eine Hand aufstößt, die ein Messer hält? Ein vertrautes Gesicht, gekommen, um dich zu töten?«

Marie schloss die Augen. »Du hast, was du willst. Es ist hier. Hol es. Gib mir, was du mir versprochen hast.« Sie musste sich zwingen, ihn nicht anzuschreien.

»Ja. Wir haben einen Deal. Eine Hand wäscht die andere und dergleichen. Du hast dir deine Information wirklich verdient, wirst sie aber nicht bekommen, bevor ich das Handy in meinen Händen halte. Dann werde ich mich wieder melden.«

Mit diesen Worten unterbrach er die Verbindung.

»Mistkerl.« Marie trat zur Tür und sah sich ein letztes Mal um.

Das Handy war im Umschlag. Alles platziert. Die Kollegen wussten, er würde kommen. Sie würden ihn verfolgen. Und wenn alles gut lief, würde er sie zu seinem Versteck führen.

Marie rief den Aufzug und fuhr nach unten.

Als sich die Türen zur Seite schoben, ging ein Mann in Jogginghosen und dunklem Kapuzenpullover an ihr in Richtung Treppe vorbei. Er nickte ihr zu – ein Allerweltsgesicht, Dreitagebart, grüne Augen, die tief in den Höhlen lagen, als hätte er in letzter Zeit nur wenig Schlaf bekommen.

Ist er es? Ist der Entführer gerade auf dem Weg nach oben, um sich die Beute zu holen?

Marie sah sich nach ihm um, sah zu, wie der Mann den Lift ignorierte und mit behänden Schritten drei Treppenstufen auf einmal nahm und verschwand.

Wer bist du? Welche Dämonen bringen dich dazu, so zu handeln?

Wie gern wäre sie ihm gefolgt. Aber das war nicht geplant und auch nicht das, was sie Linda versprochen hatte. Wenn sie sie finden wollten, mussten sie den Täter zunächst gewähren lassen. *Halte durch, Linda*, dachte sie. *Nur noch ein wenig.*

Marie ließ die helle Eingangshalle hinter sich und trat hinaus in den Abend.

Die Karten waren verteilt, die Einsätze platziert.

Das Spiel war im Gange.

36.

»Er war dort. Nur ein paar Meter von mir entfernt.« Der Regen lief in großen Schlieren über die Frontscheibe. Marie rieb sich die Arme, fröstelte, was nicht nur mit dem hereinbrechenden Dunkel und der Kühle zusammenhing, die der Abend mit sich herantrug. »Was machen die Kollegen?«

»Sie üben sich in höchster Zurückhaltung«, antwortete Parkov. »Gemäß dem Einsatzplan werden sie den Tatverdächtigen nicht erfahren lassen, dass wir vor Ort sind. Ein Mann war in der Wohnung, nahm das Handy samt Umschlag, kam wieder nach unten, stieg in seinen Wagen und entfernte sich, wenngleich wir noch nicht wissen, wer uns dort so flüchtig mit seiner Anwesenheit erfreut hat. Die Kollegen des Mobilen Einsatzkommandos verfolgen ihn unauffällig.«

»So schnell?«

»Das war leicht«, erwiderte Parkov mit einem Schulterzucken. »Der Einsatzleiter schuldet mir noch einen Gefallen.«

Marie strich sich eine Strähne aus der Stirn. »Wird er uns das abnehmen? Er ist äußerst vorsichtig.«

»Das Handy ist ein Duplikat meines echten und mit gezielt ausgewählten Falschinformationen gefüllt, so wie wir es besprochen haben. Er weiß nur, dass wir hauptsächlich gegen Ilms

Lebensgefährtin ermitteln. Damit kann er nichts anfangen, weil es natürlich eine Lüge ist. Manchmal führt nur die Lüge schnell ans Ziel.«

»Und die Ortungseinheit, die die Technik eingebaut hat?«

»Die Kollegen haben übernommen.« Parkov tippte an den Bildschirm auf der Mittelkonsole. »Das ist sein aktueller Standort: Hauptbahnhof. Der Wagen ist zugelassen auf einen Herrn namens Sam Gorad.«

»Wir warten also, bis er uns zu Linda Ilm bringt.« Marie betrachtete den winzigen Punkt auf der Übertragung. »Wieso nur bin ich nicht überzeugt, dass er so naiv ist, uns direkt zu ihr zu führen? Und wieso will er ausgerechnet dein Handy?«

Parkov starrte in die Nacht. »Das weiß ich nicht. Noch nicht.«

Eine Welle der Kälte lief über ihren Körper. Marie strich sich abermals gedankenverloren über die Arme. »Als wir uns dort gegenüberstanden – einen Augenblick hatte ich das Gefühl, er würde mich dort erwarten. Als wolle er gesehen werden, mich verhöhnen, als hätte er den Zeitpunkt bewusst gewählt.« Sie warf Parkov einen nachdenklichen Blick zu. »Sag mir, dass du eine Theorie hast. Sag mir einfach, dass wir hier eine Spur verfolgen und verstehen, was geschieht.«

Parkov griff auf die Rückbank und reichte ihr seinen Mantel. Schaufenster, Straßenlaternen, rote Rücklichter zogen in einem Kaleidoskop aus Licht und Schatten vorüber und spiegelten sich in seinen Augen. »Was immer es ist, es ist gefährlich.«

Es kostete Marie Überwindung, die nächsten Worte auszusprechen; zugleich wusste sie aber, dass Parkov einer der wenigen war, vor denen sie es in dieser Situation überhaupt konnte. »Machen wir eine kurze Pause? Ich glaube, die würde mir guttun. Nur ein paar Minuten, mehr muss es gar nicht sein.«

»Was hältst du von Abendessen?«

»Meinst du das ernst? Ich verhungere. Aber dafür haben wir …«

»Keine Zeit? Doch. *Etwas* Zeit haben wir immer. Wir werden im Auge behalten, was sich bei den Kollegen tut.« Ein Lächeln huschte über Parkovs Gesicht und ließ ihn viel weniger ernst wirken. »Ich weiß da genau das Richtige.«

»Sag bloß.«

»Du kennst mich doch«, erwiderte er, während das Lächeln seinen Mund umspielte. »Allzeit zu Diensten.«

Einige Minuten später hielt Parkov in der Nähe des Grüneburgparks vor einem kleinen Restaurant, das sich zwischen den Bäumen versteckte. Mit dunklem Holz, einer Terrasse in asiatischem Stil und verspielt geschnittenem Buchsbaum wirkte es atmosphärisch und einladend, eine kleine, versteckte Oase der Einkehr und Geselligkeit. An den Tischen im Freien saßen einige Gäste unter einer Reihe von Lampions, die buntes Licht verbreiteten. Sanfter buttergelber Kerzenschein fiel auf gemasertes Holz, in der Luft lag der Klang leiser, vertraulicher Gespräche und der Duft fernöstlicher Küche. Ein großes Stoffsegel bot ihnen Schutz vor dem Regen und fügte sich dabei auf eine organische Weise in die Umgebung ein, als sei es völlig natürlich inmitten der Bäume gewachsen. »Ich kenne die Inhaberin«, erklärte Parkov. »Eine hervorragende Köchin. Es ist ein, sagen wir, Insidertipp. Keine Sterne, aber das liegt auch nur daran, dass die Kritiker die Lokalität nicht finden – aber ich habe mir schon lange vorgenommen, einmal einen empörten Brief zu schreiben, sollte man sie weiterhin ignorieren. Die Besten sollten sich nicht verstecken. Und außerdem, denke ich, ist es genau das Richtige für verhungernde Kommissarinnen.« Er zwinkerte ihr zu.

»Du bist so ein Scherzkeks.«

»Manchmal, wenn es die Umstände erfordern, jemand eine kleine Aufheiterung gebrauchen könnte, gewiss. Wie ich sehe, haben wir etwas Zeit. Auf der A5 hat sich ein Unfall ereignet. Unser Mann steht im Stau, das MEK ebenfalls. Dreißig Minuten, vielleicht ein wenig länger. Lass uns also etwas Kleines bestellen, passend für unser Zeitfenster.«

»Gut.« Sie schenkte ihm ein Lächeln. »Das genügt schon.«

Marie wählte sich auf Parkovs Empfehlung hin einen Salat mit Avocado, Koriander und Geflügelstreifen, Parkov gegrillten Red Snapper mit Ingwersauce an grünen Bohnen und Wein für sie beide.

»Er verlässt die Autobahn und lässt sich Zeit«, sagte er nach einem Blick auf sein Handy. »Und er hält sich an die Geschwindigkeitsbegrenzungen.«

»Weil er natürlich nicht auffallen will.«

»So ist es.«

Ihre Teller und die Gläser kamen, sie stießen an. Marie probierte und war überrascht, dass es noch besser schmeckte, als Parkov versprochen hatte, und zugleich darüber, wie gut er mit seiner Empfehlung ihren Geschmack getroffen hatte. Sie genoss die Minuten der Ruhe. »Ein Glas«, sagte Parkov, »wird niemanden stören. Solange wir nicht Weigand direkt ins Gesicht hauchen.«

»Oh, das hatte ich nicht vor.« Marie blickte zum Himmel auf, an dem schon einige Sterne zwischen den Wolken blinkten. »Wir sollten auch nach ihm sehen. Nach Franz, meine ich. Ich fühle mich ein bisschen mies, dass wir hier einfach weitermachen. Ich will wenigstens wissen, dass er wirklich okay ist.«

»Das geht nicht, Marie.«

»Wieso?«

»Weil er nicht gewollt hätte, dass wir unsere Zeit damit verbringen, nach einem alten Mann zu sehen, während Unschuldige in Gefahr sind.«

»Alter Mann.« Sie seufzte. »Ja. Das hätte er gesagt.«

Ihre Hand machte sich wieder bemerkbar, dieses Mal mit einem anhaltenden schmerzhaften Brennen. Sie schloss die Augen. Terranos Gesicht, das sie aus dem Dunkel heraus anstarrte, wollte nicht verschwinden.

Grüße von einem Bewunderer. Ihr werdet ihn nicht stoppen.

Als sie nach ihrer Gabel griff, streifte sie das Weinglas mit der bandagierten Rechten und warf es um. Wein floss über das Tischtuch. »So ein Mist. Tut mir leid.« Sie schob den nur zur Hälfte leeren Teller zur Seite.

»Marie?«

»Es ist nichts. Ich muss nur immer wieder daran denken, was geschehen ist. Bin gerade wohl nicht die beste Gesprächspartnerin.« Für einen Augenblick war sie den Tränen nahe.

»Ich verstehe. Du musst dich nicht rechtfertigen.«

»Und ich kann nicht behaupten, dass es mir keine Angst macht. Dieser Mann war wie ein wildes Tier.« Marie seufzte. »Es war so knapp. Aber wie soll ich mit meinen eins einundsechzig gegen jemanden ankommen, der bereit ist, vor meinen Augen zu sterben?«

»Äußerst attraktive eins einundsechzig.«

Sie lachte traurig. »Daniel, bitte.«

»Es hätte nicht geschehen dürfen. Aber nichts davon war dein Fehler.«

Marie hob ihre rechte Hand. »Sieh es dir an. Was ist, wenn das noch nicht alles war? Das war ein Junkie, Herrgott.«

»Ich sehe aber auch noch etwas anderes.« Parkov streckte seine Hand aus und berührte ihre Finger, die aus dem Verband hervorschauten. Sie zog ihre nicht zurück, Parkovs Berührung war sanft und warm.

»Und das wäre?«

»Eine Kämpferin. Tapfer. Mutig. Die beste Kollegin, die ich mir wünschen könnte.«

Marie spürte, wie ein Lächeln auf ihre Lippen trat. »Das ist sehr lieb von dir.« Sie blickte über Parkovs Schulter hinweg. »Sieh mal.«

Über den Pfad, der sich zwischen den Tischen zum Restaurant hinschlängelte, kam ein Mann auf sie zu. Ein Obdachloser, der eine Plastiktüte trug. Parkov wandte sich zu ihm um.

»Hast du was für mich?«

Der Mann nickte. »Wie versprochen. Erst das Geld.«

Parkov drückte ihm zwei Scheine in die ausgestreckte Hand. Dann kramte der Mann in seiner Tüte. »Das Versteck war nicht leicht zu finden. Jemand hat aufgeräumt. Aber ich wusste, wo Fite noch ein paar Sachen versteckt hat, die er besonders gernhatte.« Er reichte Parkov ein kleines Kästchen.

»Und?« Parkov berührte den Gegenstand nicht.

»Ich glaube, Fite wurde beliefert. Da sind Sachen drin, noch ein paar Reste … ich weiß nicht. Mir gefällt das nicht. Ich hab nur reingesehen, nichts angefasst. Ein paar der Jungs sagen, Fite war nicht mehr er selbst, seit er *ihn* getroffen hat. Er erzählte, jemand hätte ihm neuen Stoff besorgt. Ganz besonderen.«

»Das ist alles?«

»He, Mann, wieso sollte ich lügen? Ich will damit nichts zu tun haben.« Er hob abwehrend die Hände. »Du weißt, dass ich nur ein bisschen an der Flasche hänge, sonst nichts.«

»Na schön. Du hast getan, was du konntest«, erwiderte Parkov. »Lass die Kiste hier. Und eins noch – danke.«

Der Obdachlose nickte, wackelte den Pfad zurück, bog dann um eine Ecke und verschwand aus ihrem Blickfeld.

»Ich glaube«, sagte Parkov, »dass wir gerade ein wichtiges Puzzlestück entdeckt haben.«

»Eine Erklärung für Fites Wahn?« Marie beugte sich zu dem Kästchen. Auf dem Deckel war ein Symbol zu sehen: drei Striche, senkrecht nebeneinander, dazwischen zwei Punkte.

Etwas an diesem Anblick in Verbindung mit den Worten des Obdachlosen jagte ihr einen kalten Schauer über den Rücken.

|.|.|

»Jemand hat ihn also mit Drogen versorgt.«

Parkov legte einige Scheine auf den Tisch, zog ein Paar Spurensicherungshandschuhe aus einer Manteltasche und nahm das Kästchen. »Fahren wir ins Präsidium. Wir müssen feststellen, was Fite getan hat und welche Bedeutung diesem Gegenstand innewohnt. Aber zuerst ist es an der Zeit, einen guten *Freund* zu treffen. Das ist vielleicht wichtiger als alles andere.«

»Wichtiger als Lindas Leben?«, fragte Marie irritiert. »Die Droge ist ein Fall für das Labor des Instituts.«

»Oh, ganz gewiss ist sie das. Sie werden sie prüfen, doch fürchte ich, man wird uns dort nicht weiterhelfen können. Ich brauche die Expertise eines anderen.«

»Verrätst du mir«, Marie sah neugierig zu ihm, als sie sich auf den Beifahrersitz fallen gelassen hatte, »wer dieser geheimnisvolle Freund ist?«

»Geheimnisvoll ist er, wohingegen Freund … nun, das würde den Rahmen doch etwas sprengen. Er ist ein gefährlicher Mann.« Parkov sah auf sein Smartphone hinab und tippte so eilig, dass Marie ihn schon neckisch darauf hinweisen wollte, dass er so besser nicht fahren sollte. Aber dann verkniff sie sich den Kommentar. *Seine Vorliebe zur freien Vorschriftenauslegung färbt wirklich auf dich ab*, dachte sie. *Und du weißt doch, dass es dir gefällt.*

»Sieh dir das an.« Parkov deutete aus dem Fenster. Mehr als ein Dutzend vermummter Gestalten rannte mit Eisenstangen und Pflastersteinen den Gehweg entlang, eine Schneise des Chaos hinterlassend.

Als er beschleunigte, spürte Marie, wie die Fliehkraft sie in den Sitz drückte. »Uns läuft die Zeit davon.«

»Die Zeit verstreicht gleichermaßen für uns alle«, erwiderte Parkov. »Vergiss das nicht. Er kann nicht überall zugleich sein.«

»Vielleicht hat er auch das vorhergesehen. Ich weiß zwar nicht, wie er es macht, aber besteht nicht die Möglichkeit, dass wir nur einem weiteren Phantom hinterherjagen?«

»Er ist weder allwissend noch allmächtig«, sagte Parkov ruhig. »Begeben wir uns auf diesen gefährlichen Pfad einer Vorstellung, hat er uns in der Hand. Er will, dass wir ihn fürchten. Furcht ist sein Ansporn.«

»Vermutlich hast du recht. Dann nehme ich mir vor, dass er mich, wenn ich ihm das nächste Mal gegenüberstehe, nicht reinlegen wird.«

Parkov lächelte. »Da bin ich mir sicher.«

»Und jetzt raus mit der Sprache: Zu wem fahren wir? Wer trifft uns im Präsidium? Wer wird diese Analyse erledigen, wenn unser Labor daran scheitert?«

Parkov zögerte. Marie hatte den Eindruck, es bereite ihm Unbehagen, die nächsten Worte auszusprechen. »Wir treffen meinen Bruder«, sagte er schließlich. »Meinen geschätzten älteren Bruder.«

37.

27 Stunden und acht Minuten bis zum Ablauf des letzten Ultimatums

Noch immer verharrten vor dem Präsidium Menschen in stiller Mahnwache, trotzten dem Regen, der in dichten Strömen auf sie herabprasselte, und suchten Schutz unter Vordächern, Regenschirmen und in einem kleinen, windschiefen Zelt, das jemand auf dem Bürgersteig errichtet hatte. Im Schein der Straßenlaternen blickte Marie in die Gesichter und fragte sich, ob sie nicht ebenso gehandelt hätte, würde sie auf der anderen Seite stehen.

»Sie haben Angst«, sagte Marie. »Und er macht sich ihre Angst zunutze. Wo ist er jetzt?«

»Er bewegt sich auf Landstraßen weiter in Richtung Norden. Das Mobile Einsatzkommando folgt ihm.« Parkov stellte den Monitor des Bentleys ab. Ein Flackern ging durch die Reihen der Neonröhren, die die Tiefgarage des Präsidiums ausleuchteten. Von draußen drang das unablässige Rauschen des Herbstregens, während Marie ihm zum Aufzug folgte. »Bist du nervös? Das ist nur dein Bruder, was soll passieren?«

»Du weißt nicht …«

»Natürlich weiß ich das. Zwei Schwestern und ein älterer Bruder«, erwiderte sie. »Soll ich dir die alten Super-8-Aufnahmen von Festen und Weihnachten zeigen? Es ist nicht so, dass ich die Familienbande nicht zu schätzen gelernt hätte. Manchmal streiten wir uns, dann versöhnen wir uns. Wir sind eben genau das, eine Familie, nicht mehr, nicht weniger.«

Parkov schüttelte den Kopf. Für einen Augenblick wirkte er sehr nachdenklich. »Er ist anders.« Dann warf er einen Blick auf sein Smartphone. »Er wartet auf uns in der Aula. Wie schön. Bringen wir es hinter uns.«

Der Mann, der sie in der Aula des Präsidiums im Halbdunkel erwartete, war Parkov wie aus dem Gesicht geschnitten, aber größer und so schmal, als fände er kaum Zeit, ausreichend zu essen. Seine Augen hatten einen smaragdgrünen Farbton.

Marie sah ein zweites Mal hin.

Oh, das ist interessant. Schimmernd grün war nur sein linkes. Das rechte Auge hingegen funkelte in einem durchdringenden Blau, das an das seines Bruders erinnerte. *Eine Pigmentstörung*, dachte sie.

»Michail«, sagte Parkov. Sie reichten sich die Hände – ein knapper, flüchtiger Händedruck, als könnten es beide gar nicht erwarten, die Finger des anderen wieder loszulassen.

»Und das ist Marie Winter.«

Die ungleich gefärbten Augen von Michail Parkov richteten sich auf sie. »Ich hatte gehofft, Sie einmal kennenzulernen. Daniel erzählte von Ihnen.«

»Ach ja? Interessant.«

»Nicht wahr?« Michail Parkov musterte sie, und Marie konnte sich des Gefühls nicht erwehren, er begutachte ein Stück Fleisch auf dem Markt.

Dann deutete er mit einer Handbewegung auf die Aula. »Das ist es also? Hierfür hast du dein Leben aufgegeben,

Bruder? Ich bin nicht gerade beeindruckt. Ist das nicht langweilig? Ist es nicht Wahnsinn, wieder und wieder das Gleiche zu tun, Verbrecher zu jagen, die man in hübscher Regelmäßigkeit wieder freilässt, nur Symptome zu bekämpfen anstelle von Ursachen?«

»Es ist das Richtige«, erwiderte Parkov. »Der Unterschied zwischen einem Gedanken und einer Tat ist so gewaltig wie der Unterschied zwischen dem Wasser, in dem die Titanic fuhr, und dem Eisberg, der ihren Kiel aufriss.«

»Ach ja.« Michail nickte. »Ich hatte ganz vergessen, dass du ein sentimentaler Romantiker bist. Wie auch immer, verschwenden wir nicht unsere Zeit, denn meine ist kostbar. Dieser Effekt, von dem du mir berichtet hast, konnte er reproduziert werden?«

»Ich denke ja. Marie wurde heute Morgen angegriffen.«

»Interessant.« Parkovs Bruder betrachtete sie mit einem reptilienartigen Lächeln. »Beschreiben Sie mir, was Sie empfanden, als man Sie attackierte.«

Marie dachte an den Ausdruck in den Augen Filipo Terranos, als er sich in der Toilette auf sie stürzte. »Der Mann war nicht mehr er selbst. Er war verwirrt, verängstigt, psychotisch. Er glaubte, er müsste vor etwas fliehen … vor etwas wie einem Schatten. Er dachte, ich wäre die Bedrohung.«

»Wie ich schon sagte, müssen wir dieser Sache nachgehen. Sie fällt genau in dein Fachgebiet.«

Anstelle einer Erwiderung griff Michail Parkov nach einem silbernen Koffer, der hinter ihm auf dem Tisch stand. »Sie wollten mich damit beinahe nicht hereinlassen«, sagte er gelangweilt, »die Menschlein. So wichtig, so wichtig, mit allem, was sie tun.«

»Es reicht«, sagte Parkov. »Du vergisst, wo du dich aufhältst.«

Michail öffnete den Koffer. »Ich benötige zwei Blutproben. Eine von dir und eine von deiner Kollegin.« Er hielt zwei kleine

Geräte in der Hand, die denen zum Blutzuckermessen bei einem Diabetiker glichen. »Und danach die anderen Proben, die du mir mitgebracht hast. Die des Angreifers.«

»Die wirst du erhalten. Ein Bote vom Labor des rechtsmedizinischen Instituts wird sie zu euch bringen.« Parkov reichte ihm das Kästchen, das ihm der Obdachlose gebracht hatte.

»Und was haben wir hier?«

»Vielleicht den Ursprung des Ganzen. Öffne es. Ein Plastikbeutel liegt darin. Mit den Resten einer Substanz.«

»Drogen?« Michail wirkte interessiert.

»Vermutlich nichts, was wir kennen. Sieh dir auch dieses Symbol an, oben auf dem Holz. Erkennst du es?«

»Nein.«

Parkov betrachtete ihn einige Augenblicke länger skeptisch, dann jedoch nickte er. »Vielleicht ist es ohne Bedeutung. Vielleicht auch nicht.«

»Du weißt es also nicht. Wie wunderbar. Das erinnert mich an früher.« Michail Parkov räumte die Gerätschaften weg und schien mit einem Mal wieder gelangweilt. »Ich werde das Biolabor der Firma informieren. Was immer er macht, was immer er produziert hat, sie werden es herausfinden.«

»Kümmere dich persönlich darum.« Parkov reichte Marie ein Pflaster für ihren Finger. »Ich brauche die Ergebnisse morgen.«

»Nein, du brauchst sie sofort. Und doch muss ich dich nicht erinnern, dass halluzinogene Substanzen nicht leicht nachzuweisen sind. Vor allem nicht nach dieser Zeit. Vor allem dann nicht, wenn er so clever ist, wie du annimmst. Wenn er eine neue Art Droge oder, Gott bewahre, einen Psychokampfstoff entwickelt hat.« Michail Parkov schloss den Koffer. Seine hoch aufragende Gestalt warf vor dem Licht, das die Aula nur spärlich beleuchtete, einen lang gestreckten dürren Schatten. »Würden Sie mich noch zum Ausgang begleiten, Frau Winter?«

»Wir haben zu tun«, sagte Parkov. »Du findest den Weg gewiss allein.«

»Kann sie sprechen? Für sich selbst?« Michail lächelte kalt.

»Schon gut. Kommen Sie.« Marie schüttelte genervt den Kopf. Sie betrat den Flur, der von der Aula in Richtung Haupteingang führte. Michail Parkov ging an ihrer Seite. Irgendwo hinter ihnen fiel eine Tür schwer ins Schloss.

Stille legte sich über sie, eine Grabesstille, die nur von ihren Schritten gestört wurde. Eine der Neonröhren, die den nüchtern grauen Korridor erhellte, flackerte und malte Finsternis auf die Wände und das Linoleum.

Michail Parkov blieb stehen, drehte sich zu ihr um und sagte: »Sie müssen vorsichtig sein.«

»Ja? Na, danke für den Hinweis.«

»Sie trauen mir nicht.« Er trat einen Schritt näher. »Das ist die richtige Entscheidung. Mir nicht zu vertrauen war die beste Wahl, die Sie getroffen haben, seit dieser Wahnsinnige Sie kontaktiert hat.«

Marie trat einen Schritt zurück, um die Distanz wiederherzustellen. »Mir gefällt die Richtung nicht, die dieses Gespräch nimmt. Ich glaube, Ihr Bruder hat recht. Ich habe jede Menge zu tun. Sie finden sicher selbst hinaus.«

»Sie meinen, es war keine gute Idee, mich zum Ausgang zu begleiten?« Michail Parkovs Lächeln war so schmal, dass es kaum mehr auszumachen war. »Haben Sie Angst, ich würde wie ein Drogensüchtiger über Sie herfallen?«

Marie erwiderte nichts.

»Oder wie Ihr armer Mann?«

»Halten Sie den Mund.«

Michail Parkov legte einen Finger an die Stirn. »Wenn Sie sich länger mit meinem Bruder abgeben, müssen Sie sich eines Tages entscheiden, auf welcher Seite Sie stehen wollen. Auf der der Guten, der *Engel*, oder auf der *richtigen* Seite.«

»Drohen Sie mir?«

»Nein. Wenn ich Ihnen drohe, werden Sie es bemerken.« Er nickte ihr zu. »Denken Sie an meine Worte. Bis bald, Frau Winter.«

Er verschwand über den Flur, den Koffer in seiner Hand hin- und herschwingend wie einen Gewinn, der nur ihm zustand und den er sich gerade abgeholt hatte.

Nein, dachte Marie. *Kein Gewinn. Beute. Und du hast ihm gerade freiwillig Blut überlassen.*

38.

»Dein Bruder«, sagte Marie, als sie Parkov wieder gegenüberstand, »er …«

»… ist nicht gerade die Menschlichkeit in Person. Nein. Ich hatte dich gewarnt.«

»Vielleicht hätte deine Warnung etwas deutlicher ausfallen sollen. Meine Güte, was ist denn mit ihm los? Er hat mir ziemlich kryptisch zu verstehen gegeben, dass ich mich eines Tages für eine Seite entscheiden müsse. Was auch immer das bedeuten soll.«

Parkov zog eine Grimasse. »Ach ja? Er denkt langfristig. Fürchtet, dass es irgendwann erforderlich sein wird, sich über Grenzen hinwegzusetzen, die bislang als unüberwindbar galten. Grenzen, die nicht einmal ich antasten würde.«

Marie runzelte die Stirn, drang jedoch nicht weiter auf ihn ein. »Haben wir Neuigkeiten? Von Franz?«

»Herzinfarkt. Sein Zustand ist stabil, aber unverändert. Was den Handydieb angeht: gute sogar. Sieh es dir an.«

Im Großraumbüro beobachteten die Kollegen die Leinwand, auf die das Bild des Standorts der Überwachungseinheit projiziert wurde, die in das Gerät eingebaut war, das sie dem Entführer überlassen hatten. Der Countdown auf dem

Bildschirm daneben, der die Website anzeigte, strebte unerbittlich der Mitternacht entgegen.

Jetzt oder nie. Es entscheidet sich, dachte Marie. *Wenn wir ihn nicht stellen, sobald er uns zu ihr geführt hat, bleibt uns keine Zeit, Linda Ilm zu befreien. Wenn wir ihn nicht stellen, werde ich mein Versprechen brechen.*

Jörg war erleichtert, als er Marie sah. »Da bist du ja«, sagte er und nahm ihre Hand in seine großen Pranken. »Geht's dir gut?«

Marie nickte, doch fühlte sie die Erschöpfung in jedem ihrer Knochen. »Ich komme zurecht«, erwiderte sie, »und werde meine Arbeit machen, keine Ausnahme für mich.«

»Und wie geht es dir wirklich?«

Marie seufzte. »Schon etwas besser. Wirklich.«

Weigand deutete auf die Leinwand. »Er ist in seinem Versteck angekommen. Die Kollegen melden visuelle Bestätigung, er ist in einem alleinstehenden Haus verschwunden. Das ist eine dörfliche, ruhige Gegend, abgelegen, leise, ohne viele Nachbarn. Der ideale Ort, um eine Geisel zu verstecken. Und um zu töten. Fast zu perfekt. Was macht das SEK?«

»Das hat das Gebäude umstellt«, sagte Jörg. »Kollegen der örtlichen Dienststelle sichern in einem großräumigen Radius ab. Wir versuchen, uns nach wie vor zurückzuhalten, um ihn bis zum letzten Augenblick in Sicherheit zu wiegen. Wir wissen noch nicht, ob sich Linda Ilm in dem Gebäude befindet.«

»In Sicherheit?« Parkov hob die Brauen. »Er weiß längst, dass wir ihn umkreist haben. Er weiß es, seit wir ihm das Handy überlassen haben.« Er blickte auf den Bildschirm, der den Livestream der Website zeigte. »Legen Sie das größer auf die Leinwand.«

»Parkov, was …?«

»Tun Sie's einfach, Niemeier.«

Das Videobild der Website erschien auf der großen Leinwand, während die Karte mit der Position des Handys schrumpfte.

»Wer ist zuständig dafür, das Videomaterial ununterbrochen im Blick zu behalten?«

»Das sind die Kollegen Braun und …«

»Ist hier irgendetwas geschehen, das ich wissen sollte?«

»Sie haben den Bericht doch durchgesehen, nein, nichts.«

»Sie sitzt also da und dreht den Kopf hin und her. Manchmal macht sie nicht mal das, sondern sieht direkt in die Kamera. Dann dreht sie ihn wieder. Jetzt …« Parkov trat näher an die Leinwand heran.

Marie folgte seinem Blick. Etwas an dem Bewegungsablauf der jungen Frau erschien ihr, je länger sie auf das Bild blickte, tatsächlich ungewöhnlich, als wäre es …

Was irritiert dich? Was ist es?

Dann begriff sie. »Daniel«, sagte sie, während sich ihr Puls jäh beschleunigte, »das ist keine Liveübertragung mehr. Er hat uns ein Video untergeschoben. Das ist eine Aufzeichnung.«

39.

Die Techniker verfielen in Hektik, rannten aufgescheucht umher, prüften ihre Monitore und Netzwerkprotokolle. »Das kann nicht sein, das hätten wir doch bemerkt.« Niemeier fuhr sich wieder und wieder durchs Haar, bis es in den unmöglichsten Richtungen von seinem Kopf abstand. »Wir hätten …«

»Habt ihr aber nicht. Fehler geschehen, werden behoben, jedoch besser nicht wiederholt.« Parkov spulte eine Aufzeichnung des Bildschirminhalts mit höherer Geschwindigkeit ab. Jetzt war deutlich auszumachen, dass sich Linda Ilms Bewegungen in einem unregelmäßigen Rhythmus wiederholten, aber so geschickt zusammengeschnitten waren, dass es einem nicht besonders aufmerksamen Beobachter nicht auffiel.

»Gut erkannt, Marie«, sagte er. »Ich hatte es fast, aber du warst schneller.«

»Wir müssen eingreifen«, rief Weigand. »Jetzt erst recht.«

»Die Wiederholung wurde ungefähr gegen achtzehn Uhr gestartet. Wir haben seit dieser Zeit keine Information darüber erhalten, was wirklich mit ihr geschehen ist.« Parkov blickte eine Spur besorgt drein, als fragte er sich, was der Entführer derweil für sie vorbereitet hatte, und traf schließlich eine Entscheidung.

»Zugriff«, sagte er. »Parkov für Einsatzleitung: Es gibt keine andere Option. Wir müssen und werden das Gebäude sichern. Fangen Sie an. Lassen Sie Ihre Leute reingehen.«

»SEK-Einsatzleitung«, meldete sich Jens Dahler vor Ort. »Verstanden. Wir sind bereit. Nähern uns dem Gebäude.«

Parkov griff nach dem Digitalfunk. »Ich hoffe, dass ich keinem Ihrer Männer einschärfen muss, auf mögliche Fallen und Überraschungen zu achten.«

»Wir sind ihm von der Wohnung der Kollegin in sicherem Abstand bis hierher gefolgt. Er ist dort drin, da gibt es keine Zweifel. Wenn er sich vorbereitet hat, werden wir das gleich wissen.« Die Anspannung in Dahlers Stimme war nicht zu überhören. Marie dachte einen Augenblick an den Mann, der am letzten Abend noch mit ihr gescherzt hatte, und daran, was seitdem alles geschehen war, und fragte sich, wo all die Zeit und ihre Optionen geblieben waren.

»Helmkameras an«, sagte der Einsatzleiter.

»Aktiviert«, folgten die Rückmeldungen. Auf der Leinwand erschienen mehrere Übertragungsfenster, die allesamt ein grünliches Nachtsichtbild zeigten: hohes Gras, ein windschiefer Schuppen, an dessen krummer Holzverkleidung ein Fahrrad lehnte. Fußspuren im Morast, ein Windspiel vor einer hölzernen Stiege, das leise klimperte.

Die Tonübertragung war erstaunlich klar. Die Atemgeräusche der Männer, der Wind, die leisen, fernen Schritte … Marie kam es so vor, als ginge sie neben ihnen auf das Gebäude zu, das wie der Hort eines Untiers vor ihnen in den Schatten lag.

»Nähern uns jetzt dem Eingang«, sagte einer der Beamten der Spezialeinheit. »Vorsichtig. Langsam.«

Sie sah, wie sich der Arm eines der Beamten ins Videobild schob, als der Mann nach der Tür griff, die sich jedoch nicht bewegen ließ. Verschlossen, besagte das Handzeichen, das er an seine Kollegen, die ihm den Rücken sicherten, weitergab.

Einer trat nun mit einer schweren Ramme vor und verpasste der Tür in Schlosshöhe mehrere Stöße. Sie flog mit einem Krachen auf, prallte gegen die Wand und blieb halb geöffnet stehen.

Auf der gespenstisch grünschwarzen Videoübertragung war auszumachen, wie die Männer ins Haus eintraten. Hier ein umgeworfener Stuhl, dort ein großer, länglicher Blutfleck, der noch frisch glänzte. Ein Bild, das schief an der Wand hing. Ein Flur, in dem die Dielen aus dem Boden gerissen waren, zerfetzt wie von einem wilden Tier, das mit seinen Krallen nach etwas gegraben hatte.

»Gott, was ist das?« Mit großen Augen musterte Weigand die Übertragung. Das Wechselspiel aus grünem Zwielicht und Schatten, die dumpfen Geräusche, die die Stiefel der Polizisten auf dem knarrenden Holz verursachten, die undeutlich auszumachenden Bewegungen der anderen Beamten, die die Helmkamera am Rande des Gesichtsfelds einfing. All das erschuf ein Bild, das auch aus einem Horrorfilm hätte stammen können.

Marie hielt den Atem an. Parkov dagegen, der neben ihr stand, blickte gelassen auf die schattenhaften Bilder.

Das Haus war heruntergekommen, doch mehr noch, es war ein Hort des Chaos, eine Stätte des Wahns. In einem Raum lagen Puppen, die in einer Ecke auf einen Haufen geworfen waren: große Puppen, die die Hände nach dem Zuschauer auszustrecken schienen, kleine Puppen, deren Gesichter seltsam deformiert waren, und Puppen, die nicht einmal einen Kopf besaßen.

Auf dem Bild, das eine andere Helmkamera übertrug, war ein Zimmer zu sehen, dessen Wände mit etwas befleckt waren, das ganz nach wucherndem schwarzem Schimmel aussah. »Der Geruch ist furchtbar.«

»Zusammenbleiben«, erwiderte der Einsatzleiter.

»Erdgeschoss sicher«, sagte ein anderer. »Nähern uns dem Obergeschoss.«

Die Treppenstufen knarrten wie morsches, trockenes Holz, als die Männer hinaufstiegen.

Jemand trat neben Marie. Als sie den Blick von der Leinwand nahm, bemerkte sie Isabelle, die ihr ein Handy hinhielt.

Der Ausdruck auf ihrem Gesicht war voller Zorn und Trauer. Marie erschrak, als sie ihre Kollegin so sah, und schaute dann mit wachsendem Entsetzen auf das Handy.

Er hat es nicht geschafft, stand dort. *Nachricht von der Intensivstation: Franz Leland ist vor wenigen Minuten verstorben.*

Sie holte tief Luft. In ihrem Inneren war es, als hätte sich ein schwarzer Abgrund aufgetan, in den jedes Gefühl, jede Empfindung hinabstürzte, bis nichts mehr blieb als ein Eisklumpen, ein eisernes Korsett, das ihr Herz umschlossen hielt.

Leland ist tot. Marie ballte die Fäuste. Was diese Botschaft, so unvermittelt an sie herangetragen, wirklich bedeutete, begriff sie nicht einmal im Ansatz, und während die Männer das Haus sicherten, würde sie es auch nicht. Leland musste – so furchtbar das klang – warten.

Franz, es tut mir so leid.

Ein schmaler, lichtloser Flur tat sich vor dem ersten Kollegen auf, der das Obergeschoss betrat. Seine Helmkamera übertrug einen schmutzigen Läufer, der beiseitegeschoben und zerfetzt worden war. Auch hier waren die Dielenbretter herausgerissen und mit Holzsplittern übersät. Der Beamte beugte sich runter, um die Spuren deutlicher für die Kamera einzufangen.

»Kratz- und Blutspuren«, sagte Weigand besorgt. »Was zur Hölle war da drin los?«

»Sieht nicht so aus, als wäre hier jemand.« Der Beamte richtete sich wieder auf. Per Handzeichen deutete er an, die erste Tür zu seiner Rechten zu überprüfen.

»Sie klemmt. Ramme in den ersten Stock.«

Sie brachen die Tür auf. Hinter ihr …

»Was in aller Welt …?«

»Bericht«, sagte der Einsatzleiter.

Die Kameras mehrerer Kollegen richteten sich auf eine Wand, auf der mit großen gelben Buchstaben WERFT KEINEN BLICK IN DEN KELLER geschrieben stand.

»Keller? Es gibt keinen Keller.«

»Und wenn doch, wo ist dann der Zugang? Haben wir ihn übersehen?« Der Funkverkehr zwischen den Beamten durchdrang die Stille, die sich nach jedem Kommentar aufs Neue über die gespenstische Szenerie legte.

»Oberer Stock gesichert.«

Die Helmkamera huschte über die verdreckten Wände, von denen sich Tapeten in großen Fetzen lösten und Putz zu Boden bröckelte. Sie zeigte Bilder von großen Spinnweben, die in den Zimmerecken hingen und sanft im Luftzug schwangen, und von Käfern, die vor den Erschütterungen der Schritte ins Dunkel flohen.

»Wieder nach unten«, sagte der Einsatzleiter. »Sucht den Kellerabgang.«

»Bestätigt.«

»SEK vier«, sagte Parkov. »Dreh dich noch einmal zur Wand um. Sieh dir den Boden vor dem Regal an.«

Marie warf einen Blick auf die Übertragung der Helmkamera. Vor dem Regal waren Schleifspuren auf dem Boden zu sehen.

»Das ist interessant«, sagte Parkov. »Wieso musste er dieses Regal so häufig verschieben, dass es Spuren auf dem Boden hinterlässt? SEK vier, bitte prüfen.«

Die behandschuhte Hand des Beamten schob sich ins Sichtfeld der Kamera, als er das Regal zur Seite schieben wollte. Es bewegte sich nicht.

»Nichts zu machen.«

»Wirf mal die Bücher raus und schau dich nach einem Schalter um«, forderte Parkov ihn auf.

»Das ist doch nicht wie …«

»Leise«, sagte der Einsatzleiter.

Sie sahen zu, wie der Beamte das Regal von oben bis unten überprüfte. »Nichts. Kein geheimer Schalter.«

»Ich habe was«, sagte ein Kollege. »Ein Video.« Alle wandten sich der Übertragung auf Monitor fünf zu, auf der ein Beamter inmitten eines staubigen Dachbodens vor einer Kiste stand, in der ein ganzer Stapel von Videokassetten lag. Eine davon hielt er in seiner Hand, *Kellerzugang* stand darauf.

»Videokassetten. Im Ernst?«

»Nach unten, SEK fünf. Im Erdgeschoss steht ein alter Videorekorder mit einem Röhrenfernseher. Neben der Küche.«

Marie bemerkte, dass sich Isabelle neben ihr über die Wangen wischte. Sie wollte ihr gern etwas sagen, sie in den Arm nehmen, aber der eisige Klumpen an ihrem Herzen ließ sie bloß versteinert dastehen.

Leland ist tot. Alles wird sich verändern.

»Sie sollten dort raus«, sagte sie. »Mir gefällt das alles nicht.«

»Negativ«, sagte Weigand. »Wir müssen …«

»Still.« Parkov warf Marie einen eindringlichen Blick zu. Sie spürte, dass ihm Isabelles und ihre Reaktion nicht entging. »Spielt das Video ab. Findet den Kellereingang.«

Mit einem unguten Gefühl sah Marie zu, wie der SEK-Beamte das Video in den Rekorder schob und den Fernseher einschaltete.

Die Bildröhre des Fernsehgeräts erwachte zum Leben. Kaltes blaues Licht fiel schräg auf den mit Unrat und Wahnsinn übersäten Wohnzimmerboden.

»Das ist unmöglich«, sagte SEK vier.

»Vier, was ist da los? Was ist auf dem Video zu sehen?«

SEK vier ging näher heran, sodass seine Helmkamera den flimmernden, unruhigen Bildinhalt des alten Röhrenfernsehers einfangen konnte.

Ein Mann ging durch das Wohnzimmer – ebenjenes Zimmer, in dem die Polizisten gerade standen –, ein Mann, der eine Clownsmaske trug.

Einmal blieb er stehen, spähte durch das Fenster und die Gardinen hinaus, ehe er sich am Kamin zu schaffen machte. An der östlichen Wand öffnete sich mit einem leisen Knarren eine verborgene Tür. Der Clown ging mit schwerfälligem Schritt hinüber und verschwand, während sich die Tür hinter ihm schloss und so mit der Wand verschmolz, als hätte sie niemals existiert.

»Was zur …?«

»Sucht den Mechanismus im Kamin.« Die Stimme des Einsatzleiters klang nun drängend und ungeduldig. *Seltsam nervös*, dachte Marie. *Gar nicht wie der Mann, der gestern Abend mit mir gescherzt hat.*

»Da ist ein Stein«, sagte einer der SEK-Beamten, »der sich drücken lässt. Moment.«

Das Geräusch, mit dem der versteckte Mechanismus die Tür in der östlichen Wohnzimmerwand öffnete, hallte durchs ganze Haus.

»Okay. Kellereingang gefunden.«

»Vorsichtig«, sagte Parkov. Er klang angespannt, so angespannt, wie ihn Marie noch nie zuvor erlebt hatte.

SEK vier, der Kollege, der das Video auf dem Dachboden gefunden hatte, trat zu der neu entdeckten Öffnung und sah hinein. Vor ihm tat sich eine steil ins Dunkel abfallende Stiege auf, schmale, hölzerne Treppenstufen, die dunkel und vermodert wirkten. Sie sahen, wie er eine Hand hob und sich Schweiß von der Stirn wischte.

»Riecht nach Ärger«, sagte er und rieb sich die Schläfen, als hätte er Kopfschmerzen. »Das erinnert mich … oh Mann. All die Schatten …«

»Was ist mit Ihnen, SEK vier?«, fragte Parkov. »Sie klingen beunruhigt.«

Für einen Augenblick herrschte Stille. Dann sagte der Polizist mit tonloser Stimme: »Ich geh jetzt runter. Leute, seid ihr hinter mir?«

»Bestätigt«, erwiderte ein Kollege.

»Wir sind doch immer hinter dir.«

»Ich gehe jetzt … ich gehe.« Der Polizist machte sich an den Abstieg. Die Pistole, die er ausgestreckt vor sich hielt, ragte ins grünschwarze Bild der Helmkamera und gab den versammelten Kollegen, die vor der Videoleinwand die Übertragung mitverfolgten, das Gefühl, als würden sie einen Film sehen.

»Etwas ist hier«, sagte er. »Etwas … Moment. Es ist so verflucht dunkel …«

Aus der Finsternis unter ihnen drang ein leises Knurren, das Marie einen Schauer über den Rücken jagte.

»Was bitte ist da los?«

Er machte einen weiteren Schritt hinab ins Dunkel. Dann drehte sich das Bild, das seine Kamera einfing, wild im Kreis. Arme ruderten durch die Luft, als ein lautes Knacken unter ihm ertönte. Brechendes Holz. Dann wurde die Übertragung schwarz, dann schlagartig grellweiß – in schneller, stroboskopartiger Abfolge.

Nur einen Herzschlag später fielen die Bildübertragungen aller Helmkameras aus.

Jemand keuchte.

»SEK vier«, rief Parkov, »was ist geschehen?«

Ein Schrei.

»Einsatzleitung!«

Dann blieb nur noch eine bleierne Stille, die ebenso schrecklich war wie der Schrei zuvor.

Parkov wechselte den Kanal. »Team, Rückmeldung! Was passiert da bei euch?«

»Wir haben …«

»… das ist …«

»… was in aller …«

Störgeräusche, statisches Rauschen, Knacksen und Krachen. Schüsse. Die Heckler & Koch, die der SEK-Beamte trug, war eindeutig herauszuhören.

»Geh bloß weg von mir!«, brüllte er.

»Was zur Hölle tust du da?«, war aus dem Hintergrund zu hören.

Wieder ein Schuss, dann ein Schrei.

»Rückmeldung! Einsatzleiter vor Ort, was geschieht da?«, versuchte Parkov es erneut.

Im Funkgerät knackste es.

»Wer ist da?«

»SEK sieben. Scheiße.« Der Mann hustete und spuckte geräuschvoll. »SEK vier ist gestürzt. Wiederhole, Beamter vermutlich verletzt.«

Parkov fluchte. Marie blickte auf die schwarzen Fenster auf der Leinwand, auf denen vor Sekunden noch die Übertragung zu sehen gewesen war. »Was heißt vermutlich? Ist die Lage unter Kontrolle?«

»Ich weiß es nicht.« Der Mann schien geschockt, fing sich jedoch in Sekundenschnelle wieder, genau so, wie er es im Training gelernt hatte. »Ich weiß nicht, was da unten passiert ist, aber …«

»Beschreiben Sie mir detailliert, was Sie sehen konnten. Wir haben jeden Kontakt zur Einsatzleitung verloren – und zu den Bildern der Helmkameras«, griff Parkov sachlich ein.

Jemand fluchte. »Ihr habt keine Bilder mehr? Scheiße.«

»Redet mit mir. Ruhig. Sichert den Kellereingang.«

»Ja. Wir sind alle unten beim Eingang. Der Kollege ging die Treppe runter, die Treppe durch die Geheimtür. Dann ist …« Im Hintergrund sagte jemand etwas, was im Präsidium nicht zu verstehen war. Der Tonfall war eindeutig verunsichert.

»Ja?« Parkov gab dem Kollegen an der Technik ein Zeichen, endlich die Bildübertragung wiederherzustellen, doch der ITler schüttelte hilflos den Kopf. »Das Problem liegt nicht auf unserer Seite«, erklärte er. »Vor Ort muss etwas schieflaufen.«

»Was ist dann geschehen?«

»Eine der Stufen gab unter ihm nach, ich kann die Bruchstellen von hier oben sehen. Er stürzte die morsche Treppe hinab und landete auf dem Boden. Der andere Kollege, der ihm folgte, blieb auf der Stufe hinter ihm stehen, als …«

»Als was?«, hakte Parkov nach.

»SEK vier feuerte seine Dienstwaffe ab, unten im Keller, in der Dunkelheit. Der Kollege feuerte, als würde er angegriffen.«

»Könnt ihr den Beamten, der in den Keller gestürzt ist, erreichen?«

»Nein. Kein Funkkontakt möglich. Es ist ziemlich tief. Er ist vermutlich bewusstlos.«

»Haltet die Stellung. Ich melde mich.« Parkov wechselte den Kanal. »Parkov für SEK-Einsatzleitung? Kann mich jemand hören?«

Aus dem Funkgerät drang nur noch Rauschen. Parkov wechselte den Kanal ein zweites Mal und war mit dem Einsatzleiter der Schutzpolizei verbunden, die den Absperrring hielt, der einige Hundert Meter entfernt um das Gebäude gezogen worden war. »Alles ruhig? Verstärkt die Absperrung. Der Täter ist möglicherweise bewaffnet und versucht, sich zu verteidigen.«

»Verstanden.«

Parkov senkte das Funkgerät. Ausnahmslos jedes Augenpaar im Raum war auf ihn gerichtet.

»Okay«, sagte er. »Das reicht. Ich werde rausfahren und mir die Sache selbst ansehen.«

»Jetzt?«, rief Weigand, »aber der Countdown ...«

Marie warf einen Blick auf die Website, auf der sich das Video von Linda Ilm erneut wiederholte und noch immer den Eindruck einer Liveübertragung vermittelte. Der Countdown war auf anderthalb Stunden geschrumpft. Wenn sie mit Blaulicht und Parkovs Wagen fuhren, würden sie in fünfzehn, vielleicht sogar zehn Minuten dort sein. »Ich halte das für keine gute Idee.«

»Wir können den Kollegen unten im Keller hören«, sagte der SEK-Beamte über Funk. »Er lebt.«

»Wenigstens etwas«, sagte Weigand. »Neuigkeiten von der Einsatzleitung?«

»Wir wissen nicht, was ...«

»Schweigen Sie, Weigand«, sagte Parkov kalt. »Ich muss nachdenken.«

Einige Sekunden Stille verstrichen, ehe sich eine andere Stimme in den Funkverkehr mischte. »Einsatzleitung für Leitstelle. An alle ... die Lage ist«, es knackste, »unter Kontrolle.« Er atmete schnell und war außer Atem, doch war es unverkennbar SEK-Einsatzleiter Jens Dahler. »Augenblick.« In diesem Augenblick gingen sämtliche Übertragungen der Helmkameras wieder an und erschienen nebeneinander auf der Leinwand.

Marie spürte, wie ihre Kollegen ringsum aufatmeten.

»Wo zur Hölle warst du?«, fragte Weigand scharf.

»Kleinen Sprint hingelegt, Weigand.« Wieder knisterte die Funkübertragung. »Wir hatten einen technischen Defekt an der Übertragungseinheit. Ich sagte schon lange, dass das repariert werden muss. SEK-Einsatzeinheit, reißt euch zusammen und holt endlich den Kollegen aus dem Keller. Die Gefahr ist vorüber, die Lage unter Kontrolle: Ich habe den Mann.«

40.

Parkov wollte etwas hinzufügen, doch der spontane Applaus der versammelten Kollegen übertönte seine Worte.

»Du hast ihn?« Parkov runzelte die Stirn und warf einen Blick auf das Funkgerät, als hätte der Einsatzleiter ihm gerade einen vorzüglichen Scherz erzählt. »Wie das?«

»Dieser verfluchte Keller muss einen zweiten Ausgang besitzen. Nun ratet mal, wer mir direkt in die Arme gelaufen ist? Glücklicherweise war der Hundeführer da, der Schäferhund hat ihn gestellt und zu Boden gerissen. Ich wiederhole: Wir haben ihn!«

»Gute Arbeit«, sagte Marie erleichtert. »Danke, Jens. Das ist toll.«

»Wartet mal, ich habe auch ein Bild für euch.«

In einem freien Übertragungsfenster auf der Leinwand erschien ein verwackeltes Kamerabild, das eine regennasse Straße zeigte, die nur von Autoscheinwerferlicht beleuchtet wurde. Dort, in einem Lichtkegel, lag ein Mann auf dem Bauch, die Hände auf dem Rücken mit Kabelbindern gefesselt. Er trug eine schwarze Jogginghose und auf dem Kopf die Kapuze seines Pullovers.

Ein Schäferhund saß nur drei Meter entfernt neben einem Polizisten und ließ den Gefesselten nicht aus den Augen. »Das ist er«, sagte Dahler. »Wir bringen ihn rein.«

Marie warf einen Blick auf die übrigen Übertragungen. Die SEK-Beamten stiegen gerade in den Keller hinab. Die Lichtkegel der Taschenlampen huschten über Backsteinmauerwerk voller Spinnweben und festgetretenen Lehmboden.

»Ein richtiger Kohlekeller ist das. Und hier …«, ein Beamter stieß mit der Schulter eine rostige Metalltür auf, »muss er abgehauen sein. Clever. Der Fluchtplan war vorbereitet.«

»Wo ist die Geisel?«, sagte Marie, »wo ist Linda?«

»Hier gibt's einige verwinkelte Räume. Moment.«

Auf der Straße beugte sich der Einsatzleiter über den Gefesselten, dem die Kapuze inzwischen abgenommen worden war. »Wo ist sie? Linda Ilm?« Dann drehte er den Kopf des Mannes ins Bild, sodass ihm alle Beobachter direkt ins Gesicht blicken konnten.

»Ja«, sagte Marie. »Das ist der Mann, der mir gegenüberstand.«

Im Haus näherten sich die SEK-Beamten ihrem verletzten Kollegen, der in einem Haufen von Holztrümmern unterhalb der eingebrochenen Treppe lag. Das grünlich verstärkte Bild der Kameras ließ den zusammengekrümmten Körper des Mannes in all dem Schwarz und Geröll kaum mehr menschlich wirken.

»Die Treppenstufe hat nicht einfach nachgegeben. Da hat jemand nachgeholfen.«

Die Männer drangen tiefer in das Kellergeschoss vor und verteilten sich. Einer von ihnen, der seine Dienstwaffe in der Hand hielt, berührte jedoch die Schulter seines verletzten Kollegen und beugte sich tief zu ihm hinunter. »Der verletzte Kollege hat seine Pistole verloren. Sie liegt hier drüben. Mann, bist du okay? Komm schon, komm zu dir. Wir haben ihn doch, kein Grund hier noch rumzu…«

In diesem Augenblick schoss die Hand des Verletzten vor, packte den Mann im Nacken und riss ihn zu sich runter.

»Ich kann es sehen«, sagte der Mann heiser und seltsam wimmernd zugleich, »und ich weiß, ich sollte nicht … nicht *hier* sein … das ist kein Licht mehr, nur die Schatten … all die Schatten.« Er schluchzte. »… aber du wirst mir nichts tun, hörst du? Geh … geh weg von mir!«

»Was zur …? Was machst du da? Gib sie her!«

Wieder Chaos, Rufe, verwackelte Bilder, dazu Geräusche, als würden zwei Männer miteinander kämpfen. Ein Schuss fiel, durchschnitt die Unruhe und übertönte alles.

Dann eine Stille, die nur von heftigem Atmen und lauten Schritten unterbrochen wurde.

»Ist er …? Hat er …? Holt ihn da weg, los!«

»Verfluchte Kacke«, stieß jemand hervor.

Auf den Videobildern war ein lebloser Körper unterhalb der Treppe auszumachen, unter dem sich Blut ausbreitete. Der zweite Beamte, der sich über den Gestürzten gebeugt hatte, lag daneben. Er bebte, seine Pistole hatte er nicht mehr bei sich.

»Ist er …?«

»Team«, rief der Einsatzleiter, »was ist dort los?«

»Er hat ihn …«, auf der Videoübertragung war zu erkennen, wie ein Kollege den leblosen Körper an der Treppe berührte, »er hat ihn angegriffen. Gebissen, glaube ich. In die Hand, er hat ihm seine Pistole entrissen und … Scheiße, ich kann nicht glauben, was hier abgeht!«

Marie konnte ihre Augen nicht von der grünschwarzen Übertragung aus dem Kellergeschoss abwenden. »Lebt er noch?«

»Negativ.« Sie sahen zu, wie ein SEK-Mann den leblosen Körper berührte, während sich drei andere um den zweiten kümmerten.

»Negativ?«, wiederholte Parkov scharf. »Bestätigen Sie das.«

Die Erwiderung über den Funk war dunkel und tonlos. »Wir haben gerade einen Kollegen verloren.«

Marie sah zu Parkov hinüber. Ihr war es, als würde man ihr nach der Nachricht über Leland ein zweites Mal den Boden unter den Füßen wegziehen, sie streckte eine Hand aus und stützte sich am nächsten Tisch ab. »Was zur …?«

»Offenbar hat er sich mit der Waffe seines Kollegen erschossen. Er hat sie ihm entrissen und dann einfach … dann hat er abgedrückt.« Der Mann auf der anderen Seite der Funkverbindung war zutiefst erschüttert. »Ich … einen Augenblick.«

Parkov schüttelte den Kopf. »Einsatzleitung, überführt den Tatverdächtigen ins Präsidium, auf schnellstem Wege. Und gebt acht, wer ihn transportiert.«

»Natürlich. Aber …«

»Ich weiß, dass wir gerade einen Kollegen verloren haben. Verlieren wir nicht auch noch die Geisel.« Parkov wandte sich an Weigand. »Senden Sie den Erkennungsdienst in diesen Keller. Lassen Sie den Toten bergen und untersuchen.« Abermals langte er nach dem Digitalfunk. »Er hat sich die Waffe seines Kollegen genommen und sich selbst getötet? Sind Sie sicher?«

»So war es.«

»Er hatte Angst«, mischte sich eine andere Stimme ein, die zu dem Beamten gehörte, der sich zuvor über den nun toten Kollegen gebeugt hatte. »Er hat meine Hand gepackt, wich zurück, sah mich verstört an, als würde ich ihn angreifen wollen, und dann … ich dachte, er wollte nur …« Er brach ab und würgte.

»Das ist Wahnsinn.« Marie sah sich nach Isabelle um, doch ihre Kollegin war bereits gegangen. »Daniel, ich muss dich sofort sprechen.«

Parkov kam zu ihr herüber, seine Augen voller Sorge. »Was dort gerade geschehen ist, denkst du nicht, es gibt einen

Zusammenhang mit Terranos Verhalten …« Er hielt inne, als er den Ausdruck auf ihrem Gesicht sah. »Marie, was ist los? Was ist geschehen?«

Stumm reichte sie ihm das Handy: *Franz Leland ist vor wenigen Minuten verstorben.*

Als er wieder aufblickte, war Parkovs Gesicht eine unlesbare Maske, hinter der sich all seine Gefühle verbargen. »Ich werde es den anderen sagen«, sagte er leise und räusperte sich. Einen Moment lang hatte Marie den Eindruck, als wollte er sie vor den versammelten Kollegen in den Arm nehmen und trösten, dann jedoch wandte er sich den anderen zu.

»Kollegen, es gibt furchtbare Neuigkeiten.« Als er die Aufmerksamkeit aller hatte, erklärte er mit wenigen, aber angemessenen und ruhigen Worten, was passiert war. »Wir alle wissen, was heute geschehen ist. Und als wären diese Nachrichten, die wir aus dem Unterschlupf des Entführers dort erhalten haben, nicht schon schlimm genug … wie wir gerade erfahren haben, ist der Erste Hauptkommissar Franz Leland vor wenigen Minuten im Krankenhaus verstorben. Er war einer der wenigen Menschen, die ich«, er zögerte etwas, »nun, die ich als mir nahestehend bezeichnen würde. Wir haben heute Abend *zwei* tote Kollegen zu beklagen.«

»Nein«, sagte Jörg und schüttelte den Kopf, so ungläubig und irritiert war er. »Er kann doch nicht …«

»Es ist wahr.« Marie legte ihm eine Hand auf den Arm. »Alles.«

»Was ist hier los?« Jörg sah von ihr zu Parkov. »Und was ist da gerade in diesem Keller geschehen? Parkov! Wie wäre es mit Antworten auf diesen Wahnsinn?«

»Ich habe keine«, sagte Parkov und klang angeschlagen. »Noch nicht.«

Jörg schlug mit der flachen Hand auf den Schreibtisch. Ein Wasserglas hüpfte, kippte um und fiel geräuschvoll zu

Boden. »Wie kann es sein, dass ein trainierter Polizist einer Spezialeinheit die Nerven verliert und dann …? Wie, Parkov, kann das sein? Was ist das hier für eine Scheiße?«

Marie schüttelte den Kopf. »Jörg. *Nicht*. Wir wissen es nicht. Und er ebenso wenig.«

»Aber …«

»Leute«, rief Niemeier in diesem Augenblick und deutete auf die Leinwand, worauf sich alle nach ihm umdrehten. »Ich fürchte, die Nacht ist noch nicht vorbei. Der Countdown, ich meine, seht es euch an. Linda Ilm ist nicht in diesem Haus, wir haben sie nicht gefunden, und der Countdown … verdammt, er läuft weiter.«

TEIL ZWEI

Der mit den Flammen spricht

41.

Als der Regen für kurze Zeit versiegte, gab er den Blick frei auf die funkelnde Stadt, das Lichtermeer, das sich unter ihnen ausbreitete, als sei sie ein fremdartiges Moor voller Irrlichter. Feuchtigkeit hing in der Luft. Nebel zog herauf. In der Ferne schlug eine Kirchturmuhr: Es war elf. Eine Stunde, mehr blieb ihnen nicht. »Das ist so furchtbar«, sagte Marie leise. »Leland. Kranitz, der Kollege der Spezialeinheit … was für eine schreckliche Nacht.«

»Aber wir haben ihn. Immerhin ist das gelungen. Ich weiß, es ist nur ein schwacher Trost. Wenn wir Linda Ilm retten können …«

Marie warf Isabelle einen überraschten Blick zu. »Du rauchst? Seit wann rauchst du wieder?«

Ihre strohblonde Kollegin zuckte mit den Schultern. »Seit heute. Für meine Nerven.«

»Ich habe irgendwie geahnt, dass er stirbt.« Marie behielt die fernen Lichter im Blick. Sie standen auf dem Dach des Präsidiums, wohin sich einige Kollegen manchmal zum Rauchen oder Luftholen verzogen, nun jedoch war außer ihnen niemand hier. War es das Wasser in der Luft oder eine Träne in ihrem Augenwinkel, die ihren Blick trübte? Sie wusste es nicht, wollte es auch nicht wissen. »Die Ärzte sagen, es war eine natürliche Ursache, Herzinfarkt, aber was ist, wenn sie sich irren?«

»Nein, Marie.« Isabelle schüttelte den Kopf. »Daran solltest du gar nicht denken. Das macht dich nur verrückt. Er sitzt im Gefängnis. Sein Arm reicht nicht bis hierher. Und sein Lehrmeister, sein *angeblicher* Lehrmeister, der existiert vielleicht gar nicht. Du hast doch Parkov gehört.«

»Er kann sich irren. Parkov macht Fehler wie jeder andere.«

»Aber nicht besonders viele«, entgegnete Isabelle.

»Du weißt nicht, was uns heute zugestoßen ist.« Marie blickte über die kleinen fernen Lichter, die unzählbar in der Nacht blinkten. Sie fühlte sich elend. »Ich habe ihn zweifeln sehen. Parkov ist auch nur ein Mensch, der getäuscht werden kann wie wir alle.«

»Aber …«

»Kein Aber. Ich weiß, was ich gesehen habe. Und was ich dabei fühlte. Wie es war, angegriffen zu werden.«

»Und?« Isabelle berührte sie an der Schulter. Im fahlen Licht der Positionsleuchten, die den Rand des Daches markierten, wirkte der Ausdruck auf ihrem Gesicht fragend und unnachgiebig.

»Was ist es, Marie? Wenn du etwas zurückhältst, das Linda …«

»Ich?« Sie starrte Isabelle an. »Hab ich mich gerade verhört? Ich halte etwas zurück? Spinnst du, Isa? Weißt du nicht, was ich ihr versprochen habe?«

»Das weiß ich.« Isabelle warf die Zigarette über die Brüstung, sodass sie wie ein verglühender roter Stern in die Tiefe fiel. »Aber weißt du auch, was du tust? Oder lässt du dich von deiner persönlichen Suche nach Rache blenden?«

»Das muss ich mir nicht anhören.«

»Warte. Erinnerst du dich noch, was ich zu dir gesagt habe? Als Erik starb?«

Marie schüttelte den Kopf. »Ich will das jetzt nicht hören. Wir sind drauf und dran zu scheitern. Ich mag mich nicht in alten Geschichten verlieren.«

Isabelle folgte ihr über das Dach zur Tür zum Treppenhaus, das in die einzelnen Fachkommissariate des Präsidiums führte. »Warte. Verdammt, Marie, warte endlich.«

Sie blieb stehen.

»Ich sagte damals, dass ich dich nicht mit dem Schmerz allein lassen werde. Dass ich dir helfe, all das durchzustehen, diesen Wahnsinn zu überwinden und wieder zurück ins Leben zu finden, so schwer der Weg auch wird.«

»Hör auf.« Marie wandte sich ab. Isabelles Worte rissen eine Wunde in ihrem Inneren auf, die sich nie ganz geschlossen hatte. »Hör auf damit.«

»Du merkst nicht, was geschieht. Du merkst nicht, dass du dich in einen Teufelskreis begibst, Feinde erkennst, wo keine sind, und anderes übersiehst.«

»Du warst nicht in diesem Haus. Du hast nicht die Hoffnungslosigkeit gespürt, du saßt nicht einer Mutter gegenüber, die ihre Tochter vor ihren Augen sterben sieht, die wirkt, als wüsste sie mehr, als sie dir verraten kann, die so sehr verängstigt ist, dass sie nicht einmal zu sprechen wagt. Kannst du dir vorstellen, wie mich das beschäftigt, wie sehr mir das nachgeht?« Sie seufzte und bewegte die Finger ihrer bandagierten Rechten. »Und du hast nicht seine Augen gesehen, als er mich angriff.«

»Und warum geht ihr dann nicht zurück und stellt das Haus der Ilms auf den Kopf? Befragt ihre Mutter aufs Neue?«

Marie senkte den Blick. Sie konnte Isabelles anklagende Miene nicht ertragen. »Weil es nicht zu machen ist. Weil wir das Haus nicht einfach durchsuchen können und weil kein Richter einen Durchsuchungsbeschluss unterschreibt, wenn der Staatsanwalt und ich ihm diese Gründe vortragen: dass es nur ein Gefühl ist, kaum mehr als ein Gefühl, dass dort etwas sein könnte. Das wird nicht reichen. Und weil ich weiß, dass uns die Presse in der Luft zerreißt, sobald sie erfährt, dass wir gegen die Eltern ermitteln.«

»Dann lass es los. Schlepp es nicht weiter mit dir herum.«

»Wenn es nur so einfach wäre.« Marie stieg die Treppe hinab. Vor der Tür im vierten Stock, an der ein Kartenleser den Durchgang versperrte, hielt sie inne. »Du wirfst mir vor, ich sei nicht bei der Sache. Aber was ist mit dir, Isa?«

»Ich sagte dir bereits, ich habe es im Griff.« Isabelle warf ihr einen traurigen Blick zu. »Vertrau mir. Ich bitte dich, vertrau mir in dieser Sache. Es ist nichts, was wichtig wäre. Und ich will nicht, dass du dir noch mehr Gedanken machst.«

»Kann ich das? Immer noch?«

Ehe Isabelle etwas erwidern konnte, schwang die Tür auf. »Er kommt«, sagte Jörg. »Parkovs BKA-Kollege, Professor der Psychologie, Urs Maythaler, der Schweizer, der in Wiesbaden und für diverse OFA-Einheiten als fallanalytischer Berater hinzugezogen wird. *Professor Tod.* Nach allem, was ich bisher von ihm gehört habe, ist er ein seltsamer Typ.«

»Das hast du von Parkov auch gedacht.« Marie fuhr sich durchs Haar. »Oder denkst es noch immer.«

»Heute auf Krawall gebürstet? Komm schon, ich bin nicht der Gegner.« Er blickte von Marie zu Isabelle. »Hab ich was verpasst?«

»Ich bin nur müde. Er kommt? Schön für ihn. Ich werde nicht das Empfangskomitee spielen.«

»Weigand …«

»… kann mich mal. Ich muss mich um die Vernehmung dieses Tatverdächtigen kümmern.« Marie trat an ihm vorbei. Der Flur des K11 war wie ausgestorben. Die Nachricht vom Tod Lelands und des Kollegen der Spezialeinheit hatte das ganze Präsidium erschüttert. Seine Frau Helga war ins Krankenhaus geeilt und kurz nach ihr der Abteilungsleiter und der Polizeipräsident. *Und du kannst es noch immer nicht glauben,* dachte sie, *würdest dich insgeheim am liebsten nur noch irgendwo hinlegen und schlafen, um beim Aufwachen festzustellen, dass alles nur ein böser Traum war.*

Doch es war kein Traum, Leland war tot. Und alles, was ihnen blieb, war die Frage, ob es ein Herzinfarkt oder doch etwas anderes gewesen war, wie die Ersten bereits vermuteten.

Das Büro der Soko war leer – mit Ausnahme von Parkov, der mit hinter dem Rücken verschränkten Armen vor der Fensterfront stand. Dunkel lag die Nacht jenseits des Glases. Regen trieb mit dem Sturmwind heran und prasselte leise gegen die Scheibe. Dieses Geräusch hätte sie normalerweise als angenehm empfunden, nicht aber in dieser Stunde.

Jetzt machte es sie nervös. Wie der Gedanke, dass sie jemanden verhaftet hatten und sich ein SEK-Beamter selbst tötete.

Wie der Gedanke, dass ihr Chef gestorben und sie attackiert worden war.

Wie der Gedanke, dass dieser Fall sie beunruhigte.

Der Countdown verriet ihr, dass ihnen bis Mitternacht nur noch fünfzig Minuten blieben. Sie trat neben Parkov. In diesem Augenblick, als sie ihn dort stehen sah, hätte sie ihn gern in die Arme geschlossen, einfach so, aus einem Impuls heraus. *Du bist erschöpft*, dachte sie, *spürst die Ereignisse des langen Tages in jedem Muskel, in jedem Knochen. Du brauchst jemanden, der dir wenigstens für eine Minute das Gefühl gibt, dass nicht alles in Chaos und Irrsinn versinkt.*

Jemanden, an den du dich anlehnen kannst.

»Hallo, meine Liebe«, sagte Parkov leise. Seine Stimme erhob sich kaum über das Flüstern der Tropfen auf dem Glas. »Regen. Immer wieder der Regen.«

Marie lächelte, als sie seinen verdrossenen Tonfall hörte. »Nichts für dich?«

»Ich versuche, es auszublenden.«

»Ich mag ihn. Mit Hitze konnte ich nie viel anfangen, doch den Wind in den Blättern und den Regen, das habe ich geliebt, seit ich klein war. Meine Schwestern und ich haben im Matsch gespielt. Wir hatten einen Labrador, der es liebte, auf noch von der Sonne warmen Steinen zu liegen und während der letzten Spätsommertage die Nase in den Wind zu strecken, als könne er riechen, dass da etwas kam, ein Wind, der eine Veränderung herantrug. Er hat es geliebt, mit uns zu toben und sich von oben bis unten mit Schlamm zu bespritzen.« Marie blickte in die Nacht hinaus und betrachtete ihr Spiegelbild im Glas. »Wie unbeschwert diese Zeiten waren. Manchmal denke ich daran, dass Lucie niemals erleben wird, wie es ist, auf diese Weise aufzuwachsen.«

Parkov rührte sich nicht. »Du bist für sie da, wenn sie dich braucht. Sie weiß das. Lucie geht es gut. Sie hätte ihre Krankheit nicht überstanden, wäre sie nicht so tapfer wie ihre Mutter.« Er warf ihr einen Blick zu. »Wir haben ihn. Wir werden ihn befragen. Wir finden Linda und retten sie.«

»Ich hoffe es.«

»Bist du okay?«

»Leland ist tot.« Sie schluckte, versuchte, das Gefühl loszuwerden, das ihre Kehle wie mit Stacheldraht zuschnürte. »Er ist tot. Du fragst mich, ob ich okay bin? Nein, ganz bestimmt nicht. Ich wurde heute Morgen gezwungen, mit anzusehen, wie sich ein Drogensüchtiger vor meinen Augen die Schädeldecke durchschoss. Ich wurde nass, mir ist kalt, ich habe Angst um meine Tochter und Bine und alle anderen. Nein, ich bin ganz sicher nicht okay.« Marie spürte, wie gut es ihr tat, all das auszusprechen. »Aber wenn du mich fragst, ob ich bereit bin, es durchzuziehen, sage ich dir: zur Hölle, ja. Nie war ich mehr bereit.«

Parkov nickte in Richtung des Punkts mit den blinkenden Positionslichtern – ein Helikopter, der sich langsam dem

Präsidium näherte. »Mein Kollege. Wenn er hier ist, werden sich einige Dinge ändern. Jetzt, da Leland nicht mehr hier ist, fürchte ich, er wird nicht besonders begeistert sein, dass du noch immer an den Ermittlungen mitwirkst, da du doch so sehr *involviert* bist. Weigand gefällt es jedenfalls nicht, er wird versuchen …«

»Ich werde es nicht akzeptieren.«

»Ich weiß.«

»Habt ihr Neuigkeiten?«

»Wir haben das präparierte Smartphone nicht im Haus gefunden. Die Technik spricht von einer kurzen Übertragungsstörung, zwei Minuten lang in einem etwa dreihundert Meter großen Radius, während der er es weitergegeben haben muss. Wir müssen herausfinden, was er da getan hat und wie es ihm gelungen ist, auf den SEK-Kollegen einzuwirken. Wieso er einen Kollegen attackiert hat und der sich dann selbst erschoss.«

»Wie Filipo Terrano.«

»Ja.«

»Und der eingebaute Positionssender?«

»Er wurde abgeschaltet. Aber zuerst bewegte sich das Handy mit passender Geschwindigkeit weiter in Richtung Haus, obwohl es nicht mehr bei ihm im Wagen war. Die observierenden MEK-Kollegen haben auf den letzten Kilometern den Abstand zwischen sich und ihm vergrößert, um die Wahrscheinlichkeit, entdeckt zu werden, möglichst gering zu halten. Der Positionssender im Handy war also in einem anderen Fahrzeug, das uns bewusst irregeführt hat.«

»Mein Gefühl hat also recht behalten?«, sagte Marie resigniert.

»Es war mein Fehler.«

»Nein.« Marie schüttelte den Kopf. »Merkst du nicht, dass hier jeder auf dich blickt? Wenn du schwach bist, ist die ganze

Soko geschwächt. Wenn du schwach bist, wird er umso stärker.« Sie deutete auf die Leinwand, auf der die Website mit der Videoübertragung, die sich schleifenartig wiederholte, über dem Countdown zu sehen war. »Wir haben Linda nicht. Noch nicht. Wenn er sie irgendwo versteckt hat …«

»Dann werden wir sie nicht retten können«, sagte Parkov und klang erschöpft. »Nicht in der Kürze der Zeit. Nicht unter diesen Umständen.«

»Ich will das nicht hören.« Parkov angeschlagen zu sehen erschreckte sie. Schlimmer noch, es war ihr, als schwächte es auch sie selbst.

»Du bist nicht allein. Selbst wenn hier niemand mehr an deiner Seite steht, hast du immer noch mich. Wenn du Lindas Leben retten willst, sollst du wissen, dass ich immer auf deiner Seite bin.«

»Ich war mir nicht sicher.«

»Immer. Die ganze Zeit«, bekräftigte sie.

»Das ist mehr, als ich verdiene. Mehr, als du mir zugestehen solltest. Ich war kalt. Abweisend. Ich war nicht, wer ich hätte sein können.«

Das Geräusch des fallenden Regens vermischte sich mit dem Lärm der Rotorblätter des herannahenden Helikopters, doch Marie achtete gar nicht darauf. »Wenn du Wochen dort draußen verbracht hast, um auf die Spur eines Mörders zu kommen, ist das weitaus mehr, als man von einem Ermittler verlangen kann. Das ist etwas, das ich unendlich bewundere. Etwas, worauf du verdammt stolz sein solltest. Ich jedenfalls bin es.«

»Es war notwendig. Mehr nicht.«

»Ich habe dir schon mal gesagt: Manchmal solltest du ein Danke annehmen.«

Parkov lächelte. »Kann mich erinnern.«

»Komm schon.« Marie boxte ihm verspielt gegen die Schulter. »Es kann gar nicht schlimmer sein als vor neun

Monaten. Er ist ein Mörder, der sich für einen großen Verbrecher hält. Aber was heißt das schon? Wir haben ihn, und das allein zählt.«

Parkovs Handy meldete sich. »Der Tatverdächtige wird gerade in den Vernehmungsraum gebracht«, sagte er. »Er ist hier.«

»Gut.« Marie hörte, wie der Helikopter über sie hinwegflog und irgendwo hinter ihren Köpfen auf dem Helipad landete. Das Geräusch der Rotorblätter und des Motors klang ab, bis nur noch das Prasseln des Regens übrig blieb. »Gehen wir?«

»Er wird mich hier treffen wollen.« Parkov spähte zur Tür. »Er ist bestimmt schon auf dem Weg. Ich kann ihn nicht ausstehen.«

»Am Ende ziehen wir alle am selben Strang. Gib die Hoffnung nicht vorschnell auf. Im Zweifel müssen wir eben tun, was richtig ist, auch wenn es einigen nicht gefallen wird.« Marie berührte sanft seinen Arm, aber Parkov schüttelte den Kopf. »Das dürfen wir nicht. Nicht, wenn so viel auf dem Spiel steht. Nicht, wenn der Fokus der Öffentlichkeit so auf diese Ermittlung gerichtet ist.«

»Seit wann kümmert es dich, was die anderen denken?«

»Noch nie. Aber …«

»Besondere Zeiten erfordern besondere Maßnahmen, falls du dich erinnerst.«

»Ich wünschte, es wäre so einfach.«

Hinter ihnen öffnete sich die Tür mit Schwung. In den Raum trat ein kleiner Mann, kaum größer als Marie selbst, in einem staubgrauen Anzug und mit einer Brille mit runden Gläsern, die auf einer spitz zulaufenden Nase saß. Professor Urs Maythaler hatte grau meliertes, lichtes Haar, das wie ein Kranz auf seinem Kopf saß, und leicht abstehende Ohren, die seinem Gesicht den Eindruck eines Wiesels verliehen. Er trug eine Fliege und unterm Arm eine Aktentasche.

Der Mann durchmaß den Raum und streckte die Hand aus. Weigand folgte ihm und schien äußerst dienstbeflissen.

»Daniel«, sagte Maythaler und packte Parkovs Hand, als wollte er sie mitsamt dem zugehörigen Arm ausreißen. »Es ist schon ein wenig her.«

»Urs.« Parkovs Miene war unlesbar. »Du bist über die Dinge im Bilde?«

»Von Anfang bis Ende«, erwiderte Maythaler. »Der Kollege vom LKA hat mich informiert. Eine gute, präzise Zusammenfassung. Alles sollte sich in drei Sätzen zusammenfassen lassen – wenn es das nicht tut, ist es überflüssig und kann weg. Das ist eine der Ideen des Holländers, wenn ich mich nicht irre.« Er schaute zu Marie. »Und Sie sind die Soko-Leiterin.«

»Marie Winter. Ich freue mich auf unsere Zusammenarbeit.«

Maythaler nickte. Sein Händedruck war kaum wahrnehmbar. »Es entsetzt mich, die traurigen Neuigkeiten zu hören. Franz Leland, meine Güte. Und das mit Ihrer Hand tut mir natürlich leid. Wir werden sicherstellen, dass dergleichen nicht mehr vorkommt.« Er warf Weigand einen Blick zu.

Jetzt kommt es, dachte Marie. *Wenn er mich rauswerfen will, wird er nicht lange damit hinterm Berg halten. Die Köpfe rollen stets zuerst.*

»Sie bleiben dabei«, sagte Maythaler, als hätte er ihre Gedanken erraten. »Da gibt es keine Diskussion.«

»Oh, das ist gut.« Marie kam es vor, als wäre sie als Schülerin vor den Rektor zitiert worden. *Benimm dich deiner Position angemessen, verflucht noch mal.* »Ich denke, das stand auch nicht zur Debatte.«

»Nicht für mich. Was hier geschieht, ist eines der drastischsten Verbrechen unter den Augen der Öffentlichkeit, das mir je unterkam. Eine neue Qualität. Wir müssen Einigkeit zeigen.«

»Definitiv.« Wenn Parkov überrascht wirkte, dann ließ er sich nichts anmerken. »Der Tatverdächtige erwartet uns zur Vernehmung unten. Wir können sofort anfangen.«

»Ich möchte, dass jemand den Countdown im Auge behält«, sagte Maythaler. »Und dass diese Aufgabe von Ihnen übernommen wird, Weigand.«

»Ich?« Er schien überrascht. »Nun, na schön.«

Im Aufzug, der sie nach unten zu den Gewahrsamszellen brachte, richtete Maythaler seine Fliege und sagte: »Ich kann karrieregeile Opportunisten nicht ausstehen.« Er räusperte sich mit einem Laut, der verdächtig nach Weigand klang, und wickelte ein Kräuterbonbon aus, das er sich in den Mund schob. »Parkov, auch wenn ich weiß, dass wir in der Vergangenheit Meinungsverschiedenheiten über Vorgehensweisen hatten, bin ich froh, dass Sie sich dieses Falles angenommen haben. Überhaupt war ich erfreut zu hören, dass Sie aus Ihrem selbst gewählten Exil zurückgekehrt sind und sich unserer kleinen Mannschaft wieder angeschlossen haben.«

»Die Umstände erforderten meine Rü…«, setzte Parkov an.

»Haben wir Sie beide vorhin bei etwas unterbrochen?« Maythaler sprach munter weiter und sah neugierig zwischen Marie und Parkov hin und her. »Nein, sagen Sie nichts. Ich denke, ich kann mich auf meine Beobachtungsgabe verlassen. Es ist schön, aber für die Ermittlung gefährlich.«

»Wir haben nichts miteinander«, sagte Parkov nüchtern. »Es gibt nichts, was die Ermittlung gefährden könnte.«

»Nichts«, bestätigte Marie. »So ist es.«

Maythaler nickte, doch seine neugierige Miene verschwand nicht, als er ihr und Parkov seine Bonbons anbot. »Möchte hier jemand ein Kräuterzückerli?«

42.

Parkov betrachtete den Mann auf dem Monitor, der das Bild der Überwachungskamera aus Vernehmungsraum eins übermittelte. »Die Banalität des Bösen. Er scheint so *gewöhnlich.*«

Maythaler blätterte in der Akte, die der KDD in aller Eile angelegt hatte. »Wir müssen noch mal dorthin und nachsehen«, sagte er mit schwachem Schweizer Dialekt. »Aber das kann warten. Das Haus gehört einem Immobilienfonds, der sich das Grundstück und noch eine ganze Reihe anderer unter den Nagel gerissen hat. Es steht seit Jahren leer.«

»Kein Name, keine Identifikationspapiere«, erklärte Parkov. »Die Fingerabdrücke sind nicht in der Datenbank. Er spricht nicht. Laut den Kollegen vom SEK hat er nicht ein einziges Mal den Mund geöffnet, um auf eine Frage zu antworten.«

Marie musterte den Mann, der mit gefesselten Hand- und Fußgelenken am Tisch saß und scheinbar gelangweilt in die Kamera blickte. Er trug einen Overall der Polizei, da ihm die Kriminaltechnik seinen schwarzen Kapuzenpullover zur Spurenfeststellung abgenommen hatte.

»Ein Kopfschütteln, das war seine einzige Regung, ein Kopfschütteln auf die Frage, ob er jemanden anrufen möchte.«

»Mit der Kontaktaufnahme mit einem Pflichtverteidiger können wir uns etwas Zeit lassen«, sagte Parkov kalt. »Es ist spät, ich fürchte, die Herren schlafen bereits.«

»Was halten Sie davon, zuerst reinzugehen?«, wandte sich Maythaler direkt Marie zu. »Möglicherweise hat er doch bereits mit Ihnen gesprochen. Er kennt Sie. Ich will seine Reaktion sehen. Sie werden das schaffen, nicht?«

»Ja.« Sie sah dem Schweizer Kollegen in die Augen. Er hatte helle, fast graue Pupillen und roch nach seinen Kräuterbonbons. »Natürlich.«

»Dann los.«

Vor der Tür, die aus dem Nebenraum ins Vernehmungszimmer führte, hielt Parkov sie zurück. »Eine halbe Stunde, dann ist Mitternacht. Komm zur Sache, wir haben nicht mehr viel Zeit.«

»Alles klar.«

»Viel Glück.«

Sie öffnete die Tür. Der Verdächtige sah nicht auf. Im Raum roch es nach Schweiß, der von dem Verdächtigen ausging wie der Odem des Bösen.

Marie ignorierte ihr schneller als gewöhnlich gegen die Rippen schlagendes Herz und trat vor ihn an den Tisch, setzte sich jedoch nicht. »Mittwoch, 23.30 Uhr. Vernehmung eines nicht identifizierten Tatverdächtigen. Anwesende: Winter, Kriminalhauptkommissarin.« Sie blickte ihn unverwandt an. »Erkennen Sie mich?«

Der Mann am Tisch rührte sich nicht. Aus der Nähe konnte Marie ihn gut erkennen. Er war es tatsächlich, dieser Mann war ihr vorm Lift ihres Wohnhauses gegenübergetreten.

»Ich bin Marie Winter, Hauptkommissarin des K11 Frankfurt, aber das wissen Sie wahrscheinlich bereits.«

Er rührte sich noch immer nicht. Seine Augen fixierten einen Fleck zu ihrer Rechten, einen Punkt an der grauen, nichtssagenden Wand, der seinen Blick anzog, als stünde dort ein verborgenes Geheimnis, das nur er allein zu lesen vermochte.

»Wenn Sie nicht mit mir reden wollen, wird das erhebliche Nachteile für Sie mit sich bringen.« Sie wollte schon hinzufügen: Ich versichere Ihnen eines, wir haben Ihre Spuren am Körper der Toten gefunden. Aber das war natürlich nicht wahr, Spuren gab es bislang keine, nicht einmal einen partiellen Fingerabdruck. Stattdessen sagte sie: »Sie werden womöglich des Mordes angeklagt und verurteilt werden und für den Rest Ihres Lebens nur noch Gefängnismauern sehen. Wenn Sie jedoch mit uns zusammenarbeiten, wirkt sich das strafmindernd aus.« Sie trat zur Tür. Die Hand bereits auf der Klinke, vernahm sie in ihrem Rücken ein leises Geräusch.

Eines, das sie nicht erwartet hatte.

Der Mann weinte.

Nicht besonders geräuschvoll, aber dennoch war ein leises, gepeinigtes Schluchzen zu vernehmen, das aus seiner Kehle drang. Marie sah sich nach ihm um.

»Was ist?« Sie verspürte zwar kein Mitleid, war aber von seiner Reaktion überrascht. Vieles hatte sie erwartet, stummes, brütendes Schweigen, das nicht zu brechen war, oder ein überhebliches Lächeln, das er ihr höhnisch präsentierte, oder auch verletzende, spottende Worte.

Aber nicht das.

»Reden Sie mit mir.« Sie verschränkte die Arme, wartete. Schließlich hob er den Kopf. Er schien so gewöhnlich, und trotzdem wirkte das Zusammenspiel seiner Gesichtspartien ästhetisch stimmig, was ihm ein seltsam raues, attraktives, wenn auch etwas fremdländisches Aussehen verlieh. Wo kam er her? War er Engländer? Amerikaner? Oder etwas ganz anderes? »Ich weiß nicht mehr, was ich getan habe.« Seine Stimme klang, als hätte er sie seit Langem nicht mehr benutzt, etwas heiser und angeschlagen, als schleppe er eine Krankheit mit sich herum, die in ihm schwelte. »Bitte glauben Sie mir. Ich weiß es nicht.«

»Ganz ruhig. Erzählen Sie, was passiert ist.«

»Das ist es ja: Ich kann mich an kaum etwas erinnern. Alles ist so lückenhaft. Da war jemand, der zu mir kam. Ein Mann, denke ich, ziemlich groß.« Er schüttelte den Kopf. »Er sprach mit mir. Und danach nur noch Bruchstücke. Ich war in einem Haus, furchtbar dunkel war es, und es roch nach … Ich muss nachdenken.«

Marie setzte sich ihm gegenüber. »Langsam. Fangen wir mit Ihrem Namen an.«

»Sam.« Er fuhr sich durchs Haar. »Sam Gorad.«

»Herr Gorad, Sie wissen, wieso wir Sie verhaftet haben?«

»Ja, ich weiß es. Sie haben mich in diesem Haus gefunden. Ich hätte nicht …«

»Und wissen Sie auch, was Sie dort taten?«

»Nein, nein. Nur noch … jemand hat mich angerufen. Hat mir viel Geld bezahlt, damit ich etwas abhole.« Eine Erkenntnis dämmerte in seinen panischen Augen. »Ein Handy. Das! Ein Handy, und ich sollte es dorthin bringen.«

»Wer war das? Mit wem haben Sie gesprochen?«

»Daran kann ich mich nicht erinnern.«

»Wo ist das Handy?«

»Ich sollte es unterwegs aus dem Fenster werfen. Wenn mich niemand beobachtet. Er sagte, jemand würde mich im Auge behalten.«

»Wo war das?«

»Er rief mich an, kann mich nicht erinnern, wo genau. Auf einer Landstraße. Danach sollte ich zu dem Haus fahren und warten und …« Er schüttelte den Kopf.

»Wo ist das Geld?«

»Bei mir zu Hause. Es war am Morgen einfach im Briefkasten.«

»Also können Sie sich an Ihre Adresse erinnern?«

»Ja.« Er nannte eine Frankfurter Adresse, nicht weit entfernt.

»Wir werden das überprüfen.«

Sam Gorad nickte, dann verbarg er den Kopf in den Händen.

»Wieso sind Sie weggerannt?« Marie beugte sich vor. »Wieso haben Sie versucht zu fliehen, als man Sie festnehmen wollte?«

»Ich hatte Angst.« Er seufzte. »Ich wusste nicht, was mit mir geschieht, bekam Panik … und als ich dann rannte, habe ich nicht nachgedacht. Ich wollte nur noch weg.«

»Was machen Sie, um sich Ihren Lebensunterhalt zu verdienen, Herr Gorad? Und wo kommt dieser Name her?«

»Ich bin selbstständig. Puppenspieler und Geschichtenerzähler. Auch Schauspieler, es gibt ein paar Werbespots, in denen ich dabei bin. Fahren Sie bei mir zu Hause vorbei, da sind alle Unterlagen. Ich habe auch eine Homepage. Auch wenn der letzte Job schon etwas her ist, ich schwöre Ihnen …«

»Wieso das? Wie meinen Sie das?«

»Mir … mir geht es eben nicht so gut. Ich kann mich nicht mehr konzentrieren … es gab da eine kleine Alkoholgeschichte, aber ich kriege das hin! Das ist gar nichts, fragen Sie doch die Leute, die mich kennen. Ehrlich, so ist es.«

»Das werden wir. Und der Name?«

»Ich bin Ire, hören Sie, ich habe doch nichts getan. In meinem Job muss ich zusehen, dass ich Geld verdiene. Da habe ich diese kleine Sache gemacht, aber ich wusste nicht … Es sollte ein einfacher Fahrdienst sein, mehr nicht.«

»Erkennen Sie mich?«

»Nein.«

»Sehen Sie mich an. Erinnern Sie sich an das Haus, in dem Sie das Mobiltelefon abgeholt haben?«

Er hob den Kopf und sah Marie direkt in die Augen. Was sie dort las, war Verunsicherung, altes Leid und großer Schmerz, doch keine Lüge. Es war nur ein Gefühl, aber ihre kriminalistische Intuition hatte sie nur selten getrogen: Keine Lüge war darin zu erkennen, dafür abgrundtiefes Entsetzen.

Vor Marie saß ein Mann, den jemand aus der Tür eines Flugzeuges gestoßen hatte, das in vielen Tausend Metern Höhe flog, ein Mann, der gerade bemerkte, dass man ihm keinen Fallschirm mitgegeben hatte.

»Doch, ja. Ich erkenne Sie. Sie waren in dem Haus, in das ich gehen sollte. Oder aus dem Fernsehen? Tut mir leid.«

»Sie wissen, was derzeit geschieht?«

»Ich habe davon gehört.« Er rasselte mit den Handschellen. »Glauben Sie mir. Ich bin nur ein Bote.«

Marie fasste zusammen: »Sie waren in einer Wohnung im Nordend, um ein Mobiltelefon abzuholen und auf einen stillgelegten Bauernhof zu bringen, aber Sie ließen es irgendwo unterwegs verschwinden. Auf dem Hof haben wir Sie verhaftet. Noch einmal von vorn: Haben Sie mich angerufen?«

»Nein.« Er sah sie an und zuckte die Achseln. »Glauben Sie mir, bitte. Er hat mich dafür bezahlt, das Ding abzuholen und dorthin zu bringen. An einen Anruf erinnere ich mich nicht.«

»Erinnern Sie sich an den Keller des Hauses?«

Er sah sie traurig und verzweifelt an. »Dunkel. So viele Schatten. Ich hatte Angst. Etwas war da unten, das mich in Panik versetzte. Als wäre ich ein kleiner Junge und meine Eltern sind abends aus. Ich höre, wie jemand an der Tür rüttelt, ich ziehe mir die Decke über den Kopf, aber er geht nicht. Er … er kommt herein.« Er fuhr sich durch das Haar. »Ich weiß, dass ich Angst hatte da unten … und als ich dann die Geräusche hörte, die Geräusche von oben, und all die Männer mit den Sturmhauben entdeckte, da wollte ich nur noch fliehen.«

Marie rührte sich nicht. Für einen Augenblick dachte sie an ihren Albtraum. In ihrer Jeans summte das Handy: Parkov, der ihr das Verstreichen von zehn Minuten signalisierte. »Versuchen Sie, nachzudenken und sich zu erinnern. Je ehrlicher Sie zu uns sind, desto eher können wir Ihnen helfen.«

Sie verließ den Vernehmungsraum. Parkov und Maythaler hatten das Gespräch auf dem Monitor mitverfolgt.

»Wir geben die Aufzeichnung seiner Stimme an das BKA. Wenn er in der Datenbank registriert ist, werden wir ihn finden.« Maythaler betrachtete die Übertragung mit skeptischem Blick. »Sie haben mit jemandem gesprochen, der Ihnen im Tausch gegen Parkovs Handy Informationen anbot. Also, ist er es? Ist es sein Sprachstil, sein Rhythmus?«

»Er hat einen Verzerrer benutzt«, erwiderte Marie. »Woher also soll ich das wissen? Aber ja. Er könnte es gewesen sein.« Sie wandte sich an Parkov. »Was denkst du? Ist es nur ein Trick? Sagt er die Wahrheit? Wenn ja, was ist mit ihm geschehen? Diese Angst, die er beschreibt, erinnert dich das nicht an etwas? Wir sollten ihn in jedem Fall ärztlich begutachten lassen, um die Erinnerungslücken zu überprüfen.«

»Das sollten wir wohl.« Parkov legte die Fingerspitzen aneinander. »Ich muss gestehen, dass ich überrascht bin.«

»Jemand ist da draußen und treibt seine Spiele mit uns. Er benutzt uns und vermutlich auch andere. Wer er ist, wissen wir nicht. Wir sind ihm kein Stück näher gekommen.« Sie verschränkte die Arme. »Daniel, mal ehrlich: All das riecht doch so, als wären es neun Monate zuvor und wir würden den Dezembermann jagen. Du weißt, womit er uns gedroht hat. Mit dem anderen, der im Hintergrund wartet und der klüger sei als du und er selbst. Sag mir, dass ich unrecht habe.«

»Ich wünschte, ich könnte es.«

»Was ist mit Weigand?«, fragte sie.

»Hat sich nicht gemeldet.«

»Scheiße. Und wenn der Countdown abläuft und nichts geschieht?«

Parkov schnaubte. »Glaubst du das denn?«

»Nein.« Marie schüttelte den Kopf. »Aber ich hoffe es.«

43.

24 Stunden und 1 Minute bis zum Ablauf des letzten Ultimatums

Eine Minute, dachte Marie. Am Ende war es immer die letzte Minute, die am längsten andauerte. Sie wartete neben den Kollegen im Großraumbüro der Sonderkommission und lauschte dem Surren des Projektors, der das Bild der Website auf die Leinwand warf – das einzige Geräusch, das zu hören war, während alle den Atem anhielten.

Eine Minute. Und ich habe mich noch nie so mies gefühlt, oder?

Nein, korrigierte sie sich, *das stimmt nicht. Einmal schon. Aber das war etwas anderes. Diesmal hattest du alle Möglichkeiten und hast sie nicht genutzt. Was immer gleich geschieht, dein Versprechen an Linda Ilm, sie bis zum Ende des Tages zu befreien, wirst du vergessen können.*

»Ich will nicht hinsehen«, flüsterte sie. »Oh Gott, ich wünschte, das wäre alles nur ein böser Traum.«

»Wo ist Odinsdottir?« Parkovs Augen suchten den Raum ab. Jörg war da, er und die anderen Kollegen, aber nicht Isabelle.

»Ich weiß es nicht«, antwortete Marie.

»Ist es etwas Persönliches?«

»Das sollten wir später klären.« Marie nickte in Richtung Leinwand, um auf die Dringlichkeit der Situation hinzuweisen, während sie zugleich nur ungern vor Maythaler und Weigand über Isabelle und das, was sie möglicherweise beschäftigte, sprechen wollte.

»Zehn Sekunden«, sagte Weigand. Sie sah ihm an, dass ihm ihr kleines Manöver nicht entgangen war. Ein dünnes Lächeln stand auf seinen Lippen, als wollte er sagen: Sieh her, man kann wie ich Fehler machen und dennoch hier stehen, solange man die richtigen Leute kennt, und du kennst sie eben nicht.

Der Mann, der seine schützende Hand über die ganze Mordkommission gehalten hatte, war nicht mehr. Ohne Franz Leland hätten Jörg und auch sie das Verfahren der internen Ermittlung womöglich weniger unbeschadet überstanden, das wusste sie.

»Und jetzt geht es los«, sagte Maythaler, doch auf der Website geschah nichts. Das in Schleife abgespielte Video wiederholte sich weiter, während der Countdown bei null verharrte.

»Er ruft nicht an. Wieso nicht?« Weigand runzelte die Stirn, sah gespannt von der Leinwand auf die Monitore, als erwartete er, dass sich allein durch die Kraft des fokussierten Hinsehens etwas verändern würde.

»Weil er weiß, dass er seinen Trick nicht noch einmal wiederholen kann. Weil wir bereit sind.«

»Unsinn, dafür hat er doch diese verschlüsselte App. Nein, da stimmt was nicht«, sagte Weigand. »Was ist da los? Die Zeit ist längst um. Was treibt der denn?« Er warf Parkov einen Blick zu. »Oder sitzt er tatsächlich dort unten in Gewahrsam und kann einfach nichts tun? Geht es deshalb nicht weiter? Haben wir es geschafft?« Für einen Augenblick klang er euphorisch.

»Könnte es ein technisches Problem sein?« Maythaler wandte sich um. »Ich kann mir nicht vorstellen, dass das der groß angekündigte Moment ist.«

Niemeier eilte zu den PCs. »Die Verbindung steht. Das Problem muss auf der anderen Seite liegen, nicht bei uns. Es ist … Moment mal.«

In diesem Augenblick veränderte sich die Website.

Statt des Countdowns und des kleinen Videoplayers erschien ein formatfüllendes Bild, das Marie augenblicklich erkannte. Es zeigte ein Hochhaus, von schräg unten aus einem passenden Winkel aufgenommen, sodass das ganze Gebäude eingefangen wurde.

»Der Messeturm«, sagte sie. »Wieso zeigt er uns den Messe… Wartet, was ist das?«

Auf dem Dach des Turms war ein Feuer entfacht worden. Etwas brannte dort, doch sie konnte aus der Entfernung nicht ausmachen, um was es sich handelte. Die Flammen schlugen hoch, hell loderten sie in die Nacht hinauf. Quer über das Videobild waren Worte geschrieben: *Seht all die Feuer und die Schatten.*

»Ein Brandzeichen«, sagte Maythaler.

»Ein *Brandopfer*«, erwiderte Parkov. »Verflucht.« Er stieß einen russischen Fluch aus und fügte hinzu: »Ein weithin zu sehendes Zeichen, ein Symbol mitten unter uns. Eine Machtdemonstration.«

Dann fing die Übertragung einen Schrei ein, ein grässliches Geräusch, das die Lautsprecher neben der Leinwand nur verzerrt wiedergaben: ein Mensch, der im Sterben lag, der bei lebendigem Leib verbrannte.

Das Bild auf der Website schaltete um. Nun konnten sie das Feuer aus nächster Nähe sehen, so dicht war die Kamera herangerückt. An den Mast, in den der Messeturm auslief, war eine menschliche Gestalt gefesselt. Sie stand in Flammen, lebte aber noch.

Die Schreie waren mehr, als Marie ertragen konnte. Sie spürte, wie ihre Hände zu ihren Ohren flogen. Sie zwang sich wegzusehen, weil sie wusste, dass sich der Anblick tief in ihre Netzhaut eingraben und ihr schlaflose Nächte bereiten würde. »Nein«, hörte sie sich sagen, »oh Gott, nein.«

»Es ist eine Frau«, sagte Maythaler. Er schien erschrocken und fasziniert zugleich. Neben ihm starrte Parkov mit versteinerter Miene auf den grausigen Anblick. Bei dem Gedanken, dass diese Bilder gerade von jedem Internetnutzer mit angesehen werden konnten, wurde Marie übel.

Schließlich verstummten die Schreie, doch das Feuer brannte weiter. Funken stoben in die Luft. Irgendwo in der Nacht unterhalb des über zweihundertfünfzig Meter hohen Gebäudes plärrten Sirenen.

Dieses Geräusch brach den Bann. Parkov bewegte sich als Erster und packte den Hörer des nächsten Telefons, das ständig mit dem Lagedienst verbunden war: »Messeturm, ein Opfer, möglicherweise noch immer Brandgefahr. Abriegeln. Und geben Sie die Warnung an die Kräfte der Feuerwehr und des Sicherheitsdienstes raus. Der Täter könnte sich noch im Gebäude aufhalten.«

Ein Brandopfer. Ein weithin zu sehendes Zeichen mitten unter uns. Marie spürte, wie sich ihr Magen umdrehte. Sie rannte zur Tür, auf den Flur hinaus, hinein in die Damentoilette und schaffte es gerade noch zur Kloschüssel.

Galle und Reste ihrer Mahlzeit vom Abend auswürgend, kniete sie da. Ihr Kopf pochte, der Nacken schmerzte so heftig, als hätte ihr jemand tief in die Knochen Nägel gejagt. Vom Waschbecken, an dem sie sich erschöpft mit einer Hand festhielt, spritzte sie sich Wasser ins Gesicht, bis sie vor Kälte zitterte.

Feuer. Flammen in der Nacht. Bilder eines Grauens, das noch immer vor ihren Augen loderte, ganz gleich, ob sie sie schloss oder weit offen ließ.

Feuer, hell flackernd in einer Herbstnacht. Schreie. Marie wusste, dass es die Schreie einer Frau waren. Und es bestand kaum ein Zweifel, wer diese Frau gewesen war.

Sie hatte versagt.

Ihr Versprechen gebrochen.

Auf dem Flur rannten die Kollegen durcheinander, telefonierend, hektisch, aufgescheucht. Sie sah in jedem einzelnen Gesicht, dass niemand das Grauen vergessen würde. Den Anblick des gewaltigen Turms, an dessen Spitze ein Mensch brannte wie ein entsetzliches, mittelalterliches Brandopfer.

Jörg kam auf sie zu, Papiere in der Hand. »Du bist ziemlich nass.«

Marie sah an sich herab und bemerkte erst jetzt, dass sie es ein wenig mit dem Wasser übertrieben hatte. »Was hast du da?«

»Nachricht von einer Streife. Linda Ilms Wagen wurde gefunden, ausgebrannt, oben im Taunus ein ganzes Stück außerhalb des Suchradius des letzten Standorts ihres Handys. Fischer sieht sich den Wagen an, sobald er mit dem Haus des Entführers fertig ist. Dort im Haus wurden Spuren von Linda Ilm und eine Tätowiermaschine entdeckt. Es ist der Ort, wo er sie einige Zeit gefangen hielt. Aber nichts an Gorads Kleidung. Und die Fingerabdrücke, die man ihm abgenommen hat, tauchen auch nirgendwo auf.«

»Ich will, dass ihn sich die Ärzte genau ansehen. Und zwar am besten jetzt, nicht erst in Stunden. Wir müssen seine Geschichte überprüfen, denn wenn er wirklich nur ein Bote war … dann haben wir gar nichts.«

Jörg nickte. »Es ist Mitternacht, und als Erstes wird er den Haftrichter besuchen. Die Untersuchungshaft ist ihm so gut wie sicher, bis seine Angaben bestätigt sind.«

»Wenigstens etwas.«

»Bist du okay?«

Marie schloss die Augen. Feuer in der Nacht, Flammen, die loderten. »Ich habe es ihr versprochen.«

»Du hast getan, was in dieser Zeit möglich war.« Jörg hielt sie an den Schultern. »Du siehst aus, als könntest du jede Minute umkippen. Fahr nach Hause und schlaf dich aus. Was am Messeturm geschieht, ist jetzt eine Sache der Spurensicherung.«

»Nein. Ich kann nicht. Wenn ich jetzt gehe, werde ich kein Auge zumachen, das weißt du doch.«

»Stur wie immer, was? Wieso überrascht mich das nicht?« Er versuchte zu lächeln, doch gelang es ihm nicht. Jörg schüttelte traurig den Kopf. »Wir kriegen ihn. Jetzt hat er jeden Menschen in dieser Stadt gegen sich.«

Parkov trat auf den Flur, im Mantel und eine große Thermoskanne in der Hand. »Der Messeturm wird durchsucht, aber bislang haben die Kollegen keine Spur des Verdächtigen«, wandte er sich ihnen zu. »In der Hektik könnte er unbemerkt hinausgelangt sein. Gewiss, es existiert dort eine Vielzahl Überwachungskameras, und unter Umständen hat er dieses Mal zu viel gewagt. Gehen wir?« Parkov strebte mit schnellem Schritt dem Lift entgegen, als hätte ihn das neuerliche Auftreten des Täters mit frischer Kraft versorgt. Marie wünschte sich, ihr ginge es genauso.

»Und wir dachten, er säße dort unten.« Sie lehnte sich gegen die Wand der Aufzugskabine neben Parkov, während sich die Türen mit einem elektrischen Surren schlossen. »Also haben wir den falschen Mann. Oder er arbeitet nicht allein.«

»Maythaler nimmt sich Sam Gorad noch einmal vor, ehe er sich Ilms Wagen ansehen wird.« Parkov deutete auf die Thermoskanne. »Ich habe Kaffee mitgebracht. Es könnte eine lange Nacht werden.«

Marie schenkte ihm ein dankbares Lächeln. »Ich weiß.«

Sie gähnte, während sich das Rolltor vor ihnen öffnete und den Weg aus der Tiefgarage freigab. »Was ich nicht verstehe«, sagte sie, während Parkov mit Blaulicht durch die nächtliche Stadt fuhr, »wieso macht er das? Heuert jemanden wie Gorad an? Was verspricht er sich davon? Zeit? Will er uns beschäftigen? Das kann doch nicht alles sein.«

»Gorads Fotos gehen zur Öffentlichkeitsfahndung raus und durch den BKA-Zentralrechner. Wir werden erfahren, ob er die Wahrheit gesagt hat.«

»Öffentlichkeitsfahndung? Versprich dir nicht zu viel. Den Unbekannten im Krankenhaus haben wir auch noch nicht, trotz dieser Maßnahme. Und …«

»Ja?«

»Ich werde den Gedanken nicht los, dass Barbara Ilm mehr weiß, als sie uns sagte. Wir sollten die Ilms noch mal zur Befragung laden. So hart es für sie werden wird.«

Parkov nickte. »Maythaler sieht es anders. Er wird nicht zustimmen.«

Marie blickte in die Nacht, als leichter Herbstregen einsetzte. In der Ferne hallten Sirenen, doch sie wusste nicht, ob das mit dem Brandopfer auf dem Turm oder mit den Unruhen zu tun hatte. »Fite, der alte Mann ohne Namen und Sam Gorad«, fasste sie zusammen. »Ilms Eltern. Eine Handyrückverfolgung, die uns zu einem falschen Ort führt, und Leland. Begreifen wir eigentlich, was geschehen ist? *Er ist tot.* Einer von uns, Daniel, und wir haben nichts!«

»Wir haben nicht nichts.« Parkov warf ihr einen knappen Blick zu, während sie die Mainzer Landstraße überfuhren und der Messeturm in Sicht kam. Weit oben auf der pyramidenförmigen Dachkonstruktion, die das gewaltige Gebäude abschloss, brannte kein Feuer mehr. Der Regen hatte es gelöscht – oder aber die Männer der Feuerwehr, die mit zahllosen blinkenden Einsatzfahrzeugen vor dem Eingang parkte.

»Was soll das heißen, wir haben nicht nichts? Er ist tot, und niemanden scheint es zu kümmern. Sag mir die Wahrheit. Siehst du einen Zusammenhang? Zwischen den Morden an den beiden Frauen, der Attacke auf mich und Lelands Tod?«

Parkov parkte den Bentley in der Nähe der Statue ›Hammering Man‹ auf dem Vorplatz des Messeturms. »Die Fakten liegen direkt, wie heißt es noch gleich, vor unserer Nase. Wir müssen sie nur verknüpfen.«

»Das ist keine Antwort auf meine Frage«, stellte Marie fest. »Du weichst mir aus.«

Parkov blieb mit wehendem Mantel zwischen den Einsatzfahrzeugen stehen. Das Blaulicht spiegelte sich in seinen Augen. »Ich weiß. Dennoch verstehen wir noch nicht genug, um die Zusammenhänge herzustellen.« Mit diesen Worten wandte er sich ab und schritt zum Einsatzleiter der Feuerwehr hinüber, der in der Nähe wartete.

Feiner Regen ging nieder.

Laub trieb über den Boden und raschelte mit dem Wind. *Vergeblich*, schien es zu flüstern, *was du tust, ist vergeblich. Renn, doch du wirst zu spät kommen.* Marie schaute den Messeturm hinauf, die Fassade aus rotem poliertem Granit, ehe sie das Foyer betrat, in dem es von Streifenpolizisten und Kollegen der Spurensicherung wimmelte.

Wir verstehen noch nicht genug, um die Zusammenhänge herzustellen.

Nicht genug.

Wird es anders sein, ehe es zu spät ist?

Mit einem Mal war ihr sehr kalt.

44.

Der Mann, der sie neben einem LKA-Kollegen auf der Dachebene des Turms erwartete, schien von all dem Trubel kaum beeindruckt. Mit seinem kurzen Bürstenhaarschnitt, dem festen Händedruck und der Art, wie er Kopf und Schultern hielt, sah er aus, als hätte er das Sicherheitsgewerbe erfunden.

»Otto«, sagte er, »Gerd Otto. Verantwortlicher Leiter der Gebäudesicherheit.«

»*Verantwortlich*«, wiederholte Parkov sarkastisch. »Interessant.«

»Der Messeturm ist nicht öffentlich zugänglich.« Marie warf einen Blick auf die pyramidenförmige Dachkonstruktion, die weitere fünfunddreißig Meter hoch über ihnen aufragte. »Und dort oben, in etwa zweihundertfünfzig Metern Höhe, da ist es passiert?«

»Genau.«

»Wie ist er reingekommen?«

Otto hielt Marie und Parkov eine Plastikkarte unter die Nase. »Das ist die Keycard, die den Aufzug kontrolliert. Wir haben im Gebäude verschiedene Firmen, die einzelne Stockwerke gemietet haben. Jeder Mitarbeiter besitzt eine Keycard, die nur die für ihn zugänglichen Stockwerke freischaltet. Das ist ganz einfach, und nur der Sicherheitsdienst im

Haus besitzt die Zugangskarten, die es ermöglichen, mit dem Fahrstuhl ein beliebiges Stockwerk anzusteuern.«

»Und?« Parkov trat zum Geländer und spähte in die Tiefe. Der Wind, der hier oben mit unerbittlicher Kraft blies, ließ Maries dunkle Mähne in alle Richtungen flattern. Sie folgte Parkov nicht. Große Höhen konnte sie nicht ausstehen – zumindest dann nicht, wenn sie in die Tiefe hinabblicken musste. Sie spürte, wie ihre Handflächen kribbelten. Angespannt trat sie von einem Fuß auf den anderen.

»Dank computergestützter Protokollsoftware können wir nachvollziehen, wie er dort raufkommen konnte, und wir haben Bilder von ihm«, fuhr der Sicherheitsmann fort. »Wollen Sie wissen, wie er reinkam? Er hat die Zugangskarte eines Mitarbeiters vom Reinigungsdienst verwendet. Die Jungs gehen jeden Abend durch die Stockwerke und kümmern sich um Büros und Konferenzräume. Ich kann Ihnen genau sagen, wem die Karte gehört und wann er mit dem Aufzug gefahren ist. Kurz nach elf war das. Der Mann heißt Matej Nemev.«

»Die Kollegen haben ihn schon in seiner Wohnung angetroffen«, sagte der LKA-Beamte, der in der Nähe wartete. »Er gab an, die Karte sei ihm gestohlen worden. Das stimmt, wir haben es überprüft. Vor drei Tagen hat er seinem Vorgesetzten den Diebstahl mitgeteilt, der Vorarbeiter hat das jedoch nicht weitergegeben. Die Karte ist nicht gesperrt worden.«

»War er allein? Ich nehme an, er muss an der Haussicherheit vorbei, wenn er zu den Aufzügen will«, sagte Parkov nachdenklich. »Es erscheint mir unmöglich, mit einer Geisel, die sich möglicherweise widersetzt, bis nach ganz oben zu gelangen, ohne dass es jemand bemerkt.«

»Er wurde überprüft, wie wir es mit jeder Reinigungskraft tun – Zugangskarte und Identität. Er hatte alles dabei, was er brauchte. Seine Geräte, verschiedene Flaschen Reinigungsmittel.« Otto zögerte. »Allerdings …«

Parkovs Blick streifte Marie. »Wer hat ihn überprüft?«, fragte sie. »Auf den Zugangskarten ist ein Porträt des Besitzers zu sehen, also wieso hat man den Täter mit einer offenbar gestohlenen Karte reingelassen?«

»Ja, nun«, Otto schluckte. »Jetzt kommen wir zum komplizierten Teil.« Mit einem Mal schien er sich unwohl zu fühlen. »Der Kollege, der die Karte bestätigte, hat nur fünf Minuten danach seinen Arbeitsplatz verlassen. Angeblich, um eine kurze Raucherpause einzulegen, von der er aber nicht zurückkehrte. Der Mann heißt Pedro Brentano und ist schon Jahre dabei. Absolut vertrauenswürdig.«

»Er ist auch nicht nach Hause gekommen«, ergänzte der LKA-Beamte. »Wir fahnden nach ihm.«

»Hat er Frau und Kinder?«

»Ja.«

»Dann wurden sie bedroht. Und er tat, was er tun musste. Stets gibt es einen Punkt, an dem man einen Mann packen kann.« Parkov schaute gedankenverloren auf die Dachkonstruktion. »Also hatte unser Täter mit der Karte Zugang zu jedem Stockwerk? Auch bis zur Spitze?«

»Ja. Aber wir können unten überwachen, welche Karte welchen Aufzug in welches Stockwerk steuert. Heute Abend ging keiner hier hoch. Aber er hätte natürlich auch noch Zugang über das Treppenhaus gehabt – so muss er es gemacht haben. Dadurch, dass Brentano nicht zurückkam, waren die Monitore eine Zeit lang unbesetzt.«

»Und er hätte mit ihr hereinspazieren können.«

»Ja, nun …«

»Videobänder?«

»Hab ich gesichtet.« Gerd Otto hustete. »Zwei Personen. Nemev – oder zumindest seine Karte – und eine zweite Reinigungskraft, die mit ihm hereinkam.«

»Das war sie. Ich nehme an, er hat sie unter Drogen gesetzt.«

»Sie wirkte ein wenig orientierungslos, ja. Er trug eine Baseballkappe, die sein Gesicht verdeckte.«

Der LKA-Kollege fluchte. »Ist das so hier üblich, einen Mann allein den Sicherheitsdienst machen zu lassen?«

»Ja, nun …«

Parkov unterbrach die beiden. »Genug! Jetzt will ich hinauf und mir alles aus der Nähe ansehen.«

»Natürlich. Kommen Sie.«

»Diese Pyramidenkonstruktion«, fragte Marie, »was steckt da drin?«

»Die Gebäudetechnik. Alles, was benötigt wird, um das Gebäude mit Strom, Wasser, Heizung und den notwendigen Steuerungs- und Überwachungssystemen zu versorgen.« Otto deutete auf eine schmale eiserne Treppe, die sich im Inneren der Konstruktion nach oben schlängelte. »Ab jetzt geht es nur noch zu Fuß weiter.«

Schweigend stiegen sie nach oben. Marie dachte an Leland und daran, was er einmal zu ihr gesagt hatte: *Im Feuer zu sterben ist von allen Todesarten vermutlich die schrecklichste.*

»Ab hier müssen Sie warten«, sagte Parkov, als sie vor einem rot-weißen Absperrband ankamen. »Wir finden den Weg.«

»Passen Sie auf«, sagte Otto. »Es ist kalt und windig da oben.« Mit einem gewissen Ausdruck in den dunklen Augen ließ er sie stehen und wurde von dem LKA-Kollegen wieder nach unten begleitet.

Marie und Parkov waren allein. Auf einem Tisch vor einer schweren Metalltür hatte jemand eine Reihe Tyvek-Overalls und Atemmasken hinterlegt. Marie entdeckte auch eine Dose mit Mentholbalsam. Der Geruch von Brandopfern gehörte zum Entsetzlichsten, das sie sich vorstellen konnte.

»Wie schön, dass die Kollegen mitdenken«, sagte sie leise.

»Der Wind und der Regen zerstreuen jeden Geruch. Doch sie erschweren zugleich die Spurensicherung.« Parkov schlüpfte in den Schutzanzug. »Das ist nicht gut.«

Marie zog sich die Kapuze über den Kopf. »Bringen wir es hinter uns.« Als sie nach der Tür griff, machte sich ihre Handverletzung mit einem stechenden Schmerz bemerkbar.

»Marie, warte.« Parkov schüttelte den Kopf. »Du musst dich nicht zwingen, das anzusehen. Es genügt, wenn ich es tue.«

»Es geht schon.«

»Und deine Höhenangst?«

»War das so offensichtlich?«

»Mir ist es aufgefallen. Aber ich weiß auch, wo ich hinsehen muss.«

»Dann solltest du vielleicht lieber wegsehen.« Sie zwang sich durchzuatmen. »Solange ich nicht zu lange nach unten blicke, komme ich zurecht.«

Sie stieß die Tür auf. Der pfeifende, böige Wind brach über sie herein.

Eine schmale Plattform umgab die Spitze, in die das Dach des Turms auslief. Marie hielt sich an der Brüstung fest und ging, den Blick stur geradeaus gerichtet, weiter.

Drei Kollegen des Erkennungsdienstes waren hier oben. Hinter ihnen konnte Marie die Überreste der Toten, die an den Mast gefesselt worden war, sehen.

Einer der Spurensicherer entdeckte Marie und deutete sofort auf die Tür, durch die sie gerade gekommen war. Zurück, raus aus dem Wind, besagte die Geste. Doch Parkov schüttelte den Kopf, stemmte sich gegen den Wind und ging stur weiter auf die Plattform zu. Marie folgte ihm. Aus der Nähe waren die Überreste des Opfers deutlich auszumachen, mehrere Spurensicherungsscheinwerfer strahlten sie gespenstisch von schräg unten an. Was immer die junge Frau ausgemacht hatte, war verloren, vom Feuer geraubt. Zurück blieben nur noch schwarz verkohlte Reste, die sich in der für Brandopfer so typischen Boxerhaltung zusammengekrümmt hatten. Und Parkov hatte unrecht trotz des Windes war ein Geruch auszumachen, der Marie den Magen umdrehte.

Ein Kollege der Spurensicherung näherte sich ihnen. »Unmöglich, hier eine gescheite Spur zu finden«, brüllte er gegen den Wind. »Wir müssen sie runternehmen.«

Parkov hielt den Daumen zur Bestätigung in die Höhe. Dann deutete er auf die Tür. »Wir gehen wieder hinein«, rief er und übertönte den Wind, »folgen Sie uns einen Augenblick.«

Wieder im windgeschützten Inneren der Dachkonstruktion, sagte der Spurensicherer: »Sie hing dort gerade mal ein paar Minuten, ehe er sie anzündete.« Er wischte sich über die Stirn. »Was für ein Wahnsinniger macht so was? Das ist …«

»… etwas Neues. Ja. Das ist es in der Tat.« Parkov zog den Schutzanzug aus und richtete sein Hemd. »Etwas völlig Neues, was die Zurschaustellung in aller Öffentlichkeit angeht.«

»Was immer Sie brauchen, um ihn zu schnappen, fragen Sie. Wir tun unser Bestes. Ich habe selbst eine Tochter, ich kann schon den Gedanken nicht ertragen, dass so ein Schwein noch in Freiheit rumläuft.«

»Hat er eine Botschaft hinterlassen?«

»Das hat er tatsächlich. Dieses Mal war sie nicht versteckt, aber der Regen hätte die gelbe Farbe fortgewaschen, wenn wir sie nicht rechtzeitig fotografiert und eine Probe genommen hätten. Das hier stand auf dem Boden der Plattform, direkt vor ihren Füßen.« Der Kollege hielt ihnen ein Handy hin. »Sie war es nicht, sie war nicht der böse Engel, sie konnte nicht helfen.«

»Na schön«, erwiderte Parkov. »Das war zu erwarten gewesen. Informieren Sie uns sofort, wenn sich etwas Ungewöhnliches findet, ganz gleich, was es ist.«

»Wie ein Tattoo?« Der Spurensicherer nickte wissend. »Die Überreste muss sich die Rechtsmedizin ansehen, aber ich fürchte, dass da nicht mehr allzu viel zu entdecken ist. Das Feuer war ziemlich zerstörerisch. Wir haben diesmal auch keinen Hinweis auf ein mögliches nächstes Opfer, wie es gestern in dieser Halle bei Rothenberger der Fall war. Vielleicht finden wir noch was, aber ich würde nicht drauf hoffen.«

»Was hat er verwendet?«

»Wir haben drinnen und draußen mehrere Flaschen Putzmittel gefunden, in die kein Reiniger, sondern Benzin gefüllt war. Damit hat er sie in Brand gesteckt.«

Marie schloss die Augen. Die Übelkeit, das Gefühl der Bedrohung, in das dieser Anblick ihren Magen und ihre Nerven versetzt hatte, wollten nicht weichen. Am liebsten wäre sie die Treppen hinabgerannt und hätte den Kopf in eiskaltes Wasser getaucht, nur um den Geruch fortzuwaschen, der wie ein Fremdkörper in ihrer Nase festhing.

Parkov bemerkte, dass sie sich eine Hand vor den Mund hielt. Sie trat ein paar Schritte von den Männern weg, schüttelte den Kopf und winkte ab. Dann begann sie, langsam die Metalltreppe hinabzusteigen, die sich an der Innenwand der Dachkonstruktion nach unten drehte. Ihre Schritte ließen die Metallstufen vibrieren. Sie ging schneller, wollte fort, nur fort von diesem Wahnsinn, der da oben stattgefunden hatte.

Im Lift holte Parkov sie ein. Er hatte schon wieder sein Mobiltelefon in der Hand.

»Mir ist schlecht«, sagte sie. »Dieser kranke Irre. Die arme Frau.« Sie starrte die Ziffern auf der Anzeigetafel an, die sich in Richtung Erdgeschoss bewegten, ehe sie ausholte und mit der unversehrten Hand gegen die Kabinenwand schlug. »Das hätten wir verhindern müssen, hörst du? Linda Ilm sollte noch leben!«

Parkov packte ihr Handgelenk. »Marie …«

»Lass mich los.«

»Willst du wissen, was ich gerade erfahren habe, oder dich weiter abreagieren?«

Sie entwand ihm ihre Hand. »Sag schon.«

»Maythaler hat den Wagen zusammen mit der Spurensicherung begutachtet, sie transportieren ihn jetzt ab. Es gibt Spuren, ganz eindeutige Kampfspuren, die der Brand nicht vollständig vernichtet hat. Er hat Ilm überwältigt, als sie auf dem Weg zur Besichtigung waren. Vermutlich hat er sie dann in seinem Versteck abgesetzt und sich dem Auto gewidmet, es fortgebracht und in Brand gesteckt.«

»Und ist von dort wie wieder weggekommen? Mit dem Taxi?«

»Möglich. Oder mit seinem Komplizen.« Parkov tippte auf seinem Handy. »Die Website zeigt derzeit eine Wiederholung der letzten Tat. Den Brand in einer Wiederholungsschleife.«

»Hat man die Kameras gefunden?«

»Dieses Mal ja. Er war in großer Eile. Im Gegensatz zu Larissa Rothenbergers Ermordung konnte er hier nicht aufräumen. Er musste ein großes Risiko eingehen und konnte die Sache nicht ohne Fehler durchziehen. Im Gegenzug gewann er noch größere Aufmerksamkeit. Mittlerweile weiß ein Millionenpublikum von seinem Wahnsinn.«

»Ich traue mich nicht, einen Blick auf Twitter und Facebook zu werfen.« Marie verbarg das Gesicht in den Händen. Gleichgültig, was sie tat, der Anblick des verbrannten Leichnams, der Geruch und der Nachhall der Schreie, die sie auf der Videoübertragung mit anzuhören gezwungen waren, vergingen nicht.

Was auch immer sie tat, sie konnte Linda Ilm sterben sehen.

45.

»Draußen ist ein bisschen was los«, sagte ein Polizist am Ausgang des Gebäudes. »Passt auf, wenn ihr rausgeht.«

»Demonstranten?«

»Und Presse. Das Feuer war weithin zu sehen. Wie er es wollte.«

Marie ging voran. Sie sah sich blitzenden Kameras und Mikrofonen gegenüber, die hinter der polizeilichen Absperrung auf sie warteten, dazu Rufe, Fragen, Proteste. Mit stur geradeaus gerichtetem Blick ging sie daran vorbei, bis sie Parkovs Wagen erreicht hatte. Jemand warf ein rohes Ei gegen die Windschutzscheibe, das in einem durchsichtig gelben Brei zerfloss.

»Das kam von dort«, ein Kollege wies nach hinten, »aber wir sind unterbesetzt. Den kriegen wir nicht mehr.«

»Halten Sie die Absperrung. In jedem Fall.« Parkov stieg ein, Marie folgte ihm, und mit Blaulicht bahnten sie sich den Weg durch die Menge.

»Elvis«, sagte Parkov, »Status?«

»Wagen unbeschädigt. Empfehle Einsatz der Reinigungssysteme.«

»Und der Status der Stadt?«

»Unklar. Weitere Proteste. Einige Personengruppen nutzen die gebundenen Polizeikräfte, um vermehrt Einbrüche zu begehen«, war die androgyne Stimme zu vernehmen.

»Nachrichten meines Bruders? Aus der Firma?«

»Nichts, Sir, tut mir leid.«

Parkov stellte die Übertragung ab. »Ich müsste lügen, würde ich behaupten, dass er mich nicht beeindruckt. Er führt uns an der Nase herum, setzt uns auf falsche Spuren und liefert der Öffentlichkeit bei alldem noch eine grandiose Show. Er beherrscht sein Handwerk. Oh ja, das tut er wirklich. Was wir hier erleben, meine Liebe, ist die wahre Kunst des Bösen.«

»Nein. Nein, das ist nicht wahr. Es ist einfach widerwärtig. Ich bin nicht beeindruckt, nur abgestoßen.« Sie schaute Parkov unverwandt an. »Weißt du, vorhin, dort oben. Meine Reaktion …«

»Im Lift? Ich habe nichts bemerkt.«

»Das ist nicht witzig. Und nicht professionell. Tut mir leid. Ich muss mich zusammenreißen. Er macht mich so wütend. Linda hätte noch ihr ganzes Leben vor sich gehabt. Wenn ich daran denke, ihrer Lebensgefährtin und ihren Eltern erklären zu müssen, wie sie starb, dann …« Marie senkte den Blick. »Sollten wir beide ihn stellen, dann hindere mich bitte daran, auf ihn einzuschlagen …«

»Aber natürlich.«

Marie strich sich die Haare aus der Stirn und band ihren Pferdeschwanz neu. Dann telefonierte sie mit Professor Lorenz und Dr. Graubach und rang beiden das Versprechen ab, dass sie noch in den kommenden Nachtstunden die Überreste des Brandopfers obduzierten.

»Ich bin so müde«, sagte sie leise, »als hätte ich eine Woche nicht geschlafen.« Sie ließ das Fenster ein Stück herab und atmete die Nachtluft ein. »Okay, denken wir noch mal nach. Was ist, wenn er uns mit seiner Botschaft einen Hinweis gibt?

Wir wissen, dass er gefunden werden will. Er liebt den Reiz der Gefahr – so dicht am Abgrund und doch nicht abstürzen, so nah vor den Augen der Polizei und doch nicht verhaftet werden, das treibt ihn an. Also, was könnte er uns mit der Botschaft sagen wollen? Zwei Sätze mit einer sich gleichenden Aussage: Sie war es nicht, sie war nicht der böse Engel, sie konnte mir nicht helfen. Was geschieht denn, wenn seine Suche erfolgreich verläuft?« Marie schloss die Augen, als ihr ein Gedanke kam, der sich seltsam passend anfühlte. Sich darüber zu freuen, ein Stück tiefer in die verdrehte Denkweise eines Täters einzudringen, konnte nicht gesund sein, das wusste sie, aber es war nun einmal das, was sie tat – tun musste. »Was ist, wenn er damit um Hilfe ruft? Wenn er eigentlich geschnappt werden will, aber es ihm aus irgendeinem Grund nicht möglich ist, sich zu stellen? Was, wenn er uns in Wirklichkeit mit dieser Aussage helfen will?«

»Dann sollten wir uns wohl fragen, wieso er sich nicht einfach stellt.«

»Weil er sich nicht traut? Weil ein Teil seiner Fantasie, die den Reiz des Tötens mit einschließt, das Aufgeben nicht zulässt? Er will gefasst werden, aber nur wenn die Zeit reif ist.«

Parkov nickte zustimmend. »Shakespeare wusste, die Welt ist eine Bühne. Erst wenn das Publikum versammelt, die Bühne bereitet ist und wir kurz davorstehen, ihn zu erwischen, erst dann befriedigt ihn seine Show vollends. Kein Merkmal seines Vorgehens lässt mich darauf schließen, dass er nicht vorausplant, nicht jeden Schritt in seine Überlegungen einbezieht. Er handelt extrem kontrolliert, ein planender Täter wie aus dem Lehrbuch. Dass er gleichzeitig um Hilfe ruft, weil er seine Taten eigentlich nicht begehen möchte, passt nicht ins Bild. Es ist widersprüchlich.«

Marie blickte auf ihr Handy. »Ich werde Dr. Graubrach noch einmal schreiben, dass er bei der Autopsie …« Sie hielt inne, starrte auf das Display. In diesem Augenblick schob sich die Videotelefonie-App in den Vordergrund und machte sich mit einem neuen eingehenden Anruf bemerkbar.

Nein. Das kann nicht sein.

»Dass er was? Marie, was ist los?«

Nach der Verhaftung von Sam Gorad, der in ihre Wohnung eingedrungen war und Parkovs Fake-Handy an sich genommen hatte, hatte sie ihre SIM-Karte wieder in ihr iPhone eingesetzt – im guten Glauben, die Überwachung durch den Entführer hätte endlich ein Ende gefunden. Im Trubel nach Gorads Aussage hatte sie nicht daran gedacht, dass er womöglich tatsächlich nur ein ahnungsloser Handlanger und der Anrufer noch immer dort draußen sein könnte, und hatte ihr iPhone weiter eingeschaltet.

»Unbekannter Anrufer. Über die … App.«

»Nun, dann ist er es. Gorad sagt die Wahrheit. Jemand ist noch immer da draußen. Er tötet Linda Ilm und ruft nun wieder an.«

»Aber das kann nicht sein. Wie kann er so weit vorausplanen?«

»Es ist weniger die Planung als geschickt eingesetzte Effekte, die den größtmöglichen Schock erzielen. Er liebt seine Show, vergiss das nicht.«

»Ich geh da nicht ran«, sagte Marie entschlossen.

»Das halte ich für gefährlich. Wir sollten mitspielen. Auch jetzt noch.«

»Oh, komm schon, dieser Typ ist widerlich.« Marie holte tief Luft. Ihr Finger schwebte über dem Touchscreen. »*Mitspielen.* Das klingt leichter, als es ist. Na schön.« Sie berührte den grünen Button auf dem Display.

»Was ich gar nicht mag«, sagte die elektronisch verzerrte Stimme, »sind *Lügner.*«

46.

»Ich habe nicht gelogen«, sagte sie und versuchte, sich zu beruhigen und langsam zu atmen.

»Es war nicht Parkovs Handy. Es war nur ein Fake, eine billige Täuschung. Ich bin enttäuscht.«

»Falsch«, sagte Parkov mit kalter Stimme. »Es war meines, nur nicht das, das ich derzeit benutze. Du musst präzise formulieren. Der Fehler liegt nicht auf unserer Seite.«

In der Leitung blieb es still. War das die Grenze, die sie nicht überschreiten sollten? Hatte Parkov zu viel gewagt, als er sich direkt ins Gespräch mischte?

»Sag mir, wie du diesen Mann dazu gebracht hast, zu tun, was du von ihm wolltest«, sagte Marie. »Wieso ist er für dich in die Wohnung gegangen und hat das Handy mitgenommen? Sag mir, wieso er all das auf sich genommen hat – für dich.«

Ein Lachen mit einem grausamen Unterton, der von nichts als abgründigen Gedanken erzählte, war zu hören. »Aber da liegst du falsch. Ich habe ihn nicht dazu gezwungen, nur ein wenig auf den rechten Weg geführt. Ihm den Schubs in die richtige Richtung gegeben, zum richtigen Zeitpunkt. Er war bereits auf dem Pfad hinab in die Dunkelheit. Ich habe ihm den Weg gewiesen.«

»Was willst du?«, fragte Marie ernst. »Wieso all das? Es ergibt keinen Sinn. Die Opfer sind wahllos ausgesucht. Wenn du mit uns spielen willst, dann komm und stell dich.« Sie sah aus den Augenwinkeln, wie Parkov ihr einen warnenden Blick zuwarf, aber sie ignorierte ihn. Ihre Intuition sagte ihr, dass sie richtiglag, den angemessenen Ton gewählt hatte, um mit diesem Mann zu sprechen. »Hörst du mich? Komm her und stell dich. Lass die Frauen aus dem Spiel.«

»Ihr versteht es nicht. Du begreifst nicht, was hier geschieht. Frag deinen Kollegen, vielleicht erklärt er dir, was er schon so lange verschweigt.«

Sie schüttelte den Kopf, auch wenn er das natürlich nicht sehen konnte. »Du wirst keinen Keil zwischen uns treiben.«

»Nein? Na, das sind große Worte.« Seine Stimme wurde mit einem Mal lauter, als ob er sich näher an den Verzerrer und das Mikrofon beugen würde, und schien nun den ganzen Wagen einzunehmen. »Du fragst, was ich wirklich will? Hast du überhaupt den Mut, dir die Wahrheit anzuhören? Wagst du es?«

»Ich höre«, erwiderte sie.

»Angst, Marie. Nichts als die Angst selbst. Die pure Emotion, befreit von jeder Verunreinigung. Willst du wirklich wissen, wie sie sich anfühlt? Willst du wieder allein in deiner Küche stehen und ihm gegenübertreten, immer wieder, wenn er mit seinem Messer zur Tür hereinkommt? Nur dieses Mal wirst du nicht aufwachen. Du wirst dich selbst nicht retten können, du wirst dich in einem endlosen Albtraum wiederfinden, aus dem es kein Erwachen gibt, ohne Morgen nach der Nacht. Und nun … *schlaf gut.*«

Marie drückte auf den roten Knopf und unterbrach die Verbindung. »Pah«, spuckte sie aus, doch sie klang erschöpft dabei. In einem unachtsamen Moment rutschte ihr das Handy aus den Fingern und fiel mit einem geräuschvollen Plumps irgendwo in den Fußraum.

Dann verbarg sie ihr Gesicht in den Händen. Seine Grausamkeit verletzte sie, doch mehr noch erschrak Marie darüber, dass sein Spott und seine Drohungen sie so sehr trafen.

»Genug«, flüsterte Parkov behutsam. »Das war genug für heute. Mehr als genug Terror für diese Nacht.«

»Was soll das heißen? Wir müssen zurück, wir müssen …«

»Nein. Überlass die wenigen verbleibenden Stunden der Nacht mir. Ich werde Sam Gorad nochmals verhören – wenn es sein muss, die ganze Nacht. Ich bringe dich zu deiner Tochter. Schlaf dich aus.« Parkov schüttelte den Kopf, als er ihre widerspenstige Miene bemerkte. »Versuch es nicht. Ich werde nicht nachgeben.«

Marie wehrte ab. »Ich kann nicht einfach schlafen … nicht jetzt.«

»Doch. Natürlich kannst du das.«

»Und du? Wie lange wirst du dich noch auf den Beinen halten, ohne umzukippen?«

»Das spielt jetzt keine Rolle. Ich werde tun, was nötig ist, um ihn aufzuhalten. Seine letzten Worte waren ein Schritt zu weit in die falsche Richtung: Er hat dir gedroht. Er mag sich in der Dunkelheit verstecken und in ihr leben, so lange schon, dass sie sich wie ein schützender Mantel um ihn legt. Wenn er aber denkt, er besäße dadurch einen Vorteil, täuscht er sich. Ich habe die Nacht *erfunden*.«

Marie sah ihn an, während sich jene gleichtönige Stille, wie sie nur die Nacht nach einem entbehrungsreichen Tag erschaffen kann, rings um sie senkte; eine Stille, die ausschließlich von dem leisen Geräusch der Reifen auf der Straße durchbrochen wurde. »Du hast wirklich einen Sinn für Dramatik.« Ein flüchtiges Lächeln umspielte ihre Lippen. »Angeber.«

»Du meinst wohl Großmaul.«

»Würde ich nie sagen.«

»Ich weiß«, erwiderte er. »Habe ich bereits erwähnt, dass ich dich auch deshalb so schätze?«

47.

Regen ging nieder, ein sanfter Herbstregen, der die von der Sonne aufgeheizten Steine benetzte und wie dunstiger Nebel zwischen den Linden aufstieg. Der Vollmond schien durch das fächrige Blattwerk und malte silbrige Lichtflecken auf den schmalen Pfad, der zu dem Haus führte, das sich hinter den Hecken verbarg.

»Hier?« Marie wirkte überrascht.

»Ja. Sie sind hier.« Parkov setzte ein kleines Lächeln auf. »Gefällt's dir?«

»Es ist toll.«

»Ein kleines Anwesen, das mir gehört. Ich hatte es Leland vorgeschlagen, er fand es genauso passend wie ich. Nur wir wissen davon. Du und ich und deine Tochter, Sabine, Bodenfeld und die vier Kollegen, die zum Schutz eingesetzt sind. Nur die Vertrauenswürdigsten wurden ausgewählt.«

»Ich weiß gar nicht, wie ich dir danken soll.«

»Das war das Mindeste. Nach … du weißt schon. Nachdem ich dich damals in die Höhle des Löwen sandte.«

Marie drehte sich an der Gartenpforte zu Parkov um. Der leuchtende Vollmond spiegelte sich in seinen Augen. Feiner Regen benetzte ihr Haar, ihre Wangen. »Ich weiß genau, dass ich Mühe haben werde, diesen Tag zu verarbeiten. Und du weißt selbst, dass reale Ereignisse die schlimmsten Träume hervorrufen.«

»Ja.«

»Ich wünschte, die Umstände wären andere. Ich wünschte, es wären andere Zeiten als diese.«

Parkov nickte. »Das wünschen wir uns alle.«

»Und du? Was ist mit dir?« Ihr Blick fand seinen und hielt ihn fest. Was sie vor einer Stunde mit ansehen musste, hatte sich unauslöschlich in ihren Kopf eingebrannt. Doch in diesem Augenblick war es fort, verdrängt in einen sicheren, verschließbaren Teil ihres Geistes, in dem andere Dinge lauerten. In diesem Augenblick jedoch war sich Marie sicher, dass sie genau hier sein wollte.

Und dass das Böse nicht siegen würde. Nicht, wenn sie es nicht zuließ.

»Ich bin froh, dass wir uns begegnet sind. Obwohl es schlimme Umstände waren, damals und auch heute. Aber etwas Gutes kommt nie ohne Schmerz, denn das Universum muss sich wohl in der Waage halten, was?« Sie lächelte traurig, doch war es ein so ehrliches Lächeln, das da aus ihrem tiefsten Inneren kam, dass sie erkennen konnte, wie es Parkov berührte.

»Das Universum ist nicht immer gerecht«, sagte Parkov. »Meist ist es kalt und leer.«

»Es ist das, was wir mitbringen. Es kann zu dem werden, womit wir es füllen. Es kann alles sein.«

»Ich sollte gehen. Es gibt noch so viel zu tun.«

»Ja.« Marie hörte, wie enttäuscht sie klang. »Das solltest du. Obwohl …«

Er zögerte.

»Obwohl ich es nicht will.«

Parkov tat etwas, das sie nicht erwartet hatte. Er zog sie zu sich heran, in eine enge Umarmung, eine Hand in ihrem Haar. »Schsch«, machte er. »Emotionales Häschen.«

An seiner Schulter machte Marie einen Laut, der wie eine Mischung aus Seufzen und Kichern klang. »Versprich mir, dass du auf dich aufpasst, wenn ich nicht da bin.«

»Es ist nur bis morgen früh.«

»Aber es ist auch ein besonderer Gegner. Wer weiß, was er in den Nachtstunden unternimmt. Versprich es mir.«

»Versprochen.« Parkov hob die Finger zum Schwur.

»Na gut.« Marie bewegte sich nicht. Irgendwo bei den Hecken schuhute eine Eule. »Und wenn es vorbei ist …« Sie zögerte, sah zu ihm auf. »Was hast du denn?«

»Du weißt es doch.« Parkov wich ihrem Blick nicht aus. »Sie ist noch immer da. Suzann. Wahrscheinlich wird sie nie gehen.«

»Erinnerst du dich an meine Worte, damals bei dem Fest nach all dem, was wir durchgemacht haben?« Marie sah ihn warmherzig an. »Er sucht mich nicht mehr heim, sagte ich, aber das war nicht die volle Wahrheit, und das wusste ich irgendwie auch. Mir war klar, dass ich ihn nicht loslassen kann, ehe ich nicht weiß, was wirklich geschehen ist. Aber das ist mir egal. Ich werde herausfinden, was mit ihm geschehen ist, aber ich habe zugleich beschlossen, dass ich mich nicht mehr von ihm quälen lasse. Das ist meine Entscheidung, nicht seine. Und weißt du was? Es ist mir egal, ob sie noch da ist. Wir sind beschädigte Ware, du und ich. Wir sollten uns nicht selbst belügen.« Sie trat einen Schritt zurück. »Na los, geh schon. Die Arbeit wartet doch nicht.«

Er nickte. »Versuch zu schlafen, Marie. Pass auf dich auf.«

Marie winkte, als er davonfuhr und die roten Lichter in der Dunkelheit und im Regen immer kleiner wurden. Sie konnte nicht ausmachen, ob er die Geste erwiderte.

»Wie lange willst du noch im Regen stehen und in die Dunkelheit schauen? Komm endlich rein.«

Die Stimme hinter ihr war ihr vertraut, doch hatte sie sie nicht hier erwartet.

»Anna?«

Die LKA-Hauptkommissarin stand auf dem schmalen Pfad, der durch den Garten auf das Häuschen zuführte. Das Mondlicht spiegelte sich in einer Pfütze neben dem Rasen, der schon lange nicht mehr geschnitten worden war. Marie umarmte die Frau. Annas rotblonder Zopf lag über der Schulter, ihre Lederjacke knirschte leise.

»Du hier?«

»Ich war eigentlich auf dem Weg in den Urlaub, da hörte ich von Leland und … na ja, von all dem Spektakel. Und dass jemand deine Tochter und Bodenfelds Frau ins Visier nimmt und Parkov nach Leuten sucht, die auf sie achtgeben. Also, hier bin ich.«

»Das ist wirklich lieb.« Auch wenn sich Marie alle Mühe gab, ihre Emotionen zu verstecken, musterte Anna sie mit kritischem Blick.

»Du bist völlig fertig«, sagte sie. »Komm erst mal mit rein.«

»Lucie?«

»Schläft schon. Wir haben ein Zimmer für euch gleich oben neben der Treppe. Es ist nicht viel, aber für die Zeit wird es reichen.«

»Ist doch toll. Mitten im Grünen.«

»Wir haben noch Tee. Komm in die Küche.«

Marie schlüpfte aus ihrer Jacke. Anna stellte ihr eine Teetasse hin und komplementierte Marie sanft, aber unnachgiebig auf die Bank am Küchentisch. Der frische Duft von frisch gebrühtem Tee lag in der Luft.

»Ich hätte Lust auf Kaffee, obwohl ich weiß, dass ich kein Auge zumachen werde, wenn ich den jetzt trinke.«

»Genau deshalb«, Anna setzte sich ihr gegenüber, »gibt's auch keinen. Erzähl schon.«

»Hm?« Der Tee war heiß und gab ihr eine Wärme, die sie so vermisst hatte.

»Du siehst aus, als hättest du gerade Furchtbares durchgemacht.«

»Ein weiteres Opfer.« Marie erschauderte. »Kann ich hier duschen?«

»Klar.« Anna hob die Brauen. »Ist das alles? Es ist unser gemeinsamer Bekannter Parkov, nicht wahr?« Sie warf Marie einen mitfühlenden Blick zu. »Ich weiß doch, dass es so ist. Kann es dir ansehen.«

»Ich verstehe ihn nicht. Er kann so kalt und abweisend sein und im nächsten Augenblick wieder … völlig anders. Wahrscheinlich sollte ich dem Ganzen ohnehin nicht zu viel Gewicht beimessen. Ich bin nur eine unbedeutende Hauptkommissarin, der er zum Vergnügen den Kopf verdrehen und sie dann stehen lassen kann.«

Anna schüttelte den Kopf. »Marie, ich glaube, du weißt nicht, was du ihm bedeutest.«

»Was meinst du?«

»Denkst du, ein Mann, der tun und lassen könnte, was er sich vorstellt, würde diesen Beruf ausüben, wenn er ihn nicht über alles lieben würde?«

»Hm.«

»Und denkst du, er würde sich mit dir abgeben, wenn du ihm nicht etwas bedeuten würdest?«

»Er hat sich aber nicht mit mir abgegeben. Er ist mir aus dem Weg gegangen, all die Monate. Er hat sich kein einziges Mal bei mir gemeldet. Das sieht nicht danach aus, als würde er sich besonders für mich interessieren.« Marie erhob sich. »Ich werd mich hinlegen.«

»Natürlich. Du siehst ganz schön fertig aus. Und, Marie?«

»Mhm?«, sie hielt in der Bewegung inne.

»Er macht sich Sorgen um dich. Das weiß ich, weil er sich keineswegs all die Monate bloß einen Dreck um dich geschert hat, wie du vermutest. Er hat mich gefragt, wie es dir geht, als er da in Italien und später im Untergrund war. Was du so tust, wie sich Lucie macht. Ob du jemanden triffst. Glücklich bist.«

»Ach herrje. All das … Das kann er mich nicht einfach selbst fragen? Wie kommt er nur auf die Idee, es würde mich nicht freuen, wenn er mal auftaucht oder ein Lebenszeichen von sich gibt?« Marie schüttelte den Kopf. Einen Augenblick später fand sie sich selbst unausstehlich. »Tut mir leid. Ich weiß, das hat er nicht verdient. Aber ich bin am Ende.«

»Parkov ist nicht gewöhnlich. In keiner Weise. Er wurde schwer verletzt, und das nicht nur körperlich. Manche Wunden brauchen lange, um zu verheilen. Du weißt das. Denk mal drüber nach. Lass ihm etwas Zeit.«

»Werde ich.« Sie gähnte ausgiebig. »Danke, Anna.«

Das schmale Badezimmer, das sich an den Flur anschloss, war ganz im Charme längst vergangener Zeiten eingerichtet. Jemand hatte eine Sporttasche mit frischer Kleidung neben die Tür gestellt. Sie schlüpfte aus ihren Sachen, die noch immer nach dem Feuer rochen – zumindest für ihre Nase, wo sich die Geruchsspuren offenbar eingebrannt hatten.

Marie warf alles in eine Tasche und zog den Reißverschluss zu. Doch die Erinnerungen und die Eindrücke des Tages ließen sich nicht einfach weglegen und vergessen. Sie waren so präsent, als hätte man ihr ein Negativ auf die Augen gelegt, das sie unentwegt betrachten musste. Sie warf einen Blick in den Spiegel. Einen Augenblick dachte sie an Erik und daran, wie er manchmal, wenn sie nach einem langen, anstrengenden Tag so dastand, ihre vom Tanzen und Joggen wohlgeformten Beine und ihren Po bewundert, sie zum Lachen gebracht und damit glücklich gemacht hatte.

Vergangene Zeiten. Heitere, wäre nicht dieses Ende gewesen.

Das Wasser, das in die Wanne strömte, war kaum mehr als lauwarm. Irgendwo hinter der hölzernen Wandverkleidung rumpelte ein Ölbrenner.

Was soll's, besser als nichts.

Sie öffnete den Verband an ihrer rechten Hand. Die Wunde auf ihrem Handrücken wirkte nicht besonders gefährlich, die Schwellung war schon ein wenig zurückgegangen, doch Marie fürchtete die Ergebnisse der Blutuntersuchung. Mit einem Seufzer ließ sie sich in die Wanne sinken, tauchte unter und rubbelte sich den Geruch und den Staub des Tages aus den Haaren und vom Gesicht, ehe sie die Augen schloss und für einige Minuten versuchte, zu entspannen.

Draußen plätscherte Regen, doch sonst war alles still.

Sie spürte, wie der Schlaf sie in seine Arme nehmen wollte.

Dann hörte sie es.

Die Holzdielen knarrten. Ging dort jemand entlang? Gaukelte ihr überreizter, noch immer auf Hochtouren arbeitender Verstand ihr Sinneseindrücke vor?

Hastig sah sie sich um. Ihre Dienstwaffe hing im Holster an einem Haken neben der Tür. Das Knarren verharrte in diesem Moment genau auf der anderen Seite.

Da ist jemand.

Er war gekommen. Er war hier, genau vor der Tür, um der Sache ein für alle Mal ein Ende zu bereiten.

Sie stieg pitschnass aus der Wanne und wickelte sich in ein Handtuch. Mit der Waffe in der Hand schob sie die Tür einen Spalt auf und spähte in den Flur, der in mattgelbes Halbdunkel gehüllt war.

Nichts.

Niemand.

Marie seufzte entnervt.

»Genug für heute. Lasst mich nur noch schlafen.« Sie schlüpfte in frische Kleidung, dann trat sie barfuß auf den Flur.

An seinem Ende wehte eine Gardine im Wind. Ein silberner Streifen Mondlicht fiel auf die Holzdielen.

»Was zur …?«

Die P30 erhoben, schlich sie hinüber und schob den dünnen Stoff beiseite: Das Fenster dahinter war gekippt. *Alles, was du zu hören glaubtest, war ein Produkt deiner Fantasie, nur ein Produkt deiner überanstrengten Nerven.*

Marie atmete durch und blickte durch das Fenster in die windige Nacht hinaus. Zwischen zwei hoch aufragenden Tannen jenseits des schmalen Pfads, der hinter dem Haus entlangführte, stand jemand. Marie sah die Maske eines Clowns, grell geschminkt und höhnisch grinsend. Die Augenhöhlen waren groß und dunkel.

Ist das wirklich?

Sie blinzelte. Als sie abermals hinsah, war der Platz zwischen den Tannen, die sich sanft im Wind bogen, verwaist.

»Alles klar?«

Die Stimme hinter ihr ließ sie zusammenschrecken. »Meine Güte«, sagte sie und drehte sich um. »Sie haben mir einen Schrecken eingejagt.«

Der Polizist machte einen Schritt auf sie zu. »Sie sehen aus, als hätten Sie gerade einen Geist gesehen.«

Marie sah sich abermals nach dem Waldrand um. »Das ist durchaus möglich. Dort draußen war jemand. Er hat herübergesehen, mich beobachtet. Gleich da zwischen den Tannen.«

»Wie lange waren Sie heute schon auf den Beinen?«

»Glauben Sie mir nicht?«

»Doch. Ich werde mal nachsehen. Sicher ist sicher. Warten Sie hier.«

Marie sah zu, wie der Kollege auf dem Pfad hinterm Haus auftauchte und den Boden mit einer Taschenlampe absuchte, ehe er in den Wald hineinleuchtete. Mit einem Achselzucken kehrte er zurück.

»Keine Spuren. Der Boden ist feucht und aufgeweicht. Wäre er dort gewesen, hätte er einen Abdruck hinterlassen müssen«, sagte er, als er wieder ins Haus trat.

Ihr Blick ging abermals zum Waldesrand. Marie schüttelte den Kopf. *Er ist* nie *dort gewesen, nur in deiner Fantasie. Weil er dir den Gedanken eingepflanzt hat, es sei ihm tatsächlich möglich, all das zu bewerkstelligen.*

Doch kein Mensch vermag es, alles das zu tun und vorauszuplanen. Auch er nicht.

Kein Mensch.

»Schlafen Sie sich aus. Wir passen schon auf. Keine Sorge.«

»Ich weiß gar nicht, wie ich mich dafür bedanken soll. Ich kann es nicht. Alles, was ich sagen könnte, würde nicht reichen.« Auf der Treppe warf sie ihm noch einmal einen Blick zu. »Verraten Sie mir, wieso Sie hier sind? Wieso haben Sie sich für diese Sache gemeldet? Wenn er uns findet, kann es gefährlich werden.«

Der Polizist trat zum Fenster und spähte hinaus. »Weil es das Richtige ist. Manche Kollegen haben abgelehnt. Wenn sie mit Parkov zusammenarbeitet, muss sie doch wissen, auf was sie sich einlässt, sagen einige. Aber das widerspricht allem, weshalb ich diesen Job gewählt habe.«

Marie nickte. Hastig wischte sie sich über die Wangen, sie wollte nicht, dass er sie so sah. »Ich wollte nie, dass man mich, na ja, hasst. Ich habe nur versucht, mich richtig zu verhalten.«

»Ich weiß. Deshalb bin ich ja hier. Und die anderen auch. Wir stehen auf Ihrer Seite.«

»Das ist gut zu hören.« Sie holte tief Luft, um wieder etwas Fassung zurückzugewinnen. »Gute Nacht.«

»Frau Winter?«

»Ja?«

»Passen Sie auf sich auf. Parkov hat Feinde, und jeder, der sich als sein Vertrauter zu erkennen gibt, wird automatisch auch zu einem Feind dieser Leute. Gefährliche Männer.«

»Franz Leland war auch Parkovs Freund.«

»Ich weiß. Es sind dunkle Zeiten. Wenn Recht und Gesetz aufweichen und sich stattdessen ein Netz aus Ungewissheit und Unsicherheit breitmacht, um den Platz von festen Normen einzunehmen, dann ist die Zeit der Herrschaft des Unrechts nicht mehr fern. Dann müssen diejenigen, die noch an den alten Wegen festhalten, umso enger zusammenstehen.« Er zuckte mit den Schultern. »Tut mir leid. Ich sollte nicht solche düsteren Visionen verbreiten. Am Ende kommt es doch anders.«

Marie sah ihm nach, bis er nach draußen verschwunden war und ihn die Nacht verschluckt hatte. »Am Ende«, wiederholte sie, »hoffen wir, dass es noch nicht so weit ist.«

Sie stieg die Treppe hinauf. Lucie schlief friedlich – ihr kleiner Engel, so winzig unter der Decke. Marie küsste sie sanft auf die Stirn und strich behutsam über ihr dunkelbraunes Haar. Ihre Tochter lächelte im Schlaf.

»Kleiner Stern«, flüsterte Marie, »ich werde hier sein, um wenigstens dich zu beschützen.«

48.

16 Stunden und zehn Minuten bis zum Ablauf des letzten Ultimatums

Parkov war noch immer im Büro, als sie am nächsten Morgen ins Präsidium kam, in Jeans, einem hellgrauen T-Shirt und mit kaum zu bändigenden Haaren. Marie klopfte gegen die offen stehende Tür und bemerkte, wie er am Schreibtisch zusammenzuckte.

»Frag mich besser nicht, wie ich geschlafen habe.« Sie musterte ihn und entdeckte augenblicklich Anzeichen von Müdigkeit in seinen Augen, die ihr bewiesen, dass er wohl kaum zwei Stunden Pause gemacht hatte. »Wo hast du den Kaffee versteckt? Sag mir nicht, dass du die ganze Nacht auf den Beinen warst.«

»Nein.« Parkov setzte ein ironisches Lächeln auf. »Auf dieser Couch gleich nebenan schläft es sich bloß ziemlich schlecht. Und *kurz*, möchte ich hinzufügen.«

Marie ließ sich in einen Bürostuhl auf der anderen Seite des Schreibtischs fallen, während Parkov ihr eine Tasse und eine Kanne zuschob, aus der es erfreulich und vitalisierend duftete. »Ich hatte ein weiches Bett und dennoch einen Albtraum.« Marie trank ihren Kaffee in kleinen Schlucken, nur mit Milch, ohne

Zucker, und wartete, bis das Koffein seine Wirkung tat. »Möglich, dass ich besser geschlafen hätte, wenn … Aber ich hätte es wissen müssen. Menschen sind korrupt, Macht verdirbt, und alles kehrt einmal zurück. Aber hier, jetzt, bei hellem Tageslicht kann er mir nichts anhaben. Es sind die Nächte, die ich manchmal fürchte. Aber ich werde durchkommen. Mir ist es schon mal gelungen, und ich werde es auch ein zweites Mal schaffen.« Marie stellte die Tasse weg, aus der es noch immer dampfte. »Jetzt lass uns das Thema wechseln. Heitere mich ein wenig auf.«

Parkov legte ihr einen beigefarbenen Umschlag auf den Tisch.

»Was ist das?«

»Untersuchungsergebnisse.«

»Hast du«, Marie berührte ihre bandagierte Hand, »schon reingesehen?«

»Hab keine Angst.«

Marie schüttelte den Inhalt auf den Tisch. »Nur eine Seite.« Sie las, dann blickte sie auf.

»Na?«

»Nichts. Die Schnelltests sind negativ, keine Infektion. Terrano war nicht krank. Nicht körperlich zumindest.« Sie atmete durch. »Wenigstens mal gute Neuigkeiten.«

»Es wird dich freuen, dass wir Fortschritte erzielt haben: Der Oberarzt Dr. Jürgens hat uns in der Nacht eine Sprachaufzeichnung des noch immer nicht identifizierten alten Mannes geschickt. Ich lasse sie jetzt von Dr. Petersen überprüfen. Du weißt schon, der Anthropologe und Sprachforscher. Er war hilfsbereit, als du seine Videoaufzeichnungen verlangt hast. Ich dachte mir, ich ziehe ihn zur Unterstützung heran.«

»Okay. Konnte er schon etwas herausfinden?«

»Was immer der alte Mann da von sich gibt, es gehört zu keinem europäischen Sprachstamm. Aber er wird weiterforschen und mich informieren, sobald sich etwas Neues ergibt.«

»Was haben wir noch?«

»Sam Gorad sagt die Wahrheit. Er wurde bezahlt. Wir haben seine Wohnung und einige Zeugen überprüft, er ist, wie er sagt, ein Schauspieler mit Geldsorgen. Außerdem hat die KTU Spuren aus dem ausgebrannten Wagen in dem Haus gefunden, in dem wir Gorad aufgespürt haben, aber sie stammen nicht von ihm, sondern von einer anderen männlichen Person. Die Tinte an der Tätowiermaschine passt allerdings zu dem Tattoo von Larissa Rothenberger.«

»Okay, das ist schon ein Fortschritt.«

Parkov warf einen Blick auf die Uhr, lehnte sich in seinem Bürostuhl zurück und spähte zur Tür, als erwartete er, dass gleich etwas geschah. Und tatsächlich, noch bevor Marie nachhaken konnte, klopfte es, und eine Kollegin kam herein, in der Hand eine kleine Kanne aus Porzellan, aus der es verdächtig nach Jasmintee duftete.

»Meinen verbundensten Dank«, sagte er. Als sie gegangen war, betrachtete er den aufsteigenden Dampf und fügte mit gespielt empörter Stimme hinzu: »Oh, welche Geheimnisse die Kunst der Teezubereitung doch noch bereithält. Zu heiß, fürchte ich.« Er goss sich dennoch ein.

»Du lässt dir wieder Tee kochen und beschwerst dich auch noch. Wie schön.« Marie schenkte ihm ein spöttisches Lächeln und sah amüsiert zu, wie er die Kanne etwas zur Seite schob. »Tee im Dienst, Herr Parkov. Ich fürchte, ich muss das vermerken.« Als sie bemerkte, dass Parkov nur mit einem schwachen Lächeln reagierte, wurde sie sofort wieder ernst. »Na schön. Sonst noch etwas?«

»Analysen. In Gorads wie auch in Filipo Terranos Blut wurden Reste einer Substanz gefunden, die das Labor noch nicht zuordnen konnte, vermutlich eine synthetisierte, biochemisch neuartige Droge, fähig, substanzinduzierte Psychosen auszulösen. Der tote SEK-Kollege Kranitz wurde ebenfalls untersucht. Sie sprechen von einem ungewöhnlichen, unbekannten Stoff auf Benzol- und Esterbasis mit Ähnlichkeit zu Benzodiazepinen. Das Ganze wird für genauere Untersuchungen ans BKA weitergeleitet, denn bislang konnte niemand die exakten Bestandteile identifizieren.«

Marie blickte auf ihre Hand. »Das war nur eine kleine Vorführung. Er wollte demonstrieren, wozu er in der Lage ist. Es könnte jederzeit wieder geschehen.«

»Davon gehe ich auch aus. Aber das Labor ist überzeugt davon, dass es keine geheimnisvolle Substanz gibt, die fremde Menschen für Bewusstseinskontrolle zugänglich macht. Es ist ein Trick, heißt es, und sie vergleichen das Zeug mit ähnlich wirkenden halluzinogenen Stoffen in modernen Drogen wie LSD, Phencyclidin oder Flakka.«

»Du bist nicht überzeugt.«

»Kein bisschen.«

»Und dein Bruder? Was sagen seine Techniker? Die Firma besitzt vermutlich die besseren Labors.«

»Ich hab noch nichts von ihm gehört. Was ich jedoch hören durfte, war die Aussage eines Polizeipsychologen, der bei dem betroffenen SEK-Beamten eine posttraumatische Belastungsstörung vermutet: Es gab da einen unschönen Einsatz vor fünf Wochen, in dem ein Geiselnehmer seine Kinder und seine Freundin bedrohte. Die Belastungsstörung hätte diese Reaktion unter Stress dort unten im Keller hervorrufen können, wurde allerdings nicht eindeutig diagnostiziert. Es bleibt unklar.«

»Das gefällt mir alles nicht.« Marie betrachtete erneut ihre Hand, dann wieder das Laborergebnis, das ihr sagen sollte, dass alles mit ihr in Ordnung wäre. »Es ist beängstigend. Wir müssen mit seiner Frau sprechen.« Sie seufzte. »Gehen wir noch mal zu Gorad zurück. Wurde er untersucht?«

»Gewiss. Die Ärztin ist sich sicher, dass er nicht simuliert. Er ist zwar ein ganz passabler Schauspieler, aber das hätte er wohl kaum vortäuschen können.«

»Das sagt wer?«

»Die Psychiaterin der Friedrich-Erichsen-Anstalt, Dr. Ahrens, die in solchen Fällen hinzugezogen wird, war sich sicher. Leichte Amnesie. Wie es mit Zwangsstörungen und Psychosen aussieht, kann sie noch nicht sagen, dafür braucht sie mehr Zeit. Wir erfahren spätestens heute Mittag, was sie noch in Erfahrung bringen kann.«

»Und die Website? Nein, warte, Daniel. Sag mir einfach, dass sie noch so aussieht wie gestern. Sag mir, dass er beschlossen hat, sich zu stellen.«

»Keine Neuigkeiten seit gestern Nacht. Dafür geifert die Presse. Jemand hat ihnen gesteckt, dass Leland …«

»Oh nein.« Marie schüttelte den Kopf. Sie spürte, wie sich etwas in ihrem Inneren zusammenzog. »Das kann doch nicht wahr sein.«

»Es heizt alle möglichen Spekulationen an. Die Pressestelle hat derzeit mit unzähligen Anrufern und Falschmeldungen zu tun, denen wir natürlich nachgehen müssen. Die nötigen Einsätze binden einen Großteil der verfügbaren Kräfte.« Parkov schob einen zweiten Bericht über den Tisch. »Und dann das. Zwei tote Kriminelle auf der Müllhalde. Einfach abgeladen.«

»Die MK 3 ist zuständig, steht da.«

»Ich wollte nur sagen, dass ich den Angriff auf uns, als wir unterwegs waren, keineswegs vergessen habe. Ich behalte sie im Auge. Das organisierte Verbrechen und unser Mörder – es besteht durchaus die Möglichkeit einer Verbindung. Außerdem habe ich mir Videoaufzeichnungen der Kameras im Messeturm und in der Nähe angesehen.« Parkov trat ans Fenster. »Wer mit Feuer tötet, überschreitet alle Grenzen. Die Tat ist sadistisch. Qual, Leiden, Hass stehen im Vordergrund.«

»Was ist mit anderen vorbestraften Brandstiftern?«

»Ich habe mir die Akten einiger infrage kommender Täter angesehen. Keiner von ihnen passt ins Profil. Nein, unser Mann ist nicht aktenkundig.« Parkov wandte sich zu ihr um. »Komm mit. Ich möchte, dass du dir einige Aufzeichnungen ansiehst. Es geht um die Videoüberwachung im Messeturm und der Umgebung. Aufnahmen, die den Täter zeigen.«

Marie folgte Parkov nach nebenan, wo die Technik einige Monitore aufgestellt hatte.

»Sieh ihn dir an.«

»Er vermeidet jeden Blick in die Kameras. Er weiß, wo sie hängen. Das hatten wir schon vor Ilms Maklerbüro. Und er trägt noch immer den Anzug der Reinigungsfirma.«

Parkov deutete auf den Monitor daneben. »Und jetzt die Aufzeichnung seiner Website aus der Lagerhalle, in der Larissa Rothenberger starb.«

Marie runzelte die Stirn und betrachtete das Video einige Sekunden lang, ehe sie begriff. »Das ist ja der Hammer. Er bewegt sich anders. Warte, er ist auch nicht ganz so groß wie der andere. Das ist … nicht derselbe Mann?«

Parkov nickte und schien zufrieden. »Genau. Vortrefflich. Ich habe die Größe der Männer technisch verglichen. Sie stimmt nicht überein und passt auch nicht eindeutig zu Gorad. Ilm wurde von einem anderen getötet als Rothenberger. Sie sind zu zweit. Das ist wunderbar, findest du nicht?«

»Wunderbar? So würde ich das nicht nennen.«

Parkov startete die Aufnahmen von vorne, und sie sahen abermals zu. In die Stille hinein meldete sich Maries iPhone.

»SMS von Maythaler«, sagte sie. »Wir müssen zur Besprechung. Jetzt sofort.«

Parkov schüttelte den Kopf. »Das hier ist von größerer Bedeutung.«

»Nein! Verstehst du nicht? Er hat gerade einen neuen Mord angekündigt.« Marie rief die Website auf. Der Ladevorgang dauerte eine kleine Ewigkeit. Dann waren der Countdown und das Videofenster wieder da.

»Drei Stunden? So wenig Zeit lässt er uns?«

Auf der Seite spielte sich das Video von allein ab. Nur war dort keine Frau zu sehen, die um ihr Leben flehte, sondern der Mann, der eine Clownsmaske trug. So wie Marie ihn in der Nacht zuvor am Waldrand und auf den anderen Videos gesehen hatte, wandte er sich direkt in die Kamera.

»An alle, die dort draußen mit Furcht erwarten, was als Nächstes geschieht. An alle, die um ihre Töchter fürchten: Ich mache euch *allen* ein Angebot.

Geht und handelt.

Die Polizei hat versucht, mich zu betrügen. So sehr liegt euer Wohl ihnen am Herzen. Man verhandelt, lügt und täuscht, obwohl man doch die Konsequenzen kennt.

Das Böse wird enden, wenn ihr die Sache selbst in die Hand nehmt. Wenn ihr für Gerechtigkeit sorgt. Ihr, Bürger dieser schönen Stadt, geht hin, zwingt diese Männer zum Geständnis und richtet über sie, und mein Schrecken wird enden. Weigert ihr euch, werde ich weiter Menschen aus eurer Mitte reißen. Wenn ihr einen Schuldigen sucht, seht euch nach den Männern und Frauen um, die sich eurem Schutz verschrieben haben und dabei so kläglich scheitern.«

Der Mann verschwand. Stattdessen erschien ein Foto des Bürgermeisters der Stadt, Elias Jakobs, der mit seiner Familie in die Kamera lächelte. Der Täter hatte das Gesicht des Bürgermeisters mit gelber Farbe eingekreist.

»Er ist verrückt. Er …« Marie hielt inne, als sich das Bild veränderte. Statt des Bürgermeisters war nun ein Foto von einem zweiten Mann zu sehen, Konrad Kluge, ein exzentrischer Baulöwe, der weit über die Stadtgrenzen hinaus bekannt war.

Geht hin und zwingt diese Männer zum Geständnis.

Richtet über sie, und der Schrecken wird enden.

49.

Maythaler trug diesmal keine Fliege, als hielte er es dem Ernst der Lage nicht für angemessen. Er wirkte, als hätte er die Nacht damit verbracht, in Akten zu blättern und auf kalt leuchtende Bildschirme zu starren. In seiner Hand hielt er einen Kaffeebecher, aus dem es dampfte.

»Es ist ein Desaster. Vor wenigen Minuten wurden zwei Männer festgenommen, die versucht haben, ins Rathaus zu gelangen. Einer von ihnen ist Vater einer dreizehnjährigen Tochter. Die ganze Sache ist heikel, die Stimmung extrem aufgeladen. Viele Menschen können nachvollziehen, was ihn bewegt hat, aber natürlich gibt es da noch so etwas wie eine Moral, die sie daran hindert, diesen Forderungen nachzukommen.« Maythaler stand vor der Monitorwand im Lagezentrum des Präsidiums, auf der gerade Bilder sämtlicher Überwachungskameras der Stadt eingespielt wurden. Draußen waren Sirenen zu hören, die ganze Stadt war voller Polizisten, Einsatzfahrzeuge und jaulender Sirenen.

»Die Demos erhalten weiter Zulauf.« Jörg deutete auf die entsprechenden Bilder. »Seht euch die Plakate an.«

»Keine Morde mehr – Geständnisse«, las Marie. Bei dem Gedanken daran, dass nach seinem neuesten Aufruf zwei

Männer losgegangen waren, um den Wunsch des Mörders in die Tat umzusetzen, verspürte sie großes Unbehagen.

»Die Kontrolle größerer Versammlungen ist kein Problem. Die Kollegen zur Unterstützung haben die Lage im Griff.« Maythaler kratzte sich am Kinn. »Unser Job ist es, ihn aufzuhalten, ehe ein verwirrter Einzeltäter tatsächlich auf irgendeine Weise den Bürgermeister oder Kluge bedrohen oder zu einem Geständnis zwingen kann. Was immer der Mann damit meint.«

»Die Sache gibt der Ermittlung eine entscheidende Wendung«, sagte Jörg. »Da haben wir doch sein Motiv. Er ist ein Gerechtigkeitsfanatiker. Er will Geständnisse. Vermutlich für ein Unrecht, das ihm angetan wurde.«

Parkov schüttelte den Kopf. »Nein, das denke ich nicht.« Er gab Niemeier ein Zeichen. »Bitte die Fotos von gestern Nacht auf die Leinwand.«

Gestern Nacht, dachte Marie bitter. Auf einem Monitor erschienen die Bilder, die die Kriminaltechnik vor Ort am Messeturm angefertigt hatte. »Seine Botschaft. Wie in der Lagerhalle, erneut erwähnt er den Engel. Das Bild vom ersten Tatort bitte gleich daneben.« Parkov trat näher.

»Erkennt ihr es?«

Maythaler nickte. »Eine andere Handschrift. Die Botschaften weichen voneinander ab.«

»Das ist die gleiche Handschrift«, sagte Weigand. »Das sieht doch ein Blinder, Parkov.«

»Ja? Nun, glücklicherweise bin ich nicht blind. Nein, Sie haben unrecht. Es ist die Handschrift von jemandem, der sich Mühe gibt, die des ersten Täters zu imitieren. Niemeier, bitte die Videoaufzeichnungen.«

Die Bilder der Überwachungskameras, die Parkov Marie gezeigt hatte, erschienen.

»Also?« Maythaler kam näher. »Was soll das bedeuten?«

»Wir haben es mit zwei Tätern zu tun. Oder eher, wenn wir unseren Freund Sam Gorad mit der Amnesie dazurechnen, wenigstens mit zweien und einem bezahlten, unfreiwilligen Gehilfen.«

Marie bemerkte, wie ein Ruck durch den Raum ging. Sie fühlte Parkovs Blick auf sich ruhen und sich selbst Monate zurückversetzt.

»Zwei Täter?«, fragte jemand. »Bedeutet das …?«

»Kein Lehrer, kein neuer Schüler«, sagte Parkov entschieden. »Nein, diese Geschichte wiederholt sich nicht. Das ist etwas anderes.« Er warf noch einen Blick auf die Tafel, als könnte er allein aus den Worten des Täters eine tiefere Bedeutung herauslesen. »Sie könnten Geschwister sein. Brüder.«

»Das ist extrem selten.«

»Ich kenne die Statistik ebenso gut wie du, Urs. Der Modus Operandi und die Handschrift erwecken jedoch den Eindruck von gemeinschaftlich handelnden, weitestgehend gleichwertigen Mittätern.«

»Das ist richtig«, sagte Maythaler. »Zwei Täter. Parkov, Sie könnten recht haben. Sie geben sich alle Mühe, es zu verschleiern, aber die Videoaufzeichnungen vom Messeturm zeigen tatsächlich einen körperlich geringfügig kräftiger gebauten Mann, als wir ihn am Tatort Rothenberger gesehen haben.«

»So ist es. Die Undoing-Handlungen wurden von beiden ausgeführt, um das Bild des Einzeltäters weiter aufrechtzuerhalten.«

»Und was, wenn er zurück ist?« Marie sah Parkov unverwandt in die blassblauen Augen. »Der Dezembermann sprach von einem anderen, seinem Lehrmeister. Von einem Professor, der eines Tages zurückkehren wird. Was, wenn er tatsächlich wieder da ist?«

»Dann werden wir ihn angemessen empfangen.« Parkovs Stimme hatte einen harten Ton angenommen, spröde wie Eisen, das lieber brach, als sich zu biegen. »Wenn er jedoch nicht existiert, werden wir unsere Zeit nicht mit der Suche nach einem Phantom verbringen.«

»Und schließlich sollten wir den Bürgermeister und diesen Bauunternehmer nicht vergessen«, warf Weigand ein, »denn wenn die toten Frauen nur eine Ablenkung waren und es ihm in Wahrheit um …«

»Geht es ihm nicht.« Marie schüttelte den Kopf. »Da bin ich mir sicher. Ilm und Rothenberger waren keine Ablenkung, sondern das Ziel. Sie waren wichtig – Bürgermeister Jakobs und Kluge dagegen, na ja, die tauchen jetzt aus dem Nichts auf, weil es ihm gerade wunderbar in den Kram passt. Womit könnte er besser Kräfte binden, als die Öffentlichkeit in Panik zu versetzen, indem er eine solche Drohung ausspricht? Die Leute trauen ihren Politikern von Tag zu Tag ein Stückchen weniger und den Angehörigen der oberen Gesellschaftsschicht ebenso wenig. Kluge ist Milliardär, und viele von denen«, Marie deutete auf die Bilder der Demos, »sind zornig. Dieser Zorn richtet sich auf Menschen wie jene, die unser Mörder zum Abschuss freigibt. Das ist zu sehr gewollt, zu inszeniert, als dass wir darauf hereinfallen sollten. Sein eigentliches Ziel sind die Frauen, und ich fürchte, er ist noch lange nicht fertig. Er sucht seinen bösen Engel. Noch hat er ihn nicht gefunden.«

»Ich bin nach wie vor dafür, dem Bürgermeister anzuraten, gerichtlich Versammlungsverbote durchzusetzen«, sagte Weigand in Maries Richtung. »Wir können uns nicht auf die Intuition einer Kollegin verlassen, die sich schon in der Vergangenheit als unzuverlässig erwiesen hat. Leland hat sie zur Leiterin der Kommission gemacht, schön und gut, aber Leland ist tot und seine Einschätzung der Lage eher zweifelhaft. Maythaler, Parkov, werden Sie vernünftig und sehen Sie ein …« Er zögerte.

»Was? Nur zu, Kollege, lassen Sie Ihren Worten freien Lauf.«

»Witzig, Parkov. Ich weiß, was Sie da vorhaben. Vergessen Sie es.«

»Aber nicht doch, ich *bestehe* darauf. Wie gerne würde ich Ihr kleines Lehrstück über Vernunft hören.«

»Es ist doch so, dass sie hier nach allem, was geschehen ist, nichts verloren hat. Sie wurde angegriffen, ist persönlich involviert. Sie muss gehen.«

»Und *sie* ist gerade auch anwesend, Weigand.« Marie drehte sich nicht zu ihm um. »Mit Verlaub, Kollege, aber ich habe nur eine Antwort: Sie sind ein Arschloch. Leland? Wirklich? Sie wagen es?« Für einen Augenblick war sie versucht, ihm eine Ohrfeige zu verpassen, dann dachte sie: *Nein. Nicht mal das ist er wert.*

»Weigand«, sagte Parkov, »die Soko ist kein Ort für interne Machtspiele. Vielleicht sollten Sie etwas frische Luft schnappen. Vielleicht auch etwas länger. Präzise formuliert: Gehen Sie, Weigand.«

»Diese Entscheidung treffen Sie nicht.«

»Nicht er *allein.*« Maythalers Worte wischten jede Überheblichkeit von Weigands Gesicht. »Ich habe nichts hinzuzufügen.«

»Ist das so?« Weigand lachte, doch Marie sah ihm an, dass er schwer getroffen war. In diesem Augenblick tat er ihr leid, trotz seiner Worte, und sie wollte dazwischengehen und für ihn eintreten, ehe er sich in noch größere Schwierigkeiten redete.

»Dann stehe ich für diese Sonderkommission nicht mehr zur Verfügung.« Er schüttelte den Kopf. »Aber ich werde da rausgehen und das tun, was Sie alle – insbesondere die feministische Kampfbrigade hier – hätten tun sollen: den Mörder finden. Danken Sie mir später.«

Geräuschvoll schloss er die Tür hinter sich.

»Wir sollten ihn nicht so gehen lassen …«, setzte Marie an, doch Maythaler winkte ab.

»Lassen Sie ihn.«

»Die feministische Kampfbrigade?« Isabelle schüttelte den Kopf. »Du willst ihn dafür doch nicht etwa auch noch in Schutz nehmen? Und was er über Leland sagte …«

»War ekelhaft. Aber wir stehen alle unter Druck.«

»Sie sind ein Unikat, Frau Winter«, warf Maythaler ein. »Hätten wir mehr von Ihnen, wäre vielleicht vieles wirklich besser.« Er drückte Parkov eine Akte in die Hand. »Winter, Parkov, ich möchte, dass Sie mit der Witwe des letzte Nacht verstorbenen SEK-Kollegen Kranitz sprechen. Ganz behutsam, vielleicht finden wir dabei eine Spur. Ich weiß, dass die Interne die Untersuchung übernehmen wird und die Kollegen keinen Stein auf dem anderen lassen werden, aber darauf können wir uns nicht verlassen, während die Zeit drängt. Wir dürfen nicht außer Acht lassen, dass sich in beiden Fällen – Terrano und Kranitz – ein Mann selbst getötet hat, und das auch noch mit der Waffe eines Kollegen. Also prüfen Sie seinen Hintergrund.«

»Das«, Parkov deutete auf die Akte, »hatte ich ohnehin vor. Er war möglicherweise traumatisiert und hätte nicht eingesetzt werden dürfen; das durfte ich bereits heute früh erfahren. Aber niemand kann sich seine Reaktion dort unten im Keller erklären. Extremer Stress als alleiniger Auslöser? Unwahrscheinlich.«

Maythaler nickte.

»Der Kollege, dessen Waffe Kranitz an sich gerissen hat, was ist mit dem?«

»Er ist zu Hause. Er steht unter Schock.«

»Wir sollten auch mit ihm sprechen.«

»Das machen Sanders und Adler. Odinsdottir, Bodenfeld, Sie übernehmen Kluge. Ich selbst kümmere mich um den Bürgermeister. Niemeier, was haben Sie?«

Der IT-Experte räusperte sich. »Zwei Sachen. Erstens: Die Ansprache des Clowns, in der er nach Geständnissen ruft, ist eine Aufzeichnung. Sie war nicht live, auch wenn sie so rüberkommen sollte. Zweitens: Wir haben das dritte Handy gefunden, mit dem er seinen Anrufweiterleitungstrick vollbracht hat, wieder ein billiges Prepaidgerät. Er hat es in Ilms Wagen zurückgelassen, wo der Brand es zu einem Klumpen Plastik verschmolzen hat. Hat die ganze Nacht gedauert, es zu identifizieren.«

»Er stellt weitere Verbindungen zwischen den Opfern her«, sagte Parkov. »Er platzierte das Handy, mit dem Rothenberger telefonieren musste, in Ilms Wagen. Warten wir die Ergebnisse der Rechtsmedizin ab, wenngleich ich schon jetzt vermute, dass auch die Tattoos des Morphofalters bei den Opfern übereinstimmen.«

»Sie verhöhnen uns«, sagte Marie. »Und spielen mit den höchstmöglichsten Einsätzen.« Sie sah sich nach der Tür um, doch blieb der LKA-Kollege verschwunden. »So gesehen hatte Weigand recht. Aber jetzt ist er fort. Ich fühle mich nicht gerade gut dabei.«

»Sie spielen mit uns nur noch für kurze Zeit«, korrigierte Parkov, trat zum Fenster und sah in den Regen. Ein endloser grauer Regen, der wie die Düsternis des Tages in ihrer aller Bewusstsein sickerte. »Sie kommen ihrem Ziel immer näher. Was es auch ist, sie wollen es zu Ende bringen. Entweder auf die eine Weise, dann werden wir sie fassen – oder sie finden, was sie suchen, und versuchen zu entkommen. Aber gleich, was geschieht, es wird enden.«

50.

14 Stunden und 13 Minuten bis zum Ablauf des letzten Ultimatums

Die Adresse der Witwe des Polizisten führte sie zu einer Altbauwohnung in Sachsenhausen. Auf einem Spielplatz davor schaukelte ein Junge in hohen Bögen und lächelte ihnen zu. Der Wind trieb Laub über die Pflastersteine. Eine Taube pickte im Gras nach Resten eines alten Stück Brots. Vom Himmel war das Brummen einer Passagiermaschine im Landeanflug zu hören. In der Luft lag der feuchte, würzige Geruch des nahen Herbstes.

»Okay«, sagte Marie zu Parkov. »Gehen wir es an. Ganz behutsam.« Sie stiegen die Treppe hinauf und läuteten.

»Frau Ilsa Kranitz?«

»Ja. Augenblick.« Die Frau öffnete ihnen, bat sie herein und führte sie in eine kleine Küche. »Sie sind bereits die Zweiten aus dem Präsidium, die heute kommen. Der Polizeipsychologe war schon da und kommt auch später noch mal. Aber es geht schon.« Die Witwe schien gefasst. Sie trug Schwarz, an ihrer Hand hielt sich ein kleiner Junge fest und sah mit großen Augen zu Marie und Parkov auf. Er war etwa in Lucies Alter.

»Ich bin Marie Winter, das ist Daniel Parkov, mein Kollege vom BKA.«

»Mein tief empfundenes Beileid«, sagte Parkov. »Wir werden alles unternehmen, um …«

»Er hätte das nie getan«, sagte Ilsa Kranitz. »Ich weiß das, er hat mir alles erzählt. Alles. Auch wenn das nicht den Vorschriften entspricht, aber er wusste, dass er zu mir kommen und all diese Dinge loswerden konnte. Diese kaputte Welt mit ihren Problemen, für die man ihn und seine Einheit gerufen hat.« Sie betrachtete ihren Sohn. »Geh spielen, ja?«

Er ging.

»Wir müssen das fragen. Gab es Anzeichen, die erklären könnten, wieso er so reagiert hat? Hatte er Feinde? Suizidgedanken?«

Ilsa Kranitz schaute Marie lange an, ehe sie fortfuhr. »Jede Menge Feinde. Aber niemand dürfte wissen, wer er wirklich war. Er und seine Kollegen verbergen nicht umsonst ihre Gesichter im Einsatz. Suizidgedanken? Nein. Er hätte mich nicht allein gelassen.«

»War er in den letzten Tagen anders als sonst? Angeschlagen? Emotional angegriffen von einem zurückliegenden Einsatz? Hat er … von Schatten gesprochen?«

»Sie spielen auf diese Sache vor einigen Wochen an, diesen Geiselnehmer, der seine Freundin und die Kinder getötet hat, nicht wahr? Ja, das hat ihn mitgenommen. Aber so ging es der ganzen Truppe.« Sie senkte den Blick. »Manchmal ist er nachts aufgewacht, wenn ihn ein Albtraum nicht mehr schlafen ließ. Aber das war alles, er kam zurecht. Ich war für ihn da.« Kranitz zögerte, schien unsicher. »Es gibt eine Sache, die ich vor ein paar Tagen bemerkt habe, der ich aber erst mal keine Bedeutung beigemessen habe. Ich hielt es für einen Scherz.«

Marie blickte kurz zu Parkov, der die Stirn runzelte und eine Augenbraue hob.

»Erzählen Sie uns davon.«

»Es war ein Brief. Werbung, aber von der Sorte, die mich irritiert. Eigentlich werfe ich die Sachen gleich weg. Es …« Sie schluckte, hob die Hand und strich sich durchs Haar. »Es war eine Werbebotschaft für Särge.«

»Oje. Das tut uns sehr leid.«

»Haben Sie die noch?«, warf Parkov mit interessierter Stimme ein.

Ilsa Kranitz musterte ihn mit dunklen, durchdringenden Augen. »Ja. Aber ich möchte, dass Sie mir eines versprechen. Ich weiß, dass er gestern Abend nicht dort gewesen wäre, wenn die Sonderkommission nicht seine Einheit angefordert hätte. Leugnen Sie es nicht.«

»Es gibt …« Marie holte tief Luft. *Sie hat ja so recht,* dachte sie. *Und es ist so furchtbar in seiner Unumkehrbarkeit.* »Ich finde keine Worte, um mich zu entschuldigen.«

»Das müssen Sie auch nicht«, sagte Kranitz mit harter Stimme. »Aber wenn Sie ihn kriegen, den Typen, der ihm das angetan hat, auf welche Weise auch immer, dann sorgen Sie dafür, dass er nicht hinter Gitter kommt, sondern unter die Erde.«

»Reißen Sie sich zusammen.«

»Daniel, hör auf«, sagte Marie leise.

»Nein, wahrscheinlich hat er recht.« Sie zuckte die Achseln. »Aber wenn ihr es nicht tut, werde ich es selbst machen.« Die Witwe drückte Marie eine Klarsichtfolie in die Hand, in der ein Briefumschlag steckte.

»Ich hab ihn aus dem Müll geholt. Nehmen Sie ihn mit, machen Sie damit, was Sie wollen. Aber finden Sie ihn.« Sie trat zurück. »Das ist alles, was ich dazu sagen kann.«

Zurück im Wagen, wählte Parkov Maythalers Nummer. »Urs? Es hat den Anschein, als hätte unser Täter Kranitz eine Woche vor seinem Tod eine Botschaft geschickt. Wir haben sie hier. Das muss erkennungsdienstlich auf Spuren aller Art geprüft werden. Es würde mich jedoch nicht wundern, wenn wir hier eine weitere Spur der Substanz finden, die Terrano und Kranitz im Blut hatten. Diese Droge.«

Maythalers Stimme hatte einen seltsamen Hall, als säße er gerade in einem Zug. »Ja, ich werde mich darum kümmern. Sie sollten jetzt Sam Gorad in der psychiatrischen Anstalt besuchen und sich über die Ergebnisse der Untersuchung informieren. Mir wurde mitgeteilt, dass er nicht transportfähig ist. Also wird er fürs Erste dortbleiben müssen. Befragen Sie ihn noch einmal. Vielleicht haben sich seine Erinnerungslücken geschlossen.«

»Verstanden.«

Marie drehte den Briefumschlag in der Hand und betrachtete ihn von allen Seiten.

»Jemand macht Experimente. Jemand ist dort draußen und spielt Wissenschaftler.« Sie berührte ihre bandagierte Rechte. Ehe sie am Morgen ins Büro zur Soko gekommen war, hatte sie der Polizeiarzt neu verbunden. Die Wunde heilte, die Prognose war gut, und dennoch beunruhigte sie, was geschehen war, so sehr, als läge der Angriff erst Minuten zurück. Das Gesicht ihres Angreifers wollte ihr nicht aus dem Sinn. »Terrano, Kranitz, wer noch? Und was kommt dana…« Sie hielt inne. »Oh Scheiße. Siehst du das?«

Aus dem Umschlag war eine Werbeseite herausgerutscht. Särge, ganz wie Ilsa Kranitz beschrieben hatte, aber Särge mit Zeichen auf dem Deckel: drei Striche, zwei Punkte dazwischen, ins Holz graviert. Das Symbol. Auch hier.

Parkov hielt die Seite gegen das Licht, dann schüttelte er nachdenklich wie in Gedanken versunken den Kopf. »Und wir haben nicht die geringste Ahnung, was es bedeutet.«

»Also haben sie ihn in ein sicheres Haus gebracht, von dem nicht einmal wir wissen? Und Maythaler …«

»… bekommt die Info, sobald er den Personenschützern erklärt, dass er den Bürgermeister vernehmen will. Es ist besser so, selbst Jakobs' Sekretärin weiß nicht, wo er ist. Wir wollen doch nicht, dass unseren Politikern etwas zustößt, nicht wahr?« Parkov parkte den Wagen vor dem düsteren, viktorianisch anmutenden Gebäudekomplex, der hinter einer hoch aufragenden Mauer aus hellem Ziegelstein am Ende einer geschwungenen Auffahrt auf sie wartete.

»Das ist es? Meine Güte.«

»Einer Psychiatrie angemessen, meinst du nicht?«

»War das Ironie? Ich weiß nicht recht. Das scheint mir nicht der richtige Ort zu sein, um jemanden zu heilen.«

Parkovs Augen glichen dem Himmel über ihnen. »Das ist er auch nicht. Wen man heute hier einliefert, der wird für immer weggesperrt.«

Der feine Kies auf dem Pfad knirschte unter ihren Schuhen. Hohe Smaragdthujen und Zypressen, akkurat geschnitten, einige in Form von Tieren, die den Besucher von beiden Seiten musterten, wogten im Wind. Von fern rollte Donner heran.

Auf den Stufen, die zum Anwesen hinaufführten, fegte eine Frau in Patientenkleidung Laub. Ein kräftiger Pfleger saß auf einer Bank und rauchte. Als sie näher kamen, drückte er die Zigarette aus und steckte sie in seine Brusttasche.

»Und Sie sind? Das hier ist kein Park für 'n gemütlichen Spaziergang. Sie müssen gehen. Sofort.«

»Marie Winter«, Marie hielt ihm ihren Ausweis unter die Nase. »Wir haben eine Verabredung mit Professor Xanders.«

»Na, das ist ja 'ne Überraschung.« Er deutete gelangweilt über die Schulter. »Rein, dann rechts die Treppe rauf. Sie können das Büro nicht verfehlen. Und lassen Sie sich ja nicht einfallen, hier rumzuspionieren.«

»Wie nett«, sagte Marie, als sie die Eingangshalle betraten. Dunkle Holzvertäfelungen umgaben sie, doch zugleich auch viel Licht aus breiten Oberlichtern und helle, in Pastelltönen gehaltene Wandfarben.

Ein Mann saß in einem Sessel an einer Bücherwand und sah ihnen mit großen Augen entgegen. »Die Tauben sind alle tot«, sagte er. »Sie haben keine Flügel mehr. Sind alle so müde. Und ihre Köpfe habe ich gegessen.«

Marie sagte nichts, ging die Treppe aber ein wenig schneller hoch. »Wirklich herzallerliebst.«

Parkov nickte nur.

»Ist was?«

»Nein. Nur alte Erinnerungen.«

An der Bürotür stand: *Prof. Dr. Dr. Bert Xanders – Anstaltsleitung.*

Marie klopfte und trat ein. Xanders erwartete sie hinter einem ausladenden Mahagonischreibtisch, der in geschnitzten Klauen endete. An den Wänden hingen Ölgemälde, und durch eine breite Sprossenfensterfront bot sich ein Blick über die Parkanlage des Anwesens, auf die der Regen nun in dichten Bindfäden niederging. Der Donner grollte lauter als zuvor, und fern am Himmel zuckten Blitze.

»… und daher beenden wir den Wetterbericht damit, abermals auf die vom Deutschen Wetterdienst ausgegebene Unwetterwarnung hinzuweisen, auf den schweren Sturm der Stärke neun bis zehn, der direkt über die Stadt und das Umland hinwegziehen wird. Sein Eintreffen wird für die frühen Nachstunden erwartet. Wir halten euch auf dem Laufenden.«

Professor Xanders griff nach dem Radio und stellte es ab.

»Ich habe Sie schon erwartet.« Er war ein gedrungener, korpulenter Mann mit einer Vollglatze, die im Licht der Schreibtischlampe wie frisch polierter Marmor glänzte. Nicht ganz das Bild, das sich Marie zurechtgelegt hatte. »Da haben Sie uns einen schönen Fall herangeschafft.« Er öffnete eine

Akte und berührte mit der Zungenspitze den Zeigefinger, um umzublättern.

»Da haben wir ihn ja. Sam Gorad. Anzeichen einer Psychose. Wahn- und Angstvorstellungen, partielle Amnesie. Er bildet sich ein, er hätte einen Großteil seines Gedächtnisses verloren. Ich vermute, die extremen Umstände seiner Verhaftung haben seinen Zustand nicht gerade gebessert, und durch das martialische Auftreten der Polizei, vor der er floh, wurden die Angsteindrücke weiter gesteigert. Sein Unterbewusstsein versucht nun, einmal für Laien erklärt, jegliche Erinnerung an vergangene Ereignisse zu verdrängen, indem es sie fortschiebt, in eine Art Kammer seines Verstandes, die einem Restmülllager gleicht, aber sie sind nicht fort. Es gibt eine spezielle, von mir und Dr. Ahrens entwickelte und von Medikamenten unterstützte Hypnosetechnik, mit der wir alles wieder zugänglich machen können, doch das braucht Zeit. Und die Erlaubnis der nächsten Angehörigen, die wir nicht haben, weil die Behandlung, um es vorsichtig auszudrücken, einen medikamentösen Eingriff voraussetzt, den er gewiss verweigern wird und der nicht immer ungefährlich ist.«

»Anders gesagt: Man müsste ihn zwingen.«

»Richtig, Herr Parkov. Und das ist verboten, wenn mir nicht die Einwilligung vorliegt.«

»Wo ist er jetzt?«

Das Licht der Schreibtischlampe, das buttergelbe Kreise auf die gemaserte Holzoberfläche malte, flackerte. »Er befindet sich noch bei abschließenden Untersuchungen.«

»Haben Sie eine Vorstellung, wer ihm das angetan haben könnte?«

»Wer? Es muss jemand sehr Gefährliches sein. Jemand, dem es Freude und Erregung bereitet, an einem fremden Verstand herumzuexperimentieren. Er hat genaue Kenntnisse, aber er ist kein Mediziner, jedenfalls keiner, der den hippokratischen Eid ernst nimmt. Vielmehr macht er das exakte Gegenteil, versucht zu zerstören und zu verdrehen, anstatt zu heilen.«

»Er muss doch über Psychopharmaka oder ähnliche Substanzen verfügen, um dergleichen zu tun, oder? Und die sind keineswegs frei zugänglich.«

»Richtig, vielleicht haben Sie es ja mit einem verrückten Apotheker zu tun.« Xanders schüttelte langsam den Kopf. »Das war ein Witz.«

Marie überlegte, ob der Mann wohl jemals lächelte. Etwas an ihm wirkte so kalt und unnahbar, dass es ihr schon maskengleich erschien. Vermutlich war das nötig, um in diesen Mauern nicht den Verstand zu verlieren.

»Haben Sie so was auch im Haus?«

»Verschlossen. Sie können die Listen kontrollieren. Wir sind die Einzigen in der Stadt, die das richtig harte Zeug führen, das ist korrekt, wenn Sie darauf hinauswollen, aber bei uns ist nichts verschwunden, wie Sie feststellen werden.«

»Kopieren Sie uns die Listen.« Parkov trat zu den Fenstern und ließ den regen- und windgepeitschten Park auf sich wirken. »Es hat sich viel verändert.«

»Ja. Wir haben einiges getan in den letzten Jahren.«

Marie blickte von Xanders zu Parkov. Dann schob sie dem Professor eine Kopie des Symbols hin, auf das sie immer wieder gestoßen waren: dreimal der senkrechte Strich, dazwischen die Punkte. »Erkennen Sie das?«

»Nie gesehen.« Er runzelte die Stirn. »Kann ich sonst noch etwas für Sie beide tun?«

»Ich möchte, dass Sie es versuchen. Holen Sie die Erinnerungen, die er vor uns verbirgt, aus ihm heraus.« Parkovs Stimme klang unnachgiebig. *Ich dulde keinen Widerspruch*, schien sie zu fordern. »Es ist wichtig. Mehr als das, es entscheidet über Leben und Tod. Wir müssen wissen, wer ihn kontaktiert hat. Wir brauchen diese Erinnerung.«

»Ich weiß, was vor sich geht, ich bin nicht blind. Dieser Typ, der sich über diese Website an die Öffentlichkeit wendet. Sie sind hinter ihm her.«

»Sind wir«, bestätigte Parkov.

»Dann möchte ich mich für die Offenheit bedanken, aber mir sind die Hände gebunden. Finden Sie seine Angehörigen, dann …«

»Das sagen Sie nur, Professor, weil Sie keine eigenen Kinder haben. Weil Sie allein leben, ohne Verpflichtungen. Wenn Ihre Tochter bedroht wäre, nur weil sie in sein Beuteschema fällt, würden Sie Himmel und Hölle in Bewegung setzen.«

»Und doch bleibt eine Hypothese eine Hypothese.«

»Wir werden ihn zu einer zweiten Befragung mitnehmen.«

»Auf keinen Fall, er ist nicht transportfähig. Er muss hierbleiben, bis seine psychotischen Angstschübe medikamentös eingestellt sind. Eine weitere polizeiliche Vernehmung würde er nicht verkraften.«

»Sie legen uns also tatsächlich Steine in den Weg«, stellte Marie fest. »Können wir ihn wenigstens sehen?«

Professor Xanders faltete die Hände auf seinem Schreibtisch. »Von mir aus. Keine Kontaktaufnahme, nur ein kurzer Blick.«

Sie folgten ihm hinaus zur Treppe. »Die Tauben fliegen nicht mehr«, sagte der Mann in seinem Sessel und ließ die Fingerknöchel knacken.

»Beachten Sie ihn gar nicht. Er ist harmlos, auch wenn er manchmal ein wenig seltsam klingt. Noah hatte eine Manie, die ihn zwang, Vögel zu töten und zu verspeisen. Mit ihren Flügeln hat er seine Wohnung dekoriert.«

Von einem Flur, der sich an die traditionell eingerichtete Eingangshalle anschloss und wesentlich nüchterner und klinischer wirkte, gingen zu beiden Seiten Behandlungsräume ab. Vor einem blieb Xanders stehen und klopfte.

»Ich überlasse Sie jetzt meiner Kollegin.«

Eine groß gewachsene Blondine, die Marie ein wenig an Isabelle erinnerte, kam zu ihnen herüber.

»Dr. Ahrens, das sind Marie Winter und Daniel Parkov von der Polizei. Sie wollen den Patienten kurz sehen. Fünf Minuten.«

Der Professor wandte sich ab und ging, während Dr. Ahrens Parkov ein strahlendes Lächeln schenkte.

»Wie geht es Ihnen, Herr Parkov? Ich hörte, Sie haben sich entschlossen, wieder Ihrem alten Job nachzugehen.«

»Das ist meine selbst verordnete Therapie.« Parkov schloss die Tür hinter sich. Marie betrachtete den Mann, der auf der Untersuchungsliege hockte. Sam Gorad trug einen einfachen blauen Trainingsanzug und ließ seine Beine über dem Boden baumeln. Er wirkte wie ein Kind, als er Marie bemerkte und neugierig ansah. Ein kleines Lächeln schlich sich auf sein Gesicht, als er sie wiedererkannte.

»Wie geht's Ihnen heute?«

»Besser.« Das Lächeln verschwand nicht, sondern wuchs noch weiter in die Breite. »Ich fühle mich wohl.«

»Er ist noch sehr schwach und konfus«, erklärte Dr. Ahrens.

»Wir vermuten, er verdrängt wichtige Erinnerungen. Was benötigen wir, um ihn wieder dazu zu bringen, sich an alles zu erinnern?«

»Sie brauchen die Zustimmung …«

»Brauche ich nicht.« Parkov zog seine Waffe mit einer einzigen geschmeidigen Bewegung. »Nicht mehr. Nicht jetzt. Sie werden tun, was ich sage.«

Die Ärztin stieß ein verblüfftes Keuchen aus. Marie langte ihrerseits nach ihrer Dienstwaffe, so gut ihr das mit ihrer bandagierten Rechten möglich war. »Daniel, was tust du da?«

»Das, was notwendig ist. Ich muss erfahren, was er weiß.«

Gorad folgte den Ereignissen mit den großen Augen eines Kindes, sagte jedoch nichts.

»Parkov, ich werde mich weigern, Ihnen zu helfen«, sagte Dr. Ahrens. Ihre Stimme bebte, doch sie blieb standhaft und blickte auf den Lauf der Pistole hinab, die Parkov weiter gesenkt hielt.

Marie konnte nicht glauben, was sie sah. »Parkov, die Waffe weg, sofort!«

In diesem Augenblick vibrierte ihr Handy. Auch aus Parkovs Tasche erklang ein Benachrichtigungston, der sich Sekunden später in ein dauerhaftes Anrufsignal verwandelte.

»Es muss einen anderen Weg geben«, sagte sie. Auf ihrem iPhone ging ein Anruf von Isabelle ein, und da sich Parkov nicht rührte, nahm sie ihn entgegen.

Ihre Kollegin klang völlig außer Atem, als sei sie gerade Kilometer um Kilometer gelaufen. »Was immer ihr gerade macht, werft sofort einen Blick auf die Website. Er überträgt wieder, und dieses Mal wissen wir, wo sich das Opfer befindet.«

»Bleib dran, ich seh es mir sofort an.«

Marie rief die Website auf. Der Countdown war verschwunden, stattdessen stand dort: DIE ERSTE STRAFE FÜR LÜGEN.

Auf der Videoübertragung war das verwackelte Bild einer Handykamera zu sehen, das eine junge Frau zeigte, die mit tränenüberströmtem Gesicht ins Objektiv blickte. Hinter ihr war nichts zu erkennen außer Regenwolken, in denen ferne Blitze einander jagten wie Boten des Unheils.

»Ich werde springen«, sagte sie. »Ich muss. Seht mir zu.«

»Oh nein«, sagte Marie. »Das ist wieder live.«

»Auf dem Dach einer Schule im Nordend. Wir haben sie gleich gefunden und sperren gerade alles ab. Kommt sofort her. Sie wiederholt immer wieder, dass sie springen will. Wir haben einen Psychologen vor Ort, aber die Kleine schreit, sie will nur mit dir sprechen oder mit Parkov.«

»Okay. Isa, sag den Kollegen, sie sollen die Schaulustigen aufnehmen. Kamera, Handys, was auch immer, aber macht es nicht allzu offensichtlich. Er ist dort, da bin ich mir sicher. Er betrachtet mit eigenen Augen, was geschieht. Wir sind unterwegs.«

Parkov sah sie erwartungsvoll an, Dr. Ahrens ebenfalls.

»Ein Mädchen droht damit, vom Dach zu springen. Er zwingt sie dazu. Schluss mit diesem Unsinn, wir müssen los.«

»Nicht ich«, sagte Parkov. »Ich muss wissen, was er in seinen Erinnerungen versteckt hält.«

»Daniel, bitte. Ich weiß nicht, ob ich es allein schaffe. Ich brauche dich dafür.«

Dr. Ahrens schnappte nach Luft. »Was ist denn los?«

»Sie haben es doch gerade gehört«, sagte Marie ungehalten. »Vielleicht verstehen Sie jetzt, wie wichtig es ist, herauszufinden, was er gesehen und vergessen hat, weil jemand wollte, dass er es vergisst.«

»Oh Gott«, erwiderte Dr. Ahrens. »Das darf nicht wahr sein.« Sie fächelte sich mit der Hand Luft zu. »Ich glaube, ich brauche etwas …«

Parkov steckte seine Waffe ein. Er wirkte, als schäme er sich dafür. »Luft«, sagte er dann sehr nachdenklich. »Luft … ja was, wenn er tatsächlich …«

»Gehen Sie«, forderte Dr. Ahrens sie auf, »verhindern Sie den Tod dieses Mädchens, wenn Sie können. Ich …«, sie seufzte, »werde versuchen, seine Erinnerungen etwas zugänglicher zu machen.«

»Das würden Sie tun?«

»Ja. Meine Güte, ja, ich bin schon so weit, dass ich das tatsächlich tun würde.«

Parkov schien zufrieden. »Na gut. Rufen Sie mich an, wenn Sie etwas wissen. Und wenn Xanders stört, sagen Sie ihm, ich hätte Sie dazu gezwungen.«

»Parkov, Sie bringen mich in Gewissenskonflikte. Ganz wie früher.«

Er lächelte angespannt und winkte ab. »Alte Zeiten. Eins noch: Erinnern Sie sich an einen Mann, der sich möglicherweise einmal hier aufhielt? Freiwillig, meine ich? Als das Sanatorium noch existierte oder noch früher davor. Jemand, der eine Art Engel des Bösen erwähnte? Mit einem ungesunden Bezug zu einem Morphofalter?«

Sie warf ihm einen irritierten Blick zu. »Nicht, dass ich wüsste. Vielleicht weiß ein Kollege mehr. Ich kann mal in den alten Unterlagen nachsehen, wenn ich Zeit finde. Oder ich sage im Archiv Bescheid.«

»Es ist nur eine mögliche Spur«, sagte Parkov, »aber vielleicht war der Mann, den wir suchen, hier. Vielleicht wollte er sich helfen lassen, geheilt werden.« Parkov nickte knapp und ging mit wehendem Mantel hinaus. Marie warf der Ärztin einen knappen Blick zu. »Tut mir leid. Wir wollten Ihnen keine Angst machen.«

»Das haben Sie auch nicht. Ich kenne ihn.« Sie unterbrach sich, als hätte sie schon viel zu viel gesagt.

In der Tür hielt Marie inne. »Wie meinen Sie das?«

»Das müssen Sie ihn selbst fragen. Und ich hoffe für Sie, dass Sie die Antwort ertragen können.«

51.

Parkov tat so, als wäre nichts geschehen, steuerte den Wagen mit hoher Geschwindigkeit über die zweispurige Straße und wich elegant einigen hupenden Pkw aus, die den Weg blockierten. Das vorne am Bentley innerhalb der Scheinwerfer installierte Blaulicht bahnte ihnen den Weg. Marie schielte hin und wieder zu ihm herüber, während sie darüber nachdachte, was sie gerade erfahren hatten. Schließlich hielt sie es nicht mehr aus.

»Eigentlich wollte ich dir jetzt sagen, wag es nicht, noch einmal jemanden vor meinen Augen zu bedrohen, aber die Ärztin wirkte gerade nicht besonders beeindruckt von deinem kleinen Schauspiel. Du kennst Dr. Ahrens, und du kennst auch Professor Xanders«, sagte sie. »Du warst mal dort. Es ist doch so, nicht wahr?«

Parkov nickte. »Du bist eine zu gute Ermittlerin, als dass ich dir all das hätte verheimlichen können. Ja, ich war dort, als das Sanatorium im Westflügel noch existierte und sie Patienten annahmen, die sich freiwillig einlieferten. Dr. Ahrens behandelte mich, nachdem …«

»… Suzann gestorben war«, ergänzte Marie augenblicklich. »Ich verstehe. Es tut mir leid.«

»Ich muss betonen, dass es leider nicht völlig gewöhnlich ist, seine verstorbene Frau umhergehen zu sehen und mit ihr zu sprechen. Sogar für meine Verhältnisse.«

»Na ja, ich träume von ihm. Von Erik. Und du … du hast einiges durchleben müssen.«

Parkov sah in den Rückspiegel. »Träume sind nur Träume.«

»Aber du kommst damit zurecht. Es beeinträchtigt dich nicht.«

»Nicht mehr, doch war es ein langer Weg. Ich weiß, ich hätte dir das sagen sollen, aber ich habe mich vermutlich … nun, geschämt.«

»Das musst du nicht, Daniel.«

»Am Ende war es ohnehin vergebens.« Parkov zuckte mit den Schultern. »Die Therapie, die ich mir schließlich selbst verordnet habe, war eine andere, als sie die klassische Schulmedizin vorsieht.«

»Da vorn ist es.« Marie deutete auf das vierstöckige Schulhaus, das zu ihrer Rechten am Straßenrand lag. Die Straße war abgesperrt, unten warteten Polizisten mit Funkgeräten und Feuerwehrkräfte, die ein Sprungkissen in der Nähe in Position gebracht hatten. Vor der Absperrung drängten sich Schaulustige Schulter an Schulter. Viele hatten zwar abermals ihre Schilder mitgebracht, doch von lauten Rufen war nichts mehr zu hören. Sie standen schweigend da und starrten nach oben.

Maries Augen folgten den Blicken. Weit oben stand sie am Rand des Flachdaches und schaute nach unten.

Isabelle rannte Marie entgegen. »Das Mädchen heißt Nicole Berger, sie ist siebzehn, weder Alkohol noch Drogen. Sie wurde heute Morgen vor etwa zwei Stunden von ihrer Mutter als vermisst gemeldet. Mir ist sie gleich ins Auge gefallen, weil sie mehr oder weniger ins Profil seiner Opfer passt. Und dann ist sie auf der Website aufgetaucht, genau so, wie sie jetzt da oben steht und droht zu springen. Sie hat verlangt, mit dir oder

Parkov zu sprechen, und uns verboten, irgendetwas zu unternehmen. Kein Sprungkissen – oder sie würde sich umbringen. Das ist natürlich er, der ihr all das einredet. Ein Kollege auf dem gegenüberliegenden Dach behält sie mit dem Fernglas im Auge. Er konnte erkennen, dass sie einen Kopfhörer im Ohr trägt. Wir sind dabei – ganz heimlich, wie du wolltest –, die Zuschauer aufzunehmen. Jörg behält die Gruppe von gegenüber im Auge.« Isabelle reichte Parkov und Marie In-Ear-Kopfhörer.

»So bleiben wir in Verbindung. Maythaler und die Mutter warten oben. Sollte jemand in den Reihen der Zuschauer auftauchen, der auffällig wirkt, informieren wir euch.«

»Er ist hier.« Parkov sah sich um. »Die umliegenden Gebäude prüfen, alle Dächer, von denen man dieses Haus mit einem Zoomobjektiv beobachten könnte.«

»Wird erledigt.«

»Was wissen wir über Nicole? Sagt sie, wieso sie springen will?«

»Nein. Ihre Eltern sind völlig erschüttert. Laut ihrer Mutter gab es kein einziges Anzeichen für das hier. Sie ist gerade dabei, den Führerschein und ihr Abi zu machen. Sie ist beliebt, nur hat sich vor Kurzem ihr Freund von ihr getrennt. Keine Konflikte. Gut situiertes Elternhaus.«

»Sind die Eltern oder der Exfreund da? Wie ist das Verhältnis zu den Eltern?«

»In Ordnung. Die Mutter ist hier. Den Freund haben wir ins Präsidium gebracht.«

»Und die Trennung könnte nicht der Auslöser gewesen sein?«

»Eher unwahrscheinlich.«

»Dann werden wir jetzt mit ihr sprechen«, sagte Marie entschlossen.

»Viel Glück.«

Sie eilten nach oben. Maythaler wartete im Treppenhaus vor dem Ausgang, der aufs Dach führte. Bei ihm waren eine Frau Ende vierzig, die ein wenig abseits außer Hörweite saß, und ein Polizeipsychologe, der in ein Funkgerät sprach. Als er sie kommen sah, ließ er es sinken. »Winter und Parkov?«

»Morgen«, sagte Parkov. »Die sind wir.«

»Die junge Frau heißt Nicole Berger und geht auf das Lessing-Gymnasium. Wir haben sie heute Morgen hier oben entdeckt. Einige Passanten machten uns darauf aufmerksam, dass ein junges Mädchen auf dem Dach dieses Schulgebäudes stünde. Und dann ist auch schon die Übertragung auf der Website erschienen. Sie ist panisch. Ich würde gerne mit ihr sprechen, aber sie besteht darauf, dass es einer von Ihnen beiden sein muss. Nur einer von Ihnen, das hat sie ausdrücklich erwähnt. Ihr Freund, besser gesagt Exfreund, heißt Mark, ist zwanzig und hat sie vor zwei Wochen verlassen. Aber das hat sie ihrer Mutter zufolge gut verkraftet. Ihr soziales Umfeld hat sie aufgefangen.«

»Die Technik hat mich gerade informiert«, sagte Maythaler. »Wir haben derzeit keinen Zugriff auf die Übertragung, die per in das Handy eingebauter Kamera an seine Website gesendet wird. Sie arbeiten dran, aber vermutlich kommt auch hier wieder seine verschlüsselte TOR-Applikation zum Einsatz.«

»Ich gehe da raus und rede mit ihr. Was immer er ihr gesagt hat, was immer er ihr androht, dieses Mal hat er den Bogen überspannt.« Marie legte die Hand auf den Türgriff. »So überzeugend kann er nicht sein, dass ein einigermaßen stabiles siebzehnjähriges Mädchen in den Tod springt, nur weil er es verlangt.«

»Ich begreife das nicht«, sagte Maythaler. »Diese Variante ist so verschieden von dem, was er bisher getan hat. Er gibt sehr viel aus der Hand, dadurch dass er sie so öffentlich auftreten lässt.«

»So verschieden?« Parkov schüttelte den Kopf. »Nein, ist sie nicht. Wenn das Mädchen springt, wird sie die Luft töten, durch die sie herabfällt. Die Symbolik ist mir erst jetzt ins Auge gefallen: Wasser, Feuer, Luft. Kommt das niemandem bekannt vor?«

»Im Ernst? Der Täter inszeniert seine Morde nach … was? Den chinesischen Elementen?« Maythaler schien nicht überzeugt. »Sind Sie sicher?«

»In der chinesischen Lehre finden wir Holz, Erde, Metall, Feuer und Wasser. Im Buddhismus kennt man Leere, Feuer, Wasser, Luft und Erde. In Japan ist es wieder anders, und im antiken Griechenland«, Parkov warf einen Blick auf sein Handy, »kennt man nur vier: Wasser, Feuer, Luft und Erde. Ich glaube nicht an Zufälle.«

»In diesen Minuten ist es völlig egal, wieso er das tut.« Marie öffnete die Tür, die hinaus aufs Dach führte. »Ich muss mit ihr sprechen.«

»Bringen Sie sie einfach von diesem Dach runter. Ruhig, beherrscht, mitfühlend. Drängen Sie sie nicht.« Der Polizeipsychologe stellte das Funkgerät an und drückte es ihr in die Hand. »Und wenn Sie Ihnen im Gespräch entgleitet, treten Sie zurück.«

»Ich werde mit hinausgehen«, sagte die Mutter aus dem Hintergrund und kam näher. »Das können Sie mir nicht verbieten …«

Parkov trat vor. »Ich gehe mit Ihnen hinaus«, sagte er, »und bleibe in der Nähe. Sie beide bleiben hier.«

»Einverstanden.«

Gemeinsam traten sie auf das windumwehte Dach hinaus.

Nicole stand auf der Kante, so dicht am Abgrund, dass Marie fürchtete, der nächste heftige Windstoß würde sie hinabwehen. Langsam kam sie näher. Die junge Frau hatte sie längst entdeckt.

»Kein Schritt mehr«, rief sie mit erstickter Stimme. »Wer sind Sie?«

»Ruhig, Nicole. Ich bin's, Marie Winter, wie du verlangt hast.«

Parkov und Marie tauschten einen Blick. »Lass mich das machen«, sagte sie. »Bleib bei der Tür.«

»Du wirst das schaffen, Marie.«

»Ja. Aber bleib hier oben. Ich will nicht allein sein, falls ...«

»Klar.«

Sie beobachtete, wie Parkov einen Schritt auf Nicoles Mutter zu machte und sie behutsam zum Dachzugang zurückführte. Dann wandte sie sich zu dem Teenager um, der gefährlich auf der Kante kippelte, und kam etwas näher. »Hey, Nicole.«

Nicole sah sie nur an. Marie war nun kaum mehr als fünf Meter entfernt und erkannte deutlich, dass sie zitterte. Ihre Arme waren ablehnend vor der Brust verschränkt.

»Gehen Sie weg.«

»Weißt du, dass deine Mutter fürchterliche Angst hat? Um dein Leben? Das da hinten bei ihr ist mein Kollege Daniel. Er, deine Mutter und ich, wir alle wollen nur, dass du von da runterkommst.«

»Ich werde einfach springen. Ist doch ohnehin alles egal.«

Marie kam noch einen halben Meter näher. »Darf ich mich zu dir setzen? Ich möchte bloß mit dir reden. Bitte. Wir müssen auch nicht unbedingt reden, wir sitzen nur beieinander, einverstanden?«

»Pfff. Von mir aus.«

Marie stieg auf die Brüstung und ließ sich langsam sinken. Als sie hinuntersah und den Boden, eine betonharte Straße in etwa zwanzig Metern Tiefe, registrierte, musste sie sich festhalten und etwas zurückkriechen.

Nicole musterte sie.

»Das ist hoch«, sagte Marie.

»Bist du nicht schwindelfrei?«

»Nein, ganz bestimmt nicht.« Marie lachte. *Ruhig. Übertreib es nicht.* »Mir macht diese Höhe ehrlich gesagt ein wenig Angst.«

»Ich dachte, Bullen müssen schwindelfrei sein.«

»Verrat es niemandem, okay?«

Nicole zuckte die Achseln. Marie sah, dass sie sich über die Wange wischte. Für einige Augenblicke saß sie nur da, während der Nieselregen sie allmählich durchnässte.

»Ich habe eine fünfjährige Tochter. Lucie. Eigentlich sollte ich bei ihr sein.«

Nicole sah sie an. Marie bemerkte eine Regung in ihrem Gesicht, die da vorher nicht gewesen war. »Und was machst du dann hier?«

»Du wolltest mich doch sprechen.«

Nicole setzte sich in einigem Abstand neben sie. »Nicht ich.« Sie deutete auf ihr Ohr. »Er ist gerade weg. Also, wieso bist du nicht bei ihr?«

»Das ist kompliziert. Aber hauptsächlich, weil ich Angst habe. Zu versagen. In diesem Fall, gegen diesen Täter, es lässt mich zweifeln. Ich weiß, dass ich bei ihr sein sollte, aber …«

Das junge Mädchen schwieg.

»Nicole, deine Mutter hat auch Angst. Das weißt du. Sie hat dich sehr lieb.«

Nicole spähte in den Himmel und zuckte zusammen, als ein Donnerschlag, diesmal viel näher, die Luft vibrieren ließ.

»Du hast ihn geliebt.«

Nicole guckte verstohlen zu Marie, ihre Lippen zuckten. »Er hat … ich begreife es nicht. Er hat einfach Schluss gemacht.«

»Und du fühlst dich jetzt, als hätte er dir dein Herz gleich mit weggenommen.«

»Ich werde springen«, sagte Nicole heiser in eine Pause, einen stillen Moment zwischen zwei Donnergrollen hinein.

»Wenn du das tust, verletzt du heute Mittag nicht nur dich selbst. Du brichst deiner Mutter das Herz und tust deinen Freunden weh. Ich weiß, dass du das ganz bestimmt nicht willst.«

»Das ist mir egal.«

»Eben das glaube ich dir nicht. Ein Junge wie er wäre niemals mit dir gegangen, wenn dir alles egal wäre. Glaub mir, ich spüre das. Du hast ein gutes Herz. Dir ist nichts davon egal.«

Nicole verbarg ihr Gesicht in den Händen. Marie wusste, dass manch einer ihrer Kollegen jetzt versucht hätte, sie mit einer schnellen Bewegung von der Brüstung zu ziehen, aber sie blieb sitzen.

»Er war«, sagte Nicole traurig, »was Besonderes. Er war …«

»Ja. Ich weiß, was du meinst. Und ich werde dir nicht sagen, dass das Leben einfach so weitergeht. Du wirst ihn vermissen, Nicole, ja, aber anstatt jetzt dort runterzuspringen – das ist ein Ausweg, zugegeben, aber ein schneller und entsetzlicher –, könntest du einfach all deinen Mut zusammennehmen und das tun, was wir alle tun, wenn wir weitermachen wollen: nicht aufgeben. *Niemals.*«

»Bist du dir sicher? Dass es wirklich weitergehen wird?«

»Natürlich.« Marie streckte eine Hand aus, als sie merkte, dass sie ihre volle Aufmerksamkeit hatte. »Komm schon. Gehen wir hier runter. Niemand ist dir böse.«

»Er will nicht, dass ich das tue. Sondern, dass ich springe. Er hat mir gesagt, dass er meine Familie zerstören wird, so wie er meine Beziehung zerstört hat.« Sie gab sich stumm ihren Tränen hin. »Er sagte, er weiß, was ich denke. Dass er weiß, was ich fühle. Er sagt, er weiß es, weil er es selbst erlebt hat. Und es spielt keine Rolle, dass ich ein Mädchen bin. Wir sind uns so ähnlich, dass mir nichts anders übrig bleibt, als dort runterzuspringen. Weil er es auch getan hat, er hat den Schritt gewagt, sagt er.«

»Aber er lügt, merkst du das nicht, Nicole? Er kann niemals gesprungen sein. Er lebt und ist hier irgendwo.«

»Aber meine Familie … er wird sie …«

»Das stimmt nicht. Wir können dir helfen. Dir und deiner Familie. Euch beschützen.« Marie streckte noch einmal mit Nachdruck ihre Hand aus.

Nach einem Augenblick, der sich ins Ungewisse und entsetzlich lange dehnte, nahm Nicole ihre Hand. Marie spürte ihr Herz gegen ihre Rippen schlagen. Erleichterung durchfloss sie. »Super. Komm runter.« Sie stiegen gemeinsam von der Brüstung.

»Scheiße«, sagte Nicole. »Ich werde Ärger bekommen.«

»Kein bisschen. Ich bin froh, dass du vernünftig bist.« Ehe sie Parkov und Nicoles Mutter erreicht hatten, hielt Marie das Mädchen noch einmal zurück. »Wenn es irgendetwas gibt, worüber du nicht mit deiner Mutter reden willst, ich hör dir gerne zu. Okay?«

»Ja, okay.«

»Gibst du mir dieses Handy und den Kopfhörer?«

»Er sagte …«

»Er kann dir nichts mehr tun. Versprochen. Du musst uns alles sagen, was er dir erzählt hat, Nicole. Aber jetzt geh zu deiner Mutter. Ich komme gleich nach.«

Nicole ging langsam zu Parkov und ihrer Mutter. Nachdem Parkov ein paar Worte mit dem Mädchen gewechselt hatte, kam er auf Marie zu.

»Alles klar?« Er nahm sie ohne ein Zögern in eine feste Umarmung. Marie spürte, wie ihre Schultern unter seinen Händen leicht zitterten, als die Anspannung, die sich in ihr aufgebaut hatte, von ihr abfiel.

»Das war knapp. Ähm … okay. Gehen wir nach unten.«

»Natürlich.« Parkov schob sie ein Stück von sich. »Marie, du hast getan, was ich erwartet habe. Du hast sie gerettet. Er hat versucht, sie allein durch seine Stimme und seinen Verstand zum Sprung zu treiben, doch du hast ihm gezeigt, dass er keine Macht über sie besitzt. Das war beeindruckend.«

»Er wird jetzt sehr zornig sein«, sagte sie. »Sein Plan ist fehlgeschlagen.«

»Aber das ist gut für uns«, erwiderte Parkov kühl. Seine Augen suchten den Horizont ab, die umliegenden Dächer. »So voller Zorn angesichts seines Scheiterns wird er sich weitere Fehler leisten.«

52.

»Gute Arbeit.« Der Polizeipsychologe lief vom Krankenwagen, in dem Nicole neben ihrer Mutter saß, zu ihnen herüber. »Das hätte ich nicht besser bewerkstelligen können, Frau Winter.«

»Schon gut. Können wir sie jetzt befragen?«

»Ja. Sie hat sich so weit gefangen. Gehen Sie behutsam mit ihr um.«

»Klar.« Marie ging zum Rettungswagen. Jemand hatte der jungen Frau eine Wolldecke um die Schultern gelegt. Sie trank aus einer Tasse heißen Kakao. »Du hast das alles sehr gut gemacht.«

»Er hat sie auf der Straße angesprochen«, sagte ihre Mutter. »Er wusste alles über sie. Wie ist das möglich? Ich möchte eine Antwort auf all diese …«

»Würden Sie mich einen Augenblick allein mit ihr sprechen lassen?«

»Schon okay. Mama, es ist okay.«

»Na schön. Von mir aus.« Die Mutter entfernte sich langsam, während sich Marie neben Nicole Berger in den Rettungswagen setzte.

»Erzählst du mir, wie du ihm begegnet bist?«

»Ach, das … Ich kenne ihn nur über Facebook. Er hat mich angeschrieben. Er wusste Dinge, die, na ja, die sonst nur Mark und ich wussten. Mark erklärte mir, er wolle sich mit mir versöhnen, dass wir wieder zusammenkommen könnten. Also kam ich hierher. Und dann war es gar nicht Mark.«

»Vielleicht hat er mit deinem Freund gesprochen?«

»Ich kann es mir nicht anders erklären. Aber er würde das nie tun.«

»Was passierte dann?«

»Als ich hier war, rief er mich an. Sagte, ich soll dieses Telefon nehmen, das er dort oben versteckt hat, und den Ohrhörer. Sagte, wenn ich nicht hinaufsteige, geht er los und tötet alle, die ich kenne.«

Sie schluchzte gepeinigt. Marie nahm sie behutsam in den Arm. »Es ist vorbei. Schon vorbei. Du hast uns sehr weitergeholfen.«

»Er hat mich noch einmal kontaktiert und mir gesagt, ich soll eine gute Show abliefern, während ich mich selbst filme. Und ich soll nach Ihnen fragen, nach Ihnen und Ihrem Kollegen. Hab ich was falsch gemacht?«

»Nein, Süße, nein. Schon gut. Du bist die Letzte, die wir wegen eines Fehlers beschuldigen würden.«

Nicole seufzte. »Jetzt komm ich mir so furchtbar dumm vor.«

»Meine Kollegen werden deine Mutter, deinen Vater und dich jetzt an einen sicheren Ort mitnehmen. Dort wird euch der Mann nichts anhaben können. Wir müssen außerdem deinen PC mitnehmen, damit wir ihn suchen können.«

Das Mädchen umarmte Marie ein zweites Mal und drückte sie fest an sich. »Alles ist nur ein böser Traum. Ich weiß das. Es wird vorbeigehen«, flüsterte Marie beruhigend.

Nicole schniefte. »Ich hoffe es. Ich hoffe es so sehr.« Sie wischte sich über die Wangen, wodurch der Ärmel ihres

Pullovers etwas nach unten rutschte. Auf dem Unterarm hatte sie ein kleines Tattoo: ein kleiner blauer Schmetterling, einem Morphofalter gar nicht unähnlich.

»Das ist ja ein süßer Schmetterling«, sagte Marie, während sich ihr Puls angesichts dieser Entdeckung beschleunigte, »woher hast du den?«

»Ach das … das ist nicht permanent, nur so ein Klebedings. Habe ich selbst gemacht, als … als ich mich mit ihm unterhalten habe.«

»Hast du ihn ihm gezeigt? Dem Mann, der dich über Facebook kontaktierte?«

Sie nickte. »Ich wusste doch nicht … er hat ihm gefallen, das hat er mir gesagt. Er wollte sogar, dass ich ausgerechnet diesen nehme.«

»Schon gut. Danke, Nicole. Das war alles.« Marie lächelte ihr ein letztes Mal zu, dann kehrte sie zu Parkov und den anderen zurück. »Der Exfreund muss unserem Täter einiges über das Mädchen erzählt haben. Entweder wurde auch er gezwungen oder …«

»Er wartet im Präsidium.« Parkov hielt ihr sein Handy hin. Marie warf einen Blick auf die Website des Täters, auf der sich ein neuer Countdown geöffnet hatte, der auf weniger als fünf Stunden in der Zukunft hindeutete: *die zweite Strafe für Lügen.*

»Er dreht durch. Er wird zornig.« Sie wandte sich zu Jörg um. Er war in Begleitung eines Beamten, der ein großes Fernglas in der Hand trug.

»Das ist der Kollege, der die Dächer von oben im Auge behalten hat. Wir haben jemanden entdeckt. Er stand in östlicher Richtung auf dem Dach eines Mietshauses und beobachtete das Mädchen mit einem Fernglas. Als er entdeckt wurde, ist er abgehauen.«

»Tut mir leid«, sagte der Kollege, »aber er war schon weg, als ich die Nachricht an die Streife durchgegeben habe.«

»Ist er zur Fahndung raus?«

»Schon passiert.«

»Und was ist mit den Schaulustigen auf der Straße?«, erkundigte sich Marie.

»Wir haben sie gefilmt, jeden Einzelnen.«

»Gut, dann gehen wir sie durch.«

»Und was erwartest du dir davon?« Jörg schien skeptisch. »Du kannst in die Typen nicht reinschauen. Ja, ich habe sie im Blick behalten. Da waren einige Gestalten dabei, denen selbst ich nachts nicht begegnen will. Nur, was heißt das schon?«

»Ich brauche mehr zu Nicole Bergers Background. Horch dich auch schon mal an ihren Freund ran, aber wenn er dichtmacht, überlass ihn mir oder Isa.« Wieder sah sie sich um. »Wo ist sie überhaupt?«

Jörg sah unglücklich drein. »Sie musste fort, irgendwas mit Chris. Die beiden zoffen sich offenbar schon seit ein paar Tagen. Ich fürchte, wir haben da etwas nicht mitbekommen, was sie die ganze Zeit beschäftigt.« Er schaute verlegen auf die Straße vor sich. »Ich meine, wieso erzählt sie uns nicht einfach, was los ist?«

»Weil sie es einfach nicht will? Weil es nicht die Art ist, wie wir Mädels funktionieren?« Marie lächelte flüchtig und schnaubte. »Ihr Freund? Chris? Gott, ich hatte da was bemerkt, aber ich dachte, es sei nichts wirklich Ernstes. Die beiden haben doch alle paar Monate …«

»Es ist was wirklich Ernstes, Marie. Sie sah vorhin überhaupt nicht glücklich aus.«

»Und mir wollte sie nichts sagen. Bitte, wenn sie meint. Aber wenn sie wieder da ist, werde ich ein Wörtchen mit ihr reden müssen. Das geht so nicht. Nicht während eines …« Sie drehte sich um, als Parkov auf ihre Schulter tippte. »Was ist los?«

»Neuigkeiten«, sagte er. »Unvorhergesehene Entwicklungen.« Er fluchte. »Ich hätte es wissen müssen.«

»Was ist passiert?«

»In der Psychiatrie. Ein Unfall.«

»Mir gefällt dieser Unterton nicht.«

»Offenbar hat Sam Gorad Dr. Ahrens attackiert, als sie versuchte, seine Erinnerungen zurückzuholen.« Parkov steuerte auf seinen Wagen zu, drehte sich dann jedoch noch einmal um. »Du musst …«

»Ganz bestimmt nicht. Ich werde mitkommen. Du wirst nicht noch einmal mit der Waffe herumfuchteln und …« Marie bemerkte aus den Augenwinkeln, dass sich am Ende der Straße hinter den Absperrungen ein dunkler Geländewagen langsam aus ihrem Blickfeld schob. *Das sind sie. Da sind sie wieder. Wer immer uns gestern auf der Autobahn attackiert hat, sie haben nicht aufgegeben.*

»Hast du die bemerkt?« Marie folgte Parkov und brachte ihn dazu, stehen zu bleiben. »Sie sind wieder da.«

»Deshalb wollte ich nicht, dass du mitkommst.«

»Ach, hör auf damit! Ich bin keine Prinzessin in Not, die du ständig beschützen musst.«

Parkov warf ihr einen überraschten, wenn auch amüsierten Blick zu. »Nein«, erwiderte er und betrachtete sie, als sehe er sie gerade zum ersten Mal. »Nein, bist du nicht.«

»Weißt du, was wir jetzt machen?« Marie winkte eine Reihe von Kollegen der Schutzpolizei heran. »Ich geh da rüber und kassiere diese Idioten ein.«

»Marie!«

»Was?«, fuhr sie ihn an. »Das Kennzeichen erkenne ich von der A5 wieder. Unser kleines Autobahnabenteuer, weißt du noch? Du hast mir gesagt, ich solle nichts unternehmen, aber in Wahrheit weißt du gar nicht, wie du mit ihnen umgehen sollst.«

»Marie, das ist gefährlich.«

»Das ist es doch immer.« Sie wandte sich an die Polizisten. »Seht ihr diesen Geländewagen da drüben? Ich würde den jetzt gern überprüfen.«

Mit zielstrebigem Schritt ging sie auf den Wagen zu. Sie schlug die Jacke zurück, sodass ihre Dienstwaffe deutlich zu sehen war. Dann klopfte sie gegen die Scheibe.

»Ja?« Der Fahrer grinste sie an. »Was willst du?« *Ein osteuropäischer Akzent, klingt wie ein Bulgare.*

»Steigen Sie aus dem Wagen. Personenkontrolle.«

Der Mann und sein Beifahrer gehorchten, wenn auch genüsslich langsam und überheblich. Er lächelte breit. »Tastest du mich ab, Süße?«

Marie erwiderte nichts. Sie ließ die Kollegen ihren Job machen und warf einen Blick auf die Rückbank der M-Klasse. »Wenn wir diesen Ordner da öffnen, was finden wir?«

»Mach es doch. Bitte. Ich bestehe drauf.«

Eine Kollegin holte den Ordner heraus. Außer Hörweite der Männer trat Marie zu ihr. »Der Fahrer heißt Gregor Estneev. Gesucht wegen schwerer Körperverletzung, wie die Zentrale gerade mitteilt.« Marie schlug den Ordner auf und sah sich Bildern von Parkov und sich selbst gegenüber. Auf einer weiteren Seite war eine Aufnahme von Leland zu sehen, den man fotografiert hatte, als er vor seinem Lieblingsimbiss ›Frankies‹ eine Currywurst verspeiste.

»Wie hast du das gemacht? Das war ja ein Glückstreffer«, sagte die Kollegin. »Und diese Fotos …«

Marie konnte den Blick nicht von den Aufnahmen abwenden. »Manchmal muss man eben Glück haben. Oder eben Pech.« Leland. Ihn so vor sich zu sehen versetzte ihr einen Stich ins Herz.

»Wir bringen ihn dann aufs Revier.«

»Du bist tot«, rief der Mann Marie zu, als man ihn abführte. »Das ist sicher! Hörst du? Tot!«

Marie reichte die Fotos stumm an Parkov weiter, als Jörg sich näherte. »Isa hat mich gerade angerufen. Sie verspätet sich. Was ist das? Sind das etwa …?«

»Hübsch, nicht? Sie haben uns wirklich gut getroffen.«

»Verfluchte Scheiße, die haben euch nachspioniert? Parkov, dir und, ah verdammt, Leland auch.«

Parkov schloss den Ordner. »Nehmen Sie den mit, Bodenfeld. Ich werde mich darum kümmern.«

»Darum kümmern?« Jörg schnaubte. »Vielleicht ist es dir nicht aufgefallen, aber einer von euch dreien ist schon tot. Was, wenn es kein Herzinfarkt war? Was, wenn die Ärsche Leland erledigt haben und …«

Parkov erwiderte nichts. Doch als er zu seinem Wagen ging, waren seine Schritte längst nicht mehr so federnd wie zuvor.

»Marie, du musst verflucht noch mal auf dich aufpassen«, sagte Jörg. »Das ist verdammt gefährlich.«

»Danke für den Tipp.«

»Ich meine es ernst. Ich mach mir Sorgen.« Jörg nahm ihre bandagierte Rechte behutsam in seine großen Pranken. »Wenn du mit Parkov unterwegs bist und diese Typen dich sehen … Er wird es nicht los, muss immer wieder diese Milieu-Visagen mit reinziehen.«

Sie entzog ihm ihre Hand. »Weißt du was? Dann sollen sie mich eben sehen.«

»Bist du dir sicher, dass er dieses Mal ehrlich ist?« Jörg spähte zum Bentley hinüber, der in diesem Augenblick ansprang.

»Ich weiß, du willst nur mein Bestes, aber benimm dich nicht wie meine Mutter.«

»Und du, Marie, benimm dich nicht leichtsinnig.«

Sie nickte. »Angekommen. Würdest du mir einen Gefallen tun und dich mal mit Michael Rizzario von der Organisierten unterhalten? Über diese Bilder und die Typen, die sie mit sich rumtragen. Vielleicht tut sich da noch eine Spur auf.«

»Natürlich.«

»Danke.« Marie stellte sich auf die Zehenspitzen und gab ihm einen Kuss auf die Wange, der Jörg schmunzeln ließ.

»Wie immer, das ist der Rückhalt, den ich in solchen Zeiten brauche.«

»Lass das ja nicht Bine sehen.« Dann wurde er wieder ernst. »Du hast es wohl noch nicht gehört. Leland wird schon morgen Nachmittag beerdigt.«

Marie fühlte, wie ein Stein, der in ihrem Inneren im Fallen begriffen war, ein ganzes Stück tiefer sackte. Der Eisklumpen, der ihr Herz umschlossen hielt, bekam tiefe Risse. »Schon? So schnell?« Sie blickte zum Himmel, an dem aus grauen Wolken Nieselregen fiel. »Ich kann es noch immer nicht wirklich fassen. Wir haben uns überhaupt keine Zeit genommen. Was ist denn seit gestern Abend geschehen? Hat jemand wenigstens mal eine Minute innehalten können? Nein. Niemand.«

»Wenn wir den Täter haben …«

»Ja, wenn. Pass auf dich auf.« Sie strich sich den Regen von den Wangen und sah Jörg nach, als er über den Platz davonging. Dann stieg sie zu Parkov in den Wagen.

»Erfahre ich jetzt, was eigentlich los ist?«

»Als ich Dr. Ahrens erreichen wollte, erwiderte sie meinen Anruf nicht. Xanders sprach von einem Zwischenfall. Während des Versuchs, seine Erinnerungen zurückzuholen, ist etwas geschehen.« Parkov beschleunigte. »Mir ist ein Fehler unterlaufen. Ein gefährlicher Fehler.«

»Ist sie verletzt?«

Parkov nickte. Er schien angeschlagen. »Ja. Auf dem Weg ins Krankenhaus. Und Gorad ist tot.«

53.

Die Bahren schwankten in den Sturmböen, als man den toten Sam Gorad in den Leichenwagen schob und die verletzte Dr. Ahrens in den Krankenwagen brachte. Parkovs Mantel bauschte sich im Wind. Der Ausdruck auf seinem Gesicht war unlesbar, eine versteinerte Maske, die seine Emotionen verbarg und ihn noch düsterer wirken ließ. *Er kannte die Ärztin wohl besser, als er zunächst zugeben wollte.*

Marie wischte sich den Regen von den Wangen. Donner grollte in der Ferne; würde der Sturm direkt zur Stadt ziehen, wie es die Warnungen ankündigten, stünden ihnen turbulente Stunden bevor. Obwohl es erst kurz nach Mittag war, hatte das Licht eine unheilvoll dunkle grünblaue Färbung angenommen und tauchte das viktorianisch anmutende Gebäude in ein seltsam apokalyptisch wirkendes Spiel aus Farben und Schatten.

Professor Xanders stand mit offenem Arztkittel am Tor. Seine Hände waren zu Fäusten geballt, sein Blick richtete sich in die Ferne. Parkov ging auf ihn zu und sagte etwas zu ihm, das Marie über den Wind nicht verstand, doch schien der Mann kaum zu reagieren. Ein Sanitäter legte dem Klinikleiter eine Decke um die Schultern und führte ihn zu einem Wagen.

»Er steht unter Schock«, erklärte Parkov.

»Das ist entsetzlich.« Marie sah zu, wie der Leichenwagen abfuhr und im wirbelnden Dunst aus Regen und Nebel verschwand. Die Zypressen, die die Auffahrt zur Anstalt flankierten, schwankten und rauschten im Wind.

Einmal glaubte Marie, aus dem Sturm einen Schrei herauszuhören – fern, doch so verzweifelt, dass er ihr einen Schauer über den Körper jagte.

Vielleicht einer der Patienten. Vielleicht auch nicht.

»Gorad hat sich selbst getötet. Ich muss mir das Behandlungszimmer ansehen.« Parkov sah entschlossen aus.

»Vor der Spurensicherung?«

»Hilfst du mir?«

»War das eine Frage?«

Sie gingen den kiesbedeckten Weg der Auffahrt hinauf. Ein Blitz jagte am Himmel über dem Dachfirst des Hauptgebäudes entlang und tauchte die Welt für einen halben Herzschlag in grelles blau-weißes Licht.

»Du kanntest sie schon.« Marie berührte die Dienstwaffe an ihrer Hüfte, als wollte sie sich überzeugen, dass sie noch da war. So viel war in den letzten Stunden passiert, das wie das Unwetter, das da kommen würde, über sie hereingebrochen war. Tode, Entsetzen, Verzweiflung. »Ihr standet euch nah.«

»Wenn andere Ärzte mich für traumatisiert erklären wollten, hat sie nach alternativen Heilungsmöglichkeiten gesucht. Jetzt ist sie schwer verletzt, und ich trage die Schuld.« Parkov blieb auf den Treppenstufen vor dem Eingang stehen und sah in die Ferne, über die wogenden Baumkronen der nahen Parkanlage hinweg, für einen Moment in Erinnerungen versunken. »Ich habe hier eine gewisse Zeit verbracht. Es gibt einen anderen Trakt des Gebäudes, der bis vor zwei Jahren noch als Sanatorium genutzt wurde. Bis einer der Patienten aus der westlich gelegenen Anstalt auf das Gelände gelangte und einen anderen tötete.«

»Jetzt wird mir klar, was du durchgemacht hast, Daniel.«

»Wenn ich eines gelernt habe, meine Liebe, dann ist es die Tatsache, dass man sich im Zweifel selbst helfen, selbst heilen muss. Vielen gelingt das nicht, aber ich bin schließlich auch nicht wie all die anderen.«

»Wie war das noch«, sagte Marie mit einem schiefen Lächeln, »wir sind alle einzigartig, nur ich nicht.« Wenn auch die Stimmung, all die Toten und das düstere Wetter sie belasteten, so ertrug sie es doch noch weniger, Parkov so angeschlagen und verletzt sehen zu müssen. »Komm schon. Es ist furchtbar, aber du hättest nichts tun können. Es war ihre Idee. Du hast sie nicht gezwungen.«

»Nicht gezwungen? Ich habe sie mit meiner Waffe bedroht.«

»Und bist gegangen. Sie hat die Entscheidung ganz allein getroffen.« Als sie in die leere Eingangshalle traten, fügte Marie mit leiser Stimme hinzu: »Außerdem glaube ich eher, dass du diese Nummer für Xanders durchgezogen hast, weil du sie entlasten wolltest, falls er Fragen stellt. Das war nur ein Trick.«

»Du bemerkst wirklich alles.« Parkov wandte sich ganz selbstverständlich in Richtung des Korridors, auf dem die Behandlungsräume lagen. »Ich wollte dabei sein. Ich hätte dabei sein müssen.«

Ein Kollege der Schutzpolizei kam ihnen entgegen. »Wir haben die Räume abgesperrt«, sagte er. »Der ED ist unterwegs.«

»Geben Sie mir die Schlüssel.«

»Aber …«

»Das ist eine Sache des BKA. Na los.«

Die Schlüssel wechselten den Besitzer.

»Und jetzt gehen Sie. Los, schneller! Warten Sie draußen auf die Kollegen. Ich muss einen Augenblick allein sein.«

Der Beamte verschwand.

»Das war aber nicht nett«, bemerkte Marie, während Parkov die Tür zum Behandlungszimmer öffnete.

»Ich kann keine Störungen gebrauchen, besonders jetzt nicht. Und diese Idioten nehmen mir jede Luft zum Nachdenken. Nun sieh dir das an.«

Im Behandlungszimmer hatte ein Kampf stattgefunden. Die Liege von Sam Gorad – dem *Herrn des Puppenhauses*, wie ihn die Presse getauft hatte – überzog ein großer Blutfleck. Auch auf dem Boden schimmerte Blut.

Ein glänzendes Skalpell lag in einer der Lachen, scharf und Tod verheißend. Die Luft im Raum war schwer und verbraucht, Kupfer und Eisen, ein toter Geruch.

Auf dem Schreibtisch lag ein Diktafon.

Parkov streckte die Hand aus. Marie sah, dass seine Finger nicht so ruhig waren, wie er es wohl gern gehabt hätte. »Wir dürfen keine Spuren verwischen«, sagte sie leise.

»Ich muss es wissen.« Er zog einen Schutzhandschuh über und drückte auf die Play-Taste des Diktafons. Ein leises Rauschen erfüllte das Zimmer.

»Können Sie mich hören?« Das war die Stimme von Dr. Ahrens.

»Ja.« Die Antwort des Mannes; eine leise Regung im Ton seiner Stimme, etwas, das Marie nicht sofort einordnen konnte. Erst als er fortfuhr, begriff sie, was es war.

»Ich kann Sie sehr gut hören, Dr. Ahrens.«

»Er klingt so freudig.«

»Ja.« Parkov runzelte die Stirn. »Ganz anders als bei der ersten Vernehmung.«

»Ich möchte Ihnen jetzt einige Medikamente injizieren«, sagte Dr. Ahrens nun. »Die werden Ihnen helfen, sich zu erinnern. Machen Sie mit? Sind Sie einverstanden?«

»Na klar.«

»Super.« Eine kleine Pause. »So. Ich werde jetzt eine Vene suchen.«

»Sie haben sehr schönes Haar, Frau Doktor.«

»Bitte konzentrieren Sie sich.« Schweigen. »Da haben wir sie. Sie haben gute Venen. Und jetzt …«

»Aua.«

»Schon gut. Gleich haben Sie es geschafft. Nur noch ein kleiner Moment … so.«

»Ich fühle mich komisch.«

»Bleiben Sie ein wenig so sitzen. Ich bin gleich zurück.«

»Warten Sie.«

»Was ist denn?«

»Würden Sie den Gurt lösen? Ich bleibe sitzen. Aber dazu muss ich doch nicht festgeschnallt sein. Es *ängstigt* mich. Ich ertrage diese Fesseln nicht. Bitte.«

»Versprochen?«

»Ja. Ehrlich.«

Ein kurzes Zögern. »Na gut. Hier.«

Eine Tür ging auf und fiel wieder ins Schloss. Ein Schlüssel wurde gedreht. Dann Stille.

Etwas klapperte.

Schritte.

»Er bewegt sich«, sagte Parkov.

»Sollte er nicht fixiert sein? Wieso hat sie das getan?«

»Offenbar hielt sie es nicht für notwendig.«

»Ich bin klein, mein Herz ist rein«, sagte eine Stimme. »Alles brennt. Alles wird brennen.« Dann ein Kichern. »Hörst du mich, Parkov? Kannst du mich hören?«

Parkov schüttelte den Kopf. »Das ist nicht möglich. Er kann nicht …«

»Er muss gewusst haben, dass wir uns die Aufnahme anhören werden.«

»Aber er kann nichts von mir wissen.«

»Die Fotos, Mensch, die Fotos. Natürlich weiß er von uns! Wer auch immer dahintersteckt: hinter diesem Angriff auf mich von Fite, diesen Typen auf der Autobahn, hinter Gorad, der

Dr. Ahrens angegriffen hat – er muss es ihm gesagt haben.« Marie wollte die Hand nach dem Diktafon ausstrecken, weil nur noch Rauschen zu hören war, doch Parkov schüttelte den Kopf.

»Es ist noch nicht zu Ende.«

Schließlich hörten sie: »Wir werden uns nicht wiedersehen. Aber vielleicht auf der anderen Seite.« Dann Rauschen, ein Augenblick Stille, ehe die Tür ging und Dr. Ahrens sagte: »Sie sind ja doch aufgestanden. Was haben Sie da?«

»Nichts.«

»Nehmen Sie wieder Platz.«

Schritte.

»Ich möchte, dass Sie die Augen schließen.«

»Ja.«

»Versuchen Sie, sich zu entspannen. Hören Sie nur mir zu, lauschen Sie nur meiner Stimme.«

»Okay.«

»Sie werden ruhig, Ihr Körper wird sehr schwer. Jeder Muskel wird schwer. Sie spüren, wie Ihre linke Hand schwer wird und zu Boden sinkt. Sie spüren, wie Ihre Rechte schwer wird und Sie allmählich ausatmen. Sie schlafen ein.«

Stille.

»Können Sie mich hören?«

»Ja.« Seine Stimme klang verändert – tiefer, weniger verdreht. Und doch trieb sie Marie eine Gänsehaut über den ganzen Körper.

»Ich möchte, dass Sie sich erinnern. Gehen wir zwei Wochen zurück. Es ist Montagnachmittag. Wo befinden Sie sich?«

»Im Haus.«

»In welchem Haus?«

»Dem Haus mit den Puppen. Das Haus, das er mir überlassen hat. Ich soll es vorbereiten. Jemand wird kommen, hat er gesagt. Wir müssen es inszenieren. Alles bereit machen.

Und später muss ich fortgehen, das Handy abholen und hierherbringen.«

»Gut.« Dr. Ahrens' Stimme war kühl und beruhigend. »Sie machen das hervorragend.«

»Er hat mich behandelt. Er hatte eine Spritze, mit der er mir wehgetan hat. Er …«

»Gehen wir eine Woche weiter zurück.«

»Nein, da war nichts … es war davor, er hat mich überrascht, eines Abends an der Tür. Kam herein. Ich spüre etwas, Schmerzen, eine Spritze steckt mir im Arm. Noch mehr Schmerzen … dann Dunkelheit. Stimmen, aber ich weiß nicht, woher sie kommen … sie sagen mir, was ich tun soll, und ich spüre, spüre, wie sie mir Kraft geben … und immer wieder sagt er ein Wort, nein, mehrere, einen Satz … ich weiß ihn noch.«

»Einen Satz?« Nun klang Dr. Ahrens überrascht und verunsichert. »Welcher Satz?«

»Es ist niemals genug.«

Marie schüttelte ungläubig den Kopf. »Ich kann nicht glauben, was ich da höre.«

Dr. Ahrens sprach ruhig weiter: »Es ist niemals genug?«

»Das ist es tatsächlich.«

Ein Geräusch, das sich anhörte, als würde jemand aufspringen.

Schritte.

»Was machen Sie da? Setzen Sie sich hin! Strecken Sie sofort Ihre Hand aus!« Jetzt klang Dr. Ahrens' Stimme panisch.

Dann ein Schrei – die Ärztin schrie vor Schmerzen und Überraschung – und ein Rumpeln, als sei jemand heftig gegen den Schreibtisch geprallt.

Parkov schüttelte den Kopf. »Dieser Wahnsinnige.«

»Er hat sie angegriffen. Mit dem Skalpell?« Marie wollte nicht länger zuhören, aber sie konnte auch nicht anders, sie musste, selbst wenn es sie, wie sie ahnte, die kommenden Nächte begleiten würde und nicht schlafen ließe.

»Es muss enden«, sagte die Stimme des Mannes auf dem Band. »Ich muss mich endlich von ihm befreien.«

Jemand hämmerte gegen die Tür. »Judith? Dr. Ahrens, machen Sie auf! Was ist da drin los?«

»Muss es beenden …« Ein heftiges Keuchen war das letzte Geräusch, das auf der Aufnahme zu hören war. Dann klickte es, als jemand das Band abstellte.

Parkov betrachtete das Diktafon, als hätte er einen Geist gesehen. »Das ist Wahnsinn.«

»Was ist da gerade geschehen? Dieser Satz …«

»Hat seine Reaktion ausgelöst. Er muss etwas darin verborgen haben, und als Dr. Ahrens es aussprach, wurde er *aktiviert*. Er musste töten.« Parkov sah auf die Blutflecke hinab, dann betrachtete er den Schreibtisch. »Zuletzt sich selbst.«

»Also ist er es.« Marie war nicht überrascht, dass ihre Stimme in diesem Augenblick klang, als käme sie aus weiter Ferne, entsetzt und mitgenommen. »Der Professor, wie ich befürchtet habe. Er ist der Einzige, der all diese Menschen verbindet. Er und dieser Satz. Wir wissen jetzt, was es bedeutet. Er hat Gorad benutzt. Er ist ein Bote, aber nicht der Mörder, den wir suchen. Der Professor und der andere sind immer noch dort draußen. Der Dezembermann hatte recht. Er würde zurückkehren.«

Parkov blickte auf, seine Augen fanden ihre. Nie zuvor hatte er so erschöpft, so angeschlagen gewirkt wie in diesem Augenblick. »Ich weiß es nicht. Aber ich fürchte, dass es sich so verhält. Professor Xanders erklärte mir, dass sie Gorad liegend in einer Lache voll Blut entdeckt haben. Einer der Pfleger hat ihn sofort nach draußen geschafft. Er war nicht mehr zu retten, sagt der Mann. Dr. Ahrens hingegen lebt und ist verletzt, sie blutete aus drei Wunden an Armen und Händen, wo er ihr

Abwehrverletzungen zufügte, man hat sie versorgt und sofort einen Notarzt gerufen.«

»Sie kommt durch. Ganz bestimmt.« Maries Handy vibrierte und drängte sich mit seinem lautstarken Signalton in den Vordergrund. »Eine Nachricht von Isabelle.«

»Gehen wir«, sagte Parkov kurz angebunden. »Dieser Ort ist ein zu großer Schrecken, als dass ich ihn noch viel länger ertragen könnte.«

Marie las im Gehen die SMS: »Ich muss ein wenig länger fort. Ich hätte es dir von Anfang an erklären sollen. Chris und ich haben uns vor zwei Wochen getrennt. Ich habe versucht, es mir nicht anmerken zu lassen, aber es geht mir doch sehr nah. Ich kenne mich selbst kaum mehr. Aber ich kann unsere Beziehung retten. Ich muss mit ihm reden, er ist bereit dazu. Wir wollen uns heute Abend treffen, wir können es kitten. Gib mir die Zeit frei, ich bitte dich. Wenn du das als unprofessionell empfindest, gerade jetzt, kann ich dich verstehen. Aber ich bitte dich als Freundin, mir in dieser Zeit den Rücken freizuhalten. Deine Isa.«

»Es ist unprofessionell«, stellte Parkov fest. »Und Maythaler wird es nicht gutheißen. Bei Leland wäre sie damit allerdings durchgekommen.«

»Er muss es nicht erfahren. Ich werde ihr den Rücken freihalten. Das schulde ich ihr.«

Parkov nickte. »Ja. Dann trage ich deine Entscheidung mit.«

Draußen hatte der Wind weiter zugenommen. Ein unaufhörliches Brausen, das an den Dächern rüttelte und mit Kraft durch das Geäst heulte.

»Bist du okay?«

Parkov schüttelte den Kopf. »Nein.«

»Kann ich etwas für dich tun?«

»Ich frage mich immer wieder, wie du all das so schnell wegsteckst. Den Angriff, dieses Haus, jetzt diese Bluttat.«

»Ich habe eine …« Marie hielt inne, als ihnen an der Anstaltspforte das Team der Spurensicherung entgegenkam. Fischer trug einen großen schwarzen Schirm. »Winter und Parkov. Jetzt immer im Team, was?«

»Es ist zu ernst für Späße, Fischer.« Parkov erklärte, was geschehen war. »Hier sind die Schlüssel.«

»Gut, dann machen wir uns an die Arbeit.«

»Würdest du fahren? Ich muss nachdenken«, bat Parkov Marie, als sie vor seinem Auto standen.

»Mit links. Wortwörtlich.« Als Marie hinter dem Steuer des Bentleys Platz genommen hatte, musterte sie Parkov einen Augenblick länger. »Was ist?«

»Etwas stimmt hier nicht. Wir verstehen nicht alles, was hier geschehen ist.« Er griff in seinen Mantel und holte wie beiläufig das Diktafon hervor. »Deshalb habe ich das hier sicherheitshalber mitgenommen.«

54.

»Du hast …« Marie musste gegen ihren Willen lachen. »Du bist wirklich unverbesserlich.«

»Bin ich das? Und ich dachte, ich *hätte* mich gebessert.«

Marie startete den Wagen. »Was hast du damit gemeint? Wir verstehen nicht alles, was dort geschehen ist. Wir wissen endlich, was es mit dem Satz auf sich hat. Ich finde, das war mehr, als wir erwarten konnten.«

Parkov sah sie nicht an. »Ich fürchte, manchmal sind die Dinge nicht so, wie sie scheinen.«

»Ach ja? Verheimlichst du mir etwas? Gibt es da was, das ich besser wissen sollte?« Sie ließ ihn nicht aus den Augen. »Die Dinge sind nicht so, wie sie scheinen? Welche Dinge?« Für einen Augenblick war ihr, als wäre überhaupt keine Zeit vergangen, als stünde sie dort auf der windumwehten Lichtung an jenem Keltengrab, an dem Erik gearbeitet hatte, und hielte Parkov in den Armen, damit er nicht umkippte, während Blut aus seiner Wunde floss. »Was meinst du?«, drängte sie. »Willst du mir Angst machen?«

»Nein.« Er schüttelte den Kopf. Die Erschöpfung war ihm deutlich anzumerken. »Nein, Marie. Ich würde nie etwas tun, was dir schadet. Das musst du mir glauben. Aber … ich weiß es nicht. Das ist die Wahrheit.«

Hinter ihnen hupte jemand. Im Rückspiegel war Marie auf einen Wagen aufmerksam geworden, der ihnen seit der Anstalt folgte.

»Die sind wieder da.«

»Natürlich sind sie das. Er hat sie bezahlt, beauftragt. Wir müssen sie abschütteln. Soll ich …?«

»Das würde dir so passen.« Marie drückte das Pedal durch. »Ich glaube, du bist nicht ganz ehrlich. Von allen Dingen enttäuscht mich das am meisten. Du musst es gar nicht leugnen.«

»Du täuschst dich.«

Marie brachte den Bentley in eine scharfe Rechtskurve, dann bog sie ab und fädelte sich auf der linken Spur ein. »Du warst noch nie besonders gut darin, deine Gefühle mir gegenüber zu verbergen.«

Parkov lächelte schwach. »Ist das so?«

»Natürlich.« Sie dachte an Annas Worte von letzter Nacht, beschloss jedoch, ihn nicht darauf anzusprechen. Nicht jetzt.

»Ich bin in den Untergrund gegangen, aber nicht wegen eines albernen anonymen Hinweises, wie ich Weigand und den anderen weisgemacht habe, sondern aus einem einzigen Grund: *dem Professor*. Wenn der Dezembermann die Wahrheit gesagt hat, wird er zurückkehren.«

Marie spürte, wie sich ihr Magen zusammenzog. »Du hast behauptet, es gibt keine Anzeichen, dass er wirklich existiert.«

»Was ich vor den anderen äußerte, spielt keine Rolle. Wenn er tatsächlich zurückkehrt, vielleicht bereits hier ist, dann hat er seine Helfer überall. Wie eine Spinne, die ihr Netz spinnt und wartet, in ihrer Ecke lauert, bereit, ihre Beute zu greifen. Wenn ich mich nicht irre, haben wir alle uns längst verfangen. Die Anzeichen sind da, rings um uns herum. Tote, Irrsinn und Wahn, als würde jemand diese Stadt und ihr Umland als sein persönliches Versuchslabor benutzen. Ich nannte den Dezembermann einen Komponisten des Bösen. Ich lag falsch. Er war nur ein weiterer Handlanger. Der Schöpfer des Ganzen steht uns erst jetzt gegenüber.« Parkov sah hinaus in den Regen. »Als ich hörte, was geschehen war, und Rothenbergers Namen in Erfahrung gebracht hatte, begriff ich, dass die Zeit gekommen war, wieder offen aufzutreten und mich ihm zu stellen. Ich wusste, dass es übel werden würde. Leland, zwei junge Frauen und ein Polizist sind tot, eine Ärztin ist verletzt. Und ich weiß nicht, was noch kommt.«

»Aber du bist doch nicht allein«, erwiderte Marie behutsam. »Du hättest mir all das erzählen können.«

»Weißt du nicht, dass ich aus einem ganz besonderen Grund zurückgekommen bin? Nicht nur wegen ihm, nicht wegen der Toten? Dieser Grund sitzt gerade neben mir.«

»Was du nicht sagst.« Marie fühlte sich geschmeichelt und lächelte. »Du weißt doch, ich brauche keinen …«

»Er weiß, wer du bist. Natürlich bist du in Gefahr, Marie. Wie alle anderen, die mir nahestehen, die wenigen. Leland, mein Bruder, du. Doch in deinem Fall, fürchte ich, ist die Gefahr am größten.« Parkov blickte kurz auf sein Mobiltelefon und deutete voraus. »Wir müssen noch einmal zu Ilms Büro und ihrem Nachbarn. Ich möchte Dr. Petersen den USB-Stick mitsamt der Aufzeichnung der Überwachungskameras, die sich als nutzlos herausgestellt haben, zurückgeben.«

»Hast du ihm nicht auch die Sprachaufzeichnung des Alten aus dem Krankenhaus zur Analyse geschickt?«

»Exakt. Er ließ mir gerade eine Nachricht zukommen. Es gibt da etwas, das er nicht am Telefon erzählen will.«

»Dann sprich mit ihm.« Marie bog ab und bremste. »Ich behalte so lange die Straße und unseren Verfolger im Auge.«

Sie parkte am Straßenrand. Nachdem einige Minuten verstrichen waren und der Wagen, der sie verfolgt hatte, verschwunden blieb, stieg sie aus und ging zum Fenster des im Parterre liegenden Maklerbüros hinüber. Laub trieb mit dem Wind über die Pflastersteine, aus der Ferne erklang das Geräusch eines Radios, das eine langsame, getragene Melodie spielte. Ein Kollege der Kriminaltechnik hatte die Tür versiegelt. Im Schaufenster standen noch immer das Modell eines Einfamilienhauses und ein großer Pappaufsteller, auf dem verschiedene Objekte beworben wurden. Die Fotos, auf denen Linda selbst abgebildet war und in die Kamera lächelte, waren entfernt worden.

Marie schluckte. Linda Ilm würde nie mehr hierher zurückkehren.

»Es tut mir so leid«, sagte sie leise. »Ich konnte mein Versprechen nicht halten. Ich wünschte, ich könnte es ändern. Aber ich werde ihn finden und aufhalten.«

Marie legte eine Hand auf das Glas und verharrte einen Augenblick in aller Stille, dann wandte sie sich ab. Zurück im Wagen, sprach sie mit ihrer Mutter und mit Lucie, versicherte sich, dass es ihnen gut ging, und versuchte, Elise zu überzeugen, dass ihr keine Gefahr drohte, was sich als unmögliches Unterfangen herausstellte.

»Es ist so schlimm, was ich da höre«, sagte ihre Mutter. »Überall in den Nachrichten. Pass auf dich auf, Marie, versprich mir das.«

»Du kennst mich doch, Mama.« Doch die Worte gingen ihr schwer von den Lippen.

Als sie das Handy wieder einsteckte, schob sich eine dunkle Mercedeslimousine langsam die Straße hinab.

Nein. Nicht schon wieder.

Das Auto hielt. Marie griff nach ihrer P30.

Ein Mann stieg aus, kam zu ihr herüber und klopfte an die Scheibe. Er war groß und trug eine helle Lederjacke, die sich um seine Arme spannte.

»Was ist?«

»Steigen Sie ein. Ich sage es nur einmal.«

»Und was, wenn nicht? Zwingen Sie mich? Hier, mitten in der Stadt?«

Er schüttelte den Kopf, ganz kurz nur. »Nein. Ich werde mich umdrehen und gehen. Aber Sie, Winter, verpassen etwas, das Ihnen wirklich weiterhelfen könnte. Jemand möchte Sie sprechen. Jemand, der ein gemeinsames Interesse vertritt und der seine Einladungen nur einmal ausspricht.«

Marie versuchte, den Akzent des Mannes einzuordnen.

»Ich habe gerade einen von euch verhaften lassen«, sagte sie kalt. »Ihr wisst das.«

»Wir sind immer bereit zu vergeben. Zum letzten Mal: Steigen Sie ein, ehe Parkov zurückkehrt. Sie haben die Waffe und ein Handy, was soll geschehen? Ich werde Sie nach dem Gespräch an einem Ort Ihrer Wahl absetzen. Versprochen. Es dauert nur einen Augenblick und ist nicht weit.«

»Ein solches Versprechen beruhigt mich ungemein.« Marie sah sich nach Parkov um, doch der war noch immer in der Wohnung des Anthropologen. »Ich brauche schon etwas, das mich wirklich überzeugt.«

»Darf ich in meine Jackentasche greifen?«

»Wenn ich Nein sage, machen Sie es trotzdem?«

»Natürlich.« Er holte einen Briefumschlag hervor und drückte ihn gegen die Scheibe. Marie traute ihren Augen nicht. Das Symbol glich dem auf der zynischen Werbung, die Ilsa Kranitz erhalten hatte, drei Striche und zwei Punkte dazwischen, es glich jenem auf dem Kästchen, das der Obdachlose bei Fites Sachen gefunden hatte. »Nicht anfassen, nur ansehen.

Erkennen Sie das? Den hier haben wir bekommen, mit freundlichen Grüßen von einem Unbekannten, der unsere Männer kaufen wollte.«

»Ist mir nicht bekannt.«

»Lügen Sie nicht. Ich weiß, dass Sie das hier schon gesehen haben. Aber wissen Sie was? Sie können mich mal. Wer eine freundliche Einladung ausschlägt …«

»Also gut. Warten Sie.« Sie stieg aus und folgte ihm zu der dunklen Limousine. Er hielt ihr die Beifahrertür auf.

»Es ist alles in Ordnung.«

Marie ignorierte ihn und stieg hinten ein. Der Fond war leer.

»Sie sind eine vorsichtige Frau«, sagte er, als er anfuhr und einen Blick in den Rückspiegel warf. »Das weiß mein Auftraggeber zu schätzen, aber heute wird es nicht notwendig sein.«

»Wissen Sie was? Überlassen Sie diese Entscheidung mir.«

Er lächelte nur sein breites Lächeln, das einen vergoldeten Eckzahn enthüllte, und erwiderte nichts.

Vor einem Kaffeehaus hielt er an – mitten im Parkverbot. Er öffnete Marie die Tür. »Folgen Sie mir, Hauptkommissarin.«

Das kleine Café war leer, bis auf eine hübsche junge Kellnerin, die wieder und wieder nervös über einen Tisch wischte.

Ein kleiner, etwa fünfzigjähriger Mann saß an einem Tisch im hinteren Teil des Raums mit Blick auf die Tür. Er trug einen teuren Kaschmirpullover, der sich wie eine zweite Haut an seine Gestalt schmiegte. »Hauptkommissarin Winter«, sagte er und erhob sich, als er ihr den Platz gegenüber anbot, als wollte er seine guten Manieren vorzeigen. »Nehmen Sie Platz.« An die Kellnerin gewandt, fügte er hinzu: »Bringen Sie meinem Gast, was immer sie will. Und mir schwarzen Tee.«

»Ich nehme nichts, danke. Ich habe nicht vor, lange zu bleiben«, sagte Marie abwartend.

Der Mann reichte ihr nicht die Hand. Er setzte sich wieder und blickte hinaus in den Regen, der in Schlieren über die Scheibe mit der verschnörkelten Schrift lief. Eine tiefe Narbe zog sich über seine Wange bis zum Auge. *Sie ist schon alt*, dachte Marie, *gewiss ein Jahrzehnt.* »Panik in der Stadt ist schlecht für das Geschäft. Ich mag es nicht, dass Menschen Angst haben und befürchten, dass ihre Kinder oder sie selbst von einem Wahnsinnigen abgeschlachtet werden.«

»Das mag niemand. Außer vielleicht ein Mensch in diesen Häuserschluchten: unser Täter.«

»Ich hörte, dass die Polizei nicht weiterweiß. Dass ihr geradezu *auf der Stelle tretet.*«

Marie schwieg. Ihr Handy meldete sich, es war Parkov. Sie tippte die Adresse ein, zu der man sie gerade gebracht hatte, und fügte NICHT IN GEFAHR? hinzu.

Ihr Gegenüber musterte sie abwägend. »Und dann hörte ich davon, dass dieser Mann einige Männer bezahlt, um die Ermittlungen der Polizei zu stören. Ich möchte Ihnen versichern, Hauptkommissarin Winter, dass ich nichts damit zu tun habe. Diese Männer haben eigenwillig gehandelt, *gegen* meinen Willen. Mir liegt sehr viel an einem guten Verhältnis zu den Behörden, ich möchte, dass Sie das wissen. Dass man Sie bedroht, kann ich nicht gutheißen. Ich bin froh, dass Sie den Mann aus dem Verkehr gezogen haben. Wir haben diesen Umschlag, den mein Fahrer Ihnen gezeigt hat, bei einem unserer Angestellten gefunden. Er sollte bestochen werden, da bin ich mir sicher.«

Marie beugte sich vor. »Filipo Terrano. Schlägt der Name eine Saite bei Ihnen an?« Sie achtete auf jede Regung in seinem Gesicht, doch zu lesen war darin nichts. Nur eine tief verwurzelte, unterschwellige Bedrohlichkeit, die ihn wie eine Aura umfing.

»Nie gehört.«

»Warum bin ich dann hier?«

»Ich möchte Sie wissen lassen, dass Sie ab sofort keine Probleme mehr erwarten müssen. Überlassen Sie die Männer, die er bezahlt hat, mir. Ich werde dafür sorgen, dass sie Sie nicht mehr belästigen. *Nie mehr.*«

»Soll heißen?«

»Ich werde sie *ermahnen.*« Er lächelte. »Mehr nicht.«

»Wir brauchen Namen. Wenn diese Männer bezahlt wurden, müssen wir sie vernehmen. Herausfinden, wer das getan hat. Sie wollen keine Panik in der Stadt, weil sie schlecht fürs Geschäft ist? Dann helfen Sie mir.«

Er rührte sich nicht. »Ich werde sehen, was ich tun kann.«

»War es das?«

»Nein.« Sein Blick ließ keinen Zweifel daran, dass das Gespräch noch nicht beendet war. »Parkov.«

»Was ist mit ihm?«

»Sagen Sie ihm meinen Dank. Er hat einen unserer ärgsten Feinde aus dem Weg geräumt. Es wäre schade, wenn er sich dafür Ärger einhandelt, aber der wird nicht von meiner Seite kommen. Und bitte, meine Schöne, behandeln Sie dieses Gespräch vertraulich.«

Marie zwang sich, ruhig zu atmen. Die Narbe, das Überbleibsel eines Messerkampfes um Leben und Tod. Sein Blick abgestumpft und emotionslos. Die Aura der Gefahr, in der dieser Mann geradezu zu baden schien, war präsent und gleichzeitig wie hinter einer Maske verborgen. Sie hatte nicht damit gerechnet, dass einer der Bosse des organisierten Verbrechens mit ihr sprechen würde, doch dieser Mann stand gewiss kaum weiter unten in der Rangordnung.

»Wer sind Sie?«, raunte Marie ihm zu. »Verraten Sie mir Ihren Namen.«

»Der spielt keine Rolle. Sollten wir uns wiedersehen, dann haben Sie Ihren Job nicht anständig gemacht, und ich mag kein Versagen.« Er erhob sich. Wie aus dem Nichts erschien der Fahrer neben ihm. Die Kellnerin stand erstarrt in der Nähe. Sie wagte kaum, Luft zu holen.

»Was haben Sie getan?«, fragte Marie.

»Spielt das eine Rolle?« Der Mann lächelte abermals, doch es war ein eiskaltes Lächeln, das seine Augen nicht erreichte. »Würdest du wirklich etwas unternehmen – gegen mich? Sie gehört uns, die ganze Stadt, meine Schöne, auch du.« Er streckte den Zeigefinger aus und berührte Maries Wange. Dann wandte er sich um und verschwand mit seinem Fahrer durch die Hintertür.

Marie atmete tief durch. »So viel zu meinem Fahrdienst, du Mistkerl.« Sie trat zur Tür, die ihr die Kellnerin aufhielt.

»Trauen Sie diesem Monster nicht«, sagte die Frau mit einem kehligen Akzent. Sie wischte sich energisch über die Wangen. »Er lügt mit jedem Wort, das er sagt. Dieser Typ, der überall im Netz zu finden ist, ja, das ist ein Wahnsinniger, aber er …«, sie nickte in Richtung Hinterausgang, »… das ist derjenige, der reihenweise böse Dinge tut und auch noch damit davonkommt. Was der andere macht, sind verglichen damit doch nur Kleinigkeiten.«

»Wenn Sie Hilfe suchen«, sagte Marie, »rufen Sie uns bitte jederzeit an. Meine Karte …«

»Nein. Niemand kann mir helfen. Niemand.«

»Das stimmt nicht. Sie dürfen sich von solchen Männern nicht einschüchtern lassen. Melden Sie sich, wenn Sie Hilfe brauchen.«

Marie ging hinaus. Sie war nur mäßig überrascht, dass Parkovs Wagen bereits auf der gegenüberliegenden Straßenseite stand. Sie winkte ihm zu. Als sie hinüberging, dachte sie, in ihre Gedanken versunken, dass die junge Frau nur teilweise recht hatte. Das organisierte Verbrechen war schlimmer als ein einzelner Mörder, das mochte stimmen, doch derjenige, mit dem sie es gerade zu tun hatten, war nicht nur ein Mörder. Er war Chaos.

Die Dunkelheit selbst.

55.

»Es war riskant. Gefährlich.« Parkov hatte das Radio angestellt und einen klassischen Sender gewählt, woraufhin die Töne von Chopins Klaviersonate Nr. 3 wie unsichtbare Luftblasen durch den Fond des Bentleys schwebten. »Wieso hast du das getan?«

»Er hat mir etwas gezeigt.« Marie massierte ihre Schläfen und erzählte Parkov, was geschehen war. Die Begegnung mit dem Mann hatte sie nervöser zurückgelassen, als sie erwartet hatte, weitaus beunruhigter, als eine solche es je hätte tun dürfen. »Er hat mir versprochen, dass uns niemand von seinen Leuten stören wird.«

»Das war nur eine Halbwahrheit«, erwiderte Parkov. »Hätte er seine Männer unter Kontrolle, dann hätten sie nicht das Geld angenommen, weil sie ihn entweder fürchten oder loyal sind. Da sie aber zugegriffen haben, hat er sie auch nicht unter Kontrolle und kann demnach nicht unmittelbar auf sie einwirken.«

»Vielleicht werden wir erfahren, wer diese Typen bezahlt hat. Dieses Symbol, das war kein Zufall, dass es hier wieder auftaucht.«

»Konntest du ein Foto von dem Herrn anfertigen?«

Marie schüttelte den Kopf. »Wäre viel zu auffällig gewesen, aber ich kann dir sein Gesicht beschreiben. Große Narbe, von einem Auge über die Wange bis zum Mund. Etwa fünfzig. Relativ klein, ungefähr wie ich.« Sie bemerkte, wie angesichts ihres letzten Satzes ein Schmunzeln um Parkovs Mund huschte. »Verkneif dir den Kommentar.«

»Eine Narbe von der Wange bis zum Auge? Das ist leicht. Andrej Branković, serbischer Gangster. Zwar kein Boss, aber auch nicht weit darunter.« Parkov tippte auf den Bildschirm an der Mittelkonsole und bat sein elektronisches Steuerungssystem, ihn zu einem Kollegen aus dem Fachkommissariat für Organisiertes Verbrechen durchzustellen. Michael Rizzario, der mit ihnen verbunden wurde, hörte sich Maries Bericht an und brummte dann: »Branković steht im Verdacht, drei Leute umgelegt zu haben, ohne dass wir ihm etwas nachweisen können. Geschäftsfelder: Drogen, hauptsächlich Methamphetamin und Koks, daneben Prostitution. Winter, Sie müssen vorsichtig sein.«

»Gibt es etwas Neues von diesem Gregor Estneev?«

»Der Vogel, den Sie einkassiert haben? Der mit den Fotos im Wagen? Nein, das ist einer, der die Omertà ernst nimmt. Der geht in den Knast, sitzt seine drei Jahre für schwere Körperverletzung ab und wird dann wieder aufgenommen. Von dem erfahren wir nichts.«

»Aber er hat dennoch Geld von jemandem angenommen, der nicht sein Boss ist.«

Rizzario verzog das Gesicht. »Das wissen Sie aber nicht, Winter. Es besteht die Möglichkeit, dass Branković gelogen hat. Vielleicht stecken sie mit drin, aber ich halte es für nicht wahrscheinlich. Die sind an ihrem Geschäft interessiert, mehr nicht. Dieser Gregor wird einsitzen, und dann werden die untereinander ausmachen, was mit ihm geschehen soll, wenn er wieder rauskommt. Vielleicht legen sie ihn auch im Knast um, aber das ändert nichts daran, dass er jeden Deal, den wir ihm anbieten können, ablehnen wird. Ganz gleich, was er zu erwarten hat, wenn durchsickert, dass er gesungen hat, wird es für ihn die Hölle.«

»Aha«, sagte Marie. »Wir können also nichts tun?«

»Derzeit nichts, nein. Außer die Finger von diesen Typen lassen. Keine Hilfe annehmen, aber das muss ich Ihnen ja nicht sagen.«

»Und was ist«, sie hielt ihre bandagierte Hand hoch, »mit Filipo Terrano?«

»Na ja, ich hab mich noch mal mit den Jungs der Operativen Einsatzeinheiten kurzgeschlossen. Die haben den Bahnhof durchkämmt und ein bisschen rumgefragt, was Fite angetrieben haben könnte.« Rizzario zuckte die Achseln. »Er war offenbar kurz vorher für ein paar Tage verschwunden. Aber das kann alles heißen oder auch nichts. Diese Typen, mit denen Fite rumhing, sind kaputte Junkies. Die fantasieren sich die eine Hälfte zusammen, und die andere erfinden sie.«

»Die Informanten der OEE müssen es doch wissen«, sagte Parkov. »Die sind nicht alle Heroinsüchtige, die sich das Hirn, wie Sie es wohl formulieren würden, zerschossen haben. Es gibt einige, die noch bemerken, was um sie herum vor sich geht.«

»Ja«, erwiderte Rizzario gedehnt. »Ex-OEE-Kollege Charwitz hatte ein paar wirklich gute Informanten. Vielleicht sollten Sie mal losgehen und ihn in der U-Haft besuchen.« Er hustete. »Aber ehe Sie mich falsch verstehen, die meisten der Kollegen der OEE sind sauber. Die hatten nichts dagegen, dass Sie diesen Idioten verhaftet haben.«

»Und die anderen?«

»Die paar, na ja, die haben vielleicht bei den Nachforschungen zu Fite nicht so genau hingesehen oder nachgehakt, wie sie es getan hätten, wenn es nicht ausgerechnet um den Angreifer von Marie Winter ginge.«

»Haben Sie dafür Beweise?«, fragte Parkov.

»Lass gut sein.« Marie schüttelte den Kopf. »Danke, Kollege. Das war sehr hilfreich.«

»Klar. Man tut, was man kann.« Er legte auf.

»Lass gut sein?«

»Ich will die nicht noch weiter gegen mich aufbringen.«

»Ich fürchte, das spielt keine Rolle mehr. Sag mal, Marie, ist etwas geschehen, von dem ich wissen sollte?«

Marie sah flüchtig aus dem Seitenfenster. Der Wind, der mit den Ahornalleen am Straßenrand spielte, hatte weiter an Kraft gewonnen. Und der Himmel hatte alle Schleusen geöffnet. »Nein, manche Kollegen sind einfach nur Arschlöcher.«

»Während du bei Branković gesessen hast«, gab Parkov dem Gespräch eine neue Richtung, »habe ich diesem Anthropologen seine Aufzeichnungen zurückgebracht und mit ihm gesprochen. Er hat mir etwas sehr Interessantes verraten, eine wirkliche Überraschung. Du weißt, die Öffentlichkeitsfahndung nach dem alten Herrn im Krankenhaus hat bislang nichts ergeben, bis Dr. Petersen mir sagte, dass er ihn erkannt hat.«

»Was?« Marie warf ihm einen überraschten Blick zu. Sie hatte mit vielem gerechnet, nicht jedoch mit dieser Neuigkeit. »Das sagst du mir jetzt?«

»Er war sich zunächst nicht sicher. Es ist sehr kurios. Deshalb wollte er auch nichts am Telefon verraten.«

Jetzt wurde Marie klar, wohin Parkov fuhr. »Du willst zurück ins Krankenhaus? Noch mal mit ihm sprechen? Der Alte hat sich fürchterlich aufgeregt beim letzten Mal, was soll das bringen? Er ist weggetreten.«

»*Es ist niemals genug*«, murmelte Parkov. »Gehirnwäsche, drogeninduzierte Halluzinationen, Hypnose, Schizophrenie, Bewusstseinskontrolle. Wenn es bei Sam Gorad und Terrano funktioniert hat, dann hat es womöglich auch hier seine Wirkung gezeigt.«

Marie schüttelte den Kopf. »Du kannst nicht einfach herumexperimentieren, nicht mit Menschen, mit denen jemand so einen Psychokram angestellt hat. Du hast keine Ahnung, was geschehen wird!« Sie spürte, wie sie zornig wurde, wütend auf Parkov, weil er Schritte unternahm, ohne sie einzuweihen, und zugleich hörte sie Terranos überdrehte Stimme in ihren Ohren, die sie verhöhnte: *Grüße von einem besonderen Bewunderer.*

»Marie, nicht ich bin es, der experimentiert.«

»Wenn du weiter annimmst, ich sei bloß ein Gepäckstück, das du auf dem Beifahrersitz mitführen kannst, dann vergiss es«, gab sie mit bebender Stimme zurück. »Halt an und lass mich aussteigen. Diesen Wahnsinn kannst du allein weiterverfolgen.«

Parkov bremste scharf. »Dr. Petersen hat nicht nur die Sprache analysiert, er hat ihn wiedererkannt. Vor etwa zwanzig Jahren, um 1997 herum, hat eine Expedition ins kongolesische Regenwaldgebiet, gefördert von der Anthropologischen Stiftung des Frankfurter Senckenberg-Naturkundemuseums, einen der letzten isoliert lebenden Stämme der Tutonga entdeckt. Es gab einen Zusammenstoß mit den Kriegern der Tutonga, worauf die Forscher die Expedition überstürzt abbrechen mussten. Von da an galt einer der Männer als verschollen, später unternommene Expeditionen in die Nähe der Eingeborenendörfer konnten ihn nicht aufspüren. Von den Tutonga hat man sich seitdem ferngehalten, sie und das Gebiet stehen unter dem Schutz der Regierung in Kinshasa. Später erfuhr man dann, dass er über lange Zeit gefangen gehalten und am Ende getötet wurde, aber auch das entsprach wohl nicht der ganzen Wahrheit, denn ausgerechnet diesen lange verschollenen Mann glaubt Dr. Petersen in dem Unbekannten im Krankenhaus wiederzuerkennen. Den Anthropologen und Chemiker Professor Dr. Tymon Sorg.«

Marie sah ihn ungläubig an. »Du machst Witze.«

»Ich scherze nur selten, meine Liebe, sehr selten. Afrika, Marie, immer wieder. Ein Programmierer, der dort die Website aufgesetzt hat, und afrikanische Ritualmasken im Haus der Ilms. Lindas Vater, der uns gegenüber angab, ein begeisterter Sammler zu sein. Ich will nicht sagen, dass es Zusammenhänge gibt, aber jemand macht Andeutungen, jemand wedelt mit einer Information vor unseren Nasen herum.«

»Was wissen wir über die Sprache?«

»Er spricht Mbeki, eine sehr seltene Variante von Lingála, einer dort ansässigen Landessprache.«

»Das klingt, als könnte Dr. Petersen recht haben.« Sie seufzte. Der Regen, der auf das Dach trommelte, der Donner, der stetig näher kam, die Albträume der vergangenen Nacht, Parkovs Worte, alles schien sich zu vermischen und zu einer unheilvollen Kakofonie anzuwachsen. »Wir müssen herausfinden, was mit ihm geschehen ist. Wie er hierherkam. *Wenn* Dr. Petersen recht hat. Na gut, du hast mich überzeugt. Ein zweites Mal mit ihm zu sprechen kann nicht schaden.«

»Weißt du, ich hoffte, du würdest das sagen«, erwiderte Parkov und beschleunigte.

Sie schwiegen, hingen ihren Gedanken nach. Marie lauschte dem fernen Geräusch des Regens, der sich mit der sanften Musik aus dem Radio vermischte, sie schläfrig werden und die Augen schließen ließ.

Nur einen Augenblick. Etwas Ruhe.

Es ist niemals genug, hörte sie die geflüsterten Worte in ihrem Kopf. *Gleichgültig, was du tust, es ist niemals genug. Am Ende werde ich dich finden. Wir werden uns gegenüberstehen. Und du wirst den Ort nicht lebend verlassen.*

Marie hatte wieder ihren Traum. Lucie, die sich Erik in die Arme warf. Sie selbst, die über eine taunasse Wiese lief. Der liebliche Sonnenschein eines Spätsommertags.

Was hätte sein können. Was niemals war.

Dann veränderte er sich: Sie rannte um ihr Leben, mit nackten Füßen, die über Laub und Gras flogen. In den Bäumen saßen seltsame tropische Vögel, die Schreie ausstießen. Ein Verfolger war hinter ihr – er schloss auf. *Dreh dich nicht um*, dachte sie, doch der Drang war zu groß, die Neugier zu mächtig. Sie warf einen Blick über ihre Schulter zurück, ganz kurz nur, doch er genügte, um ihr etwas zu enthüllen, das sie nicht vergessen konnte: Der Mann hinter ihr trug eine Clownsmaske.

Als sie die Augen aufschlug, war alles hell und sie schlagartig wach.

Ihr Handy summte, eine Decke wärmte sie. Als sie sie zur Seite schob und nach ihrem iPhone griff, bemerkte sie, dass sie noch immer in Parkovs Wagen saß – auf einem Parkplatz vor der Klinik, die wie eine ferne graue Silhouette im Regen vor ihr aufragte. Parkov jedoch war fort.

Unbekannter Anrufer. War er es?

Beunruhigt nahm Marie den Anruf entgegen. Doch es war nicht der Mörder, sondern Ilsa Kranitz, die Witwe des SEK-Beamten.

Sie klang verweint. »Frau Winter? Ich wollte Ihnen nur sagen, dass … Scheiße, ich weiß nicht … dass ich etwas entdeckt habe.«

»Ja?«

»Etwas, das er mir verheimlicht hat. Keine Affäre. Nein, er …« Sie lachte überdreht. »Ich glaube, da war doch etwas, das ihn beschäftigt hat. Das er vor mir verborgen hat.«

»Ganz ruhig, Frau Kranitz. Lassen Sie sich Zeit.«

»Sie hatten mich gefragt, ob er irgendwie anders gewesen sei als sonst. Mich haben Ihre Worte nicht in Ruhe gelassen. Und dann, als ich diesen dummen Werbebrief mit den Särgen aus dem Müll holte, fiel mir etwas in die Hände. Ich hab mich erst jetzt durchgerungen, es Ihnen zu sagen. Eine kleine Dose mit irgendwelchen Tabletten, die habe ich gefunden. Ohne

Beschriftung. Ohne irgendwas. Eine halbe ist noch drin. Er hat sie vor mir versteckt.«

»Ich werde jemanden zu Ihnen schicken, der sich das ansieht, einverstanden?«

»Wissen Sie, diese ganze Scheiße macht mich so wütend. Wenn er zum Arzt gegangen wäre oder gesagt hätte, er braucht Hilfe, hätte man ihn versetzt, vielleicht aus der Einheit genommen, weil er den Stress nicht verkraftet. So hätten die reagiert.« Ihre Stimme überschlug sich, so aufgebracht war sie.

»Frau Kranitz …«

»Ihr habt keine Ahnung, was er durchmachen musste. Ständig diese Einsätze, immer in Lebensgefahr. Und dann, wenn er mal Hilfe bräuchte, hätte man ihn beim kleinsten Anzeichen von Schwäche fallen lassen. Versetzung, vielleicht sogar Frühpensionierung. Ich verstehe, was er getan hat. Er hat versucht, irgendwie durchzukommen. Hat versucht, seine Albträume und seine Angst mit irgendwelchen Pillen vor mir zu verbergen. Da ist es doch kein Wunder«, sie schluchzte jetzt, »dass er irgendwann …«

»Ich glaube weder, dass Ihr Mann Schuld daran trägt, noch dass er sich bewusst zu seinem Selbstmord entschlossen hat. Wir haben Grund zu der Annahme, dass man ihn dazu getrieben hat.«

»Sind Sie sicher?«

»Noch nicht. Aber ich glaube Ihnen. Kein Abschiedsbrief, keine Anzeichen. Nein, es …« *Es erinnert mich an Erik*, wollte sie sagen, schluckte die Worte dann jedoch hinunter. »Es ist etwas anderes. Ich melde mich wieder, Frau Kranitz.«

Einige Sekunden drehte sie ihr Smartphone in der Hand: darauf die Nachrichten, die Parkov ihr noch gesandt hatte – sonst nichts. Dann entdeckte sie einen kleinen gefalteten Zettel, der wohl auf der Decke gelegen hatte.

Marie, ich wollte dich nicht wecken. Ich werde mit dem Zeugen im KH sprechen und hoffe, dass es gelingt und er uns mehr berichten kann, als wir bisher in Erfahrung bringen konnten.
Werde in Kürze zurückkehren.

Marie warf einen Blick auf die Uhr und bemerkte, dass gerade einmal zwanzig Minuten vergangen waren. Dann sah sie zum Krankenhaus hinüber – dort entdeckte sie blinkendes Blaulicht und mehrere Einsatzfahrzeuge der Polizei vor dem Eingang.

Ein ungutes Gefühl machte sich in ihrem Magen breit. *Etwas stimmt hier nicht. Besser, du siehst nach.* Marie sprang aus dem Wagen und eilte quer über den Parkplatz, bis ein Streifenbeamter sie bei den parkenden Einsatzfahrzeugen aufhielt. »Sie können nicht …« Als er ihren Ausweis sah, runzelte er die Stirn. »Du bist doch die Kollegin von Parkov, nicht? Mit der er zusammengearbeitet hat?«

Marie registrierte die Vergangenheitsform, in der der Mann sprach. Sie starrte ihn an, suchte nach Worten, doch wollte sich ihre Zunge nicht recht um die Buchstaben und Laute schlingen, die sie benötigt hätte, um sie auszusprechen.

»Was ist passiert?«, sagte sie schließlich.

»Es gab einen Zwischenfall. Ein Patient hat sich offenbar eingesperrt. Parkov ist unmittelbar beteiligt. Jemand sollte nach oben gehen und mit ihm sprechen, ihn endlich zur Vernunft bringen.«

»Ist das alles?«

»Nach dem, was ich gehört habe, hat Parkov den Patienten bedroht und sich mit ihm eingeschlossen.« Der Beamte musterte sie neugierig. »Er ist nicht ganz dicht, das ist es doch. Bei den Geschichten …«

Marie ließ ihn stehen und ging hinein; die Treppenstufen hinauf schienen endlos, während mit jedem Schritt ihre Nervosität wuchs. Oben warteten noch mehr Polizisten, behielten eine Tür im Auge und schienen nicht recht zu wissen, was sie unternehmen sollten.

»Er ist in diesem Zimmer. Wir wissen nicht genau, was er da macht, er sagte nur, er müsse sich unterhalten, aber dann hat er sich mit dem Patienten eingeschlossen. Einer der Ärzte wurde darauf aufmerksam. Parkov weigert sich bislang, die Tür zu öffnen.«

»Wer hat … wieso hat man mich nicht angerufen? Wer hat das veranlasst, dass sie hier sind?«

»Dieser BKA-Kollege. Maythaler. Hat er Sie nicht zuvor informiert?«

Marie fühlte sich, als hätte man ihr ins Gesicht geschlagen. »Was meinen Sie mit eingeschlossen? Krankenhauszimmer haben keine Schlösser.«

»Er hat etwas unter die Klinke gestellt.«

»Wissen Sie, ich denke, dieser Aufmarsch ist nicht notwendig. Ich muss mit ihm sprechen. Allein.«

»Versuchen Sie's.« Der Polizist winkte seinen Kollegen, die ein Stück zurücktraten.

Marie klopfte an die Tür des Patientenzimmers. »Daniel? Ich bin's.«

Einige Sekunden lang herrschte auf der anderen Seite der Tür nur Stille. »Marie«, war dann leise Parkovs Stimme zu vernehmen. Ein kurzes Zögern folgte. »Diese Umstände … ich möchte mich für sie entschuldigen.«

»Was in aller Welt machst du da?«

»Es ist schon vorbei. Einen Augenblick noch.«

Es rumpelte im Inneren, die darauffolgenden Geräusche ließen Marie vermuten, dass schwere Gegenstände beiseitegeschoben wurden. Schließlich schwang die Tür auf. Parkov trat heraus, die Hände leer, jedoch nicht erhoben.

»Das ist doch nicht nötig, verdammt«, rief Marie. Dann wurde sie zur Seite gedrängt, als zwei Polizisten Parkov an den Armen packten. Es gelang ihr, einen Blick ins Innere des Zimmers zu erhaschen.

Es schien wie immer, mit einer Ausnahme, die ihr sofort ins Auge fiel: Der Alte saß auf der Kante seines Bettes. Er war unverletzt. Ein Lächeln stand auf seinen Lippen, ein fernes, weggetretenes Lächeln. *Sieh her*, schien es zu sagen. *Sieh her, ich habe mich erinnert.*

56.

»Mir blieb nichts anderes übrig«, sagte Maythaler. Er stellte einen Kaffee vor Marie auf den Schreibtisch, doch den rührte sie nicht an. »Aber alles wird sich aufklären, davon bin ich überzeugt.«

»Parkov sitzt in Gewahrsam. Das kann doch nicht die Lösung sein.« Marie musste sich zwingen, nicht aufzuspringen und Maythaler an den Schultern zu packen. »Der alte Mann ist unverletzt, sie haben nur miteinander gesprochen.«

»Der Arzt sagt, der Mann sei seit seiner Unterhaltung mit Parkov endgültig weggetreten. Unwahrscheinlich, dass er jemals wieder zu klarem Verstand zurückfindet. Was immer Parkov getan hat …«

»Er hat nichts getan«, sagte sie. »Ich würde meine Hand für ihn ins Feuer legen.«

Maythaler nickte. Er roch nach seinen Kräuterbonbons. »Nun, in Anbetracht Ihrer persönlichen Beziehung zu ihm muss ich allerdings bemerken, dass Ihr Urteilsvermögen in Bezug auf ihn …«

»Das ist Unsinn, und Sie wissen das.« Marie erhob sich.

»Wenn Sie jetzt gehen, Frau Winter, werde ich Sie von der Soko ausschließen.« Maythalers Stimme klang wie von Frost überzogen.

Marie dachte an die Berichte der Rechtsmedizin und der Spurensicherung, die sie kurz nach ihrer Rückkehr auf ihrem Schreibtisch entdeckt hatte, Berichte, für die sie in dem Moment eigentlich viel zu aufgeregt gewesen war – dennoch hatte sie sie gelesen.

»Parkov hat von Anfang an die richtige Spur verfolgt: Die Opfer hängen nicht zusammen. Es ist einer der Täter, der diese Verbindung schafft«, sagte sie sachlich. »Die Rechtsmediziner konnten wieder die Überreste eines Schmetterlingstattoos auf Ilms verbrannter Leiche feststellen. Auch hier wurde es kurz zuvor eintätowiert, mit derselben Tinte. Dann das hier: Die Molekülzusammensetzung der gelben Farbe seiner Botschaft stimmt mit der von dem anderen Ort überein, es ist eine selbst hergestellte Mischung, die er dazu verwendet. Außerdem gab es wahrscheinlich weitere Versuche einer Undoing-Handlung, als wolle er sich entschuldigen – und das trotz Verbrennungen dritten und vierten Grades. Wir glauben, er könnte versucht haben, das Feuer wieder zu löschen. Sie stand unter Drogen, so hat er sie auf den Turm hinaufgebracht, getarnt als eine der Reinigungskräfte. Die Spurensicherung hat auf dem Dach des Hochhauses in der Nähe der Schule Faserspuren des Täters sichern können. Er war dort und hat Nicole Berger beobachtet, während sie kurz davorstand zu springen.«

»Ich kenne die Berichte. Ich kann lesen.«

»Parkov hat alles darangesetzt, endlich eine Aussage von dem Zeugen zu bekommen. Mehr nicht. Dafür können Sie ihn nicht da unten schmoren lassen.«

»Parkov ist kein guter Mensch«, erwiderte Maythaler kühl. »Egoistisch, überheblich, und er verachtet jedes Gesetz, wenn es seinen Interessen widerspricht. Wir haben diese Normen, weil wir keine Wilden sind, Winter. Er sollte das einsehen, seine Eltern sind unter den Reifen eines Straßenrowdys, eines

Wilden, gestorben. Er sollte das, noch vor allen anderen, wirklich wissen.«

»Ich gehe.« Marie griff nach der Türklinke.

»Winter?«

»Was?« Als sie sich umdrehte, sah sie, dass Maythaler sein Mobiltelefon in der Hand hielt.

»Gehen Sie zu ihm. Ich werde mit dem Staatsanwalt sprechen, er wird frei sein.«

»Wieso der plötzliche Sinneswandel?«

»Weil ich ihn brauche. *Wir* brauchen ihn. Aber er muss wissen, dass er nicht einfach tun und lassen kann, was ihm in den Sinn kommt. Bringen Sie in Erfahrung, was er aus dem Zeugen herausholen konnte. Und, Winter? Sorgen Sie dafür, dass er nicht mehr über die Stränge schlägt. Noch ein Fehltritt wie dieser und ich werde den Verantwortlichen nicht nur erklären müssen, wieso er weiter ermitteln darf, sondern auch, warum er nicht auf der Anklagebank sitzt.«

»Na gut.« Sie spürte, wie erleichtert sie war. »Danke. Wir werden Sie nicht enttäuschen.«

»Eine Sache noch, Hauptkommissarin. Wenn Parkov etwas geplant hat, das ich erfahren sollte, lassen *Sie* es mich wissen. Wir stehen auf derselben Seite, vergessen Sie das nicht.«

Marie nickte knapp, doch als sie hinausging, war sie nicht sicher, ob Maythaler seine Worte wirklich ernst meinte oder ob dies nur ein weiterer Schritt in einem Manöver war, das Parkov in die Ecke drängen und ausschalten sollte.

Parkov blickte auf, als man die Sicherheitstür öffnete und Marie einließ.

»Komm raus«, sagte sie. »Es ist erledigt.«

»Und das, wo ich mich gerade eingewöhne.« Parkov hielt ein Buch in der Hand, in dem er gelesen hatte: *Fernöstliche Lyrik* stand auf dem Einband. Er klappte es geräuschvoll zu. »Ich habe natürlich keine Sekunde gezweifelt, dass es nicht länger als eine Stunde dauern wird.«

Als sie allein waren, sagte Marie: »Spar dir wenigstens dieses Mal die Scherze. Du weißt, was ich davon halte. Es hätte leicht schiefgehen können.«

»Es war die einzige Möglichkeit, Marie. Der Kollege, der im Krankenhaus vor der Tür saß, war einen Augenblick abgelenkt. Ich wusste, dass die Ärzte mir nur wenige Minuten zugestehen würden, und die Zeit drängte. Mir blieb nichts anderes übrig, ich musste handeln.«

Marie verschränkte die Arme. »Und?«

»Also sagte ich den Satz zu ihm. *Es ist niemals genug.* Er sah mich an – verblüfft, ein wenig schockiert – und war mit einem Mal klar. Die Angst, die er verspürt hatte, als er mich sah, war verschwunden. Er war nicht voll da, das nicht, er wusste nicht, wo er sich befand. Er glaubte wohl, er sei noch immer im kongolesischen Urwald, gefangen bei den Tutonga. Er sprach von einem Ritual und einem Zeichen, dieser Teil war mir nicht ganz klar, aber er konnte sich an seinen Namen erinnern: Tymon Sorg.« Parkov hielt ihr sein Handy hin, auf dem er einen über zwanzig Jahre alten Bericht aufgerufen hatte, der vom Verschwinden eines Anthropologen während einer Expedition nach Zaire, der heutigen Demokratischen Republik Kongo, berichtete.

»*Von Professor Sorg fehlt jedoch jede Spur*«, las Marie. »*Die Bemühungen des Auswärtigen Amtes* und der *einheimischen* Behörden waren nicht von Erfolg gekrönt, *er bleibt verschollen, irgendwo im unwegsamen Gelände und den Wirrungen des Dschungels.* Also ist es wahr, was der Anthropologe gesagt hat? Er hat ihn tatsächlich wiedererkannt.«

»Gewiss. Wie der Mann zurückkam, wer ihn dort im Regenwald aufspürte und befreite, können wir aber nur mutmaßen. Nachforschungen sind notwendig, denn es ist unmöglich, dass es sich hier um einen Zufall handelt. Der Mann, der Linda Ilm und die beiden anderen Frauen ausgewählt hat und den bösen Engel sucht, muss nicht der Mann sein, der Gorad manipulierte, uns Sorg vorführte und die Mafiaschläger auf den Hals hetzte, aber man hat uns den Anthropologen auch nicht bloß zufällig präsentiert. Ich sehe den Zusammenhang noch nicht, weiß aber, dass er da ist, direkt«, Parkov berührte seine Nase, »hier.«

Marie war noch immer skeptisch. »Vielleicht gibt es auch keinen. Sie sind zu zweit. Die Morde müssen nichts mit den Experimenten und dem Anschlag auf mich zu tun haben, auch wenn ich kaum daran glaube. Erzähl weiter … was geschah dann?«

»Er verfiel in eine Apathie, aus der ich ihn nicht befreien konnte.« Parkov senkte den Blick. »Ich fürchte, dass ich ihm durch die Erwähnung dieser Worte etwas angetan habe, das nicht mehr rückgängig gemacht werden kann. Doch bevor er weggetreten ist, hat er mir noch etwas gezeigt.«

»Sag mir, dass es nicht das ist, was ich vermute, Daniel.«

»Er wollte einen Stift und ein Blatt Papier. Er zeichnete drei Striche und malte zwei Punkte dazwischen. Es war dieses Symbol, das wir bereits gesehen haben. Danach, ehe ich so unsanft aus dem Patientenzimmer befördert wurde, ist es mir gelungen, zu einem Anthropologen beim Senckenberg-Naturkundemuseum durchgestellt zu werden. Dort reagierte man ebenso ungläubig wie du, als ich den Namen des Mannes erwähnte. Auch von diesem Symbol haben sie noch nie etwas gehört, aber man versprach mir, nachzuforschen.«

»Das ist gut. Hoffen wir, dass er etwas findet. Weißt du, ich habe es befürchtet. Jemand hat mit Sorgs Geist gespielt, ihm diesen Satz eingeimpft, wie bei Sam Gorad und Filipo Terrano.« Marie grübelte vor sich hin, ehe sie Parkov von Ilsa Kranitz' zweitem Anruf erzählte. »Jemand hat ihrem Mann

Medikamente zur Beruhigung zukommen lassen. Illegal, heimlich. Jemand hat auch ihn manipuliert. Wie Erik, so weh es tut, das auszusprechen, aber es ist dasselbe Muster. Jemand spielt mit dem menschlichen Verstand, als würde er ein wissenschaftliches Experiment durchführen, und wir alle sind seine Laborratten.«

»Laborratten«, wiederholte Parkov. »Treffend. Und doch gibt es einen gravierenden Unterschied.«

»Ich weiß. Bei Erik hat man keine Spur dieser Substanz gefunden. Kannst du dir das erklären?«

»Nein«, erwiderte Parkov düster. »Noch nicht.«

Marie berichtete ihm, was Rechtsmedizin und Spurensicherung am Tatort Linda Ilm festgestellt hatten, während sie den Flur entlanggingen. »Er behandelt sie gleich, er schafft eine Verbindung zwischen den Opfern. Er tätowiert sie, tötet sie, entschuldigt sich, hinterlässt seinen Satz am Tatort, verschwindet und startet einen neuen Countdown. Der einzige Unterschied besteht in einer Substanz, die die Kollegen im Kopfbereich von Ilms Leiche aufspüren konnten. Etwas Organisches, das nicht von ihr stammt und auch nicht am Tatort Rothenberger zu finden war.«

»Etwas Organisches?«

»Ja. Vermutlich verbranntes, fremdes Haar.«

»Fremdes Haar? Das ist interessant.« Parkov überlegte. Dann nickte er, als wäre er mit sich zu einer zufriedenstellenden Lösung gekommen. »Wie viel Zeit bleibt uns noch?«

»Zwanzig Minuten bis zur nächsten Strafe für Lügen, wie er es nennt. Es sei denn, jemand bringt den Bürgermeister oder Kluge dazu, ein Geständnis abzulegen.« Marie rief die Website auf. »Daran hat sich noch nichts geändert.«

»Und wie geht es unserem Stadtoberen?«

»Jörg und Valentin waren bei Kluge, Maythaler bei Bürgermeister Jakobs. Beide sind wohlauf und können sich nicht erklären, wieso man sie töten will oder worin dieses

Geständnis bestehen soll, zu dem er sie zwingen möchte. Sie erhalten Polizeischutz.«

»Bedauerlich, aber nicht überraschend.«

»Das klingt, als glaubst du ihnen nicht.«

»Menschen wie Kluge und Jakobs haben immer etwas zu gestehen, sonst stünden sie nicht dort, wo sie heute sind, nicht wahr?«

Marie ging nicht darauf ein. »Zwanzig Minuten. Wir können kaum etwas anderes tun, als abzuwarten.«

»Eines schon: Ich werde mir etwas Kaffee besorgen. Den wünsche ich mir jetzt mehr als alles andere.«

»Mehr als alles andere?«

Parkovs Lächeln war warmherzig und ließ seine Augen strahlen. »Danke, meine Liebe. Ich wusste, dass du mich nicht da drin sitzen lassen würdest.«

»Maythaler verlangt von mir, dass ich dich im Auge behalte.«

»Gewiss, dann solltest du ihn besser nicht enttäuschen.«

»Mal ehrlich: Ich habe doch recht damit?« Marie legte den Kopf schief. »Es gibt keine Geheimnisse, die diesen Fall betreffen, oder? Nichts, was du vor mir, aus welchen Gründen auch immer, geheim zu halten versuchst?«

Parkov nickte knapp. »Nein, keine Geheimnisse.« Dann wandte er sich ab und ging, das Lyrik-Bändchen in der Hand.

Marie beschloss, ihm nicht zu folgen. Sie spürte, dass sie Zeit allein brauchte – die wenige Zeit, die ihr noch blieb, während der Countdown ablief – und dass es Parkov nicht anders ging.

Aber da ist noch etwas anderes. Du weißt es.

Parkov hatte ihr nicht die volle Wahrheit gesagt.

57.

Der Countdown endete, der Zähler sprang auf null und verharrte dort. Auf dem Videoplayer der Website erschien die Spitze einer Kirche, die in den regenwolkenverhangenen Himmel ragte. Die Kirchturmuhr schlug viermal. Eine Schar fetter Raben stieg aus dem Geäst einer nahe stehenden Tanne auf und krächzte.

»Das war es?« Irritiert betrachtete Bodenfeld die Übertragung. »Mehr will er uns nicht zeigen?«

»Es ist live«, sagte Niemeier aus dem Hintergrund. »Wir haben vor einer halben Stunde eine Rückmeldung des kongolesischen Innenministeriums erhalten. Sie sind am Ursprung der Website dran. Wir kriegen den Programmierer, ist nur noch eine Frage der Zeit.«

»Gut«, sagte Marie. »Und die Telefonüberwachung?«

»Ist bereit. Wenn er wieder seinen Handy-an-Handy-Trick anwendet, werden wir die anderen, am selben Ort eingeloggten Telefone aufspüren und zurückverfolgen können. Dann haben wir den tatsächlichen Ursprung des Anrufs. Dieses Mal wird ihm seine Vorsicht nichts nützen, es sei denn, er kontaktiert dich abermals über die verschlüsselte App.«

»Super.« Sie warf einen zweiten Blick auf die Website. »Erkennt jemand die Kirche?«

Ein Kollege bejahte. »Ich bin mir ziemlich sicher. Das ist eine kleine katholische Kirche drüben in Schwanheim.«

»Ja? Absolut sicher? Wenn wir dort mit dem ganzen Team aufschlagen, sollten wir lieber keinen Priester während der Nachmittagsandacht stören.«

»Zu neunundneunzig Prozent. Die Beerdigung meines Onkels war dort. Letzte Woche. Ich erkenne das Dach und auch die Bäume. Er will uns diesen Ort zeigen, etwas ist dort.«

»In Ordnung.« Marie trat zur Tür, richtete ihre Waffe am Gürtel und warf einen Blick in die Runde. »Machen wir uns auf den Weg. Am besten bereiten wir uns«, fügte sie traurig hinzu, »auf einen weiteren schlimmen Anblick vor.«

58.

7 Stunden und 44 Minuten bis zum Ablauf des letzten Ultimatums

Das Kirchengelände war von den früh eingetroffenen Streifenwagenbesatzungen umstellt und abgesperrt worden, das Spitzdach der Kirche mit karmesinroten Ziegeln gedeckt, die im Regen feucht schimmerten. Dank der Öffentlichkeitswirkung der Website wartete auch etwa ein Dutzend Schaulustige auf die Beamten – und fünf Journalisten, die Marie umringten.

»Wir sind weiter an ihm dran«, sagte sie, »und mehr Fragen werde ich im Augenblick nicht beantworten.« Sie ging unter dem Absperrband durch, das Parkov ihr hochhielt.

»Was ist mit dem Gerücht, dass er Verstrickungen zum organisierten Verbrechen in Frankfurt haben soll? Können Sie uns sagen, wann Sie endlich etwas gegen die andauernde Bedrohungslage unternehmen? Gewalttätige Ausschreitungen, Angriffe auf Personen und Eigentum sowie ein Bürgermeister und ein Bauunternehmer, die geschützt werden müssen? Sie können das doch nicht einfach mit ansehen!«

Parkov drehte sich zu dem Reporter um. »Und Sie sind?«

»Frank Geppert von der *Rundschau.*«

»Nun, Herr Geppert, dann darf ich Ihnen versichern, dass wir keineswegs nur, wie Sie es formulieren, *zusehen*«, erwiderte Parkov mit sonorer Stimme. »Wir haben es mit einem hochgefährlichen Mann zu tun und aus diesem Grund die Besten versammelt, um ihn zu jagen und zu stellen. Wir lassen niemanden allein. Wir sind zu jeder Tages- und Nachtstunde da draußen. Verlieren Sie nicht die Hoffnung. Die gibt es immer, denn auch ein Serienmörder kann sie nicht zum Erlöschen bringen.«

Am Eingang in die Kirche erwartete sie Fischer in seinem Tyvek-Overall. »Elendes Wetter«, sagte er und nieste. »Hallo, Marie. Oder sollte ich sagen: willkommen zurück? Wie ist das, sehen wir uns nicht gerade zum vierten Mal in zwei Tagen? Verfluchter Mistkerl.« Er schüttelte den Kopf, sein weißer Schutzanzug knisterte leise. »Ich kann euch nicht sagen, was das da drinnen sein soll, aber das war er, dieser wahnsinnige Webseiten-Bastler und Entführer, da habe ich keine Zweifel.«

»Für diesen Schluss brauchen wir keinen Sherlock Holmes, wenn man bedenkt, dass er diese Kirche in seinem Livestream zeigt.« Parkov trat einen Schritt zurück und betrachtete das Gebäude von oben bis unten. »Sie ist es, kein Zweifel. Und der Winkel, aus der er sie gefilmt hat … Ist die Kamera gefunden worden?«

»Ja, wir haben sie. Er hat sie ins nächste offene WLAN-Netz eingeloggt und so auf die Website zugegriffen. Und ehe Sie fragen, ob wir die Seite abschalten können – nein, das bringt uns nichts, weil das Log-in auf dem Server mit einer extrem hohen, kaum zu knackenden Verschlüsselung versehen wurde und wir weiter nur raten können.«

»Nur raten?« Parkov lächelte kalt. »Das ist doch schon mal was. Am besten fangen wir gleich damit an.«

»Sie meinen das ernst?«

»Raten? Aber natürlich. Wir sollten nichts unversucht lassen. Wie ich hörte, hat die IT die Computer aus Linda Ilms

Maklerbüro bisher nicht knacken können, aber wie heißt es doch? Der Mensch wächst mit seinen Aufgaben.« Parkov drehte sich um und schaute zu den hoch aufragenden Weißtannen, die den Pfarrgarten säumten. »Auf der Übertragung waren diese Bäume zu sehen und Krähen.«

»Worauf willst du hinaus?« Marie wischte sich über die Wangen. Der Wind peitschte den Regen schräg über den Vorplatz der Kirche und ließ Laub um ihre Schuhe wirbeln. Einmal zuckte ein Blitz, grell und sehr nah. Der Donner folgte nur Sekunden später.

»Etwas hat die Vögel aufgescheucht. Er war hier, vor gar nicht langer Zeit. Blieb länger am Tatort, als es nötig gewesen wäre.«

»Der Sturm kommt näher«, stellte Fischer fest. »Also werden wir hier draußen beginnen, ehe er uns noch alle von den Beinen fegt.«

»Was haben wir da drin?« Marie deutete auf die geschlossene Doppelflügeltür des Kircheneingangs. »Gibt es ein Opfer?«

»Ja. Der Priester selbst, ein Geistlicher namens Jacob Ulrich. Seine Haushälterin spricht gerade mit einem Kollegen, er wird sie bitten, hier auf euch zu warten. Seht es euch an. Ich weiß nicht, was der Täter uns damit sagen will, aber das ist ja auch nicht mein Job. Wenn ich mutmaßen müsste: Er war sehr, sehr zornig.«

Parkov stieß die Tür auf. Mit einem lauten Knarren, das das Grollen des Donners übertönte, schwang sie nach innen.

»Er ist nicht zu übersehen«, rief Fischer ihnen nach, ehe er einen schweren Koffer aus dem Wagen des Erkennungsdienstes wuchtete.

Marie folgte Parkov hinein.

»Oh«, sie schluckte. »Nein, zu übersehen ist er wirklich nicht.«

Sie näherten sich dem Altar auf dem von der Spurensicherung gekennzeichneten Weg, um keine Spuren zu verwischen. Der Altar ragte hoch ins Kirchenschiff hinauf, ein mächtiges, prachtvoll verziertes Werk. Davor lag der Priester mit schwarzer Soutane inmitten einer Blutlache. Parkov umrundete den Altar und besah die Leiche von allen Seiten. »Sieh dir das an.«

Sie trat neben ihn. Unterhalb des Kopfes lag etwas Helles, Glänzendes auf dem kalten Sandstein. »Ist das …?«

»Eine Perücke. Blondes, langes Haar. Blond wie zwei der anderen – Larissa und Nicole, die auch ein Opfer werden sollte, hättest du sie nicht vom Dach geholt.« Parkov betrachtete den Toten aus der Nähe. »Kehle bis zum Wirbel durchtrennt. Zwei Schnitte. Mit großer Kraft ausgeführt. Mit Zorn und einer scharfen Klinge. Insgesamt sind es dann vier Opfer, die Wasser, Feuer, Luft und Metall repräsentieren könnten.«

Marie schob die Soutane von der Schulter des Priesters. »Etwas ist dort, noch frisch; aber warte, es ist kein Tattoo. Dieses Mal nicht. Es sind ein paar Schnitte, ausgeführt vermutlich mit demselben Messer. Ich denke, es könnte mit viel Fantasie zwar einen Schmetterling darstellen, aber er scheint sich hier viel weniger Zeit als bei den anderen Opfern genommen zu haben. Er muss wirklich zornig gewesen sein.« Sie trat zurück. Der Blutgeruch war obszön, eine stechende Mischung aus Eisen und Kupfer, dazu kam die unfassbare Brutalität dieses Mordes. »Wo ist die Nachricht mit seiner Entschuldigung?«

»Seine Entschuldigung?« Parkov schüttelte den Kopf. »Hier nicht. Sieh ihn dir doch an: Das war eine Tat voller Hass. Die Qualen, die er erleiden musste, der Ausdruck auf seinem Gesicht. Er lebte noch, als ihm das angetan wurde.« Parkov sah sich in der Kirche um, als erwarte er, dass die bunten Glasscheiben oder das Deckenfresko Antworten liefern könnten, dann beugte er sich über den Toten und berührte dessen

Hinterkopf. »Wir werden keine Entschuldigung finden, weil er sich für ihn nicht entschuldigen will.«

»Was machst du da?«

»Uns läuft die Zeit davon. Ich kann nicht auf den Rechtsmediziner warten.« Parkov schnupperte. »Chloroform, wenn ich mich nicht täusche. Wieder mal ... und dort sind Spuren, die auf einen Kampf hindeuten. Vermutlich wird Lorenz feststellen, dass er sich gewehrt hat, dann jedoch überwältigt wurde, und während er etwa hier lag, durchschnitt ihm der Täter die Kehle.«

»Sieht aus wie ein Ritualmord, würde ich die Vorgeschichte nicht kennen.« Marie verschränkte die Arme vor der Brust. Der Anblick des Priesters, der so hingerichtet vor dem Altar in seiner eigenen Kirche lag, war schwer zu ertragen. »Aber das ergibt keinen Sinn. War *er* etwa der böse Engel, nach dem der Täter gesucht hat? Hat er ihn nun gefunden? Ist es vorbei?«

»Nein. Ein Element fehlt noch: Erde. Einmal wird er noch zurückkehren.« Parkov klang überzeugt.

»Du hältst an dieser Fünf-Elemente-Hypothese fest?«

»Sicher, es ist zu offensichtlich, als dass wir die Hinweise ignorieren könnten. Wir stehen Morden gegenüber, die der Elementelehre folgen. Was er damit bezweckt, in welcher Weise sich dies mit seiner Entschuldigung und der Suche nach diesem Engel ineinanderfügt, ist mir noch unklar.« Parkov zog sich ein frisches Paar Schutzhandschuhe an, um keine Spuren vom Kopf auf eine andere Stelle zu übertragen. »Es ist kein Ritualmord. Für einen Ritualmörder ist die Zeremonie der relevante Teil der Fantasie, nicht das Opfer. Hier gibt es aber keine Zeremonie, keine Obsession, die ihn zum Blut hinzieht. Nein, sieh genau hin: Er macht weiter, wenngleich dieses Mal keine Frau zum Opfer wird, sondern ein Mann, der schlank und sportlich ist und kaum älter als vierzig. Mit dieser Perücke geht er womöglich von hinten als Frau durch, vor allem in dem schlechten Licht hier, wenn keine Polizeischeinwerfer aufgestellt sind.«

»Hat er sich in seiner Kirche als Frau verkleidet, wenn er allein war? Du machst Witze.«

»Nein, die Perücke hat der Täter mitgebracht.« Parkov blickte über den Mittelgang zwischen den Kirchenbänken zur Tür. »Du erwähntest den Bericht der Spurensicherung vom Tatort Linda Ilm. Diese verbrannte organische Substanz, die sie gefunden haben und nicht gleich einordnen konnten. Ich weiß nun, was das ist.«

Marie begriff. »Es war eine Perücke, die er Linda Ilm aufgesetzt hat.«

»Exakt. Eine Perücke für Linda Ilm, denn sie war eine Brünette, und eine für den Priester hier, denn seine Haare waren ohnehin viel zu kurz und zu braun. Larissa Rothenberger und Nicole Berger sind beide blond – dort haben wir nichts gefunden.«

»Also müssen die Opfer in seiner Vorstellung blond sein? Und dennoch sucht er nicht gezielt nach Blondinen, nicht einmal ausschließlich nach Frauen. Ich begreife das nicht, wieso hat er einen Mann getötet? Das ergibt doch keinen Sinn.«

»Erinnerst du dich, was ich sagte, als ich das Täterprofil erstellte?«

»Du hast es vorhergesehen.«

»Und doch verhält er sich anders, als ich es erwartet habe. Oder er ist noch schwerer krank, als ich bisher vermuten konnte. Nichts ist schwieriger vorherzusagen als menschliches Verhalten.«

»Du meinst, seine bisherigen Taten waren die Handschrift eines *nur* normal Gestörten?«, sagte Marie abwehrend. Ihr war es, als wäre die Temperatur in der Kirche schlagartig um mehrere Grad gesunken. »Nein danke, das hier genügt mir schon.«

Sie folgten dem Kirchenschiff in Richtung des Ausgangs. Regen prasselte gegen die bunten Bleiglasfenster, als Maries Handy läutete. Zu ihrer Überraschung war es nicht die verschlüsselte App, über die er Kontakt aufnahm, es war ein herkömmlicher Anruf.

»Unbekannter Anrufer«, sagte sie leise. Eine kalte Faust packte ihr Herz und umschloss es. »Aber diesmal benutzt er das Telefonnetz.«

Parkov wandte sich überrascht ihr zu. »Sehr gut. Dann sprich mit ihm. Er riskiert zu viel, die Techniker sind bereit, diesmal werden sie ihn schnell zurückverfolgen.«

»Willst du es nicht machen?« Marie biss sich auf die Lippe.

»Ich? Marie, ich bin nur ein einfacher Mann, der Wahnsinnigen hinterherjagt, aber ich habe nicht deine Kraft. Und, meine Liebe, nicht das schönste Lächeln der Welt. Aber das weißt du sicher. Sprich mit ihm. Bringen wir es hier und jetzt hinter uns.«

Marie spürte, wie seine Worte sie tatsächlich zum Lächeln brachten, als würden sie sie in der zugigen Kirche wärmen. »Wenn das so ist …« Sie nahm den Anruf an und schaltete die Lautsprecherfunktion ein. »Winter.«

»Hallo.« Seine elektronisch verzerrte Stimme erinnerte an einen fernen, kalten, unnachgiebigen Felsen, der einsam durchs All trieb. »Mittlerweile wirst du erfahren haben, wie ich mit Lügen umgehe. Gefallen dir die Toten, die du auf dem Gewissen hast?«

»Nein. Die Frauen waren unschuldig. Nur du hast ihren Tod zu verantworten. Was willst du?«

»Deine Stimme hören. Es geht zu Ende, Schritt für Schritt, Zug um Zug. Fühlst du es? Das Ende. Nicht alle von uns werden es überleben.«

»Ist das alles?« Marie fixierte Parkov, der einen Schritt auf sie zugekommen war. In diesem Augenblick war sie so froh, dass er da war, und fragte sich, ob sie all die Gespräche mit dem Mörder ohne ihn überhaupt durchgestanden hätte.

»Das ist nicht alles, noch nicht. Hast du den Prediger gefunden?«

»Ja. Wieso? Er ist ein Mann, er passt nicht in dein Muster.«

»In mein Muster?« Er lachte schallend. »Denk darüber nach, Marie, vielleicht begreifst du es, ehe du am Ende stirbst.«

»Ich sterbe?«

Parkov schüttelte den Kopf und wollte ihr das Mobiltelefon abnehmen, doch sie zog es aus seiner Reichweite. »Was meinst du damit?«

»Denkst du ernsthaft, du würdest diesen Fall überleben? Das wirst du nicht. Lass mich dir eine letzte Frage stellen. Was ist es, das alle Opfer verbindet? Wieso musste eine junge Frau sterben, während ein alter Mann überlebt?«

»Ich verachte diese Rätsel.«

»Wie wäre es mit einer kleinen Bonusaufgabe?«

»Vergiss es.«

»Vielleicht hab ich etwas für dich oder für Parkov. Er soll wissen, dass ich ihn bewundere. *Eine Aufgabe*. Wir werden uns bald sehen.«

Dann war er fort.

»Wenn ich noch einmal mit ihm sprechen muss …«

Parkov nahm ihr das iPhone aus den bebenden Fingern.

»Es geht schon«, sagte sie. »Geht schon.«

»Er will es beenden. Das Ende wird sein Höhepunkt werden, der glanzvolle Abschluss der Show, die er der Welt präsentiert hat; aber es wird enden. Wenigstens das.«

»Das ist keine Hoffnung«, erwiderte sie düster. »Ich mag das auch nicht sehen. Ich will ihn fangen und einsperren, mehr nicht. Keine Spiele, Anrufe, Drohungen mehr.«

»Ich weiß.«

»Was sagen die Kollegen der IT?«

»Die Rückverfolgung läuft. Marie …«

»Es geht schon«, wiederholte sie. »Gehen wir raus. Sprechen wir mit seiner Haushälterin.«

Die aufgelöste, etwa fünfundvierzig Jahre alte Haushälterin namens Margret Heinemann erwartete sie draußen. Ein Sanitäter hatte ihr eine Decke über die Schultern gelegt. »Er war so ein guter Mensch«, sagte sie wieder und wieder, »niemand wollte ihm etwas Böses.«

»Niemand? Ich befürchte, zumindest einer war da anderer Meinung.« Parkov nahm die Frau am Arm, führte sie zum Pfarrhaus, das am Gartenrand hinter flachen Buchshecken lag, und klappte einen großen schwarzen Regenschirm auf. Sein Blick schweifte aufmerksam über den Rasen und die schwarze Erde auf den Blumenbeeten. Er reichte der Haushälterin den Schirm, ging in die Hocke und sah sich um.

»Was machen Sie da?«

»Ich suche einen Mörder und seine Spuren. Der Boden ist aufgeweicht. Er kann sich nicht fortbewegt haben, ohne Abdrücke zu hinterlassen, es sei denn, er beherrschte die seltene Kunst der schwebenden Fortbewegung.«

»Ist in den Tagen vor Jacob Ulrichs Tod etwas Ungewöhnliches passiert?«, fragte Marie behutsam. »War jemand hier, der die Kirche beobachtet hat? Jemand, den Sie bemerkt haben? Oder den der Priester erwähnt hat? Hatte er Feinde?«

»Nein, nein, tut mir leid. Es gibt nicht mehr viele Menschen, die sich für die Pfarrei interessieren«, erwiderte Heinemann traurig. »Die Gottesdienste sind von Jahr zu Jahr schlechter besucht. Allein das Sommer- oder das Herbstfest mit den großen Holzfeuern hat noch ein paar Leute begeistert. Und Feinde? Meine Güte, nein. Ganz bestimmt nicht.«

»Wann war die Kirche geöffnet?«, erkundigte sich Marie weiter.

»Von acht bis zwanzig Uhr abends. Ich …«, die Zeugin schluchzte, wischte sich dann jedoch über die Wangen, als sei sie zu dem Schluss gekommen, dass dieses Verhalten nicht angebracht war, »ich habe ihn gefunden. Er lag einfach da und … ach, ich sehe nicht mehr so gut auf diese Distanz, und vom Eingang zum Altar sind es bestimmt fünfzehn Meter. Ich dachte, er würde dort knien oder, Gott bewahre, schlafen. Also kam ich näher und habe so erst bemerkt, dass er nicht schlief. Dass Jacob …«

»War er oft allein dort?«

»Ja. Er wollte ihm nah sein. Betete, versuchte, mit den Leuten ins Gespräch zu kommen, nahm die Beichte ab. Als er nicht rüberkam, habe ich nachgesehen.«

»Nicht rüberkam? Wie meinen Sie das?«, hakte Parkov mit erhobenen Augenbrauen nach.

»Zu seinem Nachmittagstee. Er kam nicht ins Haus, also bin ich rüber zur Kirche. Und …« Sie schüttelte den Kopf. »Alles ist so schrecklich.«

»Ich verstehe, was Sie gerade durchmachen. Es tut mir leid.« Marie schluckte. Die Bilder des Toten, die Verletzung, das Blut vermischten sich vor ihrem geistigen Auge mit anderen – einem Feuer, einer Ertrinkenden, einem Mädchen, das vom Dach springen will.

»Ein entsetzliches Schicksal. Wir versichern Ihnen unsere tief empfundene Anteilnahme«, sagte Parkov, ehe er sich wieder dem hohen Gras zuwandte und mit Spurenbeutel und Pinzette hantierte.

»Wie kann es sein, dass ausgerechnet ein so gutherziger Mensch dieses Ende findet?« Margret Heinemann schüttelte ungläubig den Kopf. »Aber jetzt ist er an einem besseren Ort. Ich hoffe es.«

Parkov richtete sich auf. »Hier sind seltsame Spuren. War ein Hund im Pfarrgarten?«

»Was?«

»Pfotenabdrücke im nassen Gras, auf der feuchten Erde deutlich zu erkennen. Hier ist ein Hund vorbeigekommen, vor nicht allzu langer Zeit. Von der Tiefe der Abdrücke und dem Grad des Einsinkens her würde ich vermuten, dass er so etwa in der Gewichtsklasse eines Labradors sein muss. Mindestens.«

»Oh, das …« Die Haushälterin blickte betroffen drein. »Daran hab ich gar nicht gedacht.«

»Hatte der Priester einen Hund? Oder Sie?«

»Ja, natürlich. Ich hab das völlig vergessen. Max ist immer drüben im Garten, wenn Jacob in der Kirche … Soll ich ihn rufen?«

»Welche Rasse?«

Marie spürte, wie Parkov sich anspannte. Etwas hatte ihn gepackt, das mit dem Hund zusammenhing.

»Ein Golden Retriever. Ist das wichtig?«

»Rufen Sie ihn.«

»Was?«

»Jetzt!«

Die Haushälterin ging mit einem Kopfschütteln zum Gartentor. »Max«, rief sie, »Max, komm!«

Doch kein Golden Retriever kam angerannt. Es krächzten nur die Raben, die sich wieder in den Eichen und Tannen niedergelassen hatten und sie mit dunklen Augen betrachteten, während der Regen fiel und fiel.

»Er ist nicht da«, rief die Haushälterin. »Ich begreif das nicht.«

»Geben Sie sich keine Mühe«, sagte Parkov. »Jemand hat den Hund mitgenommen.«

Marie sah Parkov überrascht an. Er ließ sich jedoch kein weiteres Wort entlocken und ging stattdessen über den Rasen, den Blick in einem fort auf den Boden gerichtet.

»Er ist ein wenig exzentrisch, oder?« Die Zeugin blickte Parkov hinterher. »Vermutlich ist das der Preis, den man zu zahlen hat, wenn man es mit Wahnsinnigen aufnimmt. Hoffentlich finden Sie ihn.« In den Augen der Frau standen eine Hoffnung und innere Kraft, die Marie nur selten bei Hinterbliebenen entdeckt hatte. In diesem Moment spürte sie, dass die Frau mehr mit dem toten Priester verbunden hatte als eine Beziehung zwischen Hausbesitzer und Haushälterin. Zugleich entdeckte sie eine tiefe Trauer in ihren Augen, die sie berührte.

»Ich weiß, was Sie durchmachen«, sagte Marie leise, holte tief Luft – eine würzig riechende, regenfeuchte Abendluft, die von dem herannahenden Herbst und langen Nächten in dicken Pullovern erzählte – und bemühte sich, die Fassung zu bewahren. Die letzten Worte des Anrufers rumorten in ihrem Kopf wie ein Gift, das er dort platziert hatte, um ihr wehzutun. Sie wusste nicht, wie sie sie loswerden sollte: *Du wirst sterben.*

»Ja.« Die Haushälterin nickte. »Das kann ich Ihnen ansehen, Frau Kommissarin. Ihn«, sie deutete in Richtung Parkov, der gerade mit einem Spurensicherer sprach, »berührt es auch, aber er gibt sich alle Mühe, sich nichts anmerken zu lassen. Wollen Sie mit reinkommen? Ein heißer Kaffee wird uns guttun. Kommen Sie raus aus dem Regen.«

»Ja. Sehr gern.«

Sie folgte der Frau in die ebenerdig gelegene Pfarrwohnung. An den Wänden hingen Fotos der Kirchengemeinde bei Festen, Ausflügen und Veranstaltungen. *Ein Mann, der immer strahlte, selbst dann, wenn es ihm nicht anzusehen war. Der seine Umgebung ebenfalls zum Lächeln brachte. Ein Mann, der seine Mitmenschen erhellte. Ein Charismatiker; vielleicht tatsächlich ein guter Mensch, wie sie behauptet.*

»Wollen Sie Bilder sehen? Um ein Gefühl für ihn zu bekommen? Um zu sehen, was für ein Mensch er war?«

»Gern«, dankte Marie ihr zögerlich lächelnd.

Frau Heinemann kehrte mit einem Fotobuch zurück. »Das ist von seinen Reisen, ehe er die Stelle hier antrat.«

»Er war Missionar?«

»Ja. Lange Zeit.«

Auch auf diesen Bildern war die charismatische Ausstrahlung des noch jungen Mannes, mit der er jeden in seiner Nähe anzustecken schien, deutlich auszumachen. Marie blätterte ein wenig, bis ihr Margret Heinemann eine dampfende Tasse mit Kaffee hinstellte.

»Zucker? Milch?«

»Nur etwas Milch. Vielen Dank.«

»Kommt sofort.«

»Mhm«, sagte Marie, nachdem sie den Kaffee probiert hatte. »Der ist sehr gut.«

Die Haushälterin wischte sich über die Augen. »Ja. Ein Geschenk. Er ist geradezu ein Kenner, was die Wahl der richtigen Sorte angeht.« Sie senkte den Blick. »Er *war* es. Ich muss mich erst noch daran gewöhnen. Aber ich weiß, er wird nie so ganz gehen. In meiner Erinnerung ist er noch hier, gleich hier. Und es ist eine gute Erinnerung, wir waren zufrieden.«

»Ich dachte, katholischen Priestern sei es verboten, eine Beziehung einzugehen.«

»Unsere Verbindung war eine des Geistes.«

»Das ist die ganze Wahrheit?«

Frau Heinemann lächelte traurig. »Was der Bischof nicht weiß, macht ihn nicht heiß.«

»Also war da mehr, als ihm nach seinem Gelübde erlaubt war.«

»Ja.« Sie senkte den Blick. »Ja, so war es.«

Marie schloss das Fotoalbum. »Afrika, sagten Sie?«

»Zaire, die heutige Demokratische Republik Kongo.« Margret Heinemann bemerkte die Gefühlsregung auf Maries

Gesicht. »Ich sehe Ihnen an, dass das für Sie nicht überraschend kommt.«

»Ich war schon fast darauf eingestellt, als Sie sagten, er sei Missionar gewesen.«

»Einen Augenblick, ich habe da noch etwas, das Sie interessieren könnte.« Sie erhob sich. Marie trank ihren Kaffee, schloss die Augen, genoss die Wärme, die ein kleiner Kachelofen in ihrem Rücken ausstrahlte, und lauschte dem prasselnden Regen.

Leise Schritte kündigten die Rückkehr der Haushälterin an. »Schauen Sie mal. Da war er in Kinshasa.«

»Welches Jahr?« Marie verspürte ein ungutes Gefühl. Zu viel geschah hier, das plötzlich zusammenpasste, zu viele Dinge, die mit einem Mal wie Puzzlestücke ineinandergriffen.

»1997.«

Das Jahr, in dem Tymon Sorg verschwand.

»Fühlen Sie sich nicht wohl?« Die Haushälterin musterte Marie mit einem durchdringenden Blick. Marie sah auf ihre Kaffeetasse. War es möglich, dass …

Nein. Wer immer er war – mit wem auch immer er zusammenarbeitete, *Professor* oder nicht, um all das zu bewerkstelligen –, sie durfte ihn nicht fürchten. Sie durfte ihn nicht als übermächtigen Gegner betrachten, der nicht zu stoppen ist. *Er macht Fehler wie wir alle, Fehler, die ihn nicht von uns unterscheiden. Er ist bloß ein Mensch mit einer außergewöhnlichen, grausamen Inspiration.*

Und das hier? Bloß Zufall?

Glaubst du noch immer, es sei nur Zufall*?*

»Es geht schon«, sagte Marie zum dritten Mal an diesem Tag. »Aber all das geht auch an mir nicht spurlos vorüber.«

»Oh, das glaube ich.« Frau Heinemann berührte ihre Hand, eine Geste, die Marie sonst nie von einer Zeugin zugelassen hätte, doch diesmal zog sie ihre Hand nicht fort. »Es muss furchtbar sein, mit all dem Bösen, all den schlechten Taten umzugehen, alles mit anzusehen und mitzuerleben, aber Sie sind ja wenigstens nicht allein. Ich begreife noch gar nicht, dass er nicht mehr da ist.«

»Es tut mir so leid.«

»Leben Sie den Moment«, sagte die Haushälterin aufmunternd. Draußen zuckte ein Blitz und tauchte die Wohnung, in der für einen Augenblick der Strom ausfiel, in grelles Licht. »Ich wünschte, ich hätte ihm alles gesagt, was ich ihm sagen wollte. Wie viel er mir bedeutet. Jetzt komme ich nicht mehr dazu, die Zeit ist verstrichen und der Moment verflogen. Verpassen Sie ihn nicht. Wenn dieser Wahnsinnige so gefährlich ist, dass er einen unschuldigen Mann in einer Kirche tötet, passen Sie auf sich auf. Sagen Sie dem Mann da draußen, was Sie ihm sagen wollen. Ich habe bemerkt, wie Sie ihn ansehen und wie er Sie ansieht.«

Marie spähte durch die regennassen Fenster. Draußen machten verschwommene, schattenhafte Gestalten ihre Runde auf dem Vorplatz der Kirche. *Wie er Sie ansieht, wie Sie ihn ansehen.*

»Ich bin mir nicht sicher …«

»Aber ich glaube, Sie spüren es.«

Marie senkte den Blick. »Diese Zeiten, so düster, voller Hass und Unruhe. Wir hetzen von einem Ort zum nächsten. Es ist nicht der richtige Zeitpunkt.«

»Das ist es doch nie.« Margret Heinemann warf ihr einen mitfühlenden Blick zu. »Es liegt nur bei uns, diese Zeiten mit ein wenig Licht zu erhellen.«

»Ich wünschte, es wäre so leicht.«

Die Haushälterin nickte. »Ich wünschte, ich hätte ihn nicht allein gelassen. Wäre ich doch drüben bei ihm geblieben, der Mörder hätte gewiss nicht gewagt, ihm etwas anzutun. Aber dieser Polizist, der Jacob treffen wollte, bestand darauf, ihn allein zu sprechen.«

Marie sah auf. »Polizist? Moment, welcher Polizist?«

»Gegen eins, heute Mittag war das. Ein Polizist kam hier an die Tür und fragte mich, wo er Jacob finden könnte. Ich habe ihn in die Kirche gebracht und Jacob hinten in der Sakristei von seiner Bitte erzählt. Dann hab ich die beiden allein in der Kirche gelassen. Aber das war niemals der Mörder. Er hat mir seinen Ausweis gezeigt, alles war echt. Außerdem habe ich noch mal kurz nach Jacob gesehen, nachdem der Mann wieder gegangen war.«

»Und wie hieß der Polizist?«

»Weigand. Marius Weigand vom Landeskriminalamt Wiesbaden. Ist er etwa nicht hier?«

»Er ist …« Das helle Klingeln der Türglocke unterbrach sie. Marie schreckte zusammen, als hätte ihr jemand einen Stromstoß verpasst.

Frau Heinemann ging zur Eingangstür, Marie folgte ihr. *Weigand war hier und hat mit dem Priester gesprochen. Nur ein paar Stunden später wird der ermordet. Weigand ist nicht mehr Teil der Sonderkommission, was also hat ihn hierhergeführt?* Marie wurde das Gefühl nicht los, dass hier etwas Wichtiges geschehen war und sie den Zusammenhang übersah.

»Ich fragte mich schon, ob du im Regen fortgeschwommen bist«, sagte Parkov. Bei seinem halb garen Versuch, einen Scherz zu machen, musste Marie lächeln. Allein dafür war sie ihm dankbar.

»Nein, aber wir haben Kaffee«, sagte sie.

»Dazu sage ich … Einen Augenblick«, Parkov griff nach seinem Handy, »die Leitstelle.«

»Ja?«, fragte er neutral, bevor er schärfer wurde: »Was? Sicher? Wo? Verstanden. Ich werde mir das ansehen.«

»Was ist?«

»Die Rückverfolgung …« Parkov winkte Marie zu sich heran. Dann wandte er sich an Frau Heinemann: »Bleiben Sie im Haus. Öffnen Sie die Tür erst, wenn Sie sich vergewissert haben, wer davorsteht.«

»Daniel, was …«

»Die Rückverfolgung hat sein Handy gefunden. Er ist hier. Ganz in der Nähe. Sie sagen, er hat eben von der anderen Seite der Kirche aus telefoniert. Von der Hauptstraße … allem Anschein nach ist er noch immer dort.«

59.

Sie rannten, wie sie noch nie zuvor gerannt waren. Marie, Parkov, Jörg, Maythaler, der mittlerweile am Tatort eingetroffen war, ein ganzer Schwarm Polizisten in Uniform, alle jagten über den Vorplatz zur Straße.

Ein Wagen stand dort, ein VW-Bus mit dunklen Scheiben, laufendem Motor und leuchtenden Bremslichtern. Schwarze Abgase quollen aus dem Auspuff und wurden augenblicklich von Regentropfen zu Boden gerissen.

Dann gab er Gas. Reifen quietschten und hinterließen eine breite Spur auf dem Asphalt. Schüsse fielen, mehrere Kollegen hatten ihre Waffen gezogen und feuerten. Die Heckscheibe riss, doch der Wagen raste weiter, bog ab und verschwand.

Jemand fluchte. Viele stürmten zu ihren Einsatzfahrzeugen.

»Er entfernt sich in östlicher Richtung«, rief Parkov ins Handy. »Streifenwagen, dranbleiben! Er wird versuchen, sein Handy abzuschalten, und es irgendwo aus dem Fenster werfen.« Er spähte die Straße hinunter. »Wir hatten ihn vor unserer Nase, verflucht! Wie dreist er ist, wie überlegen er sich fühlt.«

Maythaler drehte sich zu Parkov um und hielt sich die Seite keuchend wie ein Blasebalg. »Parkov. Kommen Sie her. Das war's, es reicht endgültig.«

»Aber er konnte doch nicht … niemand hätte das wissen können!«

»Ich spreche nicht hiervon, Winter! Während Sie die Haushälterin befragt haben, erhielt ich die Nachricht, dass der alte Mann, den Parkov so überstürzt befragt hat, vor einer halben Stunde verstorben ist. *Das* ist mein Problem.«

Marie schielte zu Parkov, doch der starrte mit hängenden Schultern noch immer auf die Straße und rührte sich nicht. Sie öffnete den Mund und schloss ihn wieder. Alles, was sie hätte erwidern können, wäre unangebracht gewesen. Maythaler hatte recht: Parkovs Behandlung hatte dem angeschlagenen Körper des alten Forschers wahrscheinlich den Rest gegeben. *Oder?* Übersah sie etwas? Sie wurde das Gefühl nicht los, dass sie ein wichtiges Puzzleteil noch nicht an den richtigen Platz setzen konnte.

»Sie sind suspendiert, Parkov, mir bleibt nichts anderes übrig. Ich will Sie hier nicht mehr sehen. Die Sache wird untersucht. Los, her damit.« Maythaler streckte die Hand aus.

Wortlos löste Parkov seine Dienstwaffe und die Marke vom Gürtel und drückte Maythaler beides in die Hand. Dann ging er, ohne sich noch einmal umzusehen.

»Das können Sie nicht tun«, rief Marie. »Wir brauchen ihn gerade jetzt.«

»Wir? Oder Sie? Reißen Sie sich zusammen, Winter, machen Sie Ihre Arbeit, oder ich werde mir jemand anders suchen, der es tut. Beenden Sie die Befragung der Zeugin. Ich will den Bericht auf meinem Schreibtisch sehen.« Kopfschüttelnd wandte sich Maythaler ab.

Marie nickte, doch spürte sie, wie es in ihr kochte. »Wie Sie meinen.«

Parkovs hoch aufragende Gestalt war im Schleier des dichten Regens verschwunden. Auch wenn sie für einen Moment versucht war, ihm zu folgen, tat sie es nicht. Über den Vorplatz der Kirche lief sie zum Pfarrhaus zurück.

»Wir haben ihn aus den Augen verloren«, sagte der Kollege in der Leitstelle und gab das Autokennzeichen durch. »An alle verfügbaren Einheiten: Wir fahnden nach einem VW-Bus, silbergrau. Das Fahrzeug gehört einer Mietwagenfirma. Wir überprüfen das.«

Parkov hätte es vielleicht geschafft, dachte Marie. Aber so, unter diesen Umständen … langsam ging sie weiter. Der Regen, die Krähen, die Kühle – alles zerrte an ihren Nerven und drückte auf ihre Stimmung.

Maythaler macht einen Fehler. Er ist unsere einzige Chance. Schon weil der Mörder sich ihn als Gegenüber ausgesucht hat.

Aber war es tatsächlich so?

Konnte sie sich sicher sein, dass er sie nicht wieder benutzte? Konnte sie wirklich vertrauen, dass er ihr die ganze Wahrheit sagte?

Nein. Das kannst du nicht.

Einen Moment lang dachte sie darüber nach, wie sehr dieser Tatort von den anderen abwich und wie dreist der Täter war, ganz in der Nähe zu warten. Das Kennzeichen hatte sie sich eingeprägt, und doch war sie sich sicher, dass sie ihn auf diese Weise nicht finden würden – den Wagen gewiss, abgestellt ganz in der Nähe, während er selbst zu Fuß geflohen war. Und die Mietwagenfirma? Ein Trick. Falsche Papiere, nichts leichter als das.

Frustriert und durchnässt läutete sie am Pfarrhaus, entschlossen, die Befragung zu Ende zu bringen. »Sie sind ja komplett nass«, sagte Frau Heinemann mit warmer Stimme. »Kommen Sie rein, ich weiß schon, was geschehen ist.«

»Sie wissen *was*?« Irritiert folgte ihr Marie hinein. Am Küchentisch, eine warme Tasse Tee in den Händen, saß Parkov, als sei überhaupt nichts geschehen, und blätterte in dem Album, das sie zuvor angesehen hatte.

»Der Weg durch den Vorgarten war kürzer, als ich dachte«, sagte er mit einem Schmunzeln. »Hallo, Marie. Ich kann mich leider nicht von meinem Kollegen aufhalten lassen. So leid es mir für ihn tut, ich werde den Täter stellen.«

»Wenn er dich hier sieht …«

»Das wird er nicht.« Parkov nickte der Haushälterin zu. »Danke für den Tee, er war köstlich.« Dann deutete er auf die Hintertür. »Wir müssen los. Kommst du?«

60.

»Weigand war dort. Eine Spur hat ihn zu Ulrich in die Kirche geführt, und zwar schon Stunden, ehe wir auf ihn aufmerksam wurden. Wir müssen ihn finden.« Marie sah kurz in den Rückspiegel. Halb erwartete sie, dort einen dunklen Geländewagen zu sehen, der sie wieder verfolgte – doch die Straße war leer.

»Der Regen nimmt ab.« Parkov bremste an einer roten Ampel. »Der Sturm und das angekündigte Unwetter lassen weiter auf sich warten.«

Als wollte er Parkovs Worte bestätigen, schob sich zwischen zwei grauen Wolken ein einsamer, flüchtiger Sonnenstrahl hindurch, bevor er wieder verschluckt wurde. »Die Unwetterwarnungen werden weiter aufrechterhalten«, berichtete ein Meteorologe im Radio. »Jedoch wird das voraussichtliche Eintreffen des Sturmtiefs erst für den späten Abend und die frühen Nachtstunden erwartet. Bitte beachten Sie dabei ...« Weiter kam er nicht, denn Parkov drehte die Lautstärke herunter.

»Wundert es dich nicht, wieso er mit einem Mal auf seine sichere Verbindung über diese verschlüsselte App verzichtet?«

»Doch, schon.«

»Vielleicht hoffte er, ich würde ihm persönlich hinterherjagen. Vielleicht versucht er, mich zu isolieren.«

»Aber das wird nicht geschehen.« Marie bemerkte, dass Parkov nicht reagierte, sah, wie ein Schatten über seine Wangen huschte. »Oder?«

»Weigand ist abgetaucht. Er wird sich nicht melden, wenn ich ihn kontaktiere, und ich erwarte kaum, dass er mit dir sprechen wird«, wechselte Parkov schlagartig das Thema. »Nein, wir müssen selbst in Erfahrung bringen, wie es ihm gelungen ist, den Priester aufzuspüren. Wir haben etwas übersehen.«

»Weigand sagte, er würde versuchen, den Täter zu finden. Wir wissen, was er in der Zwischenzeit getan hat. Er hat weitergemacht, allein, ohne jemanden zu informieren.«

»Das hat er wohl«, stimmte Parkov zu.

»Was ist mit dem Hund?«

Parkov warf ihr einen nachdenklichen Blick zu. »Immer wieder ist ein Hund im Spiel. Rothenbergers Mischling, tot in der Halle. Linda Ilms und Jacob Ulrichs Hunde – beide verschwunden. Und Nicole Berger …«

»Ob sie einen Hund besitzt, hat bis jetzt niemand überprüft. Das war wohl kaum relevant.«

Parkov beschleunigte. »Bis jetzt. Ich habe das Gefühl, er will uns auf irgendeine Weise etwas sagen. Die Worte, die Entschuldigungshandlungen, die Hunde …«

»Und was?«

»Seine Taten sind zwiegespalten. Einerseits voller Grausamkeit, aber zugleich entschuldigend. Er mordet und spielt mit uns. Doch er lässt es zu, dass eine junge Frau wieder vom Dach steigt. Wenn er Nicole Berger hat tot sehen wollen, hätte er sie töten können, ohne dass wir es hätten verhindern können. Und die Hunde: Er tötet Rothenbergers Hund und lässt die anderen verschwinden. Wir sind bisher davon ausgegangen, dass er das nur getan hat, um ungestört zur Tat schreiten zu können, damit der Hund seine Besitzerin nicht verteidigen kann, aber was ist, wenn mehr dahintersteckt? Wenn er die Tiere aus einem anderen Grund mitgenommen hat?«

»Und aus welchem? Das ist unklar.«

»Öffne mal das Handschuhfach, Marie.«

Sie kam seiner Bitte nach. »Du hast eine zweite Waffe? Wieso überrascht mich das nicht?«

Parkov streckte die Hand aus. »Maythaler mag mir meine weggenommen haben, aber ich habe nicht vor, dem Entführer und seinen Komplizen unbewaffnet gegenüberzutreten.«

Marie reichte die Walther P99 an Parkov weiter. »Du meinst, wenn ich schon gegen Vorschriften verstoße, dann wenigstens richtig?«

»Willst du aussteigen?«

»Das ist nicht dein Ernst. Natürlich nicht. Ich will es zu Ende bringen, nicht anders als du.«

Ferner Donner, dann ein Blitz, dem ein Grollen folgte. Doch der Regen war versiegt und das Licht hinter den Kronen der Linden und Ahorne von einer goldroten Abendfärbung – wie Blut, das am Horizont vergossen wurde. Alles schien die Luft anzuhalten, auch der Sturm, der sich sammelte, ehe er losbrach.

Die Dämmerung senkte sich über Frankfurt. In den Schatten zwischen den Häuserschluchten brannte ein Feuer auf der Straße: Reifen, ein Autowrack, das man angezündet hatte. Daneben standen Feuerwehrkräfte vor den zerschlagenen Überresten eines Schaufensters. »Sieh dich nur um. Er ist zurück, wie der Dezembermann es angekündigt hat. Das ist sein Werk.«

Marie öffnete den Mund, um etwas zu sagen, doch war es abermals das Klingeln ihres Handys, das sie in diesem Moment unterbrach. Sie seufzte. »Ja?«

»Margret Heinemann«, erklang die Stimme der Haushälterin. »Ich bin es noch mal. Ich glaube, ich habe etwas Wichtiges ausgelassen – vorhin, als wir miteinander sprachen. Ich konnte ja keinen vernünftigen Gedanken fassen. Mir ist gerade etwas eingefallen, was in den letzten Tagen passiert ist und womöglich eine Rolle spielt, aber es ist nur eine Kleinigkeit, daher bin ich nicht sicher, ob …«

»Wir sind auch an Kleinigkeiten interessiert.« Marie schaltete die Lautsprecher ein. »Mein Kollege ist bei mir und hört zu.«

»Natürlich ist er das, nicht wahr? Schöne Grüße, Herr Parkov. Also, eine Woche ist es jetzt her. Jacob war anders an diesem Abend, aber er wollte nicht mit mir darüber sprechen, was ziemlich ungewöhnlich war. Ich habe genau gespürt, dass ihn etwas bedrückte: Jemand war am Morgen zu ihm gekommen, sie haben sich lange unterhalten. Später hat Jacob viele Telefonate geführt, aber was auch immer es war, was er da unternahm, ich bin mir sicher, dass er versucht hat, jemandem zu helfen. Das war eben seine Natur, und doch hatte er keinen Erfolg. Am Abend war er so niedergeschlagen wie lange nicht. Er wollte mir aber nichts sagen, und ich habe ihn auch nicht weiter bedrängt.«

»Die Anrufe, die er tätigte … Können wir die Telefonnummern bekommen?«

»Klar. Ich habe alles rausgesucht. Haben Sie was zum Schreiben?«

»Ja. Legen Sie los.« Marie schrieb mit. Nachdem sie sich verabschiedet hatten, studierte sie die Nummern. »Frankfurter Vorwahlen«, sagte sie. »Ich glaube, die eine da gehört zum Rathaus. Also hat Ulrich versucht, dort jemanden zu erreichen.«

»Nachdem er Besuch bekam und ein langes Gespräch führte …« Parkov blickte in die Dämmerung. Just in dem

Augenblick, als die Sonne hinter den Dachfirsten unterging und die Skyline in ein glühend rotes Licht hüllte, sagte er: »Hervorragend.«

»Ich rufe da an. Vier Nummern, das wird nicht lange dauern.«

»Marie, sieh dir das an.« Parkov klang so überrascht, dass sie neugierig aufblickte. Er fuhr nicht an, obwohl die Ampel vor ihnen längst auf Grün geschaltet hatte. Niemand hupte hinter ihnen. Marie beobachtete, dass Menschen ausstiegen, über die Straße gingen und sich einer Menge anschlossen, die sich dort versammelt hatte. Ihr Blick folgte Parkovs zu einer grauen, hoch aufragenden Fassade, auf der im Schein der jüngst entflammten Straßenlaternen eine Schrift schimmerte, Worte, gelb leuchtend wie eine Sonne in der Nacht.

SIE WAR ES NICHT
ER WAR ES NICHT
ICH KANN SIE NICHT LOSWERDEN
UND IHN EBENSO WENIG
ICH WILL NICHT MEHR
HELFT MIR

»Wir stehen unterhalb des Schulgebäudes«, sagte Parkov. »Das ist die Rückwand. Dort oben stand Nicole Berger. Er ist zurückgekommen, um seine Botschaft anzubringen.«

Marie sprang aus dem Wagen und ging hinüber. »Polizei«, rief sie. »Bitte fassen Sie nichts an.«

Die Menge wandte sich zu ihr um. Männer, Frauen und Kinder diverser Nationalitäten, Jung und Alt, ein kleiner Querschnitt der Bevölkerung der Stadt, der sich dort versammelt hatte.

»Ich erkenne Sie«, rief einer. »Sie waren im Fernsehen.«

»Bitte. Gehen Sie nach Hause.« Marie schluckte, um das raue Gefühl in der Kehle zu vertreiben. »Und passen Sie auf sich auf.«

Einige murrten, doch die meisten gingen.

Parkov schloss zu Marie auf. »Helft mir«, sagte er. »Wie ich es erwartet habe. Und es ist die Farbe, die er liebt, signalgelb.«

»Wie kann das sein? Wie kann er so bestialisch töten und zugleich um Hilfe bitten? Wieso kommt er nicht und stellt sich? Diese Aussage klingt, als hätte er Angst vor sich selbst, und wenn ich mir die Aufrufe zur Lynchjustiz im Netz ansehe, wäre es besser für ihn, sich zu stellen, ehe jemand anders ihn findet. Wieso also kommt er nicht auf die nächste Wache und gibt auf?«

»Ganz einfach: weil man ihn nicht lässt. Weil er nicht allein handelt. Unmöglich, dass er all das allein vollbringen konnte.«

»Der Professor?«

»Natürlich, denn wenn der Entführer nicht der mysteriöse Professor selbst ist, dann ist er jemand, der ihm hilft«, erwiderte Parkov überzeugt.

Marie informierte die Leitstelle, die zusagte, ein Team der Spurensicherung vorbeizuschicken.

»Die Unruhen nehmen zu«, sagte sie. »Das ist nicht mehr die Angst vor einem Täter oder eine möglicherweise berechtigte Kritik an einem System, das Schwache schutzlos zurücklässt. Sieht eher danach aus, als würden gewisse Gruppierungen die Gunst der Stunde nutzen, um Krawall und Anarchie heraufzubeschwören. Wir arbeiten trotz Bundespolizeiunterstützung nicht mehr am Rand unserer Leistungsfähigkeit, mittlerweile sind wir darüber.«

»Ich nehme eine Probe der Farbe, nur um sicherzugehen«, sagte Parkov. »Er mischt sie sich selbst, wie wir wissen, ganz der Bastler, der er ist. Wenn diese Sache hier von einem Nachahmer stammt, der sich einen Spaß daraus macht, eine Botschaft an

Hauswände zu pinseln, werden wir das bemerken. Es besteht durchaus die Möglichkeit, dass jemand in die Halle eingedrungen ist und die Botschaft entdeckt hat, ehe sie entfernt wurde. Dann wüsste man Bescheid, obwohl die Presse nichts davon erwähnte. Aber ich würde mir keine Hoffnungen machen: Der Stil passt, es ist nur seine Handschrift, die mich irritiert, sie ist nervöser als zuvor. Siehst du diese Verläufe, die Unsicherheiten? Er hat sich kaum mehr unter Kontrolle. Er war zornig, wütend und zugleich entsetzt. Seine Hände zitterten.«

»Wie willst du das analysieren? Du hast keinen Zugang zum Präsidium.«

»Den Zugang benötige ich auch nicht. Ich muss in mein Landhaus. Im Labor habe ich alle Technik, die wir benötigen.«

»Wir?« Marie hob die Brauen. »Maythaler wird mich sprechen wollen. Er will den Bericht von Frau Heinemanns Befragung auf seinem Schreibtisch. Ich kann nicht …« Sie verstummte, weil Parkov energisch den Kopf schüttelte.

»Das ist nicht wichtig. Wir müssen uns auf die Spur konzentrieren, der auch Weigand folgt. Fragst du dich nicht, wieso er sich nicht zurückmeldet?«

»Doch. Ich hoffe, es geht ihm gut.«

»Ich brauche dich hier. Du warst es, die einen Draht zu Frau Heinemann entwickelt hat. Sie hat dich ein zweites Mal angerufen, obwohl sie das nicht hätte tun müssen.«

»Komm schon, das war nichts Besonderes, Daniel.«

»Ich hätte den Draht zu ihr nicht aufbauen können. Ich hätte diese Information nicht bekommen, das weiß ich«, gestand er. »Ich hätte Nicole Berger auch nicht dazu bringen können, vom Dach zu steigen. Das warst ganz allein du.« In der Ferne zuckte ein Blitz, der sich über den Himmel verästelte. »Ich brauche dich, Marie. Jetzt, hier …«

»Du verlangst von mir, dass ich mich der Anweisung Maythalers widersetze?«

»Nein. Am liebsten wäre mir natürlich, du würdest tun, was er sagt.«

»Nur ist es effektiver, wenn ich es nicht mache. Schon klar, schon verstanden.« Marie seufzte. »Was glaubst du wohl, werde ich jetzt tun?«

»Ich weiß es nicht.«

»Dummkopf. Natürlich dir helfen.« Marie drehte sich im Kreis und spähte ins Zwielicht, das sich über die Dächer herabsenkte, während Schatten wuchsen und ihre Klauen in den noch regennassen Asphalt schlugen. »Denkst du, er ist noch hier? Denkst du, er beobachtet uns?«

»Ich bin mir sicher.«

Sie trat einen Schritt näher zu Parkov und senkte die Stimme. »Ich würde ihm jetzt gerne den Mittelfinger zeigen und ihn beschimpfen, aber ich glaube, das könnte er mir übelnehmen, hab ich nicht Recht?«

»Lass es einfach an mir aus. Drüben im Wagen«, erwiderte Parkov mit einem ironischen Lächeln. Ihr Blick begegnete seinem, und sie musste allen Umständen zum Trotz lachen. Der Laut vertrieb den Schrecken, wenigstens für einen Augenblick.

Zurück im Wagen, wählte sie die oberste der Nummern, die sie von Margret Heinemann erhalten hatte.

61.

»Ich weiß noch, um was es ging«, sagte die Sekretärin im Büro des Bürgermeisters, die sich Marie als Christine Gerber vorgestellt hatte, in gelangweiltem Tonfall. »Aber das kann ich Ihnen nicht einfach sagen. Sie brauchen einen richterlichen Beschluss, das wissen Sie.«

»Frau Gerber, hier stehen Menschenleben auf dem Spiel.« Marie spürte, wie sie ungehalten wurde. »Wenn er wieder zuschlägt … bitte, Sie wissen doch, was er tut. Es ist überall zu lesen und zu sehen. Er ist überall.«

Die Frau seufzte. »Na schön. Jacob Ulrich rief an, weil er sich für einen entlassenen Mitarbeiter der Stadt einsetzen wollte. Ich habe mir angehört, was er zu sagen hatte, und ihm versprochen, die Sache weiterzuleiten.«

Marie hielt den Atem an. »Und der Name dieses Mitarbeiters?«

»Ich sehe noch mal in den Unterlagen nach, einen Augenblick.«

Marie schirmte das Handy mit der Hand ab und sah zu Parkov. »Das ist es. Das muss die Spur sein, nach der wir schon so lange suchen.«

»Hier, Frau Winter, ich hab den Namen gefunden. Der Mann heißt Albert Tenow. Er war beim städtischen Grünflächenamt als Landschaftsgärtner angestellt, meinen Unterlagen nach schon über zwanzig Jahre. Vor zwei Wochen wurde ihm gekündigt. Ulrich hatte wohl davon erfahren und wollte sich für ihn einsetzen. Mehr weiß ich nicht. Ich habe mir diese Notiz gemacht, weil Ulrich darauf bestanden hat, den Bürgermeister persönlich zu sprechen, aber ob sie dann tatsächlich kommuniziert haben, weiß ich nicht.«

Marie blickte auf die anderen Nummern. »Er hat meinen Informationen nach noch bei drei weiteren Personen angerufen. Geben Sie mir bitte die private Handynummer des Bürgermeisters und die Adresse von Albert Tenow.«

»Oh, aber das kann ich wohl nicht einfach …«

»Sie sind seine Sekretärin. Natürlich können Sie das.«

Parkov tippte auf die Liste auf Maries Schoß. *Geheimnummer* formten seine Lippen.

»Na schön. Hören Sie zu. Aber die Adresse habe ich nicht, da müssen Sie beim Amt nachhaken.«

Marie notierte die Nummer, die wenig überraschend mit der letzten auf der Liste übereinstimmte. Dann bedankte sie sich und wählte die Privatnummer.

»Ja?« Jakobs' sonore Politikerstimme war leicht wiederzuerkennen.

»Herr Jakobs, mein Name ist Hauptkommissarin Marie Winter vom MK 1 Frankfurt. Kriminalpolizei.«

»Was kann ich für Sie tun?«

»Haben Sie vor einigen Tagen ein Gespräch mit einem Geistlichen namens Jacob Ulrich geführt?«

»Lassen Sie mich nachdenken.« Ein kurzes Zögern, das Marie wie Taktik erschien. »Ja, der Mann wollte wissen, wieso ein städtischer Mitarbeiter entlassen worden ist. Hören Sie, ich kann gerade nicht nachvollziehen, wieso das relevant sein soll, wir haben dringendere Probleme. Haben Sie nicht Ihren Job zu erledigen, Hauptkommissarin?«

»Es ist sehr wichtig. Eine konkrete Spur. Bitte erzählen Sie mir von dem Gespräch.«

Er hustete. »Es ging um einen Angestellten, der für die Grünanlagen verantwortlich war. Langgedienter Mitarbeiter, aber in den letzten Wochen extrem unzuverlässig. Seine Vorgesetzte hat ihn mehrmals abgemahnt, und als er zuletzt schlafend und betrunken angetroffen wurde, hat man ihn entlassen. Ulrich hat davon erfahren. Kennen Sie den Mann, Hauptkommissarin? Er hat, wie soll ich sagen, eine Tendenz, sich für Menschen einzusetzen, die ganz allein die Schuld an ihren Verfehlungen tragen. Er war ein wenig naiv, aber ich habe mir seine Argumente angehört. Dieser, äh, Gärtner, war bei ihm und hat ihn gebeten, ihm zu helfen. Ich versprach, mir die Sache anzusehen. Das genügte Ulrich. Ach ja, später hörte ich, dass er auch mit der Vorgesetzten des Mannes gesprochen hat und mit meiner Sekretärin und einem Juristen der Verwaltung, aber da war nichts zu machen. Die Kündigung war rechtmäßig.«

»Und wie hat Ulrich reagiert?«

»Der Priester? Von ihm hab ich nichts mehr gehört. Offenbar hielt er seine Aufgabe für erledigt, nachdem er diese vier Anrufe getätigt hat. Das mag gut fürs Image sein, hilft den Betroffenen aber nicht weiter. So war Ulrich immer. Darf ich fragen, wieso Sie …?«

»Er wurde ermordet. Wir brauchen die Adresse von Albert Tenow.«

»Die hab ich nicht. Du meine Güte, meinen Sie etwa …?«

»Möglich. Passen Sie auf sich auf«, sagte Marie und legte auf. »Albert Tenow. Entlassen nach zwanzig Jahren. Aber diese Morde, das passt nicht. Wenn er sich hätte rächen wollen, wieso tötet er dann diese Frauen?«

»Wir müssen ihn finden«, gab Parkov entschlossen zurück.

Marie wählte die Nummer des Grünflächenamts und ließ sich mit Tenows Vorgesetzter verbinden.

»Ja, wir haben die Entlassung ausgesprochen. Er war zuletzt nicht mehr fähig, seine Arbeit auszuüben. Er war unkonzentriert und häufig betrunken. Nach einem Unfall mussten wir ihn abmahnen.«

»Was für ein Unfall war das?«

»Ein Brand in einem Geräteschuppen. Ich gebe Ihnen Tenows Adresse, einen Augenblick.«

»Danke.« Marie notierte sich die Anschrift. »Gar nicht weit von der Lagerhalle, in der Larissa Rothenberger gestorben ist.«

Parkov wendete auf der Stelle. »Ich spreche mit ihm.«

»Du meinst wohl, wir beide.«

»Nein. Ich werde das tun, ich allein.«

»Aber …«

»Es ist zu gefährlich.«

»Und? Ich bin ebenso dafür ausgebildet wie du.«

Marie warf einen Blick aus dem Fenster, als sie am Höchster Stadtpark entlangfuhren. Eine Gruppe von Jugendlichen zog über die Straße und strebte in die Parkanlage. Marie glaubte, zwischen den hoch aufragenden Stämmen der Bäume einen Lichtschein auszumachen. Eine ganze Mannschaft von Streifenpolizisten beäugte die Menschengruppen, die sich im Umkreis gebildet hatten.

»Warte mal. Wir sollten noch eine Sache überprüfen, bevor wir bei Tenow mit der Tür ins Haus fallen.« Marie wählte erneut die Nummer der Haushälterin. »Frau Heinemann, Marie Winter noch einmal. Ich muss Sie fragen, ob Sie einen Mann namens Albert Tenow kennen? Sagt Ihnen der Name etwas?«

Heinemann überlegte. »Albert Tenow? Warten Sie, Tenow, Tenow – ja, ich denke schon. Das ist einer der Gärtner der Stadt, die auch die Grünanlagen in unserem Pfarrgarten in

Schuss halten. Ich glaube, Jacob hat sich hin und wieder mit ihm unterhalten. Ja, den sehe ich manchmal hier. Wieso fragen Sie?«

»Wann haben Sie ihn zum letzten Mal gesehen?«

»Das ist schon etwas her, bestimmt drei Wochen.«

»Wir wissen jetzt, dass es Tenow war, der mit Jacob Ulrich gesprochen hat. An dem Tag, an dem er so unzufrieden auf Sie gewirkt und die Telefonate geführt hat.«

»Oh. Aber an dem Tag habe ich den Mann nicht gesehen, tut mir leid.«

»Ich folge jetzt mal meiner Intuition«, setzte Marie unbeirrt wieder an, »Sie sagten mir etwas von Herbstfesten, die im Pfarrgarten veranstaltet werden, und von Holzfeuern.«

»Ja. Das hat Jacob gerne für die Gemeinde gemacht. Das sind die Tage, an denen mehr Leute als sonst zusammenkommen«, erinnerte sich die Haushälterin.

»Frau Heinemann, wissen Sie, wer diese Feuer aufgebaut und betreut hat?«

»Jemand von der Stadt. Wir hatten jemanden von der Feuerwehr hier, und wenn ich mich recht entsinne, hat dieser Tenow da auch mitgewirkt.«

»Frag sie, ob Tenow einen Hund hat«, flüsterte Parkov.

»Wissen Sie zufällig, ob Albert Tenow einen Hund besitzt?«

»Puh, lassen Sie mich nachdenken. Letztes Jahr war er hier auf dem Fest, meine ich, aber nageln Sie mich nicht darauf fest, und ich glaube, er hatte sogar zwei dabei. Irgendeinen großen Mischling und noch einen anderen.«

»Vielen Dank. Ich glaube, das ist sehr hilfreich.« Marie verabschiedete sich, legte auf, wählte abermals die Nummer der Stadtverwaltung und erkundigte sich bei der Sekräterin, ob für diesen Abend etwas im Stadtpark geplant war. »Ich kann da Feuerschein sehen. Und Fackeln.«

»Ein Herbstfest, das ein privater Veranstalter organisiert hat«, sagte Christine Gerber. »*In den Herbst mit Musik*. Wir haben schon den ganzen Tag überlegt, ob es wegen dieser Sache mit dem Mörder und den Demonstrationen abgesagt werden sollte, aber der Veranstalter hat sich dagegen entschieden. Es geht um Geld, wie es eben immer so läuft, und der Eilantrag der Stadtverwaltung ging vor Gericht nicht durch. Dort gibt es natürlich auch ein großes Holzfeuer. Wir haben schließlich heute Tagundnachtgleiche, wussten Sie das nicht?«

»Würden Sie mir einen Gefallen tun und mir ein Bild von Albert Tenow senden?«

»Natürlich. Einen Augenblick.«

Nachdem sie das Gespräch beendet hatte, wandte sich Marie an Parkov. »Da geht irgendwas vor sich.«

»Wir müssen Tenow suchen.«

»Dann lass mich hier raus«, drängte sie. »Ich muss auf dieses Fest.«

»Das Äquinoktium«, sagte Parkov, »der Tag, an dem sich Tag und Nacht in ihrer Dauer exakt gleichen. Ein heidnischer Brauch. Was erwartest du dort?«

Marie blickte zum Park hinüber. Ein Holzfeuer. *Diese Vorahnung* … »Von allen seinen Taten, welche war die beeindruckendste? Die mit dem Wasser? Berger, die auf dem Dach stand und springen wollte? Nein. Der Feuertod von Linda Ilm, weithin zu sehen. Es war das Feuer. Und Tenow hat an den Herbstfesten der Pfarrei mitgewirkt …«

»… und die Feuer betreut. Womöglich will er sich auch dieses nicht entgehen lassen.« Parkov runzelte die Stirn. »In Ordnung, machen wir es so: Ich werde ihn besuchen, und du siehst dich auf dem Fest um.«

»Das wäre auch meine Idee.« Marie öffnete die E-Mail, in der man ihr Tenows Bild gesendet hatte. Der Mann war etwa vierzig und blickte aus tief liegenden Augen an der Kamera vorbei, nicht direkt hinein. Er hatte dünnes blondes Haar, das sich an Schläfen und Koteletten grau verfärbte. »Die Abfrage in der Datenbank ergibt keine Treffer. Er ist nie auch nur aufgefallen.«

»Wir müssen mehr über ihn in Erfahrung bringen. Backgroundcheck, das ganze Programm. Wenn wir hier einem Phantom hinterherjagen …«

»Ich gebe Isabelle und Jörg Bescheid. Ich kann mich auf beide verlassen.«

»Maythaler wird wissen, dass du mir hilfst. Du musst das nicht tun, Marie.«

Sie schnaubte. »Das spielt jetzt keine Rolle. Ich will ihn stellen. Keine weiteren Morde, es muss aufhören. Also … treffen wir uns wieder hier, ja?«

»So gefällst du mir.«

»Nur so?«

»Nein. *Immer.*«

»Pass auf dich auf, Daniel.«

»Ach, du kennst mich doch.«

»Ja.« Marie schenkte ihm ein strahlendes Lächeln. »Gerade deshalb.«

62.

Parkov sah Marie nach, während sie über die Straße lief. Nachdem sie mit den Kollegen der Bereitschaftspolizei gesprochen hatte, verschwand sie mit einigen von ihnen im Park.

Ein Versprechen ist ein Versprechen, dachte er. *Jetzt ist es für eine andere Entscheidung zu spät. Zu spät, ihr alles zu sagen und den Plan zu ändern.*

Parkov schüttelte den Kopf, verdrängte jeden Gedanken an das, was sie getan hatten, was er *ihm* versprochen hatte.

Es war geschehen.

Notwendig gewesen.

Ein Plan, zu höherem Wohl gestrickt, ein Netz, in dem sich der Feind verfangen würde.

Und dennoch: Eine Lüge war eine Lüge und nicht rückgängig zu machen. Marie würde es nicht gutheißen.

Er beschleunigte. Fünf Minuten später hatte er Tenows Meldeadresse erreicht.

Mit wehendem Mantel stieg er aus, schob sich an einer alten Frau vorbei, die das Treppenhaus gerade verlassen wollte, und ging die Stufen hinauf.

Die Tür war nur angelehnt. Parkov zog die P99 und trat ein.

63.

Marie erklärte den Kollegen der Bereitschaftspolizei, nach wem sie Ausschau hielt, und folgte dann dem Pfad, der durch den Park führte. Sie bewunderte die Leistung der Kollegen, die Unruhen im Zaum zu halten und gleichzeitig ein Fest wie dieses zu gewährleisten, während ein Mörder die Stadt unsicher machte.

Wir werden uns weder einschüchtern lassen, waren Bürgermeister Jakobs' Worte in Fernsehen und Radio gewesen, *noch werden wir zurückweichen.* Nichts demonstrierte diese Haltung deutlicher als dieses Fest an diesem Abend.

Marie trat auf die offene Grünfläche inmitten der Parkanlage. Der regenfeuchte Boden war von Laub bedeckt, Grasbüschel wehten im Wind. Ein mächtiger Holzstoß ragte inmitten der Lichtung auf: das Herbstfeuer. Noch war es nicht entzündet.

Ein Pärchen kicherte angetrunken und schlenderte vorbei. Marie versuchte, alle Eindrücke und Bilder des Abends und der Umgebung gleichzeitig aufzunehmen: die Kollegen der Feuerwehr, die in der Nähe die Abdeckung vom Holzstoß entfernten, die das Holz trocken gehalten hatte; die Besucher, die sich in großen Gruppen vor einer Bühne, auf der ein Veranstalter sprach, und einem Verkaufsstand mit warmen Getränken und Würstchen versammelt hatten; die Windlichter, die die Pfade mit orangegelbem Flackern erhellten; die Touristen, die zwischen den Bäumen herumstromerten.

Er war hier. Sie konnte es beinahe körperlich spüren. Er beobachtete das Feuer, das bald entfacht werden würde.

Sie starrte in die Dunkelheit zwischen den Bäumen. Eichen, Kastanien, Linden, Erlen, rauschend im Wind. Schatten, die über das nasse Gras tanzten. Ferner Donner, Regen und Wetterleuchten. Herbst.

»Verraten Sie mir«, fragte sie einen der Männer der Feuerwehr, »wann das Feuer entzündet wird?«

»Gleich. Nur noch ein paar Minuten, dann ist es so weit.«

Sie zeigte ihm und den Kollegen das Bild von Tenow, erntete jedoch nur Kopfschütteln. Einer der Männer bedeutete ihr zurückzutreten. »Wir werden den Holzstoß jetzt gleich anstecken, sobald die Rede vorüber ist. Das wird heiß.«

Applaus brandete auf. Marie sah sich um. Die Bereitschaftspolizisten waren nicht auszumachen. War es ein Fehler, niemanden zu informieren? Vielleicht, aber was konnte er schon anstellen, hier, inmitten eines Festes mit zahllosen Menschen? Das war nicht seine Vorgehensweise.

Sie überprüfte eilig die Website. Der Bildschirm war schwarz, das Fenster des Videoplayers verschwunden, und anstelle des Countdowns stand da ein großes Fragezeichen.

Und doch – etwas würde geschehen. Es war ein Gefühl, eine Vorahnung. Instinkt.

Er war hier.

»Es geht los«, sagte der Feuerwehrmann. Er schenkte Marie ein frohes Lächeln. »Darf ich dir was zu trinken besorgen, oder bist du noch lange im Dienst?«

Marie lehnte ab. Sie war auf die Männer konzentriert, die den Holzstoß in Flammen setzten. Einer hielt einen großen Brenner, den er zum Holz hinabsenkte.

Das Gefühl der Bedrohung wuchs.

Etwas war falsch, so entsetzlich falsch, dass sie es nicht in Worte zu fassen vermochte, doch sie konnte es spüren: Etwas würde geschehen.

»Sie sehen erschöpft aus«, sagte der Mann neben ihr. »Ich sollte Ihnen besser doch einen warmen Kaffee besorgen.«

»Nein. Nein, warten Sie.«

Marie sah zu, wie das Feuer im Holzstoß wuchs und die Flammen an den Holzscheiten emporzüngelten und leckten.

»Ja, es ist beeindruckend, nicht? Der Typ, der den aufgebaut hat, ist ein Künstler. So feuerbegeistert, dass es beinah schon erschreckend ist.«

Marie traute ihren Ohren nicht. »Was haben Sie gerade gesagt? Soll das heißen, die Feuerwehr hat den Holzstoß nicht selbst aufgebaut, sondern jemand anders?«

»Ja, wir waren es jedenfalls nicht. Wir haben ihn nur als ordnungsgemäß abgenommen. Der Veranstalter hat …«

Marie ließ ihn stehen, während er noch etwas hinter ihr herrief. Sie rannte über den Platz, quer durch die Menge, kämpfte sich durch die Herumstehenden, erntete Flüche und Kratzer und erreichte den Veranstalter, der gerade die Bühne verließ. Eine Band stimmte einen schnellen Song an.

»Wen haben Sie dieses Holzfeuer aufbauen lassen?«, rief sie. »Wer war das?«

Der Mann schien die Dringlichkeit in ihren Augen abzulesen. »Das war der, der das schon immer gemacht hat. Albert Tenow und ein paar meiner Leute. Gestern war das, ich glaube aber, er war heute nochmal da, als dieser heftige Regen runterkam. Der Park war leer, und ich hatte meine Schlüssel hier liegen lassen und kam noch mal zurück, da hab ich ihn aus der Ferne da am Holzstoß gesehen. Er war allerdings nicht allein, wenn ich mich richtig erinnere. Da war jemand bei ihm …« Er kratzte sich nachdenklich am Kinn. »Guter Mann. Schien mir allerdings ein bisschen abwesend. Das ist doch hervorragende Arbeit, oder?«

»Ist er noch hier?«

»Mit Sicherheit. Er liebt seine Feuerspiele.«

»Sie müssen sofort die Leute vom Gelände schaffen«, sagte Marie eindringlich. »Tenow ist gefährlich.«

»Aber …«

»*Sofort.*«

»Und Ihr Name ist?«

»Winter. Kriminalpolizei Frankfurt.« Sie hielt ihm ihren Ausweis unter die Augen. »Los, ich bestehe darauf!«

»Kommen Sie schon, Sie verderben all den Leuten einen schönen …« Er verstummte. Marie wirbelte herum – auch sie hatte es gehört. Jemand schrie drüben auf der großen Lichtung in der Nähe des Feuers.

Dann wurden aus einem Schrei viele.

Marie rannte mit allem, was ihr Körper noch an Kraft hergab. Ihre Schulter schmerzte, die alte Verletzung und der Kampf mit Fite machten sich bemerkbar, doch sie ignorierte alles, so gut es ging.

Menschen strömten ihr entgegen. Ein junger Polizist stieß beinahe mit ihr zusammen. »Da ist etwas, ich weiß nicht …«

Marie hielt ihn an den Schultern fest. »Ganz ruhig. Sorgen Sie dafür, dass die Menschen das Gelände sicher und ohne Zwischenfälle verlassen können, ja? Verstanden? Vermeiden Sie einfach jede weitere Panik. Sie schaffen das.«

Er nickte. »Okay.«

Marie ließ ihn stehen und rannte auf den brennenden Holzstoß zu. Die Flammen schlugen fünf Meter in die Höhe.

Ein Feuerwehrmann stürmte mit einem Schlauch heran. Marie starrte in das Feuer …

… *und sah es.*

Inmitten des Holzstoßes war eine Gestalt an einen Pfahl gebunden.

Marie konnte erkennen, dass sie sich bewegte. Sie sah, wie der Körper in Todesqualen zuckte, und doch vernahm sie keinen Laut. Sämtliche Schreie stammten von den Umstehenden, die den Blick nicht abwenden konnten.

Es sind nur die Flammen, hoffte sie. *Die Hitze, die dir ein Bild vorgaukelt. Er lebt nicht mehr.* Wenigstens wünschte sie das demjenigen, der dort verbrannte.

Marie packte einen Feuerwehrmann beim Arm. »Ich glaube, Sie können ihm nicht mehr helfen. Löschen Sie, aber … Oh Gott, geben Sie acht, dass Sie keine Spuren verwischen.«

Er starrte sie an, ohne sie richtig wahrzunehmen. Dann nickte er. »Wir geben unser Bestes.«

Marie setzte einen Notruf ab und informierte die Spurensicherung. Dann umrundete sie den Holzstoß, um aus dem Wind herauszutreten, der von Westen blies und den üblen Geruch mit sich trug.

»Wir haben das hier im Gras gefunden«, sagte ein Bereitschaftspolizist mit überschlagender Stimme, als er sie erreichte. »Es ist einer von uns. Scheiße, wie ist das möglich? Wie kann das sein?«

Marie starrte mit wachsendem Entsetzen auf den Ausweis, den der Kollege entdeckt hatte.

Marius Weigand. LKA Wiesbaden.

Also hatte er den Täter am Ende doch gefunden.

Und der Mörder ihn.

64.

Parkov blickte aus dem Fenster von Tenows Wohnung in die Dämmerung, die über Frankfurt heraufzog.

In der Ferne heulten Sirenen.

Etwas geschah. Etwas Unvorhergesehenes.

Es war sein Werk. Das des Unbekannten, der den Entführer antrieb. Der Professor, wie man ihn genannt hatte, war *hier*.

Während Parkov die Stadt musterte, sich auf die Couch in der kahlen Wohnung setzte, wartete und in die Dunkelheit blickte, konnte er ihn beinahe spüren.

Er konnte ihn in der Stadt spüren. Wie eine eisige, arktische Präsenz des Bösen.

Aber das war natürlich Unsinn. Esoterik. Oder nicht?

Tenows Wohnung wirkte so leer, verlassen und ungenutzt, als hätte der Mann schon seit Wochen keinen Fuß mehr hineingesetzt. Alles war aufgeräumt und geordnet, als hätte der Bewohner beschlossen, nie mehr zurückzukehren.

Als hätte er mit diesem Teil seines Lebens abgeschlossen.

Auf einer Kommode waren im Staub Abdrücke von Bildern zu sehen, die einmal hier gestanden hatten. Jemand hatte Spuren beseitigt.

Parkov überprüfte das Telefon. Alle Nummern waren gelöscht worden.

Jemand war wirklich gründlich gewesen.

Es gab nur ein paar Kratzspuren an Wänden und Türen, die selbst die Farbe, mit der nachgebessert wurde, nicht vollständig verbergen konnte.

Im Bad entdeckte er eine weitere Spur. Robuste, kurze Haare, die sich in den Ritzen zwischen den Fliesen verfangen hatten.

Hundehaare.

Eine Fliese hinten im Raum war locker, und als Parkov sie anhob, kam darunter ein Loch zum Vorschein, in das er hineingreifen konnte. Etwas Metallisches war dort unten, etwas mit einem Schlüsselloch. Eine Kassette. Als er sie bewegte, klapperte nichts. War sie leer? Aber wieso war sie dann verschlossen?

In diesem Augenblick meldete sich sein Smartphone: Marie.

»Ja?«

»Weigand ist tot.« Sie klang erschöpft und ein wenig verängstigt. »Das Fest ist vorbei. Es ist zu einem einzigen Chaos geworden. Jemand hat Weigand in den Holzstoß gesteckt. Dort ist er verbrannt.« Sie holte tief Luft, klang entnervt, überdreht und am Rande ihrer Kräfte.

»Ich bin sofort da«, sagte er. »Komm raus da. Wir treffen uns wie verabredet.«

»Ist gut.«

Weigand, dachte Parkov, *dieses Ende hat er nicht verdient.*

Eilig verließ er Tenows Wohnung und machte sich auf den Weg nach unten. Der kühle Abendwind blies ihm ins Gesicht und trieb Regentropfen heran. Darunter ahnte er den Geruch eines Feuers, das nicht nur Holz verbrannte.

Eine hoch aufgeschossene Gestalt machte sich an seinem Bentley zu schaffen.

»Ganz langsam«, sagte Parkov und berührte den Griff der P99. »Nehmen Sie die Hände da weg.«

Der Mann rührte sich nicht, lachte nur leise. »Ich dachte, du würdest mich im Dunkeln erkennen, Bruder.«

»Du?«

Michail Parkov drehte sich um. Die eisblauen Augen musterten ihn mit der Kraft ferner Sterne. Sein Bruder trat einen Schritt näher und verstaute ein kleines elektronisches Gerät in seiner Manteltasche. »Weißt du eigentlich, dass dieser Wagen ganz einfach zu hacken und aufzuspüren ist?«

»Für dich vielleicht. Für den Rest der Sterblichen aber nicht.« Parkov verschränkte die Arme. »Was willst du hier? Ich habe zu tun.«

»Zu tun? Was du Arbeit nennst, nenne ich eine belanglose Beschäftigung mit den Sorgen von Idioten, die uns nichts angehen. Ach ja, und natürlich dein Wunsch, dieser kleinen Kommissarin zu gefallen.«

»Halt den Mund.«

»Du hast mich um einen Gefallen gebeten.«

»Und?«

»Ich habe die Proben analysiert, kleiner Bruder.« Michail Parkov griff in seinen Mantel und holte einen Umschlag heraus. »Es ist so, wie du dachtest. Du hast einmal mehr schnell und scharf kombiniert. Er benutzt ein mir völlig unbekanntes, extrem aggressives Rauschgift, aus einer vermutlich in Afrika heimischen Pflanze synthetisiert, dessen Wirkweise entfernt mit Norepinephrin verwandt ist. Es geht die Synapsen auf molekularer Ebene direkt an, kann sich in aerosoler Form über die Luft ausbreiten oder als Feststoff verwendet werden und eignet sich hervorragend zur Bewusstseinserweiterung und Erweckung von Furcht. Die Untersuchungen laufen noch. Es ist komplex und mit nichts zu vergleichen, was wir bisher gesehen haben. Also ist das alles, was ich dir bis jetzt sagen kann.«

Parkov schnappte sich den Umschlag mit einer flinken Bewegung. »Ganz großartig. Das lese ich später. Die Dankeskarte kommt mit der Post.« Er wollte einsteigen, doch sein Bruder hielt ihn zurück. »Er ist gefährlich. Er ist eine größere Bedrohung, als du dir vorstellen kannst. Dieses Zeug ist ein Kampfstoff.«

»Ach ja? Ich nehme an, du meinst, es ließe sich hervorragend als ein solcher verwenden. Denkst du schon daran, was sich damit anfangen ließe? Denkst du an die Firma? Daran, wie du aus deinen fünfundzwanzig Milliarden dreißig machen kannst? Und ich dachte, es gibt Abkommen, die dieses Zeug verbieten.«

»Hör auf damit, rate ich dir. Pack deine Sachen und verschwinde. Lass es sein. Jage ihn nicht weiter, wenn dir dein Leben lieb ist – und das deiner kleinen Hauptkommissarin.«

»Und ich rate dir eines, Bruder.« Parkov senkte die Stimme. »Steh mir nicht im Weg.«

»Nein«, sagte Michail Parkov, »du drohst mir nicht.« Er schnupperte in der Luft. »Riechst du das?«

»Feuer.«

»Nicht das Feuer. Du denkst wieder nur an deine lieben Menschlein. Das ist der Geruch von *Veränderung*. Du musst dich allmählich entscheiden, ob du dich ihr widersetzen und vergehen willst oder ob du daran teilhaben möchtest. Was immer geschieht, ich werde derjenige sein, der am Ende oben steht. Überleg dir, ob du neben mir stehen oder mir in den Rücken fallen willst.«

Parkov stieg in den Wagen. Als er zum Bürgersteig blickte, war sein Bruder fort.

Langsam steuerte er den Bentley in Richtung Stadtpark. Seine Hände zitterten.

65.

4 Stunden und 24 Minuten bis zum Ablauf des letzten Ultimatums

»Das kann er doch nicht machen.« Marie blickte ungläubig auf ihr Handy.

»Natürlich kann er das. Er ist der Bürgermeister.«

»Aber das wird nicht gut gehen, das ist viel zu gefährlich.« Sie entdeckte Parkovs Wagen, der sich näherte, und winkte ihm. »Ich muss gleich weiter.«

»Marie«, rief Jörg durch den Hörer. »Hör mir zu. Ich weiß nicht, was gerade in dieser elenden Stadt geschieht, aber ich glaube mittlerweile, dass hier nichts so ist, wie es scheint. Wir haben den Mietwagen entdeckt, mit dem der Täter an der Kirche war. Der Wagen wurde von einem gewissen Pedro Brentano gemietet, dessen Leiche wir im Wagen fanden.«

»Das ist der Sicherheitsmann vom Messeturm, der unseren Täter hinaufgelassen hat«, fluchte Marie. »Verdammt.«

»Genau. Er ist schnell und clever. Du musst auf dich aufpassen. Wenn ich ehrlich bin, mache ich mir große Sorgen.«

Sie schluckte. Das raue Gefühl in ihrer Kehle war wieder da, und dieses Mal wurde sie es nicht los. »Das musst du nicht. Parkov und ich ...«

»Das ist genau das Problem. Maythaler will, dass du herkommst. Du kannst nicht einfach ...«

»Wir haben ihn, Jörg.«

»Ihr habt was? Wovon sprichst du?«

»Das sagte ich doch schon: Albert Tenow. Der Mann ist verschwunden, aber alles deutet darauf hin, dass er derjenige ist, der diese Morde begangen hat. Wenn Maythaler Parkov aus der Sache raushalten will, muss er sich eben auch auf meine Abwesenheit einstellen. Denn ich weiß, was Parkov tun wird, wenn ich ihm nicht helfe.«

»Und was soll das sein?«

Marie strich sich eine Strähne aus der Stirn. »Er wird ihm gegenübertreten und *sterben*. Darauf läuft alles hinaus. Dieser Mann hat nur ein einziges Ziel: Er will Parkov töten.«

»Der Professor? Du weißt nicht einmal, ob es ihn gibt! Marie, verflucht, hörst du dich eigentlich reden?«

»Erinnerst du dich an unser Gespräch vorgestern Abend im Auto? Bevor alles anfing? Bevor wir Rothenberger fanden?«

»Natürlich, Marie, aber was ...«

»Er ist da. Er existiert. Ich weiß es. Jörg, bitte, du musst mir vertrauen.«

»Und Lucie? Wie kannst du nur so sein?«

»Das ist nicht fair. Lucie ist in Sicherheit. Du weißt genau, dass ich nie riskieren würde, dass ihr etwas zustößt.«

»Du verrennst dich, das ist eine Obsession. Du willst, dass ich Tenows Hintergrund prüfe? Aber er kann doch nicht der Professor sein, das ergibt keinen Sinn.«

»Nein. Er nicht. Aber der, mit dem er zusammenarbeitet, auch wenn ich nicht weiß, ob das der richtige Begriff ist. Der, der mit uns spielt. Das war nicht Tenow. Das war er, der andere.«

»Gott, das ist alles so …« Jörg verstummte. »Hast du was von Isabelle gehört?«

»Nein, habe ich nicht.« Parkov hatte sie erreicht. Sie bedeutete ihm, einen Augenblick zu warten. »Moment, was soll das heißen? Ich dachte, sie ist mittlerweile wieder im Präsidium und befragt den Exfreund von Nicole Berger.«

»Nein. Das habe ich erledigt. Der ist harmlos, hat nichts damit zu tun. Die kleine Berger wurde manipuliert, kein Zweifel, aber dieser Kerl, mit dem sie über Facebook in Kontakt stand, existiert nicht. Der ist von Grund auf erfunden. Und Spuren zum Zurückverfolgen gibt es keine mehr, genau wie bei Linda Ilm.«

»Ich verstehe. Überprüft das weiter. Lasst den Exfreund gehen, wenn der Staatsanwalt keine Einwände hat. Isa ist also nicht da?«, fragte Marie beunruhigt. »Dann werde ich mich darum kümmern. Wenn sie die Sache mit ihrem Freund wieder hinbiegen will, kann das dauern. Hör zu, Jörg, ich muss Schluss machen.«

»Ich wünschte, du würdest das nicht tun. Komm einfach her, wir brauchen dich hier.«

»Nein. Ich kann nicht.« Sie legte auf. Ihre Hand zitterte. Auf ihrer Wange standen Regentropfen – oder waren es Tränen?

Energisch wischte sie sie fort.

Dann ging sie auf Parkov zu.

»Also«, sagte sie leise, nachdem sie sich in den Bentley gesetzt hatte, »da bin ich wieder.«

»Bist du okay?«

»Nein.« Marie schüttelte den Kopf. Die zuckende, brennende Gestalt des Mannes inmitten des Holzstoßes stand ihr noch vor Augen, als hätte sie zu lange in das gleißende Licht der Sonne geblickt, und der Geruch hing in ihrer Nase, stechend, Übelkeit erregend, unmöglich, ihn loszuwerden.

»Es ist schlimmer als auf dem Messeturm. Ihn aus der Nähe zu sehen, während es passiert …« Sie ließ das Fenster einen Spalt herunter und zwang sich, ruhig und gleichmäßig durchzuatmen. Ihre Finger krallten sich in den Stoff ihrer Jeans. »Hast du von den anderen Neuigkeiten gehört?«

»Ja. Bürgermeister Jakobs hat erklärt, er sei bereit, sich den Fragen der Öffentlichkeit zu stellen und ein Geständnis abzulegen, was immer er damit meint. Es läuft grad überall in den Nachrichten. Er will verhindern, dass noch mehr Menschen sterben. Weigands Feuertod hat endgültig das Fass zum Überlaufen gebracht. Wenn es dann nicht funktioniert, werden sie Versammlungsverbote durchsetzen.«

»Ein Geständnis?«

»Was immer es ist, es kann nichts Gutes bedeuten.«

Parkov beschäftigte etwas, das bemerkte sie sofort. »Hast du etwas herausgefunden?«

Noch immer sah er sie nicht an. »Jemand hat aufgeräumt, war aber nicht gründlich genug: Hundehaare von mindestens zwei Tieren. Tenow war schon länger nicht mehr in seiner Wohnung.« Parkov berührte seine Manteltasche, ließ die Hand dann wieder sinken, als hätte er sich anders entschieden. »Das ist alles. Es gibt nur einen Weg, ihn zu finden.«

»Ich fürchte, ich weiß, was du jetzt sagen wirst«, erwiderte sie mit Sorge in der Stimme.

»Wir werden sein Rätsel lösen. Ich habe mir von der Stadt Unterlagen über ihn zukommen lassen. Ein BKA-Ausweis kann Dinge noch immer beschleunigen. Und noch etwas fügt sich zusammen: Du weißt, dass ich Dr. Ahrens darum gebeten habe, die alten Behandlungsunterlagen der Anstalt auf mögliche Übereinstimmungen zu durchsuchen. Sie liegt zwar nach Gorads Angriff bewusstlos im Krankenhaus, hatte aber bereits einen Kollegen angewiesen, mir zu helfen. Der rief mich gerade an. Tenow war tatsächlich in der Friedrich-Erichsen-Anstalt in

Behandlung, ein Psychologe hat ihn dorthin überwiesen. Jetzt bekomme ich sämtliche Unterlagen, die Tenows Aufenthalt betreffen. Wir werden in seiner Vergangenheit graben, die Frage beantworten und ihn dann zu einem Treffen bitten.«

»Und er wird zustimmen?«

»Ihm wird nichts anderes übrig bleiben. Weil derjenige, der ihm hilft, all das zu bewerkstelligen, sehr daran interessiert ist, mich zu treffen. Ich bin sein eigentliches Ziel.«

»Und trotzdem bist du nicht überzeugt.« Sie sah ihn an. Etwas war mit Parkov geschehen, eine Veränderung, ganz frisch noch. Ihn bedrückte etwas.

»Es gibt noch eine andere Möglichkeit.« Seine Augen fanden ihre. Ein warmer Ausdruck stand darin, der ihr Herz erreichte. »Wir könnten …«

»Sir?« Elvis' analytische Stimme hallte einschneidend durch das Wageninnere. »Es gibt eine neue Entwicklung. Werfen Sie einen Blick auf die Liveübertragung, die ich Ihnen in diesem Augenblick einspiele.«

Parkov berührte den Bildschirm der Mittelkonsole. Eine kleine Eskorte war zu sehen, die sich mit Blaulicht ihren Weg bahnte.

»Der Bürgermeister. Sie bringen ihn ins Rathaus zurück. Er hat sich in den Kopf gesetzt, vor den Leuten zu sprechen.« Parkov seufzte. »Ein weiser Mann sagte mal zu mir: *Noch ist die Dunkelheit nicht über uns, doch sind wir auf dem besten Weg. Jeden Tag, Schritt für Schritt.«*

»Ich glaube eher, das hast du aus einem Song von Bob Dylan«, erwiderte sie mit einem kleinen Lächeln. »Du solltest die Hoffnung nicht aufgeben. Niemals.« Marie berührte Parkovs Hand und wischte sich eine Träne von der Wange. »Er muss aufgehalten werden.«

»Das ist es, was ich befürchtet habe.«

»Ich wünschte, es wäre anders. Ich wünschte, es wären andere Zeiten.«

Parkov nickte stumm.

»Komm schon, rede mit mir.«

»Du weißt, dass alle, die sich mit mir abgeben, in größter Gefahr sind. Leland. Du, Marie. Und von allen Dingen bereitet mir das die größten Sorgen.«

»Und ich sagte dir bereits, dass ich mich nicht verstecken werde«, sagte sie energisch. »Schon gar nicht werde ich dich ihm allein gegenübertreten lassen.« Marie sah, wie die Ampel vor ihnen umschaltete. »Es ist Zeit. Lösen wir sein Rätsel.«

66.

Als sie in die Einfahrt einbogen, die zu Parkovs Landhaus führte, brach der Sturm los. Blitze und grollender Donner folgten, doch Marie widmete dem Unwetter keine Aufmerksamkeit. Sie beobachtete die Ansprache, die Bürgermeister Jakobs auf dem Römerberg hielt, sah besorgte Gesichter und eilig aufgespannte Schirme, die sich im Wind aufbäumten. Es waren eindrucksvolle Bilder, die die Fernsehkameras einfingen – dann wieder Jakobs selbst. *Wenn er alles richtig macht*, kommentierte eine Sprecherin, *findet er die richtigen Worte. Mut machende Sätze, die die Menschen berühren.*

Wenn nicht …

Noch ist die Dunkelheit nicht über uns, doch sind wir auf dem besten Weg. Parkovs Worte trugen nicht gerade dazu bei, Maries Stimmung zu heben.

»Wir werden uns einem Terroristen nicht beugen. Wir werden zusammenstehen, wie wir es immer taten. Und wir sind in Gedanken bei den Opfern, wir werden sie nicht vergessen. Außerdem sind unsere Gedanken bei den Männern und Frauen, die derzeit dort draußen sind und einen Verbrecher jagen. Vergesst nicht: Wir werden nicht weichen.«

»Wie viele der Umstehenden werden sich jetzt sagen, das das nichts als leere Worte sind?«, fragte Parkov. »Wie viele werden sich jetzt fragen, was bringt es uns, wenn dieser Mann gleich in sein gepanzertes Fahrzeug steigt und zurück in seine sicher bewachte Villa gebracht wird? Was nützen uns diese schönen Sätze?«

»Und ja«, fuhr Jakobs fort, »Sie alle wissen, warum ich hier bin. Ich stehe hier nicht nur, weil ich mich an Sie wenden will. Ich stehe hier, weil dieser Mann sich auch an mich gewendet hat. Er forderte mich auf, ein Geständnis abzulegen.«

»Jetzt wird es interessant«, sagte Parkov. »Ich habe mich schon immer gefragt, was ein Politiker zu beichten hat.«

»Doch ich versichere Ihnen, dass es nichts gibt, das ich gestehen könnte. Meine Weste ist rein. Ich habe mir nichts zuschulden kommen lassen, nichts, das für diesen Mann von Interesse sein könnte. Das würde ich vor Ihnen schwören, und im Zweifel auch vor Gott.« Jakobs hob die Hände und nahm einen Schluck Wasser, als aus der Menge ein zorniges Gemurmel erklang. »Bitte. Ich verstehe den Zorn, den Sie verspüren, ich verstehe, dass Sie Angst haben. Aber lassen wir uns nicht von einem Wahnsinnigen aufhetzen. Sehen Sie, das ist sein Ziel: Er will uns spalten.«

»Für die Spaltung sorgst du schon ganz allein!«, brüllte jemand.

»Ich war immer mit ganzem Herzen bei der Sache. Bei den Menschen dieser schönen Stadt. Und wir sehen, wie diese prosperiert und weiter erblüht …« Jakobs brach ab. Er drehte sich nach links, sodass für einen Augenblick sein Profil zu sehen war, und sagte etwas zu dem Personenschützer, der schräg hinter ihm stand.

Jakobs deutete auf das Wasserglas.

»Ich«, fuhr er fort, »möchte Sie alle abschließend darum bitten, nach Hause zu gehen. Die Lage wird bald unter Kontrolle sein. Wir werden ihn bald, wie ich aus Kreisen der Polizei erfahren durfte, fassen.«

»Geh doch du nach Hause!« Wieder ein Ruf. Jemand lachte.

Jakobs wollte nach dem Mikrofon greifen, doch er geriet ins Taumeln. Seine Hände öffneten und schlossen sich. Mit einem Mal wirkte er apathisch. Der Personenschützer zog ihn von der Bühne. Irgendwo in der Nähe knallte etwas, als hätte jemand einen Feuerwerksböller gezündet. Unruhe ergriff die Menge, die Zuschauer, die Presse und die zahlreichen Polizisten.

Abermals Böller.

Der Bürgermeister verschwand irgendwo in der Menge, und doch fing ihn die Kamera ein letztes Mal ein: Seine Personenschützer mussten ihn tragen.

»Was zur …?«

»Diese Schwachköpfe«, sagte Parkov mit eisiger Stimme. »Es war die schlechteste Idee des Jahres, ihn dort sprechen zu lassen, und bei der Anzahl von schlechten Ideen will das schon einiges heißen.«

Marie wollte nach ihrem iPhone greifen, doch Parkov stoppte sie. »Der Gesundheitszustand dieses Mannes ist nicht länger unser Problem. Wenn wir es nicht zu Ende bringen, wird Jakobs nur ein weiteres Opfer auf dem Weg sein.«

Auf der Übertragung schob sich eine bestürzt wirkende Sprecherin ins Bild. »Es sieht ganz danach aus, als hätte Jakobs ein plötzlicher Schwächeanfall ergriffen. Er musste, das bestätigen uns die Livebilder, offenbar von der Bühne und in sein Fahrzeug geführt werden. Schalten wir für einen Moment zurück ins Studio und …«

Parkov stellte die Übertragung ab. »Das war kein Schwächeanfall. Das war ein Angriff.«

»Und woher weißt du das?«

»Weil er es so wollte. Von Anfang an. Vermutlich hat ein Berater aus dem Umfeld von Jakobs ihm diese Idee mit diesem Auftritt in den Kopf gesetzt.«

Marie zuckte zusammen, als ein gewaltiger Blitz ganz in der Nähe über den Himmel raste.

»Das bedeutet noch etwas anderes: Wir sind auf uns allein gestellt, ist dir das klar? Wenn wir ihn dazu bringen, uns zu treffen, und ich Verstärkung rufe, wird man uns vielleicht fünf Mann schicken. Ein Anschlag auf den Bürgermeister höchstpersönlich? Das wird alle verfügbaren Kräfte binden.«

Sie sah aus dem Fenster, betrachtete die vorbeiziehenden Wälder, das Nebengebäude am Straßenrand der Parkanlage, vor dem eine Schubkarre lehnte. »Kommt mir wie eine Ewigkeit vor, dass ich das letzte Mal hier war. Und es hat sich gar nichts verändert.« Sie warf Parkov einen Blick zu, als er den Wagen auf dem Platz vor dem Landhaus abstellte. Die Treppe zu der von Säulen flankierten Eingangstür war in weiches Licht aus gusseisernen Laternen getaucht, doch hinter den Fenstern war nur hier und da Helligkeit auszumachen. »Was für ein elender Tag.«

»Wir machen jetzt eine Pause, essen etwas, und dann lösen wir dieses kleine Problem. Ich habe alle Unterlagen hier.« Parkov lächelte schwach. »Ein Hoch auf die Digitalisierung.«

»Klingt, als wäre es ein Sonntagsspaziergang. Wir wissen beide, dass das nicht stimmt.« Marie folgte Parkov die Stufen hinauf, während um sie der Regen niederging und sie in Sekundenschnelle durchweichte. Die Tür entriegelte sich automatisch, und in der taghell erleuchteten Eingangshalle begrüßte sie das Hausautomationssystem.

»Willkommen zurück, Sir. Sie sind derzeit allein auf dem Gelände. Johann Münz hat eine Nachricht hinterlassen. Möchten Sie sie jetzt abhören?«

»Nein«, sagte Parkov. »Später.«

Marie sah sich um: Der Eingangsbereich war edel und luxuriös – Holzvertäfelungen und Naturstein, ein spektakulärer Kronleuchter und der gemauerte Kamin, in dem ein Feuer loderte – nur wenig hatte sich verändert. Auf dem Monitor an der Wand drehte sich das Logo der Firma *Parkov Industries*.

»Interessant, wieder hier zu sein.«

»Interessant?«

Sie streckte sich. »Keine Ahnung. Ich bin total am Ende.«

»Dinner?«

»*Dinner*.« Marie zog ihre Jacke aus. Der Geruch war noch immer da, zumindest wollte ihre Nase ihr das weismachen. »Sei mir nicht böse, aber mit diesem Brandgeruch in der Nase kann ich mich auf nichts konzentrieren. Darf ich mich irgendwo umziehen?«

»Klar. Komm mit.« Er führte sie einen mit einem alabasterfarbenen Teppich ausgelegten Flur mit edler Wandvertäfelung entlang, auf dem gläserne Wandleuchten Lichtkleckse auf Boden und Decke malten.

»Ich glaube, ich bin noch nie in einem Haus gewesen, das so hell erleuchtet war.«

»Dunkelheit ist nichts als die Abwesenheit von Licht. Und kann nützlich sein. Aber ich kann sie nicht mehr lange ertragen.« Er hob beschwichtigend die Hände. »Ist ja auch egal.« Er öffnete eine Tür, die in ein luxuriöses Badezimmer mit einem frei stehenden Jacuzzi führte. Dunkle Fliesen und ein Wasserfall, der im hinteren Teil über eine schroffe Felswand floss.

»Wow«, sagte Marie. »Keine Kosten gescheut, was?«

»Das war eine von Suzanns Ideen.«

»Ist dieses Haus nicht furchtbar groß und leer, nur mit Johann und dir?« Als sie Parkovs Reaktion bemerkte, schloss sie die Augen. *Du bist so feinfühlig wie ein Panzer auf einem Minenfeld.* »Sorry. Das war nicht nett von mir.«

»Wenn du dich umziehen willst, ich hab ein paar Sachen, die dir passen dürften.«

»Ja? Das wäre super.«

»Gut, dann …«

»Ich bin gleich wieder unten. Fang nicht ohne mich mit dem Rätsel an.«

»Einverstanden. Beeil dich.« Parkov nickte, drehte sich dann jedoch noch einmal um. »Mir fällt gerade ein«, sagte er erstaunlich heiter, »ich habe dir noch nicht erklärt, wie die … Dusche hier funktioniert.«

Marie lachte. »Oh, ich bin überzeugt, ich werde zurechtkommen. Los, geh schon.« Sie sah ihm nach, schloss die Tür hinter sich und wählte die Nummer von Anna Sörensen.

»Es ist alles gut«, erklärte ihre LKA-Kollegin nur Augenblicke später.

»Es ist alles gut«, sagte Anna. »Ruhig. Wir haben die Neuigkeiten natürlich mitbekommen und sind in Alarmbereitschaft. Mach dir keine Sorgen. Lucie und die anderen sind in Sicherheit. Sabine, deine Mutter, sie sind hier. Willst du nicht mal eine Pause einlegen? Wo bist du?«

»Drüben bei Parkov.«

»Das klingt, als hättet ihr was vor.«

Ein Rätsel lösen und einen Mörder von Angesicht zu Angesicht treffen. Ein ganz normaler Abend. Für ihn vielleicht. Draußen rauschte der Wind. Regen fiel in rasselnden, alles hinfortwaschenden Strömen. Der Donner rollte in seismischen Wellen über die Parkanlage. »Es gibt eine Spur, die wir bis ans Ende verfolgen müssen.«

»Bist du sicher?« In der Leitung entstand für einen Augenblick Stille. »Du klingst nicht so, als wärst du dir sicher, ob es der richtige Weg ist.«

»Der richtige Weg? Das weiß ich nicht. Aber der einzige.«

»Wenn das so ist, dann wünsche ich euch alles Glück, das ich euch nur wünschen kann.«

»Danke. Ich glaube, wir werden es brauchen.«

Anschließend wählte Marie Isabelles Nummer, doch alles, was sie erreichte, war die Mailbox. »Isa, wo steckst du? Muss ich mir Sorgen machen? Scheiße, ich glaube, das muss ich wirklich. Wo bist du? Melde dich.«

Sie wog das Handy in der Hand, unsicher, was sie nun tun sollte. Es sah ihrer Kollegin nicht ähnlich, sich so lange nicht zu melden, allerdings hatte Marie sie auch noch nie so betroffen erlebt.

Ich hoffe, du hast alles wieder geradegebogen. Hol ihn dir zurück.

Sie hinterließ zwei Nachrichten – eine auf Isabelles Mobilbox, eine bei Chris – und bat die beiden, sie so schnell wie möglich zurückzurufen.

Schließlich stieg Marie unter die Dusche, um den Schrecken des Tages von ihrer Haut, aus den Haaren und von ihrer Seele zu waschen. Für einen Augenblick lauschte sie dem Plätschern des Wassers und dem Sturmwind vorm Fenster.

Der einzige Weg.

Der einzige Weg, der ihnen geblieben war, war der, das Spiel des Mörders zu bedienen.

Es mitzuspielen – bis zum Schluss.

67.

3 Stunden und 52 Minuten bis zum Ablauf des letzten Ultimatums

Marie entdeckte ein paar passende Sachen, die Parkov ihr vor die Tür gelegt hatte. In einem flauschig weichen Pullover und einem Paar frischer Jeans streifte sie durch die weiten Gänge des Landhauses und folgte dem Geräusch des Regens in den großen Salon, in dem ein Kaminfeuer brannte. Dieser Teil des Gebäudes war im Chalet-Stil eingerichtet: viel Naturstein und rustikales Holz, ein schlichtes und natürliches Design, das Wärme und Gemütlichkeit ausstrahlte und dabei doch sehr elegant wirkte. Die klassischen Möbel und Teppiche waren in Braun- und Grautönen gehalten, während hie und da Akzente von Bordeauxrot und Tannengrün durchschimmerten.

Parkov hatte einen Haufen Dokumente auf dem Boden ausgebreitet. Sie erkannte Fallakten, Ergebnisse der bisherigen Untersuchungen, sämtliche Zwischenberichte, all das Papier, das der unbekannte Mörder und Entführer in den vergangenen Tagen für die Akten produziert hatte, dazu die Unterlagen aus der psychiatrischen Anstalt, die Dr. Ahrens' Assistent herausgesucht und versandt hatte, und außerdem Dokumente und Protokolle der Stadt, die Tenows Arbeitgeber gewesen war.

Auf einem Monitor war die Website eingeblendet, ein anderer zeigte das Eingabefenster des BKA-Zentralrechners. Die letzte Suchanfrage lautete *Tenow, Albert.* Die Ergebnisse waren darunter aufgelistet. Es gab weitaus mehr Treffer, als Marie erwartet hatte.

Parkov hockte inmitten des Aktenstapels, blätterte durch einen Schnellhefter und schüttelte den Kopf. »Das ergibt keinen Sinn. Nichts davon ergibt Sinn.«

Sie trat neben ihn. »Danke für die Sachen. Sie passen. Wenn du meine Größe geschätzt hast, weißt du ja, wo du hinsehen musst.« Sie schenkte ihm ein Lächeln. »Wenn dieser Papierhaufen allerdings das Abendessen sein soll, auf das ich mich gefreut habe, ist es eine ziemliche Enttäuschung.«

»Nein, das steht nebenan«, sagte Parkov tonlos. »Aber wir dürfen keine Zeit verlieren.«

»Was kann ich tun?«

Er schob ihr ein Blatt zu. »Eine Übersicht der Kollegen, die Tenow gekannt haben. Und eine Übersicht der Personen, von denen er seinem Psychologen erzählt hat, als er in der Anstalt in Behandlung war. Wir müssen sie überprüfen. Alle.«

»Wieso war er dort? Was hat ihn dazu gebracht, sich selbst einzuliefern?«

»Alkoholsucht und ein altes Trauma.« Parkov tippte auf ein beigefarbenes, kaffeefleckiges Papier. »Ich lese gerade die Anstaltsnotizen.«

»Na gut. Los geht's.« Marie schnappte sich ein Telefon und wählte die erste Nummer. Etwa dreißig Minuten und elf Gespräche später strich sie sich das Haar zurück und legte ihren Notizzettel, der nun von oben bis unten in ihrer geschwungenen

Handschrift beschrieben war, zur Seite. Die Müdigkeit steckte in jedem ihrer Knochen.

»Daniel?«

Parkov schüttelte den Kopf und blätterte weiter. Er hatte kaum ein Wort gesagt, seit sie begonnen hatten, Tenows Vergangenheit zu durchstöbern, von den Anrufen abgesehen, die er selbst getätigt hatte.

»Zeit für eine Pause.« Marie griff nach der Akte, die er in der Hand hielt, und löste sie behutsam aus seinen Fingern. »Du kippst noch um, wenn du so weitermachst. Du siehst so müde aus, wie ich mich fühle. Aber ich weiß wenigstens, wann ich am Ende bin.«

»Ich bin nicht am Ende, Marie. Noch lange nicht.«

»Komm schon. Wir haben etwas Zeit. Auf der Website hat sich nichts getan.«

Parkov schaute zum Monitor. »Das ist es ja, was mir Sorgen bereitet. Er ist noch nicht fertig. Ein Element fehlt.«

»Die Erde. Das ist mir klar.« Marie streckte sich und ging zu dem Durchgang, der in ein rustikales, weitläufiges Speisezimmer mit angeschlossener Küche führte. »Na gut. Wenn du nicht zum Essen kommen willst, dann kommt es eben zu dir.«

Unter einer großen Reihe von Kupfertöpfen, die in einem Regal an der Wand lehnten, standen teure, moderne Edelstahlgeräte und ein ausladender Gasherd, der offenbar dafür angeschafft worden war, mehrere Abendgesellschaften gleichzeitig zu versorgen. In den Töpfen auf dem Herd wurde etwas warm gehalten. Marie entdeckte eine Art Auflauf, den Parkovs Butler gekocht haben musste, und ein großes Stück gebratenes Fleisch, dem Geruch nach Reh, mit Rosmarinzweigen garniert.

Sie packte alles auf zwei Platten und balancierte damit zurück in den Salon. Aus den Augenwinkeln sah sie, wie auf dem Monitor verschiedene Personenprofile in ViCLAS, dem Auswertungssystem des BKA für Serienverbrechen, vorüberzogen und Parkov den Kopf schüttelte.

Sie räusperte sich. Parkov kam mit einem entschuldigenden Lächeln zu ihr. »Hirsch«, sagte er. »Johann vergisst gern, dass ich Wild nicht ausstehen kann.« Er nahm sich ausschließlich von dem Auflauf und rührte den Rest nicht an. »Ich fürchte, er macht das, um mich zu ärgern.«

»Wieso sollte er dich ärgern?« Marie probierte das Fleisch. »Ich finde, es schmeckt hervorragend.«

»Mein Bruder jagt. Ich bin überzeugt, es geht ihm mehr um die Trophäen als um alles andere. Die Natur hat Fähigkeiten entwickelt, sich selbst zu erhalten. Der Mensch, der sich einmischt …« Er verstummte. »Ich wollte dir nicht das Essen verderben.«

Marie hielt inne, die Gabel verharrte halb auf dem Weg zu ihrem Mund in der Luft. »Wenn ich diesen Unterton richtig deute, war dein Bruder nicht der Einzige in eurer Familie, der zur Jagd gegangen ist. Du hast es aufgegeben?«

»Richtig. Als mir klar wurde, was passieren kann.« Er klang verbittert.

»Bin ich zu neugierig? Ja. Natürlich.« *Was passieren kann? Bei einer Jagd? Wovon spricht er?* Sie blickte auf ihren Teller und schob das Fleisch, das von einem Klecks dunkler Soße bedeckt war, nachdenklich hin und her. Ein kleines Rinnsal Blut trat mit dem Fleischsaft aus und lief in die Kuhle in der Tellermitte.

»Ich denke, ich bin schon satt«, sagte sie. In ihrem Magen rumorte es. Für einen Augenblick sah sie die brennenden Gesichter von Linda Ilm und Marius Weigand vor sich – Gespenster, die sie für immer verfolgen würden. Marie griff nach dem Wasserglas. Auf dem kalten Rand perlte die kondensierende Flüssigkeit ab und lief in kleinen Tropfen auf den Tisch. Ihre Finger zitterten.

Wasser und Feuer.

Die gurgelnden Geräusche einer Ertrinkenden in einer großen Plastikwanne unter einem Galgen.

Blut und Feuer und Wasser. Sie blickte auf. Das Knistern im Kamin schien ihr mit einem Mal sehr laut, und als eine in einem Ast eingeschlossene Wasserader verdampfte, ließ sie das Knacken zusammenzucken.

»Feuer, Blut und Wasser«, sagte sie schwach. »Entschuldige mich, ich glaube, ich muss einen Augenblick an die frische Luft.«

»Marie?«

Sie wehrte ab. Ehe er ihr folgen konnte, war sie durch die Küche zu dem Hinterausgang geeilt, der auf eine überdachte Terrasse führte, und öffnete die Tür. Kühler, erfrischender Wind strich ihr über die Wangen.

Sie holte tief Luft und schloss die Augen, um ihr klopfendes Herz zu beruhigen und die Bilder, die sich immer wieder abspulten, zu vertreiben.

All die Toten. Das Unheil.

Atme, Marie, atme. Das ist nichts, was du nicht früher schon durchmachen musstest.

Aber stimmt das tatsächlich?

Oder hat es eine neue Qualität?

Nach einer Weile trat Parkov neben sie. Er schwieg, lauschte dem Rauschen und Prasseln des Regens, während über ihnen das Gewitter wie ein zorniges Kind tobte und der Wind durch die wogenden Baumkronen der Parkanlage fuhr. Marie sah zu ihm hinüber, machte einen kleinen Schritt auf ihn zu und lehnte ihren Kopf gegen seinen Oberarm. Ohne ein Wort legte er einen Arm um ihre Schultern und Marie schmiegte sich an ihn. Als ein Blitz in der Nähe in eine Tanne einschlug, zuckte Marie zusammen, aber das war ihr gleich, denn Parkov zog sie dafür nur umso näher an sich.

»Es ist ein Traum«, sagte sie leise. »Diese Tage, die vergangenen Stunden. Einer von der Sorte, aus dem es kein Erwachen gibt, der uns immer weiter in die Tiefe reißt. Was am Ende steht, daran wage ich überhaupt nicht zu denken. Ich hoffe nur, dass ich aufwachen werde.«

»Wenn das ein Traum ist …«, sagte Parkov, während das Licht der Wolkenblitze sich in seinen Augen spiegelte, »… dann träumen wir ihn gemeinsam. Nicht alles ist schlecht.«

Irgendwo im Haus meldete sich einer der Computer mit einem lauten Piepen. Marie bemerkte, wie sich Parkov augenblicklich anspannte.

»Geh nicht«, sagte sie. »Bleib hier. Wenigstens noch ein bisschen. Du bist im Augenblick der einzige Ort, an dem ich mich sicher fühle.«

»Marie, das war die Website. *Seine*. Ich habe die Systeme so eingestellt, dass sie mir sofort Bescheid geben, sobald der Entführer etwas verändert.«

»Also hat er …?«

»Ja. Es gibt Neuigkeiten.«

Marie folgte Parkov zurück in den Salon. Was auch immer es war, sie würde sich ihm stellen. Er konnte ihr Angst machen, mit ihrem Verstand spielen, sie aber nicht brechen – nicht so.

Parkov betrachtete den Monitor. »Oh«, sagte er und klang dabei so rau und angeschlagen, dass sie erschrak. »Das ist … unerwartet.«

Sie trat neben ihn und las, was dort stand, ohne es wirklich wahrzunehmen. Dann las sie es ein zweites Mal.

Die Kamera zoomte näher heran und zeigte einen kleinen Gegenstand, den sie erkannte.

Marie schloss die Augen. Irgendwo tief in ihrem Inneren zerbrach etwas.

Parkov hatte recht behalten: Es gab einen letzten Countdown. Einmal würde er noch morden, doch im Gegensatz zu den bisherigen Taten kannte sie sein nächstes Opfer.

68.

Der Livestream auf der Website war dreigeteilt: Das linke Bild zeigte einen Fleck frischer Erde, der wie gerade erst umgegraben wirkte. Das rechte zeigte in Großaufnahme das Display eines Smartphones.

Entgangene Anrufe: acht.

Unter ihnen las Marie ihre eigene Handynummer.

»Es ist Isabelles«, brachte Marie heraus. Sie wagte es kaum, das dritte Bild des Livestreams zu betrachten, und doch blieb ihr nichts anderes übrig. Wie ein Abgrund zog es ihre Blicke auf sich. Sie schlitterten ihm entgegen.

Auf dem dritten Bild war Isabelle zu sehen, ihre Kollegin, ihre beste Freundin, die verschwunden war. Die Kamera filmte sie von der Seite: Sie lag in einem engen Raum, einer Art Kiste, die so schmal war, dass sie gerade ausgestreckt liegend hineinpasste. Sie schrie um Hilfe und schlug gegen die Wände ihres Gefängnisses, die kein Stück nachgaben.

»Es ist eine Kiste. Ein Sarg.«

»Er hat sie begraben.« Parkov schüttelte den Kopf. »Was für ein Wahnsinn.«

»Erde«, sagte Marie. »Der letzte Mord. Oh nein, ich hätte es wissen müssen.«

Unter dem dreigeteilten Livestream wurde ein Countdown angezeigt: Etwas weniger als drei Stunden blieben ihnen noch. Punkt Mitternacht endete der Countdown und damit Isabelles Sauerstoffvorrat.

Donner brandete wie eine rollende Welle heran und ließ die Scheiben des Salons klirren.

Marie sah zu Parkov, während sie spürte, wie die Verzweiflung von allen Seiten auf sie zukroch. *Du musst etwas tun, etwas unternehmen. Bloß was?* »Hätten wir bemerken müssen, dass mehr dahintersteckt als nur ein Beziehungskrach mit ihrem Verlobten?«, fragte er.

»Mehr?« Marie schüttelte den Kopf. »Zwischen ihr und ihm ist tatsächlich etwas vorgefallen, ihre letzte SMS an mich beweist das. Sie wollte ihn zurück, und sie haben sich verabredet. Unser Gegner hat das erkannt und ausgenutzt. Wie auch immer er sie erwischt hat, er muss es raffiniert eingefädelt haben. Aber wir hätten erkennen können, dass er das Gleiche mit ihr versucht wie mit Nicole Berger und ihrem Freund.«

»Konntest du Chris erreichen?«

»Nein, sein Handy ist auch abgeschaltet, ich erreiche nur die Mobilbox.« Marie wischte sich über die Wangen. Es war ihr, als hätte der Täter mit seinem letzten Countdown auch sie in eine Kiste gesperrt und ihr alle Luft genommen. »Und wenn ich jeden Flecken Erde umgraben muss, ich werde sie da rausholen.«

»Es besteht die Möglichkeit, dass wir …«

»Nein! Das akzeptiere ich nicht!«

»Es ist unmöglich, sie allein durch eine Suche rechtzeitig zu finden.«

Marie spürte, wie nah sie den Tränen war. Leise fügte sie hinzu: »Natürlich ist es das. Aber es kann doch nicht sein, dass wir zusehen müssen, wie sie dort stirbt.«

»Lösen wir sein Rätsel. Beantworten wir die Frage. Er ist ein Spieler, also spielen wir mit. Bis zum Ende.« Parkov fasste Marie energisch bei den Schultern. »Hilfst du mir? Kannst du dich zusammenreißen?«

»Mich zusammenreißen? Verflucht, sie stirbt vor unseren Augen, und du verlangst, ich soll mich zusammenreißen?«

»Ich brauche dich konzentriert. Fokussiert. Kannst du das?«

Sie nickte. »Ja. Kann ich.«

»Die alte Marie?«

»Die alte Marie. Versprochen.«

»Gut.«

Ehe sie ein weiteres Wort sagen konnte, meldete sich ihr Handy: »Jörg ist dran. Gott sei Dank. Hast du es gesehen?«

»Gesehen?«, erwiderte Bodenfeld düster. »Natürlich. Wir alle haben es gesehen.« Er klang, als hätte er eine Erkältung – oder es war das Entsetzen, das ihn lähmte. *Wie mich*, dachte Marie.

»Es gibt keine Anhaltspunkte, wo er sie gefangen hält. Konntest du etwas herausfinden? Was habt ihr unternommen?«

»Du musst wissen, dass Maythaler fuchsteufelswild geworden ist, als er das sah. Aber er wird mit geringeren Mitteln arbeiten müssen, der Bürgermeister geht vor. Ich weiß nicht, ob du es schon erfahren hast, aber der Anschlag auf Jakobs geht vermutlich auf das Konto eines Auftragskillers der bulgarischen Mafia. Gregor Estneev, ebender Typ, den du auf der Straße aus seinem Wagen geholt hast, hat gestanden, mit einem von Jakobs' Personenschützern den Anschlag geplant zu haben. Sie haben verschiedene Herangehensweisen durchgespielt, mit Säure versetztes Wasser hat ihn dann erwischt. Alle haben es gesehen.«

Marie warf Parkov einen Blick zu. »Maythaler muss doch wissen, dass das auch nur Teil eines größeren Plans ist. Wenn diese Typen wirklich auf Jakobs angesetzt wurden, was will er tun? Einen Krieg gegen das organisierte Verbrechen anzetteln?«

»Maythaler nicht. Aber der Innenminister, der vorhin hier hereinrauschte, geht fest davon aus, dass wir es genau damit zu tun haben. Sie vermuten, dass sie auch den Mörder auf diesem Wege aufspüren können, wenn sie die Verbindung herstellen. Über die Hintermänner des Anschlags bis hin zu unserem Frauen- und Priestermörder«, schilderte Jörg weiter die Lage.

»Das wird nicht funktionieren.« Parkov schüttelte den Kopf. »Es ist eine ausgelegte Spur, die ins Leere führt, zu nichts als Gewalt und noch mehr Gewalt. Dass man riskiert, eine Polizistin zu opfern, nur um einen schnellen Schlag gegen das organisierte Verbrechen führen zu können, ist widerwärtig.«

»Hilfst du mir? Isabelle braucht uns jetzt.« Marie wandte den Blick nicht von der Website. Sie zwang sich hinzusehen, zwang sich dazu, ihre Fehler einzugestehen. »Wir tun es nicht für Maythaler oder für irgendeinen Politiker. Wir tun es für sie.«

»Ja. Hör zu, ich habe Tenow überprüft.«

»Und wir treten seit einer Stunde auf der Stelle. Er ist ein Phantom. Keine sozialen Kontakte, niemand, dem er auffiel. Seine Kollegen wissen kaum etwas über ihn, weil er seine Arbeit erledigte und danach wieder ging – Tag für Tag, Woche für Woche, Jahr für Jahr, die Definition eines Einzelgängers ohne soziale Kontrolle. Er besitzt zwei Hunde, die wie enge Freunde für ihn sind, darin stimmen alle überein. Er ist ein Arbeiter, liebt die Natur mehr als alles andere. Dennoch verhielt er sich äußerst seltsam, so einer der Kollegen des städtischen Grünflächenamts. Nicht nur, dass er völlig zurückgezogen lebte, er vergötterte das Feuer. Jemand hat Parkov vorhin am Telefon erzählt, dass Tenow einmal in Verdacht stand, in eine Brandstiftung verwickelt gewesen zu sein, aber das konnten wir bisher nicht bestätigen. Jedenfalls hat man ihn manchmal herangezogen, wenn es darum ging, irgendwo ein größeres Feuer aufzubauen. Wenige konnten damit so gut umgehen wie er. Für die Kirchengemeinde um den Priester Jacob Ulrich hat er das jährliche Herbstfeuer organisiert. Ach ja, er hatte wohl eine illegal im Wald errichtete Hütte, die vor ein paar Jahren abbrannte.«

»Ich weiß. Wir waren dort und haben ein frisches Grab entdeckt.«

»Ein Grab?«

»Das Grab eines Hundes. Tenows Hund. Er muss ihn beerdigt haben.«

»Einen von beiden, meinst du.«

»Genau. Weigand war an ihm dran«, sagte Jörg. »Der Mistkerl hat weitergemacht, ohne uns zu informieren. Offenbar war er auf dem richtigen Weg. Aber am Ende hat Tenow ihn erwischt.«

»Wie bist du darauf gekommen?«

»Die Technik hat endlich Linda Ilms PCs geknackt, die Geräte aus ihrem Maklerbüro. Und jetzt hör dir das an: Jemand hat die Rechner schon vor Kurzem entsperrt und auf verschiedene Dokumente zugegriffen.«

»Weigand?«

»Ja.«

»Wie hat er das Passwort herausgefunden?«

»Weißt du, ich habe die Unterlagen, die wir über Linda Ilm erstellt haben, noch mal durchgesehen. Der Hund, dieser Mischling, den sie hatte, den hat jetzt der Entführer, darüber waren wir uns ja einig. Und wenn Tenow der Entführer ist, dann hat *er* ihren Hund behalten. Wie auch den Retriever von Ulrich, den seine Haushälterin vermisst. Doch dann fiel mir etwas Seltsames ins Auge.«

»Mir auch: Wie passt dieses Verhalten zu dem getöteten Tier, das wir in der Halle bei Larissa Rothenberger gefunden haben?«, überlegte Marie laut. »Wenn Tenow die Hunde mitnahm, weil er so tierlieb war, dann frage ich mich, wieso er Rothenbergers Hund getötet hat.«

Parkov sah auf. Auf seinem Gesicht stand ein Ausdruck der Verblüffung. »Weil es nicht ihrer war. Oh, das ist raffiniert. *Das* haben wir die ganze Zeit übersehen.«

»Es war nicht ihrer?« Marie hob die Akte auf. »Wir haben doch die Aussage eines Obdachlosen, der Rothenberger mit ihrem Mischlingsrüden gesehen hat.«

»Nein«, sagte Bodenfeld, »Parkov hat recht. Es ist die einzig mögliche Lösung. Als ich nicht weiterkam, bin ich – wie Weigand wohl vor mir – auf die Idee gekommen, mir die anderen Hunde noch mal anzusehen, und musste dabei feststellen, dass wir etwas übersehen haben.«

»Dass der tote Hund in der Halle Tenows *eigener zweiter* Hund gewesen sein muss und nicht Rothenbergers.« Parkov schloss die Augen. »Natürlich. Ein weiterer Trick, wie alles, was er tat. Er hat den Obdachlosen dazu gebracht, Rothenbergers Hund falsch zu identifizieren. Balu lebt noch, Tenow hat ihn mitgenommen, wie die anderen auch.«

»Es war Isabelle, die die Hunde überprüft hat«, sagte Jörg. »Gut, beide waren Mischlinge, gleiche Farbe, ähnlich groß und alles, aber wir hätten es bemerken müssen. Außerdem hat jemand, wie wir wissen, die Passwörter an Ilms PC geändert, nachdem sie verschwunden ist – jemand, der nur der Täter sein konnte. Und jetzt ratet mal, wie dieses Passwort lautet, das er eingestellt hat.«

»Balu«, kam sofort von Parkov. »Die Lösung lag vor unserer Nase. Er hat mit uns gespielt.«

»Genau«, sagte Jörg. »Weigand ist darauf gekommen und hat sich Ilms PCs angesehen, ohne dass es die IT mitbekam.«

»Das ist doch verrückt.«

»Wir haben ihn falsch eingeschätzt.« Parkov senkte den Blick. »Er war so sehr von Ehrgeiz zerfressen, dass er den

Mörder unbedingt allein fangen wollte. Er fand ihn tatsächlich und hat mit dem Leben dafür bezahlt. Die IT konnte in der Zwischenzeit auch die Zahlen im Quellcode der Website zuordnen. Noch so ein Scherz: Die Zahlen sind Steuernummern von Hunden. Genau genommen den Hunden der Opfer. Die einzige Nummer, die nicht auftaucht, ist die von Rothenbergers Balu.«

»Was hast du auf ihrem PC entdeckt?«, wandte sich Marie wieder an Jörg.

»Eine Verabredung mit einem gewissen Professor Tenow. Zur Besichtigung einer Villa in Königstein. Außerdem jede Menge Chatprotokolle, Facebook-Nachrichten, Dating-Kram, offline gespeichert im Cache ihres Browsers auf der Festplatte. Sie hat mit ihm geflirtet. Da hat sich was angebahnt. So hat er sie erwischt.«

»Professor Tenow?«

»Der existiert nicht. Ein Fake, aber exzellent angelegt. Professor und Tenow, natürlich eine Wortzusammensetzung.«

Für Marie war es, als würde der Boden unter ihr wegbrechen. »Wie schön für ihn. Ich wette, er hatte einen Heidenspaß dabei.«

»Außerdem gibt es einen Termin in Ilms Kalender. J. Ulrich, Sonntag, fünfzehn Uhr. Zusammen mit der Telefonnummer. So hat Weigand zu Ulrich gefunden. Wie schade, dass wir nicht mehr herausfinden können, was sie besprochen haben.«

»Das ist doch offenkundig.« Parkov rieb sich die Schläfen und blickte in die windumwehte Nacht hinaus. »Der Priester erzählte Weigand von Tenow. So hat der ihn aufgespürt. Tenow hat ihn überwältigt und in einem unbeobachteten Moment in den Holzstoß gesteckt. Wir wissen von verschiedenen Zeitfenstern, wo das Gelände im Regen verlassen war.«

»Ilm und Ulrich kannten sich offenbar«, sagte Jörg. »Wegen ihrer Hunde. Beide stammen aus demselben Tierheim.

Vielleicht wollte sie auch zu ihm, um zu beichten. Sie war immerhin dabei, ihre Lebensgefährtin zu betrügen.«

»Ist das alles?«

»Mehr konnte ich nicht herausfinden. Aber Marie, warte.«

»Ja?«

»Ihr könnt das nicht allein zu Ende bringen.« Jörg senkte die Stimme. »Das ist Irrsinn.«

»Keine weiteren Toten, keine Gefahr. Ich werde niemanden mehr diesem Risiko aussetzen.« Parkov schüttelte den Kopf. »Es ist eine Sache zwischen ihm und mir. Alle anderen sind außen vor.«

»Und was ist mit Marie?«

»Für Marie gilt das genauso«, sagte Parkov entschlossen.

»Aber …«

»Sagen Sie Maythaler, was Sie wissen, Bodenfeld. Er muss entscheiden, was er tun will. Aber es wäre mir sehr daran gelegen, wenn er Odinsdottirs Leben nicht unnötig gefährdet.« Parkov legte auf.

»Das kannst du nicht machen.« Marie sah ihn empört an. »Das akzeptiere ich nicht.«

»Weißt du, dass du sehr süß aussiehst, wenn du zornig bist, meine Liebe?«

»Warte nur, bis ich meinen Polizistinnenblick aufsetze.« Sie hielt ihn am Arm fest. »Ich lasse das nicht zu. Keine Alleingänge mehr.«

»Es ist zu gefährlich. Dass er diese Hinweise direkt vor uns platziert, beweist doch, wie sehr er es genießt, uns tanzen und springen zu sehen. Und am Ende …«

»Du wirst nicht allein gehen. Basta«, entschied sie mit finsterem Blick. »Überleg dir lieber, wie wir das Rätsel lösen.«

»Das ist einfach. Ich schreibe meinem falschen Handy, das wir ihm gegeben haben, eine Nachricht mit der Lösung.«

»Aber das ist verschwunden. Sam Gorad, der es abgeholt hat, war nur ein manipulierter Helfer – und ist jetzt tot. Wir wissen nicht, wo es ist.«

»Doch, natürlich wissen wir das. *Er* hat es. Die versteckte Ortungseinheit, mit der wir das Haus und Gorad gefunden haben, wurde entfernt und deaktiviert. Es gibt dafür keinen anderen Grund als den, dass er es noch in Händen hält. Er ist ein Spieler. Er will seinen Gegner doch nicht der Chance berauben, einen höheren Einsatz zu setzen.«

69.

Parkov schnappte sich eine Fallakte vom Boden. »Wieso muss eine junge Frau sterben, während ein alter Mann weiterleben darf? Die Lösung liegt gleich vor unseren Augen, so wie dieses Passwort. Ich sollte noch mal mit Tenows Vorgesetzten sprechen oder mit den anderen Patienten, die während der Zeit seines Anstaltsaufenthalts Kontakt zu ihm hatten. Dr. Ahrens ist noch immer bewusstlos – wenn ich doch nur mit ihr sprechen könnte. Wir wissen noch nicht genug über ihn, um diese Frage beantworten zu können.«

»Doch. Es ist alles hier.« Marie hob ein zweites kaffeefleckiges Blatt hoch und versuchte, ihre Gedanken zu sortieren. »Sein Lebenslauf. Die Dokumente aus dem Heim und von Dr. Ahrens' Kollege aus der Anstalt. Vater verstorben, als er zwei Jahre alt war, seine Mutter starb in einem Feuer. Heimaufenthalte: drei Jahre lang. Danach kurze Zeit auf der Straße. Misshandlungen, die er bei einer Pflegefamilie erdulden musste. Die eine Freundin, von der er erzählt hat, ging eines Tages einfach weg.«

Parkov blickte auf. »Haben wir einen Namen?«

»Ja. Michaela Noll.«

»Elvis? Überprüf sie.«

»Und die Mutter, die im Feuer starb«, wiederholte Marie. »Keine Spuren einer Fremdeinwirkung. Ein Kabelbrand, der auf Isolationsmaterial und Holz übergegriffen hat. Der kleine Albert konnte entkommen, seine Mutter jedoch nicht.«

»Was denkst du?«

Marie wiegte nachdenklich den Kopf. »Elvis, ich möchte, dass du Tenows Mutter Irina näher überprüfst.«

»Verzeihung, meine Spracherkennung ist darauf programmiert, keinen fremden Anweisungen zu folgen.«

»Tu, was sie sagt, Elvis«, sagte Parkov. »Ihre Zugriffsrechte sind hiermit erteilt.«

»Wie Sie wünschen.«

Ein Donnerschlag ließ die Scheiben klirren. Marie zuckte zusammen. »Verdammt, das war nah.«

»Keine Sorge. Dieses Haus ist sicher. Allein schon der Technik wegen musste ich sicherstellen, dass keine elektrische Ladung einen Schaden anrichten kann.«

»Ich bin nicht die größte Freundin von Gewitter«, erwiderte sie. »Vor allem, wenn sie so nah und heftig sind.«

Die Lichter flackerten.

»Bist du sicher, dass mit der Stromversorgung alles in Ordnung ist, Daniel?«

»Ja. Im Notfall gibt es dort unten einen Generator, der anspringt.«

»Und wenn nicht?«

»Dann stehen wir im Dunkeln.«

»Aha«, sagte Marie. »Klingt nach einem Abenteuer.«

»Sir? Darf ich darauf aufmerksam machen, dass in diesem Fall auch der Zugriff auf sämtliche Systeme eingeschränkt wäre oder sogar vollständig ausfallen würde?«, meldete sich Elvis zurück.

Reiß dich zusammen. Isabelles Leben steht auf dem Spiel, und du hast Angst vor ein bisschen Donner. Aber es war nicht nur ein kleines bisschen: Das Unwetter, das in diesen Minuten draußen niederging, war mächtig, wie ein Sturm des Jahrzehnts. Abermals flackerten die Lichter, einer der großen Monitore ging kurz aus und wieder an.

»Sir, mir liegen Ergebnisse vor. Michaela Noll, die Frau, die Albert Tenow erwähnte, stürzte sich im April 1998 von einem Dach.«

»Von einem Dach?«

»In der Tat.«

»Und die Mutter?«

»Irina Tenow starb bei einem Brand in …«

»Ja, das wissen wir. Irgendwelche Auffälligkeiten?«

»Ich konnte eine Querverknüpfung zu Franz Leland herstellen. Mir liegen alte Unterlagen des ehemaligen vierten Reviers vor, die archiviert und im Rahmen der Digitalisierungsinitiative eingescannt wurden. Daraus geht hervor, dass Leland als Kriminalkommissar mit einer Untersuchung befasst war, die Albert und Irina Tenow betraf.«

Marie wagte kaum, Luft zu holen. Es kam ihr vor, als würden die Wände näher rücken. »Welche Untersuchung? Albert Tenow muss noch klein gewesen sein, oder nicht?«

»Er war acht«, sagte Parkov düster.

»Woher …?«

»Die Unterlagen besagen, dass Irina Tenow verdächtigt wurde, ihren Sohn zu misshandeln. Bestrafungen wegen Kleinigkeiten, etwa weil er ins Bett pinkelte oder zu lange wach blieb, zu laut war. Angeblich war sie alkoholkrank.«

»Ja. Das hat er während seines Anstaltsaufenthalts auch schon angedeutet.« Marie langte nach der Akte und blätterte zu der Seite, die sie sich markiert hatte. »Hier, jede Menge Fotos, die er loswerden wollte. Der kleine Albert, seine Mutter Irina, blond wie er selbst … Bilder aus ihrem Haus. Sie mochte Schmetterlinge, war ganz vernarrt in das Esoterische.«

Parkov nickte. »Natürlich. Auch Blaue Morphofalter.«

»Wann starb sie? Wie lange danach?«

»Die Ermittlergruppe um Leland unterstand einem Hauptkommissar, der die Ermittlung nach kurzer Zeit einstellte. Der junge Albert Tenow wurde in die Obhut des Jugendamts überstellt, später brachte man ihn zu seiner Mutter zurück. Sie starb etwa zwei Jahre später.«

»Wieso ist man dem nicht nachgegangen?«, fragte Marie entsetzt. »Ich kann nicht glauben, dass die einen Jungen allein gelassen haben.«

»Darüber kann ich nichts in Erfahrung bringen.« Die analytische Computerstimme klang ein wenig besorgt, aber das schrieb Marie ihren Nerven zu.

Irina Tenow. Verbrannt in einem Feuer.

Albert Tenow. *Der mit den Flammen sprach.*

Die Lösung war da, direkt vor ihren Augen.

»Er hat sie getötet. Seine Mutter.«

»Klingt recht wahrscheinlich«, räumte Parkov ein.

»Wer ist noch am Leben, der Irina Tenow kannte?«, fragte sie. »Hatte sie Freunde? Wer war ihre beste Freundin?«

»Frau Winter, diese Informationen liegen mir nicht vor.«

»Querverbindungen von Irina Tenow zu anderen Opfern der aktuellen Mordserie? Oder zu Verwandten von anderen heutigen Opfern?«

»Suche läuft.«

»Beeil dich«, wies Parkov an. »Alle Systeme für die Recherche einsetzen.«

»Sir, dann wird ein Großteil der Systeme eine Zeit lang nicht auf die Weise funktionieren, wie sie …«

»Tu, was ich sage. Hast du erweiterten Zugriff auf die Server der Firma?«

»Ja, Sir.«

»Dann erweitere die Kapazitäten.«

Die Lichter im Salon flackerten noch einmal, bevor sie ganz ausgingen. Marie spürte, wie sich ihr Magen zusammenzog, als sie das eisblaue Elmsfeuer der Blitze vor den Fenstern nun in voller Pracht mit ansehen durfte. Die Schwärze des Salons, durchbrochen von taghellen Lichtern, während in den Sekunden dazwischen nicht einmal die Hand vor Augen auszumachen war. »Bist du noch da?«

»Hier. Gleich hier.«

»Wir sollten Kerzen anzünden.« Marie folgte dem Schein der Taschenlampenfunktion ihres Smartphones in die Küche. Der Sturm hatte die Hintertür aufgestoßen. Wasser stand auf dem Boden, buntes Laub lag auf den Fliesen. Das Toben des Unwetters war laut, die Donnerschläge klangen wie die Pauken eines zornigen Gottes.

Du hast sie doch hinter dir geschlossen.

Und den Riegel vorgelegt.

Für einen Augenblick spähte sie in die Dunkelheit hinaus. Ein verkrüppelter Busch bog sich im Wind. Stand dort jemand und sah zu ihr herüber, eine Gestalt zwischen zwei Tannen, der Finsternis kurz durch einen Blitz entrissen? Sie wusste es nicht. Doch beim nächsten Blitzschlag war der Fleck zwischen den Stämmen schwarz und leer.

Sie schlug die Tür zu.

Nur eine Sinnestäuschung. Weder hat er dich beim sicheren Haus beobachtet, noch ist er dir hierhergefolgt. Er kann nicht überall sein. Er kann nicht alles kontrollieren.

Mit den Kerzen, die sie in einer der Schubladen gefunden hatte, kehrte sie in den Salon zurück, zündete einige an und verteilte sie im Raum.

»Leland«, sagte Parkov leise und starrte in die Dunkelheit, »und alte Fehler in der Vergangenheit. *Helft mir.*«

Auf einem der Monitore blinkte ein Cursor mitten in einem schwarzen Feld. »Sieh mal. Sind das gute Neuigkeiten?«

»Das werden wir gleich sehen.« Parkov nahm sich eine Kerze. »Ich muss das System neu starten. Warte hier.« Ohne ein weiteres Wort verließ er den Salon.

Im nächsten Augenblick flammte das Licht wieder auf, nur um gleich darauf wieder auszufallen. Für kurze Zeit sah sie gar nichts mehr. In der Küche polterte etwas, das nach umgestürzten Kisten klang. Marie griff in der Dunkelheit nach ihrer Waffe. Der Stahl war kalt unter ihren Fingern. »Hallo?«

Mit der Pistole in der Hand schlich sie zur Küche. Der Wind zerrte an den Rollläden und rappelte an der Tür des Hinterausgangs, als stünde jemand auf der anderen Seite, der sich dagegenwarf. Durch die Fenster fiel das grellweiße Licht zwischen halb herabgelassenen Jalousien herein. Niemand war hier, nur sie allein.

»Was machst du da?«

Marie stieß einen kleinen Schrei aus und fuhr herum – die Waffe erhoben.

Parkov trat einen Schritt zurück. »Ruhig, Marie! Das bin nur ich.«

»Du hast mir einen Riesenschreck eingejagt!« Marie senkte ihren Arm. Erst jetzt bemerkte sie, dass ihr Finger am Abzug lag. »Siehst du das? Meine Hände …«

»Es ist völlig …«

»Sag ja nicht, das sei völlig normal.« Sie hörte, wie überdreht ihre Stimme klang, und sah für den Bruchteil einer Sekunde nur ihn vor sich – Fite, der sie attackierte, der ihre Rechte packte und nach oben drückte.

»Ganz ruhig.« Parkov kam näher, nahm ihre bebende Hand und löste die Waffe aus ihren Fingern. »Nichts ist geschehen.«

»Ich hätte gerade um ein Haar abgedrückt, weißt du das?«

»Aber am Ende hast du es doch nicht getan. Die Kunst, die richtige Entscheidung im Bruchteil eines Herzschlages darüber zu treffen, ob nun ein Abzug zu drücken ist oder nicht, ist das, was zählt. Und ich vertraue dir.« Parkov trat an ihr vorbei und tippte einen Befehl auf dem Kontrollmonitor, der den Zentralcomputer steuerte. Ein leises Piepen erfüllte den Raum, doch es klang nicht besonders hoffnungsvoll.

»Mehrere Systemfehler. Der Stromausfall hat mehr beschädigt, als ich erwartet hatte. Aber die Ergebnisse sind noch da. Sieh her. Querverbindungen von Irina Tenow zu den aktuellen Mordfällen – *nicht vorhanden.* Das war zu erwarten. Und dennoch …«

»Was?«

»Bevor er ausfiel, ist es Elvis offenbar gelungen, doch noch jemanden aufzutreiben, der Albert Tenow flüchtig begegnet ist. Den hatten wir nicht auf dem Schirm.« Parkov drehte den Monitor in Maries Richtung. »Einen Tätowierer.«

Sie runzelte die Stirn. Dass sie gerade auf Parkov gezielt hatte, wühlte sie mehr auf, als sie geglaubt hätte. Ihre kaltschnäuzige Ruhe im Angesicht von Gefahr war etwas, auf das sie sich bisher bedingungslos verlassen konnte … doch Fites Angriff hatte sie ihr offenbar genommen. »Wenn er die Morde begangen hat, muss er auch die Tattoos hinterlassen haben, ist doch klar. Wie soll uns das also weiterhelfen? Und wie kann dein Computersystem das alles wissen? Die Akten des vierten Reviers? Ein Tätowierer? Es ist doch nur eine etwas weiterentwickelte Hausautomation oder etwa nicht?«

Parkov schüttelte langsam den Kopf. »Nein. Seit dem letzten Upgrade ist die künstliche Intelligenz hinter Elvis eine neuartige, firmeneigene autonome KI auf Militärstandard. Wir haben Zugriff auf … *vieles.*«

»Was willst du mir damit sagen? Dass du jeden PC und jedes Handy zu deiner Informationsquelle verwandelt hast? Sag mir, dass das nicht stimmt.«

»Die Benutzung ist reglementiert. Beschränkt für wenige.«

»Auf wen, Daniel?«

»Auf mich. Neben meinem Bruder bin ich der Einzige, der das System in dieser Alpha-Testphase verwenden kann.«

»Wenn das die extremen Maßnahmen sind, die wir für extreme Zeiten brauchen, dann würde ich sie lieber ablehnen«, erwiderte sie ernst.

Parkov ging nicht darauf ein. »Elvis konnte die Firewalls umgehen und auf den PC dieses Mannes zugreifen. Tenow hat ihn vor fünf Tagen aufgesucht und sich bei ihm namentlich vorgestellt, sein Name erscheint im Suchverlauf des Browsers dieses Mannes. *Professor Tenow*, genau genommen, hier entdecken wir abermals diese Zusammensetzung. Kurz danach googelte der Tätowierer auch nach den Nummern der Kriminalpolizei und nach Mitteln zur Selbstverteidigung. Taser und dergleichen. Tenow hat ihm einen Schrecken eingejagt, dennoch kam er nicht zu uns.« Parkov langte nach seinem Handy. »Ich rufe ihn an. Augenblick.«

Im Nebenraum rappelten und klapperten die Rollläden. Marie versuchte, dem Gespräch zu folgen, doch ihr überreizter Verstand und das Geräusch von Sturmwind und Gewitter brachten ihre Kopfschmerzen zurück. Sie schloss die Augen und rieb sich die Schläfen. Die Schwärze war für einige Momente ebenso beruhigend wie ein kühles Kissen im Nacken. *Eine autonome künstliche Intelligenz auf Militärstandard*, dachte sie. *Das klingt wie ein Albtraum aus der Zukunft.*

»Danke«, sagte Parkov. »Das ist alles. Bleiben Sie zu Hause. Er wird sich wahrscheinlich nicht wieder melden, aber sicher ist sicher. Ja? Gut.« Er legte auf. »Tenow wollte von ihm wissen, ob er jemals exotische Motive wie einen Morphofalter tätowiert hat und ob er ihm zeigen könnte, wie man das am besten macht. Ich glaube, der Mann hat gute Verbindungen ins Milieu. Deshalb kam er auch nicht zu uns, als wir die städtischen Tätowierer nach diesem Motiv befragt haben.«

»Aber wieso sollte Tenow das tun? Und wieso sollte er diesen Namen verwenden?«

»Zwei Möglichkeiten«, erwiderte Parkov sofort, »entweder, weil er nicht einschätzen konnte, was er mit seinem Handeln an Spuren hinterlässt, bedenken wir seine geistige Verfassung zu diesem Zeitpunkt.«

»Aber das erklärt nicht, wieso er sich *Professor* Tenow nannte«, sagte Marie.

»Oder aber wir haben es mit einer platzierten Spur zu tun, die man für uns hinterlassen hat. Jemand will, dass wir die Lösung finden, jemand, der Tenow benutzt. Wer auch immer dort war …«

»… war womöglich gar nicht Tenow selbst.«

»Die Möglichkeit besteht.«

»Und? Hat der Tätowierer ihm gezeigt, wie es geht?«

»Hat er nicht. Tenow, oder der, der sich für ihn ausgab, erschien ihm wie ein Mann, der kurz davorsteht, völlig durchzudrehen. Aber dann hat Tenow noch etwas zu ihm gesagt, was der Mann nicht vergessen kann: *Es ist das Tattoo meiner Mutter. Aber jetzt will sie ein neues.*«

»Was? Sie will ein neues? Aber sie ist seit Jahren tot.«

Parkov nickte. »Aber nicht für ihn, denke ich.«

Marie spürte, wie ihr ein kalter Schauer über den Rücken kroch und Gänsehaut über die Arme. »Das heißt, dass er sie …? Was? Noch für lebend hält? Wer ist er, Norman Bates? Und was sagt uns das?«

»Es genügt uns«, sagte Parkov. Ihm war anzusehen, wie es in seinem Kopf arbeitete. »Wir haben die Antwort.«

»Es liegt an seiner Mutter? Er tötet die Frauen, weil sie seiner Mutter ähnlich sind?«

»Nein. Ich nehme an, das ist ein Teil seiner Fantasie, aber eben nur ein Teil und für sich allein die falsche Lösung. Nein, die Frauen stehen für einen Teil seiner selbst, den er stets unterdrückt hat. Den weiblichen Teil seiner Persönlichkeit? Erinnerst du dich, was er sinngemäß zu Nicole Berger gesagt hat? *Du bist wie ich. Nur habe ich den Sprung gewagt.*« Parkov holte sein Mobiltelefon hervor. »Ich werde ihm jetzt antworten. Sie mussten sterben«, sagte er und tippte, »weil sie hatten, was er nie besaß. Freiheit: Larissa Rothenberger. Eine Beziehung: Linda Ilm. Liebende Eltern: Nicole Berger. Glauben: Jacob Ulrich.«

»Bist du sicher?«

»Noch nicht. Nicht ganz.«

»Wenn wir ihm eine falsche Antwort senden …«

»Dann haben wir kaum eine Chance, Isabelle zu finden. Ich weiß. Es muss beim ersten Versuch passen.«

Marie überlegte laut. »Also wurde er misshandelt, und dann tötete er sie. Der Brand, bei dem sie umkam und er gerade so davonkommen konnte – die eigene Mutter. Und später … aber wieso erst jetzt? Wieso lebt er all die Jahre scheinbar still und friedlich, und dann, mit einem Mal, bricht diese Gewalt aus ihm hervor?« Sie sah Parkov an. Etwas, das er zuvor gesagt hatte, schlug eine vertraute Saite bei ihr an.

Etwas, das mit diesem Fall zu tun hatte, aber auch wieder nicht.

»Dein Bruder ist Jäger, sagtest du?«

»Ja. Aber das …«

»Spielt keine Rolle? Warte mal. Du sagtest, du hast das Jagen aufgegeben, weil etwas passiert ist, womit du nicht gerechnet hast. Was ist, wenn es ihm ebenso erging? Wenn etwas geschehen ist, das ihm einen solchen Schlag versetzt hat, dass er plötzlich anfing, zu trinken und bei seiner Arbeit, die er eigentlich liebte und gewissenhaft ausführte, Fehler zu machen, die ihn am Ende den Job kosteten? Es gab einen Auslöser.«

»Du denkst, der Jobverlust selbst war nicht der finale Auslöser für die Morde?«

»Nein. Das war nur eine weitere Folge«, erwiderte sie. »Der Auslöser war etwas anderes, ein Tropfen, der das Fass endgültig zum Überlaufen brachte.«

In Parkovs blassblauen Augen wuchs eine Erkenntnis. »Marie, du bist genial.«

»Ich wusste, du würdest das irgendwann bemerken.«

»Dabei konntest du nicht einmal ahnen, weshalb ich das Jagen aufgegeben habe. Bei einer Treibjagd starb die Hündin, die mir seit meiner Kindheit am vertrautesten gewesen war. Sie war nämlich *meine*. Es war ein Unfall, eine entsetzliche Verwechslung. Ich war achtzehn.

Und so war es auch mit Tenow. Der Hund in der Halle, in der Rothenberger starb, war nicht ihrer, das wissen wir jetzt. Es war seiner, Tenows bester Freund. Sein Hund starb, wurde getötet, erschossen von einem Fremden.«

»Von einem Fremden?« Marie schüttelte den Kopf. »Das glaube ich nicht. Wir können uns denken, wer Tenows Hunde getötet haben muss. Zuerst den einen, den er bei der alten Hütte begrub, und dann, kurz vor dem ersten Mord, den zweiten, den wir für Rothenbergers Balu hielten. So muss es gewesen sein, eine gezielte, geplante Vorgehensweise, um den Mann in den Abgrund zu ziehen.«

»Ja. Tenow wusste nicht, dass er sich mit dem Mörder seiner besten Freunde zusammengetan hat, denn nichts anderes waren diese Tiere für ihn. Mit einem Mann, der sich darin gefällt, andere zum Morden zu treiben. Dem Mann, dessen Gehilfen wir vor Monaten gefasst haben. Dem Professor, wer immer er ist. Er ist hier, irgendwo dort draußen.«

»Und dieser Tod bringt ihn aus dem Konzept. Weil die Tiere seine einzigen Freunde waren, alles, was er an sozialen Kontakten besaß.« Marie spürte, dass sie sich auf der richtigen Spur befanden. »Ja. Das ist es. Der arme Mann. Er will das nicht tun. Er will Hilfe, er weiß, dass er psychisch nicht stabil ist, aber …«

»… etwas lässt ihn nicht. Wenn seine Mutter ihn misshandelt und er sie getötet hat, dann ist er traumatisiert. Er wurde von Paranoia heimgesucht, von Psychosen. Die Notizen in den Akten aus der Zeit seines Anstaltsaufenthaltes sprechen von einer alten, unterdrückten Schuldvorstellung mit psychotischen Schüben. Er glaubte, sie verfolge ihn. Er glaubte, seine Mutter spreche mit ihm. Er glaubte zuerst, sie versteckte sich in den Schränken und unter dem Bett, dann aber begriff er, dass sie in seinem Kopf war.« Parkov sah von der Akte auf. »Er nahm Neuroleptika und andere Medikamente, die seine Angst im Griff hielten. Er muss sie abgesetzt haben. Oder er wurde dazu gezwungen.«

»Der böse Engel«, sagte Marie. »Das ist seine Mutter. Er liebt sie, aber sie … nein. Sie erwidert die Liebe nicht. Sie missachtet ihn und tut ihm später sogar Schlimmeres an: Misshandlungen. Vielleicht war sie krank, vielleicht war es die Alkoholsucht, wie er sagte. Am Ende befreit er sich von ihr, tötet sie und überlebt den Brand. Trotzdem wird er sie nicht los. Und dann, Jahre später, als sein Leben, wie er es kannte, zerbricht, dreht er durch. Er will sich retten, beginnt zu töten, weil er sich in diesen Frauen wiederfindet …«

»… und sie um all das beneidet, was er selbst nie hatte – gerade wegen seiner Mutter«, fuhr Parkov fort, »und weil er in ihnen seine eigene Mutter entdeckt. Irina Tenow war blond. Das erklärt die Perücke, die er bei den Opfern verwendet hat, die für ihn die falsche Haarfarbe besaßen. Seiner Aussage nach besaß Irina Tenow auch das Tattoo des Morphofalters, mit dem er die Haut seiner Opfer verzierte. Vermutlich hat ihm die Doppelbedeutung des Motivs gefallen. Der Schmetterling, der für Veränderung steht – in seinem Fall dafür, dass er sie endlich loswird.«

»Und das Undoing? Die Entschuldigungen? Er hat Rothenberger die Augen geschlossen, nachdem sie ertrunken war. Er und der andere haben sich bei allen entschuldigt, nur nicht bei dem Priester.«

»*Sie konnten mir nicht helfen*, schrieb er. Was immer er erwartet hatte – vielleicht die endgültige Befreiung vom Schatten der Mutter –, er hat es nicht durch die Morde erhalten. Also entschuldigte er sich. Der Priester hingegen, auf den war er wirklich wütend. Weil Ulrich ihm hier und jetzt in der Realität nicht weiterhalf, als er seinen Job verlor, während die anderen, die Frauen, nur in seiner Fantasie eine Veränderung bewirken sollten. Wir wissen auch, dass zumindest Ilm und Rothenberger nicht beide von Tenow getötet worden sein können.«

»Und die anderen? Der alte Mann? Sam Gorad, der Dr. Ahrens angegriffen hat? Die Mafiaschläger, die uns verfolgten? Das Symbol, das wir immer wieder entdeckt haben?«

»Sie haben nichts damit zu tun. Das sind die Werke des anderen. Von dem Professor, der die Stadt als sein persönliches Versuchslabor ansieht. Tenow ist für ihn nichts als eine Marionette. *Helft mir*, schrieb er, und das war keine Täuschung: *Helft mir, weil ich wohl endlich begriffen habe, dass ich mich mit dem Teufel verbündete.* Auf der einen Seite haben wir das Tattoo, die Botschaft mit dem Engel und die Mordopfer, auf der anderen das Symbol, Kranitz, den alten Forscher namens Tymon Sorg, Sam Gorad und den Satz, *es ist niemals genug …* Ja, ich glaube, das wird es sein.«

Parkov sah auf sein Smartphone hinunter. »Sie mussten sterben, weil sie hatten, was er nie besaß. Freiheit: Larissa Rothenberger. Eine Beziehung: Linda Ilm. Liebende Eltern: Nicole Berger. Glauben: Jacob Ulrich. Sie mussten sterben, weil sie für ihn in seiner Vorstellung wie seine esoterikliebende Mutter Irina waren und ihre Todesarten die Elemente repräsentierten: Wasser, Feuer, Luft, Metall. Sie mussten sterben, weil er hoffte, seine Mutter damit endgültig loszuwerden.« Dann schrieb er weiter: »Der alte Mann hingegen durfte weiterleben, weil er nur ein Irrlicht, eine falsche Fährte war, um uns von Albert Tenow abzulenken. Weil er nichts damit zu tun hatte.

Und natürlich, weil er im Gegensatz zu den anderen keinen Hund besaß, den Tenow stehlen und als Ersatz für seine besten Freunde behalten konnte. Weil in Gefangenschaft bei den Tutonga im Kongo keine Hunde existieren. Sie kennen sie nicht, fürchten sich vor ihnen.«

»Hast du die Tutonga recherchiert?«

»Mich erreichte der Rückruf aus dem Museum, während du im Bad warst. Der Anthropologe konnte auf die Schnelle kaum etwas in Erfahrung bringen, aber er hat einen alten Bericht in den Archiven entdeckt, in dem die Tutonga und dieses Symbol in wenigen Abschnitten beschrieben werden. Leider wird dort nicht erwähnt, was es bedeutet. Er konnte mir dennoch einige Fragen beantworten.«

»Und er wird das verstehen?«

»Natürlich. Nicht Tenow wird diese SMS lesen.«

»Er sagte, er bewundere dich. Hast du eine Idee, wer er sein könnte?«

»Nein. Es gibt natürlich einige Herren, die mich hassen und vielleicht auch insgeheim bewundern, aber die sitzen alle hinter Gittern und Stahlbeton. Und niemand von ihnen hat es zum akademischen Titel des Professors gebracht.« Parkov drückte auf Senden. »Ich erwarte eine Reaktion. Er *muss* jetzt reagieren.«

Marie schaute auf die Übertragung der Website. Der Livestream war gestört, offenbar lief eine neuerliche DDoS-Attacke gegen den Server. »Zwei Stunden noch«, sagte sie. »Das ist so wenig Zeit.« Sie fuhr sich durchs Haar, trat nervös von einem Fuß auf den anderen.

Minuten vergingen.

Fünf, dann zehn.

»Keine Erwiderung.« Parkov schüttelte den Kopf. »Etwas muss falsch sein. Wir haben nicht die richtige Lösung.«

»Aber das kann nicht sein.« Marie spürte, wie Verzweiflung ihr Herz packte. »Wir haben doch alles …«

»Nein, nicht alles. Etwas müssen wir übersehen.« Parkov nahm sich eine weitere Akte aus der psychiatrischen Anstalt und blätterte sie durch, ohne richtig zu lesen. »Es ist zu viel. *Was* ist es, was haben wir übersehen?«

Marie ließ sich auf einen Sessel fallen. »Wir schaffen es nicht.« Sie verbarg ihr Gesicht in den Händen. Die Kopfschmerzen peinigten sie, aber schlimmer war das Gefühl der Hoffnungslosigkeit, das nahe, scheinbar unabwendbare Versagen. *Isabelle, es tut mir so leid.*

Für einen Augenblick war nur das gleichmäßige Rauschen des Regens und ein Gurgeln in einem Fallrohr in der Wand zu hören.

Willst du wirklich aufgeben? Einen Moment kam es ihr so vor, als würde ihr Vater mit ihr sprechen. Sie sah sein rundes, friedfertiges Gesicht vor sich, so, wie sie sich an ihn erinnerte. *Du bist mein stures, kleines Häschen*, sagte er. *Ich kann nicht glauben, dass du einfach aufgeben willst und die Zeit verstreichen lässt.*

»Das werde ich auch nicht.« Sie holte tief Luft und schlug die Augen auf. »Nicht, solange ich noch einen letzten Rest Kraft habe, um weiterzumachen.«

»Mit wem sprichst du?«

»Mit mir selbst. Kommt dir bekannt vor, was?«

Marie hockte sich neben Parkov auf den Boden, fasste nach der nächsten Fallakte und begann, sie durchzusehen. »Wir machen weiter. Einfach weiter. Nicht aufgeben, einfach nicht …«

Fünf Minuten später hielt Marie Parkov eine Seite hin: »Ahrens' Kollege schreibt hier, Tenow habe ihm erzählt, dass er schon als kleiner Junge einen Hund haben wollte. Er schreibt auch, dass er eines Tages einen von der Straße mitbrachte, der ihm bis nach Hause gefolgt war. Weiter berichtet er, dass er sich nicht erinnern könne, was mit dem Tier geschah. *Scheiße.*«

»Was hast du entdeckt?«

»Sie haben damals kurzzeitig zur Miete gewohnt, ehe sie in das Haus umgezogen sind, das dann abbrannte. Sieh dir die frühere Adresse an.«

»Meine Güte. Marie, das ist …«

»Nur ein Haus neben den Ilms. Sie waren Nachbarn, wenigstens für ein knappes Jahr. Du gehst die Unterlagen noch einmal durch. Ich rufe Barbara Ilm an. Wenn seine Mutter mit Ilms Mutter befreundet war, weiß sie vielleicht etwas darüber.«

Marie wählte. Kurz dachte sie an das von Trauer umhüllte Haus der Ilms mit den seltsamen Masken an den Wänden. Sie sah Barbara Ilms Gesicht vor sich, als sie ihr das Bild des Schmetterlingstattoos zeigte. Ihre Ahnung, dass die Frau mehr wusste, als sie zugeben wollte, hatte sie nie ganz losgelassen, und nun begriff sie schlagartig, wieso. »Sie hat das Tattoo erkannt, weil sie es früher bei Tenows Mutter gesehen hat. Wir haben einen riesigen Fehler gemacht«, sagte sie zu Parkov.

»Das ist jetzt nicht länger wichtig. Es war ein Teil seines Spiels, und wir haben ihn übersehen.«

»Geht ran«, bangte Marie. Dann klickte es in der Leitung, und ihr Anruf wurde entgegengenommen.

»Ja?«, sagte eine Frauenstimme.

»Barbara Ilm?«

»Ich … Ja.«

»Marie Winter. Wir haben vor Kurzem miteinander gesprochen. Ich habe noch eine Frage: Kannten Sie eine Frau namens Irina Tenow? Die Nachbarin mit dem Schmetterlingstattoo?«

»Was … Lassen Sie mich in Frieden.«

»Irina Tenow. Bitte, es ist wichtig.«

»Ich weiß nicht mehr, das ist Jahre her.«

»Bitte versuchen Sie, sich zu erinnern«, drängte Marie. »Sie hatte einen Sohn.«

»Albert. Ja. Das war sein Name.«

»Besaß er einen Hund?«

Stille auf der anderen Seite.

»Frau Ilm?« Marie warf Parkov einen Blick zu und registrierte, dass er aufmerksam lauschte. Er schüttelte den Kopf. *Nichts*, bedeutete diese Geste, *ich habe nichts gefunden, das uns noch weiterhelfen könnte.*

Marie sah ihm an, dass er nicht mehr weiterwusste, sondern sich ganz auf sie verließ.

»Er hatte einen«, erwiderte Barbara Ilm dann. »Irina hat den gehasst. Er störte die *Elemente*, wie sie sagte.«

»Wissen Sie, was mit ihm geschehen ist, Frau Ilm?«

»Er musste ihn weggeben.«

»Weggeben?«

»So hat sie es genannt, aber das stimmt nicht.« Marie nahm überrascht wahr, dass Barbara Ilm weinte. »Sie hat ihn umgebracht. Wahrscheinlich ertränkt, hinter dem Haus. Aber sie war keine böse Frau, nicht immer zumindest. Und dann … wieder auch nicht. Ich weiß es nicht genau. Sie war krank, glaube ich. Als hätte sie zwei Seiten, die sich völlig voneinander unterschieden. Ich glaube, sie hat ihn geliebt, aber … sie war auch überfordert, denke ich. Wie ein *böser Engel.*«

»Wieso wissen Sie das alles?«

»*Er* sagt, ich soll Ihnen eine Adresse geben. Kommen Sie her, wenn Sie Isabelle Odinsdottir finden wollen. Kommen Sie in unser Haus, ganz allein, sonst stirbt sie. Und d-dieses Mal, sagt er, blufft er nicht.«

70.

Marie ließ das Handy sinken und sah verstohlen zu Parkov hinüber, der ihr sein warmherziges, wenn auch in diesen Minuten angespanntes Lächeln schenkte. Widerstrebende Empfindungen kämpften in ihrem Inneren gegeneinander an, während sie die letzten Worte noch einmal durchdachte:

Sag es ihm, er muss es wissen.

Kommen Sie allein. Dieses Mal blufft er nicht.

Parkov hielt ihr sein Smartphone hin. »Sieh es dir an«, sagte er mit angespannter Stimme. »Diese Nachricht traf gerade ein. Es war doch nur ein Bluff.«

ANGST BEKOMMEN? WAR NUR EIN WITZ.
DIE LÖSUNG IST KORREKT – SCHLAUER JUNGE!
KOMM SPIELEN – FEUERBERGERSTRASSE 125.
DU KANNST TENOW HABEN – ER WARTET DORT.

»Das ist in Höchst«, erwiderte sie. »Ich glaube, du kennst diesen Ort.«

»Suzann. Der Vogelfänger. Dort ist sie gestorben. Das hat er gut ausgewählt.«

»Also ist Tenow dort?«

»Wir haben ihm die Lösung gegeben. Er hält sein Wort. Ja, er ist dort.« Parkov fasste Marie bei den Schultern. »Sag mir die Wahrheit. Was hast du gerade von ihr erfahren?«

Marie seufzte. Sie konnte nicht geheim halten, was sie gerade erfahren hatte, es ging nicht. »Er … er will mir den Ort verraten, an dem er Isabelle gefangen hält. Aber ich muss allein gehen.«

Parkov schloss die Augen. Ein Ausdruck von Schmerz lief über sein Gesicht. »Nein. Nein, das lasse ich nicht zu.«

»Und ich werde sie nicht im Stich lassen und riskieren, dass sie stirbt.«

»Ich lasse dich nicht in die Arme eines Wahnsinnigen laufen!«, platzte es aus Parkov heraus.

»Ich gehe ja nicht allein.« Sie berührte ihre Waffe. Der Stahl war kalt und zugleich vertraut unter ihren Fingern.

»Und doch ohne Verstärkung.«

»Wir können nicht riskieren, dass er mich bemerkt. Aber du solltest jemanden dabeihaben, der dich unterstützt. Ich rufe die Kollegen an. Ganz gleich, ob du gerade suspendiert bist oder nicht, wenn du ihnen vor Ort erklärst, was los ist, werden sie dir helfen, das weiß ich.«

»Wenn nicht gerade alle damit beschäftigt sind, eine Mafiahöhle auszuheben«, erwiderte er.

Er ist nicht überzeugt, dachte sie, *und sorgt sich doch zugleich viel mehr um dich als um sich selbst.*

»Mach nicht dieses Gesicht, Daniel. Wir kennen das Risiko. Es war doch klar, dass so etwas auf die eine oder andere Art eintreten würde. Und Isa hat noch weniger als zwei Stunden. Ich muss los.«

Sie spürte, wie er aufgab, sie nicht länger zurückhalten wollte, und bemerkte zugleich, dass sie doch nicht wusste, wie sie sich von ihm verabschieden sollte.

Doch diese Entscheidung, diesen ersten Schritt, nahm ihr Parkov ein Stück weit ab. »Ich wünschte, du würdest das nicht tun«, sagte er leise. »Aber bevor du gehst …«

»Was denn?«

»Folge ich einer Intuition.« Er zog sie zu sich und umfasste zärtlich ihr Kinn mit einer Hand. Marie legte ihm eine Hand auf die Brust. »Warte.« Sie bemerkte, wie sich trotz ihrer Anspannung ein mädchenhaftes und zugleich trauriges Lächeln auf ihren Mund schlich. *Verzeih mir diese Sekunden, Isa,* dachte sie, *aber niemand von uns weiß, wer noch hier sein wird, wenn diese Nacht endlich ihr Ende findet.*

»Nicht der Zeitpunkt?«, fragte er mit einem ironischen Lächeln.

»Doch. Aber *meine* Entscheidung.« Marie spürte, wie sie eine Woge von Gefühlen überkam, ein angenehmes Kribbeln über ihre Haut huschte, als sie sich auf die Zehenspitzen stellte und ihn sanft auf die Lippen küsste. »So ist es besser.«

»Den …«

»… haben wir beide gebraucht«, flüsterte Marie. Sie berührte seine Wange und sah Parkov tief in die Augen, hielt sich an seinem eisblauen Blick fest. Etwas in ihr drängte sie, den Kuss zu wiederholen, doch war der Moment vorüber und die Zeit zu knapp. Von draußen kam ein Donnergrollen, das sie in die Gegenwart zurückriss.

»Nimm ihn mit für unterwegs. Jetzt geh und schnapp ihn dir. Wenn ich Isabelle habe, treffen wir uns im Präsidium.«

»Ich weiß, ich muss dir nicht sagen, dass du auf dich aufpassen sollst. Aber, meine Liebe, ich werde es trotzdem tun: Pass auf dich auf. Bitte.«

»Und ich fürchte«, fügte Marie hinzu, »dass dieses Mal du derjenige bist, der auf sich achtgeben muss.«

Er nickte, hielt dann jedoch noch einmal inne. »Du brauchst einen Wagen.«

»Ich weiß. Jetzt sag mir nicht, du hättest nur den einen hier, denn das glaube ich dir nicht.«

»Nein. Folge mir.«

Parkov und sie eilten über eine geschwungene Treppe in eine Garage im Untergeschoss, in der mehrere Reihen Autos und Motorräder parkten. Nicht wenige waren mit Schutzplanen abgedeckt.

»Irgendwelche Vorlieben?«

»Keine Zeit. Gib mir einfach das Passende für dieses Wetter.«

Parkov nahm einen Schlüssel aus einer Schublade und warf ihn ihr zu. »Also den Geländewagen.« Er zog die Plane von einer Mercedes-G-Klasse, dann ging er zum Rolltor und öffnete es.

Marie schenkte dem massiven Gefährt keinen zweiten Blick, sie stieg ein und startete. »Bis gleich«, rief sie. »Mit guten Neuigkeiten!«

Parkov hob den Daumen, als sie an ihm vorbeifuhr und winkte.

Dann verschwand sie mit roten Rücklichtern in der Nacht.

Er sah ihr nach. Schließlich nahm er sein Smartphone und wählte.

»Ich fürchte, ich brauche es noch heute Nacht«, sagte Parkov. »Ist es fertig? Beeil dich. Und sag *Lazarus*, dass er wiederauftauchen und dich treffen muss. Es ist Zeit. Unser Gegner wird nicht mit ihm rechnen.«

»Sie werden bis dahin keine Unterstützung haben«, antwortete Johann Münz. »Das wissen Sie.«

»Das war auch nie anders.« Parkov stand am offenen Tor, sah die Auffahrt aus der Garage hinauf und lauschte dem Regen.

»Ich habe Sie gewarnt.«

»Machst du doch immer.« Parkov senkte den Blick. »Ich weiß, dass du recht hattest, aber es ist zu spät. Wir können nur noch reagieren. Das ist alles, was uns bleibt.«

»In diesem Fall«, sagte Münz mit ernster Stimme, »werde ich auf einen weiteren Kommentar verzichten. Viel Glück.«

71.

90 Minuten bis zum Ablauf des letzten Ultimatums

Der Schein der Xenonlichter raste ihr voran durch die Nacht. Blitz und Donner tobten über ihr, in ihrem Inneren die Nerven, die eine schnelle Tarantella tanzten. Marie zwang sich mit aller Kraft, gleichmäßig zu atmen.

Halte durch, dachte sie. *Einfach durchhalten, Isa.* Wie ein Mantra.

Der Wagen lag schwer auf der Straße und vollzog jede Lenkbewegung mit kraftvoller Präzision. Die Autobahn flog vorbei. Niemand war unterwegs, es hätte auch gut und gerne das Ende der Welt sein können. Sie tippte mit der rechten Hand auf ihrem iPhone. *Wenn du jetzt einen Unfall hast, dann war es das.*

»Jörg?«

»Marie, wo steckst du? Wir gehen gerade Hinweisen nach, die auf ein mögliches Versteck hindeuten, wo er sie …«

»Feuerbergerstraße 125. Sofort. Parkov wird dort sein. Ihr habt es mit dem Mörder und seinem Unterstützer zu tun. Kommt mit allem, was ihr aufbieten könnt. Bewegt euch!«

Vor ihr tauchte die Ausfahrt auf. Sie bremste heftig, brachte den Mercedes in ein gefährliches Manöver nach rechts und bog um die Kurve. Das Heck schlingerte, doch konnte sie den Wagen im letzten Augenblick noch abfangen.

»Scheiße, Scheiße, Scheiße.« Ein weiteres Mantra.

Wieder Gas. Bremsen. Eine Kurve. Rechts abbiegen.

Blitze am Himmel. Regentropfen, die auf die Windschutzscheibe trommelten und ihr die Sicht nahmen.

Die Straße lag vor ihr. Noch fünfzig Meter.

Dort war das Haus von Walter und Barbara Ilm, Marie bremste scharf. Wo war der Streifenwagen der Kollegen, die es im Auge behalten sollten? Im sintflutartigen Regen konnte sie ihn nicht ausmachen.

Marie rannte über die Straße. Wasser spritzte zu allen Seiten. Unter dem Vordach zog sie ihre Heckler & Koch P30. Die Haustür war nur angelehnt.

Natürlich. Wie könnte es auch anders sein?

Vorsichtig schob sie die Tür auf und schlüpfte hinein.

Im Flur erwartete sie Dunkelheit. Als sie den Schalter berührte, tat sich nichts. Jetzt begriff sie, wieso die Straße vor dem Haus so finster gewesen war: Das war nicht nur das Unwetter, sondern ein Stromausfall, der offenbar das ganze Viertel lahmgelegt hatte.

Marie tastete sich voran.

Ein Königreich für eine Taschenlampe, aber sie wusste, dass sie es nicht riskieren konnte, sich vorzeitig zu verraten.

Zu ihrer Linken eine Tür. Die Masken starrten von den Wänden auf sie herab. Dunkle, leere Augenhöhlen folgten ihr bei jedem Schritt.

Eine Tür vor ihr. Mit dem Fuß stieß sie sie auf und fand sich im Wohnzimmer. Kalter Rauch hing in der Luft. Und noch etwas anderes: der Geruch von Blut.

Kupfer. Totes Eisen.

Zwei Sessel standen direkt vor ihr. Ein Haarschopf ragte über die Lehne.

Marie hob die Dienstwaffe. Nichts rührte sich.

»Hallo? Polizei. Frau Ilm? Walter und Barbara Ilm?«

Nichts.

Vorsichtig umrundete sie die Sessel. Hinter ihr ein abgeschalteter Fernseher, dessen schwarze Mattscheibe einem Loch ins Nichts glich.

»Polizei Frankfurt, können Sie ...« Sie hielt abrupt inne. Das Ehepaar war tot. Barbara und Walter Ilm hockten in ihren Sesseln, der Mann hielt ein Messer in der Hand. Dickes Blut tropfte von der Klinge. Ihre Kehlen waren geöffnet, rote, tief klaffende Wunden.

»Isabelle?«, rief Marie. »Bist du hier? Kannst du mich hören?«

Sie eilte nach hinten, hinaus in den Garten. Eine wild wuchernde Rasenfläche, eher eine Wiese, die sich auf etwa acht mal acht Metern vor ihr ausbreitete. Ein Fleck frisch umgegrabener Erde war nicht zu erkennen. Nichts, das der Übertragung auf der Website ähnelte.

»Isabelle?«

»Sie ist nicht hier«, sagte jemand hinter ihr. Marie fuhr herum, den Lauf der P30 in die Schatten gerichtet. Jemand stand dort und beobachtete sie.

»Ich habe auf dich gewartet. Ganz ruhig. Ich will nur mein Handy herausnehmen, ja?« Der Mann griff in seine Tasche. »Etwas Musik.«

»Legen Sie das sofort weg. *Sofort!* Sie befinden sich an einem Tatort. Nehmen Sie beide Hände hoch.«

Er schüttelte den Kopf und berührte sein Mobiltelefon. »Und los geht's.«

Musik erfüllte den Flur, die sie kannte und die sich mit dem Geräusch des Regens vermischte.

»Du bist wahnsinnig«, sagte sie. »Willst du mich erschrecken?«

»Das kennst du, nicht wahr? Es war dein Lied, Marie. Seines und deines. *Erik*. Erinnerst du dich?« Er trat vor. Im Licht des nächsten Blitzes machte sie seine Gesichtszüge aus.

Endlich.

Was sie sah, überraschte und entsetzte sie zugleich.

»Nein. Du bist tot.«

»Und trotzdem stehe ich hier. Wie heißt es doch: *Deine Toten werden leben, deine Leichname werden auferstehen.*« Der Mann warf einen Blick auf seine Uhr. »Du hast noch zwanzig Sekunden.«

»Und dann?«

»Wird dir das Gas, das sich überall in dieser Wohnung mit der Luft vermischt hat, den Verstand rauben.« Er deutete den Gang hinunter in Richtung Wohnzimmer. »Ich habe ihm gesagt, dass er seiner Frau die Kehle durchschneiden soll. Was glaubst du, wie sehr er sich bemüht hat, meinem Befehl nachzukommen?«

»Das ist nicht wahr«, erwiderte sie nervös. »Unsere Labortechniker konnten zwar eine chemische Komponente nachweisen, aber nichts, das so wirkt, wie du uns glauben lassen willst. Dafür gibt es nur eine Erklärung: Es ist ein Trick. Es gibt keine magische, geheimnisvolle Substanz oder ein Gas, das die Leute dazu zwingt, deinem Willen zu folgen. Du bluffst nur.«

Er lächelte. »Ich bin ein Magier. Und wie bei jeder hervorragenden Show ist das Finale – der Höhepunkt, die Auflösung, die den Zuschauer mit offenem Mund zurücklässt – der wichtigste Bestandteil.«

»Du bist festgenommen.«

»Zehn, neun …«

»Dreh dich um!«, rief Marie. »Hände in die Luft.«

»Acht, sieben …«

»Ich sage es nicht noch einmal!«

»Sechs, fünf, vier …«

»Wo ist sie? Wo ist Isabelle?«

»Sie ist nicht hier. Sie ist aber auch nicht dort, wo der andere sie haben wollte. Ich habe mich anders entschieden. Drei, zwei, eins.« Er klatschte in die Hände – ein einschneidendes Geräusch, das sich in diesem Augenblick sogar über den Donner hinwegsetzte.

Nichts geschah.

»Ich bin beeindruckt«, sagte Marie. »Wirklich, wow. Das ist genau das, womit ich gerechnet habe: ein billiger Trick, der mir Angst machen soll. Du hast ihnen die Kehlen durchgeschnitten. Du bist ein eiskalter Mörder, der Leute in die Verzweiflung treibt. Das ist alles.«

»Schlaues Mädchen, bist du dir sicher? Willst du ein Geheimnis erfahren?«

»Wenn es unbedingt sein muss.«

»Ilm wusste es. Sie kannte das Tattoo von Tenows Mutter. Sie hätte euch alles sagen können. Aber wo bliebe da der Spaß? Ich habe ihr ein Angebot gemacht. Kommt jemand vorbei, der groß und doof ist, sich als Parkov vorstellt und nach einem Schmetterlingstattoo fragt, das habe ich zu der lieben Barbara gesagt, dann verrate ihm nichts. Tu so, als wüsstest du nichts. Ich gebe dir Linda zurück, wenn du mitspielst. Sie hat sich an meine Regeln gehalten, wie du weißt … aber dann musste ich sie leider enttäuschen.«

Marie starrte ihn an. »Du bist das Widerlichste, was mir je unter die Augen kam.«

»Nein, ich bin ein Zauberer. Das Geheimnis eines jeden guten Zauberkünstlers ist mitunter einfach: Manchmal ist er nicht allein. Ich zum Beispiel bin es nicht. Schau hin, sieh nach, dreh dich um.«

Hinter ihr bewegten sich Schatten in der Dunkelheit. Sie warf einen Blick über ihre Schulter. Der Flur blieb leer.

»Du lügst schon wieder.«

»Noch immer falsch. Du hast dir deinen Feind selbst mitgebracht. Weißt du, dein Abendessen? Der Hirsch? Münz kann gut kochen, ich kann jedoch gut in Häuser einsteigen und … *nachwürzen.*«

Marie umfasste ihre Rechte mit der unversehrten Linken. Die Pistole schien mit einem Mal tonnenschwer. »Es wird nicht … hör auf damit.«

»Parkov verabscheut Wild, das wusste ich. Aber ich ahnte, dass du davon kosten würdest. Nun lass mich dir sagen, dass der Hirsch nicht ganz das harmlose Gericht war, für das du es gehalten hast. Das Betäubungsmittel, das du zu dir genommen hast, wird dich ausschalten. Und ich muss nur zusehen, wie du ohnmächtig wirst. Wo waren wir? Ach ja. Noch einmal: Zehn. Neun. Acht. Sieben …«

72.

Parkov bremste. Die Scheinwerfer des Bentleys entrissen der Gewitternacht einen hohen Bauzaun, der bedenklich schwankte, und ein Schild, das *Zutritt untersagt!* verkündete. Die Farbe blätterte bereits ab. In Rot hatte jemand die Buchstaben *Fredo war trotzdem hier* darübergesprüht.

Eine Reihe von Kiefern, die das Gelände einfasste, bog sich wie eine Schar grüner Soldaten im Wind. Ein Stein wirbelte heran und prallte mit einem lauten Knall auf die Windschutzscheibe.

Als Parkov ausstieg – eine Stabtaschenlampe in der einen, die Walther P99 in der anderen Hand –, heulten in der Ferne Sirenen.

Die Verstärkung?

Parkov warf einen Blick auf sein Smartphone. Kein Empfang. All die elektrische Ladung in der Luft …

Nun, so viel dazu.

Durch eine Lücke im Bauzaun betrat er das Gelände. Die regennasse Erde machte bei jedem Schritt ein feuchtes, saugendes Geräusch. Der Lichtkegel fand eine Fabrikhalle. Graffitis schimmerten. Gesprungene Fenster, verwitterter Stein, ein

Eingang, der Parkov entgegenstarrte wie ein offen stehender Mund, der alles Licht verschlucken wollte.

Hier war es.

Hier war sie gestorben.

In dieser alten, verlassenen Halle, in der früher riesige Druckmaschinen ihr stampfendes Tagewerk vollbracht hatten, war Suzann getötet worden.

Jahre war das her. Dennoch war ihm, als sei es kaum erst gestern gewesen.

Auch wenn er noch manches Mal von ihr träumte und dabei zusehen musste, wie ihr Mörder ihn niederschlug und fesselte, bedeuteten diese Träume für ihn nicht mehr die gleiche Qual wie früher.

Marie hatte etwas verändert.

Parkov verdrängte jeden Gedanken an diese Zeit, die Ereignisse vor über fünf Jahren. Er schlich vorwärts, ließ den Lichtkegel über rissige Betonwände und den ölfleckigen Boden huschen, ging an Pfeilern vorbei und durchquerte die Halle.

Der Ort war sehr nah.

Wenn Tenow hier wartete, würde er sich genau dort aufhalten, nirgendwo sonst. Dort, wo Suzann gestorben war, würde er auf ihn warten, das wusste Parkov – in der letzten, hintersten Halle, in die kein Licht schien, selbst am hellsten Sommertag nicht.

Parkov trat mit erhobener Pistole um die Ecke. Der Lichtstrahl flog über den Boden, die Wände, die Pfeiler.

Ein Stuhl stand dort, ein einfacher Holzstuhl, der Erinnerungen weckte. Nun war er leer.

Bis auf ein Seil, das auf der Sitzfläche lag, das auf ihn wartete. Er betrachtete es aus der Nähe.

Es war blutverschmiert. Auch der Stuhl wirkte, als sei er von heftigen Schlägen getroffen worden und mehrmals umgekippt. Blutspuren an Lehne und Stuhlbeinen.

»Ich weiß, dass du hier bist.«

Aus der Dunkelheit drang ein leises Wimmern.

Parkov wirbelte herum. Das Geräusch kam aus einem Korridor, den er zuvor nicht entdeckt hatte. Ein leiser, peinvoller Laut eines Mannes, der Schmerzen verspürte, die seinen Körper quälten, mehr noch aber seine Seele.

Der Lichtkegel entlockte der Finsternis eine zusammengekrümmte Gestalt, die an einem Pfeiler lehnte.

Parkov trat näher, die Waffe erhoben.

»Albert Tenow! Nehmen Sie die Hände hoch!«

Er war es, daran bestand kein Zweifel. Aber er sah nicht mehr aus wie auf den Fotos, nicht wie der sonderbare Mann, der seine Feuer mit glänzenden Augen betrachtete und lächelte, wenn er mit seinen Hunden spielte. Jemand hatte ihn geschlagen, so heftig, dass sein Gesicht kaum noch menschlich wirkte. Er blutete aus dem Mund. Sein Atem ging schwer, er konnte sich kaum auf den Beinen halten.

Innere Verletzungen. Jemand hat es darauf angelegt, ihn langsam sterben zu lassen.

»Wer hat das getan?«, fragte er. »Wer hat Sie so zugerichtet?«

Tenows Augenlider flatterten wie gestürzte Vögel. Sein Blick zuckte hin und her. Als er den Mund öffnete, hingen blutige Speichelfäden zwischen seinen Lippen. »Er …«, stieß er hervor. »Er war es. Der Pro…«

»Wo ist Isabelle Odinsdottir? Wissen Sie das?«

Ein Kopfschütteln. »Er holt sie, das hat er gesagt. Ich habe nichts getan … *ihr* nicht. Er ließ es nicht zu. Den anderen …«

»Sie haben Ihre eigene Mutter verbrannt. Vor langer Zeit.«

Tenow starrte zu Parkov auf. Dann nickte er und stöhnte schmerzgepeinigt.

»Wieso sollte ich Ihnen glauben?«

»Helfen Sie mir!« Tenow streckte eine Hand aus. »Bitte.«

Parkov rührte sich nicht. »Ich will ein Geständnis.«

»Ein Geständnis?« Tenow schüttelte den Kopf. »Ich sage die Wahrheit.« Er spuckte Blut auf den Boden. »Er hat mich benutzt. Ich hätte … wollte nur sie in meinem Kopf loswerden. Er hat mir versprochen, mich zu heilen.«

»Irinas Stimme. Sie hörten Ihre eigene Mutter, noch Jahre nach ihrem Tod. Wieso haben Sie sich bei den Opfern entschuldigt?«

»Weil es nicht funktionierte. Und weil er es wollte.«

»Wo sind die Hunde? Leroy, Max und Balu?«

»An einem sicheren Ort. Es geht ihnen gut.«

»Und den Priester? Wer hat den erledigt?«

Tenow starrte ihn an. »Das war ich. Er hätte mir helfen können, aber er tat es nicht. *Es … es tut mir leid.* Er hat mich an diesen Polizisten erinnert, auch der hätte mir helfen können, damals, mich retten können, aber er hat mich bei ihr gelassen, nichts hat sich geändert!«

»Sie sprechen von Franz Leland.«

»Ja. Ich hätte ihn töten sollen. Mit eigener Hand. *Er* sagte, ich soll ihn erledigen. Aber dann starb Leland, und ich musste etwas anderes tun, für *ihn*. Berger hat es nicht gewagt zu springen, er war so zornig, dachte, diese Verbrecher, die er angeheuert hat, hätten Leland erledigt. Er rächte sich.«

Parkov dachte an die Leichen der beiden Mafiosi, die auf der Müllhalde gefunden worden waren. »Wer ist er? Wieso nennt er sich Professor?« Parkov packte den sterbenden Mann am Arm. Tenow wand sich unter Schmerzen. »*Wer ist er?*«

»Kenne seinen richtigen Namen nicht.« Tenow sackte in sich zusammen. Sein Kopf sank auf die Brust. Doch dann bewegte sich sein Mund noch einmal. Parkov beugte sich hinab und brachte sein Ohr vor die blutigen Lippen.

»Hat mich zurückgelassen«, sagte er mit letzter Kraft. »Und …«

Tenow hustete.

»Und was?«

»Er …«

In der Nähe heulten Sirenen, Blaulicht flackerte. Die Verstärkung war eingetroffen. Wenn sie ihn so hier fanden, über einem zusammengeschlagenen Schwerverletzten …

»Und was?«

»Dann ist er gegangen. Hat mich zurückgelassen und ist fort. Er hat genug von mir. Ich … meine Rolle ist zu Ende. Ich weiß aber, wo er hinwill.«

Parkov wartete.

»Dorthin, wohin er schon immer wollte.«

»Wovon sprichst du?«, drängte Parkov.

»Zu dir. Er wollte zu dir. Und jetzt … nimm es.« Tenow stieß ein Keuchen aus, dann sagte er nichts mehr.

Zu dir. Dorthin, wohin er schon immer wollte.

Parkov starrte den Mann an. Dann bemerkte er, dass Tenow etwas hielt, in einer Hand, die noch halb in seiner Hosentasche steckte.

Was war es, das er ihm geben wollte? Ein letzter Versuch der Reue?

Nimm es.

Parkov öffnete Tenows Finger. Ein kleiner Schlüssel lag auf der blutigen Handfläche.

Er begriff augenblicklich. Es gab nur einen Ort, wo der passte. Er war selbst dort gewesen und hatte das Schloss nicht öffnen können.

Parkov drehte sich um und eilte den Korridor hinab.

73.

Tenows Wohnung war so, wie er sie zurückgelassen hatte – das stille Abschiedsgeschenk eines Mannes, der alles hinter sich aufgegeben hatte. Schweigend lag sie vor ihm. Feine Staubflocken trieben im Schein der Taschenlampe.

Parkov bückte sich zu der lockeren Fliese, die er im Bad entdeckt hatte, griff hinein und holte die verschließbare Stahlkassette heraus, die er beim letzten Besuch dort liegen gelassen hatte. Das Schloss der schweren Stahlkonstruktion klickte leise, als er den Schlüssel drehte.

Sie war nicht leer. Ein Tagebuch lag darin, eingepackt in Papier, sodass es nicht hin und her rutschen konnte, wenn jemand das Behältnis schüttelte. Ein schlichtes Buch, in Leder eingeschlagen, abgegriffen und mit einer unbeholfenen, kindlichen Handschrift vollgekritzelt – wie die, die an den Tatorten hinterlassen worden war.

Parkov eilte nach unten. Im Laufen wählte er Maries Nummer, doch zur Antwort erhielt er nur ihre Stimme auf der Mailbox.

Er will zu dir. Wo er schon immer hinwollte.

Und das bedeutete …

Sein Finale war gekommen, die Show fast am Ende angelangt. Der Vorhang wurde ein letztes Mal gehoben und das Publikum ungeduldig. Der Countdown auf der Website war auf fünfzig Minuten zusammengeschrumpft.

Parkov stieg in den Wagen und schlug das Buch auf.

Es gab nur einen Grund, wieso Tenow ihm den Schlüssel gegeben hatte: Sein Tagebuch enthielt eine Information und war sein letzter Versuch der Reue oder Buße.

Parkov überflog die ungelenke Handschrift. Der Eintrag lag Jahrzehnte zurück. Tenow war noch ein Kind gewesen, als er diese Zeilen geschrieben hatte.

Das neue Haus ist eine Falle.

Ich wusste es.

Aber es wird ein Ende haben.

Ich werde sie töten. Ich werde sie loswerden.

Was sie getan hat, war mehr, als ich ertragen kann. Sie muss sterben. Wie mein kleiner Hund.

Wie?

Vielleicht zünde ich einfach das Haus an. Ich weiß, wo ich einen Kanister herbekomme. Vielleicht ertränke ich sie auch, wenn sie mal wieder besoffen ist. Vielleicht schneide ich ihr die Kehle durch, ein Messer aus der Küche genügt. Oder ich werfe sie vom Dach. Und dann vergrabe ich sie, damit niemand es bemerkt.

Feuer, Wasser, Metall, Luft und Erde. Ihre Spinnerei, mit der sie mich geängstigt hat, als ich klein war, wird sie das Leben kosten. Und ich werde es genießen.

Hinten im Garten, hinter dem Haus, werde ich sie vergraben.

Und werde frei sein.

Parkov blätterte weiter. Viele Seiten fehlten, als hätte jemand sie nachträglich entfernt. Wenn der Ort, an dem Isabelle versteckt war, real war, dann war es dieser.

Hinten im Garten, hinter dem Haus, da werde ich sie vergraben.

Parkov schlug das Buch zu. Dann legte er den Gang ein und beschleunigte mit quietschenden Reifen.

Das alte, abgebrannte Haus der Tenows lag am Rand des Dorfes draußen vor der Stadt, etwa auf der Hälfte der Strecke zwischen Parkovs Landhaus und Frankfurt selbst.

Die Brandruine war verschwunden, stattdessen ragte dort nun ein Umspannhäuschen des Elektrizitätswerks in den Nachthimmel. Aus dem Inneren drang ein spannungsgeladenes Summen. Das Schloss, das am Tor des Zauns befestigt sein sollte, entdeckte Parkov geknackt am Boden, als er den Lichtkegel seiner Maglite-Taschenlampe über den feuchten Grund wandern ließ. In der anderen Hand hielt er eine Schaufel, die er auf dem Weg hierher bei der nächsten Tankstelle mitgenommen hatte.

Schwarze, nasse Erde. Fußspuren im feuchten Grund. Hinter dem Gebäude war eine freie Fläche, von Hecken umgeben. Erde, sonst nichts. Die Spuren führten ihn querfeldein.

Ein Blitz entriss der Finsternis einen schmalen Kasten, der auf der Rückwand des Umspannwerks hing. Eine Kamera, eilig installiert. Das Kabel verlief durch ein eingeschlagenes Fenster.

Er war hier gewesen.

Er hatte die Kamera angebracht.

»Isabelle?«

Der Donner übertönte jedes Geräusch. Doch eine akustische Ortung war auch gar nicht mehr nötig. Die frisch aufgeworfene Erde wies Parkov den Weg, die Spuren taten ihr Übriges.

Er grub. Zwei Minuten, mehr brauchte er nicht, und die Schaufel stieß auf einen harten Widerstand im Erdreich.

»Isabelle? Halt durch. Ich bin gleich da.«

Ein überraschter Schrei antwortete ihm, gedämpft durch das Holz der Kiste.

Parkov atmete durch. Sie lebte, wenigstens das. Dann machte er weiter, bis er keuchte und dampfte und die Kiste freigelegt hatte.

Sein Handy vibrierte, doch er achtete nicht darauf. Jetzt galt es, ein Leben zu retten.

Mit letzter Kraft hievte er die Kiste aus der Erde. Das Holz war neu, doch nicht besonders stabil und der Deckel mit fünf Nägeln verschlossen. »Isa? Schön ruhig liegen bleiben. Ich muss den Deckel aufhebeln.«

Parkov schob die Schaufel zwischen Seitenteil und Brett und stemmte die Nägel aus dem feuchten Holz. Sie lösten sich, als wäre das Material kaum mehr als weiche Butter, dann war der Deckel fort und die Kiste offen.

Parkov hob Isabelle hoch, die wie ein Haufen nasses Elend in seine Arme sank. Sie hustete, weinte, schluchzte, zitterte und bibberte – alles zugleich.

»Ruhig, Isa, ruhig. Es ist vorbei. Er kann dir nichts mehr tun.«

Sie zitterte weiter, als er sie zum Wagen führte und auf dem Beifahrersitz absetzte. Eingesunken wischte sie sich das feuchte Haar aus der Stirn und schlang die Arme um den Körper. »Es war so kalt.«

»Trink etwas.« Parkov nahm einen Flachmann aus dem Handschuhfach: Wodka, für alle Fälle. »Dann bringe ich dich ins Krankenhaus.« Er umarmte sie, hielt sie einen Augenblick fest. Ihr Körper war kalt wie das Erdreich, in dem sie gefangen gewesen war. »Was ist passiert? Wie hat er das geschafft?«

Sie senkte den Blick, beschämt und entsetzt über die zurückliegenden Stunden. »Ich dachte, ich würde Chris treffen, aber es kam jemand anders.« Sie rieb sich den Hals. Parkov schob ihre blonde Mähne ein Stück zur Seite. »Eine Einstichstelle«, stellte er fest. »Du wurdest überwältigt.«

Isabelle schloss die Augen. »Ich kann mich nicht erinnern. Es geht nicht, ist einfach weg«, flüsterte sie. Dann verfinsterte sich ihre Miene. »Wo ist Marie? Warum ist sie nicht hier?«

»Sie wollte dich suchen. Sie hat sich nicht gemeldet …« Was Parkov sah, als er die Website des Täters auf seinem Smartphone aufrief, traf ihn wie ihn gut gezielter Schlag. »Sieh es dir an«, sagte er tonlos.

Isabelle blickte auf das Handydisplay. »Oh Gott, nein. Hast du damit gerechnet? Sag mir ja nicht, dass es so war!«

»Nein. Das habe ich nicht. Aber du weißt, was ich jetzt tun werde. Jetzt sofort.«

Isabelle wischte sich Erde vom Gesicht. »Ich begleite dich.« Sie schien entschlossen, angeschlagen zwar, aber doch entschlossen. »Egal, was geschieht, ich trage Mitschuld an diesem Schlamassel. Ich werde mitkommen.«

74.

ICH HABE SIE. DAS LETZTE ULTIMATUM.
KOMM HER – DUELL UM MITTERNACHT.
BRINGEN WIR ES ZU ENDE.

»Und du bist dir sicher, dass er dort ist?«

»Natürlich ist er das.« Parkov spähte auf die Straße, das asphaltgraue Band, das sich im Licht der Scheinwerfer vor ihnen abrollte. Fokussiert war er; auf einer Mission, von der ihn niemand abbringen würde.

»Und deshalb«, sagte Isabelle vorsichtig, »sollten wir keine Verstärkung anfordern?«

»Ich brauche niemanden. Ich *bin* die Verstärkung.« Ein harter, fast schon grausamer Zug lag um seinen Mund. Wer auch immer ihm gegenüberstand, wer auch immer sich zwischen ihn und sein Ziel stellte, würde seinen ganzen Zorn zu spüren bekommen. »Und es gibt andere Gründe.«

Isabelle verschränkte die Arme, versuchte, ein wenig Wärme zurückzugewinnen. Sie hatte sich so weit erholt, wie es in der Kürze der Zeit eben möglich war, und die wenigen Schlucke aus Parkovs Flachmann flossen wie Feuer in ihren Magen hinab.

In dieser Kiste eingesperrt zu sein, panisch mit den Fäusten gegen den um keinen Millimeter nachgebenden Holzdeckel zu schlagen war entsetzlich gewesen. Ihr war es, als hätte sie sich einen Monat lang die Seele aus dem Leib geschrien, fühlte sich zittrig und erschöpfter als je zuvor.

Die größte Angst bereitete ihr die Tatsache, dass sie sich nicht erinnern konnte. Ihr Gedächtnis war wie ausgelöscht, was die letzten Stunden betraf, sie wusste nicht, was *dazwischen* geschehen war – von dem Zeitpunkt an, als sie Chris' Anruf erhalten, dem Treffen zugestimmt und sich in ihren Wagen gesetzt hatte. Bis hin zu dem Augenblick, als sie sich in dieser Kiste wiedergefunden hatte, war alles fort.

Dazwischen … jemand war dort gewesen und hatte sie überrascht.

»Ich hätte nicht geglaubt, dass er mich schnappen kann. Ich habe nicht mal erwartet, dass er mich als Ziel auswählt.«

»An was erinnerst du dich?«

Gedankenverloren berührte sie ihren Hals, die Einstichstelle. »Kälte«, sagte sie. »Schmerz. Ich wurde ohnmächtig. Dazwischen … ich weiß nicht. Einmal war ich halb wach … da war jemand, ein Mann, ich glaubte, ihn wiederzuerkennen, aber … jetzt ist es wieder weg. Wir waren an einem dunklen Ort, es muss in der Stadt gewesen sein, ein Unterschlupf oder so etwas … ein Geruch …«

»Und weiter? Zuvor?«

»Unten am Main hatte ich mich mit ihm verabredet. Draußen bei der Staustufe. Ich kenne den Ort, wir waren früher dort, also schöpfte ich keinen Verdacht. Und …« Isabelle runzelte die Stirn. Die Erinnerung war da, begriff sie nun, sie war nur durch den Nebelschleier des Schocks von ihr getrennt. »Jemand war dort, hat mich überrascht. Ich war arglos, hatte ja nicht damit gerechnet. Das war es.«

»Also muss er gewusst haben, was zwischen Chris und dir los ist und dass er dich auf diese Weise locken kann. Hast du dafür auch eine Erklärung?«

»Wir streiten nur noch. Seit Wochen. Wegen meines Jobs, wegen … aber ich will ihn nicht verlieren. Ich weiß, dass es ein Fehler war, euch nicht einzuweihen. Geht es ihm gut? Chris?«

»Ich weiß es nicht. Marie hat ihn kontaktiert, als du dich nicht gemeldet hast. Ich weiß nicht, was mit ihm geschehen ist.«

Seine Worte versetzten Isabelle einen heftigen, schmerzhaften Stich ins Herz. »Okay. Okay, eins nach dem anderen.«

»Du musst das hier nicht tun.«

»Doch. Jetzt ist es etwas Persönliches. Nicht nur, weil er mich dort eingesperrt hat. Auch weil er Marie hat.«

Parkov nickte knapp. »Wie du meinst.«

»Und wieso hast du sie dort allein hingehen lassen?«

»Weil dein Leben auf dem Spiel stand. Und weil er uns belogen hat. Er hat die Spielregeln verändert, weil er wusste, dass er im Begriff steht zu verlieren. Und das wird er auch.«

»Dann ist es also meine Schuld?«

Nun sah Parkov doch zu ihr herüber. In seinen Augen brannte ein düsteres Feuer. »Wenn sie stirbt …«

»Das wird sie nicht. Du darfst nicht …«

»Nicht einmal daran denken? Spar dir die Kalenderweisheiten.«

»Es tut mir so leid.«

»Ja. Nicht hilfreich.« Er beschleunigte weiter. Das Unwetter ließ Regentropfen und Hagelkörner mit der Geschwindigkeit von Geschossen auf sie herabrasseln. Parkov tippte mit einer Hand auf seinem Mobiltelefon.

»Willst du uns umbringen?«

»Nein. Ich sagte dir, wir brauchen keine Verstärkung, und zu meinem Wort stehe ich. Etwas anderes hingegen benötigen wir sehr wohl: Ich rufe die einzige Trumpfkarte ins Spiel, die das Blatt noch wenden kann. Jemanden, mit dem er nicht rechnet.«

Nach etwa fünfzehn Minuten bog Parkov auf die Nebenstraße, die zu dem Anwesen führte. Ein Baum lag quer über der Straße, die Wurzeln, die aus dem Erdreich ragten, ähnelten sich windenden Schlangen. »Von hier aus geht es nur noch zu Fuß weiter.«

»Hast du eine Waffe für mich?« Isabelle musterte ihn von der Seite. Mit seinem wehenden Mantel glich er einem Racheengel – gekommen, um Leben zu nehmen. »Oder muss ich mir einen Ast mitnehmen und ihn damit verhauen?«

Parkov öffnete den Kofferraum. Ohne ein Wort drückte er ihr eine kleine Walther PPK in die Hand, wandte sich ab und schlug sich zwischen die Bäume der Parkanlage, die das Gelände umgab.

Isabelle folgte ihm schweigend. Auch wenn sie etwas hätte sagen wollen, fragen, wie sie vorgehen sollten – Donner und Wind verschluckten jedes Wort.

Der Weg war viel länger, als sie erwartet hatte, und beschwerlich, das Gelände widerspenstig und unwegsam, als wollte es sich mit allem, was es besaß, in ihren Weg stellen.

Zu spät, zu spät, schien der Sturm zu rufen. *Die Zeit ist um, sie ist längst tot!*

Als endlich eine kleine Hütte in Sicht kam, öffnete Parkov die Tür mit einem seitlich in die Wand eingelassenen Fingerabdruckscanner.

Im Inneren der Hütte stapelten sich Monitore und Technik bis unter die Decke.

»Ich hatte einen Schuppen mit staubigen Gartenwerkzeugen erwartet, aber nicht das.«

»Er hat das System neu gestartet«, sagte Parkov gelassen. »Das war zu erwarten.«

»Was heißt das?«

»Dass wir richtig gehandelt haben, hier ohne Verstärkung aufzutauchen. Er kann sehen, was um ihn herum geschieht, wenn er die Kameras kontrolliert. *Er* hat die Kontrolle.«

»Wie ist das möglich? Gibt es kein Passwort?«

Parkov sah sie an, als hätte sie etwas sehr Dummes gesagt. »Natürlich gibt es ein Passwort.«

»Also weiß er es?«, fragte Isabelle weiter.

»Nein. Er muss einen anderen Weg gefunden haben.«

»Und wie kommen wir dann rein?«

»Wir schalten ihn ab. Für jedes System gibt es eine Hintertür, geschaffen für genau solche Fälle. Diesen Unterschlupf zum Beispiel.« Parkov drückte einige Tasten. Etwas piepte. Dann begann ein Countdown, auf allen Monitoren zugleich von zehn auf null zu zählen.

»Das Hauptpasswort für den System-Override«, sagte eine androgyne Computerstimme.

Parkov warf Isabelle einen knappen Blick zu. Ein überlegenes Lächeln huschte über seine Lippen. Dann tippte er einige Buchstaben.

»Passwort bestätigt.«

»Gut. Neustart durchführen. Das Licht im Anwesen unverändert lassen. Und dann *bereithalten.*«

75.

13 Minuten bis zum Ablauf des letzten Ultimatums

»Wir nähern uns dem Haus aus nördlicher Richtung. Nicht über den großen Vorplatz, für unser Vorhaben werden wir die andere Seite wählen. Dort liegt eine zweite kleine Terrasse, die mit der Hauptküche verbunden ist. Ihre Tür ist nicht gesichert und leicht aufzubrechen. So gelangen wir hinein.«

»Wird er das nicht bemerken?«

»*Wenn* er uns bemerkt, sind wir schneller tot, als du ›Ich möchte in meine Kiste zurück‹ rufen kannst.« Parkov überprüfte seine Walther P99. »Entschuldige diese Worte.«

»Schon gut.«

»Ich vorn, du sicherst meinen Rücken. Wir können nicht warten, bis Johann Münz hier ist. Er kommt aus der Stadt, musste etwas für mich erledigen. Wir haben uns *jetzt* um Marie zu kümmern.«

Isabelle wollte noch fragen, wieso der Ex-Elitesoldat und Butler denn nicht im Anwesen war und was er zu tun gehabt hatte, nickte dann aber bloß. Sie spürte ihr Herz gegen die Rippen schlagen.

»Bist du bereit?«

»Ist ja nicht so, als wäre ich gerade über Stunden in einer Kiste in der Erde gefangen gehalten worden.« Sie holte tief Luft. »Ich bin immer noch ziemlich fertig, aber es wird gehen. *Es muss.*«

»Er ist nicht allein. Er hat Männer mitgebracht, die ihm helfen. Söldner, bezahlte Killer.«

»Die Wahrscheinlichkeit, dass wir da lebend rauskommen, ist also gering. Na toll. Aber ich werde dich nicht im Stich lassen. Und Marie schon gar nicht.«

»Gut.« Parkov berührte eine Taste auf dem Monitor. Hinter ihnen klappte ein unsichtbar in die Wand eingelassenes Versteck auf, ein Wandsafe, in dem weitere Pistolen und Schalldämpfer lagen. Er warf ihr eine zweite P99 und zwei Schalldämpfer zu.

»Aufschrauben«, sagte er. »Sie dürfen uns, sollte es notwendig werden, nicht hören.«

»Du weißt, dass ich dafür nicht ausgebildet bin? Das hier … Scheiße, das ist eine Sache für Spezialeinheiten, Elitesoldaten.« Dennoch schraubte sie die Schalldämpfer auf die Pistolen.

»Ziel auf die Köpfe«, sagte Parkov. »Das genügt. *Immer.*«

»Sehr witzig.«

Parkov drückte einen anderen Knopf, und ein zweiter Wandsafe öffnete sich. »Schwarze Einsatzkleidung. Ziehen wir uns um.«

»Gut. Bin froh, aus diesen erdigen Sachen rauszukommen. Und ich rede zu viel, wenn ich nervös bin.« Isabelle band sich die Haare zusammen. »Falls du es noch nicht bemerkt hast.«

Die Narbe auf Parkovs Brustkorb war nicht zu übersehen, als er sich umzog. »Ich wusste gar nicht, dass ihr jetzt im Partnerlook geht, Marie und du.«

Er runzelte die Stirn, erwiderte jedoch nichts.

»Weißt du nicht, sie hat doch auch diese Narbe.«

»Genug«, sagte Parkov scharf. »Mir steht nicht der Sinn nach Konversation.« Er drückte einen dritten Knopf.

»Nachtsichtbrillen«, sagte er und reichte ihr eine, die an eine etwas schwerere, eckige Sonnenbrille erinnerte und nichts mit den klobigen Geräten gemein hatte, die die Polizei verwendete. »Im Inneren wird Dunkelheit herrschen. Auf diese Weise gewinnen wir einen Vorteil. Setz sie auf und stell die Stärke ein.« Er nahm die P99 und trat zur Tür. »Fertig?«

Isabelle holte tief Luft. »Fertig.«

»Also gut, gehen wir.«

Isabelle folgte Parkov über den schmalen Streifen zwischen dem Rand der Parkanlage und dem Anwesen über die hellen Marmorstufen auf die Terrasse. Das Unwetter hatte nachgelassen, doch genügte der über den Waldsaum hinwegrollende Donner, um ihre Schritte zu verschlucken.

Das Bild vor Isabelles Augen war in Grünschwarz getaucht und trotz der Restlichtverstärkung erstaunlich scharf. Es war eine beeindruckende Technik, vermutlich die Neuentwicklung eines militärischen Prototyps von *Parkov Industries.* Die P99 hielt sie in den Händen, die Walther PPK hatte sie als Zweitwaffe im Holster gesichert.

Sie war mehr als nervös. *Du kannst schießen, wenn auch nicht so gut wie Marie. Aber es wird schon gehen.*

Parkov machte sich an der schmalen Tür zu schaffen, die am Rand der Terrasse unter einem schrägen Vordach ins Gebäude hineinführte. Während der Donner besonders heftig grollte, gelang es ihm, die Tür aufzustoßen.

Schnell bedeutete er ihr, ihm zu folgen.

Die gummibesohlten Stiefel machten nur gedämpfte Geräusche auf den Fliesen.

Parkov wandte sich nach links, hinein in einen Korridor, der mit dunklem Parkett ausgelegt war. An den Wänden hingen abstrakte Gemälde in Öl und Tinte. Isabelle behielt den Flur hinter ihnen im Auge. Auch wenn das Anwesen verlassen wirkte, blieb da ein Gefühl, eine Vorahnung einer versteckten Bedrohung, die sie warnte, dass all das lediglich eine weitere Täuschung war.

Sie waren keineswegs allein. Jemand war hier und wartete in den Schatten wie eine Spinne in ihrem Netz.

Dann fiel ihr Blick auf den Boden.

»Parkov«, raunte sie. Er drehte sich zu ihr um. »Fußspuren. Jemand ist mit nassen Schuhen hier entlanggegangen.«

»Folgen wir ihm.«

Parkov hatte recht behalten: Im gesamten Haus gab es kein Licht. Die Spur führte sie eine Treppe hinauf, wo im grünen Schein der Nachtsichtbrille teure Porzellanvasen auszumachen waren, die in Wandnischen den Treppenaufgang säumten. Oben lag ein hochfloriger Teppichboden, in dem sich die Spur verlor.

Parkov hob die Faust – das Signal, dass sie augenblicklich stehen bleiben sollte. Während sie ihren Standort sicherte, öffnete er die Türen und prüfte mit vorgehaltener Pistole die Räume. Isabelle lauschte dem Geräusch des Regens und bemühte sich, ihre Nervosität im Zaum zu halten. Schließlich kehrte er mit einem Kopfschütteln zu ihr zurück.

Dann kehrte er mit einem Kopfschütteln zu ihr zurück. »Nichts.«

»Wo sind sie? Wo versteckt er sich? Oder ist er am Ende doch gar nicht hier?«

»Eine Täuschung in der Täuschung in der Täuschung?« Parkov wies sie an, weiterzugehen. Er schob einen Vorhang zur Seite, der einen versteckten Durchgang freilegte, dahinter eine gewundene Treppe, die wieder nach unten führte. »Nein, er ist hier. Wachsam bleiben.«

»Wohin gehen wir?«

»In den Keller, zum Labor. Durch die Eingangshalle.«

Die Eingangshalle war wie eine Kathedrale der Leere und Finsternis – und in diesen Minuten gewiss nichts für Menschen mit Angst vor zu gewaltigen Räumen oder Dunkelheit. Isabelle wollte sich gar nicht ausmalen, wie es war, in dieser Finsternis ohne Nachtsichtbrillen durch die Gänge streifen zu müssen.

Parkov hob die Hand. Was er entdeckt hatte, bemerkte sie nur den Bruchteil einer Sekunde später.

Die Nachtsichtbrillen entlockten der Dunkelheit eine Gestalt, die etwa auf halber Höhe der Treppe mit dem Rücken zu ihnen stand und die Eingangstür bewachte. Der Mann hielt eine doppelläufige Schrotflinte, die schussbereit nach vorn gerichtet war. Er trug Stiefel und einen Tarnanzug.

Parkov hob die Waffe.

In diesem Augenblick blitzte es. Licht fiel durch die hohen Fenster der Halle und warf verräterische Schatten.

Intuitiv drehte der Mann den Kopf. Ein Ausdruck der Überraschung zeigte sich auf seinem Gesicht, als er das Gewehr herumschwenkte. Noch ehe er zu einem Ruf ansetzen konnte, drückte Parkov ab.

Der Schuss riss den Mann von den Füßen. Er schlug mit einem hohlen Poltern auf den Treppenstufen auf und rutschte ebenso geräuschvoll nach unten, bis er am Fuß der Treppe liegen blieb.

Parkov eilte hinab und prüfte den Puls des Fremden. »Nichts«, sagte er leise. Dann trat er zu der holzvertäfelten Wand und berührte einen versteckten Schalter, worauf ein Teil der Vertäfelung zur Seite fuhr und einen Durchgang freigab.

Eine Treppe lag dahinter, die in die Tiefe führte. Parkov drehte sich zu Isabelle um.

»Das ist der einzige Zugang zum Labor. Wenn er da unten wartet, musst du mir den Rücken freihalten. Wenn nicht, bin ich ohnehin gleich zurück.«

Isabelle klaubte die Schrotflinte des Toten vom Boden auf. »Bist du sicher?«

»Absolut.« Er verschwand die Stufen hinab, ohne sich ein zweites Mal umzusehen.

Isabelle sah Parkov nach. Als er nach unten stieg, wirkte er wie ein Krieger aus einer längst vergessenen Zeit, der sich stolzerhobenen Hauptes zum letzten Duell aufmachte, auch wenn er wohl ahnte, dass er unterliegen könnte.

Die Holzvertäfelung schob sich mit einem mechanischen Klicken wieder in ihre alte Position. Parkov war fort und der Durchgang verschwunden, als wäre er nie da gewesen.

Irgendwo fern über dem Donnergrollen glaubte Isabelle, das Geräusch von herannahenden Fahrzeugen zu hören. Die Verstärkung? Aber das war unmöglich, niemand wusste, dass sie hier waren.

Vielleicht Johann Münz, den Parkov erwähnt hatte.

Sie hockte sich in die tiefsten, dunkelsten Schatten neben der Eingangstür, versteckt hinter einer mannsgroßen Vase, und wartete.

Halt mir den Rücken frei.

Das werde ich. Und wenn es das Letzte ist, was ich tue.

76.

Das Labor glich einem Grab, in dem man Wandschränke voller Elektronik bestattet hatte. Staub hing in der Luft. Die Lüftungsanlage war ausgefallen, die Kontrollmonitore dunkel. Der Donner war nur noch ein fernes Rumpeln hoch über ihm, fast wie aus einem schlecht eingestellten Radio.

Aber er war nicht allein.

Daran bestand kein Zweifel.

Etwas war hier unten. Gemeinsam mit ihm. Und mit Marie.

Er vernahm ein Knistern und Knacken, sah ein orangegelbes Flackern, das über den Boden tanzte.

Im Kamin brannte ein Feuer. Drei Sessel standen in einem Halbkreis davor – einer mehr als üblich, wie Parkov registrierte. Es erschien ihm, als hätte man auf ihn gewartet. In einem Sessel saß eine schlanke Gestalt, im grellen Lichtschein kaum zu erkennen, da seine Nachtsichtbrille den hohen Kontrast nicht auszugleichen vermochte. Erst als er sie abnahm, stellten sich seine Augen auf das Umgebungslicht ein.

Die Frau im Sessel drehte den Kopf. Parkov sah, dass sie ihn erst jetzt bemerkt hatte. Sie wirkte betäubt, schläfrig, teilnahmslos.

Jetzt dämmerte die Erkenntnis auf ihrem Gesicht. Sie stieß einen Laut der Überraschung aus. »Nein«, sagte sie, »nein. *Geh weg.*«

»Marie?« Er kniete sich neben sie und nahm ihre kalte Hand in seine. »Schsch. Ist bald vorbei, hörst du?«

»Pass auf«, stammelte sie. Ihre Stimme klang erschöpft und verängstigt. »Er ist hier unten.«

»Ich weiß.«

»Er ist …«

Sie zuckte zusammen. »Du bist direkt in die Falle gelaufen. Und nun sieh dich an, wie dumm du aussiehst, während du hier stehst.«

»Was?« Parkov runzelte die Stirn.

»Ja. Damit hast du nicht gerechnet, nicht wahr?«

Parkov trat einen Schritt zurück. Dann bemerkte er, dass Marie einen In-Ear-Kopfhörer trug, wie die anderen Opfer auch. *Er* sprach durch sie.

»Wo steckst du?«

»Ich bin doch hier, direkt vor dir.« Marie schloss die Augen. Sie deutete auf ihren Bauch und schüttelte den Kopf.

Was wollte sie damit sagen?

»Hör damit auf. Komm her. Rede mit mir.«

Hinter Parkov klirrte etwas. Er fuhr herum, die Waffe auf den Durchgang zum Labor gerichtet.

Ein Mann stand dort. Eine Silhouette, schwärzer als die Dunkelheit, die ihn umgab, als würde er die Schatten schlucken.

»Was bringt einen Menschen dazu, inmitten eines Gewitters sein Haus zu verlassen, hinaus auf die Straße zu gehen, an der Tür eines beliebigen Nachbars zu klopfen und dann, als man ihn eingelassen hat, wahllos zu töten? Kannst du mir das sagen?« Die Stimme schien zu frohlocken.

»Das warst du. *Noch* ein Experiment.«

»Natürlich war ich es. *Immer*. Tut mir leid, dass ich mich verspätet habe«, sagte er gedehnt. »Ich musste noch Champagnergläser suchen.« Und tatsächlich, was da klirrte, waren die Gläser, die er in der Hand hielt. Er kam näher. Der Feuerschein tauchte sein Gesicht in ein Wechselspiel aus Dunkelheit und Licht. »Auf ein gelungenes Ende sollte man doch anstoßen, findet ihr nicht?« Er trat noch einen Schritt vor, jetzt konnte Parkov ihn erkennen.

Dieses Gesicht.

Einmal lag es unter einer Kapuze versteckt auf nassem Asphalt, die Hände hinter dem Rücken gefesselt. Ein Gesicht, das er in dem hellen, kalten Licht eines Vernehmungsraums beobachtet hatte.

Er war niemand anders als Sam Gorad: der Schauspieler, der Mann, der angeblich bezahlt worden war, das Handy aus Maries Wohnung zu holen. Der Mann, der Dr. Ahrens angegriffen und sich danach selbst getötet hatte.

Nichts davon war wirklich geschehen.

»Du bist gestorben. Ich verstehe.«

»Das sagte Marie auch, als ich ihr gegenübertrat. Und doch: Hier bin ich. *Ich war tot, und siehe, ich bin lebendig.*« Er grinste und zeigte viele Zähne. »Hi!«

»Wie hast du es gemacht?«

»Der Wagen, der mich abtransportiert hat, kam nie an seinem Ziel an. Ich habe meine Wege. Wenn meine eigenen Leute den Leichenwagen fahren und die Bahre schieben, ist es ganz leicht.«

Parkov richtete die P99 auf Gorads Kopf. »Was hindert mich daran, dich hier und jetzt auszuschalten?«

Gorad trat ungerührt um Parkov herum und stellte die Gläser auf den Tisch zwischen den Sesseln vor dem Kamin. »Du hast dir Marie nicht genau angesehen, oder?«

»Wovon …?«

»Mach die Jacke auf.«

Marie gehorchte. Parkov sah, dass sie darunter nur einen schwarzen BH trug. Jemand hatte ihr dicht unter dem Brustbein ein Bündel Semtex-Sprengstoff mit Klebeband auf die Haut geklebt. Sie schaute ihn an, ein Flehen in den Augen.

»Wenn du mich tötest, fliegen wir in die Luft. Wenn du nicht tust, was ich sage, fliegen wir in die Luft. *Wenn ich es möchte*, du wirst es erraten haben, *fliegen wir in die Luft.*« Gorad lächelte. »Eigentlich möchte ich mich nur etwas unterhalten. Also setz dich zu uns und benimm dich wie ein zivilisierter Mensch.«

Gorad nahm im Sessel links von Marie Platz, sodass Parkov auf ihrer rechten Seite blieb. Dann streckte er die Hand aus. »Waffe.«

Parkov gab sie ihm.

»Und dein Mobiltelefon. Dieses Mal, mein Lieber, das *richtige*.«

Parkovs Smartphone wanderte in Gorads Hände, der es daraufhin abschaltete. »Wir wollen doch nicht, dass jemand dieses Gespräch aufzeichnet, nicht wahr? Oh, wenn du dich gerade sehen könntest. Bist du zornig? Hast du das nicht vorhergesehen?«

»Ich bin hier. Was sagt dir das über mich?«

»Einen Augenblick.« Gorad berührte das Display seines Smartphones. Aus dem Korridor tauchte ein Mann im Tarnanzug auf, der eine Pistole in den Händen trug. »Niemand kommt hier runter, bis ich es sage, verstanden?«

»Sicher.« Der Mann ging.

»Du wirst hier nicht rauskommen. Es gibt nur diesen Ausgang.«

»Lüg mich nicht an. Ich weiß, dass es noch einen zweiten Fluchtweg gibt. Ich habe mir die Pläne angesehen. Es gibt *immer* einen zweiten.« Gorad schüttelte den Kopf. »Und doch werde ich, wenn es vorüber ist, die Treppe hinaufgehen und einfach hinausspazieren.« Er beugte sich ein wenig vor. »Weißt du auch, wieso? Deswegen.« Er tippte sich an die Stirn. »Weil sie mich brauchen. Weil ich Dinge erfahre, die niemand sonst weiß. Weil ich wichtig bin. Weil ich sie *alle* kenne. Meine Freunde mit den Anzügen und Einstecktüchern, mit ihren teuren Frauen und all den kostspieligen Projekten. Meine Freunde mit ihren Parteibüchern, Dienstwagen und Chauffeuren. Meine Freunde in den Roben. Ich habe meine Finger *überall.*«

»Wieso dieser Name? *Professor?* Hältst du dich für so außergewöhnlich intelligent?«

»Ich *bin* es. Außerdem gab es da einen sehr weisen Mann, der eines Tages starb. Er trug diesen Titel. Nun trage ich ihn.«

»Du hast Albert Tenow schwer verletzt. Ihn getötet. Er war dir lästig, nur noch überflüssiger Ballast. Spielzeug.«

Gorad zuckte die Achseln. »Das kannst du nicht beweisen.«

Er war völlig verändert. Der verängstigte Mann, den sie befragt hatten; der weggetretene, verwirrte Patient, den Dr. Ahrens behandelt hatte – all das waren nur Masken gewesen. Gorad saß aufrecht da, kraftstrotzend, mit blitzenden Augen, die nun durchdringend blau waren – Parkov tippte auf Kontaktlinsen –, und einem starren Lächeln auf den Lippen, süffisant und fast schon anzüglich. Er trug einen Anzug, der unverkennbar teuer und hervorragend geschnitten war. Seine frisch polierten braunen Lederslipper schimmerten im Feuerschein. Er verströmte einen leichten Geruch von Parfüm.

»Du bist ein Schauspieler«, flüsterte Marie.

»Und dazu noch ein guter, findest du nicht? Sam Gorads Biografie war eine einzige Inszenierung. Auch seine Bekannten, die Zeugen, die seine Legende bestätigten.« Gorad beugte sich zu ihr und berührte ihre Wange. »Nicht weinen. Du wirst jetzt stark sein müssen.«

»Ich finde, du wirkst schwul«, sagte Parkov. Als er Gorads Reaktion bemerkte, lächelte er kalt. »Beleidigt dich das? Verzeihung. Aber lass mich dir sagen, Sam, oder wie immer du heißen magst, Stil kannst du dir nicht kaufen.« Er musterte ihn von oben bis unten. »Maßanzug. Seide, Mohair. Und doch, er steht dir nicht. Du wirkst wie eine Wurst, *Herr Professor.*«

»Aber doch nicht schlecht, findest du nicht? Komm schon, enttäusch mich nicht.«

»Was soll das? Was machen wir hier?«

»Wir führen ein Gespräch, betreiben etwas Konversation. Wir überlegen uns, wer heute Nacht sterben und wer leben wird. Gleich ist Mitternacht. Der Countdown endet. Vergessen? Darauf läuft es doch hinaus.« Gorad verdrehte die Augen. »Dummer, dummer Parkov.«

»Niemand wird sterben«, sagte Parkov. Er sah, dass Marie ihn mit einem harten Ausdruck musterte. »Du hattest deinen Spaß. Jetzt lass sie gehen. Ich bin derjenige, den du willst.«

»Nein.« Gorad schüttelte den Kopf. »Sie ist wichtig für das letzte Duell, so wichtig, fast wichtiger als du selbst, *Dummkopf.* Ich sagte doch, dass ich dich bewundere, Parkov. Und hier stehen – oder sitzen, sollte ich sagen – wir also. Die letzten Revolvermänner. Das letzte Duell.«

»Du bist nicht ganz dicht, stimmt's?«

»Nein? Von welcher Definition gehen wir aus? Nicht ganz dicht, wie was? Ein Wasserhahn?«

»Du hast einen Mann dazu gebracht, zu töten.«

»Ja? Oder habe ich ihm nur den Stoß in die richtige Richtung gegeben? Du hast es noch immer nicht begriffen.«

»Weil es nichts zu begreifen gibt. Ein Mann wird als Junge misshandelt und tötet seine Mutter. Doch ehe er das tut, spielt er in all seinem Zorn in Gedanken verschiedene Wege durch, wie er sie beseitigen könnte. Viele Jahre später werden zufällig Frauen und ein Mann nach genau diesem Schema ermordet.

Nach seinen in einem Tagebuch festgehaltenen Gedanken. Du hast das Buch gefunden und ihn. Du hast ihn benutzt. Mit ihm gespielt, ihn gebrochen. Er war krank, und du hast seinen Geist gefoltert. Vermutlich hast du ihn auch dazu gebracht, die Medikamente abzusetzen, die ihn beruhigt haben.«

»Soll ich dir ein Geheimnis verraten?«

»Wenn's dir Spaß macht.«

»Ich habe sie ausgesucht, Kontakt mit Linda Ilm und den anderen aufgenommen. Er hat drei getötet. Den Priester, Ilm auf dem Turm und Weigand. Er legte die Feuer. Aber Rothenberger, nun, das war jemand anders, nicht ich, das will ich nicht sagen, das hier ist schließlich kein Geständnis … oder vielleicht doch? Was würdest du tun, wenn ich sage, Odinsdottir habe *ich* vergraben?« Er fächerte sich Luft zu. »Riechst du es noch? Die feuchte Erde, die ihr Grab geworden wäre? Es war nicht ganz das, was er wollte, aber ich fand es amüsant, Tenows letzten Wunsch zu verweigern und zugleich zuzusehen, wie ihr rennt.«

Marie schüttelte sich. »Arschloch.«

Gorad kniff die Augen zusammen. »Berger, ja, die habe ich auf das Dach geschickt. Es war ganz leicht, denn während ich in der Klinik wartete, waren die letzten Schritte, die sie dort hinaufführten, bereits im Gange. Als ich dort auf meiner Krankenliege saß und euch zusah, hättest du erkennen können, dass derjenige, der den Plan entwickelt, ihn nicht auch ausführen muss. Tenow stand derweil auf einem Dach in der Nähe, während sie drohte, zu springen. Und weißt du, wieso?«

»Psychose«, sagte Parkov. »Schizoide Persönlichkeitsstörung. Er wurde seine Mutter nicht los, obwohl er sie damals getötet hat.«

»Er hat sie gehört. Nachts, wenn er schlief, hörte er die Todesschreie seiner Mutter, während sie verbrannte. Er wurde sie nie los, nie konnte er sie und die Schuld ganz vertreiben. Er hörte ihre Stimme, sie sprach mit ihm, verhöhnte ihn und sein armseliges Leben. Seit diesem Tag faszinierte ihn das Feuer. Das war sein Leben. Na ja, dann wurde es schlimmer. Jemand erfuhr davon und überlegte, wie man ihn endgültig zerbrechen könnte. Jemand tötete einen seiner Hunde. Das ließ seine Welt einstürzen. Er begrub ihn bei einer Hütte im Wald, begann zu trinken, mehr als gewöhnlich, sollte ich wohl hinzufügen. Wurde entlassen, der arme, arme Mann. Dann kam ich: die Rettung. Der Mann, der ihm versprach, ihn endgültig zu heilen. Tenow hat alles getan, um diese Stimme, die er so hasste, loszuwerden. Meine ganz besondere Therapie für ihn: Töte deine Mutter noch einmal, aber in Gestalt dieser Frauen. Töte sie, wie du sie damals töten wolltest. Als er Odinsdottir vor dem Schulgebäude sah, fand er sie passend, weitaus passender als die kleine Nicole Berger, er hoffte, sie würde zu seinem Engel werden und endlich sein Leiden beenden, wenn er sie verbrennt. Er hat mich angebettelt, es so zu tun, aber ich habe mich anders entschieden. Wisst ihr, er ist verrückt, deshalb stellte er sich auch nicht. Weil er wusste, dass man ihn für immer in eine Anstalt sperren würde. Da war er schließlich schon einmal gewesen, und man konnte ihm *nicht* helfen.«

»*Du* hast seine Hunde getötet. Den ersten und auch den anderen, den wir in der Halle gefunden haben.«

»Ja, natürlich. Er wusste nicht, dass ich das getan habe, aber er stimmte mir zu, dass es notwendig war, eine falsche Spur zu legen.«

»Du hast die Website betrieben, mit uns gesprochen. Außer … Wer hat an diesem Abend bei Marie angerufen? Nach dem Brandopfer? Wir hatten dich im Gewahrsam.«

»Im Gewahrsam?« Gorad winkte ab. Sein Lächeln war grausam. »Ich befand mich auf dem Weg zum Haftrichter, der über meine Untersuchungshaft entscheiden sollte. Man erlaubte mir, kurz zu telefonieren. Ich kenne viele, und viele kennen mich, und viele Justizbeamte haben Geldsorgen. Es kostet mich nur eine Kleinigkeit, jemanden kurz zu bitten, wegzuhören.«

»Ich werde deine Helfer finden und ausschalten. Alle.«

»Sie sind überall.«

»Wieso mussten Linda Ilms Eltern sterben?«, fragte Marie heiser.

»Du weißt es doch: Ilms Mutter kannte Irina Tenows Tattoo. Sie hätte alles verderben können. Aber sie war nicht mutig genug. Ich mag die Mutlosen nicht.«

»Es ist alles nur ein Spiel für dich.«

»Nein. Es war alles da: die Masken und die Tatsache, dass der Priester Missionar war. Du glaubst ja nicht, wie amüsant ich es fand, als ich nach seinem Tod auf seiner Website las, dass er früher tatsächlich unten in Afrika gewesen ist. Manchmal hat man Glück, oder? Ich habe gehofft, ihr würdet euch den Kopf zerbrechen.«

»Also war es nur eine Täuschung in einer Täuschung. Die Spuren in den Kongo, Tymon Sorg, der alte, verschollene Anthropologe und Chemiker. Sag mir eins: Wie hast du ihn aufgespürt? Warst du selbst dort?«

»Wie er ins Land kam? Ich habe meine Wege. Mein Geheimnis ist direkt mit seinem Schicksal verknüpft. Aber Sorg ist unschuldig. Hast du dich nie gefragt, warum er nicht mit dem Handy um Hilfe gerufen hat? Ganz einfach: Er konnte es nicht. Er hat die Anrufe nicht weitergeleitet, einer meiner Männer hat das getan, nichts war leichter als das. Ich habe ihn nur hierhergebracht, um *dich rennen und verzweifeln* zu sehen. Weißt du, was ich gefunden habe, dort, wo er verschwunden ist? Einen bis dahin unentdeckten Stamm von Urwaldbewohnern, die sich die Tutonga nennen. Eine Pflanze und ein Ritual.«

»Den Grundstoff. Das Halluzinogen.«

Gorad hob die Augenbrauen. »Du hast es also analysieren lassen. Ich kann mir denken, wer dir dabei geholfen hat.«

»Ich weiß, was du erschaffen hast. Es ist widerwärtig. Ein chemisch-biologischer Kampfstoff, der auch aus einem Militärlabor stammen könnte. Eine Waffe. Du spielst damit herum, als wären diese Menschen deine Laborkaninchen.«

»Kaninchen? Eher Affen.«

»Sebastian Häusser, der sich Vogelfänger nannte und Suzann tötete. Erik Winter, der seine eigene Frau angriff. Der Dezembermann und seine Schüler, die nach deinem Vorbild handelten. Du behauptest, du hättest sie manipuliert? Die Rechtsmediziner konnten weder in Erik Winters noch in Sebastians Häussers Blut eine derartige Substanz nachweisen.«

Marie warf Gorad einen misstrauischen Blick zu.

»Meine Geheimnisse bleiben noch eine Weile *meine Geheimnisse*«, entgegnete er. »Bist du dir sicher, dass sie nicht doch aus *freien Stücken* gehandelt haben?«

»Ich bin mir sicher.«

Gorad lachte.

»Wozu all das? Eine Studie? Du bist gescheitert. Wenn du diesen Stoff auf den Markt bringen wolltest – und ich bin mir sicher, dass irgendein Schurkenstaat sich dafür interessieren würde –, hättest du es anders angehen müssen. Der Wahnsinn, der der Droge innewohnt, ist zu gefährlich.«

»Wer sagt denn, dass ich nicht schon längst verkauft habe?« Gorad lehnte sich schmunzelnd zurück.

»Hast du nicht. Sonst säßen wir nicht hier. Sag mir noch eines: Dieses Symbol, drei Striche, zwei Punkte, wie ist es mit den Tutonga verbunden?«

Gorad lächelte. »Na, na, darüber wirst du noch nachdenken müssen. Es ist sehr wichtig, vielleicht wichtiger als alles andere. Denk nach, mein Lieber. Du musst dich nur erinnern. Alte Fehler, alte böse, böse Dinge.«

»Du bist verrückt.«

»Das merkst du erst jetzt? Was noch?«

»Es ist niemals genug«, sagte Parkov, und Gorad nickte bedächtig.

»Ist es nicht das größte Wunder unserer Zeit?«, erwiderte er. »Die Kontrolle der Furcht. Wenn die Menschen erst so sehr vom Terror des Verbrechens in die Arme der Angst getrieben werden, dass das Chaos regiert, habe ich mein Ziel erreicht. Sie werden sich nach Sicherheit sehnen, um Gnade betteln, damit man sie wenigstens nur einen Augenblick vor den Wölfen beschützt.« Ein Schatten schien über sein Gesicht zu huschen, und mit einem Mal wirkte er nicht mehr auf seltsame Weise attraktiv, sondern fremdartig und grausam. »Wenn du erfahren willst, was ich getan habe, musst du meine Spur verfolgen. In die Urwälder, ins Herz der Finsternis, tief in Afrika verborgen.«

Er schloss die Augen, als wollte er sich an etwas erinnern. »Der SEK-Mann Kranitz, den ich mit einer modifizierten Variante des Stoffs in Kontakt brachte und der dann unten im Keller unter dem Stress seiner Angst nachgab. Es wäre früher oder später sowieso geschehen, begreift ihr das? Die Schatten kamen näher.«

»Du hast ihn unter der Hand mit Medikamenten versorgt. Mit dieser Substanz.«

»Ja. Den Hinweis für euch habe ich ihm einfach mit der Post gesandt. Amüsant, nicht wahr? Ein Briefumschlag mit Werbung, ihr wisst, wovon ich spreche. Wie ihr euch den Kopf zerbrochen habt, das war lustig. Ja, Kranitz war angeschlagen, ein Einsatz hatte ihn schwer mitgenommen, doch er wollte seinen Job nicht verlieren. Die Zeiten sind nicht leicht, eine Versetzung in den Innendienst oder gar eine Frühpensionierung hätte ihn viel gekostet, wenn der Amtsarzt bemerkt hätte, was mit ihm nicht stimmte. Ach, die Sorgen der einfachen Menschen. Also stand ich bereit, sein Dealer, der ihn mit Medikamenten versorgt hat, die seine Angst und Unruhe in Schach hielten. Nur war es nicht ganz das, was er erwartet hatte.«

»Er hatte einen Sohn«, sagte Marie schroff. »Du Scheusal.«

»Und natürlich Fite, dem ich einige Worte zugeflüstert habe, nachdem er von meinem neuen Stoff probiert hatte: ›Geh, such mir diese Kommissarin und richte ihr meine Grüße aus. Sie ist es, die die Schatten auf dich gejagt hat, die Schatten, die dich verfolgen.‹ Alles nur Figuren auf einem Schachbrett – die Bauern. Sie alle waren von dem Gedanken berauscht, sich am Ende selbst zu töten.«

»So wie der Dezembermann. Er wollte auch sterben, als Marie ihn gestellt hat, ganz am Ende. War das ein Teil davon?«

»Was er tat, tat er freiwillig. Er war ein guter Schüler, eine gute rechte Hand.« Entschuldigend hob Gorad die Hände. »Ja, ich gestehe, es war ein Spaß, euch beim Rennen zuzusehen. Aber mir geht es um dich, Parkov. Ich sagte doch bereits, dass ich dich bewundere. Gleichzeitig verachte ich dich über alle Maßen.« Er erhob sich und richtete die Ärmel seines Jacketts. »Deshalb bringen wir es nun zu Ende. Du wirst dich entscheiden müssen: Welche Schachfigur willst du werden? Welche sie? Das Finale ist gekommen.«

»Ja, aber nicht für uns.«

»Ach was?« Erheiterung schlich sich auf Gorads Miene. »Sollte ich etwas übersehen haben? Das kann nicht sein. Ich weiß *alles*.«

»Nein.« Parkov schüttelte den Kopf. Im Zwielicht wirkten seine Züge hart, kalt und unnachgiebig. »Nicht *übersehen*. Du hast dich bloß nicht *umgesehen*. Es ist dunkel hier unten. Und weißt du was? Die Schatten in diesem Haus gehören alle *mir*.«

Aus dem scheinbar leeren Labor hinter Gorad tauchte eine Gestalt auf. Der Mann packte ihn bei der Schulter und jagte ihm etwas in den Arm – eine Spritze, die mit durchgedrücktem Kolben stecken blieb. Dann zog er eine Pistole und richtete sie auf seinen Gegner, ehe er einen Schritt zurücktrat.

Gorad schrie nicht. Er sah sich bloß verwundert um. Seine Hand ging zu seinem Arm. Er zog die Spritze heraus und musterte sie mit einem Ausdruck der Empörung und Irritation. Dann wandte er sich an den Fremden, der hinter ihm stand.

»Was war das? Hab ich den alten Butler übersehen? Johann Münz? Wie bist du hier heruntergekommen? Aber du bist nicht hier, du bist …«

»Er ist es auch nicht«, sagte Parkov. »Tritt einen Schritt vor und zeig dich.«

Der Mann trat ins Licht.

Gorad lachte. Es klang heiter, überhaupt nicht zornig. »Du? Ich gestehe, *das* ist tatsächlich eine Überraschung.«

77.

Marie spürte, wie das Betäubungsmittel, das er ihr verabreicht hatte, ihre Sinne vernebelte. Die Substanz floss durch ihre Adern und Venen und verbreitete ihre Wirkung. Jeder ihrer Muskeln schien sich in Blei verwandelt zu haben.

Er hatte auf sie gewartet – im Haus der Ilms. *Gorad*, dachte sie und wunderte sich, wie es ihm gelungen war, von den Toten zurückzukehren.

Und dann das. Eine fast noch größere Überraschung.

Der Mann, der hinter Gorad stand und ihn in Schach hielt, war Franz Leland, der Erste Hauptkommissar, ihr Chef, der Mann, der in ihren Armen nach Luft ringend zusammengebrochen und im Krankenhaus gestorben war.

Herzinfarkt.

Eine weitere Täuschung?

Er sah anders aus. Stärker, kämpferischer, gefährlicher. Wie der Mann, der er in jüngeren Jahren einmal gewesen sein musste.

Sie traute ihren Augen nicht. Das war unmöglich. Es musste eine Täuschung sein, ein Trugbild, das ihre von dem Betäubungsmittel gestörten Sinne ihr vorgaukelten. Sie wollte sich bewegen, aufstehen, weglaufen, diesen Sprengstoff von ihrer Haut entfernen, doch Gorad hatte ihr gesagt, dass dann ein Zeitzünder starten und das Semtex in die Luft jagen würde.

Vielleicht hatte er nur gelogen, aber sicher war sie nicht. Also blieb sie, wo sie war, und sah zu, was sich vor ihren Augen abspielte.

»Untot ist das neue sexy«, sagte Gorad. »Wie mir scheint, kommen wir heute *alle* von den Toten zurück. Wer noch? Jesus? Schon wieder?« Er hob die Hände. »Ich muss gestehen, toll gemacht, Parkov. Der Einzige, der hier hätte reinkommen können, während alle beschäftigt waren, nicht wahr? Auf einen vermeintlich Toten achtet niemand. Der Einzige, den du ins Vertrauen ziehen konntest.«

Leland holte Handschellen aus der Tasche. »Das war's für dich, Spinner. Ich hab deinen Kollegen geschnappt, der die Tür bewacht hat. Die Verstärkung ist gleich hier. Und ja, ich war die ganze Zeit an dir dran. Wie ein *Hund*, der Witterung aufgenommen hat, falls du verstehst, was ich meine. Dieser Trick in der Anstalt, viele hast du damit getäuscht. Aber nicht mich. Ich wusste, dass du alles unternehmen würdest, um Parkov allein dastehen zu lassen. Aber du hast nicht mit mir gerechnet.«

Marie warf Parkov einen wütenden Blick zu. »Du hast es gewusst?«

Er nickte. »Es tut mir leid.«

»Es tut dir leid?« Sie schüttelte sich. Das Betäubungsmittel in ihrem Blut vermochte den Zorn, der sie in diesem Augenblick durchfloss, nicht zurückzuhalten. »Bist du verrückt? Ich habe um ihn geweint!«

Parkov schloss die Augen. »Ich wollte nicht, dass es so kommt. Aber am Ende blieb uns nichts mehr übrig. Ich wusste, dass jemand da draußen ist, der mich verfolgt. Seit dem Dezembermann, seit ich von ihm gehört habe.« Er nickte in Gorads Richtung. »Jemand, der alle, die mir nahestehen, unter die Erde bringen würde, wenn ich ihn nicht daran hindere. Ich musste dich schützen, ich wollte dich schützen, aber du bist so stur, Marie. Ich dachte, dass Maythaler dich suspendieren würde, aber natürlich kam es anders, du musstest mir helfen. Und ja, ein Teil davon war mein Versprechen an Leland, dich nicht in das Täuschungsmanöver einzuweihen. Wir brauchten jemanden, der außerhalb des Gesetzes agiert, weil wir wussten, dass wir ihn nicht anders stellen können, weil wir ahnten, dass wir ihn nicht anders stellen können. Weißt du, dort im Wagen, ehe wir hierherkamen, da stand ich kurz davor, dir alles zu sagen. Alles … es tut mir unendlich leid.«

Marie sah die Verzweiflung in seinen Augen. Das war echt, und dennoch hasste sie ihn in diesem Moment. Das Klebeband auf ihrem Bauch kratzte, der Plastiksprengstoff war kalt wie der Tod, den er verhieß.

»Weil *ich* es so wollte«, sagte Leland beschwichtigend zu ihr. »Wenn schon jemandem die Schuld gegeben werden muss, dann mir. Ich habe nur noch ein Jahr. Ich bin krank, Marie. Bauchspeicheldrüsenkrebs, nicht nur eine Magenverstimmung. Wer hätte es tun können, wenn nicht ich? Sie beide haben noch Ihr Leben vor sich. Also habe ich Parkov vorgeschlagen, meinen Tod zu inszenieren. Wir ahnten, dass es den unbekannten Professor und den anderen gegeneinander aufbringen würde. Dass es dann zu Fehlern käme. Und so war es ja auch.«

»Die Ermordung des Priesters war einer dieser Fehler. Er hat uns auf Tenows Spur gebracht.«

»Er wollte es selbst tun«, sagte Gorad ein wenig entschuldigend. »Mit einem Messer. Metall. Berger genügte nicht, es wurde schlimmer mit ihm, er brauchte jemand anders, ein schnelles Opfer. Das war er selbst, so wütend war er auf ihn. Er kennt dich, Leland, wusstest du das? Er hat sich an dich erinnert. Du hast ihn als kleinen Jungen mit seiner verrückten Esoterik-Mutter allein gelassen, obwohl du ihn dort hättest rausholen können. Er war so zornig, dass er dich nicht persönlich erledigen konnte. Und weißt du auch, wer euch all die Brotkrumen auf den Weg gestreut hat, damit ihr die Spur zu Tenow finden konntet? Das war ich. Ich habe ihm vorgeschlagen, er sollte mit dem Priester sprechen, nachdem sein bester Freund tot war und er seine Arbeit verloren hatte.«

»Doch du dachtest, deine bezahlten Mafiakiller hätten Leland auf dem Gewissen, und hast dich an ihnen gerächt. Wir haben zwei Tote auf einer Müllhalde gefunden.«

»Meine Anweisung war klar: Ärgert sie ein wenig, mehr aber nicht.« Gorad drehte sich zu Leland um und strich über sein Jackett. »Hier sind wir also. Ein schöner Plan, nur ist er völlig nutzlos. Marie stirbt, wenn ich verhaftet werde, dafür sorge ich. Ihr könnt sie nicht retten, nicht auf diese Weise.«

»Dann machen wir es anders«, sagte Parkov ruhig. »Du nimmst ihr den Sprengstoff ab und lässt sie gehen. Dafür bleiben Leland und ich hier.«

»Und wenn ich mich weigere und alles in die Luft jage?«

Marie sah zwischen Parkov und Gorad hin und her. Die Spannung zwischen den Männern glich der Luft vor einem heftigen Gewitter, ein elektrisches Knistern, das sich jederzeit entladen konnte.

»Du willst nicht sterben. Du bist kein Selbstmörder, der andere mit sich reißt. Du stehst über den albernen Vorstellungen von Ideologien und Religionen, die dergleichen hervorbringen. Nein, es geht dir um Sieg oder Niederlage. Du willst nicht sterben, ohne mich besiegt zu haben. Sieh es ein, diese Runde geht an mich. Du hast Leland nicht vorhergesehen.«

»Nein.« Gorad lächelte überrascht und mit offen stehendem Mund, als hätte ihm Parkov die Geheimnisse des Universums enthüllt, doch war sich Marie dieses Mal sicher, dass er nur schauspielerte. »Nein, hab ich nicht. Aber du hast auch nicht vorhergesehen, dass ich weiß, wo ich ihre Tochter finde.« In diesem Augenblick richtete sich aller Aufmerksamkeit auf Marie.

In ihrem Inneren fühlte sie etwas fallen. Lautlos.

Hatte sie sich gerade verhört?

Hatte er gesagt …?

»Lucie«, fuhr Gorad fort, »schläft friedlich in ihrem Bett. Einer meiner Männer ist bereit, sie zu töten, sollte es nötig sein. Vielleicht steht er schon dort und betrachtet sie. Auch wenn ich die Morde nach Tenows Vorbild angelegt habe, die er sich aus Hass auf seine verquere, esoterische Mutter ausgedacht hat, so komme ich doch nicht umhin zu bemerken, dass ein letzter Mord fehlt. Wasser, Feuer, Luft, Metall, Erde und die *Leere*. Was könnte besser sein als das Gefühl, das du gleich empfinden wirst? Diese Leere, Parkov, diese Leere.«

Marie spürte, wie sich ein Schrei, den nur eine Mutter ausstoßen kann, seinen Weg durch ihre Kehle bahnte.

Gorad hob den Zeigefinger. »Es ist ganz einfach, Parkov. Ich stelle dich vor die Wahl. Du wirst entscheiden: ihre Tochter Lucie oder Marie selbst. Wer von beiden soll sterben? Wen willst du opfern? Wen willst du retten?«

Parkov starrte ihn an.

»Und«, sagte Gorad leise, »ich versichere dir eines: Gleichgültig, wen du wählst, du *wirst* Marie verlieren. Entweder weil sie stirbt, hier, gleich jetzt, oder weil du derjenige bist, der die Entscheidung trifft, ihre Tochter hinzurichten. Und das ist ja so tragisch, denn ich kann erkennen, was sie für dich ist.« Gorad grinste Marie an. »Lächle für mich. Zeig mir dieses Megawattlächeln, den hübschen Mund.«

»Das werde ich nicht«, hörte sie sich mit rauer Stimme erwidern.

Gorad nickte. »Wie schade, aber man kann nicht alles haben. Nicht wahr, Parkov?«

Seinen Worten folgte Stille. Selbst das Unwetter schien den Atem anzuhalten.

Gorad hatte recht: Er hatte gewonnen.

Schließlich senkte Parkov den Kopf. »Und wenn ich eine Entscheidung ablehne?«

»Entscheide dich, und ich werde mich euch ergeben. Ihr könnt mich festnehmen, ich werde alles gestehen. Entscheide dich nicht, und *ich* werde die Entscheidung treffen. Dann werde ich hinausgehen und verschwinden und aus der Ferne zusehen, wie du zerbrichst. Wie du verendest, weil du es nicht ertragen kannst.«

Marie packte Parkovs Handgelenk. Sie zog ihn an sich. In diesem Augenblick fühlte sie nichts als die verzehrende Leere in ihrem Inneren. »Es gibt keine Überlegung. Bitte nicht Lucie. *Bitte nicht.*«

Gorad nahm Leland die Waffe aus der Hand. »Ihr seht, ich behalte die Oberhand. So war es *immer*. Los, sag es ihr, Parkov.« Er richtete die Waffe auf Lelands Kopf. »Sag ihr, was du ihr schon die ganze Zeit sagen wolltest, oder ich töte Leland. Das Universum ist gerecht. Tote sollten tot bleiben.«

»Ich muss es ihr nicht sagen. Sie *weiß* es.« Parkov streckte die Hand aus. »Ich werde es selbst tun. Gib her.«

»Du entscheidest dich für das Leben ihrer Tochter? Du willst Marie töten, hier vor unseren Augen?«

»Ich sagte: Gib mir die Waffe.«

Gorad reichte ihm die P99. »Ich warte.«

Parkov unternahm keine Anstalten, etwas zu tun. Stattdessen blickte er auf seine Uhr, während Gorad sich den Arm rieb.

»Weißt du«, sagte Parkov dann, »ich entscheide mich doch dafür, ein wenig länger abzuwarten.«

»Was war in der Spritze?«, fragte Gorad.

»Eine Überraschung.« Parkov wandte sich an Leland. »Wo ist er?«

»Oben«, sagte Leland. »Münz durchsucht den Rest des Gebäudes.«

»Und? Ist es gelungen?«

»Einigermaßen, denke ich.« Leland nickte. »Ja, ich denke, sogar mehr als das.«

»Wovon sprecht ihr?«, fragte Gorad neugierig.

»Von dem Zeug, das Franz dir gerade in die Blutbahn gejagt hat. Es ist eine synthetische Droge nach deinem Vorbild. Ich habe sie von den Labortechnikern in der Firma herstellen lassen, als mir klar wurde, mit was du hier herumspielst. Johann hat sie in allerletzter Minute hergebracht.« Parkov schaute erneut auf seine Uhr. »Zehn. Neun.«

Gorad taumelte rückwärts. Auf einmal hielt er einen Fernzünder in seiner Hand. »Das kann nicht sein, ich habe Vorkehrungen getroffen. Ich bin gegen dieses Zeug *immun*!«

»Acht. Sieben. Sechs. Fünf.«

»Nein!«

»Kleine Veränderungen in der Molekülstruktur, mein Lieber. Also leg den Zünder weg oder drück ihn. Aber ich weiß, dass du es nicht tun wirst. Du bist noch nicht fertig. Doch diese Schlacht habe ich gewonnen. Du wirst gleich einen Anfall erleiden: Angst und Schmerzen bis hin zur Bewusstlosigkeit.«

Gorads Blick huschte wild durch den Raum wie der eines Tieres, das man in die Enge getrieben hatte.

»Jetzt sag mir, wie ich den Sprengstoff von Marie entferne.«

Gorad hustete. »Du … *nein* …«

»Sag es! Du hast verloren!«

»Der Code lautet: eins, zwei, drei, drei, acht.«

Parkov tippte und drückte ENTER.

Auf dem Display erschien ein Countdown: kleine rote Zahlen, 4:59. 4:58. 4:57.

»Was?« Parkov fuhr herum, als Gorad in Gelächter ausbrach.

»Oh, habe ich mich etwa vertan?« Er zuckte unschuldig die Achseln. »Verzeih mir, Parkov. Ich glaube, der Code ging doch anders, vielleicht war es eins, zwei, drei, vier? Oder war es doch …«

»Den Code, sofort!«

»Parkov! Idiot! Schwachkopf!«, rief er. »Du hast doch nicht wirklich geglaubt, dass es so leicht ist?«

»Das ist unmöglich.«

Gorad blinzelte wie ein Reptil. Er richtete sich auf und strich den Anzug abermals glatt. »Was auch immer darin war«, er berührte die Einstichstelle an seinem Arm, »es ist nutzlos.«

Marie starrte Parkov an. Das Piepen des Auslösers unter ihrer Brust war so gleichmäßig wie die Schritte eines Henkers, der einen Verurteilten abholt.

»Du hast …«

»Ich habe *alle* Vorkehrungen getroffen.« Gorad tippte sich an den Kopf. »Ich bin zu wichtig, das sagte ich doch bereits. So viel mehr steht auf dem Spiel.«

Parkov nickte und legte den Kopf schief. Gorad und er standen einander gegenüber. Für einige Sekunden musterten sie einander, ohne dass etwas geschah. Dann lächelte Parkov zynisch. »Ja. Verdammt, du hast recht. Danke für die Kommentare, mein Lieber. Es war sehr erhellend.« Wieder sah er auf seine Uhr. Irgendwo über ihnen erklangen Schritte.

Gorad drehte sich nicht um. »Was soll das? Du *musst* dich entscheiden. Sieh dir den Countdown an. Den *letzten*.«

Parkov legte Marie eine Hand auf die Schulter. Seine Berührung war warm und behutsam. »Das muss ich nicht. Du bist ein Spieler, du bluffst. Du wirst den Fernzünder nicht benutzen. Ich weiß das, genau wie ich wusste, dass du eines übersehen würdest: dass ich es dir gleichtue. Dass ich weiter gehe, als es mir erlaubt ist.«

»Ich habe nicht erwartet, dass du versuchen würdest, die Droge herstellen zu lassen«, erwiderte Gorad irritiert. »Das habe ich tatsächlich nicht. Aber es ändert …«

»Es ändert alles. Denk nach. Eine synthetische erzeugte Substanz nach deinem Vorbild? Wirklich? Ist das nicht ein wenig zu passend? Zu erdacht? Nein, mein Lieber, was ich gerade sagte, war eine vorbereitete Falle. Es war keineswegs eine Droge in der Spritze. Dieses Mal habe *ich* gelogen.«

Gorad schwankte. Er runzelte die Stirn und wirkte zum ersten Mal in dieser Nacht ehrlich überrascht. »Natürlich«, sagte er schnell, »ich habe geschauspielert, ich wusste, was du erwartest, als ich diese Worte hörte, also habe ich so getan, als würde das Zeug Wirkung zeigen, weil ich deine Reaktion testen wollte … du hättest sie gar nicht herstellen lassen können, denn nur ich kenne den … aber was … was ist … du *wagst* es, mich zu täuschen?«

»Es war ein Betäubungsmittel mit zeitverzögerter Wirkung, das in wenigen Sekunden einsetzen und dich von den Füßen holen sollte. Danke fürs Mitspielen. Danke fürs Plaudern. Ich wusste ja, dass du niemanden so gern reden hörst wie dich selbst.«

»Aber das … das war *nicht* geplant.« Gorad taumelte jetzt und streckte die Hand nach Parkov aus, doch der schlug sie zur Seite und sah ungerührt zu, wie Gorad vor ihm zusammenbrach.

Der Fernzünder rollte über den Boden.

»War es *doch*. Nur nicht von dir, mein Lieber. Eine Täuschung in einer Täuschung in einer Täuschung. Du bist nicht der Einzige, der dieses Spiel beherrscht.«

Parkov eilte zu Marie und kniete sich vor ihr hin. »Ganz ruhig. Das haben wir gleich.« Seine Finger berührten ihre Haut, als er das Klebeband entfernte. »Ich weiß natürlich, wie ich das Teil entschärfen kann. Gib mir eine Minute.«

»Lucie«, sagte sie heiser. »Ihr müsst …«

»Sagen Sie es ihr, Parkov. Ich muss nach oben.« Leland eilte zur Treppe. Laute Stimmen kamen von oben, doch Marie fühlte nur noch ihren pochenden Herzschlag in den Ohren.

»Halt still. Einen Augenblick.« Parkov hatte eine Zange in der Hand, mit der er einen Draht durchschnitt. Marie atmete ein und hielt die Luft an.

Sie schloss die Augen.

Mir ist gleich, was mit mir geschieht. Aber lass nicht zu, dass Lucie etwas zustößt. Bitte lass es einfach nicht zu.

Etwas klickte. Dann spürte sie wieder Parkovs Finger am Klebeband. Endlich konnte er sie vom tödlichen Gewicht des Sprengstoffs befreien.

»Und jetzt muss ich dir …«

Der Countdown auf dem Display des Sprengsatzes beschleunigte. Statt Sekunde um Sekunde rasten die Zahlen nun mit dreifacher Geschwindigkeit der Explosion entgegen.

Parkov und Marie tauschten einen Blick.

Dann packte Parkov den Sprengsatz und rannte mit ihm hinaus. Sie hörte, wie seine Schritte irgendwo im Flur verklangen.

Marie kam auf die Beine. Vor ihren Augen tanzte ein Wirrwarr aus Licht und Schatten, Feuer und Dunkelheit. Sie fasste nach der Lehne des Sessels und hielt wieder den Atem an.

Wartete auf das Geräusch, das unabwendbar kommen würde.

Hoffte.

Am Boden rührte sich Gorad. Sie drehte sich nach ihm um, bemerkte, wie die Reste des Betäubungsmittels den Zorn, den sie auf diesen Mann verspürte, kaum mehr zurückhalten konnten. »Oh nein. Das wirst du nicht. Bleib liegen.«

»Du weißt nicht …« Er lachte dumpf. »Nichts.«

Marie griff nach seinem Arm und drehte ihn auf seinen Rücken. »Lach noch, so viel du willst. Wir werden alles wissen, wenn wir mit dir fertig sind. *Ich* werde wissen, was du Erik und mir und all den anderen angetan hast. *Alles.*«

Gorads Augen richteten sich auf sie. »Angetan? Das war nichts. Noch nicht. Aber wartet nur ab und … *seht die Feuer und die Schatten.*«

Dann die Explosion – aus der Ferne zwar, aber doch entsetzlich nah. Sie ließ die Wände erzittern und Putz und Staub von der Decke rieseln.

Danach war alles still.

78.

Mit einem Sturm begann, mit einem Sturm endete es: Das Blaulicht der Einsatzfahrzeuge war grell in dieser Nacht. Als das Unwetter endgültig vorübergezogen war und die Wolken einen klaren Sternenhimmel freigaben, spiegelte sich das Licht in den knöcheltiefen Pfützen auf dem Vorplatz des Landhauses. Bäume waren abgeknickt und lagen mit zersplitterten Stämmen am Boden wie die Gefallenen des Windes.

»Wir bringen ihn rein.« Jörg kam von dem Krankenwagen, in dem Marie mit einer Decke über der Schulter saß und sich leise mit Isabelle unterhielt, auf Parkov zu. Sie folgten den Kollegen, die Sam Gorad, dem man die Hände auf dem Rücken gefesselt hatte, in den Gefangenentransporter führten.

»Bewacht ihn gut«, sagte Parkov. »Ich komme gleich nach.«

»Nein. Das wirst du nicht.« Bodenfeld schüttelte den Kopf. »Mit dieser Verletzung ist nicht zu spaßen.«

»Es ist nur eine leichte Gehirnerschütterung. Lucie …«

»… ist in Sicherheit. Wir wissen noch nicht ganz sicher, ob er nur geblufft hat oder nicht. Wenn überhaupt jemand dort gewesen ist, dann war er jedenfalls schon wieder fort, als Anna Sörensen nach ihr gesehen hat. Jetzt weicht sie nicht mehr von ihrer Seite, bis sie hier ist. Es gibt nur einen Ort, wo Lucie jetzt sein sollte – an einem sicheren Ort bei ihrer Mutter. Und der sicherste Ort ist im Augenblick dieser hier. Wir werden herausfinden müssen, was dort los war, aber das machen Maythaler, Leland und ich. Du wirst dich um die beiden Mädels kümmern. Ihr habt genug durchgemacht in dieser Nacht.«

»Nichts ist im sicheren Haus geschehen«, sagte Parkov ernst. »Sörensen war auf meinen Wunsch hin dort und hat Lucie nie aus den Augen gelassen. Es bestand nie eine Gefahr.« Er sah dem Gefangenentransporter nach.

»Was ist?«

»Ich werde das Gefühl nicht los, dass er sich uns ausgeliefert hat. Dass er sich mit Absicht festnehmen ließ. Es gab für ihn jederzeit Möglichkeiten zu entkommen. Aber er wollte gefasst werden.«

»Wir haben ihn. Das zählt.«

»Hoffen wir es«, sagte Parkov nachdenklich.

»Meine Güte, und Leland …«

»… lebt. Natürlich. Ist doch unverwüstlich.«

»Ein Trick, würdig für einen Gegner wie diesen, nicht wahr? Das wird einigen Papierkram verursachen. Aber ich muss sagen, es hat Stil. Auch wenn ich geschockt war, Parkov, war das ein Trick, für den man dich zugleich ohrfeigen und beglückwünschen könnte.«

»Es war *seine* Idee.«

»Natürlich.« Jörg schüttelte den Kopf. »Ich muss los.«

Parkov ging zu Marie und Isabelle, die die Löscharbeiten der Feuerwehr beobachteten. »Welch eine Nacht. Was für ein Ende.«

Isabelle drehte sich zu ihm um. »Du bist verletzt.« Er bemerkte, dass sie sich nach dem Waldrand umsah, wo der Sprengstoff explodiert war. Fenster waren gesprungen, ein Teil des Daches von der Druckwelle zerstört, Risse zogen sich über die Fassade. Die Feuerwehr hatte gelöscht, was zu löschen war, doch war der äußere Westflügel des Landhauses nicht mehr als eine Ruine.

»Es war knapp. Mehr als das.« Parkov wischte sich den Ruß von der Wange. Er hatte den Sprengsatz über den zweiten Kellerausgang nach draußen befördert, war zum Waldesrand gerannt, wo er das Sprengstoffpaket in hohem Bogen zwischen die Tannen geschleudert hatte, die dort nahe an das Landhaus herangewachsen waren. Dann machte er kehrt und warf sich hinter einer halbhohen Begrenzungsmauer auf den Boden. Er roch sein eigenes verbranntes Haar und hörte den Nachhall der Explosion noch immer in den Ohren, aber er lebte, und die Bombe hatte niemanden getötet. Das war alles, was zählte.

»Häuser lassen sich reparieren«, sagte er. »Alles andere …«

»Ich lasse euch mal allein. Kommst du zurecht, Marie?«

Marie sah zu ihr auf. In ihren Augen spiegelten sich die Lichter und die Sterne. »Ja, danke, Isa. Und denk an meine Worte. Sprich mit ihm. Rauft euch zusammen.«

»Das werden wir. Ich hoffe es.«

»Ist Chris gesund?« Parkov sah von Marie zu Isabelle. »Wo war er?«

Isabelle seufzte. »Es geht ihm gut, ich habe gerade mit ihm telefoniert. Ein Unbekannter hat ihn attackiert und sein Handy gestohlen, vermutlich um ihn aus dem Weg zu haben, während ich … na, ihr wisst schon. Aber es ist nichts passiert, er hat eine leichte Kopfverletzung, das ist alles.«

»Du warst lange eingesperrt«, sagte Marie. »Spiel nicht die Toughe.«

»Nein, werde ich nicht. Ich fahre auf direktem Weg ins Krankenhaus. Aber es ist schon okay. Also dann. Parkov.«

»Odinsdottir.«

Isabelle ging, angeschlagen, doch gefasst, während Marie und Parkov am Krankenwagen zurückblieben. Der Ostwind blies und trieb Wolkenfetzen über den klaren, kalten Herbsthimmel.

»Wusste es Helga? Lelands Frau?«

»Sie wusste es.«

»Und das war's? Ihr drei?« Marie zupfte an der Decke, die über ihren Schultern lag.

»Einige andere mussten wir einweihen. Einen Arzt, und natürlich Johann. Ich habe es Leland versprochen. Sein Anfall im Präsidium … *der* war echt. Dann kam er auf die Idee, ihn zu nutzen.«

Sie schnaubte.

»Kannst du mir das verzeihen?«

»Dieses Mal weiß ich es nicht. Wirklich nicht.« Sie starrte in die Dunkelheit. Wind kam auf, Blätterrauschen in der Parkanlage, doch klang es nun schläfrig und fern. »Hättest du gewählt? Zwischen Lucie und mir?«

»Das ist die Frage, die ich hoffentlich nie beantworten muss.«

»Und wenn ich die Antwort hören will?«

»Lucie war nie in Gefahr. Niemand war dort. Er hat geblufft. Ich habe dafür gesorgt, dass das sichere Haus auch wirklich sicher ist, und zwar von Anfang an. Denkst du, ich hätte ihr Leben riskiert? Nein. *Niemals.*«

»Das … beantwortet nicht meine Frage.«

»Marie …«

»Sag es mir. Vielleicht kann ich dir dann vergeben.«

»Ich hätte es getan. So, wie du verlangt hast. Und es hätte mir das Herz gebrochen.«

Sie berührte ihren Hals an der Stelle, an der Gorad sie gepackt hatte, als er sie bei den Ilms überwältigt hatte. Ihr dunkles Haar fiel ihr ins Gesicht. »Was hast du jetzt vor?«

»Das, was wir immer tun. Dafür sorgen, dass er vor Gericht kommt, angeklagt und weggesperrt wird. Ich werde versuchen, den Ursprung dieses Stoffes zurückzuverfolgen und alle offenen

Fragen zu beantworten, selbst wenn ich dafür um die halbe Welt reisen muss.«

Marie seufzte. »Das waren die längsten zwei Tage, die ich je erleben musste.« Sie sah ihn ernst und lange an. »Weißt du, dafür, dass ich dir angeblich so viel bedeute, bringst du mich erstaunlich oft in Gefahr. Du erinnerst dich, was ich dir beim letzten Mal gesagt habe: Mach das nie wieder. Ich will keinen Superhelden oder großen Geheimnisträger, ich brauche jemanden, dem ich vertrauen kann.«

»Das kannst du. Ich wollte nicht, dass du gehst.«

Sie schwieg eine Zeit lang, während der Wind blies und ihre grünbraunen Augen das Sternenlicht einfingen. »Das war *meine* Entscheidung«, sagte sie schließlich traurig. »Wir wussten beide, dass es gefährlich werden würde. Und weißt du was? Ich glaube, deshalb mag ich dich. Weil es diese Gefahr ist, die mich immer wieder anzieht. Das ist nicht nur ein Job, sondern eine Berufung.« Sie zögerte. »Und trotzdem, ich muss nachdenken. Über die Zukunft, über alles, was hier geschehen ist.«

»Wir sind doch ziemlich gute Partner«, sagte Parkov. »Beide sind gestoppt, das Morden hat ein Ende.«

»Sind wir das?« Marie zog die Decke fester um ihre Schultern. »Ja, natürlich. Wir haben sie. Wir *funktionieren*. Auch wenn wir die Linien zwischen Professionellem und Persönlichem manchmal etwas durcheinanderbringen«, ergänzte sie, mehr an sich selbst gerichtet.

»Natürlich.«

»Sie weiß es«, sagte Marie leise und blickte in die Ferne. »Weiß ich es?«

»Na ja, es …« Parkov hielt inne. »Es war das, was ich sagen musste. Sagen *wollte*.«

»Noch etwas zum Nachdenken. Für ein andermal.« Sie streckte ihm die Hand hin. »Warten wir drinnen auf Lucie und Anna. Ich glaube, dann werde ich zwei Tage durchschlafen.«

Parkov begleitete sie zum Haus zurück, während über ihnen der Mond stand und ferne Sterne schimmerten. Aus der nahen Parkanlage drangen die Laute der Tiere der Nacht, die nun erwacht waren. Einen Augenblick lang dachte er an den alten Anthropologen und seine Geschichte. Das Herz der Finsternis. Die Tutonga.

Dann meldete sich sein Handy.

»Marie, einen Augenblick.«

»Was denn?«

»Das Computersystem funktioniert wieder. Es meldet gerade eine neue Aktivität auf der Website.« Er warf einen Blick auf das iPhone. Der Countdown war verschwunden, die Website weitestgehend leer. Eine Botschaft erwartete sie:

ES IST NIEMALS GENUG
BIS SPÄTER, MEINE SÜSSEN
|.|.|

»Er muss sie so eingestellt haben, dass dieser Text automatisch hochgeladen wird«, sagte Parkov. »Vermutlich wusste er, was mit ihm geschehen würde.«

»Natürlich wusste er das. Es ist niemals genug«, wiederholte sie leise, als der Wind durch ihre dunkle Mähne fuhr. Nie war sie Parkov schöner erschienen. »Wenn er noch nicht genug hat, soll er es nur versuchen. Ganz gleich, was kommen wird, was er plant ...«, sie spähte Richtung Osten, »... wir werden bereit sein.«

Winter und Parkov kehren zurück …

22367661R00338

Printed in Poland
by Amazon Fulfillment
Poland Sp. z o.o., Wrocław